BASTEI
LÜBBE
TASCHENBUCH

Weitere Titel der Autorin:
Die Toten im Schnee

Titel in der Regel auch als E-Book erhältlich

Über die Autorin:

Tamara Siler Jones hat Kunst studiert und interessiert sich für Naturwissenschaften. Das Genre, in das ihre Reihe um Dubric Byerly einzuordnen ist, nennt sie selbst »forensische Fantasy«: eine Mischung aus Fantastik und Kriminalgeschichte, in der Brutalität nicht zu kurz kommt. Für den ersten Band und ihr Debüt *Die Toten im Schnee* erhielt Jones den Compton-Crook-Award für das beste Debüt des Jahres.

TAMARA SILER JONES

DIE PFADE DES BÖSEN

ROMAN

Aus dem Amerikanischen
von Michael Krug

BASTEI
LÜBBE
TASCHENBUCH

BASTEI LÜBBE TASCHENBUCH
Band 20793

MIX
Papier aus verantwortungsvollen Quellen
FSC® C006701

Dieser Titel ist auch als E-Book erschienen

Vollständige Taschenbuchausgabe

Deutsche Erstausgabe

Textredaktion: Dr. Frank Weinreich
Titelillustration: © HB Design
Umschlaggestaltung: Guter Punkt, München
Satz: two-up, Düsseldorf
Gesetzt aus der Minion
Druck und Verarbeitung: CPI books GmbH, Leck – Germany
Printed in Germany
ISBN 978-3-404-20793-0

1 3 5 7 6 4 2

Sie finden uns im Internet unter www.luebbe.de
Bitte beachten Sie auch: www.lesejury.de

Danksagung

Ich möchte meinen Schriftstellerkollegen Gail Brookhart, Catherine Darensbourg, Johnny B. Drako, Andrew Heward, C. E. Murphy, June Drexler Robertson, Wen Spencer, Linda Sprinkle und Cassandra Ward dafür danken, dass sie mich ertragen haben, während ich diese Geschichte schrieb. Außerdem Joe und Gay Haldeman, Holly Lisle und Lynn Viehl dafür, dass sie für mich zugänglich und inspirierend waren und meine endlosen Fragen beantworteten. Weiterer Dank ergeht an meine Lektorin, die bewundernswerte Juliet Ulman, und an meinen Agenten, William Reiss, für … na ja, für alles eben.

Danke an Ashford Handicrafts (www.ashford.co.nz) dafür, dass ich ihr Webmuster auf schauerliche Weise benutzen durfte.

Besonders danke ich Meg Godwin, Website-Managerin, und ihrer Schwester Sam Godwin. Sams harte Arbeit sorgt dafür, dass meine Erzählungen sauber sind, und sie ist einfach ein toller Mensch.

Meinem Ehemann, meiner Tochter und meiner übrigen Familie möchte ich meine Liebe und Dankbarkeit zum Ausdruck bringen. Ohne sie hätte ich mich schon vor langer Zeit verirrt.

Und zu guter Letzt möchte ich Joshua Rode, seiner Frau Tracy und den Kindern der beiden danken. Josh hat mir den Weg erhellt und an mich geglaubt, schon lange, bevor ich es selbst getan habe. Ich werde immer seine treue Grashüpferin sein.

Josh, dieses Buch ist für dich.

Für Joshua Rode
Er hat meine Hand auf den Lichtschalter gelegt.
Es ist alles seine Schuld.
Vergesst das nicht.

Die Kettfäden einer Familie weben die Leben in ihr.
Die Dicke dieser Grundfäden stärkt die Schussfäden oder
verknotet sie, sie lässt ein wunderschönes Gewebe oder
nutzlose Lumpen entstehen.

Calladiere Bebhinn
Aus einer Ansprache in Burg Wasserfurt
Zehntmond, 2217

Teil 1

SPINNEN

Kapitel 1

Braoin sah Schnüre.

Sie strömten von irgendwo herab und baumelten ihm vor Augen. Schwarz und im Widerschein des Feuers glänzend, raschelten sie beim leichtesten Luftzug und hingen knapp außer Reichweite vor seinem Gesicht.

Er hätte die Hände ohnehin nicht bewegen können, um sie zu berühren. Braoin fühlte sich wie ein unbeweglicher Klumpen, träge und schwer. Er lag auf dem Bauch. Sein Kopf ruhte auf dem Kinn, die Muskeln waren erschlafft und gehorchten ihm nicht. Er blinzelte, und die Zeit zog sich vor ihm zurück, verblasste zu einem dunklen Fluss.

Als er die Lider mühsam wieder öffnete, waren die schwarzen Schnüre verschwunden, und sein Blickwinkel hatte sich verändert.

Sein Kopf lag nun auf der Seite, und er starrte auf seine rechte Hand – zumindest sah diese wie seine rechte Hand aus. Mit Farbe an den Knöcheln, wie er es in Erinnerung hatte. Allerdings lag sie schlaff da, wie ein Stück totes Fleisch auf einem Brett. Dahinter konnte er nur wabernde Dunkelheit ausmachen. Fest entschlossen, wach zu bleiben, holte er Luft und versuchte, die Finger zu bewegen. Nur ein Finger – der kleine – zuckte, die anderen hingegen blieben reglos.

Bei der Göttin, so betrunken bin ich noch nie gewesen, dachte er und ließ die Augen wieder zufallen, während er sich bemühte nachzudenken. Braoin erinnerte sich daran, bei der Familie seiner Tante zu Abend gegessen zu haben, aber er hatte dort vor Sonnenuntergang aufbrechen müssen, denn er musste früh nach Hause, weil …

Die Dunkelheit! Blinzelnd öffnete er die Augen. Seine farbfleckige rechte Hand und sein nackter Unterarm verharrten starr; es rührte sich nichts, als er abermals versuchte, die Finger zu krümmen. Ebenso wenig vermochte er den Kopf zu heben oder die Beine zu bewegen, die frei unter seiner Hüfte hingen. Sein bloßer Oberkörper lag mit der Brust auf einer harten, kratzigen Oberfläche, seine Arme waren nackt, sein Rücken und seine Schultern fühlten sich kalt an. Der Luftzug, den Braoin an Zehen und Hoden spürte, sagte ihm, dass er weder Stiefel noch Hosen trug.

Nein, nein, nein! Verzweifelt verstärkte er seine Bemühungen, sich zu rühren, und rang seinen toten Fingern ein Zucken ab. Ein Krampf erfasste seine Hand, und sie sprang kurz von dem Brett hoch wie ein Fisch aus einem Eimer.

»Aufgewacht, was?«, flüsterte die Stimme eines Mannes aus der Dunkelheit. »Hatt' ich befürchtet. Hör auf zu zappeln, wenn du weißt, was gut für dich ist.«

»Bitte, lass mich gehen«, stieß Braoin mit träger Zunge hervor. Es klang eher wie: »Ige, ag mig gen.«

Ein Seufzen. »Durch's Reden wird's nicht besser.« Finger ergriffen Braoins linkes Fußgelenk, dann wurde es von Schmerzen eingeschnürt, als der Mann ihn festband.

Braoin presste weiter flehentliche, unverständliche Silben hervor, während der Mann sich seinem rechten Fuß zuwandte und auch diesen fesselte.

»Pst. Er kommt.«

Etwas bewegte sich hinter Braoin, etwas Großes und Schwerfälliges. »Red nicht mit ihm«, forderte eine zweite Stimme mit einem tiefen, bedrohlichen Knurren.

Eine gemurmelte Entschuldigung, dann vernahm Braoin, wie sich Schritte entfernten.

Lange Zeit hörte er nichts mehr, nur das gleichmäßige Rauschen des Blutes in seinen Ohren. So sehr er sich auch mühte, er konnte sich nicht rühren und sah nichts als ein langes Brett, das sich in die Finsternis verlief.

Ein schwarz gewandeter Mann mit dickem Bauch trat in sein Blickfeld. Er bückte sich und hob Braoins entwischte Hand auf, rammte sie zurück auf das Brett.

Braoin schluckte und versuchte zu flehen, aber seiner Kehle entrangen sich bloß verängstigte, weinerliche Laute.

Wulstige Finger wickelten schwarzen Zwirn um das Brett und Braoins Handgelenk, hielten seine Hand nieder und banden sie fest. Der Mann murmelte einen Fluch, dann bewegte er sich auf Braoins Haupt zu.

Braoin schrie auf und versuchte, den Kopf zu schütteln. *Bitte, ich tue alles. Ich will nur nach Hause.*

Der Mann packte Braoins Haare und zerrte daran, hievte seinen Kopf hoch. »Nein, bitte nicht.« Braoin presste die Lider zu.

»Still! Es ist uns nicht gestattet, hier zu spielen.« Der Mann bewegte sich nach links, um auch jene Hand festzubinden, dann beugte er sich dicht zu Braoin hinunter und flüsterte, während er einen Finger über Braoins nackten Arm wandern ließ: »Aber bald. Ich liebe es so sehr, zu spielen, vor allem mit Burschen wie dir. Und ich habe den perfekten Ort dafür. Ruhig und …« Die Fingerspitze kroch über seine nackten Schultern und bohrte sich ins Rückgrat, als sie sich kratzend abwärts auf seine Pobacken zubewegte. »… ungestört. Nur du und ich und die Dunkelheit.«

Bewegungsunfähig betete Braoin. Er schaute zu dem Vorhang aus glänzenden schwarzen Schnüren, der über dem Podium vor ihm hing, und bemerkte, dass Füße in Pantoffeln dazwischen hervorlugten. »Bitte«, sagte er undeutlich mit seiner gelähmten Zunge und hob den Blick im Versuch, den Beobachter zu sehen, der über ihm saß. »Bitte lasst mich gehen! Ich will nicht sterben. Um der Göttin willen, ich bin erst siebzehn …«

Der Mann schlang schwarzen Zwirn um Braoins Hals und zog

daran, zerrte Braoins Kopf hoch und zurück. »Sieh den Meister«, sagte er und schnürte Braoin die Kehle zu. »Möge er dich als würdig erachten.«

Braoin blickte über die Schnüre hoch, über die in Pantoffeln steckenden Füße, bis er seinen stummen Beobachter ausmachen konnte: einen verdorrten, beinah skelettartigen Leichnam, der eine Peitsche hielt und dessen lange, tote Zähne gelblich schimmerten. Der Kadaver schien Braoin anzugrinsen, während der Junge in Bewusstlosigkeit versank.

Dubric Byerly saß an seinem Schreibtisch und dachte angestrengt nach. Vor ihm lag auseinandergefaltet ein Brief von der Mutter eines Mitglieds der Dienerschaft. Nach den Morden im vergangenen Mond war ihre verstörte Tochter – die Vormittagsköchin der Burg – nach Hause gereist, um ihre Kinder bei ihrer Mutter abzuholen. Dort angekommen, hatte sie mitten in der Nacht erst ihre Kinder, dann sich selbst getötet. Die trauernde Großmutter wollte wissen, was sich ereignet hatte. Was ihre geliebte Tochter in solche Verzweiflung gestürzt hatte. Warum sich ihr Kind das Leben genommen hatte. Warum ihr Schwiegersohn solch schreckliche Taten begangen hatte.

Dies waren keine Fragen, die Dubric beantworten konnte.

Schließlich traf er eine Entscheidung und verfasste ein Beileidsschreiben. Er brachte sein tief empfundenes Mitgefühl für den Verlust zum Ausdruck und bot an, eine Rente zu bezahlen, um die finanzielle Bürde zu lindern, die damit einherging.

Danach versiegelte er den Brief, legte ihn für die Zustellung beiseite und nippte an seinem Tee.

Plötzlich schwang die Tür auf, und Dubric zuckte zusammen, als Lars in die Amtsstube gerannt kam. Lars war schlaksig und groß gewachsen wie jeder Junge an der Schwelle zum Mannesalter. Seine Wangen wiesen eine aufgeregte Röte auf, das strohblonde, ungekämmte, vom Wind zerzauste Haar stand wie ein aufgesetzter Kranz in alle Richtungen ab. Er roch nach Schlamm und Pferdedung.

»Herr! Wir haben einen Boten aus den nördlichen Weiten.«

»Worum geht es?«, erkundigte sich Dubric und stand auf.

Lars begegnete dem Blick des Kastellans. »Um einen Mord, Herr. Zumindest glaube ich, dass er das gesagt hat. Er ist die ganze Nacht durchgeritten, und er scheint völlig verängstigt.«

Nicht schon wieder, dachte Dubric und stöhnte. Er ergriff seinen Mantel und folgte Lars aus der Amtsstube.

Als sie die Stallungen erreichten, hatte sich eine beträchtliche Menge Schlamm auf Dubrics Stiefeln und Hose angesammelt. Flavin, der Stallmeister, wartete vor dem Tor. Er knetete mit den Händen seine Mütze. »Der Bursche ist so gut wie am Ende«, sagte er. »Und sein Maultier … Ich werd tun, was ich kann, aber viel Hoffnung hab ich nicht, Herr. Maultiere sind nicht dafür geschaffen, so zu rennen. Ich lasse es von Goudin rumführen, aber mehr kann ich nicht tun, bis es sich abgekühlt hat.«

Dubric nickte mit verkniffener Miene, und Lars öffnete das Stalltor für ihn.

Dubrics Knappe Dien kniete in der Nähe einer offenen Abteiltür und stützte einen dreckigen, blutenden Jungen, während der Bursche Diens Stiefel und das Stroh auf dem Boden mit Erbrochenem bespritzte. Dien hielt den Jungen fest, als könnte er ihn vor dem Grauen beschützen, von dem zu berichten er gekommen war.

Dubric eilte auf die beiden zu, dicht gefolgt von Lars. »Was ist passiert?«

»Bin noch nicht sicher, Herr«, erwiderte Dien und klopfte dem Jungen sachte auf den Rücken, als das Würgen nachließ. »Eachann hat sich den Kopf angeschlagen, und was er sagt, ergibt nicht viel Sinn. Soweit ich es mitbekommen habe, ist jemand aus den nördlichen Weiten getötet worden. Darüber hinaus kann ich nur raten. Er besteht darauf, mit Euch zu reden.«

Das Stalltor öffnete sich erneut, und Otlee, Dubrics jüngster Page, kam mit Medicus Rolle im Schlepptau hereingerannt.

»Hol ihm Wasser«, sagte Dubric zu Otlee.

»Ja, Herr!« Otlee verneigte sich hastig und eilte wieder aus dem Stall.

Dubric näherte sich langsam dem Jungen. Dabei achtete er darauf, Rolle genügend Platz zum Arbeiten zu lassen. »Wie alt bist du, Junge?«

Der Knabe zuckte bei der Berührung des Medicus zusammen. »Dreizehn Sommer, Herr – so ungefähr. Hab nie groß drauf geachtet.«

»Und dein Name ist Eachann?«

»Ja, Herr, ich …« Er verzog das Gesicht und taumelte vom Medicus weg. »Mann! Ihr müsst mich nicht umbringen, ich bin schon halb tot!«

Dubric bedachte ihn mit einem mitfühlenden Lächeln. »Was wolltest du sagen?«

»Gänse, Herr. Ich hüte Gänse.« Der Medicus berührte Eachanns blutende Schulter, und der Junge schrie erneut auf.

Als Nächstes ergriff der Medicus das Kinn des Knaben und hielt ihn fest, während er einen Finger vor den Augen des Burschen hin und her bewegte. »Neben mehreren Prellungen hat er eine ausgerenkte Schulter, eine gebrochene Elle …« Der Finger senkte sich, und Rolle beugte sich vor, um aus nächster Nähe in die Augen seines Patienten zu blicken. »Und anscheinend auch eine Gehirnerschütterung.« Seufzend richtete er sich auf. »Ich denke zwar, er wird eine Befragung überleben. Aber bitte steckt ihn danach so bald wie möglich erst in ein Bad und dann in ein warmes Bett. Es geht nicht an, ihn hier im Stall zu lassen.«

Rolle sammelte seine Hilfsmittel ein. »Schickt mir einen Boten, um mir Bescheid zu geben, wenn er einquartiert ist, damit ich den Arm richten und ihm etwas gegen die Schmerzen geben kann. Bis dahin lasse ich ihn in Eurer Obhut.«

»Danke«, sagte Dubric, als Rolle an ihm vorbeiging.

Eachann zuckte zusammen, hielt sich den gebrochenen Arm und sah Dubric an. »Ihr seid's, nich' wahr? Fürst Dubric höchstpersönlich.«

»Ja. Was führt einen geschundenen Gänsehirten in meine Burg?«

Eachann schaute zu Dien auf, bevor er den gequälten Blick wieder auf den Kastellan richtete. »Die Dunkelheit, Herr. Es war die Dunkelheit.«

»Dasselbe hat er mir erzählt«, warf Dien ein, der seinen Mantel enger um die Schultern des Knaben zog. »Der Sturz hat sein Gehirn durcheinandergebracht.«

Dubric kauerte sich steif vor die beiden hin. Seine Knie kamen neben dem Erbrochenen zum Ruhen. »Warum die Dunkelheit, Eachann? Was ist in der Dunkelheit passiert?«

»Die Dunkelheit hat sich schon wieder einen geholt«, antwortete Eachann. »Diesmal jemanden, den ich gekannt hab.«

Dubric beobachtete, wie sich die Finger des Jungen in die feine Wolle von Diens Mantel bohrten und sie zusammenknüllten. »Was meinst du damit, dass sich die Dunkelheit jemanden geholt hat? Wen? Und warum kommst du zu mir? Warum wurde kein offizieller Kurier geschickt?«

»Es ist wieder einer verschwunden, und gestern hat man jemanden gefunden – tot! Der Fluss hat ihn in der Nähe von Barrorise ausgespuckt. Mein Pa hat gesagt, jemand muss losreiten – *ich* muss losreiten. Ich muss zur Burg und Fürst Dubric von der Dunkelheit erzählen. Ganz gleich, wie viel Angst ich hatte, ich musste davon erzählen. Wir hatten sonst niemanden.«

»Du hast ›wieder‹ gesagt. Wie viele hat sich die Dunkelheit denn schon geholt?«

Eachann schauderte. »Keine Ahnung. Ein paar. Viele. Ich hab zwar Geschichten über die Dunkelheit gehört. Und darüber, wie sie uns holt. Aber bis jetzt hat sie sich noch nie jemanden genommen, denn ich gekannt hab. Und sie hat auch noch nie zuvor jemanden wieder ausgespuckt.«

Dubric wiegte sich zurück und verlagerte das Gewicht auf die Fersen. »Wen hat sie sich zuletzt geholt?«

»Einen Nachbarn. Frau Maeves Jungen. Er heißt Braoin.«

Dien erbleichte und hielt Eachann fester. »Nein. Oh, bei der Göttin, nein.«

Dubric sah Dien an. »Du kennst diesen Braoin?«

Dien strich dem Jungen das vor Blut steife Haar glatt. »Ja, Herr. Er ist der Vetter meiner Frau, der Sohn ihrer Tante. Ein anständiger Bursche, macht nie Ärger. Sarea und die Mädchen sind seit einer Phase dort, um ihrer Familie bei den Vorbereitungen fürs Pflanzfest zu helfen. Ich hätte sie nie alleine hinschicken sollen.«

Dubric stand auf und löste Eachann behutsam aus Diens Umarmung. »Lars, hol meine Sachen, such Otlee und macht euch bereit für einen Ausritt. Dien, sag Rolle, dass ich Eachann in meine Gemächer bringe. Wir treffen uns dort in einer halben Glocke.«

Seine beiden engsten Vertrauten nahmen ihre Anweisungen mit einem Nicken zur Kenntnis, dann folgten sie Dubric aus dem Stall. Als er dem Jungen zur Burg half, frischte der Wind auf. Die Luft roch nach Regen.

Der graue Himmel hatte sich verfinstert, als vier verkniffene Reiter die Weiten erreichten. Schlammbespritzt und vom unablässigen Nieselregen völlig durchnässt trabten sie in das Dorf Stemlow und lenkten ihre Tiere auf die goldene Wärme einer Schenke zu.

»Otlee, bring die Landkarte mit«, sagte Dubric, als er sein Pferd anband.

Er betrat die Schenke als Erster und rümpfte angesichts des Gestanks von billigem Tabak die Nase. Bauern und Arbeiter schauten auf. Argwöhnische Blicke beäugten seine offizielle Aufmachung und sein kampfbereites Schwert. Die einzige Schankmagd, eine dürre Frau mit pockennarbigem Gesicht, verschüttete ein Getränk über ihre Hand, als sie ihn anstarrte, und der Schankwirt erbleichte, bevor er sich wieder seinen Aufgaben zuwandte.

Viele Gäste wandten sich ab, als Diens Masse den Türrahmen ausfüllte. »Ich schätze, hier bekommt man nicht oft Reisende zu sehen«, murmelte er.

Dubric schlug die Kapuze seines Mantels zurück. »Wahrscheinlich nicht. Wenn ich mich recht entsinne, ist dieses Dorf kaum mehr als ein Klecks auf der Landkarte.« Er führte seine Männer zu einem freien Tisch fernab der einladenden Wärme des Feuers und bahnte sich dabei den Weg zwischen Gruppen murrender Männer hindurch.

Die Schankmagd folgte ihnen mit einem Krug Bier und vier Humpen.

»Tee für den Jungen und vier Schalen mit irgendetwas Warmem«, bestellte Dubric.

»Kaninchen mit Klößen, Herr«, gab die Frau zurück. Er nickte, und sie eilte davon, ließ sie in Frieden.

»Mal sehen, wo wir sind.« Dubric breitete Otlees Landkarte auf dem Tisch aus. Er schaute Dien an. »Deine Familie ist in Tormod?«

»Einige Meilen nördlich, Herr«, bestätigte Dien. »Auf dem Gehöft von Sareas Eltern. Aber ihre Tante Maeve lebt in Falliet.«

Dubric tippte auf der Karte auf beide Punkte. Tormod lag fast genau im Norden entlang einer Straße, die sich leicht nach Nordosten krümmte. Falliet befand sich näher, aber in nordwestlicher Richtung. »Beide Orte können wir heute Nacht nicht erreichen. Dafür verläuft die Straße durch Falliet zu weit nach Westen. Das sind bestimmt zwei Glocken zusätzlicher Weg.«

»Ja, Herr.« Stirnrunzelnd betrachtete Dien die Karte. »Fast drei Glocken mehr, zumal wir entlang dieser Strecke drei Flussfurten queren müssen. Über die Straße durch Barrorise mit ihrer Brücke geht es schneller. Zumindest nach Tormod.«

Lars wischte sich Bierschaum von den Lippen. »Also, was tun wir?«

»Wir trennen uns.« Dubric gab Otlee die Karte zurück. »Dien muss sich um seine Familie kümmern, während ich ohne Aufschub den Todesfall zu untersuchen habe.«

Die Schankmagd brachte Otlee seinen Tee. »Verzeiht, Herr, aber ich hab Euch reden gehört. Die Jungen sollten vielleicht hier bleiben, wenn's möglich is'. Oben im Norden is' es nicht sicher.«

Dubric fielen ihre dünnen, verlebten Hände, ihre fadenscheinige Schürze und ihre aufrichtige Besorgnis auf. »Du hast von dem Todesfall in Falliet gehört?«

»Pah«, machte sie, wiegte sich zurück und rieb sich die Arme, als verspüre sie plötzliche Kälte. »Is' nich' bloß in Falliet so, sondern so gut wie überall in den Weiten. Soweit ich weiß, sin' wir in Bendas die Einzigen, die keine jungen Leut' verlier'n. Wir hör'n die Geschichten, Herr, und wir nehmen sie uns zu Herzen.«

Dubric nippte an seinem Bier, dankbar für die Wärme, die sich in seinem Bauch ausbreitete. »Was für Geschichten?«

»Die Ortschaften entlang des Flusses sind's, die so leiden, Herr. Irgendwas passiert dort mit der Dunkelheit und mit dem Wasser. Jungvolk verschwindet im Regen oder auf dem Weg zum Brunnen, und die Göttin weiß, kein Kind darf dort mehr zum Angeln gehen, nich' mal am helllichten Tag. Atro, der Höker, is' hier vor ein, zwei Phasen vorbeigekommen. Er hat behauptet, er hätt' geseh'n, wie sich die Dunkelheit einen Jungen geschnappt hat, und der Junge hätt' nich' mal geschrien. Im einen Augenblick da, im nächsten weg. Is' dort nich' sicher für Eure Jungs, Herr. Schon gar nich' in einer verregneten Nacht wie dieser.«

Lars musterte die Frau über den Rand seines Humpens hinweg und schwieg. Otlee umklammerte mit den dünnen, tintenfleckigen Händen das Kartenfutteral und richtete sich im Sitzen etwas höher auf. »Ich fürchte mich nicht.«

»Vielleicht solltest du das.« Die Schankmagd schaute über die

Schulter zur Theke. Sie winkte bestätigend, bevor sie sich wieder Dubric zuwandte. »Wir vermieten zwar an sich keine Zimmer, Herr, aber ich kann Earl sagen, er soll Euch eins geben, wenn Ihr wollt. Seine Tochter hat letzten Mond geheiratet, und ihr Zimmer steht immer noch leer. Wär' zwar zum Schlafen ein bisschen beengt, aber die Jungen wären in Sicherheit.«

Dien trank sein Bier aus, als die Frau davonging. »Ihr und die Jungen könnt bis morgen früh hierbleiben, Herr, aber ich muss zu meiner Familie. Wenn die Kacke im Norden dermaßen am Dampfen ist, dass man sogar in diesem jämmerlichen Kaff davon weiß, dann muss ich meine Mädels beschützen.«

»Ich begleite dich«, meldete sich Lars zu Wort. Er trank einen ausgiebigen Schluck und stellte seinen Humpen auf dem Tisch ab.

Dien sah ihn stirnrunzelnd an und schüttelte den Kopf. »Vielleicht solltest du besser hierbleiben. Wir wissen noch nicht, womit wir es zu tun haben.«

Die Schankmagd kam mit dem Essen. Der immer hungrige Lars griff nach einer Schale und machte sich darüber her. »Ich hab keine Angst, und zwei Schwerter sind besser als eines. Erst recht, wenn es darum geht, deine Familie zu beschützen.«

»Ich kann meine Familie allein beschützen, Kleiner«, entgegnete Dien und blickte finster in seine Schale. »Außerdem braucht dich Dubric. Ist besser, wenn du ihm hilfst.«

Otlee strahlte Lars an. »Wir müssen nicht beide mit Dubric reisen. Ich kann so gut wie alles selbst. Größtenteils geht es ohnehin nur darum, Notizen aufzuschreiben.«

Dien stocherte in seinem Essen. »Vielleicht sollte keiner von euch beiden mitkommen. Immerhin werden Kinder entführt. Ich hätte gute Lust, euch beide zur Burg zurückzuschicken.«

Dubric ließ sie weiterreden. Ihre Stimmen verblassten im Hintergrund, während er aß. *Vermisste Kinder lassen auf Sklavenhändler schließen. Bergwerke? Textilien? Warum nur in den*

Weiten? Und worin besteht die Verbindung mit Wasser? Und was ist mit dem, der tot aufgefunden wurde? Einer, der fliehen konnte? Oder etwas anderes? Seine Gedanken verlagerten sich, und der Löffel in seiner Hand zitterte.

Er wusste, was ihn entlang der dunklen Straße vor ihm erwartete, und er wusste auch, dass er keine andere Wahl hatte, als sich dem zu stellen. Es war der Fluch, mit dem er leben musste, und eine Bürde, die er tragen würde, ganz gleich, wie schmerzlich sie sein mochte.

Dubric trank einen Schluck Bier, um sich den üblen Geschmack der Beklommenheit und Abscheu aus dem Mund zu spülen. »Niemand bleibt zurück. Otlee, du reitest mit mir. Lars, du reitest mit Dien. Wir brechen auf, sobald wir fertig sind.«

Da die Angelegenheit damit besprochen war, aßen die anderen in Ruhe zu Ende, während sich Dubric wieder seinen Sorgen zuwandte. Seufzend stocherte er an seinem Kaninchen herum. Die Augen schmerzten ihn bereits.

In einer rasch kälter werdenden Nacht überquerten sie ohne Zwischenfall einen namenlosen Bach und verabschiedeten sich an der nächsten Kreuzung voneinander. Dien und Lars ritten nach Osten, während Dubric und Otlee den Weg in Richtung Norden fortsetzten.

In den Niesel mischte sich nun Schneeregen, der Dubrics Hände sogar durch die Handschuhe zum Frieren brachte und seine Knöchel steif werden ließ, bis er die Zügel nicht mehr spüren konnte.

Otlee ritt still und wachsam neben ihm. Mit einer Hand lenkte er das Pferd, die andere ruhte auf dem Heft seines Kurzschwertes.

Dubric öffnete eine Hand, beugte und streckte die schmerzenden Finger, um sie zu lockern. »Ich glaube nicht, dass es etwas zu befürchten gibt.«

»Ich weiß, Herr. Mir ist bloß kalt.« Otlee drehte sich um. Sein

Gesicht war unter dem Mantel kaum erkennbar. »Gibt es in Falliet eine Herberge? Bei diesem Wetter draußen zu lagern, würde mir zutiefst widerstreben.«

»Mir auch«, pflichtete Dubric ihm bei. »Keine Sorge. Ob es eine Herberge gibt oder nicht – wir werden irgendwo schlafen, wo es warm und trocken ist. Darauf hast du mein Wort.«

Otlee zog den Mantel enger um die schmalen Schultern. »Danke, Herr.«

Sie ritten vorbei an weit abseits der Straße liegenden Gehöften, hinter deren Fenstern warme Lichter flackerten. Dubric sah Vieh, Steinzäune und gelegentlich ein Baumgrüppchen, aber keine anderen Reiter, keinerlei Menschen.

Woraus man niemandem einen Vorwurf machen kann, dachte der Kastellan, der abermals die Finger beugte und streckte. *Was für eine erbärmliche Nacht.*

Ein kalter Schmerz nistete sich plötzlich hinter seinen Augen ein, und er zuckte zusammen, als ein Geist auf der Straße erschien.

Dubric schüttelte den Kopf und zerrte an den Zügeln, erschrak beim Anblick des jungen Gesichts. Zierlich und hell – vertraute Züge. Der Geist humpelte auf ihn zu. Der Junge wies Schnitte im Gesicht, an der Brust, am Bauch und am Hals auf und blutete aus mehr Wunden, als Dubric zählen wollte. »Lars?«, flüsterte er und schluckte den Kloß der Beklommenheit in seinem Hals hinunter.

»Herr?«, fragte Otlee, aber Dubric winkte ab und stieß vor jäher Erleichterung den Atem aus.

Trotz der Ähnlichkeit erkannte Dubric, dass es sich bei dem Geist nicht um Lars handelte; er war kleiner, krumm und lahm. Ein Junge von vielleicht neun oder zehn Sommern. Eindeutig nicht sein Oberpage, gelobt sei der König, auch nicht der siebzehn Sommer alte Braoin. Dieser Geist bewegte sich frei, schien eigenständig zu sein und ein Bewusstsein zu besitzen wie alle seit langer Zeit toten Geister. Dubric schätzte, dass er vor mehreren

Jahreszeiten gestorben war, jedenfalls hatte man den Leichnam bestimmt nicht erst kürzlich aus dem Fluss gezogen.

»Nichts«, sagte Dubric und trieb sein Pferd weiter. Der Geist reihte sich neben ihm ein und hinkte mit abgehackten, ungleichmäßigen Schritten neben ihm einher. *Ein toter Junge ist nicht unmöglich zu ertragen*, dachte Dubric und blickte auf den verkrüppelten Geist hinab. Der grinste ihn voll vergnügter Unschuld an. Jegliche geistigen Fähigkeiten schienen ihm zu fehlen. Dubric lächelte zurück und zeigte sich der Erscheinung gegenüber so duldsam, wie er es bei jedem anderen geistig zurückgebliebenen Kind gewesen wäre. Für einen solchen Burschen hätten Sklavenhändler wenig Verwendung. Eine Tragödie zwar, aber nicht unerwartet.

Dann explodierte abermals ein jäher, eiskalter Schmerz hinter seinen Augen. Dubric japste angesichts des vertrauten und verhassten Gefühls. Er tastete verzweifelt nach der Mähne des Pferdes, um sich daran festzuklammern, bevor er aus dem Sattel fallen konnte. Zwanzig oder mehr Geister lösten sich gleichzeitig aus der feuchten Dunkelheit rings um ihn, versperrten die Straße und griffen nach seinem Mantel, seinem Pferd, seiner Seele. Alle waren sie jung, allesamt männlich. Stumm heulten sie und streckten sich nach ihm. Von einigen troff Phantomblut auf die schlammige Straße. Ihre dampfartige Berührung strich durch seine Arme und Beine, hinterließ ein eisiges Gefühl. *So viele, so plötzlich*, dachte er und konnte angesichts der Schmerzen, die seinen Kopf ausfüllten, kaum atmen. *Warum alle zusammen und nicht einer nach dem anderen? Und alles Knaben. Beim König, in was habe ich die Jungen da hineingezogen? Sklavenhändler würden nicht so viele Jungen töten.* Im Gegensatz zu dem verkrüppelten Geist des ersten Jungen oder auch den sonstigen Geistern, die er bis zu dieser Nacht zu Gesicht bekommen hatte, handelte es sich bei den Erscheinungen hier um blasse, durchscheinende und schleierhafte Bilder.

Sein Pferd scheute, hielt jäh an und bäumte sich auf. Die vorderen Hufe hoben vom schlammigen Boden ab. Ein Geist griff nach dem Zaumzeug, und das Tier tänzelte schnaubend zurück.

»Herr!«, rief Otlee hinter den trüben, grünen Schreckensgestalten. Dubric konnte den Jungen durch das Gewirr der Geister nicht sehen.

Der lahme Geist, der Lars so ähnelte, humpelte auf Dubric zu und schob sich an den größeren, älteren, dunstigeren Jungen vorbei. Immer noch mit einem geistlosen Grinsen im Gesicht starrte er in Dubrics Augen. Er griff nach dem Sattel. Seine frostigen Finger strichen über das Leder, schlossen sich um Dubrics Fußgelenk, und der Knabe zog sich daran hoch.

»Nein!«, brüllte Dubric, zuckte zurück und trat nach dem an ihm hochkletternden Schemen. Der verkrüppelte Junge fiel in den Matsch und verblasste. Dubric rieb sich fieberhaft die Augen, und die meisten anderen Geister verschwanden. Nur zwei blieben zurück und versperrten die Straße.

Der eine Teil des verbliebenen Paares, ein drahtiger Bursche von vielleicht fünfzehn Sommern, überquerte die Straße und schien Dubrics Gegenwart nicht zu bemerken. Matsch sickerte aus einer platten Wunde hinter der rechten Schläfe der Erscheinung und tropfte von deren gequetschtem, entstelltem Ohr. Der andere Junge, zierlich gebaut und mit dem Schatten eines Barts am Kinn, verharrte wie angewurzelt. Er war nackt und brüllte stumm dem Himmel entgegen, während er die Hände an den Seiten zu Fäusten ballte. Phantomblut rann die Innenseite eines Beins hinab und sammelte sich an den Füßen zu einer Lache. *Beim König, was geschieht hier?*

»Herr?«

Dubric blinzelte und schüttelte den pochenden Kopf. Beide Geister blieben, brüllten und bluteten auf die schlammige Straße. Er rieb sich die Augen, aber die verfluchten Wesen weigerten sich, zu verschwinden.

»Herr!«

Dubric spürte ein Zupfen am Arm. *Jungen, allesamt Jungs. Was habe ich getan? Lars! Otlee! Nein, bitte nicht.* Kalte, nasse Finger schlangen sich um sein Handgelenk, verlangten von ihm, den Kopf zu drehen und hinzuschauen, bestanden darauf, dass er ihnen Beachtung schenkte, während die beiden Jungen vor ihm weiter einen endlosen Strom von Phantomblut vergossen.

Mit einem Knurren riss er seine Hand los und ließ sie dann vorschnellen, schlug die Erscheinung, die es wagte, ihn festzuhalten … allerdings traf er nasse Haut und einen triefnassen Wollmantel, nicht den eisigen Dunst eines Geistes.

Otlee schrie auf und fiel zurück, verschwand in der Dunkelheit.

Keuchend blinzelte Dubric und wischte sich mit zittriger Hand die Augen ab, als sein Pferd davontänzelte. *Beim König, was habe ich getan?* »Otlee?«

Keine Antwort. Nur Schneeregen und blutende Geister.

»Otlee!« Hastig stieg Dubric vom Pferd und sank auf die Knie. Dabei verfluchte er die Göttin dafür, ihn so zu quälen, verfluchte sie erneut für seinen Fehler. Indes pochte sein Schädel unablässig, und aus den Augenwinkeln nahm er schimmernde grünliche Schwaden wahr.

Er kroch auf Otlees Pferd und die reglose Gestalt zu Füßen des Tieres zu. Dubrics Finger gruben sich in den kalten Matsch. Stechende Schmerzen schossen durch seine arthritischen Knöchel, als er sich vorwärtszog.

Otlees dunkles, triefnasses Pferd stand über dem Jungen. Einer der Vorderhufe stapfte neben dem Kopf des Pagen auf.

»Es tut mir leid, so leid«, murmelte Dubric, während er weiterkroch.

Dampf wallte aus den Nüstern des Tieres, und derselbe Huf scharrte auf der Straße. *So kalt, so nass, und dabei habe ich dem Jungen versprochen, ja, beim König geschworen, er würde ein warmes, trockenes Bett bekommen, nicht diesen verfluchten Matsch!*

Die Kapuze von Dubrics Mantel fiel zurück, und eisiges Wasser lief ihm über das Rückgrat hinab, ließ ihn bis aufs Mark frösteln. Der scharrende Huf hielt inne, verharrte einen Schritt hinter Otlees Kopf. Dubric schleppte sich weiter und beobachtete das Pferd, als er sich nach Otlee streckte. Das Tier senkte den Kopf und wärmte Dubrics Gesicht mit einem Schnauben.

»Stirb nicht, Junge«, murmelte der Kastellan, als er sich zwischen schlammigen Hufen hindurchschlängelte. »Das ist ein direkter Befehl. Missachte ihn bloß nicht, hörst du?«

Mit zitternden Händen tastete er Otlees Nacken ab – alle Wirbel befanden sich dort, wo sie sein sollten, dem König sei Dank –, bevor er den Jungen auf den Rücken rollte.

Die Bewegung entlockte Otlee ein Japsen und ein Stöhnen, und er zog die Beine an die Brust an. Dubric spürte den dampfenden Atem des Pferdes im Nacken und untersuchte seinen Pagen hastig auf Verletzungen. Alle Knochen fühlten sich unversehrt an, und das Herz des Jungen schlug in einem gleichmäßigen Takt – aber er war so zierlich und besaß kein Fett, das ihn warmzuhalten vermochte.

Dubric schob die Finger unter Otlees Kopf und hielt inne. Die Kehle war ihm wie zugeschnürt. Er berührte die warme, klebrige Schwellung, tastete den Schaden behutsam mit den Fingerspitzen ab. Otlee stöhnte dabei erneut.

»Bleib bei mir«, sagte Dubric und hob Otlee hoch, als er unter dem Pferd hervorkroch. »Wir können nicht mehr weit von Falliet sein. Dort suche ich Hilfe, und es wird alles wieder gut. Ich schwöre bei meinem Leben, es wird alles wieder gut.«

Wankend mühte sich Dubric auf die Beine. Otlee hing schlaff auf seinen Armen. Die Geister schienen nichts davon zu bemerken. Dubric wickelte seinen Mantel um Otlee und kletterte in den Sattel. Mit dem zierlichen Jungen in den Armen trieb er sein

Ross in einen Kanter, beeilte sich, so schnell er es wagte. Er hoffte, Otlees Pferd würde ihnen folgen.

Dubrics Tier scheute, als es sich durch den umherstapfenden Geist bewegte, aber der Kastellan hielt die Zügel fest in einer steifen Hand und setzte den Weg fort, achtete nicht auf die ihn durchdringende eisige Kälte. Otlee zuckte kurz, dann lag er still, schlaff und frostig an Dubrics Brust, und Dubric trieb sein Pferd in einen Galopp.

Dien und Lars überquerten die Brücke über den Casclian bei Barrorise und setzten den Weg nach Norden entlang der Straße fort, die dem Tormod folgte.

Kurz hinter der Brücke zügelte Dien seinen Wallach und stieg ab. »Siehst du das, Kleiner?«

Lars lenkte seine Stute zurück und glitt aus dem Sattel. »Ich sehe nur Regen und Schlamm.«

»Dann musst du genauer hinsehen.« Dien führte sein Pferd zum Rand der Straße und kniete sich hin.

Lars stellte sich neben ihn. »Scheint mir zu breit für einen Anglerpfad zu sein.«

Eine breite Schneise aus abgestorbenem Gras und zertrampeltem Unkraut erstreckte sich schlingernd zum Flussufer, und Regenwasser floss durch zwei tiefe Furchen im Schlamm hinunter. Dien richtete sich auf, kniff die Augen zusammen und zog sein Schwert. »Sehen wir uns das mal an.«

Lars spähte zum Fluss hinunter. »Wahrscheinlich ist es nichts.«

Dien trat den Abstieg an und hielt sich an einem Jungbaum fest, um das Gleichgewicht zu halten. »Hat der Junge heute Morgen nicht gesagt, man hätte jemandes Leiche unmittelbar nördlich von Barrorise gefunden?«

Lars drehte sich, um sich langsam seitwärts die tückische Böschung hinab zu kämpfen. »Du glaubst, man hat ihn dort unten gefunden?«

Dien kam unten an und schaute zu Lars auf. »Irgendjemand hat dieses Gewirr hier zum Ufer geschleppt. Es hat sich nicht von allein angesammelt.«

Lars sprang das letzte Stück und landete neben Dien im Kies. Ein wilder Haufen aus Ästen und Gestrüpp türmte sich am Ufer hoch auf und bohrte sich in den schlammigen Hang neben ihnen. Von einem abgebrochenen Ast hing ein Stück Stoff, das nass im Wind flatterte. »Da hat sich jemand das Hemd zerrissen«, stellte Lars fest und löste den Fetzen vom Ast. »Das ist Seide.«

»Vielleicht stammt das von Bray, nur bezweifle ich irgendwie, dass er sich Seide leisten konnte. Das können hier in der Gegend nicht viele Menschen.« Dien betrachtete den karierten Stoff mit zusammengekniffenen Augen. »Mir sagt es nichts, aber das muss nicht viel bedeuten.«

Lars fasste in seine Tasche, um einen kleinen Beutel aus Baumwolle hervorzuholen; eigens für Beweismittel gedacht und Teil der Grundausstattung, die Dubric sie immer mit sich führen ließ. »Ist wahrscheinlich von jemand anderem, aber es kann ja nicht schaden, es zu behalten.« Nachdem er das Stück Stoff verstaut hatte, schritt er das Ufer entlang, um den Kies und den Schlamm in Augenschein zu nehmen. »In dem Regen und der Dunkelheit werden wir nicht allzu viel erkennen können.«

Dien streckte sich und schaute zum Himmel auf. »Ich schätze, da hast du recht.« Über ihnen bewegten sich Wolken, doch vereinzelt zeichnete sich dazwischen das Funkeln von Sternen ab. »Und was hier mal war, ist wahrscheinlich längst weggewaschen.«

Lars kauerte sich am Rand des Flusses hin und griff ins frostige Wasser. »Aber nicht alles.« Etwas stand da im Wasser. Es ragte durch die Oberfläche und funkelte als vom Mondlicht erhelltes Rund vor nasser Schwärze. Er zog eine Flasche aus dem Matsch, richtete sich auf und reichte sie Dien. »Ob hier jemand was gefeiert hat?«

»Oder es war eine Totenwache«, ergänzte Dien. Er hielt die

Flasche im Mondlicht schief, dann schnupperte er daran. »Riecht wie Whiskey. Kann nicht lange im Fluss gewesen sein. Weniger als eine Glocke, würde ich meinen.«

Lars wischte sich die Hände an der Hose ab. »Eachann ist heute Morgen in der Burg eingetroffen, nachdem er die ganze Nacht geritten war. Der Leichnam wurde wann gefunden? Gestern?«

»Ja. Gib mir noch ein Säckchen. Jemand ist heute Nacht hier runtergekommen.«

»Im Regen …«, fügte Lars nachdenklich hinzu und warf einen Beutel zu Dien hinüber. Er griff nach einem auf der Böschung wachsenden Busch und zog sich daran hoch. »Ich überprüfe die Straße.«

»Sei vorsichtig. Ich bin unmittelbar hinter dir.«

Lars kletterte weiter. Auf der Straße rappelte er sich auf die Beine und blickte in beide Richtungen. Er hielt Ausschau nach Spuren oder zertrampeltem Unkraut, allerdings hatte der Regen den Schlamm geglättet und einen Großteil des Wildwuchses geplättet. Er hörte, wie Dien die Böschung erklomm. »Ich glaube, hier laufen Wagenspuren lang«, rief Lars, »aber es ist schwer zu sagen. Falls es welche sind, führen sie nach Norden. Südlich der Pferde ist nichts zu sehen.«

»Bist du sicher, Kleiner?«, frage Dien, während er die Flasche in seinen Satteltaschen verstaute. Dann ergriff er die Zügel der Pferde und führte sie zu Lars.

»Überhaupt nicht«, gab Lars zurück und kniete sich neben eine gekrümmte Vertiefung im Gras. »Es ist alles weggewaschen. Aber ich glaube, hier hat jemand umgedreht. Schau.«

Die Straße mochte der Regen geglättet haben, doch die Rillen am grasbewachsenen Rand waren geblieben und prangten wie eine Wunde im Schlamm.

Lars deutete die Straße hinauf zu einem weitläufigen, hell erleuchteten Landgut. »Wer wohnt dort? Könnten die von da oben aus was gesehen haben?«

Diens Miene verfinsterte sich, als er Lars die Zügel seines Pferdes zuwarf. »Das ist Herrn Haconrys Anwesen. Der sieht rein gar nichts außer …« Dien verzog das Gesicht, schüttelte den Kopf und stieg auf sein Pferd. »Ist egal. Versprich mir einfach, dass du dich von ihm fernhältst.«

»Klar«, erwiderte Lars und stieg ebenfalls auf, »ganz wie du willst. Ich werde nicht mal in die Nähe des Ortes gehen.«

Das Pochen in seinem Schädel fühlte sich wie das Klatschen der Brandung gegen die Felsen der Bucht von Wasserfurt an, als Dubric das Dorf Falliet erreichte. Zwei Geschäfte, eine Kirche und eine Handvoll Eigenheime säumten einen gerodeten Streifen Land und einen breiteren Abschnitt der Straße. Im Vergleich dazu hatte es sich bei Stemlow um eine überlaufene Stadt gehandelt.

Dubric lenkte sein Pferd zum nächstbesten Gebäude, einem Geschäft mit auf der Rückseite angeschlossenem Haus. Drinnen schimmerte Licht, warm und einladend, dem König sei Dank. Selbst das mickrigste Feuer wäre besser als der eiskalte Regen.

Er drückte Otlee fest an sich, als er vom Pferd glitt, dann eilte er zur Tür und ließ die Pferde, ohne sie anzubinden, im Schlamm stehen. Beide Geister folgten ihm. Ihre Anwesenheit bedeutete eine Bürde für ihn, die für zusätzlichen Druck hinter seinen Augen sorgte, aber er biss die Zähne zusammen und kehrte ihnen den Rücken zu.

Der Kastellan hievte Otlee auf seine Beine, sodass ein Großteil von dessen Gewicht auf seiner Schulter ruhte, und hämmerte mit der freien Hand an die Tür. »Im Namen Fürst Brushgars und der Provinz Faldorrah, öffnet die Tür!«

Eilige Schritte, dann schwang die Tür einen Spalt auf und offenbarte Licht und warme Luft.

Eine Frau mit hoffnungsvollem Blick in den fein geschnittenen Zügen bedeutete ihm einzutreten. »Der Göttin sei Dank«, sagte sie. »Eachann hat Hilfe gefunden. Bitte kommt herein. Ihr müsst ja entsetzlich frieren.«

Dubric schob sich an ihr vorbei. »Ich brauche Licht, eine Schüssel sauberes Wasser, Verbände und ein Bett. Und alles sofort.«

»Warum?«, fragte sie. »Ist irgendetwas …« Sie klappte seinen triefnassen Mantel auf und zuckte zusammen, als sie Otlee erblickte. »Hier entlang«, sagte sie und führte Dubric eilig vorbei an Gestellen, vollgehängt mit Stoffen und Kleidung.

Im nächsten Raum hielten zwei einander gegenüberstehende Harnisch-Webstühle Wache, während an der hinteren Wand ein teilweise fertiggestellter Wandteppich in seinem Spannrahmen stand. Die Kerze der Frau ließ Licht über den Stoff und die Litzen flackern, wo es auf Fadensträngen schimmerte. Eine Katze fauchte von einem mit Garnspulen gefüllten Regal herunter. Die Augen des Tieres blitzten im Widerschein des Lichts golden auf.

Dubrics Gastgeberin geleitete ihn vom Geschäft in ihr Heim, eine aufgeräumte Behausung mit gepolsterten Stühlen, Kissen und Webteppichen. Sie führte ihn weiter, vorbei an einer kleinen, aber tadellos sauberen Küche zu einer geschlossenen Tür. »Das ist das Zimmer meines Sohnes, aber es wird ihm nichts ausmachen«, erklärte sie und hielt gerade lange genug inne, um eine Lampe anzuzünden. »Nehmt Euch nur, was Ihr braucht. Ich hole Wasser und Verbände.«

»Danke.« Dubric zog die Steppdecke beiseite und legte Otlee aufs Bett, bevor er mit zitternden Händen behutsam die völlig durchnässten Mäntel auszog. »Deine Bettwäsche«, murmelte er, als er das verschmierte Blut auf dem blitzsauberen Kissenbezug bemerkte.

»Zerbrecht Euch darüber mal nicht den Kopf«, sagte die Frau. Sie tauchte mit einer Schüssel Wasser und einem sauberen Tuch an seinem Ellbogen auf. »Wartet, lasst mich das machen.« Sie befeuchtete das Tuch und wischte Otlee das Gesicht ab, wusch den

Schlamm aus dem Stoff und begann, die Wunde zu reinigen. »Im Geschäft habe ich eine gute Auswahl an Herrenbekleidung, und ich habe einen Kessel Wasser zum Wärmen auf den Ofen gestellt. Bedient Euch ruhig, bevor Ihr Euch noch den Tod holt. Ich kümmere mich um Euren Enkelsohn, bis Ihr zurückkommt.«

Dubric schluckte seine Schuldgefühle hinunter und presste mit erstickter Stimme hervor: »Er … er ist nicht mein Enkelsohn.«

»Ich kümmere mich trotzdem um ihn. Geht jetzt. Ihr helft niemandem damit, wenn Ihr mir hier den Boden volltropft.«

»Mama?«, murmelte Otlee, dessen Lider zuckten.

»Nicht deine Mama«, flüsterte die Frau und streichelte die Stirn des Jungen. »Bleib einfach ruhig liegen. Es wird alles gut.«

Dubric rappelte sich mühsam auf die Beine und kämpfte sich durch die unglaubliche Kälte, die ihn zu überwältigen drohte.

Otlee zuckte zusammen und stieß die Frau weg, ohne die Augen zu öffnen. »Es tut weh.«

Sie befeuchtete das Tuch erneut und scheuchte Dubric in Richtung der Tür. »Ich weiß, mein Schatz, aber es wird gleich besser. Du wirst schon sehen. Und jetzt leise, lass mich nur machen.« Sie streichelte mit einer Hand Otlees Wange, während sie mit der anderen die Wunde abtupfte. Dabei flüsterte sie ununterbrochen beruhigende Worte.

Dubric schleppte sich in den Flur, wo ihn bereits die zwei Geister erwarteten. Er schloss die Augen und stolperte durch sie hindurch. Seine Muskeln drohten dabei, sich zu verkrampfen. Zittrig und von den Geistern verfolgt taumelte er zum Gewandgeschäft. Er griff sich eine wunderbar dicht gewobene Wolldecke und schlang sie sich über die Schultern, doch das half kaum, die Kälte in seinem Innern zu vertreiben.

Seine Sicht verschwamm. Er blinzelte, um den Schleier zu lichten, und nahm sich von den Gestellen erst eine Hose, dann einen Kasack. Dubric lehnte sich in eine Ecke. Seine Finger hatten Mühe, die Knöpfe seines Hemds zu öffnen, denn sie waren steif und kalt, widerspenstig und von Arthritisschmerzen erfüllt. Die Geister starrten ihn weiter an. Er drehte den Kopf von ihnen fort und murmelte mit klappernden Zähnen eine Verwünschung. Einen Knopf hatte er geschafft, einen weiteren beinahe, als seine Beine unter ihm einknickten. Zitternd fiel er zu Boden und starrte die nackten Füße des unbeweglichen Geistes an. Nach wenigen Augenblicken begannen sie zu wabern und verblassten zusammen mit Dubrics Bewusstsein in Dunkelheit.

Kapitel 2

Jesscea Saworth saß in der Nähe des Fensters und versuchte, in einem abgegriffenen Buch zu lesen. Selbst die zugige Burg mit ihren Adeligen und ihrem steifen Protokoll fand sie besser, als in das Heim ihrer Großeltern verbannt zu sein und Hüte für das Pflanzfest anzufertigen. So sehr sie sich auch bemühte, daran zu denken, was der bevorstehende Frühling versprach – sie würde bald vierzehn Sommer alt sein; alt genug, um die Frühlingsjahrmärkte zu besuchen, alt genug, um zu tanzen –, ihre Gedanken kehrten immer wieder zu Braoin zurück. Seufzend ließ sie das Buch in ihren Händen sinken.

Sie hatte die Erwachsenen tuscheln gehört, dass Braoin nicht nach Hause gekommen war. Laut ihrer Großmutter hatte niemand mehr Bray seit dem vorvorigen Tag gesehen, seit er ihr Gehöft verlassen hatte. Und jetzt …

Regen prasselte unablässig gegen das Glas, und sie hoffte, er würde sich in Schnee verwandeln. Jesscea leckte sich über die trockenen Lippen und hob den Kopf, wagte einen Blick hinaus in die Dunkelheit. *Was für eine grauenhafte Nacht, und Braoin ist nicht zu Hause angekommen.*

Jess zog die Füße unter sich und versuchte weiterzulesen, aber die Worte verschwammen, als ließe der Regen sie zerfließen, und dieselben schrecklichen Gedanken kreisten wieder und wieder in ihrem Geist.

Braoin ist nicht zu Hause angekommen.

Und das würde er auch nie. Tief in ihrem Herzen wusste sie das. Irgendwie wussten es alle. Sogar die kleine Alyson, erst sechs Sommer alt, wusste, dass Braoin nie wieder zu Hause ankommen würde. Die Dunkelheit hatte ihn verschlungen.

Ein Schatten bewegte sich vor dem Fenster. Das Prasseln des Regens auf der Scheibe verstummte kurz, dann setzte es sich fort, als sich der Schatten entfernte. Jesscea schloss das Buch. »Da ist etwas auf der Veranda«, verkündete sie.

Jess' Mutter Sarea hörte auf, den Säugling zu stillen, und stieß sich vom Tisch ab. »Nimm deine Schwester«, sagte sie und reichte Fynbelle das Kleinkind.

Großpapas Hund, ein runzliger Rattler und fast so klapprig wie sein Herr, knurrte und hob den Kopf von den Pfoten. Sarea griff nach dem Schürhaken. Der Spiegel auf dem schmalen Kaminsims zeigte ihr Gesicht. »Bist du sicher, Jess?«, fragte sie mit gefährlicher, leiser Stimme.

»Ja, Mama.«

Schritte polterten über den Verandaboden, und Jess unterdrückte ein Kreischen, als Sarea sie vom Stuhl zog. Der Hund bellte, rührte sich jedoch nicht von seinem warmen Plätzchen am Feuer weg.

»Es kommt uns holen!«, zeterte Großpapa. »Wir sind dem Untergang geweiht, dem Untergang geweiht!«

»Sei still!«, herrschte ihn Großmama an. »Du verängstigst die Kinder.«

Kialyn, mit sechzehn Sommern die Älteste, stieß ein Quieken aus, als sie vom Waschraum zurückkam. Ihr triefnasses, seifiges Haar flog ihr um den Kopf, als sie losrannte, um sich an Großmama zu kuscheln.

»Ruhig!«, befahl Sarea scharf.

Aly hastete zu ihnen und duckte sich unter Großmamas knochigen Ellbogen, während sich Fyn mit ihrer kleinen Schwester in die Ecke kauerte, wo ihr glattes, blondes Haar wie ein Vorhang über ihrer beider Gesichter hing.

Die Familie starrte die Tür an. Kia und Aly drängten sich näher an die Großmama. Somit blieb für Jess nur, entweder zu ihrem Großvater zu laufen oder allein stehen zu bleiben.

Sie holte tief Luft, ballte die Hände zu Fäusten und straffte die Schultern, während ihr das Herz laut wie Donner in die Ohren schlug.

»Es ist die Dunkelheit; sie kommt, um sich mit uns den Bauch vollzuschlagen!«, rief Großpapa. »Wir sind tot, unsere Knochen werden ausgesaugt …«

»Bitte, Papa, nicht jetzt!«, forderte Sarea ihn auf.

Stille zog sich wie ein langer, glatter Faden hin, in den allein ihre raue, ungleichmäßige Atmung Knoten knüpfte. Jess trat einen Schritt auf ihre Mutter zu, als ein kräftiges Klopfen die Tür erzittern ließ.

»Sarea?«, meldete sich Großmama zu Wort. Ihre Finger bohrten sich in die Rücken ihrer Enkeltöchter. »Wer ist es?«

»Das ist die Dunkelheit, du Dussel!«, beteuerte Großpapa. »Sie ist schließlich gekommen, um uns zu holen!«

Sarea schritt zur Tür. »Seid alle still!« Mit dem Schürhaken wie ein Schwert im Anschlag entriegelte sie die Tür und riss sie auf.

Fyn kreischte, Kia und Aly wimmerten. Allein Jess blieb ruhig. Das Erste, was sie in jener Nacht durch den Eingang erblickte, war das erleichterte Antlitz ihres Vaters, die Augen stechend und blau.

Und das Zweite war Lars, der sie anlächelte.

Lars saß für sich allein und hielt eine Tasse heißen Tee in Händen. Die Mädchen hatten sich zu Bett begeben, aber er hatte sich geweigert und es vorgezogen, in der Nähe zu bleiben, während sich die Erwachsenen unterhielten.

Dien, Sarea und Sareas Mutter Lissea sprachen mit gedämpften Stimmen über Braoins Verschwinden, aber Devyn, Sareas Vater, starrte Lars an, als hätten seine schlammigen Stiefel die Pest ins Haus geschleppt.

»Was ich gerne wüsste«, ergriff Devyn das Wort, schaute über die Schulter und leckte sich teefleckige Spucke von den Lippen,

»ist, warum dieser reiche Bengel hier ist und schon wieder seinen Dreck verbreitet.«

»Dev!«, stieß Lissea hervor, verengte die Augen zu Schlitzen und senkte die Stimme. »Lars ist ein Adeliger und ein Gast …«

»Von wegen Gast, da lachen ja selbst die Hühner! Er ist gekommen, um meine Enkeltöchter zu verderben!« Devyn stand auf und fuchtelte mit dem Finger in Lars' Richtung. »Es ist schlimm genug, dass meine Tochter einen Burgpfau geheiratet hat, aber ich lasse nicht zu, dass meine Enkelinnen dem bösartigen Zauber dieses Burschen oder seinesgleichen erliegen.«

Dien rieb sich die Stirn und murmelte etwas bei sich, während alle Devyn anstarrten.

Devyn wankte leicht, als er seinen Stuhl beiseitestieß. Eine dunkle Ader pulsierte neben seinem linken Auge, als er Lars anstarrte. »Ich kenne dich, du hinterhältiger Mistkerl, und ich weiß, was du im Schilde führst. Du bist hier ebenso wenig willkommen wie deine lüsternen Gedanken! Fein gekleidetes, uneheliches Lumpenpack in meinem Heim! Kaninchendreck und Wespenstich! Nach allem, was du getan hast! Wie kannst du es wagen, meine Schwelle zu besudeln? Ich will deinesgleichen nicht in der Nähe meiner Enkeltöchter haben!«

Dien schob seinen Tee beiseite. »Denk über mich, was du willst, aber Lars wird niemandem etwas zuleide tun, am wenigsten den Mädchen.«

Speichel troff über Devyns Kinn, und der Wahnsinn strömte mit seinem Atem hinter den fehlenden Zähnen hervor und aus ihm heraus. Er roch nach Fäulnis mit einem unterschwellig metallischen Beigeschmack, wie verdorbenes Fleisch auf einem rostigen Löffel. »Pah! Er will unter ihre Röcke und rammeln wie ein Tier. Hab ich alles schon erlebt.«

Lars stand wutentbrannt auf und ballte die Hände zu Fäusten. Sein Gesicht lief hochrot an, doch er verkniff sich eine Erwiderung.

Dien starrte weiter auf Devyns dürren Rücken. »Weißt du, wo Braoin ist?«, fragte er mit einer Stimme kaum lauter als Devyns ranziger Atem.

»Woher zum Henker soll ich das wissen? Ist ja nicht mein Kalb, der Junge. Und gesagt hab ich's auch schon«, erwiderte Devyn und ließ sich auf Lars' Stuhl plumpsen. »Ich hab ihn seit Tagen nicht mehr gesehen.« Die Hand des alten Mannes zitterte ruckartig, und seine linke Wange zuckte. »Tage«, murmelte er und sah Lars mit einem plötzlich sehnsüchtigen Blick an. »Vergangene Tage. Tage und Nächte. Tage voll Apfelwein und Veilchen.« Mit nach wie vor zittrigen Händen zwinkerte er Lissea zu. »Erinnerst du dich an jene Tage? An die Tage voller Apfelwein und Veilchen?«

Lissea eilte zu ihrem Gemahl und ergriff mit einer zierlichen Hand seine dicke Pranke. Unter ihrer Berührung beruhigte sich sein Zittern. »Ja, mein Schatz, das tue ich.«

»Tut mir leid, Kleiner«, murmelte Dien und verlagerte auf seinem Stuhl das Gewicht. »Er hat hin und wieder schlechte Augenblicke.«

»Schon gut«, gab Lars zurück und unterdrückte ein Schaudern. Ihm wäre nie in den Sinn gekommen, dass Wahnsinn einen eigenen Geruch haben könnte, und er hoffte, er würde ihn nie in seinem eigenen Atem oder auf der eigenen Haut riechen.

»Ist es schon Zeit fürs Abendbrot?«, fragte Devyn und stand auf. »Ich bin hungrig.«

»Sicher, Papa«, meldete sich Sarea zu Wort. Sie bedachte Lars mit einem bedauernden Lächeln und erhob sich. »Ich hole das Essen sofort.«

»Wer bist du? Kenne ich dich? Seit wann haben wir denn ein Dienstmädchen? Wie können wir uns überhaupt eines leisten?«

Lars bemerkte einen verletzten Ausdruck in Sareas Augen, als sie sich abwandte.

»Das ist Sarea«, erklärte Lissea und führte Dev zum Tisch. »Du erinnerst dich doch an Sarea, oder?«

»Unsinn. Sarea ist schon ins Bett geschickt worden. Und vorher hab ich sie dort drüben lesen gesehen.« Mit wieder zitternder Hand deutete er zur Sitzbank in der Nähe des Fensters. »Ich hab sie gesehen! Wirklich wahr! Das weiß ich genau!«

Lisseas Stimme blieb geduldig und ruhig. »Das ist Jesscea, deine Enkeltochter. Sarea ist erwachsen.«

Devyn blinzelte. »Tatsächlich? Wo ist sie? Wo ist meine Tochter? Wo ist unser Sohn? Wie soll ich ohne meinen Sohn Hüte verkaufen?«

»Ich bin hier, Papa. Iss jetzt erst mal.« Sarea stellte eine Schale mit Suppe vor ihm ab und legte eine Scheibe gebuttertes Brot dazu.

»Aber Stuart! Wo ist Stuart?« Mit finsterer Miene schaute Dev zu Lars. »Das ist nicht Stuart! Er ist viel zu alt. Nicht wahr?«

»Stuart ist fort«, sagte Lissea und seufzte.

»Fort bei der Dunkelheit. Ja, ich erinnere mich. Verdammt, Weib, ich bin nicht dumm.« Er schaufelte sich Suppe in den Mund, dann ließ er den Löffel fallen, der klappernd auf dem Tisch landete und Brühe darauf verspritzte. Devyn starrte auf die verschüttete Suppe und zog den Finger hindurch, zeichnete einen Schmetterling.

Lars beobachtete angespannt, wie Devyns Hand gleich einem sterbenden Fisch zuckte. Dann setzte sich der alte Mann aufrechter hin. Der Blick seiner wässrigen Augen richtete sich auf die Fenster. »Um der Göttin willen, es ist ja bereits finster. Zeit fürs Bett.«

»Gute Nacht, Papa.« Sarea zog ein Taschentuch hervor und putzte sich die Nase.

»Gute Nacht«, erwiderte er, und das Zucken seiner linken Wange verzerrte sein Lächeln zu einer Grimasse. »Ich erinnere mich noch an die Nacht, in der ich zu einem Mann geworden bin. Wenn ich nur noch ihren Namen wüsste …« Er stand auf und stupste Lars mit dem Ellbogen. »Wer war sie noch? Du hast uns doch einander vorgestellt, weißt du nicht mehr?« Er blinzelte und beugte sich näher, dann pikte er Lars mit einem Finger gegen die Brust. »Stuart? Bist du das?«

»Tut mir leid«, flüsterte Lissea zu Lars, als sie Devyn vom Tisch wegführte. »Er hat einen langen Tag gehabt.«

Lars widerstand dem Drang, den Vorfall mit Devyn seinen Notizen hinzuzufügen und nickte. »Gute Nacht.«

Devyn winkte und schlurfte davon. Er ließ dabei eine Hand über die Wand gleiten, um das Gleichgewicht zu halten.

»Tut mir leid«, sagte Sarea und wischte die von Devyn verschüttete Suppe auf. »Er hätte diese Dinge nicht sagen sollen.«

Lars verwarf die Entschuldigung mit einem Kopfschütteln. »Er hätte dich auch nicht vergessen sollen. Das ist eine viel schlimmere Untat als das, was er über mich gesagt hat.«

Sarea ließ den Kopf hängen und stellte das Geschirr klirrend ins Waschbecken. »Jedes Mal, wenn wir zu Besuch kommen, ist es schlimmer. Ich weiß nicht, wie Mama das aushält.«

»Weil ich es versprochen habe. Er ist immer noch mein Ehemann«, erklärte Lissea, als sie in die Küche zurückkam und sich eine frische Tasse Tee einschenkte. Die hagere Frau wirkte mit ihren rauen, verkniffenen Zügen im Vergleich zu ihrer wunderschönen Tochter und ihren genauso bezaubernden Enkelinnen verschrumpelt und hausbacken. Lars fand, dass sie sich neben ihrem Schwiegersohn geradezu zwergenhaft ausnahm, andererseits galt das für die meisten Menschen.

»Das Angebot steht, Liss«, meldete sich Dien zu Wort.

»Ich kann ihn nicht verlassen. Wer sollte sich dann um ihn kümmern?« Lissea setzte sich, sah Lars und Dien an und faltete die knochigen Hände. Nur ein leichtes Zucken verriet ihre Anspannung. Sie schien sich für schlechte Neuigkeiten zu wappnen. »Was können wir tun, um Braoin zu finden?«

Dien zog ein Notizbuch aus dem Ranzen neben seinem Stuhl hervor. »Ich hab den armen Burschen kaum gekannt, also müsst ihr uns etwas über ihn erzählen. Alles, was dir einfällt, sei es gut oder schlecht oder ganz normal. Wie war er so? Was hat er gemacht? Wer waren seine Freunde?«

Sarea ließ sich auf ihren Stuhl plumpsen. »Du sprichst von ihm, als sei er tot.«

Dien schaute Lars an, bevor er den Blick wieder auf seine Schwiegermutter richtete. »Das könnte er auch sein. Aber wir wissen nicht, wer aus dem Fluss gefischt wurde, also besteht noch Hoffnung. Wenn er noch lebt, tun wir alles in unsere Macht Stehende, um ihn nach Hause zu bringen.«

Sarea legte die Stirn in Falten und griff nach Diens Hand.

Lars holte einen Beutel aus seiner Tasche hervor und öffnete ihn. »Wir haben auf dem Weg hierher ein Stück Stoff gefunden. Seide. Könnte das hier von Braoins Kleidung stammen?«

Er legte den feuchten Streifen vor Sarea und ihrer Mutter auf den Tisch. Lissea schüttelte den Kopf und weigerte sich, den Stoff anzufassen, aber Sarea ergriff ihn. »Ich glaube nicht«, sagte sie und hielt ihn ins Licht. Rote Karos zeichneten sich auf einem schwarzen Hintergrund ab. »Brays Mutter Maeve ist Weberin und fertigt all seine Kleider an. Seide wird er kaum besitzen.«

Lars nahm den Streifen wieder an sich und verstaute ihn, während Dien sagte: »Eine Schankmagd hat uns erzählt, dass schon früher Kinder verschwunden sind. Was könnt ihr uns darüber erzählen?«

Sarea sah ihre Mutter an. Lissea saß ruhig und gefasst auf ihrem Stuhl. In ihrem leuchtend roten Haar schimmerten weiße Strähnen wie Silberfäden in einem Wandteppich. Ihr Mundwinkel zitterte, und sie starrte auf ihre Hände. »Kinder wachsen heran. Manche reißen von zu Hause aus.«

»Ja, aber die Schankmagd hat gemeint, die Dunkelheit hätte sie verschlungen.«

Das Seufzen, das sich ihr entrang, klang wie Wind, der durch das Geäst einer abgestorbenen Pappel säuselt. »Sie sind einfach weg. Des nachts verschwunden, so sagen die Gerüchte.«

Dien fragte: »Wie lange geht das schon so? Einige Monde? Weniger?«

»Zwei, vielleicht drei Sommer. Ich bin nicht sicher …«

Lissea zuckte zusammen, als Dien einen Fluch ausstieß. »Zwei oder drei Sommer? Verdammt noch mal, Liss! Warum wurden wir nicht früher darüber benachrichtigt?«

Ihre gefasste Fassade bekam Risse, und Unbehagen überschattete ihr Gesicht. »Bestimmt hat Schutzmann Sherrod Herrn Haconry davon erzählt. Früher haben die Leute auch noch gesagt, es würde Hilfe von der Burg kommen. Aber nachdem so viele verschwunden sind, haben sie die Hoffnung verloren.«

Diens Hand ballte sich zur Faust. »Liss, ich schwöre dir, wir haben noch nie etwas von verschwundenen Kindern gehört! Sonst wären wir gekommen. *Ich* wäre gekommen! Und all die Male, die wir zu Besuch hier waren, hast du nie etwas erwähnt!«

»Ich wusste ja, dass meine Familie in der Burg in Sicherheit ist. Ich wollte dich nicht mit solchen Geschichten belasten, schon gar nicht, wenn du mit den Kindern hier warst.«

»Verdammt noch mal, Mutter, das ist seine Aufgabe«, warf Sarea ein und stand auf. Sie hob Devyns umgekippten Stuhl vom Boden auf. »Ich kann nicht glauben, dass du nichts unternommen hast, obwohl du wusstest, dass …«

»Frau Paerth?«, ergriff Lars mit leiser Stimme das Wort. Ihr Blick richtete sich auf ihn. »Ich schwöre bei meiner Seele, dass uns jedes faldorrahische Leben wichtig ist. Hätten wir davon gewusst, wären wir gekommen.«

»Nicht du, Kleiner«, sagte Dien. »Und genauso wenig meine Mädchen. Von euch hat niemand etwas hier verloren. Bei Tagesanbruch bringe ich euch zurück nach Hause.«

»Wieso?«, wollte Lars wissen. »Ich habe denselben Eid wie du geleistet. Faldorrah vor allem anderen. Ich habe jedes Recht und allen Grund, hier zu sein.«

»Du magst Dubric davon überzeugt haben, dass es hier sicher für dich ist – verdammt, du hättest sogar mich fast überzeugt. Trotzdem bleibt es dabei. Hier werden Kinder ...«

Ungeachtet des Zorns, der sich in ihm regte, schnitt Lars Dien mit leiser und ruhiger Stimme das Wort ab. »Ich bin kein Kind. Ich glaube, ich bin sogar nie ein Kind gewesen. Ich mag jung sein, das gebe ich gerne zu. Aber ich bin kein Kind. Und du bist nicht mein Vater.«

Dien knurrte, und seine Züge röteten sich. »Das brauchst du mir nicht so ins Gesicht zu schleudern! Ich liebe dich, als wärst du mein Sohn. Das weißt du genau.«

»Das gibt dir nicht das Recht, für mich über mein Leben zu entscheiden oder mich zu zwingen, meine Pflichten zu vernachlässigen.«

»Ich habe die Verantwortung, für deine Sicherheit zu sorgen.«

Sarea ließ die Hand auf den Tisch niedersausen. »Aufhören! Das ist weder die richtige Zeit noch der richtige Ort, um wie zwei Gockel miteinander zu streiten. Ihr liebt euch beide gegenseitig sehr, das wissen wir alle.«

Sie wandte sich ihrem Ehemann zu und sagte: »Seit mehreren Sommern höre ich immerzu, wie reif und verantwortungsbewusst Lars ist, wie zuverlässig. Und jedes Mal, wenn er einen Test fehlerlos bestreitet, stolzierst du herum, als hättest du es selbst geschafft. Und du«, fuhr sie fort und verlagerte den zornigen Blick auf Lars. »Als du dir vergangenen Frühling den Arm gebrochen hast, nach wem hast du da gerufen? Wer hat dir das Jagen beigebracht? Wer hält deinen Kopf, wenn dir schlecht ist und du dich übergibst?«

Lars zuckte beim Geschmack der Schuld in seinem Mund zusammen. Er nickte und murmelte: »Es tut mir leid.«

»Hört also gefälligst auf damit. Ihr wisst beide verdammt genau, dass Dubric die Befehle erteilt und ihr zwei sie befolgt. Das Pflanzfest ist schon in wenigen Tagen, und wir müssen dabei helfen, Hüte zu verkaufen. Also bleiben wir alle hier, ob euch das passt oder nicht. Und wenn ihr die Wahrheit wissen wollt: Ich fühle mich viel besser mit dem Wissen, dass ihr beide die Mädchen beschützt. Es gibt keine zwei Männer, denen ich mehr vertraue und die besser über meine Töchter wachen könnten. Mit euch beiden hier sind sie erheblich sicherer als mit mir allein auf der Straße.«

Mit einem letzten Schnauben wandte sie sich ab und wusch weiter das Geschirr. »Findet heraus, wer diese Taten begeht, und schnappt euch den Mistkerl. Dafür wurdet ihr beide doch ausgebildet, nicht wahr?«

Lars und Dien starrten einander über den Tisch hinweg an. »Du bleibst«, räumte Dien schließlich ein. »Aber du tust, was ich dir sage, zumindest so lange, bis Dubric etwas anderes befiehlt.«

»Einverstanden«, stimmte Lars zu. »Und wenn es sein muss, beschütze ich die Mädchen mit meinem Leben.«

Dien seufzte und ergriff seine Teetasse, schloss eine mächtige Faust um den Henkel. »Hoffen wir mal, dass es dazu nicht kommt.«

Braoin erwachte und prustete das Wasser weg, das ihm ins Gesicht tropfte. Er hing mit dem Rücken nach unten an den Hand- und Fußgelenken in der Dunkelheit. Allein die Göttin wusste, worüber er da hängen mochte, allein die Göttin wusste, wo das war.

Er hörte Regen auf das Dach über ihm prasseln, aber er hatte keine Ahnung, ob er in einem Schuppen, einer Scheune, einem Wohnhaus oder gar in einem Aborthäuschen hing. Dem Mief nach zu urteilen, hielt er Letzteres für die wahrscheinlichste

Möglichkeit, allerdings stank die Luft wie kein Aborthäuschen, in dem er je gewesen war – schwer, ranzig, feucht und abscheulich. Um welches Gebilde es sich auch handeln mochte, es musste dringend instandgesetzt werden, wenn man danach ging, wie heftig es auf ihn herabtröpfelte. Ihm war bitterkalt, Schmerzen plagten ihn an Stellen, über die er lieber nicht nachdenken wollte, und ein fauliger Geschmack verunreinigte seinen gepeinigten Mund. Braoin fuhr sich mit der Zunge über die Zähne und zuckte zusammen. All seine Schneidezähne fehlten! Nur wundes, blutendes Zahnfleisch war geblieben.

Was bei den sieben Höllen ist bloß geschehen, während ich bewusstlos war? Er kämpfte gegen seine Fesseln an und schaukelte in der Dunkelheit hin und her. Bei der Bewegung drehte sich ihm der Magen um. Braoin würgte und drehte den Kopf zur Seite, um sich zu übergeben. Bittere, saure Flüssigkeit troff aus seinem Mund und landete irgendwo unter ihm.

Er spuckte aus, dann holte er Luft und versuchte, eine Hand freizubekommen. *Ich muss meine fünf Sinne beisammenhalten, um von hier zu entkommen. Wenn ich bleibe, sterbe ich.*

Nachdem er einen Mundvoll Regenwasser geschluckt hatte, beugte er einen Arm in der Hoffnung, den anderen zu entlasten, aber dadurch schwang sein Körper nur zur Seite, und die Spannung auf beiden Handgelenken blieb erhalten. Ganz gleich, was er versuchte, ganz gleich, was er tat, sein Gewicht hing unverändert an seinen Hand- und Fußgelenken. Es gelang ihm nicht, die Fesseln irgendwie zu lockern.

Stumm verharrte er und dachte angestrengt nach, wie er sich aus seiner Misere befreien konnte. Erschöpft und vom Geräusch des Regens eingelullt döste er ein, aber als er in der Nähe seines Kopfes ein metallisches Kratzen vernahm, riss er die Lider jäh auf.

Schepper, knarz, bumm. Eine Tür öffnete sich und ließ eine Bö nasser, kalter Luft herein. Braoin sah Regen, der von unten nach oben fiel, sah einen nächtlichen Himmel und ein fernes Licht. Genug Licht, um etwas zu erkennen, der Göttin sei Dank! In der Nähe seiner Schulter ragte ein Pfosten auf, und vielleicht drei Längen unter ihm befand sich Erde, die vor winzigen Würmern und dicken, geflügelten Insekten wuselte.

Braoin fand ein Gefühl von Raum, spürte die Gegenwart von etwas Normalem, das man begreifen konnte. Er hing in einer Scheune oder einem großen Schuppen wie dem hinter seinem Haus. Wenn dem so war, mussten die dünnen Seile um seine Hand- und Fußgelenke an Balken befestigt sein. Da sich der Boden drei Längen unter ihm zu befinden schien, konnten die Balken höchstens sechs oder sieben Längen über ihm sein. Konnte er so weit klettern? Wäre das möglich?

Als er die Hände drehte, um das Seil zu ergreifen, tauchte ein Schatten an der Tür auf – der Umriss eines Mannes.

»Lass mich gehen«, bettelte Braoin ungeachtet der pochenden Schmerzen in seinem Mund. Er ließ das Seil los. Braoin schwang hin und her. Der Schatten des Mannes verdunkelte sein Gesicht, dann entfernte er sich. Es wurde abwechselnd dunkel und hell, dunkel und hell. Braoins Magen drehte sich um, und er hoffte, er würde sich nicht erneut übergeben müssen. »Bitte«, presste er erstickt hervor und würgte angesichts der Krämpfe in seiner Kehle und seinem Bauch. »Ich tue alles, wenn du mich nur gehen lässt.«

Der Mann lachte und trat ein, begleitet von den warmen Gerüchen von Fleisch und altem Whiskey. »Du hast mir nichts zu bieten.«

Nein! »Bitte, ich werde nichts verraten. Nur bitte, lass mich gehen.«

Der Schatten kam näher, und Braoin hörte, wie etwas über den Boden schleifte.

»Hungrig, kleiner Köter?«

Braoin schüttelte den Kopf und schaukelte weiter, aber der

Schatten ließ eine Hand vorschnellen und ergriff ein Seil. Trübes Licht erfasste die Ränder des Körpers des Mannes, schimmerte auf einem nassen Mantel und der nackten Haut eines ausgestreckten Arms, doch Braoin konnte weder das Gesicht noch sonstige eindeutige Merkmale erkennen.

»Du wirst essen, du neugieriges Karnickel«, sagte der Unbekannte. »Du musst für mich am Leben bleiben.« Braoin biss die Zähne zusammen, aber heiße, harte Finger zwängten seinen Mund auf und schoben sich zwischen sein wundes, zerfetztes Zahnfleisch. Bevor Braoin den Kopf wegdrehen konnte, stopfte ihm der Mann den Mund mit dickem Eintopf voll.

Braoin würgte und plagte sich damit, abwechselnd zu husten und zu schlucken. Der Mann hielt dem jungen Mann den Mund zu, bis er sich beruhigte, dann zwängte er ihn für eine weitere Ladung der schleimigen Masse erneut auf.

Braoin setzte sich zur Wehr – vergeblich. Sieben Happen fanden zwangsweise den Weg seine Kehle hinab in den Magen, während ihm Rinnsale der kalten Brühe in die Nase liefen und in den Augen brannten.

»Durstig?«, erkundigte sich der Mann. Braoin sah, wie eine leere Schale über den Boden zur Tür rollte. Die klumpigen Überreste darin erinnerten im schwachen Licht an schwarzes Blut.

Er hörte das Rascheln von Kleidung. »Nein«, stieß er hervor.

»Doch, bist du«, widersprach der Mann und packte Braoin an Ohren und Haaren. »Und jetzt trink das, du Bastard. Trink!«

Braoin kämpfte gegen das Eindringen der Flüssigkeit in seinen Mund an, doch diese Gegenwehr stachelte seinen Peiniger nur an. Durch sein Aufbegehren verschmierte er sowohl sich selbst als auch den Mann mit Eintopf, doch der Angreifer ließ nicht von ihm ab. Am Ende hatte er die dicke Brühe in der Nase, und sein Mund füllte sich mit einer noch viel schlimmeren Flüssigkeit. Braoin trank.

Bald danach ging der Mann, warf die Tür zu und schloss sie

hinter sich ab. Braoin blieb allein und würgend in der Dunkelheit zurück. Nach einer Weile schlief er vor Erschöpfung ein, während das herabtropfende Regenwasser die Flecken und die Schande aus seinem geschundenen Gesicht wusch.

Kapitel 3

Jess schnippte sich die Haare aus den Augen, als sie nach dem Nudelholz griff. Die Luft roch nach Zimt und brutzelnden Würstchen. Großmama hatte mit der kleinen Cailin alle Hände voll zu tun, während Lars sich in der Nähe herumdrückte und das Geschehen beobachtete, als könne er seinen Augen und Ohren nicht trauen.

Kia hatte den Morgen damit verbracht, Lars schöne Augen zu machen und sich mit Fyn zu zanken. Fyn wollte nach Hause, Kia wollte bleiben, und keine der beiden ließ die andere in Ruhe. Mittlerweile beschränkte sich der Disput nicht mehr auf ein Wortgefecht, es wurde auch geschubst und gestoßen, auch wenn es keine Verletzungen gab; zumindest noch nicht. Zum Glück hatten sie die Küche verlassen, hatten ihren Streit woandershin verlagert und die Liebäugelei gleich mitgenommen.

Ihre Eltern unterhielten sich draußen, und das verhieß nichts Gutes. Jess rollte den Gebäckteig und wünschte, sie würden wieder hereinkommen. Es kümmerte sie nicht, ob sie bleiben würden, um beim Verkaufen der Hüte zu helfen, oder nicht. »Denk nur an die Steuern! Verdammt noch mal, Dien, wie sollen meine Eltern ihre Steuern bezahlen, geschweige denn sich in den nächsten Jahreszeiten das Essen leisten können?«, wetterte ihre Mutter unmittelbar vor dem Fenster. Aber Jess hatte für neun Leute Eier zu kochen, und der Gedanke an all die Dotter bereitete ihr Kopfzerbrechen.

Sie wendete die Würstchen, dann schnitt sie den Teig und sprenkelte jeden Streifen mit Zimt und Zucker, doch ihr Blick wanderte immer wieder zu dem Korb voll Eiern. Frischen Eiern. Sie hatte sie selbst erst diesen Morgen eingesammelt.

Ein Korb voll Eier, deren Schalen es fehlerfrei aufzubrechen galt. Die Dotter hatten ganz zu bleiben, das Eiweiß musste gewendet werden, ohne zu zerbrechen.

Bei der Göttin, ich hasse es, Eier zu kochen.

Jess öffnete den Ofen und stupste das Holz mit der Spitze ihres Messers an, um den Kohlenhaufen gleichmäßig zu verteilen. Dann schob sie die Pfanne mit Zimtbrötchen zum Backen hinein und wischte sich die Hände ab. Großpapas kleiner Hund kauerte zu ihren Füßen und wackelte hoffnungsvoll mit dem Schwanz.

Ob ich einfach Rührei machen soll?

Aly kicherte und quietschte. Gleich darauf folgte ein Knurren von Lars. Mit der Kelle in der Hand wich Jess aus, als Aly an ihr vorbeisauste, verfolgt von Lars. Er bekam sie zu fassen, als sie den Teppich erreichten, und die beiden rollten lachend über den Boden und kitzelten sich gegenseitig.

Seufzend holte Jess die Würstchen aus der Pfanne. Danach schlug sie ein Ei am Rand der Bratpfanne auf. Es landete tadellos im Fett und begann zu brutzeln. Als sie nach einem weiteren Ei griff, schaute sie auf und durchs Fenster. Sie erblickte einen Wagen, der sich den Weg herauf näherte.

»Der Zimmermann ist da«, rief sie.

Lars grinste sie an und löste sich von Alys Kitzelangriffen. »Ich sage deinem Papa Bescheid.«

»Danke«, erwiderte Jess und schlug das zweite Ei auf. Sie beobachtete, wie sich Lars auf die Tür zubewegte. Als Aly ihn ansprang, tat er so, als hätte er sich verletzt, und fiel zu Boden. Lachend rollte er sich auf die Füße und trug sie über der Schulter wie einen Mehlsack. Die beiden verschwanden zur Tür hinaus in den goldenen Morgen, und Jess wünschte, sie könnte ihnen folgen.

Aber sie musste ja Eier kochen, verdammt noch mal. Sie griff nach einem weiteren, dann hielt sie inne, als ihr Blick auf die Bratpfanne fiel. Das Ei, das sie aufgeschlagen hatte, als Lars ihre Schwester Aly nach draußen trug, brutzelte und blubberte wie das daneben, aber der Dotter war mit Blut gesprenkelt und durchzogen. Viel mehr Blut als der Fleck, den ein Gockel hinterlassen haben konnte.

Sie verzog das Gesicht, schob die Kelle darunter und trug das hässliche Ding zur Hundeschüssel. Als es darin lag, sah es aus wie ein blutendes, goldenes Auge. Mit einem mulmigen Gefühl kehrte sie zum Kochen zurück und kehrte dem blutigen Anblick den Rücken zu.

Bei der Göttin, was für ein wunderbarer Morgen! Pfeifend schlenderte Lars zur Scheune und scheuchte eine Schar Hühner aus dem Weg. Nach dem Aufwachen hatte es Unterhaltungen und ein warmes Frühstück im Umfeld des harmlosen Gezänks und der Herzlichkeit einer Familie gegeben. Eltern, Geschwister und sogar Großeltern unter einem Dach vereint – genau das, was er sich ein Leben lang gewünscht hatte. Er selbst hatte sich zurückgehalten, hatte beobachtet, aber sich nicht in die morgendlichen Rituale eingemischt, sondern die Augenblicke still genossen, das unbeschwerte Wunder von Heim und Verwandtschaft. Aly hatte mit ihm gespielt und sich von ihm die Schuhe zubinden lassen.

Der Zimmermann, ein breiter Kerl mit windgegerbtem Gesicht, nickte zum Gruß. »Junge!«, rief er und kam auf Lars zu. »Hast du einen Augenblick Zeit für mich?«

»Sicher.«

Der Zimmerer musterte ihn von oben bis unten, dann streckte er ihm die Hand entgegen. »Ich bin Jak, der Zimmermann, Junge, und ich brauche einen anständigen Burschen für schlichte Arbeit. Dauerhafte Arbeit, nicht die Gelegenheitstätigkeiten, die man sonst hier bekommt.«

Lars schüttelte den Kopf und lächelte. »Danke, aber ich bin nicht interessiert. Ich habe bereits eine Arbeit.« Damit ging er an Jak vorbei weiter zur Scheune. Dort schufteten vier junge

Männer auf dem Dach und entfernten verrottete Schindeln. Lars kniff gegen die Sonne die Augen zusammen und winkte ihnen zu, doch sie schenkten ihm keine Beachtung.

Das Scheunentor stand einen Spalt offen und lud ihn mit den angenehmen Gerüchen von Tieren und Heu ein. Als Lars eintrat, erschreckte er einen Schwarm Schwalben. Die Vögel stoben flatternd von den Balken auf. Abteile und Pferche für Vieh sowie Lagerbereiche erstreckten sich in der Dunkelheit. Mit Stroh gesprenkelter Erdboden verlief zwischen den Reihen, und durch ein hoch gelegenes Fenster fiel unregelmäßiges Sonnenlicht auf dicke, grob bearbeitete Balken und Pfosten. Irgendwo weit vor ihm wieherte sein Pferd.

Auf der Suche nach einer Mistgabel kramte er in der Nähe des Tors umher, sah sich in den mit Werkzeugen gefüllten Abteilen und auf dem Gestell mit den Hacken und Sicheln um. Einige Längen entfernt blökte in einem geräumigen Pferch mit Lattenwänden eine hochträchtige schwarze Aue und bettelte offenbar darum, gestreichelt oder gefüttert zu werden. Da Lars nichts über Schafe wusste, hatte er keine Ahnung, was das Tier mehr begehrte, also kraulte er die Ohren und fütterte es gleichzeitig mit einer Handvoll Hafer. Danach schloss er die Tür des Pferchs, achtete darauf, den Riegel vorzuschieben, und wischte sich die dreckigen Hände am Hemd ab.

»Wer ist da?«, rief Devyn aus der düsteren Tiefe der Scheune.

Lars zuckte zusammen. *Ich bin wohl doch nicht allein.* »Nur ich. Lars.« Er kletterte auf einen Ballenstapel, um sich dahinter umzusehen. Keine Mistgabel. »Ich bin gekommen, um die Abteile zu putzen und die Pferde zu füttern. Wo finde ich denn eine Mistgabel?«

Devyn schlurfte ins Licht und sah Lars mit zusammengekniffenen Augen an. Er hielt einen halbfertig gewobenen Strohhut in den knorrigen Händen. Das Stroh stand wie ein Bündel dünner, bleicher Messer in alle Richtungen davon ab.

»Du weißt nicht, wo die Mistgabeln sind, Junge? Kaninchendreck und Wespenstich! Sie sind immer am selben verfluchten Ort. Wie oft muss ich es dir denn noch sagen?« Er bog in einen Quergang. Lars sprang von den Ballen und folgte ihm. Weiter vorn lehnten am Hauptträgerpfosten zwei uralte Mistgabeln wie ein Paar betagter Soldaten, die darauf warteten, zum Einsatz gerufen zu werden.

Devyn runzelte die Stirn und deutete auf die Mistgabeln. »Gleich hier, Stuart, wie immer. Hörst du denn niemals zu?« Damit ging er davon und brummte vor sich hin: »Verdammt, Junge, manchmal glaube ich, du hast nur Sand zwischen den Ohren.«

»Herr, ich bin nicht …«

Devyn drehte sich um und wich einen Schritt zurück. Der Hut fiel zu Boden. »Wer bist du? Was machst du in meiner Scheune?«

»Ich bin Lars«, antwortete der Junge und kniete sich hin, um den Hut aufzuheben. »Ein Page aus Burg Faldorrah. Ich bin gestern Nacht während des Unwetters mit Dien angekommen. Erinnert Ihr Euch?«

»Pah!« Devyn entriss ihm den Hut. Das raue Stroh schnitt Lars in die Finger. »Dien ist nicht hier, und Sarea treibt mich fast in den Wahnsinn, weil sie sich so nach ihm verzehrt. Glaub mir, Junge, ihr Herz gehört bereits jemand anderem. Du verschwendest deine Zeit.«

»Ja, Herr.« Lars entfernte sich einen Schritt von dem alten Mann und zuckte angesichts der brennenden Schnitte an seiner rechten Hand zusammen. »Ich werd's mir merken, Herr. Danke.«

Devyn schlurfte an ihm vorbei und murmelte etwas über lüsterne junge Trottel. Lars wartete, bis Devyn außer Sicht war, bevor er eine der Mistgabeln ergriff.

Um zwei der Zinken hatte sich ein dreckiger schwarzer Faden verheddert; ein abgebrochener Zweig und ein Stück alten Stoffes hatte sich in dem Gewirr verfangen. Lars löste das Knäuel und ließ es vor seine Füße fallen. Dann trat er es von sich und wusste nicht recht, weshalb ihm der Anblick des seltsamen schwarzen Klumpens solches Unbehagen bereitete.

Dubric roch Speck. Er rollte sich auf den Rücken, ächzte, als er spürte, wie steif sich seine Beine anfühlten, und zog einen Arm über die Augen, um sie vor dem Licht abzuschirmen.

In seinem noch schlaftrunkenen Zustand schlugen die Gedanken ihre eigenen Wege ein. Wann hatte er beim Aufwachen das letzte Mal Speck gerochen? Vor einer Ewigkeit, während der besten Zeit seines Lebens. Bevor Oriana gestorben war. Bevor sich alles verändert hatte.

Er nahm die Gegenwart von Geistern als Pochen hinter den Augen wahr, seufzte und warf die Decken zurück. Mit einem Japsen zog er sie wieder über sich.

Beim König, er hatte sein Lebtag noch nie nackt geschlafen!

Dubric verzog das Gesicht, setzte sich auf die Bettkante, achtete darauf, sein Gemächt zu bedecken und rieb sich die Augen. Als er die Lider aufschlug, schrak er voll Grauen zurück, denn Lars' gespenstisch grünes Antlitz grinste ihm fast Nase an Nase mit ihm entgegen. Sein Herz beruhigte sich, als er erkannte, dass es sich um den verkrüppelten Geist handelte, nicht um seinen Pagen. Die Erscheinung kletterte aufs Bett, setzte sich neben ihn und hopste auf und ab, wie ein Kind es tun würde. Dubric fragte sich, vor wie langer Zeit dieses Kind gestorben sein mochte. Auf jeden Fall vor vielen Sommern, wenn es eine dermaßen feste Form angenommen hatte.

Der Geist und er saßen am Rand eines abgewetzten, aus starkem, ungeflecktem Kiefernholz gefertigten Himmelbetts. Die Decke um seine Hüfte war lavendel- und cremefarben. Ihnen gegenüber in der Ecke stand ein Stuhl, auf dessen Polsterung sich eine grau getigerte Katze eingerollt hatte. Gewobene Spitzenvorhänge waren zurückgezogen worden und gaben den Blick auf den Morgenhimmel preis. Ritzen und Flecken verunstalteten die cremefarben bemalten Wände.

Die Frau kam mit einem Teller voll Pfannkuchen und Speck herein. »Wurde auch Zeit, dass Ihr aufwacht. Ich hätte schon den Medicus holen lassen, um Euch zu untersuchen, wenn ich nur jemanden hätte, den ich losschicken könnte.«

Dubric zog die Decke enger um sich, verhüllte seine nackte Haut von der Mitte der Brust bis zu den Schienbeinen. Er hatte keine Ahnung, ob das schiefe Stirnrunzeln in ihrem Gesicht von verhaltener Belustigung oder Besorgnis zeugte. »Wo ist meine Hose?«

»Beim Trocknen.« Sie reichte ihm den Teller, schob die Katze beiseite und nahm auf dem gepolsterten Stuhl Platz. »Ich habe Eachanns Vater gesagt, dass der Junge die Botschaft überbracht hat und wohlbehalten in der Burg ist. Das ist er doch, oder?«

»Ja. Er hat sich zwar bei einem Sturz von seinem Maultier den Arm verletzt, aber er wird wieder ganz gesund.« Das Frühstück roch köstlich und sah auch so aus, aber statt zu essen, fragte Dubric: »Wie geht es Otlee?«

»Er schläft.«

Die beiden starrten einander an, und der Augenblick zog sich hin. Schließlich holte Dubric Luft. Zwei weitere Geister trieben sich in ihrer Nähe herum. Einer schrie etwas in der Nähe der Tür, der andere lief im dahinter liegenden Gang auf und ab. Der Geisterjunge neben ihm rutschte vom Bett und kroch auf dem Boden hinter der Katze her. Dubric wünschte, alle drei würden verschwinden, damit er nachdenken könnte.

Während die Katze fauchte und unter das Bett flüchtete, starrte die Frau auf Dubrics Hände. »Euer Ring … dieses Symbol … Schlagt Ihr oft Kinder in Eurer Obhut?«

Dubric stellte den Teller aufs Bett, ohne den Blick von der Frau zu lösen. Plötzlich drehte ihm der Gedanke an Speck den Magen um.

Sie schluckte und sah ihm unverwandt in die Augen. »Ich habe Euch eine Frage gestellt, mein Herr, und ich möchte eine Antwort darauf.«

»Nein, das tue ich nicht«, erwiderte Dubric, strich die Decke glatt und zog sie in die Achselhöhlen hoch. Er spürte kalte Finger, die mit den Härchen auf seinem Fußrücken spielten, und zuckte zusammen. *Beim König, sie hat mich in der Falle, und der Geisterjunge piesackt mich.*

»Und doch habt Ihr *dieses* Kind geschlagen. Auf seiner Wange prangt ein Mal von Eurem Ring. Das Blatt hat sich in seine Haut geschnitten, um der Göttin willen.«

Bei der Erwähnung der Göttin ballte Dubric die Hände zu Fäusten. Mit einem Mal fühlte sich sein Ring schwer und heiß vor all den Pflichten und Bürden an, die damit einhergingen, ihn zu tragen; ähnlich dem Tag, als er ihn von seinem Vater bekommen hatte. »Ich wollte ihn nicht verletzen. Ich versichere dir, es war ein Versehen.«

Sie stand auf. »Und das soll ich glauben?«

»Es ist wahr. Darauf hast du mein Wort.« Er zog die Füße aus der Reichweite der kalten, zwickenden Finger des Geistes.

Die Frau trat erst einen Schritt auf ihn zu, dann einen weiteren. Der Blick ihrer Augen durchbohrte ihn förmlich. »Welchen Beweis könnt Ihr mir dafür liefern?«

»Keinen. Ich kann Euch nur schwören, dass ich den Jungen liebe, als wäre er mein Sohn. Als ich sah, was ich getan hatte, zerriss es mir fast das Herz. Ich würde alles dafür geben, ihn nie verletzt zu haben, sogar mein Leben, aber die Vergangenheit lässt sich nicht ungeschehen machen.«

Dubric verstummte und schloss die Augen, als Orianas Gesicht durch sein Gedächtnis tänzelte. Beim König, selbst nach all der Zeit vermisste er sie immer noch so sehr. Sechsundvierzig einsame Sommer hatten ihn welken lassen, dennoch liebte er sie nach wie vor so, als hätte er sie vor wenigen Augenblicken zuletzt gesehen. Als er die Augen wieder öffnete, sagte er: »Ganz gleich, wie sehr wir es uns wünschen, ganz gleich, welchen Preis wir bezahlen oder wie sehr wir büßen, die Vergangenheit lässt sich nie ungeschehen machen.«

Die Frau öffnete die Hände und legte den Kopf schief. »Wenn Ihr den Jungen liebt, warum habt Ihr ihn dann geschlagen? Noch dazu mit solcher Kraft und Wut?«

Der auf und ab laufende Geist setzte seine endlose Wanderung fort, doch der andere stand nicht mehr nackt und schreiend da. Stattdessen trug er nunmehr die maßgeschneiderten Gewänder eines Amtsschreibers und starrte Dubric unmittelbar hinter der Frau hervor an. Dubric fragte sich, vor wie langer Zeit er gestorben war. Wie lange mochte es gedauert haben, bis er in der Lage war, seine eigene Form zu wählen. Ein paar Tage? Eine Phase? Einen Mond?

Der Kastellan schluckte und löste den Blick von den Geistern. »Meine Vergangenheit sucht mich regelmäßig heim, meine Dame. In jenem Moment war ich nicht bei klarem Verstand, und ich bereue zutiefst, den Jungen verletzt zu haben.«

Die Katze bedachte ihn mit einem unheilvollen, finsteren Blick, und die Hände der Frau ballten sich wieder. »Eure Vergangenheit? Eure Vergangenheit hat Euch ausgerechnet in einer trüben, verregneten Nacht heimgesucht, hat Euch Eurer Sinne beraubt und gezwungen, ein Kind zu schlagen? Lächerlich! Vielleicht sollte ich die Behörden rufen, dann könnt Ihr es denen erklären.«

»Ich verkörpere die Behörden«, erwiderte er. »Als ordnungsgemäß bestellter Gesandter Fürst Brushgars verlange ich, dass du auf der Stelle meine Hose holst, damit ich nach meinem Pagen sehen kann.«

Sie verschränkte die Arme vor der Brust. »Nein.«

»Meine Dame, hast du eine Ahnung, wer ich bin?«

»Der Junge hat im Schlaf von Fürst Dubric Byerly geredet,

Fürst Brushgars Ordnungshüter. Ich gehe davon aus, das seid Ihr.«

»Kastellan«, berichtigte er sie und biss die Zähne zusammen, als der Geisterjunge an der Decke zog. »Als solcher bestehe ich darauf, nein, ich gebiete dir, meine Anweisungen zu befolgen und meine Hose zu …«

»Fürst Dubric würde kein Kind schlagen. Wenn Ihr es wirklich seid, welche Entschuldigung habt Ihr dafür?«

Mühsam hievte er sich auf die Beine und hielt die Decke um seine Hüfte fest. »Die von der Göttin verdammten Geister haben mich bestürmt, und ich hielt Otlee für einen von ihnen! Und jetzt hol meine Hose!«

Die Frau wich einen Schritt zurück, stolperte beinah über die Katze und ließ sich auf den Stuhl fallen. »Geister? Was für Geister?«

Dubric seufzte und rieb sich mit der freien Hand die schmerzenden Augen. *Möge mein Gemüt in die sieben Höllen verflucht sein. Was habe ich getan?* Er schritt zur offenen Tür, achtete darauf, dass die Decke zwischen ihm und seiner Gastgeberin blieb, und schloss die Tür vor dem reglosen, starrenden Geist. »Du darfst nicht darüber sprechen, verstanden? Ich bin müde, ich bin besorgt, und ich hatte einen schwachen Augenblick. Sonst nichts. Aber ich schwöre dir bei meinem Leben, dass ich Otlee nicht verletzen wollte.«

Sie schaute auf. Angst schlich sich in ihre haselnussbraunen Augen. »Aber wie? Warum?«

Wo ist meine Hose? »Ich sehe die rastlosen Seelen derer, die im Einzugsgebiet meiner Zuständigkeit unrechtmäßig getötet werden. Vergangene Nacht haben mir ohne Vorwarnung etwa zwanzig oder mehr Geister aufgelauert. Inmitten des Wahnsinns und beim Versuch, ihnen zu entkommen, schlug ich um mich. Nur traf meine Hand Otlee, nicht die Geister. Mir war nicht bewusst, dass er sich mitten unter ihnen befand, bis es zu spät war. Bitte, meine Dame, du musst mir glauben. Ich hatte nie die Absicht, den Jungen zu verletzen, und wollte nur den verfluchten Geistern entkommen.«

Sie presste sich gegen die Rückenlehne des Stuhls, und ihre Lippen bewegten sich einige Atemzüge lang lautlos, bevor sie stammelte: »Ihr … Ihr sagt die Wahrheit. Ich … ich hole Eure Hose.«

Damit erhob sie sich, schob sich an ihm vorbei und eilte zur Tür hinaus. Der Geisterjunge verscheuchte auch die Katze aus der Kammer.

Von seinen schmerzenden Gliedern behindert wankte Dubric zum Bett, ließ sich darauf fallen und zog die Decke über sich. *Verdammter Narr. Wie konntest du nur zulassen, dass dir das Geheimnis herausrutscht?*

Als die Frau zurückkam, hielt sie Dubrics Kleider an die Brust gedrückt. Sie reichte sie ihm bleich und zittrig, dann trat sie zurück und stellte sich neben die Tür.

»Danke«, sagte er. Es erwies sich, dass die Kleider noch feucht, aber schon trocken genug waren, um sie zu ertragen. Sämtliche Spuren von Schlamm und Dreck waren beseitigt worden.

Die Frau fasste hinter sich, um mit zitternder Hand die Tür zu schließen, ohne den Rücken davon zu lösen. »Ich muss es wissen«, sagte sie, presste die Lider zu und wandte das Gesicht ab. »Seht Ihr den Geist meines Sohnes?«

Dubric ließ beinah seine Gewänder fallen. »Dein Sohn ist verschwunden?«

Mit bebender Wange starrte sie auf die Angel. »Vor mittlerweile drei Tagen. Er ging los, um meine Nichte Sarea und die Mädchen zu besuchen, aber er ist nie nach Hause zurückgekehrt. Jemand hat vorvorgestern eine Leiche im Fluss gefunden, und ich habe Angst, dass …« Sie drehte den Kopf, um Dubric anzusehen, drückte sich aber unverändert gegen die Tür. »Erblickt Ihr ihn? Ist mein Braoin tot?«

Beim König, sie ist Sareas Tante. Wenn ich mich nur an ihren Namen erinnern könnte. »Ich weiß es nicht, meine Dame.«

Sie sank auf die Knie. »Wie könnt Ihr es nicht wissen? Bitte sagt es mir! Seht Ihr den Geist meines Sohnes?«

Dubric ließ die Aufmerksamkeit auf sie gerichtet, als er seine Hose unter die Decke zog. »Ich kann nicht wissen, ob ich deinen Sohn sehe, weil ich ihm nie begegnet bin. Beide Geister sind für mich Fremde.«

Ihre Augen leuchteten. Die verquollene, blasse Gesichtshaut betonte die Form der feinen Knochen ihres Schädels. »Ihr habt gesagt, Ihr hättet zwanzig oder mehr gesehen.«

»Ja, meine Dame.« Seine Füße fanden umständlich den Weg in die Hosenbeine, und er zog die Hose bis zu den Knien hoch. »Auf der Straße haben mir zwanzig oder mehr aufgelauert, aber im Augenblick sind nur zwei davon noch hier. Die anderen sind gegangen, um an ihren Lieblingsorten herumzuspuken, wo immer die sein mögen.«

»War einer etwa so groß wie ich und hatte dunkles Haar und dunkle Augen und die Gestalt eines erwachsenen, aber schmächtigen Mannes? Er ist dünn und drahtig. Aber die Muskeln werden noch kommen, das sieht man ihm an.«

Dubrics stockte der Atem. Schlank, der fast dürre Körperbau eines Mannes, nahezu ausgewachsen, aber noch ohne zunehmende Leibesfülle. Genau wie die verbliebenen Geister und die meisten, die Dubric in der Nacht zuvor auf der Straße gesehen hatte. Der oder die Übeltäter bevorzugten Jungen, die noch keine ganzen Männer waren und die sie irgendwie fingen und töteten. Junge Männer wie Lars. *Beim König, was habe ich getan?*

»Oh Göttin, Ihr seht ihn!«

Stumm verwünschte Dubric die Göttin und zog die Hose mit einem Ruck über die Hüften. »Ich weiß nicht, ob ich ihn sehe oder nicht. Einer ist dunkelhaarig und zierlich gebaut. Der andere ist hellhäutig und hat Sommersprossen und lockiges Haar.«

Dubric zog die Schnüre fest und stand auf, warf die Decke beiseite und griff nach seinem Hemd. Die Unterwäsche konnte bis später warten. Während er das kalte Hemd anzog, betrachtete er den dunkelhaarigen Geist. »Hat dein Sohn einen kurzen Bart? Eine Narbe auf dem linken Handrücken?«

Luft wurde jäh ausgestoßen. »Nein, Braoin ist glatt rasiert und besitzt die Hände eines Künstlers. Allerdings hat er aus seiner Kindheit eine Narbe in der Nähe des Rückgrats zurückbehalten.«

Dubric kniete sich vor die Frau hin. »Dann sehe ich seinen Geist nicht.«

Sie wischte sich über die Augen. »Also besteht noch Hoffnung?«

»Ja, meine Dame, es besteht noch Hoffnung.« Er ergriff ihre Hand und stellte fest, dass sie raue, abgewetzte Fingerspitzen aufwies. »Ich werde Hilfe brauchen, um den- oder diejenigen aufzuspüren und zu fangen, die in den Weiten diesen Schrecken verbreiten.«

Sie ließ sich von ihm auf die Beine ziehen. »Ich will tun, was immer ich kann.«

»Dann, meine Dame, möchte ich zuerst deinen Namen erfahren.«

Sie errötete. Die in ihr Gesicht zurückkehrende Farbe ließ sie wie kaum dreißig statt der vierzig Sommer ausehen, auf die er sie ursprünglich geschätzt hatte. »Maeve Duncannon, Herr.« Sie ließ seine Hand los und sank in einen zittrigen Knicks.

»Danke dafür, Frau Duncannon, dass du einen Fremden und einen Jungen während eines Unwetters bei dir aufgenommen hast. Wir wissen das mehr zu schätzen, als du dir vorstellen kannst.«

Ihre Augen wurden merkwürdig stumpf. »Nur Maeve, Herr. Bitte.«

»Wie du wünschst.« Er verneigte sich leicht und fügte hinzu: »Bitte gestatte mir, dir deine Gastfreundschaft zu vergüten.«

»Das ist nicht nötig, Herr. Ich bin nicht mittellos, und ich verfüge über reichlich Platz und Essen. Außerdem gibt es in den Weiten nur wenige Herbergen. Ich kann ja nicht zulassen, dass Ihr oder das Kind frierend und hungrig in irgendjemandes Scheune schlaft.« Mit einem traurigen Lächeln senkte sie den Kopf, bevor sie wieder zu ihm aufschaute. »Wenn Ihr meinen Sohn rettet und den Verantwortlichen findet, stehe ich ohnehin für immer in Eurer Schuld. Das Mindeste, was ich tun kann, ist, dafür zu sorgen, dass Ihr warmes Essen und einen Platz zum Schlafen habt.«

»Danke, meine Dame.« Dubric fasste in seine Tasche, um sein Notizbuch hervorzuholen, fand sie jedoch leer vor. »Hast du bei meinen Habseligkeiten ein Notizbuch gefunden? Mit einem abgewetzten, alten Ledereinband?«

»Oh, ja«, bestätigte sie. Dann öffnete sie die Tür, und er folgte ihr hinaus. »Beim Reinigen Eurer Gewänder habe ich eine ungewöhnliche Ansammlung von Gegenständen entdeckt. Ich habe die Euren in einer Kiste verstaut, die des Jungen in einer anderen.« Sie schaute über die Schulter zu ihm, als sie den Flur hinabgingen. »Er hat wohl eine Vorliebe für Federn. Ich habe mehrere aus seinen Taschen geholt, einige davon wunderschön. Lachesis wollte andauernd mit ihnen spielen, aber ich habe sie weggeräumt. Sie sind in Sicherheit.«

Als sie die Küche erreichten, verwies die Frau Dubric auf zwei geschlossene Kisten, die auf dem Tisch standen. Auf einer saß die Katze und putzte sich. »Lachesis! Runter!«, befahl sie und verscheuchte das Tier. Den Geisterjungen sah Dubric nirgends.

Maeve bedachte den Kastellan mit einem entschuldigenden Blick. »Die Pferde haben mich kaum nah genug herangelassen, um sie zu führen, geschweige denn so nahe, dass ich mich um sie hätte kümmern können. Sie tragen immer noch ihre Sättel auf den Rücken.«

»Das kommt nicht unerwartet.« Dubric ergriff sein Notizbuch und seufzte. Die Seiten erwiesen sich als triefnass.

Maeve holte zwei Tassen aus einem schmalen Schrank in der Ecke. »Ich habe überlegt, ob ich alle vier Bücher in der Nähe des Feuers zum Trocknen aufhängen soll, aber ich hatte ja keine Ahnung, was sie enthalten. Hätte es sich um Tagebücher gehandelt, hätte ich mir die Ungehörigkeit nie verzeihen können.«

Der Kastellan schlug das Notizbuch auf und blätterte durch die Seiten, bespritzte dabei seine Finger mit Tropfen. »Vier? Bitte um Verzeihung, meine Dame, aber ich habe nur eines dabei.«

Sie stellte eine Kanne Tee zum Ziehen auf und sah Dubric an. »Der Junge hatte drei.«

»Tatsächlich?« Neugierig hob Dubric den Deckel von Otlees Kiste an und spähte hinein. Drei taschengroße Bücher lagen zwischen verschiedenen Münzen und Federn, außerdem ein abgegriffener Stift, eine Pagenfeile, zwei Schlüssel und ein Bibliotheksabzeichen. Dubric schüttelte den Kopf – Clintte, der Bibliothekar der Burg, würde vor Wut außer sich sein, falls eines seiner Bücher ruiniert worden war – und schloss die Kiste. »Wo ist er?«

»Hier entlang.« Sie führte ihn von der Küche zu einer geschlossenen Tür gegenüber dem Zimmer, in dem er selbst geschlafen hatte. »Ich bin in der Küche, falls Ihr mich braucht.« Damit ging sie davon, verschwand den Flur hinab.

Dubric verschloss die Augen vor den beiden Geistern. Der Riegel fühlte sich kalt an, als er ihn ergriff und die Tür öffnete.

Otlee lag von Kissen gestützt und mit einer flachen Schale zwischen Arm und Taille auf dem Bett. Er schlief. Seine Atmung klang gleichmäßig und kräftig, aber die Luft roch leicht nach Erbrochenem. Dubric näherte sich dem Bett und zuckte zusammen, als er Otlees Gesicht erblickte. Ein blattförmiges Mal prangte auf seiner Wange, und der blaue Fleck ringsum erstreckte sich vom Wangenknochen bis zum Kinn des Jungen. Weitere blaue Flecken umgaben dunkel seine Augenhöhlen, und er hatte einen Verband um den Kopf. Der Geisterjunge stand in der Ecke und bohrte in der Nase.

»Oh Junge, es tut mir so leid.« Dubric setzte sich auf die Bettkante und berührte Otlees Stirn.

Die Lider des Jungen öffneten sich zuckend, und Otlee gähnte. »Herr? Was macht Ihr denn hier?« Mit einem leichten Zucken setzte er sich auf und streckte sich, bevor er Dubric mit trübem Blick ansah. »Habe ich verschlafen? Warum hat meine Mama mich nicht geweckt? Und warum tut mein Kopf so weh?«

»Schau auf meinen Finger«, forderte Dubric ihn auf und hielt seinen Zeigefinger vor Otlees Augen. Kaum hatte Otlee den Blick darauf gerichtet, bewegte Dubric ihn erst nach oben, dann nach links. Der Geisterjunge ahmte Dubric nach.

Otlee gähnte erneut, während er Dubrics Finger beobachtete. Plötzlich weiteten sich seine Augen. Er sah sich im Raum um. »Wo sind wir, Herr? Was ist passiert?«

Dubric bewegte den Finger näher an Otlees geschundenes Gesicht, berührte beinahe seine Nase. Otlees Augen folgen der Bewegung tadellos. »Es gab einen Unfall, und du hast dir den Kopf gestoßen. Wir haben in jemandes Haus Zuflucht gefunden. Wie viele Finger halte ich hoch?«

»Drei. Zwei. Vier. Einen Unfall?«

Dubric beugte sich näher und legte behutsam Otlees Kopf schief, untersuchte seine Augen, die Ohren und seinen Hals. »Was ist das Letzte, woran du dich erinnerst?«

»Dass wir eine rostige alte Brücke überquerten, die sich über den Fluss spannte. Ein Mann mit einem Packpony und einem kleinen schwarzen Hund ist auch drübergegangen, in die andere Richtung. Der Hund hatte schreckliche Angst vor unseren Pferden.«

Beim König, dem Mann und seinem Hund waren sie am vergangenen Nachmittag begegnet, noch kaum auf halbem Weg ihrer Reise. »Von da an weißt du gar nichts mehr?«

»Nein, Herr, nicht so richtig. Nur verschwommen. Ein Zaun aus alten Getrieben. Kälte. Dass Ihr etwas im Regen gesehen habt. Eine Frau, die meinen Kopf versorgt hat. Was ist passiert?«

»Dien und Lars sind nach Tormod zu Diens Familie gereist, während du und ich den Weg nach Falliet fortgesetzt haben.« Dubric ballte die Hände zu Fäusten und kämpfte sich durch die Scham, die er empfand. »Unterwegs in der Dunkelheit und im Regen wurde ich verwirrt. Erinnerungen und meine Dämonen suchten mich heim. Du wolltest mir helfen, aber in meiner Verwirrung habe ich um mich geschlagen, und dann bist du gestürzt. Es tut mir leid.«

Erschrocken lehnte sich Otlee zurück. »Ihr … habt mich geschlagen?«

»Ja. Ich habe es nicht absichtlich getan, das schwöre ich.«

Panik schlich sich in Otlees Augen und Stimme ein. »Aber Ihr habt mich geschlagen? Ihr? Herr, wie kann das sein? Ich habe noch nie gesehen, dass Ihr jemanden geschlagen habt, schon gar keinen Pagen.«

»Ich war nicht bei Sinnen, das schwöre ich bei meinem Leben. Es wird nie wieder vorkommen.«

Otlee nickte und starrte auf seine Hände. »Ja, Herr.«

Dubric seufzte und rieb sich die Augen. Die Geister der älteren Jungen flackerten und lösten sich wie Rauch auf, aber der festere, verkrüppelte blieb. »Meinst du, dass du gehen kannst?«

»Ja, Herr, ich glaube schon.«

»Und fühlst du dich kräftig genug, um zu arbeiten?«

Otlee schaute wieder auf und nickte. »Ja, Herr.«

Dubric ergriff Otlees Schulter und begegnete dem Blick des Jungen. »Gut. Wir haben heute viel zu tun.« Nach einer kurzen Pause fügte er hinzu: »Sollte ich je wieder wie von Sinnen erscheinen und mich verhalten, als wäre ich wahnsinnig geworden, dann berühre mich nicht. Bitte, ich flehe dich an, berühre mich nicht.«

»Es ist diese Kälte, nicht wahr? Manchmal folgt sie Euch. Mir ist aufgefallen, wie sehr Ihr sie hasst, und in der Regel schickt Ihr Lars und mich weg, wenn sie in der Nähe ist.«

Ein schiefes Lächeln verzog Dubrics Lippen. Otlee war ein aufmerksamer Junge. »Die Kälte, ja. Das ist eine durchaus treffende Beschreibung dafür. Und es stimmt, ihr Burschen sollt sie nicht ertragen müssen.«

»Sie ist hier, Herr, nicht wahr? Hier draußen in den Weiten.«

Die Geister kehrten zurück. »Zieh dich an«, forderte Dubric seinen Pagen auf und erhob sich. »Sobald du gegessen hast, müssen wir uns an die Arbeit machen.«

Kapitel 4

Lars beendete das Fegen der Veranda und lehnte den Besen neben die Tür. Noch zwei Ziegen, dann würde Jess das Melken für den Tag erledigt haben und sich ihren Schwestern dabei anschließen, Hüte anzufertigen. Lars war völlig darin aufgegangen, sie still zu beobachten, als er plötzlich einen Klaps auf dem Hinterkopf spürte.

»Hol die törichten Augen zurück in den Kopf, Junge.« Devyn tapste von der Veranda. Jeder Atemzug verbreitete rasselnd metallischen Gestank. »Hast du noch nie 'ne Ziege gesehen?« Nach einigen unsteten Schritten schüttelte er den Kopf, dann drehte er sich zurück zum Haus. »Ich hatte hier irgendwo ein Seil. Hast du es gesehen, Junge? Oder hast du es gestohlen?«

»Tut mir leid, Herr«, erwiderte Lars. »Ich habe kein Seil gesehen.«

»Verdammt.« Wieder hoch auf die Veranda. »Mama! In Stuart ist ein toter Käfer! Er ist rot wie Blut!«

Lars schlang sachte einen Arm um Devyns Schultern und versuchte, ihn zur Tür zu lenken. »Möchtet Ihr eine Tasse Tee, Herr? Ich bin sicher, wir können ihn so zubereiten, wie Ihr ihn mögt.«

Der alte Mann schwankte, als er jäh herumwirbelte. Sein Arm schnellte vor, und seine Finger umklammerten Lars' Handgelenk. »Verdammt richtig, ich hab sie umgebracht! Nach dem, was sie getan hatten!« Er zog Lars dicht zu sich, Nase an Nase in einer stinkenden Atemwolke. »Ich hab sie ihnen die Ärsche hochgerammt! Und da ich schon dabei war, hätte ich ihnen auch gleich die Köpfe abreißen sollen! Die Mistkerle hatten es durch und durch verdient! Ich bin froh, dass ich sie getötet habe, verdammt noch mal! Warum lässt du mich nicht in Ruhe?«

Lissea kam durch die Tür herausgeeilt, dicht gefolgt von Sarea. »Papa! Lass ihn los!«, rief Lissea und streckte die Hände nach Devyn aus.

Der stieß Lars von sich. Der Junge landete ausgestreckt auf dem Verandaboden. »Kaninchendreck und Wespenstich! Verfluchter verhätschelter Hurenbastard! Meinst wohl, du könntest dir alles erlauben, nur weil du reich bist, du nach Eiter stinkende, undankbare Kröte! Ich hab gesehen, was du in meiner Scheune gemacht hast. Mein Junge, mein Stuart! Glaubst du, dass du damit davonkommst, was du angestellt hast? Was dein Vater getan hat? Was hast du mit Stuart gemacht? Du versuchst, mich hinters Licht zu führen!«

Devyn stieß auch Lissea von sich, schlug sie beiseite. Dann packte er den Besen neben der Tür und drehte ihn so herum, dass der Reisigkopf nach oben und der Griff unmittelbar auf Lars wies. »Ich ramme dir dieses vermaledeite Ding so tief rein, dass es dir bei den Ohren rauskommt! Brenn in den sieben Höllen, du dreckiger Köter!«

»Papa, nein!«, brüllte Sarea und streckte die Hand nach dem Besenstiel aus. Jess kam die Stufen heraufgerannt und stellte sich zwischen Devyn und Lars.

Bei der Göttin, er ist wahnsinnig! Lars robbte zurück, doch dann stürmte Dien vom Hof herauf und drückte Devyn gegen die Wand. Der Besen fiel und rollte klappernd weg.

»Er war es nicht, Dev. Er hat nichts damit zu tun.«

»Doch, hat er!«, beharrte Devyn, dessen Züge sich immer stärker röteten. »Das Waldfüllen hat es getan! Warum glaubt mir niemand?«

»Was bei den sieben Höllen ist ein Waldfüllen?«, wollte Lars wissen.

Dien hielt keuchend inne und senkte den Kopf. »Es bedeutet, dass deine Eltern nicht verheiratet sind. Dass du nicht weißt, wer dein Vater ist.«

Langsam rappelte sich Lars auf, wich zurück und ließ Devyn dabei nicht aus den Augen. »Meine Eltern sind verheiratet. Sie sind Bostra und Jhandra Hargrove. Ihr verwechselt mich mit jemand anderem, Herr.«

Dien nickte. »Hast du das gehört, Dev? Er ist Fürst Hargroves Sohn. Wie wir es dir gesagt haben.«

Panisch blickte Dev von Antlitz zu Antlitz, zu seiner Frau, seiner Tochter, seinen Enkelinnen. »Er hat es getan! Er ist es! Er kommt! Er ist hier!« Der alte Mann sah Lars an und flehte ihn an: »Stuart, sag es ihnen!«

Jess ergriff das Wort. »Lars würde niemandem wehtun.«

Devyn starrte Jess an. »Halt den Jungen von ihm fern, Maeve! Er ist der Tod! Er wird deinen Jungen genauso töten wie meinen!«

Jess erbleichte. »Weißt du etwas über Braoin?«

»Kaninchendreck und Wespenstich, uneheliches Lumpenpack, alle miteinander! In meinem Heim, in meiner Scheune!« Damit senkte er den Kopf und schluchzte. Rotz und Speichel troffen von seinem Gesicht.

»Was hat den Anfall ausgelöst?«, fragte Dien, als Lissea ihren Ehemann ins Haus führte.

Lars versuchte, sein rasendes Herz zu beruhigen. »Ich weiß es nicht. Irgendetwas im Zusammenhang mit Ziegen und Seil und roten Käfern. Ich wollte ihn dazu bringen, für eine Tasse Tee hineinzugehen, aber er ist völlig durchgedreht.«

Dien fuhr sich mit der Hand über den Kopf und brummte: »Zu den sieben Höllen damit. Ich dachte, diesen Mist hätte ich hinter mir.«

Lars schaute zu Jess, dann meinte er an Dien gewandt: »Du weißt, wovon er geredet hat. Nicht wahr?«

Dien legte die Stirn in Falten. »Stuart war Devs Sohn – Sareas kleiner Bruder. Er starb vor langer Zeit, als er noch ein kleiner Junge war. Jetzt ist jeder junge Mann, den Dev zu sehen bekommt, entweder Stuart oder der ›Waldfüllenbastard‹, den er für den Verantwortlichen hält. Es ist alles bloß Wahnsinn, Kleiner, sonst nichts. Mach dich wieder an die Arbeit. Je eher wir mit den Hüten fertig werden, desto früher können wir nach Hause.«

»Wo hat man die Leiche gefunden?«, wollte Dubric von Maeve wissen, als er die Landkarte auf dem Tisch ausbreitete. Sie hatten sie aus Otlees Satteltasche geholt, in der sie eng zusammengerollt, wohlbehalten und trocken gesteckt hatte.

»Entlang des Tormod, unmittelbar nördlich von Barrorise«, antwortete sie. »Die Amtsräume des Medicus der Gegend sind im Ort, also hat man den Leichnam vermutlich zu ihm gebracht.«

Dubric tippte mit dem Finger auf Barrorise. Flüsse bildeten eine nahezu geradlinige Verbindung zwischen Falliet und Barrorise, aber es schien keine Straße zwischen den beiden Ortschaften zu geben. Für den kürzesten Weg mussten sie in nordwestlicher Richtung durch Wittrup reiten, dann nordwärts nach Tormod und schließlich zurück gen Südosten nach Barrorise. Ein Weg fast dreimal so weit, wie es auf gerader Linie zu sein schien.

Zudem waren die Sättel und das Zaumzeug triefnass.

»Otlee, kannst du bis nach Tormod gehen?«

»Ja, Herr. Kann ich.« Auch der verkrüppelte Geist nickte.

»Tormod?« Maeve betrachtete mit zusammengekniffenen Augen die Karte. »Ich dachte, wir wollen nach Barrorise.«

»So ist es, aber meine Männer haben in Tormod weitere Pferde. Wir müssen lediglich bis dorthin zu Fuß gehen.«

»Wir können von hier auch geradewegs nach Barrorise laufen. Entlang des Flusses gibt es einen Fußweg.« Maeve legte den Finger auf die Landkarte. »Er ist steil und felsig, und ich würde nicht darauf reiten wollen. Aber er ist breit genug, um zu Fuß zu gehen. Ich führe mehrmals jeden Mond Erline den Pfad entlang.«

»Erline?«

»Meine Eselin. Sie ist viel trittsicherer als Eure großen Pferde.«

Dubric rollte die Landkarte ein, steckte sie zurück ins Futteral und wischte die von dem Geist angebotene Hilfe weg. Andere Geister sah er zwar nicht, aber er konnte sie fühlen – zwanzig oder mehr, deren Druck er beharrlich hinter den Augen spürte.

»Dann geh bitte voraus, meine Dame.« Otlee überprüfte neben ihm sein Schwert und zupfte sich die Uniform zurecht.

Maeve führte sie aus dem Haus und zur hinteren Weide, vorbei an Dutzenden Schafen und einem neugierig und enttäuscht wirkenden Esel. Das Gelände stieg vor ihnen an, Weideland ging in Bäume über, und sie führte sie auf einem schmalen, rutschigen Pfad hinauf in den Wald. Dubric stapfte hinter ihr her und spürte bei jedem Schritt die Last seiner Geister. Der verkrüppelte Junge schlenderte frohgemut neben ihm einher. Dubric fragte sich, wer ein solches Kind ermorden würde.

Gestrüpp wuchs dicht heran und zupfte an ihren Mänteln. Nach einer Biegung fiel der Pfad steil über eine Böschung zu einem gurgelnden Bach ab. Sie überquerten den Bach und setzten den Weg das Ufer entlang über Schlamm, Lehm und aus der Erde ragendes Gestein hinweg fort, bis sie schließlich einen Wasserfall hinabblickten. Ein Frachtkahn mit flachem Deck bewegte sich langsam stromabwärts und krängte dabei leicht von einer Seite zur anderen.

»Das ist wunderschön«, meinte Dubric und beobachtete, wie der Kahn davontrieb. Acker- und Weideland erstreckte sich auf der anderen Seite des Flusses über sanfte Hügel. Von diesem Aussichtspunkt konnte man meilenweit nach Norden sehen; über das Weideland hinweg zu alten, ausgebrannten Ruinen, und auch ein ordentliches Stück flussauf- und -abwärts.

Maeve lächelte. »Ihr solltet es im Sommer sehen, wenn der Fluss ruhig und blau ist. Neben dem Wasserfall nisten zwei Adler.«

Dubric drehte den Kopf und blickte zu den Bäumen und dem felsigen Hang hinauf, die sich über ihm erstreckten. Der Geist tat es ihm gleich. Trotz der jetzt zu Beginn des Frühlings noch kahlen Äste konnte Dubric durch das Gestrüpp hindurch die Kuppe des Hügels nicht ausmachen. »Was ist hinter uns?«

»Mehrere Morgen, die vorwiegend mit Lossträuchern, Weißdorn und Milchorangenbäumen bestanden sind.« Sie bahnte sich den Weg auf einen schmalen Felsvorsprung und duckte sich unter einem krummen Ast hindurch. »Ich habe gehört, dass dort im Frühling Morcheln wachsen sollen, aber ich kenne niemanden, der dem Dornengestrüpp trotzen würde, um sie sich zu holen.« Maeve deutete auf eine Reihe von Rissen im Pfad vor ihnen. »Seid hier vorsichtig. Der Kalkstein hat vor einigen Sommern Sprünge bekommen, und der Boden ist seither unsicher.«

Der Untergrund gab tatsächlich unter Dubrics Füßen nach, und er musste einen Ast packen, um sein Gleichgewicht zu halten, als faustgroße Steine abbröckelten, davonkullerten und durch das Dickicht unter ihnen krachten. Dubric und seine Gefährten setzten den Weg fort. Sie verloren den Fluss durch das dichte Gestrüpp aus den Augen, aber sein eindringliches Rauschen drang weiter zu ihnen herauf.

Der Pfad verbreiterte sich und führte abwärts. Kalkstein und Schlamm wichen scharfkantigem, tückisch bröckligem schwarzem Schiefer. Oberhalb begleitete sie weiter dorniges Dickicht, doch vom Fluss trennten sie nur die steile Böschung und Skelette hohen, lichten Unkrauts. Otlee stolperte, fiel auf einen losen Steinhaufen, schürfte sich die Handfläche auf und schlug sich die Knie an. Dubric half ihm auf, während der Geisterjunge den verantwortlichen Stein in den Fluss trat. Als Otlee für so gut wie unversehrt befunden wurde, folgten sie weiter Maeves tückischem Weg.

Schließlich verflachte der Pfad, und es wurde eine einfache Wanderung, die durch einen mit Büschen gesprenkelten Streifen Grasland führte, der sich neben dem Flussufer erstreckte. Stare tschilpten ihr Frühlingslied, am strahlenden Himmel trieben flaumige Wolken. Ohne Vorwarnung verschwanden der Druck und die Schmerzen aus Dubrics Kopf. Zurück blieb nur die kaum spürbare Last eines einzelnen Geistes. Dubric stolperte und fiel auf die Knie. Schlamm durchtränkte seine Hose.

»Herr?«, fragte Otlee. »Geht es Euch gut?«

»Ich bin nur gestolpert«, murmelte der Kastellan und mühte sich wieder auf die Beine, während ihn der Geisterjunge mit besorgter Miene beobachtete. Etwa eine Achtelmeile voraus säumte eine Baumreihe das Weideland wie eine Linie von Wächtern. Zwei Rehe preschten davon, und ihre weißen Schwänze verschwanden in den Schatten.

»Wir sind fast da«, verkündete Maeve, die ohne ihre Begleiter weiterging. »Die Weiden des Dorfes liegen gleich hinter den Bäumen.«

Dubric schaute zurück zu dem von Gestrüpp überwucherten Hügel und dem gewundenen, schmalen Pfad. Der Hügel verflachte nach Süden hin und verlief in die Baumreihe, als wollten sie zusammen die grasige Weide umarmen. Selbst der Schlamm unter Dubrics Füßen roch nach Frühling und Würmern und erwachendem Leben. Er lächelte und atmete tief durch.

Dubric, der mit einer größeren Ortschaft gerechnet hatte, runzelte die Stirn, als er voraus das Dorf erblickte. Doch Barrorise erwies sich immerhin als etwa dreimal so groß wie Falliet; eine unregelmäßige Ansammlung von Wohnhäusern und Geschäften, angeordnet um einen Brunnen in der Mitte eines breiteren Abschnitts der Straße. Der Kastellan nickte grüßend einem alten Mann zu, der zwei Ziegen führte, aber der Greis stand nur mit offenem Mund da und beobachtete stumm, wie sie an ihm vorbeigingen. Der kleine Geist winkte.

Der Frachtkahn hatte mittlerweile angelegt. Drei kräftig gebaute Männer luden gerade Fässer und Kisten ab, während ein kleiner, dicklicher Mann die Frachtstücke zählte und Anmerkungen auf eine Schriftrolle kritzelte. Ein schmales gelbes Fähnchen flatterte unter dem Wappen des Schiffunternehmens. Es stach ein wenig wie Gold zwischen beschlagenem Kupfer hervor. Dubric zog sein Notizbuch aus der Tasche und begann mit seinen Aufzeichnungen. »Kommt das Boot aus Casclia?«

»Ja, ich glaube schon«, antwortete Maeve. »Ich weiß wirklich nicht viel über die Lieferungen, die hier vorbeikommen, aber ich habe schon Stoffe an Boote aus Casclia und Deitrelia auf dem Weg zur Küste verkauft.«

Dubric betrachtete den Kahn noch einen Augenblick, dann wollte er wissen: »Hat schon irgendjemand die Kapitäne wegen der vermissten Jungen befragt?«

Otlee drehte den Kopf und starrte Dubric an. Seine braunen Augen wirkten dabei stechend und eindringlich. »›Jungen‹? Herr, ich dachte, wir suchen vermisste *Kinder*.«

Maeve beobachtete Dubric und legte Otlee eine Hand auf die Schulter.

In die sieben Höllen soll ich verdammt sein. Diese zwei werden noch all meine Geheimnisse erfahren, wenn ich den verfluchten Mund nicht halten kann. »Ein Versprecher.«

Er überließ es seinen Gefährten, ihm zu folgen, schritt zum Dorfbrunnen und sah sich um. An der Westseite der Straße standen Häuser, ein Kramladen, eine Schusterei und eine Koppel für Vieh. Im Norden, weit hinter der Vereinigung der beiden Flüsse, zeichnete sich auf einem hohen Kamm ein Landgut ab, das die Ortschaft überblickte. Zwei Türen weiter auf der anderen Straßenseite befanden sich östlich des Brunnens die Amtsräume des Medicus. *B. Mulconry, Medicus*, verkündete ein Schild. Darunter hing eine grobe Darstellung von Scheren und Verbänden. Dubric steckte sein Notizbuch ein und öffnete die Tür.

Die Wände waren im Laufe der Zeit von einsickerndem Wasser und schmierigen Fingern fleckig geworden. Hereingeschleppter Dreck überzog körnig den Boden, dazwischen ließen sich Unrat und Mäusedreck erkennen. Die Luft roch nach Schimmel,

Fäulnis und Krankheit statt nach dem heilkundlichen Duft, den Dubric sonst mit Medici in Verbindung brachte. Er wich beiseite und ließ Maeve und Otlee eintreten. Der Geist verzog das Gesicht und klammerte sich zitternd an Dubric fest.

Eine verlebte, erschöpft wirkende Frau saß auf einer Bank in der Nähe der Wand und hielt ein schlafendes Kleinkind in den Armen. Neben ihr befand sich ein Mädchen von vielleicht neun Sommern, das die Ärmchen fest um den Bauch geschlungen hielt, während eine ältere Frau besorgt bei ihr stand. In der gegenüberliegenden Ecke saß ein Mann mit schwarzen, fauligen Fingern. Alle vier starrten Dubric mit argwöhnischen Blicken an.

»Er ist ein Adeliger«, sagte die Frau mit dem Kleinkind.

»Ei der Daus«, murmelte der Mann, lehnte sich auf seinem Stuhl zurück und schloss die Augen. Er streckte sich, schlug die Beine an den Fußgelenken übereinander und zog seinen Hut tief ins Gesicht. »Wenn das so weitergeht, kann ich von Glück reden, wenn ich rechtzeitig zur Schlafenszeit nach Hause komme. Ich sollte die verflixten Dinger einfach abfallen lassen.«

»Wo finde ich den Medicus?«, erkundigte sich Dubric.

Die Frau mit dem Kleinkind kicherte und deutete an ihm vorbei. »Schweinedreck-Mul ist gleich hinter Euch.«

Dubric drehte sich um und spähte durch eine halb offene Tür. Ein breiter, kahl werdender Mann verarztete einen Patienten, der mit dem Gesicht nach unten auf einem Tisch lag. Der Rücken des Mannes war übersät von blutigen Glasnäpfen.

»Einen Augenblick«, rief der Glatzkopf, ohne in Dubrics Richtung zu schauen. Mit einer Zange holte er gerade einen der Glasnäpfe aus einem dampfenden Topf und stach gleichzeitig mit einem Messer mit schmaler Klinge, das er mit der anderen Hand führte, in den Rücken des Patienten. Dann nahm er das Messer weg und setzte den Napf auf die Wunde. Blut sprudelte hoch und beschichtete den Napf von innen. Der Patient stöhnte und wand sich auf dem Tisch.

Dubrics Geist nahm durch die Wand Reißaus.

»Nur noch einer«, erklärte der Medicus und tauchte die Zange erneut in den Topf. »Du hast für zehn bezahlt, und zehn sollst du bekommen.« Prüfend betrachtete er den Rücken des Patienten, dann lächelte er. »Ah, hier haben wir's.« Ein weiterer Stich und weiteres Sprudeln von Blut, bevor der Medicus seine Werkzeuge auf einen überladenen Tisch warf und sich Dubric zudrehte.

»Medicus Mulconry?«

»Ja, aber Mul reicht.« Der Heilkundler wischte sich die Hände an der dreckigen Schürze ab, bevor er nach einem schmutzigen Zinnbecher griff. »Entschuldigt, dass Ihr warten musstet, Herr. Bitte gewährt mir ein wenig von Eurem Urin, und ich finde eine Kur gegen das, was Euch plagt.«

Dubric verschränkte die Arme vor der Brust und sah den Mann finster an. Sogar Muls Haar wirkte fettig und war voller Schuppen, während seine Haut sich mit dem blassen, aufgedunsenen Aussehen von aufgeweichtem Brot präsentierte.

Mul schaute Otlee an. »Oh. Müssen die Verletzungen Eures Enkels versorgt werden?«

Dubric bedachte den Mann mit einem weiteren eindringlichen Blick. Die beiden Medici der Burg würden diesen Mann wahrscheinlich nach einem einzigen Blick auf seine Ausrüstung und Vorgehensweisen in Ketten legen und auspeitschen lassen. »Gibt es hier einen Ort, wo wir uns unterhalten können? Ungestört?«

Mul grinste und blickte anzüglich zwischen Dubric und Maeve hin und her. »Ah, eine vertrauliche Angelegenheit. Hier entlang.« Mit dem dreckigen Becher in der Hand ging er den Flur hinab.

Dubric drehte sich zu seinen Gefährten um. »Wartet hier.« Ohne auch nur zu versuchen, seine angewiderte Grimasse zu unterdrücken, ließ er Maeve und Otlee an der Tür zurück und folgte dem Medicus.

Dessen Amtsraum erwies sich als kaum besser als das Behandlungszimmer. Unordentlich verstreut fanden sich allerorten Gläser mit verschiedenen Salben, Flaschen mit süßem Vitriol und anderen Arzneien sowie Flecken von Blut und Dreck. Unter Papierbögen mit Blutspritzern und Pfannen voll widerlicher Flüssigkeiten verbarg sich ein Schreibtisch, doch Dubric konnte keinen Zoll von dessen Oberfläche ausmachen. Zwei tote Fliegen hingen in einem Netz am Fenster und zitterten im Luftzug, aber die Spinne war längst verschwunden. Der Verputz über dem Fenster war abgebröckelt, und geblieben war nur der verrottete Rahmen. Der Gestank von Tod beherrschte durchdringend die stickige Luft in der kleinen, düsteren Kammer.

»Was führt Euch hierher?«, erkundigte sich der Medicus und ließ sich hinter seinem Schreibtisch nieder. Er bedeutete Dubric, auf einem Stuhl in der Nähe Platz zu nehmen. Blutverkrustete Verbände und eine tote Maus lagen auf dessen Sitzfläche. »Eine ungewollte Schwangerschaft? Schmerzen beim Harnlassen? Keine Tinte mehr im Füller?«

Dubric blieb regungslos stehen. »Ich bin gekommen, um den Leichnam zu untersuchen, der aus dem Fluss gezogen worden ist.«

Der Medicus stand auf. »Bitte! Nehmt das verdammte Ding! Es stinkt mir alles voll und verschreckt mir die Kunden.« Er eilte um den Schreibtisch herum und kramte durch seine Taschen. »Ich weiß zwar nicht, warum Ihr ihn haben wollt, aber er gehört ganz Euch.«

Dubrics Miene verfinsterte sich noch mehr. *Der Mann macht sich nicht mal die Mühe, nach meinem Namen zu fragen. Was für ein Medicus entledigt sich der sterblichen Überreste von Menschen mit einem derartigen Feuereifer?* »Ich möchte ihn nur untersuchen. Mehr nicht. Die Überreste sollten zur Familie zurückgebracht werden, sobald ich fertig bin.«

»Es ist drei Tage her, und es hat sich noch niemand gemeldet. Außer aus kranker Neugier will niemand das dreckige Ding sehen, und trotzdem besteht man darauf, dass ich es behalte. Ich! Als könnte ich eine verwesende Leiche gebrauchen.«

Angewidert folgte Dubric dem Mann zum anderen Ende des Ganges. »Du bist der örtliche Medicus. Es ist deine Pflicht, dich um die Toten zu kümmern.«

»Nein, dafür ist der Leichenbestatter in Tormod zuständig. Man hätte das Ding zu ihm bringen sollen. Soll ruhig er den Gestank und die Sauerei haben.« Schaudernd schloss er eine schmale Tür auf. »Das widerliche Ding gehört ganz Euch, und nichts wie weg damit, sage ich.«

Dubrics Hand schoss vor und packte Mul am dreckigen Kittel. »Ein Medicus sollte mehr Anteilnahme am Wohlergehen seiner Schützlinge zeigen, ob lebendig oder tot. Ein Junge ist gestorben. Irgendjemand trauert um ihn. Das sollte Euch schon kümmern.«

»Ich kümmere mich um meine Patienten. Mehr tue ich nicht.« Mit einem Ruck befreite sich Mul aus Dubrics Griff und strich seinen Kittel glatt. »Ich weiß ja nicht, wer Ihr seid, aber nehmt das verflixte Ding einfach und verschwindet.«

Dubric baute sich vor ihm auf und stieß knurrend hervor: »Ich bin Kastellan Dubric Byerly von Burg Faldorrah, und Ihr seid eine Schande für Eure Zunft.«

Muls Kinn bebte kurz, dann jedoch straffte er den Rücken und erwiderte: »Ihr seid hier nicht in Eurer feinen Burg, mein lieber Herr Kastellan, sondern in den Weiten. Hier mache ich, was ich will. So weit reicht Euer Arm nicht, und Euer Name gilt hier kaum mehr als ein Flüstern. In unseren Gefilden vermögt Ihr gar nichts auszurichten.« Er zuckte zusammen und fügte hinzu: »Wenn Ihr mich jetzt entschuldigt, ich habe zahlende Kundschaft.« Damit machte er auf dem Absatz kehrt und eilte davon.

Wutentbrannt merkte sich Dubric vor, Schweinedreck-Mul aus seinem Amt entfernen zu lassen – wenn nötig von einer bewaffneten Eskorte –, dann öffnete er die Tür. Der Gestank im Lagerraum ließ ihn unwillkürlich einen Schritt zurückweichen und brachte seine Augen zum Tränen. »Ein erbärmlicher Abklatsch von einem Mann der Heilkunde«, brummte er und schloss die Tür wieder. Mit aufgewühlten Gedanken kehrte er zu Otlee und Maeve zurück.

»Ist er es? Ist es Braoin?«

»Nein, gute Frau. Seit dem Tod dieses Menschen sind weit mehr als drei Tage vergangen. Am besten wartest du draußen.«

Sie nickte. »In Ordnung.« Mit einem letzten Blick zu Dubric verließ sie die Räumlichkeiten des Medicus und zog die Tür hinter sich zu.

»Und ich, Herr?«

»Du fertigst Notizen an.« Dubric wandte sich wieder dem Gang zu. Otlee folgte ihm. Der Kastellan fasste in sein Schulterbündel und reichte Otlee ein kleines Glas. »Schmier dir das unter die Nase. Es hilft gegen den Gestank.«

»Ja, Herr.«

Dubric holte sein Notizbuch aus der Tasche und reichte es Otlee. »Das Papier ist feucht, das weiß ich. Gib einfach dein Bestes.« Er strich sich einen Fingervoll der Schmiere unter die Nase und atmete sofort erheblich leichter. »Falls du dich übergeben musst, bitte auf den Boden, nicht auf die Leiche.«

»Ich werde mich nicht übergeben, Herr.«

Dubric streckte die Hand nach dem Riegel aus. »Dann lass uns hoffen, dass ich auch alles bei mir behalte.« Er holte tief Luft und öffnete die Tür.

Auf dem Tisch lag ein gräulicher Haufen aus Fleisch und Knochen. Von einem über den Rand hängenden Arm troff breiige Flüssigkeit, von der sich auf dem Boden eine Lache angesammelt hatte. Ein getrocknetes rosa Rinnsal davon sickerte in eine Ecke. Die Leiche war nackt und schien weder Finger noch Zehen oder ein Gemächt zu besitzen. Der Bauch klaffte offen. Dasselbe galt für die Kehle und die Öffnung, die einst ein Mund gewesen war.

»Bei Malannas Blut«, stieß Otlee hervor, als er Dubric in den

Raum folgte. »Seid Ihr sicher, dass wir hier überhaupt einen Menschen vor uns haben?«

»Einigermaßen. Schließ die Tür. Ich brauche Hilfe beim Vermessen.«

»Ja, Herr«, erwiderte Otlee. Er stellte sich unmittelbar hinter Dubrics linken Ellbogen und kennzeichnete die Seite mit seinem Stift. »Gebt mir nur einen Augenblick, um die Nummer aufzuschreiben, bevor wir anfangen.«

Dubric reichte Otlee ein Ende der Messschnur und ging zum Kopf des Leichnams. Otlee hielt das andere Ende an den zehenlosen Stumpf eines schwärenden Fußes. »Fünf Längen, vier Finger«, verkündete Dubric und holte die Schnur ein, während Otlee das Notizbuch wieder aufschlug.

»Das Opfer scheint männlich und rothaarig zu sein. Keine Augen. Die Höhlen sind vollkommen leer.« Mit einem Finger zog Dubric den Unterkiefer auf und spähte in die Mundhöhle. »Außer den Weisheitszähnen ist das Gebiss vollständig, aber verrottet. Er hat sich nie darum gekümmert. Notier, dass sein Alter zwischen vierzehn und achtzehn Sommern liegt. Wangen, Lippen und Nase wurden teilweise entfernt. Er hat seitlich am Kopf eine Prellung, die den Schädel aufgeweicht hat, aber Kopfhaut und Ohren sind unversehrt. Ich sehe einen Einstich in der Nähe der Schläfe gegenüber der Prellung, vermutlich von einem Stock oder spitzen Stein, während er im Wasser war. Im Gesicht und am Rumpf sind zahlreiche Abschürfungen und Schnitte. Sie entstanden wahrscheinlich, weil er am Flussbett entlanggeschrammt ist.«

Dubric drückte mit einem Finger in die Schulter des Opfers, und Wasser quoll heraus wie aus einem Schwamm. »Sein Gewebe ist von Wasser durchtränkt und verwest. Schwere Verletzungen und Verstümmelungen an allen Gliedmaßen. An der linken Hand besitzt er noch den halben Zeigefinger und einen kleinen Teil des Daumens. An der rechten fehlen alle Finger.«

Dubric hob die schlaff herabbaumelnde Hand an und betrachtete stirnrunzelnd die dunklen Linien, die darüber verliefen. »Man beachte die Druckmale am rechten Handgelenk. Er war gefesselt.«

Otlee sagte nichts, aber sein Stift flog förmlich über die Seite.

Dubric rollte die Messschnur ein Stück aus. »Das Loch im Bauch weist eine Länge von zwei mal … neun Fingern auf.« Er verstaute die Schnur, zog das Gewebe auseinander und spähte in den Hohlraum, der früher einmal der Bauch eines Jungen war. Er verzog das Gesicht, fasste hinein und holte einen toten Wels hervor. »In der Bauchhöhle ist ein Fisch.«

Mit zusammengebissenen Zähnen setzte Dubric seine Untersuchung fort, fand jedoch wenig Bemerkenswertes, das nicht von Fischen gefressen worden war oder aus anderen Gründen fehlte. »In Anbetracht des kühlen, feuchten Frühlings schätze ich, dass er etwa einen Mond im Wasser war. Was für eine Verschwendung.« Er seufzte. *Und was gäbe ich nicht für ein Handtuch, um mir die Finger abwischen zu können.*

»Ja, Herr«, pflichtete ihm Otlee bei. Der unversehrte Teil seiner Gesichtshaut hatte eine ungesunde Farbe angenommen. »Sind wir fertig?«

»Noch nicht ganz.« Dubric holte tief Luft und fasste unter die Schulter des Opfers, hob den Leichnam an und rollte ihn auf die Seite.

»Die Haut am Rücken ist verkrustet, an einigen Stellen aufgebrochen und weist zerplatzte, getrocknete Bläschen von Fäulnisgasen auf. Er ist mit dem Gesicht nach unten im Wasser getrieben. Der Leichnam ist kaum noch aufgedunsen, und das Fleisch unter der Haut ist schlaff und befindet sich in einem fortgeschrittenen Zustand der Verwesung. Am Hals und am Rücken sind zahlreiche flache Verletzungen erkennbar.« Dubric sah Otlee an und seufzte. »Das waren Vögel: Kratzer und Male von Schnäbeln. Wahrscheinlich Falken, Krähen oder Möwen.«

Gibt es hier eigentlich auch etwas zu finden? Mit einer Hand stützte er den Leichnam, mit der anderen arbeitete er sich vom Kopf nach unten vor und nahm unterwegs die Verletzungen in Augenschein. Als er an den Pobacken ankam, hielt er mit hämmerndem Herzen inne.

Otlee schaute auf, Dubric verstummte. »Herr?«

Dubric schloss die Augen, dann öffnete er sie wieder und kämpfte gegen den Drang an, sich die Hände abzuwischen. »Anzeichen eines sexuellen Übergriffs. Sein Anus ist aufgerissen, zerfetzt und überall in dem Bereich finden sich starke Blutergüsse.«

»Herr? Das verstehe ich nicht.«

»Er wurde vergewaltigt, Otlee. Gefesselt und vergewaltigt. Mehrfach.«

Otlee wich einen Schritt zurück. Sein Mund klappte auf. »Und Frau Maeves Sohn?«

»Ja, ich vermute, er auch.« Dubric ballte die Hände zu Fäusten und setzte sich in Richtung der Tür in Bewegung. *Wie soll ich ihr das Schicksal ihres Sohnes erklären? Kann ich den Täter finden, bevor es zu spät ist?*

Die Mädchen stießen Lars beinah von den Beinen und quiekten in ihrer Hast, zu den Waren zu gelangen.

»Langsam mit den jungen Pferden, es ist genug für alle da«, sagte Atro, der Höker, als er die Türen seines Karrens mit plumpen Wurstfingern entriegelte. Entlang der Seiten kamen Schaubretter zum Vorschein, und er zog ein langes Gestell mit Tand und Gerätschaften heraus.

Grinsend trat er beiseite, als sich Fyn und Kia gegenseitig schubsten, um an ein funkelndes Schmuckstück zu gelangen, dann winkte er, als Lissea und Sarea aus dem Haus kamen.

»Hast du heute irgendwelche Gewürze dabei?«, erkundigte sich Jess, die von ihren Schwestern beiseitegedrängt wurde. »Wir haben kaum noch Muskat.«

»Aber ja, habe ich, junges Fräulein«, antwortete der Höker. Er griff in den Karren, zog einen langen, flachen Koffer hervor und öffnete ihn für Jess.

Neben ihr bettelte Aly darum, die Puppen sehen zu dürfen. Atro zwinkerte ihr zu und schwang die hintere Tür auf. In einer Kiste lagen drei abgewetzte Marionetten. Er entschied sich für eine davon und reichte sie Aly. Kichernd ließ das Mädchen die Puppe um den Karren spazieren.

Auf der gegenüberliegenden Seite der fröhlich quietschenden Kinder nahm Lars eine Ansammlung von Linsen und Lupen in Augenschein und blickte durch sie hindurch. Er fragte sich, ob Otlee wohl gern ein gutes Vergrößerungsglas hätte.

»Atro, schon so bald wieder hier?«, fragte Lissea.

Der Höker reichte ihr eine Kiste voller Päckchen und Beutel. »Ich weiß, was ein guter Markt ist, wenn ich einen sehe. Die Mädchen kenne ich, aber hast du dir inzwischen einen Enkelsohn zugelegt?«

»Das ist Lars«, stellte Lissea vor. »Er arbeitet mit meinem Schwiegersohn zusammen.«

»Ah, aus der Burg, ja. Das erklärt seinen anspruchsvollen Blick.« Atro beugte seine Masse an Lars vorbei und streckte sich nach einer Lupe mit vergoldetem Griff. »Dieses wunderschöne Vergrößerungsglas habe ich noch keine vierzehn Tage. Es stammt aus Schwarzmoor. Solides Elfenbein mit Goldeinlage.«

Lars nahm die Lupe entgegen und spähte hindurch, besah damit prüfend Aly und ihre Puppe, sehr zu ihrer Freude. Nicht ganz so schwer wie die Lupe, die er selbst zu Hause hatte, aber sie vergrößerte gut und mit sehr geringer Verzerrung. »Wie viel?«

»Für so ein feines Stück kann ich mich nicht mit weniger als fünfzig Kronen begnügen.«

Kopfschüttelnd legte Lars das Vergrößerungsglas auf das schwarze Tuch zurück. »Für so viel kann sich Otlee selber eine Lupe kaufen.«

»Ist das dein Bruder?«, erkundigte sich Atro und öffnete eine weitere Lade mit Linsen.

Lars schüttelte erneut den Kopf und kniete sich hin, um das Angebot der Fernrohre und Ferngläser in Augenschein zu nehmen. »Nein, er ist Page, so wie ich.«

Kia kam mit einem Paar Ohrringen herüber. »Otlee ist bloß ein gewöhnlicher Page, aber Lars ist Fürst Hargroves Sohn aus Haenpar«, erklärte sie. »Er mag sich wie ein Bürgerlicher verhalten, aber er könnte es sich wahrscheinlich leisten, deinen ganzen Karren zu kaufen.« Sie bedachte Lars mit einem fidelen Lächeln, dann streckte sie die Ohrbehänge vor. »Ich habe nur rote und blaue dieser Art gefunden. Hast du sie auch in Grün?«

Verärgert richtete sich Lars auf und schloss die Schublade. Sein Vater hatte ihm in all den Sommern, die er in Faldorrah als Page gedient hatte, keinen Heller geschenkt, und seine Entlohnung war zwar anständig und reichte bei sorgfältiger Einteilung jede Phase. Allerdings gestattete sie es ihm nicht, eine teure Lupe zu kaufen, geschweige denn einen gesamten Hökerkarren voll Krimskrams. Tatsächlich überlegte er oft lange hin und her, bevor er verschlissene und kaputte Notwendigkeiten ersetzte oder die für seinen Unterricht geeigneten Bücher erwarb.

»Kia!«, sagte Sarea in scharfem Tonfall. »Lars' Geldbelange und Familienangelegenheiten gehen dich nichts an.«

»Aber es stimmt. Er ist einer der reichsten und mächtigsten jungen Männer in Faldorrah, auch wenn er es nie zugeben will. Bestimmt kann er sich läppische fünfzig Kronen leisten.«

Jess ging mit finsterer Miene und einer Handvoll Gewürzdosen um den Karren herum. Sie bedachte Lars mit einem mitfühlenden Blick. »Darum geht es nicht«, sagte sie. »Mama hat recht. Das geht dich nichts an.«

Lars schritt an Jess vorbei und lief weiter zum Haus, ohne zurückzuschauen.

Braoin glitt erneut ab, schwang in der Dunkelheit hin und her und verfluchte die Schwäche seiner schmerzenden Hände. Der Mann hatte ihn früh an diesem Morgen besucht und ihn geweckt. Das Erste, was Braoin dabei wahrgenommen hatte, waren Qualen und das Krähen eines Hahns irgendwo draußen. Er hatte keine Möglichkeit, sich zur Wehr zu setzen oder zu fliehen. Nach einer gefühlten Ewigkeit stechender Folter hatte der Mann sein Tun zu Ende gebracht und Braoin gezwungen, Haferbrei zu essen und Ziegenmilch zu trinken.

Als der Junge wieder allein und verloren in der Dunkelheit zurückblieb, hatte er geweint, bis ihm ein trüber Schimmer zu seiner Rechten aufgefallen war. Der vielversprechende Punkt war gewachsen und heller geworden, als ein dünner Lichtstrahl durch das Astloch hereinfiel. Mit einem verzweifelten Anflug von Hoffnung hatte Braoin den Strahl beobachtet, doch er erhellte lediglich die schlichten Bretterwände und warf Schatten von ein paar Werkzeugen.

Jede Bewegung versetzte den Jungen in Schwingungen. Er hatte versucht, die Füße und Zehen zu beugen, aber unterhalb der Fußgelenke spürte er gar nichts. Hatte er überhaupt noch Zehen und Füße? Oder hatte sein Peiniger sie abgeschnitten und weggeworfen? Sein Hals schmerzte, weil er das Gewicht seines Kopfes stützen musste, seine Schultern und Arme taten ebenfalls weh, und sein Hintern … oh Göttin …

Das kann nicht wirklich passieren, kann es einfach nicht. Bitte, Göttin, lass es nicht wahr sein!

Braoin starrte auf den Lichtstrahl. Er kroch in einem trägen Bogen von der Wand zum Boden, und während Braoin seinen langsamen Weg beobachtete, wanderten seine Gedanken zu seiner Verlobten. »Oh, Faythe«, murmelte er, und seine Augen brannten erneut vor Tränen. Herr Haconry hatte ihn unlängst mit einem Gemälde beauftragt. Mit dem Erlös würden sie in der Lage sein, sich ein kleines Heim anzuschaffen, sodass sie einen

Platz hätten, um eine Familie zu gründen. Braoin hatte ihre Zukunft auf jenes Gemälde gesetzt, seine und die von Faythe, und nun würde es nie fertiggestellt werden. Ihre Zukunft würde es nie geben.

Das Licht kroch weiter nach unten, und Braoin sog scharf die Luft ein, als er erkannte, was es offenbarte. Winzige rote Würmer und fette, rot-schwarze Motten wuselten auf dem Boden und fraßen einen teilweise sichtbaren Schädel sauber. Er lag auf der verseuchten Erde. Nur die Stirn, die Nase und die Kinnspitze ragten aus dem Getier heraus.

Panisch packte Braoin seine Fesseln und zog sich ein Stück hoch, nur weg von dem Grauen auf dem Boden, und das trotz der sengenden Schmerzen, die ihm die Fesseln um die Handgelenke bereiteten. Verzweifelt und verängstigt kletterte er, schenkte den Qualen und dem grässlichen Gestank keine Beachtung, verdrängte das Getier unter sich aus den Gedanken. Stattdessen stellte er sich vor, dass ihn Faythe auf dem Balken über ihm erwartete. Wenn er sie erreichen könnte, dann könnte er die Hände befreien und flüchten.

Er könnte nach Hause zurückkehren. Zu seinem Leben.

Schweiß brannte in seinen Augen, doch er blinzelte ihn weg und zog sich eine weitere Fingerlänge hoch, erkämpfte sich einen weiteren höheren Halt.

Dann streiften seine Fingerspitzen Holz.

Erschrocken fiel er beinah, konnte sich jedoch rechtzeitig festklammern. Er holte mehrmals tief Luft. Mit zitternden Armen zog er sich hoch, winkelte die Ellbogen an und hievte die rechte Hand hinauf, um die Oberseite des Balkens zu fassen zu bekommen.

Er brüllte auf, als jähe Schmerzen durch seine Finger schossen, und riss die Hand zurück. Etwas Warmes und Festes traf ihn, prallte von ihm ab und verschwand, doch er nahm es kaum wahr. Der Junge verlor den Halt und fiel schreiend. Seine rechte

Hand – *meine Hand zum Malen, oh Göttin* – brannte vor sengenden Qualen. Braoin spürte warme Nässe im Gesicht und schmeckte Blut.

Er fiel, so weit es die Fesseln zuließen, bevor er jäh und schwingend abgebremst wurde und erneut aufschrie, als Schmerzen durch seine Handgelenke und Schultern schossen. Wimmernd betrachtete er vor dem Hintergrund des Lichtstrahls die Umrisse seines Arms. Seine Hand hing schlaff von einem zerstörten Handgelenk. Der Zeigefinger fehlte gänzlich, der Mittelfinger war teilweise abgetrennt, und aus beiden Stümpfen sprudelte stoßweise Blut.

Braoin wandte den Kopf ab und weinte, während er in der stinkenden Dunkelheit schaukelte.

Wutentbrannt packte Dubric Mul an der Schürze und zerrte ihn in den Gang. Otlee folgte ihnen, als der Kastellan den Medicus in dessen Amtsraum stieß und die Tür zuwarf.

»Du hast nur eine Möglichkeit, mich loszuwerden, und die besteht darin, meine Fragen zu beantworten. Der Junge, den du in diesem Lagerraum verrotten lässt, wurde vergewaltigt.«

Mul stolperte gegen die Wand und drehte sich zu Dubric um. »Das geht mich nichts an, wie ich Euch schon gesagt habe.«

»Jemand hat diesen Jungen vergewaltigt und getötet, und ich muss herausfinden, wer.«

Panik schlich sich in Muls Stimme. »Ich war es nicht.«

Er weiß etwas. »Jemand hier in den Weiten findet aber Gefallen daran. Du lebst hier, hast die Gerüchte gehört. Wer ist es?«

Mit zusammengepressten Lippen wich Mul einen Schritt zurück.

Dubric zog sein Schwert. »Verdammt noch mal, sag es mir!«

Mul senkte den Kopf und wandte sich ab, die Augen fest geschlossen.

Dubric beugte sich dicht zu ihm hinunter und drückte ihm das

Schwert an die Kehle. »Ich könnte dich töten«, flüsterte er. »Aber du bist bloß eine Schlange, nicht der Mörder. Wer tut das? Wer vergewaltigt junge Männer?«

»Ich kann nicht!«, platzte Mul hervor. »Ich habe nichts, rein gar nichts, nur dieses Geschäft, nur Geschwüre und Ausschläge und faule Zähne! Ich bin der vierte Sohn, um der Göttin willen! Er ruiniert mich, wenn ich es sage.«

»Ah, also weißt du es.« Dubric verlagerte den Winkel des Schwertes, bis die Klinge Muls bebendes Fleisch zu durchdringen drohte. »Wer ist es?«

»Ich kann es nicht sagen. Er gehört zur Familie!«

»Wer? Er kann dich vielleicht ruinieren, aber ich werde dein Lebensblut auf diesem Boden vergießen und dich unbetrauert und unbeachtet in einem dunklen, dreckigen Raum zum Verrotten liegen lassen, wie du es mit dem Jungen gemacht hast.«

Mul begann zu heulen; Tränen liefen ihm über das Gesicht. »Martaen Haconry. Mein Vetter.«

Kapitel 5

Maeve wartete händeringend vor der Tür und lief entlang des Straßenrands auf und ab. Der kleine Geist kauerte neben ihr. »Was ist passiert?«, fragte sie in dem Augenblick, als Dubric herauskam. »Ich habe Gebrüll gehört.«

»Ich musste beim Verhör ein wenig grob werden«, erwiderte Dubric, ergriff ihren Arm und führte sie weg. »Was weißt du über Herrn Haconry?«

»Er ist ein kaltherziger Mistkerl«, murmelte sie und starrte dabei auf ihre Schuhe. »Jeden Frühling und Herbst treibt er seine Steuern ein, nimmt sich die besten Schafe, das beste Geflügel, das beste Getreide; immer mehr, als ihm rechtmäßig zusteht. Er lässt den Menschen kaum genug zum Überleben und zwingt sie zurückzukaufen, was eigentlich ohnehin ihnen gehören sollte. Und das zu weit überhöhten Preisen.«

Dubric schüttelte den Kopf und ließ ihren Arm los. »Abgesehen von den Steuern. Abgesehen von Abgaben, Gesetzen, Gebühren und dem Leid der Armen. Was weißt du über diesen Mann?«

»Ich habe gehört, dass er auf der Straße ein Kind über den Haufen geritten hat. Er saß auf einem großen Pferd, und das kleine Mädchen trug noch Windeln. Die Kleine konnte nicht schnell genug aus dem Weg laufen, also hat er seinen Gaul geradewegs über sie hinwegtrampeln lassen.«

Dubric hatte weder weibliche Geister noch Geister von so jungen Kindern gesehen. »Was noch?«

»Er hat seine Frau dafür geschlagen, dass sie ihm eine Tochter gebar, zumindest habe ich das gehört. Danach hat er sie verbannt. Er entscheidet über die Bürgermeister unserer Dörfer und wählt dafür Männer aus, die dafür sorgen, dass sein Wille ungeachtet der Bedürfnisse der Menschen durchgesetzt wird. Es kursieren Gerüchte …«

Der Kastellan drehte sie so herum, dass sie ihn ansehen musste. »Was für Gerüchte?«

»Dass er Jungen in sein Schlafgemach bringen lässt und sie zwingt, mit ihm Unzucht zu treiben.«

»Verdammt.« Dubric knirschte mit den Zähnen. »Otlee!«

»Ich bin hier, Herr.«

»Ich brauche zwei Pferde, und ich brauche sie sofort.«

»Hier gibt es keine Pferde oder gar Stallungen«, warf Maeve ein. »Nur in Tormod.«

Keine Pferde? Dubric drehte sich ihr zu und starrte sie an.

»Tut mir leid, Herr«, sagte sie und senkte den Blick, »aber die größten Tiere, die Ihr hier finden werdet, sind Ziegen oder Schafe.«

Der Kastellan rieb sich die Augen und versuchte nachzudenken. Doch da brüllte in der Ferne ein Mann, und Dubric hörte, wie Menschen rannten.

»Was geht hier vor?«, entfuhr es Maeve atemlos.

Dubric drehte sich um und erblickte etwa ein Dutzend Männer, die auf den Rand der Ortschaft zuliefen. Er ertappte sich dabei, ihnen die Straße entlang zum Flussufer zu folgen, stromabwärts des Docks.

»Verflixt, Girvan, ich sehe sie!«, tönte es ihm vom Ufer entgegen.

»Nicht schon wieder!«

»Was ist hier los?«, rief Dubric, als er sich der Gruppe näherte, die auf den Fluss hinabstarrte.

»Eine weitere Leiche ist angeschwemmt worden«, antwortete ein fassbrüstiger Handwerker und schaute über die Schulter. »Wer seid Ihr?«

»Kastellan Dubric.« Er streckte dem Handwerker die Hand

entgegen. Der schüttelte sie mit festem, aber nicht übertriebenem Griff.

»Ich bin Ungus Dwyer. Der Schuster. Bin froh, dass Ihr hier seid, Herr.«

»Längst überfällig, dass jemand kommt«, meinte ein Mann von der anderen Seite der Gruppe. Ringsum erhob sich Zustimmung.

Dubric drängte sich durch die Menge und spähte über den Rand der Böschung. Ein nackter Körper trieb mit dem Gesicht nach unten im seichten Wasser. Er hatte sich in einem Gewirr aus Gestrüpp und Zweigen verfangen. Der Rücken wies eine beträchtliche Ansammlung von Kratzern und Schnitten auf. Sie schienen von Krallen und Schnäbeln herzurühren, wenngleich es bedeutend weniger waren als bei dem Leichnam, der in Muls Lagerraum vor sich hintroff.

Dubric kniete sich am Rand der Böschung nieder, um den Fundort eingehend zu betrachten. Er sah keine Fußabdrücke, nur Schlamm, Sand und Geäst. »Wurde hier auch die erste Leiche gefunden?« Der kleine Geist saß in der Nähe, ließ die Beine über die Kante baumeln und zeigte auf einen vorbeifliegenden Vogel.

Dwyer kniete sich neben Dubric und seufzte, als er die Leiche anschaute. »Nein, Herr. Das war weiter flussaufwärts auf der anderen Seite der Ortschaft.«

»Der hier stinkt viel weniger«, meinte ein magerer, wachsfleckiger Mann, der sich links neben Dubric kniete. Er streckte ihm die Hand entgegen. »Ich bin Todd Morton, Herr. Verdammt schön, Euch zu sehen.«

Dubric lernte binnen kürzester Zeit alle elf Männer kennen, darunter auch den Dorfgeistlichen, der Dubric viel zu jung vorkam, um Malannas Lügen zu verbreiten. Während die Männer zu der Leiche hinabstarrten, scharten sich die Frauen auf der anderen Straßenseite und drückten ihre Kinder an die Röcke. Maeve stand mit Otlee bei ihnen.

»Wie kommen wir da runter?«, fragte Morton und zupfte dabei an seinem Bart.

»Du bist ein Trottel.« Dwyer verlagerte das Gewicht und schob die Beine über den Rand. »Das sind nur ungefähr zehn Längen, und unten ist Sand.«

»Otlee!«, rief Dubric und machte sich selbst an den Abstieg.

»Ja, Herr?«

»Nimm die Aussagen von allen hier Anwesenden auf.«

»Ja, Herr.« Otlee holte ein Notizbuch aus der Tasche hervor und erkundigte sich als Erstes nach den Namen der Versammelten.

Dubric schob sich vor, dann fiel er und sank in eine kauernde Haltung, als er landete. Erst folgte ihm Dwyer, dann Morton, zuletzt der Geist.

»Bleibt hinter mir«, wies Dubric sie an, »und berührt nichts, es sei denn, ich fordere euch dazu auf. Wir dürfen keine Beweise beeinträchtigen.«

»Beweise wofür?«, fragte Morton. »Ist ja doch wohl ziemlich offensichtlich, dass hier 'ne Leiche angeschwemmt worden ist.«

»Beweise für Mord, du Tölpel«, murmelte Dwyer. »Lass ihn arbeiten.«

Was würde ich jetzt für Lars' und Diens Fähigkeiten und Hilfe geben, dachte Dubric, als er sich dem Leichnam näherte. Seine ursprüngliche Einschätzung des Fundorts blieb unverändert: Der Bereich war nicht betreten worden, und niemand hatte die Leiche angefasst. Sie war allein getragen von Strömung und Schicksal hier gelandet. Es fühlte sich eigenartig an, einen Leichnam zu untersuchen, ohne dass der dazugehörige Geist anwesend war, und er hatte immer noch keine Ahnung, warum oben auf der Weide alle bis auf den einen Geist verschwunden waren. Das Strauchgewirr bewegte sich, und sein Herz setzte einen Schlag aus. Schweiß kühlte seine Stirn. Dubric musste sich beeilen, bevor die Strömung den Leichnam weiter flussabwärts trieb.

bric holte seine Messschnur aus der Tasche hervor und reichte Otlee ein Ende. »Die Größe beträgt fünf Längen, neun Finger. Schwarzes Haar, kurz gestutzt. Blutergüsse im Nacken und zwischen den Schultern. Möglicherweise Würgemale. Genau wissen wir es, wenn wir ihn herumdrehen.«

»Hab alles, Herr.«

Dubric ging um den Leichnam herum. »Er hat enge Schuhe getragen. Seine Zehen sind zusammengepresst, aber die Unterschenkel weisen keine Spuren von Reibung auf, die Sohlen keine Schwielen. Eindeutig Schuhe, keine Stiefel.« Der Kastellan sah Dwyer an. »Wie viele Männer in den Weiten tragen enge Schuhe?«

Dwyer blinzelte und errötete unter Dubrics eindringlichem Blick. »Herrje, Herr, ich weiß nicht. Die meisten Männer in den Weiten tragen Stiefel oder schlichte Pantoffeln.«

»Gib mir eine Schätzung, mehr verlange ich ja nicht.«

»Vielleicht ein paar Dutzend. Ich repariere pro Jahreszeit zwei bis drei maßgefertigte Paare.«

Dubric hörte, wie Otlee die Auskunft notierte. Sein Stift kratzte über das Papier. »Und wer trägt maßgefertigte Schuhe? Doch sicher nicht die Bauern.«

»Nein, Herr. Gelehrte, der Vogt in Tormod, Adelige, Geistliche. Vielleicht noch der eine oder andere Ladenbesitzer.«

»Der Flaschenmacher trägt so merkwürdiges Schuhwerk«, warf Morton ein. »Ich seh ihn andauernd dabei, wie er sie poliert.«

Dwyer seufzte. »Keane war gleich da drüben an der Straße, du Depp, und außerdem ist er halb kahl. Er ist es nicht.«

Morton senkte den Kopf. »Oh, stimmt. Tschuldigung.«

Dubric widerstand dem Drang, sich die Augen zu reiben, als er seine erste Rundumbetrachtung des Leichnams fortsetzte. »An der linken Hand hat er einen Ring getragen. Die Einbuchtung ist noch vorhanden, der Ring hingegen fehlt.« Er strich noch einmal rings um den Toten, bemerkte jedoch nichts Neues. »Helft mir, ihn herumzurollen.«

Dwyer kniete sich neben die Schulter, Dubric neben die Hüfte, und zusammen rollten sie das Opfer auf den Rücken. Dwyer sog scharf die Luft ein und schrak zurück.

»Du kennst diesen Mann?«, erkundigte sich Dubric. Trotz der leeren Augenhöhlen erkannte er das Gesicht als jenes des regungslosen Geistes, der ihm zu Maeves Haus gefolgt war.

Der Schuster nickte. »Ja, Herr. Es sind die Schuhe, wie Ihr gesagt habt. Ich habe sie ihm verkauft und sie sogar vor nicht einmal vier Monden repariert.« Mit plötzlich totenblasser Miene räusperte sich der Mann und spuckte einen Schleimpfropfen über die Schulter aus. »Das ist Calum, der Amtsschreiber. Aus Oreth. Da bin ich mir ganz sicher.«

Wenigstens hatte somit ein Geist einen Namen. »Was weißt du über ihn?«

Dwyer zuckte mit den Schultern und spuckte erneut aus. Seine Worte ertönten zittrig und stockend, und Dubric fürchtete, der Schuster würde sich gleich übergeben. »Er war ein anständiger Bursche. Recht jung, höchstens zwanzig Sommer, würde ich schätzen. Hat immer hochtrabende Worte benutzt. Aber wisst Ihr, ich habe nur zweimal mit ihm geredet.«

»Wo liegt Oreth?«

»Ein ordentliches Stück nordwestlich von hier.«

»Otlee?«

»Einen Augenblick, Herr.«

Dubric beobachtete Dwyer, während Otlee die Landkarte aus seiner Manteltasche hervorholte. »Ja, Herr, der Ort liegt im Nordwesten. Etwa sieben Meilen in gerader Linie, vielleicht zehn entlang der Straße.«

Überrascht blinzelte Dubric. »Ein Amtsschreiber ist wegen Schuhen zehn Meilen weit gereist?«

»Oh nein, Herr. Ungefähr jeden Mond fahre ich in die umliegenden Dörfer. Ich bin der einzige Schuster in den Weiten, und die Leute, na ja, sie brauchen für ihr Schuhwerk neue Sohlen oder Reparaturen. Ich glaube, Calum hat seine Schuhe in Wittrup gekauft. Ist zwar fast zwei Sommer her, aber ich bin mir ziemlich sicher, dass wir uns beim ersten Mal in Wittrup begegnet sind.«

Dubric seufzte. »Und beim zweiten Mal? Vor vier Monden?«

»Das war in Tormod, das weiß ich noch genau. Kurz vor Wintereinbruch. Er hatte seine Familie dabei, die Frau und zwei Kinder. Die Kleinen haben neue Pantoffeln bekommen.«

Dubrics Eingeweide knoteten sich zusammen, als er den Leichnam zu seinen Füßen betrachtete. *Er ist kein Junge, sondern ein Mann.* »Zwei Kinder, sagst du?«

»Ja, Herr. Zwillingsmädchen, ungefähr zwei Sommer alt. Die süßesten kleinen Wesen, die man sich vorstellen kann. Ständig am Lachen und Tollen. Ist eine himmelschreiende Schande, dass sie ihren Papa verloren haben.«

»Da hast du recht.« Mit schwerem Herz kniete sich Dubric neben den Toten. *Also nicht nur Jungen, sondern auch junge Männer mit Familien. Was für ein Jäger greift starke junge Männer in der Absicht an, sie zu vergewaltigen und zu ermorden? Hier muss es irgendwo einen Hinweis geben. Etwas, das Erkenntnisse über den Mörder liefert.*

Er wischte sich die Hände an der patschnassen Hose ab und schaute zu den beiden Dörflern auf. »Gibt es hier einen Ort, wo ich eine gründlichere Untersuchung durchführen kann? Abgesehen von Mulconrys Totenkammer?«

Morton wich mit errötenden Zügen zurück, Dwyer hingegen rührte sich nicht. »Wir haben so schon genug Angst, Herr. Ich kenne niemanden, der sich eine verwesende Leiche ins Haus zu seiner Familie holen würde. Tut mir leid.«

Dubric schaute zum Himmel und stellte fest, dass die Sonne unlängst ihren Höchststand überschritten hatte. »Dann muss das hier reichen. Wenn ich fertig bin, müssen die sterblichen Überreste zum Bestatter in Tormod gebracht werden, damit sie auf eine anständige Beisetzung vorbereitet werden. Sorg also bitte dafür, dass das erledigt wird. Ich komme für jegliche anfallenden Kosten auf, die Beförderung mit eingeschlossen. Bestimmt besitzt jemand in diesem Dorf einen Karren oder irgendein Fuhrwerk.«

Dwyer zuckte zusammen und schluckte. »Das wäre wohl ich, Herr, aber die Nacht würde hereinbrechen, bevor ich nach Tormod und wieder zurück reisen könnte. Außerdem wartet so schon ein Haufen Arbeit auf mich.«

Dubric öffnete seinen Geldbeutel und kramte darin herum, bis er zwei Münzen fand. »Hier. Fünf Kronen sollten dich für deine Mühen entschädigen, die anderen fünf sind für die Bezahlung der Vorbereitungen. Falls etwas übrig bleibt, kannst du es gern behalten. Bitte bestell dem Bestatter, dass ich ihm Bescheid geben werde, sobald …«

»Das kann ich nicht annehmen, Herr. Tut mir leid.« Dwyer starrte auf die Münzen in Dubrics Handfläche, als bestünden sie aus Dung statt aus Gold. »Ich … ich habe eine Familie und kann das Wagnis nicht eingehen, dass …«

Dubric schloss die Finger um die Münzen und wünschte, seine Hände wären sauber genug, um sich die Augen zu reiben. »Ich verstehe. Wie viel kostet es, deinen Karren zu mieten?«

»Herr, ich kann nicht zulassen, dass …«

»Ich lasse nicht noch einen jungen Mann neben dem Fluss verschimmeln. Wie viel kostet es, deinen Karren für einen verfluchten Abend zu mieten?«

Dwyer starrte eine lange Weile den Leichnam an, bevor er fragte: »Könnt Ihr ihn fangen, Herr? Könnt Ihr dem ein Ende bereiten?«

Ob Geister oder keine Geister, die Morde müssen enden. »Ja, das kann ich.«

Auch Morton starrte den Toten an. Schließlich schauten beide

Männer zu Dubric auf. Hinter Dwyers sonst so ruhigen Zügen brodelte blanke Wut, und seine Stimme klang brüchig. »Könnt Ihr unsere Kinder rächen?«

»Ich schwöre, ich werde dafür sorgen, dass er hängt oder durch mein Schwert stirbt. Darauf hast du mein Wort.«

Dwyer zitterte. Er holte tief Luft, um sich zusammenzureißen, bevor er Dubrics Münzen ergriff. »Dann bringe ich Calum für Euch zum Bestatter, und wenn es die ganze Nacht dauert.«

Er nickte erst Dubric, dann Otlee knapp zu, bevor er sich abwandte und zurück hinauf zur Straße kletterte.

Mit der Axt sicher im Hackblock und Blasen an den Händen ergriff Lars ein Bündel Kleinholz und trug es hinter die Scheune. Das Land erstreckte sich abschüssig vor ihm und verlief zum hinteren Zaun. Jenseits des Zauns befand sich in einem ruhigen kleinen Tal ein weiteres Gehöft samt einer Weide mit Schafen. Dahinter lag noch ein weiteres. Er lächelte. Hinter dem entferntesten Gehöft funkelte ein breites Band Wasser in der Sonne. Er fragte sich, ob Sarea vielleicht gerne Fisch fürs Abendessen wollte. Seine Gedanken kreisten gerade um Welse, als er an der Rückseite der Scheune vorbeimarschierte und plötzlich das Gesicht verzog. Er hatte größte Mühe, nicht zu würgen, als er sich umsah, aber er erblickte nur die geschlossenen Türen von Devyns Werkstatt.

»Bei der Göttin, das stinkt vielleicht hier hinten«, murmelte er bei sich und setzte sich mit dem Kleinholz in den Armen wieder in Bewegung. Der feuchte, faulige Mief von verdorbenem Fleisch vertrieb alle Gedanken ans Angeln aus seinem Kopf. Er fügte das Kleinholz dem vorhandenen Stapel hinzu, türmte es ordentlich auf und versuchte, möglichst nicht zu atmen, während er überlegte, was so übel riechen mochte. Ein Schatten fiel über ihn, und er wollte Dien wegen des Gestanks befragen, doch da packten ihn Hände am Kragen und schleuderten ihn rückwärts.

Er rappelte sich auf die Beine und erblickte zwei Arbeiter, die sich auf ihn zubewegten, begleitet von einer nach Whiskey riechenden Dunstwolke. »Hältst dich wohl für ganz heiße Pisse, was, Bengel?«, meinte der Größere der beiden und knackte mit den Knöcheln. »Stolzierst hier rum, als gehöre dir alles, dabei biste bloß 'n Tagelöhner.«

Der andere kicherte hirnlos und gemein. »Schau ihn dir an, Rao! Nix dran an ihm. Ganz blass und dürr. Sieht nich' aus, als hätt' er je in seinem erbärmlichen Leben 'nen Handstrich Arbeit geleistet.«

»Ich will keinen Ärger«, sagte Lars und wich zurück.

Rao kicherte. »Das wollen Kümmerlinge wie du nie.« Er grinste, dann griff er an.

Lars wollte zur Seite ausweichen, doch da setzte sich auch der andere Junge in Bewegung und versperrte ihm den Weg. Lars packte Rao an den Haaren und zog ihn zu sich, um ihm das Knie in den Kopf zu rammen, aber der andere Junge, der immer noch wie ein Schwachsinniger kicherte, stieß Lars im gleichen Moment gegen die Scheunenwand, und der Page rutschte aus. Sein Knie streifte kaum Raos Wange, und so ergriff er den lachenden Burschen am Oberarm und schleuderte ihn vorwärts gegen Rao. Beide landeten auf dem schlammigen Boden. Das Gelächter verstummte.

»Ich habe gesagt, ich will keinen Ärger.«

»Du hast aber welchen«, gab Rao knurrend zurück, kroch unter dem anderen hervor und ballte die Hände zu Fäusten. Sein Gefährte robbte davon.

Lars wehrte Raos wilden Hieb ab, trat zurück, um einen weiteren Schwinger abzublocken, und murmelte dann »Oh, bei den Höllen«, bevor er Rao mitten ins Gesicht schlug. Lars hörte, wie Knorpel knirschte. Blut schoss aus Raos Nase.

Verdutzt und blinzelnd spuckte Rao einen Mundvoll der roten Flüssigkeit aus. »Du hast mir die Nase gebrochen, du Sohn eines Schweins!«

»Aber nur, weil du wie ein Trottel kämpfst«, erwiderte Lars, bevor er spürte, wie er rückwärts und von den Beinen gezerrt wurde. Anscheinend war Raos feiger Freund zurückgekehrt.

Lars landete auf kalter, feuchter Erde. Die Wucht des Aufpralls presste ihm die Luft aus der Lunge. Er konnte kaum atmen, trotzdem versuchte er, sich der beiden jungen Männer zu erwehren, aber einer drückte ihn nieder, während ihn der andere schlug und trat. Die Rippen seiner linken Seite knackten unter den wiederholten Treffern, und er schmeckte Blut im Mund.

Dann ebbte der Ansturm ab, und Lars wollte nach Luft schnappen. Doch harte, raue Finger legten sich um seinen Hals und hoben seinen Kopf an, bevor sie ihn wuchtig zurück in den Schlamm rammten. Rao beugte sich mit einem gemeinen Grinsen über ihn und fragte: »Wer ist jetzt der Trottel? Flann und ich, wir haben gesehen, wie du dich ums Haus rumdrückst und den Mädchen hinterherschnüffelst. Aber du bist bloß ein wertloses Stück Scheiße, nicht wahr? Ein heulender Welpe.«

Lars versuchte, Rao wegzustoßen, aber Flann hielt seine Hände über dem Kopf fest und grinste ihn mit ebenso hirnloser wie bedrohlicher Miene an.

Lars' Kopf pochte, und seine Lungenflügel schrien nach Luft, ja, krümmten sich förmlich in seiner Brust. Doch selbst wenn ihnen wieder eingefallen wäre, welche Arbeit sie zu verrichten hatten, bezweifelte er, dass es möglich war, auch nur einen Atemzug an den Fingern vorbeizubekommen, die ihm die Kehle zuschnürten. *Göttin, ich werde sterben.*

»Er is' bloß 'n verängstigter kleiner Welpe«, sagte Flann. »Zu viel Schiss, um auch nur zu winseln. Sieh nur, wie er schwitzt. Was für 'n mickriger Jammerlappen.«

Rao hob Lars' Kopf erneut an und rammte ihn auf die Erde. »Pieselste gleich auf den Boden? Oder haste deine Lektion gelernt?«

Mittlerweile hatte Lars Mühe, bei Bewusstsein zu bleiben. Seine

Sicht wurde trüb. Er spürte noch einen Schlag gegen den Schädel, einen Tritt in den Bauch, dann verschwanden die Hände.

Mühsam rollte er sich zur Seite und zog die Knie an die Brust, als die Welt zu einem holzkohlegrauen Schleier verblasste. Er hörte, wie sich knarrend eine Tür öffnete. Jemand zerrte ihn hoch und pflanzte kräftige Hiebe zwischen seine Schulterblätter.

»Verdammt noch mal, Stuart. Atme, Junge.«

Ein weiterer Hieb, härter als die ersten zwei, und die Verengung in seinem oberen Brustbereich verschwand. Kühle Luft schrammte wie Glasscherben in seine Lungenflügel, und er hustete, hatte Mühe, wieder den richtigen Takt beim Atmen zu finden.

Devyn ließ ihn los. Lars fiel nach vorn und landete auf den Unterarmen. Er starrte auf den Boden zwischen seinen Hände und auf das Blut, das in den dunklen Matsch troff. Gequält spuckte er aus. Frisches, helles Rot sickerte in die schwarze Erde. Krampfhaft sog er einen weiteren Atemzug ein, dann noch einen. Nach mehrfachem Husten erinnerte sich seine Lunge schließlich an ihre Aufgabe.

Er rollte sich nach hinten, bis sein Hintern auf den Fersen ruhte, und schaute zu Devyn auf. Der alte Mann zitterte. Seine Hände öffneten und schlossen sich unablässig, sein Gesicht hatte sich gefährlich rot verfärbt. »Geht es dir gut, Junge? Haben sie dich diesmal in den Arsch gedübelt? Haben sie dich aufgerissen?«

Lars schüttelte den Kopf, hustete abermals und spuckte noch einmal aus, um den Hals freizubekommen. »Es geht gleich wieder, Herr. Danke.«

Devyn starrte die Scheunenwand entlang Richtung Haupthof. »Ich habe sie einmal getötet, und ich würde es wieder tun.« Er drehte sich zu Lars zurück. »Aber du bist nicht tot, oder, Stuart?«

Wankend rappelte sich Lars auf die Beine und stolperte zu dem Greis. »Nein, Herr, bin ich nicht. Ihr habt mich gerettet.«

Devyns wässrige Augen rollten hin und her, als sie Lars erst ansahen und dann an ihm vorbei. »Hab ich das?«

Lars nickte, und Devyn trat einen zittrigen Schritt auf ihn zu. Dabei sammelte sich in seinen Mundwinkeln gräulicher Sabber. »Aber habe ich dem Teufel auch die Augen geschlossen?«

»Äh … sicher.«

Devyn grinste. Kichernd wandte er sich ab und tapste zu seiner Werkstatt. Er öffnete die Tür, entfesselte dadurch eine nach Fäulnis stinkende Wolke, und verschwand in die Dunkelheit.

Dubric hatte den Fundort der ersten Leiche recht mühelos entdeckt, ungefähr fünfzig Längen nördlich der Stelle, wo der Tormod in den Casclian mündete. Das Unkraut und Gestrüpp dort waren zerstampft, und durch das zertrampelte Grün brach überall schmierige Erde. Selbst eine Schweineherde hätte keine größere Sauerei anrichten können. Als Dubric die Böschung hinabstieg, bezweifelte er, dass drei Tage und eine verregnete Nacht viel zu untersuchen übrig gelassen hatten, aber die unverhohlene Missachtung ordnungsgemäßer Verfahren zur Beweismittelsicherung verursachte ihm geradezu Übelkeit. Wie sollte jemand in der Lage sein, die Wahrheit herauszufinden, wenn Hinweise nicht gesammelt und geschützt wurden?

Wie um Zeugnis von der Tragödie abzulegen, thronte über der Straße hinter hohen Steinmauern ein weitläufiges Landgut, ein edel errichteter Hohn auf die Armut und Mühsal, die in den Weiten sonst gefordert waren. Beide Leichen waren in Sichtweite des Anwesens gefunden worden, und das war ein Zufall, den zu übersehen sich Dubric weigerte.

Wutentbrannt stapfte er die Stufen zu Haconrys Landgut hinauf und hämmerte mit dreckiger Faust gegen die Tür. Seine Hände rochen nach nasser Leiche, an seinen Stiefeln prangte verwässertes Blut, trotzdem nahm er sich nicht einen Augenblick Zeit, sich selbst oder Otlee zurechtzumachen.

Der Junge stand in seiner üblichen Position, einen Schritt links hinter Dubric. Seine Hand ruhte auf dem Griff seines Kurzschwertes. Maeve hatten sie im Dorf gelassen, und eigenartigerweise war der kleine Geist bei ihr geblieben. Dubric fragte sich, weshalb er nur jenen einen Jungen sah, wo doch hier so viele gestorben waren.

Der Kastellan klatschte mit der offenen Handfläche gegen die geschlossene Pforte und hinterließ einen Abdruck aus Blut und Dreck. »Im Namen Fürst Brushgars verlange ich …«

Die Tür öffnete sich. Zum Vorschein kam eine alte, gebrechliche Frau. »Verzeiht, Herr«, sagte sie, trat zurück und senkte den runzligen Kopf. »Wir haben heute keine Besucher erwartet. Wie kann ich Euch dienen?«

Dubric drängte sich an der gebückten Frau vorbei in einen langen, niedrigen Flur, der von poliertem Holz und in Brokat gefassten Teppichen beherrscht wurde. Kerzen flackerten hinter Lampenlinsen, die das Licht verstärkten und jegliche Schatten vertrieben. »Wo ist er?«

Die Dienerin schloss die Tür mit einer sachten Bewegung. Ihr Blick hob sich nie über Dubrics Knie. »Wo ist wer, Herr?«

Dubric drehte sich einmal vollständig im Kreis, entdeckte jedoch wenig mehr als den langen Gang. »Haconry.«

Die alte Frau schien zu schrumpfen. »Er empfängt heute Nachmittag keine Besucher, Herr. Darf ich Euren Namen erfahren und eine Verabredung …«

Dubric setzte einen Finger unter ihrem Kinn an und hob ihren Kopf, damit er ihr in die Augen blicken konnte. Sie erwiesen sich als braun und gelblich, wirkten ausgesprochen aufmerksam und kamen ihm ansatzweise vertraut vor. »Ich bin Dubric Byerly, Kastellan von Faldorrah. Was ich verlangte, war keine Bitte. Hol ihn. Sofort.«

Die Frau erbleichte und wich zurück. »Ich kann nicht, Herr. Mein Meister hat mir aufgetragen …«

»Du kannst uns allein lassen, Vidulyn. Kastellan Dubric ist nicht für seine Geduld bekannt.«

»Wie Ihr wünscht«, sagte Vidulyn und eilte den Flur entlang davon.

Dubric drehte sich um. Herr Martaen Haconry, Statthalter der Weiten, stand ungezwungen mitten im Eingangsbereich, als habe er sich von Anfang an dort aufgehalten. Seine Seidengewänder schimmerten im Kerzenlicht, die Augen funkelten kalt wie der Winterhimmel. Frisch rasiert lächelte er breit, entblößte dadurch gelbliche Zähne und strich sich das sorgsam rasierte Haar glatt. »Welchem Umstand verdanke ich das erlesene Vergnügen Eures Besuchs, Herr Kastellan?«

»Mir wurde ein Mord zu Ohren getragen, und als ich hier eintraf, stellte ich fest, dass mehrere Menschen als vermisst gelten. Warum wurde ich nicht eher benachrichtigt?«

Haconry runzelte die Stirn. »Ich habe Euch benachrichtigt.« Die Seide säuselte, als er näher kam. Muskatgeruch begleitete ihn. »Ich habe Fürst Brushgar davon berichtet, als ich vergangenen Herbst an der Mittagsrunde in der Burg teilnahm, und ich habe Euch mehrere schriftliche Nachrichten darüber geschickt, dass die Kinder meines geliebten Volkes verschwinden. Es traf nie eine Antwort ein, und so konnte ich nur davon ausgehen, dass mein bescheidenes Begehr auf taube Ohren gestoßen war.« Er zog eine Augenbraue hoch, als sich sein Blick auf den Schatten hinter Dubrics Ellbogen richtete. »Wen haben wir denn da?«

Dubric knirschte mit den Zähnen. *Er lügt. Selbst wenn eine oder sogar zwei Botschaften verloren gegangen sind, hätte Fürst Brushgar die Angelegenheit mir gegenüber auf jeden Fall erwähnt.*

Haconry lächelte Otlee an und beugte sich näher. »Ihr hattet schon immer eine Vorliebe für Bürgerliche, nicht wahr? Jammerschade. Sogar in der offiziellen Aufmachung ist seine Herkunft unübersehbar. Aber ungeachtet seiner Abstammung ist er ein hübscher Bengel. Aufgeweckt und beflissen, wie Ihr es schon immer gemocht habt, nicht wahr? Daraus kann ich Euch keinen Vorwurf machen.« Er berührte Otlees von blauen Flecken überzogene Wange. »Was ist denn das?«

Haconry drehte sich Dubric zu und lächelte. Sein Tonfall strotzte vor Sarkasmus. »Ts, ts, mein lieber Kastellan! Ihr überrascht mich. Ich hätte Euch wahrlich für klüger gehalten, als Euch der Schwäche von Zornesausbrüchen hinzugeben. Ihr müsst lernen, sanfter mit Euren … Haustieren umzugehen.«

Dubric verlagerte die Haltung und bewegte die Hand. »Nehmt die Finger weg, oder Euer Arm kann Euch höchstens noch als Türpuffer dienen.«

Haconry wackelte scheltend mit dem Zeigefinger, richtete sich aber wieder auf. »Was für eine Rohheit. Das geziemt sich nicht für einen Mann Eurer Lebensart. Aber das habt Ihr wie es scheint alles hinter Euch gelassen, nicht wahr? Obendrein noch wegen einer Frau. Wahrlich eine Tragödie. Und sie war eine Bürgerliche, habe ich zumindest gehört.«

»Warum wurde ich nicht gerufen, um diese toten Kinder zu rächen?«

Haconry wich zurück, aber seine Augen blieben kalt und unnahbar. »Tot? Meine Kinder sind … tot? Seid Ihr sicher?«

Dubric drang auf ihn ein und musste sich ein Knurren verkneifen. »Ja, ich bin sicher. Wie ich höre, hegt Ihr eine Vorliebe für Jungen.«

Haconry warf den Kopf in den Nacken und lachte schallend zur bemalten Decke empor. »Selbstverständlich hege ich die! Was an Ihnen wäre nicht erfreulich? Richtig gehütet sind sie weich, nachgiebig und sauber. Zutiefst lieblich. Und stets beflissen, es einem recht zu machen.« Er zwinkerte Dubric zu. »Aber das wisst Ihr ja selbst, mein lieber Herr Kastellan, nicht wahr? Warum sonst solltet Ihr Euch ein solches Prachtexemplar als Schoßtier aussuchen?«

»Ich habe meine Pagen noch nie angerührt.«

Haconry lachte. »Mein lieber Herr Kastellan, sein Gesicht trägt das Mal Eurer Lüge. Aber einerlei. Ihr müsst eine Weile auf Besuch bleiben, Ihr und Euer entzückender Gefährte. Wir haben so viel zu besprechen und so viele Ratschläge auszutauschen.« Er zwinkerte erneut und kicherte. »Vielleicht können wir auch etwas anderes austauschen.«

»Nein«, gab Dubric zurück und wich in die Nähe der Tür zurück. »Ich habe keine Zeit für derlei Wahnsinn. Was wisst Ihr über diese toten Jungen?«

»Herr Kastellan, ich versichere Euch, dass ich rein gar nichts von toten Jungen weiß. Allein von lebenden, die zu mir kommen. Was kann ich dafür, dass ihre Eltern ihnen keine Gewänder kaufen können, um sie einzukleiden, und kein Essen, um ihre Bäuche zu füllen? Sie tauchen an meiner Tür auf und betteln darum, aufgenommen, versorgt und geliebt zu werden, und genau das mache ich auch. Wenn ich Ihnen geholfen habe, so gut ich kann, schicke ich sie wieder nach Hause.«

Mit einem Lächeln und einem Seufzen betrachtete er Otlee sehnsüchtig. »Es ist eine Übereinkunft zu beiderseitigem Vorteil, das versichere ich Euch. Ich wage nicht zu vermuten, dass Euer Schoßtier Nahrung oder Kleidung benötigt, oder? Vielleicht etwas anderes? Ich würde mit Freuden seine Ausbildung fortführen, und das mit wesentlich sanfterer Hand, als Ihr sie gezeigt habt.«

Dubric schob Otlee hinter sich. »Er bleibt bei mir.«

»Schade. Einen solch liebreizenden Gast hatte ich schon sehr lange nicht mehr.« Er setzte dazu an, nach Otlee zu greifen, aber ein Blick zu Dubric sorgte dafür, dass er die Hand zurückzog und seine Finger zusammenrollte. »Die Weiten neigen nicht unbedingt dazu, unter der gemeinen Bevölkerung besondere Rassegüte hervorzubringen. Nur selten stößt man auf Prachtstücke.«

»Wählt Ihr sie so aus? Nach Ihrer ›Rassegüte‹? Und dann? Tötet Ihr diejenigen, die Euren Ansprüchen nicht mehr genügen?«

Haconry legte die Stirn in Falten. »Herr Kastellan, ich bin keine so niederträchtige Bestie, dass ich meine Lieblinge verletze. Selbst die Hausbackensten haben ihre Vorzüge, und ich würde ihnen nie ein Leid antun – im Gegensatz zu Euch. Immerhin bin ich ein ehrenwerter Mensch.«

»Hab ich gehört.« Dubric stellte sich mit der Hand auf dem Griff seines Schwertes vor Otlee. »Und würdet Ihr mir als ehrenwerter Mensch, der Ihr ja seid, eine Durchsuchung Eures Anwesens gestatten?«

Mit einem Lächeln wandte sich Haconry ab. »Ich würde Euch mit Freuden einen Rundgang gewähren, aber denkt bitte daran, dass ich mich auch um Pflichten zu kümmern habe und keinen ganzen Nachmittag mit müßigem Tratsch verbringen kann.«

Er bedeutete Dubric, ihm zu folgen, ging den Korridor entlang zur ersten Tür und öffnete sie. »Mein Herrenzimmer. Den Kronleuchter habe ich erst unlängst hinzugefügt. Ist er nicht bezaubernd?«

Dubric spähte in das Wohnzimmer, bevor er es betrat. Im Kamin knisterte fröhlich ein bescheidenes Feuer. Weiche, pflaumenfarbene Teppiche bedeckten den Boden. Edle Möbel waren kunstfertig in der Nähe niedriger Tische und einer Wand voller Bücher angeordnet. Neben einer Mauer stand ein Schrank, der eine schlichte, aber erlesene Sammlung geschliffener Glasflaschen enthielt, die meisten gefüllt mit Weinen verschiedener Farbtöne.

Ein Stuhl bewegte sich und knarrte leise. Ein Junge mit gewöhnlichen Zügen von vielleicht acht Sommern spähte um die Seite herum und lächelte scheu. »Braucht Ihr mich?«, fragte er.

Haconry winkte das Kind fort. »Im Augenblick nicht, Shoney. Ich habe dienstlich zu tun.«

Das Kind setzte eine Schmollmiene auf und verschwand um den Stuhl herum. Dubric hörte das vertraute Geräusch des Umblätterns einer Seite.

»Der Sohn des Zeugmachers aus Oreth«, flüsterte Haconry in Dubrics Ohr. »Ein kluger Junge. Er stellt sich geschickt beim Lernen des Alphabets an. Und natürlich auch bei anderem.«

»Einer der toten Jungen stammt aus Oreth.« Dubric drehte sich um und starrte seinen Gastgeber eindringlich an. »Wisst Ihr darüber zufällig etwas?«

»Nein, ich glaube nicht. Um wen handelt es sich denn?«

»Um Calum, den Amtsschreiber.«

Haconry hüstelte erschrocken, dann tätschelte er Dubric nachsichtig die Schulter. »Mein lieber Herr Kastellan, Ihr beliebt zu scherzen! Calum ist weder tot, noch ist er ein Junge. Er ist ein erwachsener Mann mit eigener Familie. Vor vielen Sommern habe ich eine persönliche Bekanntschaft mit ihm gepflegt, aber ich kann Euch versichern, dass er in dieser bestimmten Hinsicht nicht mehr von Interesse für mich ist.«

Dubric trat einen Schritt zurück, befreite sich mit einem Schulterzucken von Haconrys Berührung und zog Otlee von ihm weg. *Er ist widerwärtiger als altes Blut und Fäulnis! Beim König, ich brauche ein Bad.* »Ihr habt ihn gekannt?«

»Als Jungen, ja. Er erwies sich als sehr geschickt im Umgang mit Buchstaben und Zahlen. Was glaubt Ihr wohl, wer ihm die nötigen Fähigkeiten beigebracht hat, um ein Amtsschreiber zu werden? Seine Mutter?« Haconry schüttelte den Kopf und winkte Dubric und Otlee in den Gang hinaus. »Sie war eine Bedienung in der Schenke. Eine liederliche Hure. Ich fand ihn verhungernd und verdreckt, kaum mehr als eine Straßenratte. Ich brachte ihn in mein Heim und bot ihm eine Zukunft.«

»Und nach allem, was Ihr ihm gegeben habt, stört Euch nicht weiter, dass er tot ist und ein Stück flussabwärts von Eurem Heim gefunden wurde?«

Kaum hatten Dubric und Otlee den Raum verlassen, schloss Haconry die Tür. »Calum ist nicht tot, mein lieber Herr Kastellan. Ich habe erst vor zwei Phasen mit ihm gesprochen. Der aus dem Tormod gefischte Leichnam hatte eine ganze Weile im Fluss gelegen und besaß keinerlei Ähnlichkeit mit Calum. Jeder Narr konnte das sehen.« Mit dem Rücken zu Dubric setzte er sich den Gang hinab in Bewegung.

Aus Gewohnheit griff Dubric nach seinem Notizbuch, dann jedoch hielt er inne. »Wir haben ihn heute gefunden, flussabwärts der Fundstelle der ersten Leiche. Er war erst seit wenigen Tagen tot, höchstens seit einer Phase, aber vor seinem Ableben wurde er in beträchtlichem Ausmaß gefoltert.«

Entsetzt drehte sich Haconry um. »Calum? Heute? Seid Ihr sicher?«

»Er wurde eindeutig identifiziert. Ihr habt ihn also zuletzt vor fast zwei Phasen gesehen? In welcher Eigenschaft?«

Haconrys Tonfall klang matt und gefühllos. »Wir sind uns auf der Straße begegnet.« Er schüttelte den Kopf, trat einen Schritt weg und holte tief Luft. »Ich fürchte, Eure Neuigkeit hat mich ein wenig mitgenommen. Können wir den Rundgang ein anderes Mal fortsetzen?«

Dubric nickte und verbeugte sich leicht. »Ich finde selbst hinaus.« Gefolgt von Otlee erreichte er den Eingang und öffnete die Tür. Draußen warteten frische Luft und ein strahlender Nachmittagshimmel. Er schaute zurück zu Haconry, der nach wie vor im Gang stand und zitterte.

Dubric schloss die Tür und griff nach seinem Notizbuch, als Otlee und er die Stufen hinabstiegen.

Kapitel 6

Dubric hielt auf der Weide westlich von Barrorise inne und starrte zu Boden. *Noch ein Schritt, und die Geister könnten zurückkehren. Wage ich es, ihnen zu trotzen? Und was bedeutet das alles?*

»Herr?«, meldete sich Otlee zu Wort, aber Dubric nahm ihn kaum wahr.

Unmittelbar vor seinen Stiefeln befand sich eine Stelle mit zertrampeltem, abgestorbenem Gras sowie den Abdrücken, die seine Hände und Knie zuvor hinterlassen hatten. Dort hatte er die Geister verloren, war die Last und die Schmerzen der Verantwortung für sie losgeworden. Wenn er an dieselbe Stelle schritte, würde er dann nur die beiden oder die ganze Horde sehen? Beim König, würde er Otlee wieder schlagen?

»Es geht mir gut, Junge«, sagte Dubric und straffte die Schultern. Er holte tief Luft, dann trat er mit geschlossenen Augen in den Abgrund.

Ein eisiger Druck erblühte jäh und pochend hinter seinen Augen. Keuchend holte er erst einmal, dann noch einmal Luft und wankte vorwärts. Mit oder ohne die verfluchten Geister – er musste Otlee vor Einbruch der Dunkelheit in eine Zuflucht bringen, musste den Jungen an einen sicheren Ort schaffen. Er wollte nicht noch einmal das Wagnis eingehen, Otlee der Dunkelheit auszusetzen.

»Dubric«, sagte Maeve, »nehmt meine Hand. Wir sind hier. Wir helfen Euch hindurch.«

»Nein«, entgegnete er und öffnete die Lider. »Ich schaffe es.«

Die Horde tummelte sich auf der Weide, streckte sich ihm entgegen, sah ihn mit Flehen in den toten Augen und mit triefenden Händen an. Maeve stand unter ihnen. Sie hatte Otlee hinter sich geschoben und hielt Dubric eine Hand entgegen. Sie zeichnete sich golden im spätnachmittäglichen Licht ab, während die Phantomkörper der Geister in einem stumpfen Sumpfgrün schimmerten.

Der Kastellan holte Luft und zählte die Geister. Vierundzwanzig der vermaledeiten Wesen starrten ihn an. »Otlee«, sagte er und fasste in seine Tasche, ohne sich zu rühren oder wegzuschauen, »ich möchte, dass du schreibst, was ich dir sage, aber keine Fragen stellst.«

»Ja, Herr«, gab der Junge zurück und nahm Dubrics Notizbuch in dem Augenblick aus der Hand des Kastellans entgegen, als der es aus der Tasche hervorzog.

»Vierundzwanzig Geister, alle männlich.« Dubric kniff die Augen zusammen und achtete nicht auf Otlees überraschtes Keuchen. Stattdessen hielt er nach dem jüngsten und kleinsten Geist Ausschau – dem verkrüppelten Jungen, der ihnen den ganzen Tag lang gefolgt war. »Der Jüngste ist neun, vielleicht zehn Sommer alt. Verkrüppelt.« Dann überprüfte er die wuselnde Gruppe, um den Ältesten zu identifizieren. Sein Blick heftete sich auf einen dürren, bärtigen Burschen. »Der Älteste ist Anfang zwanzig, vielleicht zweiundzwanzig. Alle sind sie Bürgerliche von zierlichem Körperbau. Drei weisen eindeutige Kopfverletzungen auf. Zwei wurden offensichtlich erdrosselt. Alle bluten. Irgendwo.«

Er trat einen Schritt auf die Schemen zu. Seine Hände zitterten. Die Augen fühlten sich schwer und brannten vor Kälte. »Den meisten fehlen Zähne, und ihre Münder bluten. Zwei sind unbekleidet.« Der Kastellan untersuchte die Geister, beugte sich ungeachtet der Schmerzen, die es in seinen Augen verursachte, dicht zu ihnen und sah blaue Flecken an jedem Glied. »Sie alle sind gefesselt gewesen, an Händen und Füßen. Was hält sie zusammen? Warum diese Jungen? Worin besteht die Verbindung? Was versuchen sie, mir zu zeigen?«

Er verstummte, starrte die Erscheinungen an und schüttelte den Kopf. »Eine … Schnur.«

Der Geist, der seine Aufmerksamkeit erregte, kauerte im hinteren Bereich der Horde. Seine Augen leuchteten. Er war vielleicht so alt wie Otlee, hatte kurz gestutztes Haar und trug die ausgebleichten, häufig geflickten Gewänder eines Feldarbeiters am mageren, halb verhungerten Leib. Seine nackten Zehen gruben sich in die Erde, und er hielt einen dampfartigen Stock in den Händen. Dubric achtete nicht auf die anderen Geister, sondern bündelte alle Aufmerksamkeit auf jenen Jungen.

Ein schwarzer Strang aus Garn oder dünnen, feinen Schnüren hing von seiner Schläfe, als wäre sein Kopf wie eine Perle auf eine Halskette gefädelt worden. Im Gegensatz zum grünlichen Schimmer des Geistes wies der Faden keinerlei Leuchten auf, sondern schien eher jeden Hauch von Licht zu verschlingen.

Aufgrund seiner schmerzenden Augen hatte Dubric Mühe, etwas zu erkennen, als er um den Jungen herumging. Keine Schnur auf der anderen Seite, aber ein Loch, ein Einstich, der sich schwarz wabernd gegen das Sumpfgrün abzeichnete und am Kopf des Jungen prangte wie ein Brandzeichen. Dubrics Hand zitterte in Einklang mit dem Pochen hinter seinen Augen, als er den Arm ausstreckte, um das Loch zu berühren, doch der Junge drehte sich ihm zu, sah ihn an, sagte etwas mit seiner stummen Geisterstimme und verblasste dann.

Dubric trat an den nächstbesten Schemen heran, um dessen Kopf zu untersuchen. Ein winziges, grässlich schwarzes Mal verschlang alle Farbe in der Nähe der Schläfe. Beim nächsten Geist war es genauso, beim übernächsten ebenfalls. Jede Erscheinung, die Dubric zu berühren versuchte, verblasste und verschwand – im Gegensatz zu den meisten anderen Geistern, die er bislang ertragen musste, besaßen diese Jungen keinerlei Substanz und glichen bloßen Nebelschwaden, bis nur noch drei verblieben.

Bei dem auf und ab laufenden Geist, dessen Körper in Muls

Lagerraum verrottet war, fand sich halb unter den Haaren verborgen dasselbe Mal, genau wie beim Geist von Calum, dem Amtsschreiber. Der kleine Krüppel hingegen, die Erscheinung, die sich am kräftigsten und lebendigsten abzeichnete, wies diese Verletzung nicht auf. Er war schon lange tot, seine Erscheinung viel fester als die anderen, agierte unabhängiger und wies auch andere Wunden auf. Stand er denn überhaupt mit den jüngsten Morden in Verbindung?

Seufzend rieb sich Dubric die pochenden Augen, und der kleine Geist verblasste, ließ nur Calum und den anderen zurück.

»Otlee«, sagte Dubric und knirschte infolge der anhaltenden Qualen in seinem Kopf mit den Zähnen. »Notiere, dass alle außer einem Jungen unübersehbare Wundmale am Kopf und Löcher an den Schläfen aufweisen. Bei einem ragt zudem ein Stück Schnur aus dem Loch.«

»Ja, Herr.« Otlee schaute auf und grinste. »Ihr seht sie wirklich! Das ist toll!«

»Nein, die Dinge, die ich sehe, und die Schmerzen, die ich erleide, sind schrecklich.«

Maeve trat mit Besorgnis in den Zügen an ihn heran. »Habt Ihr Braoin gesehen?«

»Nein, ich glaube nicht«, antwortete er, griff nach ihrer Hand und drückte sie sanft. »Aber ich möchte, dass du mir von allen Webern, Spinnern und Schneidern in den Weiten erzählst. Von Menschen, die Zugang zu Garn oder sehr feinen Schnüren haben. Kannst du das tun?«

Sie nickte und zog die Hand weg. »Ja. Aber wir sollten uns besser beeilen. Es wird bald dunkel sein.«

Als Dubric ihr folgte, wandte sich sein Verstand widerwillig den Unmengen an Garn und Schnüren in Maeves eigenem Laden zu.

Lars ging ins Haus und betastete vorsichtig seine geschundene Wange. Dien hatte Jak regelrechte Todesangst eingejagt, als er ihn wegen des Angriffs seiner Arbeiter angebrüllt hatte. Kaum war der gescholtene Zimmermann gegangen, hatte Lars eine gnadenlose Kopfwäsche dafür erhalten, dass er sich von zwei, wie Dien es ausdrückte, ›pisshirnigen Trotteln‹ hatte auflauern lassen. Danach hatte Dien ihn losgeschickt, um mit den Nachbarn zu reden und herauszufinden, was sie wussten, welche Gerüchte sie gehört hatten. Das war zwar keine hochwertige Ermittlungsarbeit, aber immer noch besser, als Hüte anzufertigen. Und es war mehr, als ihm zugestanden worden wäre, wenn Dien die volle Wahrheit über den Angriff erfahren hätte – wie knapp die Sache gewesen war.

Lars zog seinen Mantel aus und schenkte dem kichernden blonden Bündel, das sich hinter einem Stuhl versteckte, keine Beachtung. Jess kochte gerade das Abendessen. Alles roch würzig und fleischig und gut. Der Duft ließ seinen Magen vorfreudig rumoren. Devyn saß am Tisch, murmelte vor sich hin und hänselte seinen armseligen Hund mit einem Stück Schnur, während Fyn in der Nähe Hüte verzierte. Als Lars sie beobachtete, rülpste sie und hielt sich mit einem verlegenen Kichern eine Hand vor den Mund. Nur Lissea wirkte im Vergleich zum Rest der Familie fehl am Platz. Sie war einfach zu still, wirkte zu klein, zu unsichtbar.

Zu seiner Rechten vernahm Lars ein Kreischen. Er sprang zurück, fing Aly mitten in der Luft auf, fiel und rollte sich mit einem Aufschrei gespielten Erschreckens über den Boden.

»Ich hab dich erwischt«, verkündete sie, als sie mit untergeschlagenen Beinen auf seiner Brust saß. »Ich hab gewonnen.«

Er kitzelte sie, und sie ergriff quiekend die Flucht. Lachend jagte er sie quer durchs Wohnzimmer und aus der Küche, bis sie den Gang hinab zum Zimmer der Mädchen rannte und die Tür hinter sich zuwarf.

Lars schüttelte lächelnd den Kopf und betrat die Badekammer.

Unvermittelt kam er zum Stehen, dann wankte er taumelnd zurück. Kia stand triefend und vollkommen eingeseift in der Badewanne. Ihr klatschnasses, dunkles Haar klebte an ihren Brüsten – oder besser gesagt rings herum und daneben. Sie musterte ihn mit einem wissenden, eindringlichen Blick. Hinter ihr nahm er sein eigenes Abbild in Lisseas altem, ovalem Spiegel wahr. Blass und mit geweiteten Augen glotzte es neben dem Schaum hervor, der die Rundungen ihrer Pobacken hinabfloss.

Kia lächelte und setzte sich hin. Sie beobachtete ihn, ohne auch nur einen Teil ihrer nackten Haut zu verdecken, dann lehnte sie sich im Wasser zurück. Sie griff nach der Seife, ließ sie zwischen ihren Fingern hindurchgleiten und in die Wanne fallen. »Holst du mir die Seife, oder willst du nur untätig herumstehen?«

Lars sah, wie sein Spiegelbild zurückhechtete, hinausstürmte, den Riegel ergriff und die Tür zuwarf. Wie benommen taumelte er zurück ins Wohnzimmer und hinaus auf die Veranda, wo er wartete, bis Sarea ihn zum Abendessen rief.

Lichter aus Falliet leuchteten nicht weit vor ihnen, als der letzte Schimmer des Sonnenscheins vom Himmel verschwand. Dubric stapfte hinter Maeve und Otlee her, rieb sich die Stirn und versuchte nachzudenken. Von allen Schafen, die er seit seiner Ankunft in den Weiten gesehen hatte, war mindestens die Hälfte schwarz. War die Schnur, die vom Kopf des Geistes hing, tatsächlich schwarz? Oder stellte die Schwärze ein Symbol für etwas anderes dar? Hatte sie die Opfer getötet oder vielmehr das, was sie durch die Köpfe der Jungen getrieben hatte? Was für eine Mordwaffe mochte das sein? Was zum Kuckuck hatte das alles zu bedeuten?

Vor sich hinmurmelnd folgte er Maeve in deren Heim und drängte Otlee zum Baden. Alle drei waren dreckig vor Schlamm, aber Otlee sah zudem mitgenommen und erschöpft aus. Als der Junge gegangen war, schaute Dubric Maeve an und bedachte sie mit einer entschuldigend zerknirschten Miene. »Ich wünschte, ich hätte heute bessere Neuigkeiten für dich gehabt.«

Sie zog den Mantel aus und hängte ihn in der Nähe der Tür auf. »Ihr habt meine Hoffnung am Leben erhalten. Mehr kann ich nicht verlangen.« Seufzend blickte sie zu dem Stapel gefüllter Säcke neben der Tür. Sie hob zwei davon an und trug sie quer durch den Laden.

»Was ist in den Säcken?« Dubric griff sich drei, einen in jedem Arm, den dritten dazwischen eingepresst. Sie fühlten sich an, als wären sie voller Bälle, die sich lose darin bewegten.

»Garn«, antwortete sie. »Jemand braucht gewebte Kleidung.« Maeve stellte ihre beiden neben dem kleineren Webstuhl ab, dann kehrte sie in den Laden zurück, um die zwei letzten Säcke zu holen.

Dubric stellte seine drei neben ihr Paar und bewunderte die Arbeit, mit der sie bereits begonnen hatte. »Das ist wunderschön«, befand er und berührte den Stoff. Glatt und ebenmäßig verlangte das Material geradezu danach, bewundert zu werden.

Sie schleppte die letzten Säcke herein. »Das ist für Bürgerliche. In der Regel einfacher Köperstoff, obwohl eine der Familien Fischgrätgewebe bevorzugt. Mit einem Webstuhl mit vier Harnischen sind die Möglichkeiten begrenzt.«

»Was ist der gelbe Faden? Ein Platzhalter?«, erkundigte sich Dubric und dachte an die Schnur, die aus dem Kopf des Geistes geragt hatte. Von links gesehen verlief über etwa ein Drittel der vollen Breite ein einzelner, strahlend gelber Faden vom Gewebe in den Webstuhl und verschwand nach hinten.

»Das ist mein Zeichen. All meine Stoffe haben einen gelben Kettfaden. Die meisten Menschen sehen ihn nie.«

Der Kastellan untersuchte den in den Webstuhl eingespannten Stoff, und tatsächlich, er konnte unter dem glatten, weichen Grau nicht das geringste Anzeichen von Gelb erkennen. Es war gut verborgen, von der Wolle verdeckt.

»Scheint mir eine Schande, dass man das Gelb nicht sehen kann.«

»Ich weiß, dass es da ist, und manchmal, wenn der Stoff zusammengefaltet wird, schimmert es flüchtig durch.«

Hinter ihr harrte der größere Webstuhl seiner Aufmerksamkeit. Ein gelber Faden hob sich von verschiedenen Violett- und Blautönen ab, und der Stoff selbst verschlug ihm den Atem. Er schien eine eigene Dimension zu besitzen, broschiert und glänzend, ungeachtet des gelben Tupfens, der seine Tiefen durchzog. »Was ist das?«

»Überleben«, sagte sie. »Diesen Stoff verschicke ich. Manchmal geht er nach Casclia, aber in der Regel nach Jhalin. Einmal habe ich einen Ballen nach Wasserfurt geschickt. Ich stelle mir gern vor, dass König Romlin meinen Stoff trägt.«

»Er ist ein Kunstwerk.«

Sie errötete und sah neuerlich jung aus, beinah wie ein Mädchen. »Danke. Jeder Ballen, den ich zum Verschicken anfertige, hat eine andere Farbe, je nachdem, welche Färbemittel ich zur Verfügung habe, aber ich lasse immer mein Zeichen durchschimmern.«

»Mit Fug und Recht. Eine Künstlerin sollte ruhig Anspruch auf ihr Werk erheben.«

Maeve löste sich von ihm. »Ich kümmere mich um das Abendessen. Vielleicht wollt Ihr Euch auch waschen, sobald Otlee fertig ist.« Sie schaute noch einmal zu ihm zurück. Ihr Lächeln schien dabei zu strahlen. Dann ließ sie Dubric im Kreis ihrer Webstühle zurück.

Das Zwielicht war der Dunkelheit gewichen, als Braoin das Knarren der Tür hörte. Er sammelte alle Kraft und kniff die Augen zusammen, um ein wenig vom Himmel zu erkennen.

Die Tür wurde zugeschlagen. Der Knall zersprengte seine Hoffnung, und der verhasste Gestank seines Peinigers stieg ihm in die Nase. Einen flüchtigen Augenblick lang fragte er sich, ob der Mann diesmal seinen Hintern oder seinen Mund benutzen oder sich für etwas noch Schlimmeres entscheiden würde.

»Sieh dich nur an!«, sagte der Mann. »Hängst schlaff und erbärmlich da. Nach allem, was ich für dich getan habe! Essen, ein Dach über dem Kopf! Du dreckiger, unzufriedener Köter! Ich habe deine zerschnittenen Finger gesehen! Du undankbares, hinterhältiges Schwein!«

Braoin schrie, als ihn ein Schlag in die Rippen traf, beim nächsten heulte er laut auf und hörte durch sein gequältes Gebrüll das Knacken von Knochen.

»Halt die Klappe, du wertloses Stück Dreck!« Noch ein Hieb und noch einer, immer mehr, in Braoins Bauch, auf seine Brust, in seinen Schritt, ins Gesicht. Käfer und Knochen knirschten unter den Füßen des Mannes. Jeden seiner Schritte begleitete ein weiterer Ansturm heftiger Schmerzen.

Dann verebbten die Schläge und hörten schließlich ganz auf. Gelächter hallte durch die Dunkelheit. »Was warst du doch hochmütig, als du zu mir gekommen bist! Ein Künstler! Und jetzt sieh dich an – nicht mehr als ein madenverseuchtes Stück Fleisch!«

Braoin schwieg und betete stumm, dass die Sticheleien enden und die Vergewaltigung schnell vorübergehen würden, doch dann erstarrte er, als er unerwartet die Kälte geschärften Stahls an der Wange spürte.

»Ah, endlich habe ich deine Aufmerksamkeit erlangt«, sagte die Kreatur der Dunkelheit und fuhr mit der Klinge zu Braoins Hals hinab. »Heute Nacht machen wir etwas Neues. Etwas, das du dir verdient hast.«

Die Spitze stach in Braoins Brust; er fühlte ein schmerzhaftes Kneifen, dann kreischte er, als ein Schnitt über seine Haut erfolgte. Etwas Warmes, Nasses und Festes fiel in seinen Mund, und die verhassten Finger des Mannes drückten seinen Kiefer zu. Braoin würgte beinah, als sich das Ding an seiner Zunge verfing.

»Iss. Iss deinen dreckigen Nippel, sonst kommen deine Eier als Nächstes dran.«

Braoin spürte heißes Blut auf der Brust und schmeckte es im Mund. Wimmernd kaute er und schluckte.

»So ist es brav«, lobte der Mann und tätschelte Braoins Wange, bevor er die Klinge entfernte. »Womit sollen wir es als Nächstes versuchen, hm? Mit einem Ohr? Oder deiner Leber?«

»Nein, bitte nicht. Bitte nicht.« Die Klinge wanderte tiefer, von Braoins Bauch zu seinem Schritt, und der Junge presste die Lider zu, drehte den Kopf zur Seite. »Du bist ein Lüstling und ein Feigling.«

Der Dunkle lachte, und das Messer bewegte sich noch tiefer, vorbei an Braoins Gemächt. »Ein Feigling, wie? Dann überlasse ich die Wahl dir, tapferer kleiner Junge. Ich oder die Klinge.«

»Weder noch, du Mistkerl«, spie Braoin trotz der grauenhaften Schmerzen hervor.

»Falsche Wahl«, erwiderte der Mann.

Braoin schrie.

Kapitel 7

»Du bist ein Ferkel«, flüsterte Jess mit einem finsteren Blick zu Kia.

»Er ist vom anderen Ufer, Jess. Finde dich damit ab.«

Jess tauchte die Hände ins Abwaschwasser. »Ist er nicht.« Sie schrubbte einen Teller, den sie anschließend Kia reichte.

»Was bedeutet ›vom anderen Ufer‹?«, fragte Aly, die eine soeben abgetrocknete Tasse wegräumte.

»Es bedeutet, dass deine Schwestern augenblicklich damit aufhören«, ergriff Sarea barsch das Wort.

Jess knirschte mit den Zähnen und tauchte die Hände erneut in das heiße Wasser. Fyn hatte sich unwohl gefühlt und sich ohne Abendessen zu Bett begeben, sodass es an Jess hängen blieb, Kia beim Abwasch zu helfen. Und nach dem, was Kia getan hatte, neben ihr stehen zu müssen … bei der Göttin! Kia konnte von Glück reden, noch atmen, geschweige denn sprechen zu können.

»Ich hab bloß zu helfen versucht«, flüsterte Kia ihr ins Ohr. »Ich hatte schon immer den Verdacht, dass er keine Mädchen mag. Jetzt haben wir den Beweis.«

»Dann hilf«, erwiderte Jess knurrend, »indem du ihn in Ruhe lässt.«

»Als würde ich meine Zeit mit einem Jungen vergeuden, der vom anderen Ufer ist.«

»Warum hast du dich ihm dann förmlich an den Hals geworfen? Und warum *auf diese Weise*?«

»Das reicht«, sagte Sarea. Mit finsterer Miene kam sie herbeigestapft und senkte die Stimme zu einem gefährlichen Flüstern. »Kialyn, nach dem, was du getan hast, kann ich es kaum ertragen, dich anzusehen. Ich habe dich besser erzogen. Da man sich nicht darauf verlassen kann, dass du die Kleider anbehältst oder dich anständig benimmst, hast du den nächsten Mond lang Stubenarrest.«

»Ma!«

»Komm mir bloß nicht mit ›Ma!‹. Du hast damit angefangen, und du wirst jeden Teller, jeden Topf, jede Pfanne, das gesamte Besteck und jedes Stück Schmutzwäsche waschen, bis wir abreisen. Und falls du so etwas je wieder machst, lasse ich dich mit den niedrigsten Mägden der Burg Nachttöpfe scheuern.«

Kia schaute mürrisch zu Jess, ohne ein Wort zu sagen.

»Und du«, fuhr Sarea flüsternd fort und richtete den zornigen Blick auf Jess. »Dafür, dass du deine Schwester mit Schimpfnamen beworfen und dich über etwas aufgeregt hast, das dich nicht das Geringste angeht, wirst du morgen jeden Boden in diesem Haus schrubben und die gesamte Bettwäsche wechseln.«

Jess hätte um ein Haar gelacht. Für gewöhnlich machte Fyn die Betten und wischte die Böden, aber so schlecht, wie es ihr ging, schien das jetzt unzumutbar zu sein. Deshalb hatte Jess ohnehin bereits angeboten, diese Aufgaben zu übernehmen, während Kia den ganzen Nachmittag um die Zimmerer geschwänzelt war.

»Was ist mit mir, Ma?«, fragte Aly mit großen Augen.

»Du, kleines Fräulein, wirst abstauben.«

»Ja, Mama.« Schniefend setzte Aly eine Schmollmiene auf. Vom Abstauben musste sie niesen.

»Und jetzt überlasst ihr beide Kia ihrem Abwasch. Sie muss darüber nachdenken, was sie getan hat.«

Jess reichte ihrer Schwester das Geschirrtuch, entfernte sich von ihr und überlegte, wie sie sich vor dem Zubettgehen die Zeit vertreiben sollte. Großpapa war mit den fertigen Hüten in seine Werkstatt gegangen, Großmama zu einem Spaziergang aufgebrochen, und Papa brummte vor sich hin und hielt Cailin, während er über Lars' Notizen mit den Aussagen der Nachbarn brütete.

Sie spielte mit dem Gedanken, zu lesen oder ein Bad zu nehmen. Letzteren Einfall verwarf sie sofort wieder – verdammte Kia. Ihr kam sogar in den Sinn, früh zu Bett zu gehen. Dann richtete sich ihr Blick auf die Eingangstür. »Ich denke, ich gehe ein wenig frische Luft schnappen«, verkündete sie.

Lars erschrak, als sich die Tür knarrend öffnete, und griff nach der Lampe, die er neben sich abgestellt hatte. Jess hielt kurz inne und kaute auf der Unterlippe, bevor sie den Weg auf die Veranda fortsetzte. »Hast du was dagegen, wenn ich ein wenig herauskomme? Kia hat den Abwasch übernommen.«

»Nur zu«, antwortete er mit belegter Stimme. »Hier ist reichlich Platz.«

»Danke.« Jess rieb sich die Arme, stellte sich in die Nähe des Geländers und schaute zu den Sternen empor. Stille umgab die beiden, durchwirkt von abendlicher Kälte und dem Geruch frischen Wuchses. Lächelnd atmete sie die Nachtluft ein und drehte den Kopf in die Richtung des Schreis einer Eule.

Nach einer langen Weile löste sie sich vom Geländer und setzte sich auf die Stufe neben Lars; er rückte zur Seite, um Platz für sie zu schaffen. Im Gegensatz zu anderen Adeligen, die sie kannte, gab er sich still und beruhigend. Er war weder fordernd noch eitel, und sie hatte noch nie erlebt, dass er mit seinem Titel oder Namen protzte. Sie musterte ihn, als sie Platz nahm, dann drehte sie den Kopf weg. Obwohl sie seine stille Gegenwart als angenehm empfand, verursachte ihr etwas an Lars zugleich eine innere Unruhe.

Er rieb sich ein Liniment in die Hände, während er zum Scheunenhof starrte. Der durchdringende Geruch nach Heilmittel stach aus der süßen, kühlen Nachtluft hervor. Schließlich stöpselte er die Flasche zu und beugte sich vor, stützte die Ellbogen auf die Knie. Als er das Wort ergriff, zuckte sie erschrocken zusammen. »Darf ich dir eine Frage stellen?«

»Klar.«

»Wie ist es so, Dien zum Vater zu haben?«

Sie zuckte mit den Schultern und lächelte. »Er ist ein ziemlich guter Vater, aber ich kenne nichts anderes. Ist schwierig, Vergleiche zu ziehen.«

Mit einem Seufzen starrte er in die Nacht. »Ja, da hast du wohl recht.«

»Darf jetzt ich dir eine Frage stellen?« Hoffnungsvoll sah sie ihn an.

Der Schatten eines Lächelns, dann wieder seine übliche stoische Miene. »Natürlich.«

»Warum tust du es? So hart arbeiten, meine ich. Hier. In der Burg. Du hast die Ställe geputzt, all das Holz gehackt und bist erst *danach* losgegangen, um die Nachbarn zu befragen. Tust du nicht auch mal gern … na ja, etwas zum Spaß oder nur für dich? Wofür arbeitest du so hart?«

Er lehnte sich zurück und betrachtete sie. »Du willst es wirklich wissen?«

Sie nickte, scheute sich davor, noch etwas hinzuzufügen.

Lars spielte mit der Flasche Liniment und senkte die Stimme. »Ich will nicht, dass dein Vater und Dubric mich fortschicken.«

»Das würden sie nie tun.«

Er zuckte mit den Schultern. »Na ja, ich will eben kein Wagnis eingehen.«

»Auch wenn du dir dabei die Hände aufschindest?«

Er stellte die Flasche beiseite. »Ich hatte schon öfter Blasen. Das ist nicht so schlimm.«

Jess schaute auf den Hof, zum Mondlicht auf der Weide und zu den Rücken von Schafen, die an Frühlingsgras knabberten. »Aber was gibt es für dich sonst noch? Du kannst nicht ewig Page bleiben. Du bist Fürst Hargroves Sohn. Allein dein Name kann dir alles auf der Welt verschaffen, was du dir wünschst. Es muss doch etwas geben, das du anstrebst, irgendein Ziel, irgendeine Belohnung.«

Er drehte sich ihr zu, und einen flüchtigen Augenblick lang

tauchte ein Lächeln in seinen Zügen auf. »Das gibt es tatsächlich.«

Jess beobachtete ihn, ließ seinen Worten Zeit, ihren Weg zu finden.

Er schüttelte den Kopf und schaute wieder hinaus in die Nacht. »Du wirst es für albern halten.«

»Nein, bestimmt nicht. Versprochen.«

Jess bemerkte, wie sich eine Stille zwischen ihnen ausbreitete, die länger und länger wurde, und sie fürchtete, etwas Falsches gesagt zu haben, ihm zu nahe getreten zu sein. Als er schließlich das Wort ergriff, überraschten sie seine Worte.

»Ich will das, was ich nie hatte. Ein Zuhause.«

»Du hast kein Zuhause?«

Er lachte. »Nein. Ich habe eine Kommode, ein Bett, einige Kleider und ein Schwert, die mir allesamt zugewiesen worden sind. Ich habe einen Namen, der nie richtig zu mir gehört hat.« Er seufzte. »Und ich habe eine Arbeit. Das ist alles. Vorläufig jedenfalls. Aber eines Tages, irgendwann, wird das anders sein. Mittlerweile weiß ich das.«

»Vorher hast du das nicht gewusst?«

Er schüttelte den Kopf. »Nicht, bevor ich hierhergekommen bin. Ich hatte nie eine richtige Familie, aber jetzt habe ich zum ersten Mal in meinem Leben fast das Gefühl, eine zu haben.«

»Das verstehe ich nicht. Ich weiß, dass du Meinungsverschiedenheiten mit deinem Vater hast, aber was ist mit deiner Mutter? Und ich dachte, du hättest eine Schwester.«

Er starrte wieder lange in die Nacht, bevor er antwortete. »Vergangenen Mond, nach den Morden, bin ich heimgereist, weil mein Vater mich dazu eingeladen hatte. Nach sechs Sommern in der Fremde war ich so aufgeregt darüber, wieder zu Hause zu sein. Aber ich war noch kaum dort, noch nicht einmal eine volle Glocke, und meine Mutter … Sie hat Probleme und, na ja, sie hat mich nicht erkannt. Sie wurde aufgebracht, richtig hysterisch, und mein Vater hat mich angebrüllt und gleich zurück nach Faldorrah geschickt. Schon wieder.« Lars seufzte und senkte den Kopf. »Ich war gerade erst eingetroffen, und schon schickte er mich wieder fort. Er hat mich aufgefordert, nie wieder zurückzukommen, und sagte, er wolle mich nie wieder sehen. Meine Schwester ist zehn Sommer älter als ich, und ich habe sie, seit ich ursprünglich nach Faldorrah kam, nie mehr gesehen oder etwas von ihr gehört. Meine Familie will nichts mit mir zu tun haben. Aber hier auf dem Gehöft deiner Großeltern ist es anders. Es fühlt sich an, als wäre ich etwas wert, ein bisschen wenigstens. Ich stehe zwar immer noch draußen und schaue hinein, aber zum ersten Mal in meinem Leben kann ich das Feuer im Kamin spüren. Ergibt das einen Sinn?«

»Ja, das tut es.«

»Ihr Mädchen seid so wundervoll, und deine Mama und deine Großeltern sind es auch.« Er sah sie wieder an und zuckte mit den Schultern. »Sogar Kia, obwohl mir manche der Dinge, die sie tut, Sorgen bereiten – aber bei der Göttin, Aly ist die Beste.«

Jess spürte, wie sich ihre Stirn in Falten legte. »Ist sie das?«

»Ja. Ich bin für sie wie ein großer Bruder, jemand, mit dem sie rangeln und Reiten spielen kann. Jemand, der ihr Geschichten vorliest und sie kitzelt. Sie kennt in Hinblick auf mich keine Bedenken, kein Zögern, gar nichts. Sie hat keine Ahnung, wer mein Vater ist, und es ist ihr auch egal. Für sie bin ich einfach nur ich.«

Jess lächelte. »Sie kennt dich schon ihr ganzes Leben.«

»Ich liebe euch Mädchen alle, wirklich, aber Aly … sie ist etwas Besonderes, als wäre sie wirklich meine kleine Schwester und ich ihr großer Beschützer.« Lars lehnte sich an den Pfosten und blickte hinaus in die Nacht. »Deine Mama ist auch sagenhaft. Hast du gewusst, dass sie mich heute Cailins Windel hat wechseln lassen? Das hatte ich vorher noch nie gemacht.«

»Igitt. Ich habe schon zu viele gewechselt.«

»Oh, sicher, es hat gemieft. Trotzdem war es toll. Auf dem Familiengehöft zu arbeiten und ein Haus voller Schwestern zu haben, eine davon ein Säugling, eine andere, die immerzu mit mir spielen will – das alles ist unglaublich. Es erinnert mich daran, wie sehr ich mir ein eigenes Heim und eine eigene Familie wünsche.«

»Ah.« Jess starrte ihrerseits in die Nacht. *Seine Schwester.* Sie hörte, wie er das Gewicht verlagerte, drehte sich jedoch nicht um. Im Augenblick konnte sie es nicht ertragen, ihn anzusehen.

»Hab ich etwas Falsches gesagt?«, fragte er.

»Nein, natürlich nicht.« Zittrig holte sie Luft und bemühte sich, dem Brennen in ihren Augen keine Beachtung zu schenken.

Sie stand auf und murmelte irgendeinen Unsinn darüber, hineingehen zu müssen. Als sie die Tür erreichte, hielt sie inne.

Lars erkundigte sich: »Bist du sicher, dass alles in Ordnung ist?«

Mit dem Türgriff in der Hand senkte sie den Kopf und presste die Worte hervor, bevor sie die Nerven verlieren konnte. »Ich bin froh, dass du ein Teil unserer Familie bist.«

Lars setzte dazu an, ihr zu folgen, aber Unsicherheit nistete sich in seinem Bauch ein und hielt ihn zurück. Frauen waren nicht nur im Allgemeinen verwirrend, in diesem Fall waren zudem alle Frauen im Haus miteinander verwandt. Würden sie sich gegen ihn wenden, weil eine von ihnen aufgebracht war? Würde er seine zerbrechliche Stellung als Ehrenbruder verlieren? Würde er die Dinge noch verschlimmern, wo er doch nicht einmal eine Ahnung hatte, was das Problem überhaupt ausgelöst hatte?

Während er verwirrt und verunsichert auf den Stufen saß, hörte er, wie sich die Tür hinter ihm öffnete. Als er sich umdrehte, sah er Diens vertraute, massige Gestalt herauskommen.

»Ich denke, wir sollten uns ein wenig unterhalten, Kleiner«, meinte er, ohne Lars anzusehen. Donnernd stapfte er die Stufen hinab und setzte sich in Richtung der Scheune in Bewegung.

Lars folgte ihm. Die nagende Unsicherheit in seinem Bauch fühlte sich an, als wären ihr plötzlich spitze Zähne und scharfe Klauen gewachsen.

Dien blieb stehen, drehte sich um und schaute zurück zum Haus. »Das sollte weit genug sein«, befand er. Dann schlang er den Arm um Lars' Schultern und drehte ihn der Scheune zu. »Ich habe eine ziemlich gute Vorstellung davon, was du zu Jess gesagt hast. Die Wände sind nicht besonders dick, und, na ja, Sarea hat Brocken eures Gesprächs aufgeschnappt. Du bist ein anständiger Bursche, und es freut uns, dass du ein Teil unserer Familie sein willst. Daran ist nichts verkehrt. Aber weißt du, bei Jess kommt da ein völlig anderer Punkt hinzu. Einer, der dir vielleicht gar nicht bewusst ist.«

Der hünenhafte Mann verstummte kurz. Für Lars fühlte sich sein Zögern wie das Zittern einer gespannten Bogensehne an. »Aber sie ist meine Tochter. Ich liebe sie und will sie glücklich sehen. Das ist meine Aufgabe als ihr Vater.«

»Ich weiß«, erwiderte Lars. »Und mir ist klar, wenn es eine Wahl zu treffen gilt, dann verliere ich. Etwas anderes würde ich gar nicht erwarten.«

»Oh, darum geht es nicht, Kleiner, ganz und gar nicht. Heute Nacht gibt es keine Wahl zu treffen, und so die Göttin will, wird es nie eine geben.«

»Ich wollte sie nicht aufregen.«

Dien lachte und klopfte ihm auf die Schulter. »Das weiß ich, und sie weiß es auch. Wahrscheinlich hast du überhaupt keinen Schimmer, was da gerade geschehen ist. Ich fühle mit dir, Kleiner, wirklich. Frauen können wegen der merkwürdigsten Dinge heulen. Sarea macht das andauernd. Das ist ein Teil der Magie dessen, was sie sind. Man lernt ihre Macken zwar im Handumdrehen kennen, trotzdem überraschen sie einen immer wieder und reißen einem das Herz ohne Vorwarnung oder Grund heraus. So ist es nun mal.«

Lars hatte keine Ahnung, wovon Dien redete, dennoch sagte er: »Ja.«

»Ich denke, morgen schicke ich dich in den Ort, um mit dem Schutzmann über Bray zu reden. Außerdem könnten wir Seife, Salz und einige andere Vorräte brauchen, und es dürfte auch nicht schaden, den Wind den Mief von dir blasen zu lassen. Du entscheidest, ob du eines der Mädchen mitnehmen oder alleine gehen willst. Das überlasse ich ganz dir.«

Worauf läuft das hinaus? »In Ordnung.«

Dien ließ Lars' Schulter los und wandte sich dem Haus zu. Nach nur einem Schritt hielt er inne. »Eins noch«, sagte er und richtete die Aufmerksamkeit wieder auf Lars. »Ich muss dir eine Frage stellen, und ich will keine unverfängliche, blödsinnige Antwort. Diesmal will ich die blanke, nackte Wahrheit, egal wie unangenehm sie für mich deiner Ansicht nach ist. Von Mann zu Mann.«

Die Zähne und Klauen in Lars' Bauch verwandelten sich in ausgewachsene, heißhungrige Ratten, die sich den Weg durch seine Wirbelsäule nagten. *Deshalb hat er mich hier rausgeschleppt, so weit weg vom Haus, so weit weg von allen anderen. Er will mich dafür bestrafen, dass ich unverhofft im Badezimmer Kia angetroffen habe.* Seine Hände ballten sich kurz zu Fäusten, dann entspannten sie sich. »Die Wahrheit. Von Mann zu Mann. Ja.«

Dien trat einen Schritt auf ihn zu und sah ihm fest in die Augen. Er seufzte, als kämpfe er auch gegen ein Tier, das in seinem Inneren nagte. »Was sind deine Absichten in Hinblick auf meine Tochter? In Hinblick auf Jess?«

Jess? Lars erschrak und vergaß Kia schlagartig. Er rechnete damit, dass seine Stimme zitterte, aber das tat sie erstaunlicherweise nicht. Seine Worte hallten klar und deutlich, wenngleich leise durch die Nacht. »Ich denke über sie nach, Dien, das gebe ich zu. Aber nicht auf unanständige Weise.«

»Red weiter.«

In Gedanken hatte er dieses Gespräch mit Dien Hunderte Male durchgespielt. Allerdings hatte er sich nie ausgemalt, dass es in streitlustiger Stimmung nachts auf einem Scheunenhof stattfinden würde. Immer bei einem Bier an einem sonnigen Nachmittag oder vielleicht in der Amtsstube; eine freundliche Unterhaltung von Mann zu Mann. So es denn überhaupt dazu kommen sollte. Er hatte immer darauf geachtet, sich diesen letzten Punkt vor Augen zu halten – dass dieses Gespräch vielleicht nie stattfinden würde. Dass er unter Umständen niemals den Mumm dazu aufbringen würde.

Doch nun war der Augenblick gekommen: Dien verlangte die blanke, nackte Wahrheit über das, was er für Jess empfand. Ohne Beschönigung, ohne Verwässerung. *Sag's, wie's ist, und warte ab, wie sich der Staub setzt.*

Lars holte tief Luft und sprang von der Klippe. Seine Stimme überschlug sich fast, als die Worte aus ihm hervorsprudelten. »Ich bin in weniger als einer Phase alt genug zum Freien, und Jess wird es wenige Phasen danach sein, wenn ich mich recht erinnere. Ich hatte gehofft, ihr den Hof machen zu dürfen, wenn sie alt genug dafür ist. Wenn sie mich lässt und wenn du es erlaubst. Ich versichere dir, ich habe keinerlei unehrenhafte Absichten. Ich würde sie nie schlecht behandeln oder erwarten, dass sie sich mir unterwirft. Ich würde sie nie …« – kurz zögerte und ballte die Hände erneut zu Fäusten – »missbrauchen. Darauf hast du uneingeschränkt mein Wort. Darüber hinaus weiß ich nichts, Dien. Ich habe weder mit ihr noch mit sonst jemandem darüber gesprochen. Es ist bisher nur eine Hoffnung gewesen.«

Seine Hände öffneten sich wieder, und er starrte Dien unverwandt in die Augen. »Falls ich etwas Unpassendes von mir gegeben oder dich oder dein Heim beleidigt habe, entschuldige ich mich dafür. Du bist mein Freund und in vielerlei Hinsicht wie ein Vater für mich, aber …« Schluckend kämpfte er sich durch seine Verlegenheit und gab der Nacht die Wahrheit preis. »Aber ich hege zärtliche Gefühle für Jesscea und hoffe, um sie zu freien. Wenn es erlaubt wird.«

Dien starrte ihn eine lange Weile an. »Erlaubnis erteilt. Und jetzt schaff deinen Hintern rein, bevor ich es mir anders überlege.«

Grinsend trottete Lars auf das Haus zu. Am liebsten hätte er gejauchzt. Sarea lief gleich hinter der Tür auf und ab, die einzige Anwesende im Raum, vermutlich die Einzige, die noch nicht im Bett lag, und sie zuckte zusammen, als er hereingestürmt kam.

»Und?«, fragte sie mit der Hand über dem Herzen.

Lars hätte beinah gelacht. *Ich bin hier. Ich bin zu Hause.*

»Er hat endlich gefragt«, verkündete Dien.

Sarea japste und umarmte Lars, drückte ihn innig und fest an sich. Er erwiderte die Geste, zum ersten Mal überhaupt bei einer Frau, seit er sein früheres Zuhause verlassen hatte, und sie küsste ihn auf die Wange. »Willkommen in der Familie, mein Sohn.«

Dien lachte und trennte die beiden voneinander. »Verdammt noch mal, Frau, lass den Jungen los. Ich hab ihn da draußen fast zu Tode erschreckt, und du zerquetschst ihn auch noch. Vor uns liegen viel Zeit und eine Menge Dinge, die sich erst weisen müssen. Kein Grund, schon jetzt so aus dem Häuschen zu geraten.«

Sarea trat einen Schritt zurück und wischte sich die Augen ab. »Du hast recht.« Mit strahlender Miene schniefte sie und zog ein Tuch aus der Tasche hervor.

»Was hab ich dir gesagt, Kleiner? Es lässt sich nie sagen, was sie zum Losflennen bringt.« Damit ergriff er die Hand seiner Gemahlin und führte sie weg. »Wir reden morgen weiter. Leg dich schlafen. Du hast morgen einen arbeitsreichen Tag vor dir und viel zum Nachdenken. Bleib auf jeden Fall im Haus.« Er nickte Lars noch einmal zu, dann ging er und führte Sarea in ihr gemeinsames Zimmer.

Lars' Gedanken überschlugen sich geradezu, als er sich fürs

Bett vorbereitete und auf der Sitzbank niederließ. Erst nach einer langen Weile schlief er ein.

Lars erwachte mit schmerzender Blase aus einem Traum von einem dunklen Mann, der Kinder raubte. Es regnete, und der Wind wehte Tropfen gegen die Fensterscheiben. Er rollte sich herum und presste das Gesicht ins Kissen, doch es half nichts. Er musste pinkeln. Und zwar bald.

Murrend schob er die Decke von sich und setzte sich auf. Barfuß und nur mit einem alten, fleckigen Hemd sowie einer Schlafhose bekleidet tapste er den Flur hinab auf die Schnarchgeräusche zu, die aus Diens und Sareas Zimmer drangen. Die Tür erwies sich als angelehnt, und Lars zögerte, bevor er hineinspähte. Sie lagen wie Löffelchen aneinandergekuschelt mit den Gesichtern zur Tür. Diens dicker Arm umschlang Sareas Mitte, seine Hand hielt ihre Brust.

Verlegen und widerwillig räusperte sich Lars und flüsterte eindringlich: »He. Ich muss mal Wasser lassen.«

Dien rollte sich gähnend auf den Rücken. Sarea tat es ihm gleich und drehte das Gesicht Diens Achselhöhle zu, bevor ihr Körper nachzog und sie ein Bein über ihn schlang. »Dann geh«, erwiderte Dien mit einem weiteren Gähnen. Sie schmiegten sich erneut aneinander, und Dien schnarchte weiter.

Lars schüttelte den Kopf und trat zurück, lehnte die Tür wieder an. »Na schön«, murmelte er bei sich. »Ich würde sagen, das zählt.« Mit heftig pochendem Herzen streckte er die Hand nach der Hintertür aus und zog sie auf.

Kühler Regen und ein warmer Wind voller Frühlingsgerüche. Hauptsächlich roch es nach Würmern. Nach feuchter Erde und Käfern. Nach Fisch. Dieselben Gerüche wie in seinem Traum.

Er beobachtete den Regen, während ihn seine Blase daran erinnerte, was ihn eigentlich uns Freie geführt hatte. *Ich könnte mich gleich hier erleichtern. Niemand würde es je erfahren.*

»Aber ich würde es wissen«, sprach er laut aus und seufzte.

Er holte tief Luft und preschte von der Tür weg, schlitterte durch den Schlamm, als er den Hang hinunter zum Abort rannte. *Kein dunkler Mann*, sagte er sich zur Beruhigung. *Nur eine verregnete Nacht. Es war bloß ein Traum.*

Triefend, wenn auch nicht völlig durchnässt, erreichte er den Abort und huschte hinein, um sein Geschäft zu erledigen. Es dauerte nur wenige Augenblicke – während derer er sich schalt, ein Feigling zu sein –, dann öffnete er die Aborttür, um den Rückweg zum Haus anzutreten.

Nachdem er seine anfängliche Angst überwunden hatte, setzte er sich den Hang hinauf in Bewegung und beeilte sich wegen des Regens. Er befand sich vielleicht zwanzig Längen vom Haus entfernt, als sich von hinten eine kalte, nasse Hand über seinen Mund legte. Lars versuchte, sich vorzubeugen und den Angreifer über seinen Rücken zu schleudern. Aber seine Füße rutschten im Schlamm aus, und er wurde stattdessen von dem Mann hinter ihm festgehalten.

»Ganz ruhig, Stuart. Kaninchendreck und Wespenstich, du musst vorsichtig sein«, sagte Devyn. Sein unangenehmer Metallatem brannte förmlich auf Lars' Wange. »Er mag den Regen.«

Lars stieß den Atem aus, und Devyn entfernte die Hand. »Bei der Göttin, Ihr habt mir Angst eingejagt.«

»Verdammt richtig, hab ich. Ist gut, Angst zu haben. Es ist nicht sicher, nicht in einer solchen Nacht.« Auch Devyn trug eine feuchte Schlafhose. Er trat vor Lars und spähte mit zusammengekniffenen Augen in die Dunkelheit irgendwo westlich des Hauses. »Sag, Stuart: Ist es wahr, was ich höre?«

Lars seufzte. *Ich werde nasser und nasser.* »Was hört Ihr denn, Herr?«

Devyns Schultern sackten herab, als er sich umdrehte und Lars ansah. »Dass du gar nicht Stuart bist.«

»Ja, Herr. Es tut mir leid, ich bin es nicht.«

»Hatte ich befürchtet«, murmelte Devyn, und einen Augenblick lang dachte Lars, er würde gleich anfangen zu weinen. »Du lebst.« Der alte Mann holte erst einmal, dann noch einmal tief Luft und straffte den Rücken ein wenig. »Lebendig oder nicht, komm mit. Ich zeige es dir, Stuart, dann weißt du es.«

Lars schaute zu dem warmen, trockenen Haus. »Herr, ich sollte wirklich zurück ins Bett.«

Devyn stapfte mit bebendem Kinn dicht vor ihn hin. »Ich hab sie in den Arsch gedübelt, und niemand will es wissen!« Er ballte die Hände zu Fäusten. »Niemand will mir zuhören. Niemand will es sehen!« Er packte Lars vorne am Hemd und stieß hervor: »Ich bin in jenem Kerker gestorben. Und die Toten wissen Bescheid, Junge. Wir *wissen es.* Der Dunkle bewahrt nicht all seine Geheimnisse.«

Damit stieß er Lars zurück und wandte sich ab, torkelte mit unsteten Schritten den Hang hinauf.

Entgeistert stand Lars im Regen, bis sich Devyn umdrehte und mahnte: »Ich hab nicht die ganze Nacht Zeit, Junge.«

Lars wischte sich Regenwasser aus den Augen und eilte los, um zu dem Greis aufzuschließen. »Was wisst Ihr über die verschwundenen Kinder?«, fragte er, als er Devyn eingeholt hatte.

Der blieb stehen. Seine Hände zuckten. Murmelnd wackelte er mit dem Kopf, während ein Zittern seinen Körper schüttelte. Er leckte sich über die Lippen und sah Lars an, streckte eine Hand aus und benutzte dann die andere, um sie zurückzuziehen. »Stuart. Ich … Kaninchendreck und Wespenstich! Verstehst du denn nicht? Hab ich dir nicht gesagt, du sollst keine dummen Fragen stellen?« Devyn blinzelte und bleckte die verbliebenen Zähne. Die Zuckungen legten sich. Er holte abgehackt Luft, und seine Stimme wurde sanfter. Sie klang beinahe … normal. »Bitte, Junge. Nicht. Das ist so schon schwer genu…« Ein weiterer Schauder. »Ich bin gestorben, doch getan hat es das Waldfüllen! Aber Stuart ist gegangen! Die roten Würmer wissen es!«

Göttin, was ist nur mit ihm passiert? Lars nickte langsam. »Na schön. Keine Fragen.«

Devyn zuckte, schwieg und setzte den Weg den Hang hinauf fort, während der Regen nachließ und in ein sanftes Nieseln überging.

Sie bewegten sich auf die Scheune zu. Devyn schnupperte die Luft, und Lars wünschte, er hätte sich die Zeit genommen, seine Stiefel anzuziehen. Er würde ein Bad brauchen, bevor er auch nur daran denken konnte, ins Bett zurückzukehren.

»Ich hab meinen Jungen nie in den Arsch gedübelt. Auch nicht meine Tochter. Oder meine Enkeltöchter.« Devyn sah Lars an. »Und dich auch nicht, niemals.«

»Nein, Herr«, bestätigte Lars und fragte sich dabei, ob er überhaupt reden durfte.

Devyn zuckte erneut und grinste, entblößte dabei all seine verfaulten Zähne. »Du bist ein guter Junge, Stuart. Komm jetzt, bevor sie sehen, dass wir weg sind.« Lars folgte dem Mann und verzog vor dem feuchten, modrigen Gestank das Gesicht.

Mit einem Kichern öffnete Devyn die Tür zu seiner Werkstatt und bedeutete Lars, ihm zu folgen.

Nickend holte Lars tief Luft und trat ein. Devyn schloss hinter ihm die Tür.

Lars stand regungslos in der Dunkelheit des stinkenden Raums und spürte ein warmes Kriechen unter den Zehen. Devyn schlurfte brummelnd davon. Lars nahm erst einen Funken wahr, dann zwei, bevor die Lampe erglühte.

Verblüfft blinzelte Lars und wich einen Schritt zurück.

Überall Spielsachen. Sie hingen an den Wänden, türmten sich auf dem Boden, stapelten sich auf den Tischen. Geduldspiele, Wagen und Bälle. Zinnsoldaten, Stoffpuppen und Tiere aus Holz. Spielzeuge, mit dem Lars die kleine Aly nie gesehen hatte, und dennoch reihten sie sich hier aneinander, als spiele regelmäßig ein Kind mit ihnen. Jede freie Fläche strotzte vor Spielzeug.

Alles außer der Werkbank und einem Bottich in der Ecke. Die grauen, fauligen Häute darin schienen die Quelle des Gestanks zu sein.

»Für meinen Jungen«, erklärte Devyn und deutete mit ausladender Geste durch den Raum. Zuckungen beutelten seine Hände. »Neun Sommer. Verkrüppelt. Die Waldfüllenbastarde haben meinen Jungen genagelt und wollten ihn an den Teufel verfüttern.« Tränen rollten ihm über die Wangen, und er holte erst einmal, dann noch einmal Luft. »Aber er ist nicht gestorben. Ich hab sie gefunden und gesehen, was sie getan haben. Ich hab Stuart gerettet, bevor sie ihn töten konnten.«

Lars presste den Mund zu. Er hielt sich vor Augen, dass er jetzt keine Fragen stellen durfte.

Die Zuckungen verschlimmerten sich, als Devyn zur Werkbank wankte und einen Stapel Filzstreifen von der unteren Ablage stieß. »Mein Junge war am Leben. Der Dunkle konnte ihn nicht haben!« Er zog eine alte, abgewetzte Kassette aus den hintersten Winkeln des Regals und ließ sich auf den Hintern plumpsen, als er darauf starrte.

Lars kniete sich vor den alten Mann und streckte die Hände aus.

»Hab's versteckt, bevor ich gestorben bin.« Die Kassette ratterte in Devyns zittrigem Griff. »Es ist verboten«, sagte er und sah Lars mit wässrigen Augen eindringlich an. »Stuart, Kaninchendreck und Wespenstich, sei vorsichtig. Lass es sie nicht sehen.«

»Werd ich nicht«, erwiderte Lars und ergriff die Kassette, bevor Devyn sie fallen lassen konnte. Die Kassette erwies sich als etwa so lang wie sein Unterarm und so hoch wie seine Hand von den Fingerspitzen zum Ansatz der Handfläche. Spinnweben und Staub überzogen die raue Holzoberfläche, die Schnallen waren alt und rostig. Er sah weder einen Riegel noch ein Schloss. Behutsam löste der Page die Schnallen, zog die Lederriemen heraus und öffnete den Deckel.

Alte, mit silbriger Flüssigkeit gefüllte Glasröhrchen, kleine Bürsten und Kellen, ein altes, rostiges Messer. Für Lars sah es nach Trödel aus, und er setzte schon dazu an, zu fragen, was das alles bedeutete, dann jedoch klappte er den Mund zu und sah Devyn in die Augen.

Der alte Mann schluckte und rammte den Kopf gegen die Regale hinter ihm. »Wie ich schon zu Braoin gesagt habe: Schau jetzt nicht unter den Rock eines Mädchens, Stuart. Dort könnte dich der Teufel erwarten.«

»Unter …«, murmelte Lars bei sich. »Na schön.« Er schloss den Deckel und drehte die Kassette um, entdeckte jedoch nichts Auffälliges an der Unterseite. Devyn schlug den Kopf weiter gegen die Regale.

Das wäre so viel einfacher, wenn ich Fragen stellen dürfte. Mit einem Blick auf Devyn öffnete er die Kassette erneut und leerte die Röhrchen und restlichen Gegenstände auf den Boden. Zerfleddertes Sackleinen kleidete das Behältnis aus. Lars zupfte an einem Ende, um Halt zu finden, dann zog er den Stoff heraus.

Er erblickte geschwärzte Hand- und Fingerabdrücke entlang aller vier Ränder sowie ein Loch, gerade groß genug für einen Finger. Devyn hörte auf, den Kopf gegen das Regal zu knallen, und beobachtete ihn mit funkelnden Augen.

Lars holte tief Luft und steckte seinen Finger durch das Loch. Darunter befand sich etwas Glattes und Weiches. Er rüttelte an dem doppelten Boden und hatte etwas Mühe, ihn herauszuwinden, ohne dass die Kassette beschädigt wurde.

Devyn stieß ein leises Quieken aus und schrak zurück.

Glänzender, schwarzer und roter Stoff mit eingewobenem, doppelseitigem Karomuster kam zum Vorschein. Das Gewebe lag ordentlich zusammengefaltet und zusammengedrückt unter der Holzschicht. Die Ränder erwiesen sich als abgewetzt und ausgefranst, und den Stoff selbst sprenkelten dunkle Flecken. Das Gewebe sah bröckelig aus, alt … und irgendwie gefährlich.

Devyn wiegte sich vor und zurück, die Arme um die Knie geschlungen. »Stuarts Leichentuch. Aber er ist nicht gestorben, oder?«

Lars zog den Stoff aus der Kassette und faltete ihn auseinander. Die Breite maß eine volle Armeslänge, und die Länge entsprach ungefähr Lars' doppelter Größe. Schlieren und Kleckse bildeten verkrustete schwarze Muster. Muster, die er erkannte. »Da ist Blut drauf. Sieht nach Stichwunden aus.«

Devyn nickte und wagte einen Blick.

»Ich habe solchen Stoff gefunden«, verriet Lars, als er das Gewebe wieder zusammenfaltete. Es fühlte sich glitschig und warm an. Abstoßend. »In der Nacht, als ich hergekommen bin. Nahe der Stelle, wo die erste Leiche entdeckt wurde.«

Devyn heulte auf. »Das Waldfüllen ist zurück. Es ist nicht tot, wie die glauben. Es hat sich meinen Stuart geholt, um den Teufel zu füttern.«

Lars wollte den Stoff nicht länger berühren und legte ihn hastig zurück in die Kassette. »Ihr wisst, wer er ist. Ihr wisst, wer Euren Sohn erstochen hat.«

Devyn rappelte sich unstet auf die Beine. »Sie haben ihn in den Arsch gedübelt, alle drei! Haben meinen Jungen geschnitten. Ich hab's gesehen, hab sie vertrieben.« Er wankte rücklings und stieß dabei halbfertige Hüte von ihren Formen. »Sie wollten ihn an den Teufel verfüttern.«

»Das hab ich verstanden«, sagte Lars leise, als er den doppelten Boden wieder in die Kassette einsetzte. »Aber das war vor langer Zeit.«

»Nein, nein, nein! Damals! Heute!« Devyn kam jäh auf Lars zu und beugte sich dicht zu ihm. Sein Atem ging in flachen Stößen. »Beende immer, was du anfängst, Stuart. Gib niemals auf. Nicht, ehe die Aufgabe erledigt ist. Nicht, bis der Teufel gefüttert ist.«

Knurrend schlug er Lars die Kassette aus den Händen und schob ihn rückwärts. »Die können sehen. Dich. Mich. Rot und schwarz, schwarz und rot. Es ist nicht vorbei. Nicht, ehe der Teufel gefüttert ist.«

Lars schaute zu dem ihn überragenden Devyn auf. »Ich verstehe das nicht! Ich muss Fragen stellen dürfen!«

Devyn schlurfte zurück, um die Kassette aufzuheben. Er schleuderte sie in Lars Richtung, und sie traf den Pagen in die Brust. »Ich bin nicht umsonst gestorben. Ich hab sie in den Arsch gedübelt! Hab ich. Heute. Damals. Spielt das eine Rolle?«

Lars hielt die Kassette lose in den Händen, fasste sie nur widerwillig an. »Dieses Tuch. Sagt mir, was es bewirkt, warum es wichtig ist. Nur das Tuch, wenn es geht. Sagt mir, warum Euer Sohn darauf erstochen worden ist.«

Devyn keuchte und zuckte wie ein am Galgen baumelnder Mann, dann fiel er und landete ausgestreckt auf dem Boden. »Mein Junge. Es hat meinen Jungen gesehen. Hat meinen Jungen gezeigt. Verdammt, warum kannst du es nicht verstehen?« Devyn wölbte den Rücken durch und warf sich hin und her.

Lars richtete sich auf und näherte sich langsam dem alten Mann. *Gesehen, gezeigt, verstehen.* »Sicht. Es hat etwas mit Sicht zu tun, mit Sehen.«

Devyn nickte. Seine knorrigen Finger kratzten über den festgetretenen Erdboden. »Siehst du den roten Wurm, Stuart? Fass ihn niemals an. Niemals. Niemals die schwarze Motte. Niemals das Blut. Niemals werden die Toten sehen, aber sie werden den Teufel füttern.«

Lars ließ die Kassette fallen und trat sie weg. »Es ist Seide. Schwarz-rote Seide, genau wie das Stück Stoff, das ich gefunden habe.«

»Das Auge des Teufels«, zeterte Devyn und krallte die Finger weiter in den Erdboden.

»Und es kann sehen. Irgendwie kann es sehen.«

»Ja«, rief Devyn und sein Körper verkrampfte sich erneut.

Lars lief auf und ab, während er nachzudenken versuchte.

»Also gut. Ihr habt drei Männer dabei erwischt, wie sie Euren Sohn geschändet haben, und Ihr habt zwei davon getötet. Einer ist entkommen. Stuart hat auf dieses Tuch geblutet, ein Tuch, von dem Ihr glaubt, es könnte sehen. Irgendwie. Ich habe schon verrücktere Dinge gehört. Das ist wenigstens ein Anfang.« Als er eine Bewegung wahrnahm, verstummte er und schaute Devyn an.

Der alte Mann kroch mit hängendem Kopf zur Werkbank. Seine Schultern zitterten vor Anstrengung. »Stuart, fang an. Fang an, Stuart.«

»Gut«, sagte Lars. »Erzählt mir von Stuart. Ihr könnt damit beginnen, warum Ihr ständig mich mit seinem Namen anredet.«

Devyn kletterte auf die Werkbank und warf Werkzeug und Filzstücke beiseite. Er zog eine Tafel unter einer Abziehklinge hervor, drehte sich um und warf sie in Lars' Richtung.

Sie drehte sich, während sie durch die Luft flog. Dann landete sie auf dem Boden, prallte einmal davon ab, schlitterte an Lars' Beinen vorbei und kam im gegenüberliegenden Winkel der Werkstatt zum Liegen. Lars holte die Tafel und betrachtete mit zusammengekniffenen Augen das Bild darauf. Das Antlitz eines Jungen, in dem trüben Licht war es kaum erkennbar.

»Ihr zeigt mir Stuarts Bild«, sagte er und achtete darauf, den Satz nicht wie eine Frage zu betonen. Devyn schwieg. Er drehte nur den Kopf, um zu beobachten, wie Lars auf die Lampe zuging.

Plötzlich hielt Lars inne und ließ den Blick zwischen dem Bild und Devyn hin und her wandern. »Das ist unmöglich.«

Devyn wankte auf ihn zu. »Verstehst du jetzt, Stuart? Mein Junge?«

Beklommenheit und Verwirrung breiteten sich stechend in Lars' Eingeweiden aus. »Das ist ein Gemälde. Von mir. Als ich klein war.« *Das glatte blonde Haar, die grauen Augen. Bei Malanna, sogar das Muttermal neben dem Ohr ist dasselbe. Und das Grübchen zwischen den Augenbrauen.*

Devyn holte tief Luft und nickte. Seine Augen funkelten im Schein der Lampe. »Mein Junge. Mein Stuart.«

»Ich bin nicht Euer ›Junge‹«, widersprach Lars und streckte dem alten Mann das Bild entgegen, um es ihm zurückzugeben. »Ganz gleich, wie sehr Ihr es Euch wünscht, ich bin es nicht. Meine Eltern sind Fürst und Fürstin Hargrove von Haenpar, und ich werde in einigen Tagen fünfzehn Sommer alt. Ich weiß nicht, wie alt Stuart jetzt wäre, aber bestimmt nicht fünfzehn.«

Devyn legte einen zittrigen Finger an die Nase und schnupperte. »Gleich.«

Lars streckte das Bild erneut vor, doch Devyn nahm es nicht entgegen. »Ich rieche nicht wie Stuart.«

Devyn tippte sich abermals an die Nase und nickte. »Gleich. Kaninchendreck und Wespenstich, Junge, ich habe nicht allen Verstand verloren.« Wieder holte er tief Luft, atmete schnuppernd durch die Nase ein und nickte. »Gleich.« Er wankte auf Lars zu, schob das Gemälde aus seinem Weg und hob mit den Fingern Lars' Haare an. »Gleich.« Er berührte Lars' Stirn, Augen, Lippen, Ohren, Muttermal. »Gleich.« Er ergriff Lars' Hand und spreizte die Finger auseinander. »Gleich.« Er sank vor Lars' Füßen auf die Knie und tippte auf die zweite Zehe. Sie war länger als die große Zehe und krümmte sich ihr leicht entgegen. »Gleich.« Mühsam rappelte sich Devyn wieder auf und legte die Handfläche auf Lars' Brust. »Gleich. Mein Junge. Mein Stuart.«

»Nein!«, beharrte Lars und wich außer Reichweite zurück. »Ich bin nicht Euer Sohn!«

Hinter ihm öffnete sich die Tür, und er drehte sich um, das Gemälde immer noch fest in der Hand. Dien stand da. Sein Mantel hing ihm schlaff und triefend von den Schultern. Er erblickte Lars und ließ vor Erleichterung die angespannten Arme sinken. »Das ist nicht Stuart, Dev. Das haben wir dir doch schon gesagt. Es tut mir leid, aber Stuart ist tot. Ich habe ihn beerdigt, weißt du noch? Vor fast zwanzig Sommern.«

Devyn heulte auf und fiel neben Lars auf die Knie.

Seufzend betrat Dien die Werkstatt. »Komm, Kleiner. Machen wir dich sauber, dann bring ich dich zurück ins Bett.« Gähnend rieb er sich das Gesicht.

»Nein«, widersprach Lars und kniete sich neben den alten Mann. »Er versucht gerade, mir zu erzählen, was passiert ist. Ich glaube, es ist wichtig.«

»Er hat den Verstand verloren, Kleiner, falls er überhaupt je einen hatte. Er ist schon so, seit ich ihn kenne. Er ist wahnsinnig, einfach nur wahnsinnig. Und er hat zwei Männer getötet. Lass es gut sein.«

Lars tätschelte Devyns Rücken. »Er sagt, sie haben seinen Sohn vergewaltigt und erstochen. Wenn das stimmt, hatten sie es verdient, zu sterben.«

Dien seufzte abermals, fuhr sich mit den Fingern über den Kopf und zerzauste dabei sein kurz geschorenes Haar. »Ob sie es verdient hatten oder nicht, er hat es getan, Kleiner.«

Lars schaute zu Dien auf. »Stuart war sein Sohn.«

»Ja, und zwei junge Männer haben ihn vor langer Zeit vergewaltigt und getötet. Das ist alles wahr.«

»Drei!«, brüllte Devyn, richtete sich abrupt auf und stieß Lars beiseite. »Das Waldfüllen!«

»Sie waren Brüder, Dev, das hab ich dir doch gesagt. Und ihr einziger anderer Bruder war noch klein. Er hatte nichts damit zu tun. Sie hatten keinen Halbbruder, weder einen unehelichen noch sonst einen. Das habe ich überprüft.«

Devyn knurrte und spuckte aus. Sein Speichel war schaumig und dick. »Drei. Drei für den Teufel, verdammt noch mal. Drei!«

Lars richtete sich auf. »Siehst du? Ich glaube, er versucht, uns etwas zu erzählen, kann es aber nicht.«

»Das ist bloß das Quecksilber, das ihm ins Hirn gestiegen ist, Kleiner.« Dien streckte die Hand nach Devyn aus und zog ihn auf die Beine. »Du auch, Dev. Zurück ins Bett.«

»Pah«, brummte Devyn. Murrend hob er die gefallenen Hüte vom Boden auf und hängte sie wieder auf ihre Ständer.

Dien bedachte Lars mit einem Blick, der keinen Widerspruch duldete. »Gehen wir, Kleiner.«

Lars nickte. Er legte Stuarts Bild auf Devyns Werkbank, dann folgte er Dien aus der Werkstatt.

Sie gingen schweigend, bis sie beinah an der Scheune vorbei waren, dann ergriff Dien das Wort. »Du hast mir nicht gehorcht. Ich hab dir gesagt, du sollst im Haus bleiben.«

Lars hielt an und rollte im Schlamm die Zehen ein. »Ich hab dir gesagt, dass ich pinkeln muss. Du hast gemeint, ich soll gehen, also bin ich gegangen. Wieso habe ich dir nicht gehorcht?«

Dien drehte sich um und stapfte zu Lars zurück. »Wirst du jetzt auch noch frech?«

»Nein, tu ich nicht.« Lars seufzte. »Ich sage die Wahrheit. Ich war fast zurück im Haus, als mich Devyn gepackt und ersucht hat, ihm zu folgen. Er schien, mir etwas zu sagen zu haben, deshalb bin ich seiner Aufforderung nachgekommen.«

Dien rückte näher und ragte gefährlich über Lars auf. »Er hat dich gepackt? Hat er dich verletzt?«

»Nein, er hat mich nicht verletzt. Er wollte mit mir reden. Er wollte, dass ihm jemand – irgendjemand – zuhört.« Mit einem Kopfschütteln setzte sich Lars wieder in Richtung des Hauses in Bewegung.

»Er hat nichts zu sagen, das es wert wäre, gehört zu werden.«

Lars blieb abermals stehen, drehte sich um und starrte Dien eindringlich an. »Nicht. Fang nicht damit an. Nicht mir gegenüber.« Er schluckte und spürte, wie ihm Tränen in den Augen brannten. »Du und Dubric wisst, dass meine Mutter nicht recht bei Verstand ist – dass ihre Krankheit mit ein Grund dafür ist, dass ich hier statt in Haenpar bin. Ich bekomme ihre Briefe, und sie sind wirr und unzusammenhängend. Du hast sie gesehen. Sie denkt, ich sei zwei Sommer alt, und schickt mir Puppen und

Spielzeug für Kleinkinder, um der Göttin willen. Aber ich lese trotzdem jeden Brief von ihr, verdammt noch mal. Jeden einzelnen. Weil sie meine Mutter ist und weil sie mir etwas sagen will. Auch wenn es völliger Unsinn ist. Schadet das etwa irgendjemandem?«

Dien schüttelte den Kopf, legte die Stirn in Falten und trat vor Unbehagen von einem Bein aufs andere.

»Sie nimmt als einziges Mitglied meiner Familie zur Kenntnis, dass ich überhaupt lebe. Was ist schon dabei, wenn sie nicht alle Äpfel im Korb hat? Sie ist meine Mutter, und sie liebt mich. Oder zumindest die Erinnerung an mich.«

Lars holte tief Luft und deutete zur Scheune. »Wen hat er? Wer hat denn auch nur ein Dankeschön für ihn übrig? Ja, es ist unheimlich, dass er mich für seinen toten Sohn hält, aber es gibt Schlimmeres. Die Mädchen tun so, als hätte er eine Seuche, Sarea sieht ihn kaum an, und Lissea … ich weiß nicht, sie ist zwar immer den ganzen Tag über bei ihm, aber …« Lars schüttelte den Kopf und begann, davonzustapfen.

»Aber was, Kleiner?«

Lars hielt inne und starrte einige Atemzüge lang in den Regen, bevor er sich zu Dien umdrehte. »Da ist etwas in ihren Augen. Ich weiß nicht, was. Irgendetwas. Ich glaube, sie hasst ihn. Und nicht nur, weil sie auf ewig mit einem verrückten alten Mann verheiratet ist. Es liegt an etwas anderem. Als hätte er etwas so Schlimmes getan, dass sie es ihm nie verzeihen kann. Etwas, wofür sie bezahlt, und zwar mit Blut.«

Dien legte die Stirn in Falten. »Sie ist zornig, da gebe ich dir recht. Ich hab sie noch nie so bärbeißig wie in den vergangenen paar Tagen erlebt.« Er ließ die Schultern hängen. »Ich weiß auch nicht, was in sie gefahren ist.«

Lars schluckte und trat einen Schritt auf Dien zu. »Was ist Stuart wirklich passiert? Warum ist es gerade jetzt so wichtig für Devyn?«

Seufzend trat Dien auf Lars zu und legte dem Jungen einen schweren Arm auf die Schultern. »Nicht im Regen, Kleiner. In Ordnung?«

Lars nickte, und zusammen gingen sie zum Haus.

Sarea schaute auf, als sich die Tür öffnete. »Also ist er doch nicht ausgebüxt«, sagte sie lächelnd.

»Du hattest recht, Liebste. Dev hat das Haus auch verlassen. Ich hab sie zusammen in der Werkstatt gefunden.«

Sarea seufzte und rieb sich die Arme. »Ich hasse diesen Ort.« Mit einem Kopfschütteln wandte sie sich ab und ging zum Herd. »Ich koche dir einen Tee, Lars. Du bist ja völlig durchnässt.«

»Danke«, gab er zurück.

Als er durch den Flur hinab zum Badezimmer ging, hörte er Dien sagen: »Er will wissen, was Stuart widerfahren ist.«

Neugierig ließ Lars die Tür einen Spalt offen, als er sich die nassen Kleider vom Leib schälte.

»Dann sollten wir es ihm erzählen«, meinte Sarea. »Es war vor langer Zeit. Was kann es jetzt schon schaden?«

»Als ich in der Werkstatt ankam, hat Lars gerade gebrüllt, dass er nicht Devs Sohn sei.«

»Armer Papa. Eine Zeit lang hat er dasselbe mit Bray gemacht.«

»Aber jetzt ist Braoin verschwunden.«

»Also hängt das alles *doch* irgendwie zusammen«, murmelte Lars, als er sich ein Handtuch um die Mitte wickelte. Mit geröteten Zügen und gesenktem Haupt huschte er zur Sitzbank und kramte dort in seinem Bündel. »Tut mir leid, Sarea. Ich hab vergessen, trockene Kleider mitzunehmen.«

»Pff. Ist bloß nackte Haut.« Sie holte drei Tassen aus dem Schrank und betrachtete Lars kopfschüttelnd. »Wie ich sehe, folgst du Diens Beispiel.«

Lars richtete sich auf und drückte sich eine Armladung Kleider an den Bauch. »Welchem Beispiel?«

Sie lachte und schob einige Hüte beiseite, um auf dem Tisch Platz für die Tassen zu schaffen. »Er glaubt, dass Frauen Narben gefallen. Und wie ich sehe, legst du dir bereits eine ansehnliche Sammlung davon zu.«

Lars errötete erneut und eilte mit seiner Kleidung zurück ins Badezimmer.

»Wie kann ein Junge von fünfzehn Sommern Narben von drei Stichwunden und einem Schnitt quer über den Bauch und eine dermaßen runzlige Hautwulst am Knie haben?«

Dien antwortete: »Weil er den Frieden aufrechterhält, manchmal mit Gewalt. Sei froh, dass du seine Hüfte nicht gesehen hast.«

»Was bei den sieben Höllen ist mit seiner Hüfte passiert?«

Lars zog sich ein Hemd über den Kopf, während er durch den Flur zurücktappte. »Bin von einem zornigen Stier aufgespießt worden. Er hat mir dabei den Oberschenkelknochen ausgekugelt. Ich konnte fast zwei Monde lang nicht richtig laufen. Aber die Narbe ist ein Prunkstück. Fast so groß wie meine Handfläche.«

Sarea starrte über den Tisch hinweg zu ihrem grinsenden Ehemann. »Das war erst letzten Sommer! Du hast mir erzählt, er sei vom Pferd gefallen.«

»Ist er auch. Nachdem wir zurück in der Burg waren.«

Lars setzte sich und griff nach einem Plätzchen. »Ist alles verheilt und kein Schaden zurückgeblieben.« Er nahm einen Bissen, dann schaute er Sarea in die Augen. »Was kannst du mir über deinen Bruder erzählen?«

Sie holte tief Luft und schloss die Augen, bevor sie mit leiserer Stimme begann. »Ich war etwa in deinem Alter, und Stuart war neun, als es geschah. Du musst wissen, er wurde verkrüppelt geboren und war auch geistig träge. Er konnte nicht reden, jedenfalls nicht so wie die meisten Menschen. Größtenteils hat er gegrunzt, aber manchmal ließ ihn Papa Hüte zustellen oder er durfte Pelze zu Filz pressen. Etwas anderes weiß ich von jenem

Vormittag nicht mehr, nicht nach all der Zeit. Nur, dass Stuart in den Ort ging, um einen Hut zu liefern, und dass er nie zurück nach Hause gekommen ist.

Er ließ sich leicht ablenken. Manchmal hielt er sich zu lange vor dem Süßigkeitenladen auf, ein anderes Mal spielte er unterwegs mit Scheunenkätzchen. Die Leute wussten, wer er war und dass er nichts dafür konnte. Es haben immer alle auf ihn aufgepasst, deshalb haben wir uns anfangs auch keine Sorgen gemacht. Das kam erst, als es immer später wurde. Die Abenddämmerung hatte bereits eingesetzt, und es hatte zu regnen begonnen, also ging Papa los, um ihn zu suchen.«

Mit einem Seufzen erhob sie sich und sah nach dem Kessel. »Papa kam erst viel später nach Hause und hat Stuart getragen. Er war blutig. Hat geschrien. Mama kam herbeigerannt und wollte wissen, was passiert sei, aber … aber Papa hat sie nicht mal angesehen. Er hat mich nur angeschaut und mir aufgetragen, das Maultier zu nehmen und zur Burg zu reiten. Die ganze Nacht hindurch, wenn es sein müsste. Ich sollte unbedingt jemanden holen, der die drei Mistkerle fangen sollte. Nicht Herrn Jabbert, sondern jemand anderen. Jemanden aus der Burg des Fürsten.«

Sarea atmete durch und hob den dampfenden Kessel an. »Stuart hat noch gelebt, als ich aufbrach. Ich konnte nicht sehen, wie schlimm er verletzt war, aber er hat gebrüllt wie am Spieß und sich hin und her geworfen.« Sie schenkte Tee für alle ein und nahm wieder Platz.

»Jabbert?«, hakte Lars nach. »Ich dachte, Herr Haconry war Statthalter.«

»Jabbert hatte nur Töchter. Nach dessen Tod hat sein Enkel Haconry Anspruch auf den Titel erhoben.« Sie nippte an ihrem Tee. »Jedenfalls bin ich die ganze Nacht hindurch zur Burg geritten. Es hat geschüttet wie aus Eimern. Als ich ankam, hab ich jedem, der bereit war, mir zuzuhören, davon erzählt, was passiert war, und bald wurde ich zu Dubric gebracht.«

Sarea griff nach der Hand ihres Gemahls. »Es war der Tag vor dem Beginn des Burgfests, deshalb konnte Dubric nicht mit mir kommen und hat stattdessen Dien geschickt.«

Lars grinste. »So also habt ihr euch kennengelernt.«

»Ja, Kleiner, du hättest sie damals sehen sollen. Ein dürres, kleines, triefnasses Mäuschen. Obwohl sie die ganze Nacht lang geritten war, hatte sie vor nichts Angst und bestand darauf, sofort zurückzureisen.«

»Ich bin nie dürr gewesen«, berichtigte Sarea mit einem Lächeln. Kopfschüttelnd richtete sie den Blick auf Lars. »Wir sind also im Regen zurückgeritten. Ich war mittlerweile völlig erschöpft, aber wir sind nicht lange nach Sonnenuntergang hier eingetroffen. Mein Bruder war tot. Mein Vater hat vor Kummer wie wahnsinnig gebrüllt und meine Mutter kaum gesprochen.«

Dien ergriff das Wort. »Es war mein erster Fall, nachdem ich zum Knappen befördert worden war, und ich war fest entschlossen, keine Fehler zu begehen. Ich habe jede Einzelheit und jeden Hinweis aufgezeichnet. Dreiundzwanzig Stichwunden hab ich gezählt – und Stuart war ein zartes Bürschchen, an ihm war nicht viel dran. Außerdem hatte er noch … andere Verletzungen. Es ist ein Wunder, dass er lang genug durchgehalten hat, um lebendig zu Hause anzukommen.« Dien schob seine Teetasse beiseite. Seine Miene verfinsterte sich. »Der Junge war ein Bündel rohes Fleisch. Anders kann man es nicht ausdrücken. Aus den wenigen verständlichen Worten, die ich aus Dev herausbekam, ergab sich, dass er den Jungen auf dem Friedhof gefunden hatte, wo er gerade vergewaltigt wurde und man gleichzeitig auf ihn einstach. Ich vermute mal, dabei ist er übergeschnappt. Kein Mann sollte mit ansehen müssen, wie so etwas seinem Kind widerfährt. Viele Hinweise gab es nicht zu finden – dafür hatten eine Nacht und ein Tag voll Regen gesorgt. Aber ich konnte aus Dev in einem seiner seltenen klareren Augenblicke einen Namen herausbekommen. Bilton Haconry.«

Lars blinzelte. »Haconry? Herr Haconry?«

»Sein ältester Bruder«, erklärte Sarea.

Dien nickte. »Gleich am nächsten Morgen bin ich zum Landgut hinaufgeritten, und was sehe ich dort? Zwei Mistkerle, wie sie das Weite suchen.«

»Der andere Täter war sein Bruder, Didge«, fügte Sarea erklärend hinzu.

»Ich habe fast zwei Glocken gebraucht und musste mit rund zwanzig Stichen genäht werden, aber ich hab sie geschnappt und ihre Ärsche hierher geschleift.«

Er nippte an seinem Tee. »Als ich sie in die Scheune warf, hatten sie bereits gestanden. Sie hatten zugegeben, Stuart angegriffen und dann die Flucht ergriffen zu haben, als sie erfuhren, dass jemand von der Burg unterwegs sei, um sie zu holen.« Seufzend starrte Dien in seine Tasse. »Ich bin ins Haus gegangen, um mir die Hände zu waschen und mich von Sarea zu verabschieden. Dabei hab ich mir wohl zu viel Zeit gelassen.«

Dien schaute auf und sah Lars an. »Ich hab Schreie gehört und bin zur Scheune gerannt. Dort fand ich Devyn vor, wie er über ihnen stand. Er hatte ihnen die Hosen vom Leib geschnitten und ihnen Werkzeug mit den Griffen voran in die Ärsche gerammt. Er hat mich angesehen, mir gedankt und ihnen dann die Kehlen aufgeschlitzt.«

Dien seufzte erneut und drückte Sareas Hand. »Ich musste ihn mit auf die Burg nehmen. Eine andere Wahl hatte ich nicht. Die beiden waren gefesselt und hilflos. Ob richtig oder falsch und ganz unabhängig von seinem Kummer – es war Mord.«

»Aber wer war der Dritte?«, fragte Lars.

»Es gab keinen Dritten«, antwortete Sarea. »Martaen Haconry war damals zehn Sommer alt. Er war der letzte Bruder und hatte mit der Sache nichts zu tun. Sonst gab es niemanden.«

»Was, wenn sie gelogen haben?«, gab Lars zu bedenken. »Sogar gute Zeugen lügen. Was, wenn sie den Dritten geschützt haben?«

»Dachten wir zuerst auch, aber es gab wirklich niemanden. Ich hab ihre Freunde befragt, ihre Familien, Menschen in den umliegenden Dörfern und auf den Gehöften der Gegend. Ich konnte *rein gar nichts* finden, das auf einen dritten Beteiligten hingewiesen hätte.«

»Rein gar nichts außer Devs Aussage«, schränkte Lars ein.

»So oft ich nur konnte, bin ich hierher zurückgekehrt, um mit der Arbeit am Hof zu helfen und weiter nach Hinweisen zu suchen. Aber es gab keine. Sie waren nur zu zweit und haben einen hilflosen, verkrüppelten Jungen aus Jux und Tollerei gefoltert. Und er war nicht der erste Junge, den sie geschändet hatten. Sie haben alles gestanden.«

»Der Rat hat Papa zu sieben Sommern im Verlies verurteilt. Danach war er nie mehr derselbe«, ergänzte Sarea. »Nachdem Dien ein paar Monde lang regelmäßig herkam und um mich warb, bin ich mit ihm in die Burg gezogen, und wir haben geheiratet. Als Papa aus der Haft entlassen wurde, kehrte er nach Hause zurück und fertigte wieder Hüte an. Und er war fortan besessen von Stuart und dem dritten Täter.«

Sie schenkte Lars Tee nach. »Nur gab es keinen dritten Täter. Und Stuart ist tot, ganz gleich, was Papa behaupten mag. Er will sich nicht mit der Wahrheit abfinden. Früher hielt er Braoin für Stuart, jetzt dich. Er hält jeden Jungen, der durch diese Tür kommt, für Stuart.«

»Aber ich hab ein Gemälde gesehen. Der Junge darauf sieht genau wie ich aus.«

Sarea legte Lars eine Hand auf die Schulter und begegnete seinem besorgten Blick. »Du siehst Stuart wirklich ähnlich, Lars. Das fand ich schon, als du noch ein kleinerer Junge warst. Es ist bloß ein Zufall – ich glaube, es liegt an deiner Haarfarbe. Aber ich kann Papa keinen Vorwurf daraus machen, dass er darüber verwirrt ist.«

»Er ist schlicht und ergreifend wahnsinnig, Kleiner. Wie wir's dir gesagt haben. Wahnsinnig vor Kummer, wahnsinnig von dem ganzen Filzen mit Quecksilber, wahnsinnig nach sieben Sommern im Verlies. Bei den Höllen, ich weiß es auch nicht. Aber ich habe die verantwortlichen Täter gefasst, und Devyn hat sie umgebracht. Mehr gibt es dazu nicht zu sagen.«

Kapitel 8

Dubric stand vor Sonnenaufgang auf und streckte die steifen Muskeln sowie den Rücken. Er hatte darauf bestanden, dass Maeve ihr behagliches Bett für sich selbst behielt, allerdings hatte der verkrüppelte Geist die Sitzbank in Beschlag genommen und sich geweigert, sie zu verlassen. Angesichts der eingeschränkten Möglichkeiten hatte Dubric durchprobiert, was übrig blieb, und festgestellt, dass der Stuhl im Wohnzimmer wenig Bequemlichkeit bot und keinen richtigen Schlaf zuließ. Ebenso wenig wie der Boden. Oder der Teppich. Oder irgendein anderes Plätzchen, an dem er es versucht hatte.

Ich werde wohl allmählich alt, dachte er und wankte zum Badezimmer. Während er den Druck erleichterte, der auf seiner Blase lastete – eines der wenigen Wehwehchen, gegen die er etwas unternehmen konnte –, wanderte sein Blick über die verschiedenen Gegenstände in der Kammer. Die Haarbürste einer Frau und der Kamm eines jungen Mannes. Rasierschale und Rasiermesser. Weiche, gewobene Handtücher. Ein schlichter Spiegel in einem zerschrammten Kiefernholzrahmen, aus dem ihm sein altes, brandnarbiges Gesicht entgegenblickte, dahinter ein Gemälde. Eine ebenso schlichte Holzbadewanne, auf deren Rand ein Stück Ziegenmilchseife lag.

Er beendete sein Geschäft und brachte den Deckel auf dem Topf wieder an, dann drehte er sich dem Gemälde zu. Am vergangenen Morgen war es ihm kaum aufgefallen, und er schrieb seinen ersten Eindruck davon Träumen und seiner Stimmung zu. An diesem Tag jedoch stand er lange davor, und seine Meinung änderte sich.

Frühlingsblumen nahmen die Leinwand ein, dazu haufenweise Maulbeerbäume und Flieder, feucht von Wasser, das von unten emporspritzte. Der Künstler hatte am Abgrund über Maeves Wasserfall gestanden, auf den Fluss und die Weiden dahinter geblickt und einen Frühlingsmorgen in erstaunlichen Einzelheiten festgehalten. Lächelnd beugte sich Dubric näher zur Leinwand. Ein Fink versteckte sich zwischen den Blumen in der Nähe eines Gefährten, und eine Libelle, auf deren zarten Flügeln das Sonnenlicht schimmerte, schwirrte umher. Dubric meinte zu riechen, wie die Blüten dufteten, konnte beinah den Fluss hören und den Nebel des Wasserfalls auf seinem Gesicht spüren.

Es klopfte an der Tür, und Dubric trat vom Gemälde zurück. »Es ist offen.«

Maeve spähte herein. »Ich dachte schon, Ihr wärt reingefallen.«

»Ich habe Euer Gemälde bewundert.«

Zittrig holte sie Luft. »Braoin hat es vergangenen Herbst fertiggestellt. ›Leben und Tod am Fluss‹.« Traurig lächelte sie. »Bei seinen Titeln hat er immer sehr lange hin und her überlegt.«

»Ich sehe keinen Tod«, meinte Dubric. »Aber es ist ein erstaunliches Werk.«

»Oh, der ist schon vorhanden. Ihr habt bloß nicht genau genug hingesehen.« Sie wischte sich mit einem Finger über die Nase und wandte sich ab.

»Ich werde deinen Sohn finden«, beteuerte der Kastellan, als er ihr in die Küche folgte. »Heute Morgen will ich mit seiner Verlobten sprechen, danach reise ich nach Oreth, um die Familie von Calum, dem Amtsschreiber, aufzusuchen. Es besteht immer noch Hoffnung. Gib nicht auf.«

»Ich kann Euch heute nicht begleiten«, sagte sie, während sie den Teekessel füllte. »Meine Arbeit. Ich hinke schon so weit hinterher.«

»Otlee und ich kommen auch alleine zurecht, gute Frau. Du musst dich um dein Geschäft kümmern. Wir finden deinen Sohn, das verspreche ich dir.«

Maeve nickte und warf Holzscheite in den Ofen. »Das bezweifle ich nicht. Ich bete nur, dass Ihr ihn auch findet, bevor es zu spät ist.«

»Ich vermute, Ihr wollt etwas über Braoin und mich erfahren«, sagte Faythe.

»Ja. Alles, woran du dich erinnern kannst.«

Dubric saß in einem Heim im erbärmlichen Dorf Myrthe und beobachtete, wie ein Mädchen mit schlichten Zügen und schillerndem Haar versuchte, die Fassung zu erlangen. Faythe nestelte an einem eingerissenen Fingernagel und starrte dabei auf den Tisch. Prächtige Locken hingen ihr in die Augen. »Wir haben uns vergangenen Frühling beim Pflanzfest in Tormod kennengelernt. Er und seine Mama hatten einen Tisch, auf dem sie Stoffe und Bilder verkauften. Habt Ihr gewusst, dass er wunderschöne Gemälde geschaffen hat?«

»Ja. Ja, das weiß ich.«

Sie lächelte und sah dadurch einen Augenblick lang wahrhaft bezaubernd aus. »Er hat auch ein Bild von mir gemalt. Möchtet Ihr es sehen?«

»Natürlich.«

Sie verließ den Tisch und verschwand hinter einem Vorhang. Als sie wieder auftauchte, hielt sie eine Leinwand in den Händen. »Er hat es sogar gerahmt. Jak hat ihm das Holz dafür kostenlos überlassen, hat er gesagt.« Sie reichte Dubric das Gemälde. »Ich hab ihm zwar nicht geglaubt – Jak überlässt nie jemandem etwas kostenlos –, aber ich hab so getan, als würd' ich's glauben.«

Es handelte sich um ihr Ebenbild, daran bestand kein Zweifel, gemalt von jemandem, der Lieblichkeit in jeder Sommersprosse gesehen hatte. Auf dem Bild lehnte sie sich an eine Steinmauer. Neben ihr wallte Efeu herab, eine zarte Brise hob ihre Locken an. In ihren leuchtenden blauen Augen spiegelte sich der Himmel, und ein geheimnisvolles Lächeln umspielte ihre Mundwinkel.

»Du bist ein wunderschönes Mädchen«, meinte Dubric, als er ihr das Gemälde zurückgab.

Sie lächelte traurig. »Das hat Braoin immer gesagt.«

»Du hast jemanden namens Jak erwähnt. Wer ist das?«

»Ein Zimmermann. Er übernimmt allerlei Gelegenheitsarbeiten in den Weiten. Braoin hat mehrere Monde lang für ihn gearbeitet. Hauptsächlich hat er für ihn verputzt oder gemalt, aber manchmal hat er auch Zimmermannsarbeiten erledigt. Ich glaube ja, dass er als Künstler zu zart mit dem Hammer umgegangen ist, aber es hat ihm gutes Geld eingebracht, wenn es denn bezahlt worden ist.«

»Und ihr wart verlobt?«

Sie hob das Kinn an, und er sah einen Anflug des Lächelns von ihrem Gemälde. »Ja, Herr. Er hat sogar meinen Papa um Erlaubnis gebeten, nachdem er mich gefragt hatte.«

»Hat sonst noch jemand um deine Zuneigung geworben? Jemand, der neidisch auf Braoin gewesen sein könnte?«

Sie runzelte die Stirn und schüttelte den Kopf. »Nicht mehr, Herr. Gilroy und ich, das war vor langer Zeit. Vor sehr langer Zeit. Außerdem ist er weg.«

»Weg wohin?«

»Na ja, in die Dunkelheit, Herr. Vor mittlerweile fast zwei Sommern. Jeder weiß das.«

Dubrics stockte der Atem. »Zwei junge Männer, die du gekannt hast, sind der Dunkelheit zum Opfer gefallen?«

»Bei Euch klingt es so, als hätte ich etwas damit zu tun.« Sie stand auf und stellte Wasser zum Sieden über das Feuer. »Wir waren schon sechs Monde oder mehr fertig miteinander, bevor Gilroy verschwand. Er hatte sich mit Tabby eingelassen, dieser hinterhältigen Schlange. Ich mag nicht das hübscheste Mädchen in den Weiten sein, aber teilen will ich trotzdem nicht. Wenn er sie so sehr begehrte, dann sollte er sie ruhig haben, hab ich zu ihm gesagt.«

»Also war dieser Gilroy untreu?«

»Ja, Herr. Ich war in meinem Leben noch nie so erleichtert wie an dem Tag, als ich ihm gesagt hab, dass wir fertig miteinander sind.« Faythe schauderte, und hinter ihr stieß der Geist einen Blechteller um.

Dubric rieb sich die schmerzenden Augen, während sich Faythe hinkniete, um den Teller vom Boden aufzuheben. »Wann hast du Braoin zuletzt gesehen?«

»Vor fünf Tagen. Wir hatten Pläne für den Tag, an dem er verschwand, aber er kam stattdessen am Tag davor.«

Dubric blinzelte, Otlee schaute auf. Maeve hatte gesagt, Braoin sei verschwunden, nachdem er aufgebrochen war, um sich mit Faythe zu treffen. »Warum hat er dich einen Tag früher besucht?«

»Keine Ahnung, Herr, ich weiß nur, dass er mit seiner Tante und seinem Onkel reden musste. Ich glaube, es hatte irgendetwas mit einem Auge zu tun. Hat für mich keinen Sinn ergeben.«

»Mit seiner Tante Lissea und seinem Onkel Devyn Paerth?«

Der Geist kehrte zurück und grinste.

»Ja, Herr. Genau die.«

Dubric wandte den Blick vom Geist ab und richtete ihn wieder auf Faythe. »Wer waren Braoins Freunde?«

»Er hat einige Jungen aus der Stadt gekannt, denen ich nie begegnet bin. Hier in der Gegend war sein engster Freund wohl Eagon. Sie haben immer miteinander geredet und waren schon beste Freunde, als sie noch klein waren.«

»Kennst du seinen vollen Namen?«

»Nein, Herr. Hier benutzen nicht viele Leute ihre Nachnamen. Aber Eagons Familie lebt auf einem Schäferhof draußen inmitten des Gestrüpps westlich des Dorfes«, sagte sie und deutete mit dem Kopf in Richtung des offenen Fensters. »Bray und Eagon haben beim Verputzen und Malen zusammengearbeitet.« Wehmütig lächelte sie. »Meine Güte, was haben die zwei gern über Zahlen geredet.«

»Zahlen?«, hakte Dubric nach. »Was weißt du über die Zahlen?«

»Nicht viel.« Sie lachte ein wenig und errötete. »Ich kann nicht so gut rechnen, aber Bray hat mir erzählt, dass Eagon beim Verputzen Muster und solche Sachen gemacht hat. Für mich hat das nie einen Sinn ergeben – hier etwas dazu, da etwas zweimal gemacht ...« Sie zuckte mit den Schultern, wandte den Blick ab und wirkte unruhig. »Bray hatte ein Buch mit Mustern, das er Eagon geliehen hat, und sie haben andauernd über Zahlen und Strukturen gesprochen. Mich ging das nichts an, also hab ich sie einfach reden lassen. Ihr wisst ja, wie Mannsbilder sind, wenn's um ihre Arbeit geht.«

»Gibt es jemanden, von dem Braoins Mutter nichts wusste? Jemanden, mit dem er sich heimlich getroffen haben könnte?«

Faythe schnaubte verächtlich und beugte sich vor. »Braoin? Bei den Höllen, nein. Er hat seine Mama fast so sehr geliebt wie mich. Er hat gearbeitet, er hat gemalt, er hat mir den Hof gemacht. Jeder, der etwas anderes behauptet, der lügt.«

»Was ist mit diesem Jak? Dem Zimmermann? Wie hat Braoin ihn kennengelernt?«

Faythe stand auf und sah nach dem Kessel. »Jeder kennt Jak. Er arbeitet überall in den Weiten.« Sie ergriff eine verbeulte, rostige Büchse von der Ablage über der Feuerstelle, fasste hinein und warf eine Handvoll Tee ins Wasser. »Letzten Sommer hat Eagon erzählt, dass Jak nach einem Verputzer sucht, und Braoin meinte, er wolle es probieren. Ich glaube, er war sogar ziemlich gut darin. Hat nach dem ersten Mal einen Zuschlag zu seiner Bezahlung und drei weitere Verputzaufträge bekommen. Sogar bei Herrn Haconry unten in der Nähe von Barrorise.«

Dubric schaute zu Otlee herüber; der Junge schrieb emsig, erfasste jedes Wort. »Braoin hat für Herrn Haconry gearbeitet?«

Geduldig erklärte Faythe: »Braoin hat manchmal für Jak gearbeitet. Nicht für den gruseligen alten Herrn Haconry.« Sie kehrte zum Tisch zurück, setzte sich hin und spielte an dem Gemälde herum. »Allerdings hat er etwas gesagt, nachdem er mit dem Verputzen von Herrn Haconrys Wand fertig war. Er hat mir erzählt, dass Herr Haconry vielleicht ein Gemälde wollen würde. Eines, für das er ihm richtig viel Geld bezahlen würde. Genug, dass wir heiraten könnten. Vielleicht sogar genug für ein Heim und ein Fleckchen eigenes Land.«

Sie sah Dubric in die Augen und fügte hinzu: »Ich hab ihn aufgefordert, es nicht zu tun. Alles Geld der Welt ist es nicht wert, sich vor diesem hinterhältigen Mistkerl zu verneigen. Ich hab zu ihm gesagt, dass ein eigenes Heim nicht so wichtig ist, dass wir hier auch genug Platz für uns hätten, oder bei seiner Mama. Sie hätte nichts dagegen gehabt, das weiß ich. Und sie hat den alten Herrn Haconry auch nie gemocht.«

»Hat Braoin den Auftrag trotzdem angenommen?«

»Das weiß ich ehrlich nicht, Herr. Ich weiß nur, dass er über ein Gemälde nachgedacht hat. Das hat er immer gemacht. Über Gemälde nachdenken, meine ich, bevor er damit anfing. Er hat sie nie jemandem gezeigt oder mit jemandem über sie geredet, bis sie fertig waren. Was er wegen des Angebots von Herrn Haconry entschieden hat, weiß ich nicht mit Sicherheit. Aber mir ist die letzten Phasen immer wieder Farbe an seinen Händen aufgefallen. Er hat eindeutig etwas gemalt.«

Nach einem feuchten Marsch durch dichten Wald ritten Dubric und Otlee zum Dorf Wittrup, der mit Abstand größten Siedlung, die ihnen bislang untergekommen war. Der Ort lag auf einer moosigen, steinübersäten Halbinsel. Boote lagen an den nahen Ufern. Manche luden Fracht für die Beförderung zu den Küsten oder tiefer ins Landesinnere auf, andere wurden auf Karren entladen, die nordwärts nach Tormod oder südwärts zur Burg Faldorrah fahren würden.

Marktschreier boten Fisch, Schmuck und sonstige Waren feil,

der örtliche Höker tat es ihnen von seinem Karren aus gleich, und zwei Dirnen lehnten an einer Steinmauer und rauchten. Die Luft stank nach Fisch, Abwasser und billigem Bier. Überall rannten dreckige Kinder umher, manche in den fadenscheinigen kurzen Hosen von Bootsarbeitern, andere in weiten Bauernkitteln. Alle waren mitleiderregend dürr und trugen keine Schuhe.

Dubric seufzte und rieb sich die Augen. Drei der blassen, dampfartigen Geister waren an ihre Lieblingsspukstätte zurückgekehrt. Sie fläzten sich in der Nähe der Piere und nahmen aus irgendeinem Grund offenbar weder einander noch den Kastellan wahr. Einer davon, der Junge, an dessen Schläfe Dubric die Schnur gesehen hatte, kauerte am schlammigen Ufer und hielt seinen Stock über das Wasser. Der Zweite versuchte vergeblich, Getränke und Würfel von einer Gruppe Seeleute zu stibitzen, während der Dritte den Dirnen gegenüber auf der anderen Straßenseite stand und sich bemühte, eigene Waren an den Mann zu bringen.

»Ich glaube, ich habe noch selten einen schlimmeren Gestank als hier gerochen, Herr«, sagte Otlee naserümpfend. »Sogar dieser Leichnam war besser als toter Fisch, und … Igitt! Was ist das für ein Geruch?«

»Verdorbenes Bier aus Schwarzmoor, wenn mich nicht alles täuscht.« Dubric verzog das Gesicht. Vor fast fünfzig Sommern, als ihn Krieg und Tod in die Weiten geführt hatten, war Wittrup wenig mehr als ein beschauliches kleines Fischerdorf gewesen. Nach all der Zeit erkannte er außer dem Geschäft des Grobschmieds kaum noch etwas wieder. Die Menschen an diesem bettelarmen und überfüllten Ort wirkten so elend wie die schleimigen Steine, über die sie schlichen.

Der Höker winkte ihnen zu, bedeutete ihnen mit schweren Händen, näher zu kommen. »Herr! Willkommen in den Weiten! Kann ich Euch für ein Schmuckstück für Eure Herzensdame oder für eine Steinschleuder für Euren Jungen begeistern?«

»Nein, danke«, antwortete Dubric und schaute an dem Mann vorbei zu den an den Docks festgezurrten Booten hinüber. *Wie viele Schiffe kommen hier jeden Tag durch? Wie viele in jeder Phase? Wenn man die Jungen auf Boote schafft, wie soll es mir dann gelingen, ihrer Spur zu folgen?*

Der Höker lachte, er ahnte nichts von Dubrics Sorgen. »So wie Ihr schaut, lasst Ihr mich wünschen, ich würde Boote verkaufen, Herr.«

Dubric verlagerte sein Gewicht im Sattel und richtete die Aufmerksamkeit auf den fahrenden Händler. »Ich möchte kein Boot kaufen.«

»Da bin ich aber sehr erleichtert«, erwiderte der Höker. »Gibt es etwas anderes, wofür ich Euch begeistern kann? Irgendetwas?«

»Auskünfte«, meldete sich Otlee zu Wort.

»Atro ist ein Quell des Wissens«, behauptete der Höker und verbeugte sich. »Was für Auskünfte? Zu erwerbende Liegenschaften? Wunderschöne Aussichten? Bürgermeister und Geschäftsleute?«

»Vermisste Jungen«, gab Dubric zurück.

»Ja, die Kinder«, sagte Atro traurig. »Ihr müsst Fürst Byerly sein. Ich habe gehört, dass Ihr gekommen seid, um sie zu finden. Ich stehe Euch zu Diensten, Herr.«

Dubric reichte Otlee sein Notizbuch. »Was für Gerüchte hast du gehört? Was für Wahrheiten?«

Atro holte tief und rasselnd Luft, dann trat er näher und senkte die Stimme. »Ihr habt recht, Herr, es sind allesamt Jungen, die wir verloren haben. Immer in regnerischen Nächten, wie es scheint. Ich habe gesehen, wie einer geholt wurde, wie er von einem Gespenst in die Dunkelheit gezogen wurde. Der Bursche war im einen Augenblick da, im nächsten verschwunden.«

»Wo?«

»Auf der Straße in der Nähe von Reyburg, vergangenen Frühling. Ich habe gesehen, wie er in einem Gewitter auf mich zugerannt kam, ein Junge von vielleicht elf, zwölf Sommern. Hab ihn im Licht eines Blitzes gesehen, und dann war er einfach weg. Ich hab nach ihm gesucht, überall, aber es gab weit und breit keine Spur von ihm.«

»Was sagen die Leute?«, wollte Dubric wissen.

»Dass es ein Nachtmahr ist, Herr, der kommt, um uns unsere Söhne zu rauben und sie zu fressen. Warum sonst sollte ein Nachtmahr sie holen?«

Dubric dachte an die zwei geschändeten Leichen und musste ein Schaudern unterdrücken. »Wer verhält sich verdächtig? Gegen wen richtet sich der Argwohn der Menschen?«

»Alle haben Angst, Herr, und behalten ihre Kinder wachsam im Auge. Aber die meisten hassen Herrn Haconry. Ein dreckiger Mann … All die Dinge, die er mit diesen armen Jungen anstellt.«

Dubric sah Atro in die Augen. »Zieht sonst noch jemand Beziehungen zu Jungen vor?«

Atro ließ sich die Frage durch den Kopf gehen. »Nein, Herr, nicht dass ich mit Sicherheit wüsste. Allerdings kursieren Gerüchte …«

Dubrics Hände zuckten vor Erwartung. »Was für Gerüchte?«

Atro schaute zur Seite, dann beugte er sich noch näher. »Ich habe Geschichten gehört, dass Devyn Paerth, der Hutmacher oben an der Tormod-Straße, vor mehreren Sommern ein paar Burschen von hinten genommen hat. Ist dafür sogar ins Verlies gewandert.«

Dubric sog jäh den Atem ein. *Nur hat Devyn diese Jungen nicht missbraucht.*

Etwas krachte an dem Karren des Hökers, und Atro trat einen Schritt zurück, um nachzusehen. Zwei spindeldürre Hafenbälger zogen eine Kiste vom Karren und ließen sie zu Boden fallen. Als die Kiste umkippte, purzelten Marionetten heraus, deren Schnüre sich auf den Steinen und im Schlamm ineinander verhedderten. Ausgestreckt und verrenkt wie tote Soldaten auf einem Schlachtfeld lagen sie da.

»He da!«, rief Atro und hastete hin. »Lasst eure dreckigen Pfoten von den Puppen!«

Als Atro die Kinder verscheuchte, näherte sich eine der Dirnen, die wohl nach dem einen oder anderen Schmuck suchte. Dubric überließ den Höker seinen Geschäften und setzte den Weg durch Wittrup fort.

Kinder liefen mit aufgehaltenen Handflächen neben den Pferden einher, und sowohl Dubric als auch Otlee warfen ihnen Münzen zu. Als sie die Fähre erreichten, wurden sie von fast zwanzig Kindern umschwirrt, einige davon älter als Otlee.

»Nicht mehr als eine halbe Krone pro Kopf und Nase«, sagte Dubric zu Otlee und stieg ab. »Ich will kein ganzes Dorf voll Kinder durchfüttern.« Damit warf er Otlee seine Geldbörse zu und näherte sich dem Fährmann. Der Fluss schäumte, angeschwollen vom Abfluss des Harvath und anderer Quellen weiter nördlich.

Der Fährmann spuckte eine braune Flüssigkeit in das trübe, aufgewühlte Wasser. »Zwei Pferde übern Casclian setzen, wie? Hier kriegt man nich' viele Pferde zu sehen. Aufm Wasser sin' die Biester oft ängstlich, vor allem so früh um die Jahreszeit. Hin und wieder kommt mir mal 'n Maultier unter, aber die meisten Leut' setzen mit Ochsen über. Is' sicherer.«

Abermals spuckte er aus, dann beugte er sich vor. »Ein' prächtigen Jungen habt Ihr da. Und vertrauenswürdig muss er auch sein, wenn Ihr ihm einfach so Euer Geldbörserl gebt. Ich schlag Euch ein' Handel vor. Überfahrt für Euch und die Pferde. Ich behalt' den Bengel. Ich brauch 'n vertrauenswürdigen Burschen. Was sagt Ihr?«

Dubric seufzte und rieb sich die schmerzenden Augen. »Ich sage, ich zahle dir für die Überfahrt je eine Krone für jedes meiner Pferde, keinen Heller für den Jungen oder mich, und dafür bleibt dein Kopf auf den Schultern.«

Der Fährmann starrte Dubric an. Eine Weile verharrte sein Blick auf Dubrics Schwert, dann spuckte er abermals aus. »Scheint mir gerecht zu sein.«

»Otlee!«, rief Dubric, und der Junge kam lächelnd mit seinem Pferd an der Hand herbeigeeilt.

»Genau eine halbe Krone pro Kopf und Nase, Herr.«

»Gut gemacht. Gib dem Mann hier zwei Kronen und binde dein Pferd fest.«

»Ja, Herr.« Otlee verneigte sich flüchtig und bezahlte den Fährmann. Während der Überfahrt hielt er sich an der Holzreling fest und grinste wie jedes Kind, das ein Abenteuer erlebt. Dubric wünschte, er könnte die Begeisterung des Jungen teilen, doch stattdessen lehnte er sich an sein Pferd und beschirmte die Augen vor der Sonne. Der verkrüppelte Geist umklammerte ebenfalls die Reling der Fähre und grinste auf den Fluss hinaus, die anderen Geister hingegen schwebten hinterher, blieben ihnen aber auf den Fersen.

»Darf ich mit?«, fragte Aly und schaute mit bettelndem Blick zu Lars auf. »Biiiitte?«

»Das muss deine Mama entscheiden«, erwiderte Lars. Er überflog die Liste und nickte. Nichts zu Aufwendiges oder Schweres.

Sarea kramte in ihrer Geldbörse nach Münzen. »Lass mich deine Hände sehen.«

Mit einem Seufzen zog er sie von ihr zurück. »Denen geht es gut. Ich hab heute Morgen noch mal Liniment draufgetan.«

Mit gerunzelter Stirn schnappte sie sich eine seiner Hände und drehte sie herum, damit sie die Handfläche betrachten konnte. Mit scheltenden Lauten ließ sie seine Hand sinken. »Du kannst mich nicht anschwindeln, Lars Hargrove. Du hast immer noch Blasen und Schnitte. Ich hab Dien gesagt, dass es ein Fehler ist, dich in einen Knecht zu verwandeln. Du arbeitest in einer Amtsstube, um der Göttin willen, und benutzt vielleicht ab und zu dein Schwert. Aber dir fehlen einfach die Schwielen für die Landarbeit.«

»Oooh, weiche Hände sind ja so männlich«, murmelte Kia kichernd am Spülbecken.

Sarea schleuderte ihr einen finsteren, warnenden Blick zu, bevor sie die Aufmerksamkeit wieder auf ihre Geldbörse richtete. »Im Ort gibt es einen Handschuhmacher. Ich will, dass du dir ein anständiges Paar Arbeitshandschuhe besorgst. Lass dir von ihm nicht einreden, das Leder sei aus dem Ausland eingeführt. Es ist Schafsleder aus den Weiten. Er gerbt es in seinem Schuppen.«

»Sarea, wirklich, mir fehlt nichts.«

Sie ließ einen Haufen Münzen vor ihm auf den Tisch kullern. »Mute dir bloß nicht zu, mit mir zu streiten. Ich bin Mutter. Du kannst nicht gewinnen.« Damit entriss sie ihm die Liste und fügte ihr einen weiteren Punkt hinzu. »Sieh zu, ob du Kamille oder Pfefferminz für Fyns Bauch bekommen kannst. Sie hat sich heute Morgen schon wieder übergeben.« Sarea setzte dazu an, Lars die Liste zurückzugeben, dann überlegte sie es sich anders. »Oh, und Essiggurken – wir brauchen Essiggurken. Ich will nicht, dass sich die Mädchen diesen Frühling eine Erkältung einfangen.«

Lächelnd schüttelte Lars den Kopf und wartete.

Jess brachte die Morgenmilch herein. »Wofür ist das Geld?«

»Ich schicke Lars in den Ort, um einige Dinge zu besorgen.«

»Nicht vergessen, ich will Sahnegebäck!«, warf Kia ein.

Jess stellte den Milcheimer in der Nähe der Kellertür auf den Boden. »Wir brauchen Salz. Und Rosinen wären fein.«

»Steht beides schon drauf«, erwiderte Sarea und überflog die Aufstellung ein weiteres Mal, bevor sie Lars die Liste zurückgab. »Und Walnüsse. So, das war's. Ich denke, jetzt haben wir alles.«

»Darf ich mit?«, fragte Aly und schaute zwischen Lars und Sarea hin und her. »Ich mag Gebäck und Rosinen.«

Sarea nickte, und Lars wandte sich an Aly. »Klar.« Dann schaute er auf und fügte hinzu: »Willst du auch mitkommen, Jess?«

Überrascht drehte sie sich um und grinste. »Darf ich denn?«

Sarea fragte: »Hast du all deine Aufgaben erledigt?«

»Bis zum Abendessen schon.«

Kia stöhnte auf und bespritzte ihre Schwester mit Seifenschaum. »Das ist ganz und gar ungerecht. Warum darf ich nicht mit?«

»Weil du immer noch bestraft wirst«, erwiderte Sarea. »Los, Jess, hol deinen und Alys Mantel. Habt Spaß, aber seid vor Einbruch der Dunkelheit zurück.« Als Jess loslief, tätschelte Sarea zart Lars' Wange. »Und du hab auch Spaß. Es ist ein bisschen zusätzliches Geld dabei, falls ihr euch etwas zum Trinken oder zum Naschen kaufen wollt. Kein Grund zur Eile, sorg nur dafür, dass meine Mädchen rechtzeitig zum Abendessen zu Hause sind.«

»Wird gemacht.« Lars steckte die Münzen ein, faltete die Liste zusammen und verstaute sie.

Jess tauchte mit einem Korb über dem Arm und Alys Mantel in der Hand auf. Nachdem die Kleine eingepackt war, begleitete Lars die Mädchen aus dem Haus und den Weg hinunter. Aly hopste kichernd vorneweg, während Jess neben ihm spazierte.

Nach etwa einer Meile behaglicher Stille beugte sich Jess zu ihm. »Nur, damit du's weißt, im Backwarenladen gibt es auch Bonbons. Karamell mag Aly sehr.«

Grinsend beobachtete Lars, wie Aly vor ihnen her hopste. Durch die Bäume erhaschte er flüchtige Blicke auf die höchsten Dächer des Dorfes; eines wies die leichte Krümmung eines Malanna-Tempels auf. »Dann will ich sie unbedingt damit überraschen. Schließlich muss ich dafür sorgen, dass mein Mädchen glücklich ist.«

Er bemerkte, wie ein kurzer Anflug von Traurigkeit in Jess' Augen trat, der jedoch gleich wieder verschwand wie lichter Rauch in einer Brise.

Als er sie gerade fragen wollte, was los sei, rief sie Aly zu: »Wir schauen beim Kaninchen vorbei!«

Aly quiekte vergnügt und verfiel in Laufschritt.

Lars schaute ihr nach. Besorgnis kribbelte über sein Rückgrat. Für seinen Geschmack lief sie bereits zu weit voraus, Jess hingegen schien unbekümmert zu bleiben. »Das Kaninchen?«

Jess nickte und beschleunigte die Schritte ebenfalls. »Ich glaube, das wird dir gefallen.«

Freudig lachend bog Aly um einen Busch und verschwand nach links zwischen einer Reihe von Bäumen. »Aly, warte!«, rief Lars ihr nach, während er neben Jess rannte. »Komm zurück, damit ich dich sehen kann.« Das Dorf befand sich weiter den Weg entlang, noch vielleicht eine Meile. *Was kann Aly zwischen den Bäumen wollen?*

Sie tauchte wieder auf, die Hände an den Hüften. Die warme Brise wehte durch ihr Haar. »Ich hab gedacht, ich soll beim Kaninchen warten.«

Jess lachte. »Ist schon gut, wirklich. Das Kaninchen ist in Sichtweite der Straße. Ihr passiert nichts.«

Mittlerweile hatten sie Aly fast erreicht. Lars bedeutete ihr, wieder vorauszulaufen, und sie sauste kichernd erneut nach links davon. Jess bog ab, um ihr zu folgen, Lars hingegen hielt kurz inne, um ein über dem Weg hängendes Schild zu betrachten.

Auf dem verwitterten Holz verkündeten geweißte Buchstaben: *Friedhof.* Kein Pomp, auch keine bescheidene Würdigung des Todes, bloß ein schlichtes Schild. Sein Mund wurde trocken, und er hustete, bevor er sich wieder in Bewegung setzte.

Dann eilte er hinter den Mädchen her und hatte schon ihre Namen auf der Zunge, doch nach wenigen Schritten hielt er inne. Aly kletterte auf den Kopf eines riesigen Steinkaninchens und rutschte über dessen Rücken hinunter. Dabei lachte sie vor Freude. Jess lehnte sich mit der Hand an die Nase des Kaninchens und musterte Lars mit vergnügtem Blick. »Lars Hargrove, ich möchte dir das Kaninchen deines Großvaters vorstellen.« Sie verneigte sich überschwänglich und grinste ihn an.

»Meines was?« Verblüfft näherte er sich dem Standbild und betrachtete jede Form, jeden Schatten, während Aly das Standbild erneut erklomm.

Jess ließ die Hand von der Nase des Kaninchens sinken und trat einen Schritt auf Lars zu. »König Byreleah Grennere war doch dein Großvater, oder?«

»Mein Urgroßvater. Er ist im Krieg der Schatten gestorben.« Zwischen den Vorderpfoten des Kaninchens lag ein riesiges gemeißeltes Insekt. Es bestand aus schwarzem, rot geädertem Stein und besaß die Form einer Motte, allerdings mit einem Stachel und einem Kopf wie eine Hornisse.

Auf dem ungeschützten Bauch des Insekts prangte eine Inschrift:

Im Gedenken an den König
Der Hase
Byreleah Grennere
Gefallen im Sechstmond 2214
Er hat die Weiten vor dem Teufel gerettet

Lars kniete sich hin und berührte mit brennenden Augen den Namen seines Urgroßvaters. »Ich wusste nichts von dem hier.«

»Da ist noch mehr«, sagte Jess. Sie deutete hinter das Kaninchen auf einen gepflasterten Weg, der an einer Reihe unscheinbarer Grabmale vorbeiführte. »Meine Oma hat uns alles darüber erzählt.« Als Lars sich den Weg entlang in Bewegung setzte, nahm Jess ihre kleine Schwester an die Hand. »Bevor die Armeen kamen, herrschte ein Mann namens Foiche über die Weiten, und er züchtete besondere Wespen. Er war imstande ihnen zu befehlen, dass sie Menschen stachen – glaube ich jedenfalls. Ich bin nicht sicher, was sonst noch.«

Der Pfad führte einen sanft geneigten Hang hinab, durch ein Rund von Birken und Tannen und endete an einem fensterlosen weißen Steinbau mit wunderschön gealtertem Kupferdach. Lars näherte sich dem Bauwerk, Jess folgte ihm. Neben der Tür hing eine Gedenktafel.

»Großmama sagt, es gab viele Armeen: den Hasen, die Keule, den Falken, das Schaf. Alle königlichen Häuser kamen, um die Weiten zu befreien. Aber es war der Hase, der Foiche besiegt hat. Foiche wurde mit der weißen und roten Flagge des Hasen durch die Brust gefunden. Allerdings war der Hase auch tot, erstochen von Foiches Wespen.«

»Das ist nicht ganz zutreffend«, berichtigte Lars. »Dubric hat gesagt, dass die königlichen Häuser gegen Schattenmagier kämpften, und mein Urgroßvater ist im nördlichen Faldorrah umgekommen, wo er verbrannt wurde. Er war Bogenschütze, wie mein Vater. Wenn er Foiche getötet hat, dann mit Pfeilen, nicht mit einer Flagge. Und von Wespen habe ich dabei noch nie etwas gehört.«

Jess zuckte mit den Schultern. »Ich weiß nur, was Oma sagte. Das ist übrigens kein besonders gutes Gedicht.«

Lars betrachtete die Gedenktafel mit zusammengekniffenen Augen und beugte sich näher. Durch den Edelrost über dem Kupfer wirkte die feine Gravur verschwommen und gestaltete das Lesen schwierig.

Der weiße Has' kam
mit Soldaten in der Not,
Wespen schwirrten,
der Has' machte sie tot.

Rot und schwarz,
schwarz und rot,
eine Wesp' stach,
weihte den Has' dem Tod.

Has' tötet Wespe,
Wespe tötet Has'
Die Fäden des Todes
Bleiben überall im Gras.

»Ist wirklich ziemlich übel. Aber ich vermute, daher hat dein Opa sein ständiges ›Kaninchendreck und Wespenstich‹. Er ist alt genug, um sich an den Krieg zu erinnern.« Lars schüttelte den Kopf und trat zurück, um erneut das Bauwerk zu betrachten. »Was ist darin?«

»Ein Toter«, flüsterte Aly mit ernster Betonung.

Jess lachte und ließ Alys Hand los. »Angeblich ist es die Gruft deines Urgroßvaters.«

»Sehen wir uns das mal an.« Er streckte die Hand nach dem Riegel aus, musste jedoch feststellen, dass abgesperrt war.

»Oma hat gesagt, es ist einmal verwüstet worden. Seitdem ist es versperrt.«

»Wer hat den Schlüssel?«

»Keine Ahnung.«

Lars spähte ins Schloss und runzelte die Stirn. »Würden wir Ärger bekommen, wenn wir trotzdem reingingen?«

Er spürte, wie Jess dicht hinter ihn trat, und Aly kauerte sich neben sein Knie, schaute zu ihm auf. »Ich wüsste nicht, wieso«, meinte Jess. »Es ist ja immerhin deine Familie, und wenn wir nichts beschädigen …«

Grinsend zog er sein Bündel von der Schulter. »Klingt einleuchtend. Willst du lernen, wie man ein Schloss knackt, Aly?«

»Ja!«

Er kramte in der Seitentasche des Bündels und holte zwei schmale Metallstreifen daraus hervor. »Schau hinein. Siehst du die Stücke da drin? Die gekrümmte Stange und den Haken?«

Aly spähte in das Loch. Sie kletterte dafür auf ihn drauf, um besser sehen zu können. Ihre Fersen bohrten sich in seine Oberschenkel wie stumpfe Dolche. »Ja. Und da ist eine Feder!«

»Sehr richtig. Nun pass auf. Schieb dieses Werkzeug da hinein und heb den Haken an. Achte darauf, ihn richtig festzuhalten. Durch die Feder ist das ein wenig heikel.«

Er lächelte Jess an, während Aly sich am Schloss zu schaffen machte. »Dein Papa wird mir die Haut abziehen.«

»Nein«, widersprach Jess und kniete sich neben ihn. »Er hat uns Mädchen beigebracht, wie man ein Schloss knackt, als wir neun oder zehn Sommer alt waren. Nur für alle Fälle. Ich muss sehen, was ich tue, aber Fyn kann es sogar im Dunkeln.«

»Hab's!«, verkündete Aly. »Und jetzt?«

Lars legte den anderen Streifen in ihre freie Hand. »Halte den Haken weg und drück die Stange zur Seite. In Richtung Mitte der Tür.«

Klick! Die Tür öffnete sich einen Spalt, die Angeln knarzten.

»Ich hab's geschafft!« Aufgeregt quiekend sprang Aly zu Boden. Lars verstaute das Werkzeug wieder in seinem Bündel.

Jess lachte und wirbelte ihre Schwester durch die Luft. »Und wie du's geschafft hast. Das müssen wir unbedingt Papa erzählen, sobald wir zurück sind.«

Lars öffnete die Tür und überprüfte beide Seiten des Schlosses. Die Außenseite blieb verriegelt, innen jedoch ließ sich der Griff bewegen, wenn auch mühsam. Sollte sich die Tür versehentlich schließen, würden sie nicht eingesperrt sein.

Jess ging an ihm vorbei. »Das ist wunderschön.«

Lars schaute hinein. In die Wände, die aus demselben weißen Stein wie die Außenseite bestanden, hatte man Darstellungen von Schlachtszenen gemeißelt. Gepanzerte Männer hoch zu Ross und gemeine Fußsoldaten, alle unter dem Banner eines Hasen, kämpften gegen eine schauerliche Heerschar geifernder Tiere und Skelettmänner unter dem Banner einer Wespe. Auf der Wand links der Tür führte ein bärtiger Mann mit einem Bogen den Angriff gegen einen hünenhaften nackten Mann, hinter dem sich die Wespenarmee gesammelt hatte. Fäden strömten von den Armen und aus dem Mund des riesigen Mannes wie dünne Tentakel auf die Armee des Hasen zu. Die gegenüberliegende Wand zeigte, wie sich Männer in den Tentakeln wanden, wie ihnen Körperteile abgehackt wurden und von ihnen abfielen. Andere kämpften gegen die schrecklichen Tiere und starben. Nur der Bogenschütze stürmte furchtlos weiter vorwärts, umweht vom Hasenbanner.

Auf der dritten Wand war abgebildet, wie der Bogenschütze zielte. Sein von Tentakeln erfasstes Pferd bäumte sich dabei unter ihm auf. Der gegnerische Anführer hielt die Hände ausgestreckt und schickte Insektenschwärme ins Gefecht. Die meisten Wespen umschwirrten den Bogenschützen, einige griffen jedoch auch Männer und Pferde an.

Lars drehte sich der letzten Wand zu. An einer Seite der Tür prangte ein Bild des toten Wespenanführers, die Brust gespickt mit Pfeilen. Rittlings auf ihm hockte ein Kaninchen, während tote Insekten vom Himmel fielen. Die andere Seite zeigte einen Trauermarsch mit schlaff herabhängenden Hasenbannern. Menschen knieten weinend und warfen Blumen.

Lars trat von der Tür weg und stieß gegen etwas Kaltes. Atemlos las er die Inschrift, die oben entlang der Wände verlief; kunstvoll in den weißen Stein gemeißelt und verziert mit Reihen aus Monden, in die Diamantformen eingeritzt waren.

Ehre sei dem, der den schwarzen Faden des Todes zerriss und Clothos' roten Wurm des Blutes zerstampfte. Hier liegt der Hase, die Hoffnung, die Rettung der Weiten.

»Es ist wirklich wunderschön«, murmelte Lars, doch seine Gedanken kreisten um rote Würmer. Auch die hatte Dev erwähnt. Er drehte sich um und schaute Jess und Aly an. Sie standen ungefähr in der Mitte der Gruft neben einem Steinsarg, über dem ein rotes und weißes Tuch ausgebreitet lag. In den Steindeckel war das Bild eines gepanzerten Mannes gemeißelt, der einen Bogen in den Händen hielt; das Tuch ruhte über seinem Bauch. Lars erkannte die Spitzen der Hasenohren auf der obersten Schicht des gefalteten, fadenscheinigen Stoffes. Obwohl ihm das Zeichen seiner Familie schon so lange vertraut war, hatte er noch nie zuvor ein echtes Schlachtbanner gesehen. Er berührte den Stoff, hob eine Ecke an, um die Webart zu fühlen. »Möge er in Frieden ruhen.«

Lars schlug Malannas heiliges Zeichen vor der Brust, während er um den Sarg schritt. Kaninchen hopsten die Seiten des weißen Steinkastens entlang. Manche zerstampften Insekten unter den Pfoten, andere knabberten an Blumen oder trugen Pfeile auf den Rücken.

Aly hüpfte und sprang umher, ahmte die Kaninchen nach, und Jess wich an die gegenüberliegende Wand zurück, bedeckte mit einer Hand ihr Lächeln. »Lass das besser, Aly«, mahnte sie, hatte dabei jedoch Mühe, nicht zu lachen. »Das ist ein ernster Ort.«

Lars wollte gerade einwenden, dass Tanzen und Hopsen doch etwas sehr Schönes seien, als Aly plötzlich stolperte, gegen das Banner auf dem Steinsarg fiel und es zu Boden stieß.

»Aly!«, entfuhr es Jess, aber Lars war bereits bei der Kleinen und stellte sie wieder auf die Beine.

»Alles in Ordnung?«, fragte er.

Mit großen Augen nickte sie. »Es tut mir leid, Lars. Ich wollte deinem Opa nicht wehtun.«

»Ich glaube nicht, dass es ihn stört«, gab er lächelnd zurück.

Jess half ihm, das Wappen wieder zu falten, doch als sie dazu ansetzten, es an die Stelle zurückzulegen, wo es hingehörte, hielt sie inne. »Was ist das da auf seinem Bauch?«

Lars beugte sich über den Sarg und legte die Stirn in Falten. Jemand hatte eine ungleichmäßige Kuhle in den polierten Stein gehämmert und mit Dreck verschmiert. Eine tote Motte lag in dem Loch, die Flügel verdorrt und zerbröckelt, der einst pralle Rumpf nur noch eine trockene Hülle. Ein glänzender schwarzer Faden umgab die Motte, umwickelte sie unzählige Male wie ein Kokon aus Garn.

Jess verzog das Gesicht und zupfte das klägliche Insekt aus dem Loch. »Warum beschädigt jemand ein so wunderschönes Denkmal?« Angewidert warf sie die Motte zur Tür hinaus, wo ihre Überreste von der Brise über den Boden fortgeweht wurden.

»Manche Menschen tun solche Dinge einfach«, erwiderte Lars und legte das Banner zurück auf den Sarg. »Ich verstehe auch nicht, aus welchem Grund.«

Er hielt inne und sah sich noch einmal in der Gruft um. »Danke, dass du mir das gezeigt hast, Jess. Du kannst dir nicht vorstellen, wie viel mir das bedeutet.«

Sie stand an der offenen Tür, wo der Wind zart durch ihr Haar fuhr, und für einen Atemzug konnte er die Frau sehen, die sie einst werden würde. »Gern geschehen. Aber jetzt sollten wir lieber weiter. Wir haben heute noch viel zu erledigen.«

»Gebäck und Rosinen!«, rief Aly und hopste aus der Gruft.

Mit einem Lächeln auf den Lippen folgte Lars den Mädchen nach draußen, schloss die Tür und vergewisserte sich, dass sie wieder fest verriegelt war.

Kapitel 9

Als sie in Oreth eintrafen, waren Dubric, Otlee und die Pferde völlig schlammverdreckt. Die breite, viel bereiste Straße verband die nördlichen Gefilde Faldorrahs mit Casclias südlichen Sümpfen. Unzählige Karren, Wagen und Träger trotzten dem Schlamm und der Kälte, um ihre Waren zum Markt zu bringen.

Einige Meilen südlich der Ortschaft brach beim Wagen eines Apfelweinhändlers eine Achse, und er verlor Fässer, die dann den Weg versperrten. Eines der rollenden Fässer war sogar in einen vorbeiziehenden Geflügelkarren gekracht, hatte die Käfige umgestoßen und dadurch mehrere Gänse befreit. Die Gemüter hatten sich erhitzt, Schläge wurden ausgeteilt, Apfelwein vergossen, und die Gänse – zweifellos die klügeren Beteiligten dieses Unfalls – ergriffen die Flucht, verfolgt von dem kleinen Geist, der fröhlich hinter ihnen her hetzte. Nachdem Dubric erfolglos versucht hatte, den Streit zu schlichten, und eine der entlaufenen Gänse wieder eingefangen hatte, gab er sich geschlagen und ließ die beiden Männer ihre Angelegenheit alleine klären.

Und bei all dem wurde er ständig von seinen vermaledeiten Geistern beobachtet. Sogar, als Gänse durch sie hindurchwatschelten und jemand ein Fass über ihre Füße rollte, harrten die Geister aus, flackernd und durchscheinend.

Beim König, er hielt sich erst seit zwei Tagen in den Weiten auf und hasste die Gegend bereits. Wäre er ein gläubiger Mensch gewesen, hätte er vielleicht dafür gebetet, dass sich die Händler nicht gegenseitig umbringen und seine Bürde erhöhen würden. Andererseits glaubte er kaum, dass die zwei Narren im Vergleich zur Last der vierundzwanzig Seelen, deren Druck er bereits hinter den Augen spürte, einen großen Unterschied bewirken würden, wenn sie tatsächlich hinzukamen. Sehen konnte er die restlichen Geister nicht – wie die drei in Wittrup waren die meisten vermutlich an ihre bevorzugten Spukstätten zurückgekehrt –, aber ihr Gewicht diente als ständiges Mahnmal seiner Verantwortung für die Toten.

Die Luft roch nach Regen, und der Wind zerrte an Dubrics Mantel. Weder wollte er sich selbst einem weiteren kalten, nassen Ritt stellen, noch plante er, den Jungen einem solchen auszusetzen. Er hoffte, dass es in Oreth eine Herberge gab.

Der Kastellan rieb sich die schmerzenden Augen, als sie in den Ort ritten. Als erste Siedlung der Weiten, die nicht an einem Flussufer errichtet worden war, besaß Oreth eine einzigartige Eigenschaft: Der Ort präsentierte sich sauber.

Die Häuser erwiesen sich als adrett und gut in Schuss, die Straßen als eben und frei von Geröll. Sogar die Kinder schienen sauber und im Vergleich zu ihren Altersgenossen in Wittrup manierlich zu sein. Sie kamen nicht mit ausgestreckten Händen heran und spielten stattdessen. Mehrere hetzten soeben auf einer nahen Weide einem aufgepumpten Blasenball hinterher, tobten fröhlich und sorglos – ohne übermäßigen Lärm zu veranstalten – und brauchten nicht beaufsichtigt zu werden.

»Oh nein«, stieß Otlee hervor, womit er Dubrics Aufmerksamkeit auf die anstehende Aufgabe zurücklenkte.

»Was ist?« Er schaute in die Richtung, in die Otlee deutete, und brummte einen leisen Fluch. Keine fünfzig Längen entfernt warf Herr Haconry eine Ladung Bücher in eine Kutsche. *Verflucht soll er sein.*

»Halt!«, rief Dubric und trat sein Pferd in einen Kanter.

Haconry lächelte und zog ein Paar Handschuhe an. »Ah, mein lieber Herr Kastellan. Was für eine angenehme Überraschung.«

Haconrys Kutsche stand vor einem hübschen Ziegelsteinhaus mit geweißtem Zaun. Ein pfiffig gestaltetes Schild hing von einem Laternenpfahl neben dem Tor und verkündete: *Calum*

Floret – Schriften, Aufzeichnungen und Worte aller Art. Dubric zeigte auf das Schild, als er sein Pferd zügelte. »Ich sollte Euch verhaften«, fauchte er und stieg ab. »Ihr behindert eine offizielle Untersuchung.«

Haconry bedachte ihn mit einem gelassenen, eindringlichen Blick. »Nein, mein lieber Herr Kastellan, ich hole mir lediglich mein Eigentum zurück.« Er schnippte mit den Fingern in Richtung des Hauses, als verscheuche er eine Fliege. »Untersucht nach Belieben.«

»Euer Eigentum? Was für Eigentum holt Ihr aus dem Heim eines ermordeten Mannes?«

Haconry lächelte. »Persönliches Eigentum. Guten Tag, mein lieber Herr Kastellan.« Er setzte dazu an, in seine Kutsche zu steigen, doch Dubrics Hand an der Tür hielt ihn auf.

»Ich könnte Euch für einige Tage oder Phasen ins Verlies werfen. Vielleicht würdet Ihr mich dann nicht mehr so bereitwillig herausfordern.«

Haconry schob Dubrics Hand weg. »Euer Verlies liegt eine volle Tagesreise im Süden. Meines hingegen befindet sich wesentlich näher und ist zweifellos für mehr Schmerz ausgerüstet. Ich erinnere Euch zum letzten Mal daran, dass die Burg Euch gehören mag, aber die Weiten gehören mir. Seht Euch vor, was und wem Ihr mit Eurem haltlosen Gehabe droht, sonst lasst Ihr mir womöglich keine andere Wahl, als Euch auf die Probe zu stellen und Euch mit anderem Gewürm in der Dunkelheit verrotten zu lassen.«

Seine Augen wirkten kalt und gefühllos wie Stein. »Und während Ihr in meinem Verlies siecht, mein lieber Herr Kastellan, werde ich die Verantwortung für Euer Schoßtier übernehmen. Angesichts Eurer verstockten Haltung in dieser Hinsicht dürftet Ihr diesen Aspekt Eurer Einkerkerung als besonders zerknirschend empfinden. Ich hingegen fände ihn überaus vergnüglich. Vielleicht solltet Ihr Euch das stets vor Augen halten, während Ihr Eure ›Untersuchung‹ fortsetzt. Guten Tag.«

Dubric ballte die Hände unablässig zu Fäusten und stand stumm da, als Haconry die Tür zuschlug und die Kutsche losfahren und mögliche Beweise mitnehmen ließ.

»Hat er Euch gerade gedroht, Herr?«

»Nein. Er hat dir gedroht. Und diese besondere Verfehlung wird er noch bereuen.«

Sie banden die Pferde am Zaun an und näherten sich dem Haus und Dubric klopfte. Regen begann herabzuprasseln.

Eine weinende junge Frau mit verquollenem Gesicht riss die Tür auf. Sie musterte Dubric und Otlee von Kopf bis Fuß und runzelte die Stirn. »Wenigstens habt Ihr so viel Anstand, zu klopfen«, sagte sie und putzte sich die Nase. »Sagt, was Ihr wollt, und dann lasst mich zufrieden.«

Der greise Kastellan verneigte sich. »Dubric Byerly, meine Dame. Kastellan von Faldorrah. Ich bin gekommen, um das Verschwinden deines Ehemannes zu untersuchen.«

»Er ist nicht mein Ehemann«, entgegnete sie, drehte sich um und schaute über die Schulter zurück. »Wartet hier.«

Die Tür wurde geschlossen.

Otlee hob verwirrt den Kopf, aber Dubric hatte keine Antworten für ihn.

Als sich die Tür wieder öffnete, stand eine andere Frau vor ihnen, jünger, schwanger und völlig abgehärmt. »Bitte, Herr«, sagte sie und wich zurück, »ich entschuldige mich für die Unhöflichkeit meiner Schwester. Bitte kommt herein.«

»Bist du Frau Floret?«

»Das war ich«, erwiderte sie und hob das Kinn an. »Ich habe Euch erwartet. Ich wünschte nur, die Umstände wären besser. Bitte folgt mir.«

Sie führte ihn an der ersten Frau vorbei, die zwei kleine Mädchen mit großen Augen an sich drückte, dann weiter durch einen hell erleuchteten Gang. »Calums Arbeitszimmer liegt hier entlang. Dort können wir reden.«

Sie erreichte eine Doppeltür, holte tief Luft und stieß die beiden Flügel weit auf.

Lars folgte den Mädchen aus dem Laden des Gewürzhändlers und hielt vor der Tür inne, um die Einkäufe von der Liste zu streichen.

»Können wir noch Karamell holen?«, fragte Aly, während sie umhertänzelte.

Ihr erster Halt war der Backwarenladen gewesen, und Aly hatte bereits sechs Bonbons und ein Obsttörtchen in sich hineingestopft. Lars fürchtete, dass sie sich noch in eine Zuckerschüssel verwandelte. »Wir werden sehen.« Er schaute zu Jess. »Das Letzte auf der Liste ist ein Glas Essiggurken.«

»Welcher Art? Steht das dabei?« Sie spähte über seinen Arm und legte die Stirn in Falten. »Drei Geschäfte verkaufen Essiggurken. Welche magst du gerne?«

»Dill und Knoblauch!«, warf Aly ein. »Können wir dann noch Karamell holen?«

Jess lachte und setzte sich die Straße entlang in Bewegung. »Du weißt, dass Kia von Knoblauch Blähungen kriegt.«

Aly warf den Kopf zurück und hopste neben ihrer Schwester einher. »Na gut. Dann eben süße Essiggürklein. Solange ich Karamell bekomme.«

Lars folgte den beiden kopfschüttelnd. Für ihn war eine Essiggurke eine Essiggurke. »Was für Essiggurken magst du, Jess?«

Sie seufzte, drehte sich herum und schenkte ihm ein schelmisches Grinsen. »Ich mag die Großen mit Zwiebelscheiben und Senfkörnern. Mama auch, aber Papa mag Dill. Kia und Fyn mögen die süßen kleinen Essiggürklein.«

»Dann lass uns die mit Zwiebeln holen. Die du magst.«

Aly balancierte über ein Brett, als sie kundtat: »Für gewöhnlich kaufen wir die mit Dill.«

Lars hielt inne, um der Liste ein Wort hinzuzufügen. »Sieh

nur! Mir ist ein Fehler unterlaufen.« Er zeigte Jess die Aufstellung. »Keine Ahnung, wie ich das vorher übersehen konnte.«

»Karamell?«, fragte Aly. Ihr Mund klappte auf, und in ihre Augen trat ein flehentlicher Blick.

Jess lachte. »Also, was sagt man dazu?« Sie zeigte Aly die Liste und deutete auf den verbliebenen Punkt. »Essiggurken mit Zwiebeln.«

»Ooooh, das ist gemogelt.« Aly verdrehte die Augen und seufzte dramatisch.

Lars lächelte und steckte die Liste zurück in die Tasche. »Geht voraus, meine Damen.«

Jess kniete sich neben Aly und deutete mit dem Finger. »Siehst du den Laden mit dem blauen Fass davor? Dort treffen wir uns.«

Aly hopste voraus, und Jess reihte sich neben Lars ein. »Danke für die Essiggurken, aber das ist wirklich nicht nötig.«

»Ich weiß«, gab er zurück und wagte es, ihr einen Blick zuzuwerfen.

Sie lächelte und schlenderte mit schwingendem Korb.

Als sie Aly und das blaue Fass erreichten, hatte der Wind zugelegt, doch Lars bemerkte es kaum. Er war zu beschäftigt mit dem Versuch, Jess nicht ständig anzuschauen.

An der Tür zu Halgrens Trockengutladen blieben sie stehen, und Lars wurde zappelig, als er über die Straße zum Amtshaus des Ordnungshüters spähte. »Ich schau dort mal kurz rein, in Ordnung? Um zu sehen, was man über Braoin weiß.«

»Geh ruhig«, erwiderte Jess lächelnd. »Ich weiß, dass du Arbeit zu erledigen hast.«

Mit mehreren Blicken zurück steuerte Lars auf die Amtsräume des Ordnungshüters zu. Da er die Tür unversperrt vorfand, trat er ein und verzog das Gesicht ob des auf ihn eindringenden Geruchs.

Zwei Männer schienen über einen Schreibtisch hinweg gerade einen Handel abzuschließen. Einer der beiden, ein ungewaschener, beleibter Kerl im fleckigen Kittel eines Medicus, drehte sich um und wirkte offensichtlich erschrocken angesichts der Unterbrechung. Er ließ einen Lederbeutel fallen, den er gerade hatte einstecken wollen, und musterte Lars mit zu Schlitzen verengten Augen.

Der pockennarbige Mann hinter dem Schreibtisch stand ruhig da und schloss eine Schublade. Er hatte einen finsteren Blick aufgesetzt und rückte den Schwertgurt um seine schmalen Hüften zurecht. »Kinder haben hier keinen Zutritt. Geh heim zu deiner Mama.«

Lars bückte sich, um den fallen gelassenen Beutel aufzuheben, und spürte die Münzen darin. Er warf ihn dem miefenden Medicus zu. »Ich bin kein ›Kind‹, ich bin Page aus Burg Faldorrah. Ich bin hier, um mich über die Suche nach Braoin Duncannon zu erkundigen.«

»Hab's dir ja gesagt, Sherrod«, murmelte der Medicus und steckte den Beutel rasch weg. »Der Byr ist hier.«

Lars wippte auf die Fersen zurück. »Also seid Ihr Dubric bereits begegnet – das vereinfacht die Dinge. Was könnt Ihr mir über Braoin sagen?«

Sherrod bewegte sich hinter dem Schreibtisch hervor. Sein düsterer Blick wanderte über Lars wie Ameisen, die eine mögliche Mahlzeit abwägen. »Ich kann dir sagen, dass dich das nichts angeht, Kleiner. In den Weiten verschwinden Jungen. Das geschieht nun mal. Ende der Geschichte.«

Hinter ihm nickte der Medicus und leckte sich über die Lippen.

»Mm-hmm«, brummte Lars. Der Schutzmann hatte seinen Schwertgurt erneut zurechtgerückt, spielte unruhig daran herum. *Er benutzt die Klinge nie, weiß vielleicht gar nicht, wie. Sie ist ihm fremd, fühlt sich für ihn unnatürlich, unangenehm an.* »Aber wisst Ihr, ich frage ja nicht nach ›Jungen‹ im Allgemeinen, ich frage nach Braoin Duncannon. Er gehört … zur Familie.«

»Von wegen Familie. Du bist nicht seine Mama«, gab der Ordnungshüter zurück und streckte sich vor, bis er sich Nase an Nase mit Lars befand. »Und er hat keine rotznäsigen Brüder.«

Lars starrte den Schutzmann nur ruhig an. »Beantwortet einfach meine Frage. Was wisst Ihr über Braoins Verschwinden?«

Hinter Lars öffnete sich knarrend die Tür, und Sherrod schaute hinüber. Er wich einen Schritt zurück und erwiderte: »Ich hab's dir schon gesagt, Kleiner. Jungen verschwinden. Braoin ist einer davon. Tut mir leid, dass ich keine größere Hilfe sein kann.«

»Gibt es ein Problem?«, hörte Lars einen Mann sagen, und die Stimme klang entfernt vertraut. Als der Ordnungshüter einen weiteren Schritt zurückwich, blickte Lars über die Schulter und nickte zum Gruß.

»Kein Problem«, murmelte der Medicus, schob sich an dem Mann vorbei und warf die Außentür hinter sich zu.

»Ah. Das ist gut, denn ich hab eines mitgebracht.« Jak, der Zimmermann, ein massiger Mann mit einem breiten Lächeln und Händen, die von harter Arbeit zeugten, schritt herein und schleifte einen jungen Mann mit sich. »Hockers hat gesagt, der junge Flann hier hat eine Flasche geklaut. Weißt du davon, Schutzmann?«

Sherrod entfernte sich von Lars und kehrte zu seinem Schreibtisch zurück. »Vielleicht. Bist du hier, um dafür zu bezahlen? Zweieinhalb Kronen.«

»Nein, das macht er«, entgegnete Jak und stieß den kichernden Teufelsbraten vorwärts, gegen den Lars am Vortag gekämpft hatte. Flann trug noch dieselben Kleider, mitsamt Schlamm und Lars' Stiefelabdrücken darauf, und er stank nach schimmligen Laken. Er bedachte Lars mit einer unflätigen Geste, und Jak versetzte ihm einen Schlag auf den Hinterkopf. »Hör auf, herumzualbern, und bezahl den Mann.«

»Ich hab aber keinen müden Heller«, jammerte Flann. »Ich hab's ja schon gesagt, du hast mich noch nich' bezahlt.«

Jak schaute Lars an und verdrehte die Augen, als wolle er sagen: *Ist das zu fassen, womit ich mich herumschlagen muss?* Dann griff er nach seiner Geldbörse. »Diesmal will ich einen Beleg haben«, forderte er. »Von euch beiden.«

Flann entwand sich Jaks Griff und setzte sich in Richtung der Tür in Bewegung. »Sicher. Ich mach mich zurück an die Arbeit«, verkündete der Bursche und rammte Lars mit der Schulter. Ihre Blicke begegneten sich, und Flann grinste. »Nächstes Mal wirst dir in die Hose pissen, kleiner Welpe«, raunte er leise.

Er blies Lars einen Kuss zu und verließ die Amtsstube des Ordnungshüters.

Lars hatte vor, zu Jess und Aly zurückzukehren, und folgte ihm zur Tür hinaus. Als er die Straße überquerte, beobachtete er, wie Flann unter einem zunehmend dunkleren Himmel davonschlenderte. Lars hatte den Trockengutladen beinahe erreicht, als ihn jemand am Arm berührte.

Jak stand hinter ihm. Er wirkte etwas außer Atem. »Junge! Göttliche Fügung führt uns erneut zusammen. Bist du auf der Suche nach Arbeit in die Stadt gekommen?«

»Eigentlich bin ich bloß hier, um einige Dinge für die Paerths zu holen. Ich habe bereits eine Arbeit.«

Jak schaute an Lars vorbei zu Jess, die am Schaufenster Essiggurkengläser miteinander verglich. Er zwinkerte. »Das sehe ich. Und auch noch eine mit besonderen Vorzügen.«

Lars erwiderte nichts.

»Jungchen, ich könnte einen anständigen Burschen wie dich gut gebrauchen. Jemanden, der meine Arbeitsmannschaft beaufsichtigt und dafür sorgt, dass sich kein Schlendrian einschleicht, während ich Aufträge an Land ziehe. Wahrscheinlich bohren meine Leute in diesem Augenblick gerade in der Nase oder schlafen auf dem Scheunendach.«

»Dann bin ich ja sehr erleichtert, dass die Paerths für die Erledigung der Aufgabe und nicht nach Zeit bezahlen.«

Jak brach in schallendes Gelächter aus und schlang Lars einen schweren Arm um die Schultern. »Du bist lustig, Junge. Ja, das bist du. Hör mal, ich habe da einen kleinen Auftrag in Myrthe anstehen. Ein Zaun muss instand gesetzt werden. Arbeit, wie geschaffen für einen fleißigen Burschen wie dich. Was hältst du davon, wenn ich dich die Sache machen lasse und dich für deine Mühe mit einer ganzen Krone entschädige? Sollte nicht länger als einen Tag, höchstens zwei Tage dauern. Das ist gutes Geld und gewiss mehr, als das, was ein Knecht in dieser Gegend verdient.« Er beugte sich näher und flüsterte: »Davon könntest du deinem Mädel da drin eine Schleife für die Haare kaufen.«

»Ich kann nicht, tut mir leid. Ich habe schon eine Arbeit.«

Jak zog den Arm zurück, musterte Lars und nickte. »Du bist ein harter Verhandler. Zwei Kronen, unabhängig davon, ob du einen Tag oder zwei Tage brauchst. Das ist eine verdammt feine Bezahlung, Junge. Sei kein Narr.«

»Nein. Ich bin wirklich nicht interessiert.« Lars setzte dazu an, den Laden zu betreten, aber Jak berührte ihn erneut an der Schulter.

»Jetzt hast du mich neugierig gemacht. Es liegt nicht bloß an dem Mädchen, oder? Wie lautet deine Geschichte? Wie kann ein Bursche deines Alters einfach so zwei ganze Kronen ausschlagen?«

»Ich bin Page. Ich brauche keine zweite Arbeit.«

Jak schwieg zunächst mit verwirrter Miene, dann zuckte er mit den Schultern. »Einen Versuch war's wert. Der alte Jak wird dich nicht länger behelligen.«

Damit streckte er die Hand aus, und Lars schlug ein. Jaks Griff erwies sich als fest und herzlich. Schließlich ging Jak und winkte ihm zum Abschied zu, als er auf seinen Maultierkarren kletterte und losfuhr.

Lars straffte den Rücken, betrat den Laden und fragte sich, ob Jess die Essiggurken gefunden hatte, die sie mochte.

Frau Floret schauderte, als sie das Arbeitszimmer betrat. »Calum wäre außer sich vor Wut gewesen, hätte er das mit ansehen müssen. Er hat mehrere Sommer lang die Bücher für dieses Scheusal geführt. Kein einziges Mal in der ganzen Zeit hat dieser Schuft seine Sachen auch nur angeschaut. Ein abscheulicher Mann.«

»Ich vermute, du meinst Herrn Haconry, richtig?« Dubric ergriff ein auf dem Boden liegendes Wirtschaftsbuch. Ein Großteil des Arbeitszimmers war geradezu schmerzlich sauber, ordentlich und strukturiert, aber eines der Regale stand völlig leer, einige weitere waren geplündert worden. Bücher und Papier lagen auf dem Boden, dem Schreibtisch und den Stühlen verstreut, andere Unterlagen standen noch auf Regalfächern.

»Widerlicher Rüpel wäre die treffendere Bezeichnung.« Abermals schauderte sie, dann zwang sie sich zu einem Lächeln. »Bitte entschuldigt meine Unverblümtheit, Herr. Ich wünschte, dieser Mann hätte mein Heim nicht betreten. Und ich wünschte, mein Calum wäre nicht tot.«

Unwillkürlich schaute Dubric zu Calums Geist hinüber. »Hat dir Haconry von seinem Tod erzählt?«

Sie trat einen Schritt zurück und sah ihn an. »Nein, Herr. Er ist unangekündigt und uneingeladen in mein Haus eingefallen und hat verlangt, dass ich ihm seine Bücher aushändige.«

Dubric begegnete ihrem scharfen Blick und fasste in die Tasche, um sein Notizbuch zu zücken. »Du hast gewusst, dass dein Mann tot ist?«

Eine Weile starrte sie ihn voller Unentschlossenheit in den Augen an, dann trat sie an ihm vorbei und schloss die Türen. »Er ist vor fast drei Phasen verschwunden, Herr. Schon als die erste Nacht anbrach und er nicht nach Hause kam, wusste ich, dass er tot war.« Sie leckte sich über die trockenen, rissigen Lippen und starrte ihn erneut an. »Ich hatte schon mehrere Monde lang gefürchtet, dass es dazu – zu Calums Tod – kommen würde. Aber er hat immer steif und fest behauptet, er schwebe nicht in Gefahr. Trotz unserer Ehe, trotz der Kinder hat er sich geirrt.«

Dubric ließ den Blick durch den geplünderten Raum wandern. »Du hast erwähnt, dass du mich bereits erwartet hast. Würdest du mir das erklären?«

»Ihr seid nicht wegen der Briefe gekommen?«

»Welche Briefe?«

Sie geriet ins Stocken. Ihr starke Haltung löste sich auf wie Rauch, und sie legte die Hand auf den Türknauf hinter ihr. »Calum hat Dutzende Briefe geschickt, in denen er Euch angefleht hat, uns zu helfen. Seid Ihr nicht wegen seiner Briefe gekommen?«

»Ich weiß von keinen Briefen, gute Frau. Ich wurde von einem berittenen Boten benachrichtigt.«

Sie schluckte. »Aus dem Süden? Myrthe? Reyburn?«

»Nein, meine Dame. Falliet.«

Sie wankte zu einem Stuhl und ließ sich mit aschfahlen Zügen schwerfällig darauf plumpsen. »Bitte, Herr, sagt mir, dass der berittene Bote Braoin Duncannon auf der Eselin seiner Mutter war.«

»Du kennst Braoin?«

Sie schaute zu ihm auf und verkniff die Lippen. »Ja. Er ist der Pate unserer Töchter. War er der berittene Bote, Herr?«

Gibt es auch eine Verbindung zwischen Braoin und Calum und den anderen Opfern? »Nein, er war es nicht. Braoin wird auch vermisst.«

Sie schloss die Augen und ballte die Hände zu Fäusten. »Wie kann Bray verschwunden sein? Er wusste doch, wo all die Augen waren und welche Orte es zu meiden galt. Aber das wusste Calum ja auch.«

»Augen? Und was für Orte?«

Matt stand sie auf. »Es ist alles auf der Karte.« Sie kehrte Dubric den Rücken zu und machte sich an ihrem Mieder zu schaffen. Mit zerknitterter Bluse drehte sie sich wieder um und hielt ein Stück Pergament in den Händen, so viele Male gefaltet, dass an den Falzen erste Risse entstanden waren.

»Braoin hat sie angefertigt. Eine für jeden von ihnen. Nehmt sie!«, sagte sie und wackelte damit vor Dubric. »Ich kann es nicht ertragen, sie noch einmal anzusehen.«

Er nahm das Pergament entgegen und faltete es auseinander. Zum Vorschein kam eine handgezeichnete, aber unglaublich detailreiche Karte der Weiten. Rote und schwarze Tintenrauten verteilten sich über die Straßen und Flüsse, einige mit den Namen von Jungen und Daten daneben. Ein Teil der Karte erregte seine Aufmerksamkeit besonders; die Anmerkungen dort drohten, ihn auf die Knie sinken zu lassen.

Der Geist spähte auf die Karte, tippte mit einem dreckigen Phantomfinger darauf und zerknitterte dabei das Pergament, doch Dubric bemerkte es kaum. Vier Diamantsymbole, zwei rote und zwei schwarze, waren dort zweifach eingekreist, wo sich Devyn Paerths Gehöft befand. Dasselbe Gehöft, das Braoin vor seinem Verschwinden besucht hatte. Dasselbe Gehöft, wo Devyn vor vielen Sommern zwei junge Männer ermordet hatte. Dasselbe Gehöft, zu dem Dubric seinen Pagen Lars geschickt hatte.

Ihm drehte sich der Magen um, als er Otlee die Karte reichte. »Was bedeuten die Diamantsymbole?«, fragte Dubric und fürchtete sich vor der Antwort.

»Keine Diamantsymbole«, entgegnete Frau Floret. »Calum hat gesagt, es sind Augen.«

»Na schön, dann eben Augen. Weißt du, was sie bedeuten?«

»Bray hat immer gesagt, es sei der Teufel, der dort beobachtet, aber es hat nie einen Sinn ergeben. Außer für sie. Einmal in jedem Mond haben sie sich getroffen und einen Bereich der Weiten nach Augen abgesucht. Bray hat dann immer alle drei Karten gekennzeichnet, während sie sich über die vermissten Jungen unterhalten haben.«

»Drei Karten?«

Sie holte tief Luft und bemühte sich, seinem Blick standzuhalten. »Ja, Herr. Calum, Braoin und Paol.«

Dubric ergänzte seine Notizen. »Paol?«

»Der Lehrling des Priesters in Tormod. Sie waren seit ihrer Kindheit befreundet.«

Dubric verzog das Gesicht, fuhr aber mit seinen Notizen fort. Er hatte dem Beten vor Jahrzehnten abgeschworen, aber Lars besuchte regelmäßig Andachten. Schwebte er dadurch in größerer Gefahr?

»Herr, Ihr seht mir verstört aus. Ist Paol auch verschwunden?«

»Ich habe bis zu diesem Augenblick noch nie von ihm gehört, daher weiß ich es nicht«, gab er wesentlich barscher als beabsichtigt zurück. Er fragte sich, ob es sich bei dem unruhig auf und ab laufenden Geist um Paol handeln mochte. *Ich muss zu Devyns Gehöft!*

Sie wich vor seinem Zorn zurück und bewegte sich auf die Tür zu. »Ich hole Calums Notizen für Euch, wenn Ihr meint, sie könnten Euch vielleicht helfen.«

»Liebe Frau, mein aufrichtiges Beileid zu deinem Verlust, aber bitte, noch eine Sache, bevor du gehst.«

Sie drehte sich zurück. Ihre Hand zitterte am Türknauf. »Ja?«

»Hat dein Ehemann Herrn Haconry verdächtigt?«

Sie nickte und wandte sich ab. »Ja. Er hat zwar nie Beweise gefunden, aber aufgrund seiner Bedenken hat er von Haconrys Büchern immer eine zweite Ausfertigung geführt. Die hole ich Euch auch.« Sie öffnete die Tür, dann hielt sie inne und ließ den Kopf hängen. »Falls Ihr sonst noch etwas seht, das Euch helfen könnte, dann nehmt es bitte. Ich brauche all diese Dinge nicht mehr.«

Kapitel 10

Dubric verließ Frau Florets Heim und musste feststellen, dass aus dem vereinzelten Nieseln ein sintflutartiger Regenguss geworden war. Der Himmel hatte einen giftgrünen Farbton angenommen, der Wind schien aus allen Richtungen gleichzeitig zu pfeifen und Blitze zuckten.

»Wir müssen zu Lars und uns vergewissern, dass er wohlbehalten ist«, sagte Dubric, während er einen Sack voll Büchern an seinem Sattel festzurrte.

»Das sehe ich auch so, Herr. Er hält sich auf, wo Braoin verschwunden ist.« Otlee stopfte Papierbündel in seine Satteltaschen, ehe er auf seinen Wallach stieg. »Können wir es bei diesem Unwetter schaffen?«

Calum und der andere Geist flackerten und verblassten im Wind. Sie wirkten wie bloße Raucherscheinungen, während der Kindergeist seine feste Form beibehielt, aber zu Tode verängstigt zu sein schien. Beklommenheit nistete sich in Dubrics Magengrube ein, und ihn schauderte, als er in die gespenstisch vertrauten Züge des Geistes starrte. Nie zuvor hatte er die Ähnlichkeit des kleinen Jungen mit Lars als ein so bedrohliches Omen empfunden. »Wir müssen.«

Braoin hatten seine Verletzungen ausgezehrt, und der Geschmack von Entzündungen füllte ihm den verheerten Mund, beherrschte seinen gesamten Kopf. Jeder Atemzug stank nach Tod und Verwesung und schmeckte roh, blutig und nach Eiter. Eiskaltes Wasser war ihm lange ins Gesicht getropft, länger, als er zählen konnte, länger, als er sich zu erinnern vermochte, jeder Tropfen begleitet von klimperndem Hagel auf dem Dach.

Als sich die Tür öffnete, hatte er kaum noch die Kraft, die Augen aufzuschlagen. Er tat es trotzdem, weil er hoffte, einen flüchtigen Blick auf den Himmel zu erhaschen.

Es gelang ihm – ein greller Blitz vor dem blaugrünen Grauen eines Frühlingssturms. Dann stellte sich der Mann vor die Tür, versperrte ihm die Sicht, zerstampfte seine Hoffnung.

Braoin ließ den Kopf zurückhängen und schloss die Lider, schalt sich für seine Erschöpfung, denn eigentlich sollte er Widerstand gegen das Grauen leisten, das sein Peiniger mitbrachte, worum es sich auch handeln mochte. Seine innere Rüge hatte noch kaum begonnen, da vergaß er sie auch schon wieder, hinfortgeschwemmt von Schwäche und Müdigkeit.

Plötzlich schrie er auf und schwang hin und her, als ein sengender, greller Schmerz von seinen Rippen ausstrahlte.

»Sieh dich nur an, du weibisches Stück Dreck! Grinst wie ein Idiot vor dich hin, während ich mit dir rede!«

Braoin rang keuchend um Luft. Jeder Atemzug bescherte ihm brennende Qualen. »Ich spucke auf dich. Du kannst mich töten, aber du kannst mir niemals meine Seele nehmen.«

Ein weiterer Hieb auf dieselben Rippen, und Braoin schrie abermals auf.

»Bist du dir da so sicher?«, fragte der Mann, beugte sich nah heran und bedeckte Braoins Gesicht mit seinem Atem. »Ich denke schon, dass ich das kann. Tatsächlich glaube ich, dass heute sogar die beste Nacht wäre, genau das zu tun.«

Ein weiterer Blitz zuckte, knisterndes Licht und Donnergrollen, und die Umrisse des Mannes zeichneten sich in blauer und violetter Pracht davor ab.

»Geh und ersauf.«

Als die Schläge einsetzten, zog sich Braoin in seinen Geist zurück, dachte daran, den Himmel über den Feldern zu malen. Das Gemälde bräuchte ein Haus, vielleicht drei schemenhafte Bäume und eine Scheune. Er lächelte. Ja, eine Scheune.

»Du hast wach zu sein!«

Braoin schrie auf, als Feuer durch seinen Bizeps schoss.

»Verflucht sollst du sein! Es geht nicht, wenn du nicht wach bist.«

Braoin spürte ein Ziehen am Arm. Kaltes Feuer stach durch ihn hindurch, und er sah flüchtig, wie im Licht eines Blitzes ein langes Metallstück aufblitzte. Er wusste, was er gerade gesehen hatte. Er hatte diese Gegenstände sein ganzes Leben lang gesehen. *Eine Nadel, oh Göttin, er hat mich mit einer Webnadel durchstochen.*

Er hörte ein Scharren, und der Mann setzte sich, legte sich Braoins Kopf in den Schoß. Der Gedanke daran, was ihm blühen mochte, ließ Braoin würgen. So dachte er stattdessen an Faythe, an ihre funkelnden blauen Augen, und sie küsste ihn, fuhr ihm mit den Fingern über die Wangen, hakte sie an den Kanten seiner Kiefer ein …

»Wach auf!«

Braoin zuckte zusammen, als Schmerzen in den Bereich von Kiefer und Ohren schossen, aber er gab das Bemühen nicht auf, Faythe zu sehen und nicht den Schatten, der über ihm aufragte.

Die Nadel schwebte über seinen Augen, und er richtete die Aufmerksamkeit auf ihren unterarmlangen Schaft. Der Atem stockte ihm. Über das Metall zog sich eine schwarze Schliere. *Ist das mein Blut?*

»Ich sage dir das nur ein Mal, du vermaledeiter Hurensohn. Du bleibst wach, sonst häutet sie mich für mein Versagen.«

Braoin wollte lachen, aber dafür schmerzte sein Mund zu sehr. »Ich hoffe, sie tötet dich und verfüttert dich an die Schweine!«

»Mistkerl! Sohn einer Hure! Missratener Auswurf!« Jede Verwünschung wurde mit einem weiteren Anflug von Schmerzen, einem Zucken eines Blitzes und einem Stich mit der Nadel begleitet.

»Sieh mich an!«

Braoin schüttelte den Kopf und presste die Augen zu. Er versuchte, an Faythe, ans Malen oder an das Gefühl von Frühlingsgras unter den Zehen zu denken, doch stattdessen dachte er an seine Mutter.

Ein weiterer Stich fuhr durch das Fleisch entlang seiner Schulter, und seine Augen öffneten sich jäh.

»Schon besser«, raunte sein Peiniger und hielt Braoins Kopf mit einer Hand wie ein Schraubstock fest, während er mit der anderen die Nadel zurückzog. »Und jetzt rühr dich nicht.«

Braoin wehrte sich kaum, als er spürte, wie die Nadel seine Schläfe entlangwanderte. Als sie dann zustach und auf der anderen Seite wieder austrat, verwandelte sich jedes Flüstern seiner Sicht und seiner Gedanken in Schwarz und Rot.

Otlee zuckte zusammen, als Dubric schrie.

»Herr!«, rief Otlee und zügelte seinen Wallach an der Tormod-Brücke so jäh, dass sich das Tier aufbäumte. Der Page wendete das Pferd, Blitze zuckten knisternd über den Himmel, und die Luft schien zu pulsieren. Dubric hing schlaff im Sattel, hielt sich den Kopf und wimmerte, während sich von seiner linken Schläfe eine dünne, weiße Ranke aus Dampf kräuselte.

Der Kastellan schrie erneut auf. Der Dampf verdichtete sich für einen Moment, dann verblasste er zusammen mit dem Schrei. Ein Atemzug, gefolgt von einem weiteren gequälten Laut des Schmerzes und einer aufleuchtenden weißen Schliere. Wieder und wieder, wie Ebbe und Flut. Erst hell, dann verblassend, während sich Dubric unablässig den Kopf hielt und wehklagte.

Bei der Göttin, was geschieht hier?

Otlee griff nach Dubrics Zügeln. »Was kann ich tun?«

»Töte mich«, stieß Dubric heiser hervor. »Ich habe noch nie einen solchen Geist empfangen. Aaah! Um des Königs willen, Junge! Töte mich!«

»Herr! Das kann ich nicht tun!«

Die weiße Schliere verblasste wieder, und Dubric sackte keuchend im Sattel zusammen. »Ich sehe ihn – es ist Braoin, da bin ich mir sicher. Aber etwas zieht stän…«

Er streckte die Hand nach Otlee aus und kreischte; der Dampf aus seiner Schläfe erhellte die Seite seines Gesichts. Dann durchbrach nur noch das Gewitter die Stille, als Dubric aus dem Sattel fiel und zuckend im Schlamm liegen blieb.

Lars folgte Jess und Aly aus dem Laden. Er trug das Glas mit Essiggurken in der Armbeuge. »Bei der Göttin, es ist kalt geworden.«

Jess zog Alys Mantel zu, um sie vor dem Nieselregen zu schützen. »Wir sollten uns besser beeilen. Ich glaube, wir werden patschnass werden.«

Sie hatten die Ortschaft kaum verlassen, als der Wind zunahm und es zu schütten begann. Blitze zuckten knisternd über das Schwarz des brodelnden Himmels im Nordwesten, und die Luft roch beißend und gefährlich.

Lars reichte Jess das Glas und hob Aly hoch. Er drückte sie sich an die Brust, während er seine Schritte beschleunigte.

Jess wischte sich die Haare aus den Augen, die gekräuselt und dunkel an ihrer Stirn klebten. »Wir werden es nicht schaffen. Lass uns besser umkehren.«

»Wir schaffen es. Ich habe mein Wort gegeben, dass ich euch beiden Mädchen nach Hause bringe.«

Aly blinzelte sich Regentropfen von den Augen. »Mir ist kalt.«

Lars stemmte sich gegen den Wind und umschlang sie fester mit den Armen. »Ich weiß, aber wir müssen weitergehen. Die Hälfte des Weges haben wir fast.« Er wickelte seinen Mantel um sie, doch Wind und Regen zerrten ihn wieder fort.

Ein weiterer Blitz zuckte mit ohrenbetäubendem Donnerschlag über den Himmel und erhellte die Landschaft in gleißendem Violett-Weiß. Lars hielt jäh inne. Der Atem stockte ihm in der Brust. Er drückte sich Alys Gesichtchen an den Hals und kniff die Augen zusammen, während Jess an ihm vorbeistapfte.

Da. Etwas rot Leuchtendes auf der Kuppe des Hügels.

»Warte, Jess«, sagte er und streckte die Hand nach ihr aus.

Wieder ein Blitz, und Lars erblickte einen Umriss, der sich vor dem hellen Himmel abzeichnete. Ein Mann, dunkel und muskelbepackt, starrte sie mit Augen in der Farbe von Blut und Feuer an.

»Was ist?«, fragte Jess, durch das Toben des Gewitters kaum hörbar.

Lars hielt den Blick auf die leuchtenden Augen gerichtet und schauderte. »Wir müssen eine Zuflucht finden. Sofort.«

Sie drehte langsam den Kopf, folgte seinem Blick, dann kreischte sie und stieß rücklings gegen ihn. Der nächste Blitz, ein Stoß von Donner und Licht, und der Mann, nackt und schwarz und lodernd so rot wie Höllenfeuer, war näher gekommen. Fast den halben Weg den Hang herab. Er schien zu grinsen, zeichnete sich je nach Laune des Windes und des Regens bald deutlich, bald kaum erkennbar ab.

»Die Gruft«, stieß Lars hervor und schleifte Jess mit sich. »Lauf!«

Jess rannte von der Straße, dicht gefolgt von Lars, der nach wie vor die Arme um die kreischende Aly geschlungen hielt. Jess ließ das Gurkenglas fallen, das am Boden zerbarst, aber beide hasteten unbeirrt weiter.

Immer näher kam der Dunkle. Er schlenderte geradezu den Hang herab, verblasste dabei abwechselnd ins Nichts und tauchte wieder deutlich auf. Irgendwie schien er sprunghaft die Entfernung zu überwinden.

Jess bog auf den Pfad und hastete von Lars gefolgt auf das Kaninchen zu. Als sie den zur Gruft führenden Weg hinabpreschten schaute Lars über die Schulter zurück. Der dunkle Mann, nackt und erregt, spazierte auf den Friedhof, als hätte er alle Zeit der

Welt. Als er sich Lars zudrehte, flackerte er und verschwand, dann tauchte er wieder auf – gleich mehrere Schritte näher.

Lars beschleunigte, verlagerte Alys Gewicht in den Armen und streifte mit einem Zucken seiner Achsel das Bündel von der Schulter. »Halt sie!«, rief er Jess zu, drückte ihr Aly in die Hände und griff sich sein Bündel. Er fasste in die Seitentasche, schloss die Finger um die Dietriche und ließ das Bündel selbst achtlos fallen.

Aly heulte, während Jess brüllte: »Es ist beim Kaninchen! Oh Göttin, was ist das?«

Lars rammte die Dietriche ins Schloss und ließ den ersten hochschnellen, erfasste damit den Haken. »Fast, fast.« Seine Hände zuckten, und der Haken rutschte ab. »Verdammt!«, fluchte er und versuchte es erneut.

»Lars …«, sagte Jess und wich gegen ihn zurück. »Du solltest dich besser beeilen.«

Hoch, *zack*, und der Riegel löste sich mit einem Klicken. Lars riss die Tür auf und scheuchte die Mädchen hindurch.

Er hörte Gelächter, das sich mit Jess' Schreien vermischte, drehte sich aber nicht um. Etwas Kaltes berührte seinen Hals, schmerzhaft und scharf. Es stank nach süßem Gewürz, doch gerade hatte Lars es verspürt, da verblasste es schon wieder. Er stolperte, schnappte sich sein Bündel und hechtete durch die Tür.

Kaum gelandet rollte er sich auf den Rücken und sah, wie sich ihm der Tod entgegenstreckte. Die Zähne waren lang und hässlich vergilbt, die Zähne einer Leiche, die aus wundem, blutendem Gebein ragten, und Lars beobachtete, wie der Atem in Fäden aus dem abscheulichen Schlund kam und um einen halb knochigen Finger wickelten, sich zu Schnüren verwob. Lars schwang sein Bündel und schlug den Arm beiseite. Er löste sich zu einem Schwall Rauch und in Schlieren von Dunkelheit auf, aber die Kreatur lachte bloß und schwoll pulsierend an und ab, während ringsum Blitze gleißten.

Lars stürmte zur Tür. Er rammte sie zu und verriegelte sie, kappte dadurch eine Dunsthand vom Rest des Körpers und tauchte die Gruft in Dunkelheit.

»Komm wieder raus zum Spielen, kleiner Junge«, säuselte der Dämon, dessen Stimme zu einem abgehackten Flüstern verkam, bevor sie wieder volltönend wurde. »Mach die Tür auf, oder ich reiße dir die Eingeweide heraus und hacke dir den Kopf ab!«

Umgeben von so vollkommener Schwärze, dass es regelrecht in den Augen brannte, wich Lars zum Sarg zurück. »Jess, Aly, geht es euch gut?«

»Was ist das für eine Kreatur?«, rief Jess aus der Finsternis. Hagel prasselte aufs Dach der Gruft und feuerte ein metallisches Klirren auf sie herab.

»Ich weiß es nicht«, antwortete Lars. Schaudernd fasste er sich an den Nacken. »Ich glaube, es hat mich gekratzt.«

»Oh Göttin.« Er hörte, wie sich Jess bewegte, hörte, wie sie stolperte, dann spürte er ihre warmen Hände auf dem Arm. »Wo?«

»Im Nacken.«

Ein rasantes Klopfen an der Tür, dann eine Stimme, kalt und düster und tot. »Komm zum Spielen heraus, kleiner Junge. Ich will dich dübeln, bis du schreist, dann esse ich dich auf.«

Jess' Finger tasteten von Lars' Schultern den Hals entlang zum Haaransatz, wo sie zitternd verharrten. »Nass und warm. Ein kleiner Schnitt, glaube ich.«

Bumm! Die Tür erzitterte, die Luft bebte. »Öffne diese pimmellutschende Hure von einer Tür, du missratene Promenadenmischung!«

Aly kreischte. »Ich will zu Mama! Ich will nach Hause!«

Jess schauderte. Ihre Finger zitterten wie ein Blatt im Wind und tippten einen verängstigten Trommelwirbel gegen Lars' Halswirbelsäule. »Ich kann die Wunde nicht sehen. Was, wenn sie sich entzündet? Was, wenn sie … wenn sie dich krank macht?«

Wieder donnerte die Tür so laut wie das Gewitter draußen.

Lars schob Jess beiseite und zog seinen Stiefeldolch hervor. »Hier. Nimm das, damit du dich verteidigen kannst, falls ich wahnsinnig werde.« Er streckte ihr den Dolch entgegen, und sie nahm ihn langsam aus seiner Hand.

Klopf. Klopf. Klopf. »Lass mich rein. Ich will auch nur ein Häppchen. Nur eines. Das kleine Mädchen wird reichen. Wir können sie uns teilen, sie dübeln, bis sie verbraucht ist. Willst du sie nicht auch schreien hören?«

Ein metallischer Laut, als der Dolch die Steinwand berührte. »Du wirst nicht wahnsinnig. Sag das nicht.«

»Könnte aber sein. Bei der Göttin, Jess, ich weiß nicht, was das für eine Kreatur ist oder was sie mit mir angestellt haben könnte.«

»Offensichtlich kann sie aber nicht herein«, murmelte Jess.

Die Tür ratterte erneut, als das Wesen draußen wie besessen an dem Griff riss. Der hielt dem Ansturm jedoch stand.

»Ich will nach Hause«, wimmerte Aly.

Jess entfernte sich. »Das können wir nicht, Schatz. Noch nicht.«

»Wann, Jess? Ich will nicht in der Dunkelheit bei einem Toten sein.«

»Das ist nur Lars' Opa. Nichts, wovor du dich fürchten musst. Komm her. Lass uns mal probieren, ob wir dich trocken kriegen, ja?«

»Mach die verdammte Tür auf!«

»Mach sie doch selbst auf«, murmelte Lars. Er fing an, auf und ab zu laufen, fuhr dabei mit einer Hand die Wand entlang, um die Richtung zu halten. Unablässig hämmerte die Kreatur gegen die Tür und verlangte, hereingelassen zu werden. Verlangte, gefüttert zu werden.

Der Sturm tobte weiter.

Teil 2

MESSEN

Kapitel 11

Dubric war kaum noch bei Bewusstsein, und Otlee mühte sich damit ab, ihn inmitten der Gewalt des Unwetters auf die Beine zu hieven. Die weiße Schliere, die aus Dubrics Schläfe getreten war, sah wie ein Faden oder sehr dünnes Garn aus. Die Ranken verzwirbelten sich ineinander und verschwanden im Sturm. Dubric hatte zwar zu schreien aufgehört, aber jedes Mal, wenn der Strang aufleuchtete, schüttelten ihn Krämpfe.

»Lass mich sterben«, verlangte er, spuckte dabei Wasser und Blut.

»Das kann ich nicht tun, Herr.« Durch den Schlamm rutschend half Otlee dem alten Kastellan auf dessen Pferd. »Ihr müsst reiten, Herr. Ihr müsst mir helfen.«

Dubric wölbte den Rücken durch und wurde von einem weiteren Strang erfasst. Als der wieder verblasste, griff der Kastellan nach dem Sattelknauf. »Reiten, ja. Zu Lars.« Mühsam fädelte er einen Fuß in den Steigbügel, dann begann er, sich hochzuhieven. »Ihm wird kein Leid geschehen. Das würde niemand wagen.«

»Ja, Herr. Auf zu Lars.« Otlee schob Dubrics Hinterteil hoch und stieß ein Seufzen der Erleichterung aus, als der alte Mann stöhnend in den Sattel plumpste.

»Bleibt so, Herr.« *Seil, ich brauche Seil*, dachte Otlee und rannte zu seinem Pferd, während ringsum daumennagelgroße Hagelkörner einschlugen.

Blitze fuhren in der Nähe in den Boden, und Otlees Wallach bäumte sich auf, nahm aber kein Reißaus. Die Zügel von Otlees Pferd hingen in der Luft, straff gespannt. Sie waren jedoch an nichts befestigt, und der Page schluckte. *Bei der Göttin, was geschieht hier?*

Vor Angst außerstande zu atmen oder sich zu rühren, starrte er auf die Zügel. Der Wind peitschte ihm Regen ins Gesicht, und er betrachtete mit zusammengekniffenen Augen den Schatten einer Form, die Tropfen und Hagelkörner ablenkte. Eine Gestalt, klein und krumm, eigentlich gar nicht vorhanden und doch auf irgendeine Weise real, kauerte im Schlamm.

Ist das ein ... ein Geist?

»Ich werde dir nicht wehtun«, brachte Otlee hervor, indem er seine Angst hinunterschluckte. »Und du wirst mir auch nicht wehtun. Richtig?«

Der Schemen richtete sich auf und humpelte erst einen, dann noch einen Schritt auf Otlee zu. Das Pferd folgte ihm. »Danke«, sagte Otlee und zog mit einem Ruck ein eingerolltes Seil vom Sattel.

Der Page vernahm im Tosen des Sturms keine Antwort, als er zu Dubric rannte. Der Kastellan hing bewusstlos und aus der Nase blutend quer über dem Rücken seines Dienstrosses. Otlee band ihn am Sattel fest und hoffte, er würde nicht abrutschen.

Er war beinah fertig – nur noch zwei Knoten übrig –, als etwas Kaltes verängstigt neben und über ihn kam. »Was bei ...« Otlee schaute auf und sah, dass der Geist mit dem Finger deutete.

Langsam drehte sich Otlee um, und sein Herz setzte einen Schlag aus. Ein Mann, nackt und schwarz, mit leuchtend roten Augen, schlenderte über die Weide nördlich der Straße auf ihn zu. Seine Gestalt verfestigte sich und verblasste dann wieder. Der Wechsel erfolgte im selben Takt wie Dubrics weißes Schimmern. Dann wurde die Gestalt in gleißendes Licht getaucht, als ein mächtiger Blitz über den Himmel schnellte.

»Zwei in einer Nacht«, sagte die Kreatur mit einer Stimme so tief und grollend wie der ferne Donner. »Und was für liebreizende Jungen, auch wenn sie nach dem frommen Byr stinken. So lecker, so fein.« Das Wesen fuhr sich mit der Zunge über die verrottenden Lippen und lachte. Dabei schossen hinter den vergilbten Zähnen Fäden hervor, die sich drehten und wanden wie Tentakel. Sie streckten sich Otlee entgegen, ein schwarzes, sich kräuselndes Grauen mit rot schimmernden Enden; Würmer, ein jeder mit winzigen Augen und Klauen. Die Tentakel verdichteten sich und schlangen sich ineinander. Sie kamen, um ihn zu fressen.

Etwas Kaltes senkte sich in Otlees Nacken. Der Geist tastete an seinem Kragen herum, dann ergriff er ihn. Er zog an ihm, hievte ihn rückwärts und in die Höhe. Otlee kreischte panisch und klammerte sich fest an Dubrics Pferd fest. Da preschte das Tier vorwärts. Es riss ihn mit, während die dunkle Kreatur hinterherhetzte und dabei vor Wut heulte.

Das Spielzeug zuckte und krümmte sich, spannte krampfhaft, aber vergeblich die Muskeln an. Er zog den Faden durch, summte dabei und wickelte den Strang, der in einem kräftigen, beruhigenden Rotton schimmerte, mit schnellen Bewegungen um seinen Arm.

Würmer krochen ihm dabei übers Bein, hungrig auf frisches Fleisch. »Nicht jetzt«, sagte er und wischte sie weg, als das Leuchten des frischen Fadens verblasste. »Vielleicht dürft ihr später kosten. Wenn ich ganz fertig bin.«

Bei jeder Pause hörte das Zucken des Spielzeugs auf, aber er machte hastig weiter, zog eine weitere Armeslänge Faden durch den Kopf, woraufhin das Glühen wieder heller wurde. Mama würde wütend sein – sie zog es vor, wenn der Faden eine durchgängige Farbe aufwies und nicht an- und abschwoll … Aber bestimmt würde sie auch nicht wollen, dass ihre roten Kinderlein über Gebühr verletzt wurden. Er hatte schon viel zu viele zermalmt, als er das Spielzeug fürs Färben vorbereitet hatte. Noch mehr zu töten war undenkbar.

Er zog und zog, bis seine Arme schmerzten, dann zog er trotzdem weiter. Ständig beobachtete er währenddessen das Gesicht des Spielzeugs und achtete aufmerksam auf seine Zuckungen. So sehr er sich bemühte, das Leuchten wurde bei jedem Zug erst heller und verblasste dann wieder. Verfluchtes Ding.

»Ah, da haben wir's«, murmelte er, als er sich dem letzten Stück des ersten Stranges näherte. »Was siehst du, Mädchen-Junge? Siehst du die Augen des Teufels? Ich würde seine Augen nur zu gerne sehen. Ich habe gehört, sie sind rot und schwarz wie der Wurm und die Motte, wie rohe und gefärbte Seide. Sind sie das wirklich? Kannst du es sehen?«

»Gah!« Das Spielzeug sabberte mit eingesunkenen Augen und weit offenem Mund.

Lächelnd schlang der Mann den ersten Strang über die Brust des Spielzeugs, wo er in seiner kräftigen Farbe flackerte und pulsierte. »Ich weiß zu schätzen, dass du mir deinen Mund anbietest, aber heute Nacht kann ich nicht. Mama hat mich zum Arbeiten eingeteilt.«

Er knüpfte einen neuen Strang an das Ende des alten und fädelte weiter, brachte die Muskeln des Spielzeugs zum Zucken und den Faden abwechselnd zum Leuchten und zum Verblassen. Besorgt über die abnehmende Kraft des zweiten Stranges beobachtete er die Augen des Spielzeugs. Die schrumpften und welkten. Wenn er jetzt zu viel durchzöge, wenn ihm das Spielzeug nichts ließe, woraus er Farbe gewinnen konnte, würde der Faden reißen und zerbröckeln. Schlimmer noch, Mama würde etwas von der kostbaren Länge verlieren.

»Viel besser, zu schnibbeln, wenn man durch ist, und ein bisschen Rohseide zu vergeuden«, meinte er und lächelte ins blasse Gesicht des Spielzeugs, »als tadellosen Faden zu verlieren. Vom Roten darf nichts verschwendet werden, schon gar nicht für einen wertlosen Mädchen-Jungen wie dich. Aber ich habe reichlich vom Schwarzen, und die Würmer machen noch mehr.«

Die Augen des Spielzeugs verschwanden, wurden mit einem leisen Schmatzen in den Kopf gesogen. Er hörte auf zu fädeln, starrte ins Gesicht des Spielzeugs und zitterte vor Anspannung. *Habe ich zu weit gezogen? Nicht weit genug?*

»Verdammt noch mal«, brummte er und griff nach der Schere. Nur noch wenige Längen ungefärbter Seide übrig. »Warum konntest du den Strang nicht beenden?«

Nachdem er seiner Enttäuschung Ausdruck verliehen hatte, indem er die Schere mehrmals in die Stirn des Spielzeugs gestoßen hatte, schnitt er den Faden ab, sammelte die Stränge ein und ließ das Spielzeug nach Herzenslust schwingen. Es würden noch einige Tage vergehen, bevor der Gestank und die Verwesung jeglichen Nutzen überwogen, den das Spielzeug haben mochte, aber es konnte auf jeden Fall nicht mehr kämpfen oder entkommen.

Der Mann stapfte aus dem Schuppen und schloss die Tür hinter sich. Nach dem Färben bereiteten ihm die Spielzeuge nicht mehr so viel Spaß, die verdammten Dinger. Warum konnte Mama ihn nicht ein wenig länger mit ihnen spielen lassen?

Leise murrend trat er den Weg durch das Gewitter an und schützte den Faden unter seinem Mantel. Als er das Haus betrat, betrachtete er lächelnd die Stränge in seinen Armen. Rot gefärbt sah Seide immer hübscher aus, und diese Partie erwies sich trotz der verblassten schwarzen Schlieren als leuchtend und kräftig. Mama würde glücklich sein.

Er fragte sich, welche Farbe sein Goldjunge färben würde. Bestimmt Zinnoberrot oder Karmesinrot. Ein sattes, warmes Rot. Wie Blut.

Lars hielt inne und lauschte. Die Kreatur hatte aufgehört, an die Tür zu hämmern. Die einzigen Geräusche stammten vom Gewitter und von ihrem Atem.

»Ist es weg?«, fragte Jess.

Aly wimmerte. »Können wir jetzt nach Hause gehen?«

Die Angst des Mädchens versetzte Lars einen Stich ins Herz,

und seine Finger fuhren über die Tür. »Nein. Erst morgen früh beim ersten Tageslicht.«

»Ich will nach Hause.«

Lars musste an sich halten, um nicht zu fluchen. »Wir haben Essen, ein Dach über dem Kopf, und wir sind hier außer Gefahr. Vielleicht hat er sich nur entfernt, um uns in falscher Sicherheit zu wiegen. Vielleicht will er uns damit bloß hinauslocken. Ich gehe mit euch beiden Mädchen kein Wagnis ein. Hier sind wir geschützt, und hier bleiben wir.«

Jess ergriff das Wort: »Wir haben Kias Gebäck, Walnüsse und Rosinen, ein wenig Soda, Salz und Gewürze. Oh, und ein Stück Seife. Das würde ich nicht unbedingt als Essen bezeichnen.«

»Verdammt, Jess, ich tue mein Bestes.«

Sie seufzte rau, und er fragte sich, ob der Laut von ihrer Verärgerung über ihn oder sich selbst zeugte. »Woher wissen wir, wann der Morgen anbricht? Hier drin ist es pechschwarz.«

Er begann wieder, auf und ab zu laufen. »Keine Ahnung.«

Abermals seufzte sie. Lauter.

Wäre zufällig ein Buchmacher zur Verfügung gestanden, hätte er den Lohn eines ganzen Mondes darauf gewettet, dass sie gerade die Augen verdreht und die Arme hochgeworfen hatte. *Erwartet sie etwa, dass ich alles weiß?*

Alys Stimmchen klang sehr kleinlaut, kaum mehr als das Piepsen einer Maus. »Streitet nicht. Ich hab solche Angst.«

»Wir haben alle Angst, Liebes«, sagte Jess ohne jede Spur eines Seufzens oder eines spöttischen Untertons.

Lars blieb stehen, dann bahnte er sich den Weg zum hinteren Bereich der Gruft, weg von den Mädchen. Er stolperte – *Ich gebe ihr meinen Dolch, und sie lässt ihn einfach mitten auf den Boden fallen* –, hob die Klinge auf, trat einen Schritt vor und stieß dadurch mit dem Kopf voraus gegen die Wand.

Er rieb sich die wunde Stirn und setzte sich hin, lehnte sich in die Ecke und schloss die Augen.

»Geht es dir gut?«

»Was kümmert's dich?«, gab er barsch zurück. Er legte seinen Dolch an eine Stelle, wo er ihn mühelos wiederfinden würde, und bündelte alle Willenskraft darauf, seinen Ärger verschwinden zu lassen.

»Tut es wohl.« Ihre Stimme erklang flüsterleise. »Ich hab bloß Angst.«

»Die habe ich auch«, gestand er, diesmal sanfter.

Eine Bewegung in der Finsternis, dann kroch Aly nass und zitternd auf seinen Schoß und umarmte ihn. »Hab keine Angst, Lars.«

Er hielt sie fest, schmiegte sie in seine Armbeuge und streichelte ihr nasses Haar, während er seinen Mantel um sie wickelte. Wieder eine Bewegung, und Jess versetzte ihm einen Tritt, als sie über seine Beine stolperte.

»Entschuldige, dass ich dich getreten hab … und was ich gerade gesagt hab.« Sie setzte sich neben ihn, genauso durchnässt und durchfroren wie Aly, und reichte ihm eine Art Decke. »Wir könnten ja versuchen, uns zu wärmen. Wenn du mir verzeihen kannst.«

»Woher hast du das?«

Sie breitete die Decke über sie drei aus. »Dein Großvater hat gesagt, wir können es uns leihen.«

Er spürte, wie Aly nickte. »Hat er wirklich. Ich hab's gehört.«

Das Kriegsbanner. Lars lächelte und vergewisserte sich, dass Aly ordentlich zugedeckt war. Jess lehnte sich näher, berührte ihn jedoch nicht ganz, und er stöhnte und hob den Arm. »Lass uns dich auch wärmen«, schlug er vor. »Und dir ist verziehen.«

Kurz zögerte sie, dann schmiegte sie sich an ihn, ruhte kalt und schaudernd an seiner Seite. Aly schlief fast sofort ein, und Jess entspannte sich kurz danach an seinem Körper. Ihr Kopf sank nach vorn und rollte in seine Richtung. Ihre Stirn wärmte seinen Hals.

Lars lächelte. Er hatte seine Mädchen beschützt, so gut er konnte. Nun musste er sie nur noch nach Hause schaffen.

Der Türriegel ratterte. Lars hielt den Atem an und zog beide Mädchen dichter zu sich, während sein Herz ruhig und langsam schlug. »Wäre ich allein, würdest du meine Klinge zu spüren bekommen«, flüsterte er. »Du kannst sie nicht haben. Ich habe mein Wort gegeben, dass ich sie wohlbehalten nach Hause zurückbringen werde.«

Der Riegel ratterte noch einmal, dann verstummte er. Nachdem sich das Gewitter verzogen hatte und als kein Regen mehr auf das Dach prasselte, versank Lars ebenfalls in einen unruhigen Schlaf. Er träumte von feurigen Augen und Leichenzähnen.

Die Kinder waren nicht nach Hause gekommen.

Dien hatte Mühe, im Sattel zu bleiben und sein Pferd auf der Straße zu halten, als er nach ihnen rief. Der verdammte Wallach zog an der Trense und scheute bei jedem Blitz, ängstlich wie eine Maus in einer Kammer voller Katzen.

Trotzdem setzten sie den Weg fort. Dien knurrte dem Sturm entgegen und weigerte sich, dem Brennen des Hagels auf Kopf und Rücken nachzugeben.

In einer Hand hielt er eine Laterne, deren Glas die Flamme vor Wind und Regen schützte, während er verzweifelt die Ränder der Straße nach den geringsten Anzeichen darauf absuchte, dass die Kinder irgendwo Zuflucht gesucht hatten. Er ritt zum nächsten Gehöft und jagte dem jungen Paar und seinen zwei kleinen Jungen den Schrecken ihres Lebens ein, als er bei ihnen an die Tür hämmerte, aber sie hatten seine Kinder nicht gesehen. Ebenso wenig auf dem nächsten Gehöft oder dem dahinterliegenden.

Dien ritt zum Friedhof und bog ab, lenkte sein Pferd durch die Grabmale und vorbei an dem Standbild. Keine Spur von ihnen. Den Weg hinunter zu König Grenneres Gruft. Verriegelt.

Zähneknirschend kehrte er zur Straße zurück. Der Wallach

wollte nichts davon wissen, aber Dien trat ihn trotzdem weiter. »Wir finden die Kinder, du verflixtes Biest. Mach schon, leg einen Zahn zu.«

Fünfzig, vielleicht sechzig Längen vom Friedhofstor entfernt zügelte er das Tier, als er etwas auf der Straße erblickte. Mit der Laterne in der Hand stieg er ab und zog sein Pferd mit sich.

»Oh Göttin, nein! Ich flehe dich an – bitte, in all deiner Gnade, nicht meine Mädchen! Nicht mein Sohn!«, brüllte er und fiel auf die Knie.

Ein Glas Essiggurken lag zerbrochen auf dem Boden. Die Scherben verteilten sich um Alys triefnassen, schlammigen Schuh.

Kapitel 12

»Lass mich los!«, schrie Otlee und umklammerte die Zügel, als hinge sein Leben davon ab, während Dubrics Pferd durch die Nacht preschte. Er kauerte rittlings auf dem Hals von Dubrics Pferd, aber der Geist saß auf dem Kastellan und krallte sich an Otlee fest, erwürgte ihn halb.

Zuerst hatte die Kreatur sie durch Tormod gejagt, Straßen hinauf und Gassen hinunter. Seine Tentakel und Schnüre hatten an den Rändern von Otlees Sichtfeld wild durch die Luft gepeitscht, doch Otlee hatte das Pferd zum Fluss gelenkt, und dorthin war ihnen die Erscheinung nicht gefolgt.

Zumindest glaubte er das.

Er ritt zurück zur Straße und Richtung Norden, galoppierte, so schnell er es wagte, durch den Hagel. Das Gehöft von Diens Schwiegereltern befand sich irgendwo vor ihnen. Vielleicht wäre es auch dort nicht sicher, aber wenn Dien oder Sarea und die Mädchen dort waren, konnte Otlee zumindest Hilfe bekommen.

Bestimmt würde er auch Lars auf dem Hof antreffen. Sie hatten weder eine Mitteilung erhalten noch Gerüchte gehört, dass er verschwunden sei. Vielleicht hatte Calum etwas zurückgelassen und es zur Erinnerung auf der Karte gekennzeichnet. Vielleicht war Braoin hingegangen, um es zu holen, und danach verschwunden.

Vielleicht hatte der Mann mit den roten Augen Braoin einfach willkürlich aus seinem Leben gerissen, und die Karte besaß gar keine Bedeutung.

Blitz und ein heftiger Donner am Himmel ließen Otlee unwillkürlich aufschreien. Er sah sich um und rechnete mit roten Augen und vergilbten Zähnen, doch stattdessen erblickte er nur

Bauernhöfe und weit vor sich die vertraute Gestalt eines hünenhaften Mannes auf einem Pferd.

»Dien!«, rief er und trieb das eigene Pferd schneller an, aber seine Stimme verlor sich im Tosen des Windes und des Donners. Ein weiterer Blitz, und Dien war verschwunden.

»Nein, nein, *nein*!«, brüllte Otlee, schlagartig wieder allein im Sturm.

Er erreichte die Stelle der Straße, wo er Dien gesehen hatte, und zügelte Dubrics schnaubendes Pferd, während ihn der Geist weiterhin beinah erwürgte. Otlee starrte in den Schlamm hinab und wartete auf das Licht eines weiteren Blitzes.

Da! Hufabdrücke.

Otlee gab dem Pferd die Sporen und lenkte es in westlicher Richtung einen schmalen Pfad entlang, der sich zwischen Bäumen hindurchwand. Dann ging die Umgebung in offenes Gelände über. Zum Vorschein kam ein sanft geneigtes Tal, in dem Bauernhöfe mit Feldern, Scheunen und grasenden Schafen die Straße säumten.

Ein Pferd stand unangebunden vor dem dritten Haus, ein großes Tier mit vertrautem Sattel- und Zaumzeug: Diens Wallach.

»Wir sind fast da, Herr«, rief Otlee über die Schulter nach hinten und steuerte auf das Bauernhaus zu. Warmes Licht brannte hinter den Fenstern, und durch die offene Vordertür ergoss sich Helligkeit auf die Veranda. Otlee ritt zu den Stufen, sprang aus dem Sattel und rannte durch die Tür.

Er erblickte ein abgenutztes und überfülltes Wohnzimmer, das in eine offene Küche überging, wo Dien, seine Gemahlin und ein alter Mann in der Nähe der Schränke miteinander stritten. Dien war triefnass und außer sich vor Wut. Sarea weinte und umklammerte einen schlammverschmierten Schuh.

Dien fragte mit gefährlich leiser Stimme: »Was weißt du über die Kinder?«

»Ich hab sie in den Arsch gedübelt! Hab ich doch schon gesagt!

Du hast es gesehen! Du warst da!« Devyn kicherte wahnsinnig, riss einen Teller aus einem Schrank und schleuderte ihn zu Boden. »Zerbrochene Kinder, zerbrochene Leben. Warum begreift ihr das bloß nicht? Es ist alles die Schuld des Waldfüllens.«

»Hör auf, Lars ein Waldfüllen zu nennen! Er ist kein Bastard, und er würde Jess und Aly niemals etwas zuleide tun«, meldete sich Sarea aufgebracht zu Wort.

»Aufhören!«, rief eine alte Frau. Sie stürmte aus einem Gang herein und eilte auf den alten Mann zu.

»Woher weißt du, dass er an Kindes statt aufgenommen wurde?«, fragte Dien so leise, dass Otlee es kaum verstehen konnte. »Ich habe es nie einer Menschenseele erzählt. Nicht einmal dem Jungen selbst.«

Sarea ließ den Blick zwischen den zwei Männern hin- und herwandern. Ihre Lippen bewegten sich, aber es drang kein Laut aus ihrem Mund.

»Ich weiß, was ich weiß!«, erwiderte Devyn, dessen Züge rot angelaufen waren. »Und das Waldfüllen tut diese Dinge! Ich hab es gesehen, verdammt noch mal! Ich hab gesehen, wie er seinem mordenden Vater gefolgt ist! Kaninchendreck und Wespenstich! Warum könnt ihr es nicht begreifen?«

»Lars' Vater ist Kastellan Hargrove von Haenpar«, presste Sarea erstickt hervor. »Er ist nicht hier, und Lars hat nie jemandem wehgetan.«

Devyn lachte. »Ziegenpisse. Sag ihr die Wahrheit. Sag ihr, dass du eure Töchter mit einem namenlosen Hurensohn hinaus in den Sturm geschickt hast. Und er hat schon früher getötet, nicht wahr? Du hast für deine eigene Tochter einen mordenden Bastard ausgesucht. Sag es ihr!«

Dien erwiderte: »Anscheinend hast du das schon getan. Woher wusstest du es, verdammt? Woher?«

Sarea sog hörbar die Luft ein und schüttelte den Kopf. »Nein! Das ist eine Lüge!«

Doch Otlee sah Dien am Gesicht an, dass es stimmte.

Devyn tippte sich an die Nase. »Er stinkt nach Dreck, wie zuvor, wie Stuart. Der Gestank von Waldfüllenbastard in meinem Haus und meiner Scheune.« Er grinste. »Das tun sie alle, hört ihr? Alle. Sie sterben dafür, werden in den Arsch gedübelt, wie zuvor. Dann werden sie an die dreckigen Würmer verfüttert.«

»Wo sind die Kinder, Devyn?«

Ein weiterer Teller zerschellte auf dem Boden. »Ich hab's schon gesagt! Ich hab's schon gesagt! Ich hab sie in den Arsch gedübelt! Wie Stuart! Für Stuart! Verdammt noch mal! Du warst da! Du weißt es! Jetzt ist er weg!«

Die alte Frau hastete um sie herum und stellte sich schützend vor Devyn. »Aufhören. Du regst ihn auf.«

»Ich rege ihn auf?«, gab Dien knurrend zurück. Er hob sie hoch und stellte sie beiseite. »Frau, du hast noch nicht erlebt, was es heißt, sich aufzuregen.«

Otlee spürte, wie Kälte an ihm vorbeiströmte. Der Wind frischte auf und wehte Papier vom Tisch. Die Frau hielt mit finsterer Miene ihren Rock nach unten, drehte sich der offenen Tür zu und trat einen Schritt darauf zu, ehe sie jäh innehielt und Otlee anstarrte.

»Dubric ist verletzt«, sagte Otlee, dessen Stimme kippte, als Dien herumwirbelte. »Und ich habe auf der Straße ein schwarzes Monster gesehen.«

»Du hast es ruiniert«, flüsterte Mama. »Schau dir nur die schwarzen Schlieren an. Sieh nur, was du getan hast.«

Er starrte seine Mutter an, während Regenwasser in Rinnsalen von ihm strömte und sich wie Pisse zu seinen Füßen zu einer Lache sammelte. Das Haus roch nach ihr. Wie Seife und getrocknetes Geißblatt und altes Blut. »Es waren die Würmer. Ich wollte deine Würmer nicht verletzen.«

Ihre Lippen pressten sich zu einer schmalen Linie zusammen.

»Lüg mich nicht an. Ich habe dir eine Aufgabe erteilt, und du hast versagt. Wie immer. Eine einfache Aufgabe. Und was tust du? Du erfindest Ausflüchte. Genau wie damals, als du das alte Tuch vergeudet hast. Genau wie damals, als ich dich wegschicken musste.«

»Aber es sind doch fast zwei Stränge. Und siehst du, wie kräftig die Farben sind?«

»Ich kann die dunklen Schlieren nicht verwenden, nicht für die Augen, das weißt du. Ich hab es dir immer und immer wieder gesagt. Ich hoffe nur, es ist noch genug Zeit. Ich will ihn wiedersehen. Du etwa nicht?«

Er zögerte, wusste nicht recht, was er darauf erwidern sollte. Er war dem Teufel der Weiten noch nie begegnet, war noch nie mit seiner Gegenwart gesegnet worden. Mama fasste sein Zögern als Verneinung auf. Sie erhob sich und ballte die Hände um die frisch gefärbten Stränge zu Fäusten. »Du willst ihn gar nicht sehen, oder? Dir ist egal, was ich möchte. Was wir brauchen. Du willst nur mit deinen Jungen spielen. Ist das alles, woran du denken kannst? Setzt du deshalb ständig ältere Jungen auf die Liste, obwohl die Jüngeren eine kräftigere Farbe ergeben?«

Er trat von einem Bein aufs andere und starrte auf die Lache zu seinen Füßen hinab. »Ich bringe dir Garn, wie du es verlangst.«

»Ja, aber was ist mit dem Rest? Warum musst du diese … diese abscheulichen Dinge tun?«

Er schniefte und wischte sich mit dem Ärmel über die Nase. »Ich färbe dein Garn. Je heftiger sie leiden, umso mehr *Schmerzen* sie haben, desto strahlender wird dein Garn.«

»Dann schlitze sie auf«, gab sie zurück. »Schlag sie. Brich ihnen die Knochen, martere ihren Geist.«

»Das tue ich«, rechtfertigte er sich zappelig. »Genau, wie du es willst.«

Sie schüttelte den Kopf und schlurfte davon. »Von wegen wie *ich* es will. Es widert mich an, wie dich nach ihnen gelüstet.«

Sie blieb stehen, hob den Kopf, drehte sich um und starrte ihn an. »Du tust es doch nicht etwa auch mit deinem Bruder, oder? Nicht, nach all den Unbilden, die ich durchgemacht habe, um ihn überhaupt in die Welt zu setzen.«

Unbilden, die du *durchgemacht hast? Du hast mich vergiftet, mich gezwungen, mich mit dir zu paaren.* Bei der alten Erinnerung zuckte er zusammen. »Er ist auch mein Sohn, Mama, und nein, das tue ich nicht.«

»Wenigstens hast du das auf Anhieb richtig gemacht«, murmelte sie und wandte sich wieder ab. »Ich musste es nur deshalb mit dir tun, weil du bei dem verkrüppelten Jungen versagt hast! Du versagst immer.«

Seine Hände ballten sich zu Fäusten, als er langsam den Atem ausblies. Nach dem Fehler mit dem Paerth-Balg vor all den Sommern war die Schwester des Jungen zur Burg aufgebrochen, zum Byr. Mama war außer sich vor Wut gewesen, als sie erfahren hatte, dass sowohl das Gefäß als auch das Tuch ruiniert waren. Danach hatte sie angesichts des Wissens, dass der Byr zurückkehren könnte, beschlossen, ein neues Gefäß zu erschaffen. Sie hatte ihn vergiftet, ihm seinen Samen gestohlen, und bevor er wieder zur Besinnung kommen konnte, hatte sie ihn auf einen Flusskahn auf dem Weg zur Küste geladen. Fünfzehn lange Sommer war er in der Fremde geblieben.

Er lächelte. Oh, die jungen Männer, die er genossen hatte, die jungen Männer, die er getötet hatte. Er hatte sich ein paar geholt, dann war er weitergezogen, um sich mehr zu holen. Es war ein herrliches Leben gewesen, doch dann hatten ihn Foiche und die Familie zurück nach Hause gelockt. Schließlich brauchte Mama ihr Garn.

Mama hängte die Stränge auf Haken. »Tätest du, was ich von dir verlange, statt ständig nur mit deinem Pimmel zu spielen, wäre das Tuch mittlerweile fertig. Aber daran denkst du ja nicht, oder? Du denkst nur an deinen Pimmel und daran, ihn in diese

Jungs hineinzustecken. Das ist alles, woran du denkst, alles, was du tust. Widerliche Dinge.«

»Aber sie sind mein Spielzeug«, flüsterte er.

»Sie sind meine Färber!«, herrschte sie ihn an und schlug ihm ins Gesicht. »Und gewöhn dir gefälligst einen anderen Ton an, Junge, bevor ich dir die Zunge herausreiße.«

»Ja, Mama«, sagte er. »Sie sind deine Färber, und daran sollte ich besser denken.«

»Ja, solltest du besser«, bekräftigte sie und wandte sich erneut ab. »Und komm nicht wieder her, wenn du nach Whiskey stinkst und die Schuld auf meine Würmer schiebst. Deswegen ist dein Garn schlecht. Wegen des Whiskeys und der widerlichen Dinge, die du tust. Ich weiß selbst nicht, warum ich dich überhaupt färben lasse.«

»Ja, Mama«, sagte er, ohne richtig zuzuhören. Der neue Stoff war beinah fertig und leuchtete im Licht der Lampe. Rote Diamantaugen flackerten beobachtend. Garn, das er gefärbt hatte. *All die Jungen*, dachte er und leckte sich über die Lippen.

Sie begann, das Garn auf ihr Schiffchen zu fädeln. »Pisst du immer noch ins Bett, Tropos?«

Er spürte, wie ihm Röte in die Wangen stieg. »Nein, Mama. Ich benutze die Klammer, wie du es mir beigebracht hast.«

»Solltest du auch besser«, meinte sie schaudernd. »Das ist erbärmlich. Eklig! Jungen rammeln und ins Bett pissen. Ich darf gar nicht daran denken, dass ich dich aus meinen Lenden hervorgepresst habe. Und schlimmer noch, dass ich dich auch wieder hineinließ.«

»Ja, Mama.« Er erinnerte sich an ihre Lenden. Selbst nach achtzehn Sommern erinnerte er sich noch daran. Jungen fand er besser. Viel besser. Besonders, wenn sie schrien.

Seufzend schnippte sie das Garn vom vollen Schiffchen, dann setzte sie sich an ihren Webstuhl. »Ich glaube, wir sind schon nahe dran. Noch ein junger Färber sollte reichen.«

»Warum nicht zwei Ältere?«, fragte er hoffnungsvoll.

»Ein Junger«, beharrte sie. »Die Älteren färben nicht so gut. Und da der Byr gekommen ist, haben wir keine Zeit für zwei.« Sie schob das Schiffchen über den Schlitten, brachte das Garn in Position und schaute zu ihm zurück. »Enttäusch mich nicht, Tropos. Nicht dieses Mal. Es ist zu gefährlich.«

»Ja, Mama«, sagte er und beobachtete, wie sie Teufelsaugen anfertigte.

Kapitel 13

Der Sturm war vorbei, aber Dubric war noch nicht erwacht. Dien war mehrmals losgezogen und wieder zurückgekommen, weil er erfolglos nach Lars und den Mädchen suchte, und Sarea war längst ins Bett gewankt.

Allein in einem stillen Haus saß Otlee da und sah im Licht einer einzigen Lampe Calums Dokumente und Bücher durch, wobei ihn Dubrics Murmeln und sein unruhiges Hin- und Herwälzen wach hielten. Braoin war tot, Lars und die Mädchen verschwunden, und irgendwo musste sich ein verborgener, aber entscheidender Hinweis verstecken. Es musste so sein.

Er gähnte und ergänzte seine stetig wachsenden Notizen. Braoin, Calum und Paol hatten mehr als die vergangenen zwei Sommer damit zugebracht, die Weiten nach Verbindungen zwischen den vermissten Jungen abzusuchen. Calum hatte eine Zeitschiene für das Verschwinden in seinem Tagebuch angelegt, die er mit den Namen, den Heimatdörfern und dem jeweiligen Alter der vermissten Jungen versehen hatte.

Dubrics ursprüngliche Vermutung erwies sich als zutreffend. Zweiundzwanzig Kinder und junge Männer waren bei Calums letzter Zählung verschwunden gewesen, der Jüngste zehn Sommer alt, der Älteste dreiundzwanzig. Fügte man dem Calum und Braoin hinzu, ergab das vierundzwanzig Opfer, genau so viele, wie Dubric an Geistern gezählt hatte.

Otlee runzelte die Stirn. Nein! Braoin war zu dem Zeitpunkt noch nicht tot gewesen, also lag Dubric um einen daneben.

Spielte das eine Rolle? Hatte es irgendetwas zu bedeuten? Oder handelte es sich um ein belangloses Versehen? Um einen unerheblichen Fehler?

Beim Knarzen schwerer Schritte auf der Veranda schaute er auf. Dien schleppte sich herein, wischte sich Regen vom Mantel, warf ihn beiseite und ließ sich auf einen Stuhl plumpsen. »Ich hab die gesamte vermaledeite Straße abgesucht, aber da ist nichts. Kein einziger verfluchter Hinweis. Der Regen hat alles weggeschwemmt.« Er rieb sich das kurz geschorene Haar. »Wie geht's Dubric?«

Otlee schüttelte den Kopf. »Unverändert.«

»Verdammt!« Mit einem tiefen Seufzen lehnte Dien den Kopf auf dem Stuhl zurück. »Und wie geht's dir? Bist du sicher, dass dich die Kreatur, die du gesehen hast, nicht verletzt hat?«

»Ja, ich glaube schon.« Otlee spürte ein Brennen in den Augen, schenkte dem jedoch keine Beachtung. Ohne Dubric und Lars, die Entscheidungen trafen oder andere Theorien boten, schien ihre Mannschaft wie entkräftet und zerschlagen. *Diese Kreatur hat uns förmlich ausgeweidet*, dachte er. *Ich schreibe ja immer nur mit, und Dien sorgt dafür, dass Dubrics Entscheidungen durchgesetzt werden. Aber die meiste Ermittlungsarbeit leisten Dubric und Lars. Was bei den sieben Höllen sollen wir jetzt tun?*

»Ich versuche jetzt mal, ein wenig zu schlafen, und breche in ein paar Glocken wieder auf«, verkündete Dien und erhob sich. »Du solltest dich auch ein wenig ausruhen.«

»Ja«, erwiderte Otlee und wandte sich wieder seiner Aufgabe zu.

Er hatte Dien lang Zeit schnarchen gehört, und seine eigenen Augen waren trocken und müde geworden, als er sich plötzlich aufrechter hinsetzte und auf die Zweitausfertigung von Haconrys Wirtschaftsbuch starrte.

»Das ist es«, stieß er laut hervor. »Das Teufelsauge!«

20 LN Teufelsaugenseide (rot/schwarz mit Diamantbindung) 672 KR

»Haconry hat sechshundertzweiundsiebzig Kronen für zwanzig Längen Teufelsaugenseide bezahlt! Ich hab's geschafft! Ich hab's herausgefunden!«

Er fühlte sich überhaupt nicht mehr schläfrig, als er die Erkenntnis seinen Notizen hinzufügte, bevor er nach Calums Karte suchte.

Otlee konnte sie weder in Dubrics Taschen noch in seinen eigenen finden, ebenso wenig in Dubrics Mantel oder in seinem Kasack.

»Oh verdammt, oh Kacke«, fluchte Otlee, während er ihre Ausrüstung verzweifelt ein zweites Mal durchsuchte. Kein Glück. »Sie muss hier sein, sie muss einfach!« Er ließ die Satteltaschen fallen und durchwühlte deren Inhalt. »All die Diamantaugen, aber wo waren sie? Wie sollen wir ohne die Karte herausfinden, was sie bedeuten?« Otlees Hände zitterten, und er kauerte sich auf die Knie, raufte sich die Haare. »Ich muss sie finden!«

Er stand auf und schaute durchs Fenster in den klaren Himmel und die nahende Morgendämmerung, bevor er sich umdrehte und Dubric ansah. »Was soll ich tun, Herr? Was bei den sieben Höllen soll ich nur tun? Ich kann Lars nicht sterben lassen!« Hastig kritzelte er eine Nachricht und schnappte sich seinen Mantel.

Dubric schlief weiter, bekam nicht mit, wie Otlee durch die Tür hinausrannte.

Erschrocken richtete sich Dubric auf der Sitzbank auf, als ihn ein totes, blutendes Gesicht angrinste und ihm die Zunge herausstreckte. Der verkrüppelte Geist fiel auf ein Gewirr aus Büchern und Notizen und ließ die Zunge wieder in seinem Leichenmund verschwinden. Andere Geister sah oder spürte Dubric nicht.

Dieser Geist ist noch mein Tod. Dubric ließ sich auf der Sitzbank zurücksinken und atmete durch. *Wo bin ich?*, ging ihm durch den Kopf, als er sich umsah. *Hat Otlee eine Zuflucht für uns gefunden, oder hat uns jemand entdeckt?*

Er vernahm Schritte und stand auf. Erleichterung überkam ihn, als er sah, wie Fynbelle die Küche betrat.

»Oh! Ihr seid wach«, stellte sie fest und wischte sich über die gerötete Nase. »Ich geh Papa wecken.«

»Danke«, sagte Dubric, entspannte sich etwas und rieb den schmerzenden Kopf. Lars' Ausrüstung wartete in einer Ecke; Otlees Bündel stand daneben, während überall Bücher, Notizen und sonstiger Kram verstreut lagen.

Schwerfällig kam Dien den Flur herab und zog sich im Gehen ein Hemd an. »Tut mir leid, dass ich verschlafen hab, Herr, aber wir sollten besser gleich los. Macht Otlee gerade die Pferde bereit?«

Verwirrung machte sich in Dubrics breit. »Wohin gehen wir denn?«

Dien setzte sich und schlüpfte in seine Stiefel. »Hat Otlee es Euch nicht gesagt? Die Kinder sind verschwunden, schon die ganze letzte Nacht, und Otlee hat im Unwetter eine dunkle, nackte Gestalt gesehen.«

»Ich bin Otlee heute noch nicht begegnet. Was für eine nackte Kreatur? Und wer ist verschwunden?«

Dien starrte Dubric an. Furcht schlich sich in seine Züge. »Lars, Jess und Aly sind verschwunden, und was bei den sieben Höllen soll das heißen, Ihr seid Otlee noch nicht begegnet? Er war doch hier, als ich mich für ein Nickerchen hingelegt habe. Otlee hat mir von einem dunklen, nackten Mann mit roten Augen erzählt, aus dessen Mund Schnüre kamen. Der Junge meinte, der Mann sei ein Teil des Gewitters gewesen. Es klang zwar nach Unsinn, aber das Erlebnis hat Otlee eine Heidenangst eingejagt.«

Die Beschreibung kam Dubric so bekannt vor, dass ihm regelrecht flau im Magen wurde. Der Teufel der Weiten hatte Kleidung immer gemieden, wenn er seine dunkle Magie wirkte, und da er kaum mehr als ein wiederbelebter Leichnam gewesen war, hatte er tatsächlich dunkel gewirkt und rote, tote Augen besessen. *Foiche? Beim König, ich habe den mordlüsternen Mistkerl vor Jahrzehnten getötet.* Dubric erhob sich, achtete nicht auf das arthritische Ächzen seiner Knie und griff nach den Stiefeln. *Er ist tot. Ich habe ihn eigenhändig begraben. Wir haben den Motten und den Würmern den Garaus gemacht. Alles zerstört.* »Lars ist verschwunden? Wo? Wie? Und Otlee auch? Wo hat er die Erscheinung gesehen? Hat er etwas von Motten oder Würmern gesagt? Oder schwarzem und rotem Tuch?«

»Oh verdammt«, brummte Dien und bewegte sich auf die Tür zu. »Nein, Herr, nichts dergleichen. Vielleicht ist er zum Abort oder in die Scheune gegangen, oder ...«

»Otlee war nicht hier, als ich aufgestanden bin, Papa«, meldete sich Fynbelle zu Wort. »Das war vor über einer Glocke. Ich hab ihn überhaupt noch nicht gesehen.«

»Scheiße!« Dien rannte zur Tür hinaus und rief Otlees Namen.

Otlee lief das Flussufer entlang und versuchte dabei, möglichst im Gras zu bleiben und nicht allzu viel Schlamm auf die Stiefel zu bekommen. Keine Spur von der Karte. Falls sie in den Fluss gefallen war, konnte sie bis aufs Meer hinaustreiben.

Er stieß auf aufgewühlten Matsch, wo Dubrics Pferd in der vergangenen Nacht die Böschung hinuntergeprescht war. Der Junge summte vor sich hin, als er der Spur zurück zur Straße und nach Tormod folgte, wo er einem Zimmermann und einem Wagen voll Arbeitern grüßend zunickte.

Im Ort versuchte er, sich zu erinnern, wo er in der vorigen Nacht entlanggeritten war, doch er erblickte wenig Vertrautes, abgesehen von den Bänken vor einer Bühne und einem Schild, das für Veranstaltungen des bevorstehenden Festes warb. Alles andere war in der Finsternis der Nacht und im Tosen des Sturms untergegangen. Innerlich betete er darum, die Karte zu finden, bevor es zu spät wäre. Er begann, die Straßen und Gassen planvoll abzusuchen.

»Er ist nicht in der Scheune, Herr, ebenso wenig in Devs Werkstatt oder im Hühnerstall.«

Dubric rannte gerade fieberhaft den Hang hinauf, als ein Wagen mit Arbeitern auf den Hof rumpelte. »Nicht im Abort, nicht im Schweinestall … Wohin könnte er gegangen sein? Warum ist er überhaupt weggegangen?«

Devyn grinste ihn an. »Jungen gehen nicht weg. Ihr wisst das. Ihr seht, was übrig ist!« Er zeigte auf Dubric und spuckte aus. »Zerstörte Jungen und zerstörte Leben. Entführt und getötet, und so folgen sie Euch. Und wofür, hm? Nur, damit der Teufel sehen kann?«

»Tut mir leid, Herr«, unterbrach Dien, der schwerfällig auf sie zukam. »An den meisten Tagen redet er blanken Unsinn.«

Er weiß, dass ich Geister sehe? »Vielleicht ist es gar kein Unsinn«, erwiderte Dubric und näherte sich Devyn langsam.

Der Geist lief mit seinen linkischen Schritten durch den Hühnerstall und zu Devyn. Der alte Mann grinste, kniete sich hin und jauchzte: »Stuart!« Er ließ sich auf den Rücken fallen und lachte, während er mit dem Jungen rangelte.

Das ist Stuart? Immer noch? Nach all den Sommern? Und Devyn kann ihn sehen? Dubric schürzte die Lippen und kniete sich neben den alten Mann. *Wir haben Stuarts Mörder also doch nicht gefasst. Foiche läuft frei herum, und Otlee ist verschwunden!*

Dien kam herbeigestapft und zerrte Devyn vom Boden hoch. »Hör endlich auf mit deinen verfluchten Anfällen.«

Devyns Gesicht verzerrte sich vor Angst, Stuart nahm Reißaus und verschwand ins Haus, während der alte Mann sich wimmernd und heulend einrollte.

»Lass ihn los«, befahl Dubric.

Als Dien der Aufforderung nachkam, fiel Devyn schreiend zu Boden. Er streckte sich Dubric entgegen. »Sie haben sich Stuart einst geholt. Kann er nicht bleiben? Warum kann er nicht bleiben?«

Dubric kniete sich neben ihn. »Weißt du, wo die Kinder sind?«

Dev schüttelte den Kopf. »Das Waldfüllen hat sie! Der Teufel sieht!«

»Das ist bloß wahnwitziger Unfug, Herr.«

Dubric packte Devyn am Hemd und schüttelte ihn. »Wohin? Wohin bringt er sie?«

»In den Arsch! Er hat sich Stuart geholt und in den Arsch gedübelt!«

»Verdammt noch mal, ich weiß, dass er sie missbraucht! Wo sind meine Pagen?«

»Das Waldfüllen weiß es! Ich nicht, ich nicht. Nicht mit den Augen, die ich habe.«

»Rattenpisse«, fluchte Dubric und stieß den alten Mann von sich. »Ich habe weder die Zeit noch die Geduld für so was.« Er wandte sich ab und stapfte zu den Pferden. »Wo hat Otlee diesen schwarzen Leichnam gesehen?«

»In der Nähe der Tormod-Brücke. Die Erscheinung hat euch beide den Großteil des Weges hierher verfolgt«, erwiderte Dien. »Aber Herr, als Devyn gesagt hat, das Waldfüllen hätte Stuart missbraucht, da habt Ihr erwidert, Ihr wüsstet es. Was genau wisst Ihr? Und woher?«

Dubric hielt inne und sah seinem Knappen in die Augen. »Der Mann, der die Weiten heimsucht, entführt Jungen, missbraucht sie und tötet sie dann. Otlee und ich haben die Leichen zweier junger Männer untersucht, die beide gefoltert und grausam vergewaltigt wurden.«

»Nein«, stieß Dien hervor und ließ die Schultern sinken. »Nicht unsere Jungen, nicht meine Mädchen.«

»Mädchen tut er nichts«, gab Dubric zurück und stieg auf sein Pferd. »Deshalb habe ich allen Grund zu der Hoffnung, dass deine Töchter in Sicherheit sind.«

Dien stieg ebenfalls auf und schwenkte seinen großen Wallach herum. »Aber unsere Jungen?«

»Wir werden sie finden. Das müssen wir. Es gibt keine andere Möglichkeit.« Damit trat Dubric seinem Dienstross in die Flanken und galoppierte zur Straße.

Otlee gähnte, als er den Karren des Hökers verließ. Mit einer Tüte voll Süßigkeiten in der Tasche und einer Flasche Tonikum in der Hand bog er nach links und begegnete Haconrys Haushälterin, die mit einem Korb über dem Arm zum Laden eilte. Er wünschte ihr einen guten Morgen, und sie erwiderte den Gruß. Sie wirkte zerstreut. Otlee widmete sich wieder seiner Aufgabe, trank einen Schluck von seinem Tonikum und suchte entlang der Straße hinter Fässern, in Gräben und zwischen Gebäuden.

Er befragte den Fleischer, den Vogt, den Bestatter und den Ordnungshüter, erkundigte sich bei ihnen und anderen, ob sie ein großes Stück Pergament im Schlamm liegen gesehen hatten. Niemand konnte ihm weiterhelfen, dennoch weigerte er sich aufzugeben. Er hatte die Karte verloren, daher betrachtete er es auch als seine Verantwortung, sie wiederzufinden.

Die Last von zwei Dutzend Geistern nistete sich jäh hinter Dubrics Augen ein wie stechendes, tödliches Eis, als sie sich dem Tor des Friedhofs näherten. Er hielt sich am Sattel fest, als ihm der Kopf zu zerplatzen drohte, und er fragte sich erneut, was seine Geister bewog, so unerwartet zu kommen und zu gehen. Plötzlich tauchten sie auf der Straße auf, durchscheinend und in der Brise wabernd. Ein neuer Geist befand sich unter ihnen. Er hatte Farbkleckse an den Händen, und sowohl aus seinem Anus als auch von seiner Brust strömte Blut. Mit seinem dunklen Haar, den ebenso dunklen Augen und der Form seines Mundes erinnerte er an Maeve. Dubric schloss die Lider, als er durch Braoin hindurchritt und Diens Bedenken abzuschütteln versuchte.

»In Tormod gibt es einen Schutzmann«, sagte Dien, »aber gestern Nacht war der keine große Hilfe.«

»Vielleicht kann meine Anwesenheit den Dingen Vorschub leisten«, meinte Dubric. Heftig rieb er sich die schmerzenden Augen und versuchte, den Druck zu lindern, der durch die Geister auf ihm lastete. Einige verschwanden, doch mehr blieben, und das qualvolle Gewicht der verlorenen Toten zerrte an seiner Seele.

Lars starrte auf eine dünne blaue Linie, einen bloßen Faden von Farbe in der ansonsten vollkommenen Schwärze. Jess lag auf dem Boden neben ihm. Ihr Kreuz und ihre Hüfte ruhten warm an seinem Bein, der Rest ihres Körpers verlor sich in der Finsternis. Aly hingegen hatte sich auf ihm breitgemacht. Ihr Knie bohrte sich in seine Blase, ihre Arme umschlangen seinen Hals. Sie schnarchte mit leisen, rumorenden Tönen und sabberte ihm auf die Brust.

War der Morgen schon angebrochen? Durfte er zu hoffen wagen, dass dieses dunkle Monster verschwunden war?

Immer wieder döste er ein. Lars hatte keine Ahnung, ob das Schloss vor zehn Minuten oder zehn Glocken zuletzt gerattert hatte. Er sah nur endlose Schwärze und einen schmalen Anschein von Blau. Wie die Finsternis schien die Linie unveränderlich zu bleiben, wurde weder heller noch dunkler.

Nach einer Weile gelangte er zu dem Schluss, dass es sich um Mondlicht handeln musste, das draußen auf die Tür schien; Sonnenlicht wäre bestimmt golden, nicht blau. Er lehnte den Kopf zurück und schloss die Augen, verlagerte Aly gerade genug, um ihr Knie von der schmerzenden Blase zu bekommen.

Gähnend rührte er sich in seiner Ecke, dann riss er jäh die Augen auf.

Aly war verschwunden.

Mit hämmerndem Herzen tastete er in der Dunkelheit nach ihr, fand jedoch nur den Dolch neben seinem Bein und die Flagge, die sie als Decke benutzt hatten. Keine Jess, keine Aly. Nur das blaue Licht war geblieben.

»Nein!«, stieß er hervor und rappelte sich auf die Beine. »Jess! Aly!«

»Wir sind hier«, meldete sich Jess von einem Fleckchen außerhalb seiner Reichweite. »Aly musste pinkeln. Wir wollten dich nicht wecken.«

Lars fiel gegen die Wand und versuchte, sein aufgeregtes Herz zu beruhigen. »Der Göttin sei Dank.«

Bewegung, ein Stolpern, dann berührte ihn Jess am Arm und an der Brust. »Wir haben beschlossen, auch Kias Gebäck zu essen. Möchtest du etwas davon?«

Beinahe hätte er gelacht, als er sich nach ihr streckte und mit den Händen linkisch über ihre Arme tastete. Seinen Mädchen ging es gut. »Gern.«

»Ich wünschte, wir hätten Karamell«, meldete sich Aly zu Wort.

Lars ertastete das Gesichtchen der Kleinen, ihr Haupt, ihren Rücken, und er kniete sich hin, um sie hochzuheben. »Weckt mich nächstes Mal, ja? Ihr habt mir einen Mordsschrecken eingejagt.«

Jess drückte ihm ein krümeliges Stück Gebäck in die freie Hand. »Was meinst du, wann wir nach Hause gehen können?«

»Was glaubst du, wie lange wir schon hier drin sind?«

»Ewig«, meinte Aly.

Jess lachte, und Lars spürte, wie sie gegen seinen Arm stieß. »Ich weiß es ehrlich nicht. Die ganze Nacht? Ein paar Glocken?«

»Ewig«, beharrte Aly.

Lars biss von seinem Gebäck ab. »Hast du draußen etwas gehört?«

»Nicht, seit diese Kreatur verschwunden ist, nein. Und das scheint ziemlich lange her zu sein.«

Aber auch lange genug? Lars aß zu Ende und stellte Aly auf die Füße. »Ich mache die Tür auf und sehe nach, aber ich möchte, dass ihr zwei hier hinten bleibt, wo es sicher ist.«

»In Ordnung«, erwiderte Jess. »Aber sei vorsichtig.«

Er suchte mit den Füßen, bis er seinen Dolch fand. Mit der Klinge in der Hand folgte er der Wand zur Tür und ergriff die Klinke. »Bereit?«

»Wir sind bereit«, antwortete Jess.

Lars holte tief Luft und öffnete die Tür einen Spalt, dann zog er sie weit auf und stieß den Atem aus.

Aly quiekte, und er drehte sich ihr zu, um sich zu vergewissern, dass es den Mädchen gut ging. Das Licht des Morgens flutete in die dunkle Gruft und blendete kurzzeitig seine Augen. Nach einigen Atemzügen gelang es ihm, Jess auszumachen, die Aly an sich drückte, während sie mit der anderen Hand die eigenen Augen abschirmte. Beide waren schmutzig mit Schlamm bespritzt und sahen zerknittert aus; dennoch hatte er das Gefühl, noch nie zuvor im Leben etwas so Wunderschönes gesehen zu haben.

»Gehen wir nach Hause«, schlug er vor und schritt zu ihnen, während weiterhin goldenes Licht durch die offene Tür hereinströmte.

Dubric folgte Dien in die Amtsräumlichkeiten des Schutzmannes.

»Du schon wieder«, sagte der Schutzmann zu Dien und lehnte sich auf seinem Stuhl zurück. »Ich hab's dir doch erklärt. Das ist schon öfter passiert, ich kann nichts machen. Ich kann es mir nicht leisten, Zeit und Männer für eine sinnlose Suche zu vergeuden, schon gar nicht am Andachtstag.« Er schaute auf, als Dubric eintrat, und fügte hinzu: »Deinen Verlust bedaure ich natürlich.«

Dien ragte über dem Schreibtisch des Schutzmannes auf und bebte am ganzen Leib, während er Alysons schlammigen Schuh mit der Faust umklammerte. »Du musst Männer für mich abstellen. Irgendjemanden. Ganz egal, wen. Wir müssen meine Kinder finden.«

Der Schutzmann sah Dien an, als hätte er dieselbe Geschichte schon Tausende Male gehört. »Herr Saworth, bitte.«

»Ich hab's Euch ja gesagt, Herr«, meinte Dien und drehte sich zu Dubric um. »Dieser Schwachkopf unternimmt nicht das Geringste, um mir zu helfen.«

»Die Dunkelheit hat sie geholt«, behauptete der Ordnungshüter und stand auf. »Dagegen kann ich nichts unternehmen.«

Dubric stockte der Atem, und er schmeckte bittere Galle. *Nein. Nicht meine Jungen. Noch nicht.* Drei geschundene, blutende Geister starrten ihn an, und er weigerte sich, hinzunehmen, dass sich Lars oder Otlee ihren Rängen bald anschließen könnten.

Der Kastellan schob sich an Dien vorbei und durchbohrte den Schutzmann mit einem finsteren Blick. »Wie ist dein Name?«, fragte er barsch und zog sein Notizbuch aus der Tasche.

Der Schutzmann verengte die Augen zu Schlitzen und streckte das Kinn vor. »Glis Sherrod, Schutzmann von Tormod. Und wer bei den sieben Höllen seid Ihr?«

Dubric starrte dem Mann eindringlich in die Augen. »Dubric Byerly, Kastellan von Faldorrah. Ich empfehle dir dringend, Schutzmann, diesem Herrn hier an Hilfe anzubieten, was immer dir zur Verfügung steht.«

Sherrod lachte kurz auf, dann nahm er wieder Platz und lehnte sich auf dem Stuhl zurück. »Ich werde das Wagnis nicht eingehen, Männer an die Dunkelheit zu verlieren, Herr. Was sie sich holt, kehrt nicht zurück. Seine Kinder sind weg. Ich bedaure seinen Verlust, aber ich kann nicht …«

»Du bedauerst nicht das Geringste«, fiel Dien ihm harsch ins Wort. »Ich habe den Großteil der verfluchten Nacht damit verbracht, nach ihnen zu suchen, und du hast dich geweigert, mir zu helfen. Tja, jetzt haben wir Tageslicht, du wertloser Feigling, und sie sind immer noch verschwunden. Du hebst jetzt besser deinen dürren Hintern und findest ein paar fähige Männer, die mich unterstützen, oder ich verfüttere deinen Kadaver an die Krähen.«

»Wag es nicht, mir zu drohen!«

»Gut«, mischte sich Dubric ein. »Dann tue ich das. Hilf diesem Mann, oder ich verhafte dich wegen Hochverrats.«

»Hochverrat? Pah.« Sherrod beugte sich vor. »Ich hatte schon gehört, dass Ihr letztlich in die Weiten gekommen seid. Kastellan Fürst Dubric erachtet ein paar vermisste Bauern endlich seiner Zeit für würdig, durchstreift die Weiten und stellt Fragen. Ich will Eure Fragen beantworten, alter Mann. Eigentlich ist es ganz einfach. Die Dunkelheit kommt und holt sich Kinder, und sie kehren nie zurück. Damit ist das Rätsel gelöst. Und jetzt geht mir aus den Augen.«

»Hast du dir schon mal die Mühe gemacht, nach Hinweisen auf Entführung zu suchen? Oder Mord? Oder überhaupt irgendetwas?«

»Herr, nach drei Sommern mit diesen Vorfällen weiß ich genau, was es zu finden gibt. Nämlich nichts. Keine Leichen, keine Waffen, keine Fußabdrücke, keine Kleidung. Gar nichts.« Seufzend lehnte er sich wieder auf dem Stuhl zurück. »Ihr vergeudet hier nur Eure Zeit. Die Dunkelheit gibt nicht zurück, was sie sich nimmt. Nie. Und es kommt einer Verschwendung von Zeit und Kraft gleich, auch nur zu versuchen, daran etwas zu ändern. Es hat nichts mit Verrat zu tun, wenn man sich mit der Wahrheit abfindet.«

Dubric schlug sein Notizbuch zu. »Wie kannst du deinen Posten mit einer solchen Einstellung nur halten? Liegt dir denn nichts an deinem Volk? An den Unschuldigen, die zu beschützen du geschworen hast?«

Sherrod sprang auf die Beine und ließ die Faust auf den Schreibtisch niedersausen. »Ich kann sie nicht vor der Dunkelheit beschützen. Ich bin nur ein Mann, und es gibt nichts, das ich machen kann, wenn sie erst weg sind.«

»Es ist nicht die Dunkelheit, du Narr«, widersprach Dubric und wandte sich ab. »Ein Mensch entführt sie. Ein sterblicher, fehlbarer Mensch. Er foltert sie, dann tötet er sie. Ich werde ihn finden oder beim Versuch sterben. Er wird weder mir meine Pagen noch Dien seine Töchter wegnehmen.«

Dien folgte dem wütend nach draußen stapfenden Dubric.

Der Knappe schnaubte. Wut und Kummer umgaben ihn wie eine Gewitterwolke. »Was machen wir jetzt, Herr? Wie können wir die Kinder finden?«

Dubric streckte die Hand nach seinem Pferd aus. »Ich bin überzeugt davon, dass die Kinder alle am Leben sind. Das gibt mir große Hoffnung. Du hast den Schuh auf der Straße gefunden, also wissen wir, dass Lars und die Mädchen Tormod verlassen haben. Vielleicht haben sie lediglich ein Plätzchen gefunden, das ihnen Zuflucht vor dem Unwetter gewährte.«

»Wie könnt Ihr da so sicher sein?« Dien ergriff die Zügel seines eigenen Pferdes und hievte sich in den Sattel. »Woher wisst Ihr, dass es ihnen gut geht?«

Dubric musterte seinen Knappen mit festem Blick. »Ich weiß, dass sie leben. Darüber hinaus habe ich keine Gewissheit. Bitte schöpfe daraus Hoffnung und zeig mir, wo du den Schuh gefunden hast. Er ist der einzige Hinweis, den wir haben.«

Tränen glänzten auf Diens Wangen, als er nickte. Er trat dem Wallach in die Flanken und galoppierte aus dem Dorf.

Als sie das zerbrochene Essiggurkenglas erreichten, stieg Dien ab und ließ die Zügel in den Schlamm fallen. »Hier hab ich ihn gefunden, Herr. Vergangene Nacht.«

»Während des Sturms? Bevor Otlee eingetroffen ist?«

»Ja, Herr.«

Dubric untersuchte die Stelle, umkreiste die Scherben, während er den Blick weitläufig umherwandern ließ. Vom Unwetter verwaschene Fußabdrücke. Wasserpfützen und verdorbene Gürkchen, die durch Glasscherben glitzerten. Er blieb stehen und sah sich weiter um, schätzte die Entfernung zur Ortschaft ab. »Wie viel weiter ist es zum Gehöft?«

»Etwa eine Meile«, antwortete Dien und deutete die Straße entlang. »Wir befinden uns ungefähr auf halbem Weg.«

Dubric betrachtete mit gerunzelter Stirn das gekrümmte Tempeldach, das hinter Bäumen hervorlugte. »Würde Lars angesichts eines plötzlich einsetzenden Gewitters so nah vor dem Ziel umkehren?«

»Nein, Herr«, sagte Dien. »Bei ähnlichen Entfernungen würde er sich für den Weg nach Hause entscheiden, vor allem mit den Mädchen. Er würde nicht umkehren.«

»Dann lass uns den Weg abgehen, ja?« Dubric führte sein Pferd um das zerbrochene Glas herum. »Wir können sicher sein, dass sie hier gewesen sind. Nehmen wir an, dass sie den Weg fortgesetzt haben, nachdem das Gurkenglas zerbrochen ist. Dass Lars versucht hat, rasch nach Hause zu gelangen, statt ins Dorf zurückzukehren.«

Dien seufzte und fuhr sich mit der Hand über den Kopf, doch er nickte. »Ich habe die Straße schon ein Dutzend Mal abgesucht, weil ich dasselbe dachte, aber gut. Gehen wir sie noch einmal ab.«

Sie bahnten sich einen Weg den Hang hinab, überprüften beide Seiten der Straße und spähten durch Gebüsch, Gestrüpp und abgestorbenes Unkraut, während ihnen die Geister folgten. In der Nähe des Eingangs zum Friedhof hielt Dubric inne, um eines alten Freundes zu gedenken. »Ich hätte nie gedacht, dass ich diesen Steinhasen noch einmal zu Gesicht bekommen würde«, murmelte er und schloss die Augen. »Beim König, es scheint mir ein ganzes Leben her zu sein.«

Der Kastellan ging weiter, ließ den Blick dabei aufmerksam über den Boden wandern und rief plötzlich: »Ich sehe Fußabdrücke! Stiefel und Mädchenschuhe, die vom Friedhof kommen.«

»Was?«, stieß Dien hervor und rannte zu ihm. »Wo?«

Sie blickten zum Weg, und Dien sank lachend auf die Knie. »Er hat eine Zuflucht gesucht, die nächstbeste, die er finden konnte. Verdammt noch mal, dieser Junge!«

Lars geht es gut. Gepriesen sei der König. Dubric lächelte vor Erleichterung und klopfte seinem Knappen auf den Rücken. »Natürlich hat er das. Etwas anderes hätte ich auch nicht von ihm erwartet.«

Dien sprang auf die Beine und folgte weinend dem Pfad. Nach ein paar Schritten schwang er sich auf seinen Wallach.

Auch Dubric stieg aufs Pferd und ritt hinter Dien her den Weg entlang. Sie waren fast am Fuß des Hangs angelangt, da umklammerte Dubric plötzlich krampfhaft die Zügel und sog scharf die Luft ein.

»Herr? Was habt Ihr? Das ist schon das zweite Mal, dass Ihr hier anhaltet.«

Dubric holte zur Beruhigung tief Luft und blinzelte, schüttelte den Kopf, um das unverhoffte Gefühl der Benommenheit loszuwerden. »Nichts. Achte gar nicht auf mich.« Braoin, Calum und der namenlose, stets auf und ablaufende Junge waren verschwunden. Nur Stuart blieb flackernd auf der Straße zurück. Er grinste Dubric kurz an, dann rannte auch er mit seinen unbeholfenen Hinkeschritten davon.

Lars öffnete die Verandatür und erblickte Otlees offen neben der Sitzbank liegendes Bündel sowie Dubrics triefnasse Satteltaschen. Ihr mitgenommenes Aussehen und der überall verstreute Inhalt beunruhigten ihn.

Sarea kam auf sie zugeeilt und zog sie alle drei in ihre Arme. »Der Göttin sei Dank! Oh, Jess! Aly! Alle haben schon nach euch gesucht.« Sie küsste ihre Töchter, dann sah sie Lars unverwandt in die Augen. »Und du sollst gesegnet sein, Junge. Möge die Göttin dich segnen.« Sie küsste ihn herzlich auf die Stirn und umarmte ihn innig.

»Ein Sturm hat eingesetzt«, erklärte er und errötete. »Und auf der Straße ist uns ein … ein Mann begegnet … eine Kreatur.«

»Er war echt gruselig«, meldete sich Aly zu Wort, die sich am Rockzipfel ihrer Mutter festklammerte.

Sarea hielt sie alle fest, ließ sich vom freudigen Erstaunen über ihre Heimkehr überwältigen, während Kia und Fyn an ihnen zupften. »Wo wart ihr?«, fragte Sarea schließlich.

»In der Gruft«, antwortete Jess. »Lars wusste genau, was zu tun war.«

»So ist es nicht gewesen«, widersprach er, während er immer noch kräftig geherzt wurde. »Wir konnten sonst bloß nirgendwo hin.«

Sarea wischte sich die Augen ab. »Die Gruft ist doch verriegelt.«

»M-m«, machte Aly grinsend. »Lars hat mir gezeigt, wie man sie aufsperren kann. Ich hab's ganz allein geschafft.«

Jess schüttelte den Kopf und lächelte. »Das war doch am Tag, Dummerchen. Gestern Nacht im Regen hat Lars die Tür aufgesperrt. Und das, wo dieser … dieser Mann unmittelbar hinter uns war.« Mit einem Schaudern schüttelte sie erneut den Kopf.

»Aber es geht euch allen gut?«, hakte Sarea nach, musterte sie eingehend und umarmte alle erneut.

»Ja, es geht uns gut, Mama. Nur hab ich das Glas mit den Essiggurken fallen gelassen.«

»Und ich hab meinen Schuh verloren. Und Lars ist gekratzt worden.«

Sarea richtete den Blick auf Lars und nahm sein Gesicht in die Hände. »Essiggurken und Schuhe kann man ersetzen, Kratzer verheilen. Aber du hast mir meine Mädchen wohlbehalten zurück nach Hause gebracht. Danke, Lars. Danke. Dien und Dubric werden so erleichtert sein, wenn sie zurückkommen.«

Lars zuckte mit den Schultern und vergaß die Taschen von Dubric und Otlee völlig. »Das war doch nichts Besonderes.« Verlegen wich er einen Schritt zurück und stolperte dabei beinah über Fyn. »Und ich bin mit der Arbeit im Rückstand. Ich gehe jetzt besser die Pferde füttern, bevor ich mir von Dien ein Donnerwetter anhören muss.«

Kopfschüttelnd betrachtete er die Mädchen samt Mutter. Ein verhaltenes Lächeln trat dabei in seine Züge. Zufrieden öffnete er die Tür und ging an die Arbeit.

Er hielt auf die Scheune zu und lächelte dabei unwillkürlich vor sich hin. Es fühlte sich gut an, zu Hause zu sein.

Die Aue hatte zwei kohlenfarbene Lämmer geboren; er fütterte sie, bevor er den Weg zu den Pferdeställen fortsetzte. Diens Wallach war weg, deshalb mistete er zuerst dieses Abteil aus, füllte den Futtertrog mit Getreide und streute frisches Stroh. Danach kümmerte er sich um seine Stute, führte sie aus ihrem Abteil und band sie an einem Pfosten fest. Sie schien es zu vermeiden, ihre rechte Vorderseite zu belasten.

»Ho, Mädchen«, sagte er und kniete sich neben sie. »Was hast du denn da?« Er hob den rechten Vorderhuf an und fasste in seine Tasche, um seine Feile hervorzuholen. »Bloß ein Steinchen. Das holen wir heraus.« Dubric bestand darauf, dass seine Pagen jederzeit eine Feile mit sich führten. Das überaus nützliche Werkzeug war dünn und flach und verfügte am vorderen Ende über einen angespitzten Haken. Lars schob es unter das Hufeisen der Stute, um das darunter verkeilte weiße Bröckchen hervorzuarbeiten und in seine Handfläche fallen zu lassen.

Ein blutiger Zahn, an dem noch ein Stückchen Fleisch hing. *Bei der Göttin, ist der von einem Menschen?*

»Ich hab's ihnen gesagt! Ich hab's ihnen gesagt!«, kreischte Devyn. »Ich hab dich nicht in den Arsch gedübelt! Nein!«

Erschrocken richtete sich Lars auf, steckte den Zahn in die Tasche und starrte über den Hals der Stute hinweg zu dem alten Mann. »Was habt Ihr gerade gesagt?«

»Ha-ha! Nicht dich, nicht meine Enkeltöchter!« Der alte Zausel wagte ein kleines Tänzchen, warf seinen zur Hälfte fertiggestellten Hut in die Luft und wankte dann auf Lars zu. Dabei torkelte er von Pfosten zu Pfosten. Die Stute wich vor ihm zurück und schabte unruhig mit den Hufen. Der Greis bemerkte es nicht und tippte Lars auf die Brust. Sein Atem wehte als Wolke übel riechender Dämpfe aus seinem Mund. »Ha! Du hast ihn gesehen, nicht wahr?«

»Wen gesehen?«

»Den Bastard, den Teufel der Weiten!« Devyn beugte sich näher und fragte: »Meine Enkelinnen? Haben sie ihn auch gesehen?«

Lars nickte langsam. »Ja, Herr, das haben sie. Aber es geht ihnen gut. Ich habe sie unversehrt nach Hause gebracht.«

»Ha!« Devyn tippte Lars erneut auf die Brust und grinste. Sein Atem pfiff zwischen den Lücken in den fauligen Zähnen hervor. »Und Stuart? Hast du Stuart gefunden? Er ist wieder weg.«

Lars holte stockend Luft und schüttelte den Kopf. »Nein, Herr, das habe ich nicht. Tut mir leid.«

»Verflucht sei dieser Mistkerl!« Devyn packte Lars am Hemd und schüttelte ihn. »Warum nicht? Warum bei den blutigen Höllen nicht?«

»Lass ihn los, Dev«, sagte Dien von der Tür aus.

Devyns wässrige, blaue Augen rollten in den Höhlen zur Seite, und er drehte sich in die Richtung des Hünen, der auf sie zustapfte. »Siehst du? Ich hab's dir gesagt.«

»Und ich hab dir gesagt, du sollst ihn loslassen.«

Devyn wich murrend zurück, bevor er zu seiner Werkstatt floh.

Lars schaute ihm nach. Als er sich zurückdrehte, wurde er von Diens inniger Umarmung beinah zerquetscht.

»Ich dachte, ich hätte meine Mädchen verloren, Kleiner«, sagte der Knappe mit zittriger, belegter Stimme. »Und ich dachte, dich hätte ich auch verloren.«

»Ich hab mein Wort gegeben«, erwiderte Lars, der die Worte hervorpressen musste, weil er kaum atmen konnte. »Die Kreatur hat sie nie angerührt.«

»Hab ich gehört.« Dien ließ ihn los und trat einen Schritt zurück. »Verdammt, was bist du für ein wohltuender Anblick für meine wunden Augen.«

Lars nickte. Auch in seinen Augen brannten Tränen, und er wagte nicht, seiner Stimme zu trauen.

»Jesscea hat gesagt, du bist von dem Mann gekratzt worden, der euch gejagt hat. Darf ich mir die Wunde ansehen?«, sprach eine weitere Stimme.

Verblüfft schaute Lars auf und erblickte Dubric, der hinter Dien stand. Lars wischte sich mit dem Handrücken über die Augen. »Verdammt, Dien, es war keine so große Sache, dass du gleich Dubric holen musstest.«

Der Kastellan musterte ihn von Kopf bis Fuß und zog angesichts seiner dreckigen, feuchten Kleider eine Augenbraue hoch. »Otlee ist weg, und auch er hat den schwarzen Mann gesehen, bevor er verschwunden ist. Der Kratzer. Darf ich ihn mir bitte ansehen?«

Otlee ist verschwunden? Lars drehte Dubric den Rücken zu und zog den Kragen nach unten. »Die Kreatur, die uns verfolgt hat, war ein großer, dunkler Mann. Er war nackt und pechschwarz, hatte leuchtend rote Augen. Aus seinem Mund kamen Schnüre, die sich um seine Hände gewickelt haben, und er bestand aus Rauch. Ich weiß, das klingt unglaublich, aber genau so hat es ausgesehen. Ich bin nicht sicher, ob mich eine der Schnüre oder er selbst berührt hat. Oder ob es irgendeine Waffe war. Was immer es gewesen sein mag, es hat gebrannt. Glaubt Ihr, er hat sich Otlee geholt?«

Dubric berührte die Wunde und drückte Lars' Kopf nach unten, um besser sehen zu können. »Sind dir irgendwelche Insekten aufgefallen? Schwarze Motten vielleicht?«

»Nein, nicht zu dem Zeitpunkt, nicht inmitten des Sturms. Was ist mit Otlee passiert?«

Dubrics Finger hielten inne, kniffen Lars und zogen sich dann zurück. »Da haben wir's.«

»Aua!« Lars zuckte zusammen, drehte sich zu Dubric und Dien um und rieb sich den Nacken. Dubric hielt ein winziges rotes Körnchen zwischen den Fingern. »Was ist das?«

Dubric betrachtete das rote Etwas mit zusammengekniffenen Augen, dann drückte er zu. Zwischen seinen Fingern verwandelte es sich in blutfarbigen Glibber, den er hastig an einem Pfosten abwischte. »Ein widerlicher kleiner Wurm. Du sagst, du hast ein Insekt gesehen?«

»Ja, in der Gruft, gestern Nachmittag. Allerdings war es nicht schwarz. Nur eine schlichte weiße Motte, verheddert in irgendeinem Faden. Erzählt Ihr mir jetzt, was mit Otlee passiert ist?«

Dubric öffnete sein Notizbuch und leckte über seinen Stift. »Byreleah Grenneres Gruft? Du hast sie gestern betreten?«

»Ja, Herr. Zweimal. Einmal bloß, um das Grab zu sehen, später dann, um dem seltsamen Mann und dem Sturm zu entkommen. Warum? Hab ich etwas getan, das Otlee geschadet hat?«

»Nein, natürlich nicht«, erwiderte Dubric und fing an, Notizen zu schreiben. »Erzähl mir zuerst von der Motte, dann von dem Mann, der euch gejagt hat.«

Lars rieb sich den Nacken und begann mit seiner Schilderung.

»Gefunden!« Otlee grinste und rollte die Karte eng zusammen, als er an der Bierschenke vorbeiging. Er hatte Gassen und Gärten durchsucht, hinter Abfalltonnen gestöbert, sogar in Abwasserrohre geschaut. Schließlich hatte er die Karte genau dort gefunden, wo sie zu Boden gefallen war, nämlich unter Dubrics zusammengerolltem Bettzeug in der Nähe der Brücke über den Tormod.

Erleichtert schlang er sich das klatschnasse Bündel über die Schulter und stopfte die Karte im Gehen in ein Futteral. Plötzlich zuckte er zusammen, und seine Augen weiteten sich, als ihn jemand zurückriss und ihm ein stinkendes Tuch aufs Gesicht drückte.

Otlee trat um sich und versuchte zu schreien. Bei seiner Gegenwehr ließ er die Karte und die Tüte mit Süßigkeiten fallen. Doch niemand schien das Geschehen zu bemerken, und er konnte sich nicht befreien. Seine Sicht färbte sich erst rot, dann schwarz, und er verlor die Besinnung.

Kapitel 14

Dubric folgte Lars und Dien, während die beiden beim Überqueren des Scheunenhofs zankten. »Wohin gehen wir?«, fragte Lars.

»Du gehst nirgendwo hin. Das ist ein Befehl«, erwiderte Dien.

»Doch, tu ich wohl! Er ist auch mein Freund.«

Dien blieb stehen, senkte den Kopf, drehte sich um und starrte Lars eindringlich in die Augen. »Und du, ob es dir passt oder nicht, bist wie mein Sohn. Du hättest letzte Nacht sterben können. Diese Kreatur hat dir einen verfluchten Wurm in den Nacken gepflanzt. Was bei den Höllen hat das zu bedeuten? Was, wenn er dich von innen heraus auffressen oder deinen Geist verwirren oder dich krank machen sollte? Was, wenn es die Mädchen erwischt hätte? Was, wenn du umgekommen wärst?«

»Er hat recht«, meldete sich Dubric zu Wort, als er zu ihnen aufschloss.

Lars rührte sich nicht von der Stelle. »Nein, hat er nicht. Ich habe eine Pflicht. Verantwortung. Ihr zwei könnt nicht einfach …«

»Du kommst nicht mit!«, schnitt ihm Dien knurrend das Wort ab, ehe er sich umdrehte und wütend weiter zum Haus stapfte.

Lars schaute ihm nach, doch Dubric ergriff seinen Arm. »Lass ihn gehen, Junge. Bitte.«

»Verdammt, Dubric, es ist meine Schuld! Hätte diese Kreatur mich geraubt, ginge es Otlee vielleicht gut. Ich *muss* mit.«

Dubric packte Lars an den Schultern. »Es ist nicht deine Schuld, und darfst in diese Sache nicht verwickelt werden.«

Lars zuckte mit den Schultern, um Dubrics Hände abzuschütteln. »Faldorrah vor allem anderen. Ihr habt mich schwören lassen, diese Leute zu beschützen, und ich will verdammt sein, wenn ich mich einfach von Otlee abwende. Er gehört auch zu meinen Pflichten.«

»Lars, hör mir zu. Bitte. Die Wespe war ein kranker, wahnsinniger Magier, der unzählige Unschuldige abgeschlachtet hat. Ich habe ihn schon einmal getötet. Falls er zurückgekehrt ist, werde ich ihn noch einmal töten. Aber du könntest mich von meiner Aufgabe ablenken. Unter Umständen würde ich versuchen, dich zu beschützen, gerade wenn ich unerschütterlich und unverrückbar bleiben sollte. Eine solche Schwäche kann ich mir nicht gestatten. Dafür ist die Gefahr zu groß.«

»Dann sage ich Euch von jeglicher Sorge um mich los. Soll dieser kichernde Mistkerl doch noch einmal versuchen, mich anzufassen. Ich verteile seine Eingeweide über den verfluchten Schlamm.«

Dubrics Stimme wurde leise. »Auf diese Weise kann er nicht getötet werden. Du bist jung, unbesonnen und verständlicherweise wütend. Er kann sich deines Zorns bedienen, ihn dir entziehen und gegen dich verwenden. Im Krieg hat er Tausende meiner Männer getötet, Lars! Tausende, einfach indem er sie gegeneinander ausgespielt hat. Nur ruhige Entschlossenheit und unerschütterliche Konzentration können ihn aufhalten. Man muss einen Magier in Grund und Boden starren, um ihn zu töten. Man muss kalt und gefühllos sein und darf nicht auf die eigenen Schmerzen, den eigenen Verlust achten. Durch jede Gefühlsregung – Wut, Angst, sogar Liebe – kann man getötet werden.«

»Ist mir egal«, gab Lars zurück. »Otlee ist mein Freund. Ich wende mich nicht von ihm ab.«

»Doch, das tust du, und zwar, weil ich es dir befehle.«

»Nein. Das kann ich nicht, Dubric. Das tue ich nicht.«

Wieder packte Dubric den Pagen an den Schultern. »Doch, tust du. In der Gruft konnte Foiche nicht an dich heran, weil es ein heiliger Ort ist, geschützt vor seiner Macht und seiner Verderbnis. Eine Zuflucht. Weißt du noch, dass du mir gesagt hast, Jess hätte die Motte weggeworfen?«

»Ja. Es war bloß eine tote Motte«, erwiderte Lars.

»Nein, das war ein Teil eines heiligen Zaubers. Wir haben die Motte dort angebracht, um die Weiten zu schützen, nachdem wir den Körper getötet hatten, der Foiche beherbergte.«

»Was? Ihr hasst die Göttin doch. Ihr würdet nie einen heiligen Zauber verwenden.«

»Ich habe sie nicht immer verachtet. Im Krieg habe ich ihre Magie viele Male benutzt. Es war ein einfacher, aber wirkungsvoller Zauber. Foiches Geist war so wie die Motte gefangen und konnte nicht fliehen, aber Jesscea hat ihn entfesselt, als sie die Motte in den Wind warf. Er ist nicht mehr eingesperrt, und er hat dich berührt, dich gekennzeichnet. Was er braucht, ist ein Wirtskörper. Er benötigt einen Jungen oder jungen Mann als Gefäß für seinen Geist, und irgendjemand in den Weiten hilft ihm.

Jungen in deinem Alter werden gefoltert, geschändet und getötet. Vierundzwanzig Geister, Lars! Alle gekennzeichnet und für Foiche vorbereitet, für ihn *geschwächt*. Ich werde nicht zulassen, dass dir dasselbe widerfährt. Das darf ich nicht. Zeit und Konzentration sind von größter Wichtigkeit, ganz gleich, wie viele Geister auf mir lasten, denn die Wespe ist wieder frei.«

»Was ist mit Otlee?«

Dubric holte zittrig Luft. Lars war der Einzige, dem das ganze Ausmaß des Fluches bekannt war, der auf dem alten Kastellan lastete, doch manche Wahrheiten waren schwerer zu ertragen als andere. »Otlee lebt, denn sein Geist ist nicht unter den anderen. Ich *werde* ihn finden. Er wird nicht sterben. Du jedoch bist noch nicht bereit, dich einem Schattenmagier zu stellen. Schon gar nicht einem wie Foiche.«

»Warum bei den Höllen nicht?«, verlangte Lars zu erfahren. »Ich habe das verfluchte Gelübde abgelegt. Ich mache meine Arbeit. Ich werde helfen.« Wieder schüttelte Lars die Hände des

Kastellans ab und setzte dazu an, davonzustapfen, doch Dubrics Worte ließen ihn innehalten.

»Nein, das tust du nicht. Das ist ein direkter Befehl. Du bleibst hier auf diesem Gehöft, weil ich es dir befehle.«

»Dubric, bitte.«

»Nein. Du bist zu jung, zu eigensinnig, zu unberechenbar. Du bist noch nicht bereit, es mit einem Magier aufzunehmen. Du bleibst hier. In Sicherheit. Verlass zwischen Sonnenuntergang und Sonnenaufgang keinesfalls unbegleitet das Haus. Gehorche mir. Bitte. Es steht mehr als nur Faldorrah auf dem Spiel.«

Dien kam mit donnernden Schritten auf sie zu. In den Händen hielt er einen Zettel. »Otlee hat eine Nachricht hinterlassen«, verkündete er und streckte Dubric den Bogen Papier entgegen. »Er ist los, um nach irgendeiner verlorenen Karte zu suchen.«

Dubric las:

Herr,
Ich habe Calums Karte verloren, aber ich werde sie wiederfinden. Sie ist unser einziger Hinweis.
Ich bin vorsichtig.
Otlee

Erleichtert faltete Dubric die Nachricht zusammen und steckte sie in sein Notizbuch. *Warum sieht er nicht ein, dass er wesentlich wertvoller als eine Karte ist?* »Er ist aus freien Stücken losgezogen, dem König sei Dank, und es geht ihm wahrscheinlich gut. Trotzdem müssen wir ihn finden.«

Lars meldete sich zu Wort. »Dann lasst mich helfen, Dubric. Bitte.«

Dien umarmte Lars. »Hilf, indem du unsere Familie beschützt, Kleiner. Du sorgst für ihre Sicherheit, hörst du? Es gibt keinen Menschen, dem ich mehr vertraue als dir.«

Lars nickte mit feuchten Augen. »Niemand wird sie anrühren.«

Dubric streckte die Hand nach seinem Pferd aus. »Foiche wird es nicht wagen, sich euch während des Tages zu nähern, dafür ist er noch zu schwach. Aber verlasst das Haus nicht nach Einbruch der Dunkelheit, wenn ihr allein seid. Egal was passiert – ihr bleibt drinnen.«

Lars holte tief Luft. »Ich will mitkommen.«

»Das weiß ich«, gab Dien zurück und wendete sein Pferd. »Aber du musst hierbleiben. Wir sind im Nu zurück.«

Dubric begegnete Lars' gequältem Blick und sah ihm tief in die Augen. »Wir finden ihn«, beteuerte er. »Du hast mein Wort darauf.«

Dubric und Dien ritten nach Tormod. Sie fanden den Ort vom geschäftigen Alltagstreiben des Morgens erfüllt vor. Die beiden suchten ohne Erfolg jede Straße und jede Gasse nach Otlee ab. Zwar gaben mehrere Menschen an, ihn gesehen zu haben, doch niemand wusste, wohin er gegangen war. Dubric und Dien fanden keinerlei Hinweise darauf wo er gesucht haben mochte, bloß Vorbereitungen für das nahende Fest und Menschen, die hastig ihren Aufgaben nachgingen.

Als sie in der Nähe der Bierschenke vorbeikamen, zügelte Dubric jäh sein Dienstpferd und sprang aus dem Sattel.

»Die verflixte Karte«, stieß Dien mit belegter Stimme hervor.

Dubric ergriff das Futteral und schaute zu seinem Knappen auf. Schlammiges Pergament ragte aus dem grün bemalten Holz. »Ja, und Otlee war hier«, sagte er mit zittriger Stimme, als er eine Süßigkeit aus dem Schlamm zog. »Er war genau hier.«

Dien stieg ebenfalls ab und suchte den Bereich ab. »So viele Spuren, Herr. Menschen, Karren, Packtiere. Wo fangen wir an?«

Dubric schaute auf und erblickte das gekrümmte Tempeldach über den bescheidenen Läden und Heimen des Dorfes. Die Form ahmte mit ihren Rundungen eine Frau mit Kind nach und versinnbildlichte Malannas Geschenk des Lebens. »Braoin hatte einen Freund namens Paol«, erklärte Dubric und streckte die Hand wieder nach seinem Pferd aus. »Und Paol lebt im Hort des Miststücks. Wir fangen mit der vermaledeiten Göttin an. Sie weiß irgendwie etwas. Das tut sie immer.«

Dien schaute Richtung Tempel und zuckte zusammen. »Könnt Ihr das verkraften, Herr?«

»Für Otlee starre ich dem Miststück mitten in die Augen, selbst wenn es mich umbringt.«

Als sie die letzte Gruppe von Geschäften hinter sich gelassen hatten, meinte Dubric beim Anblick des Tempels: »Warum bin ich nicht überrascht?«

Eine schwarze Kutsche wartete neben den Stufen von Malannas Haus. Dien bemerkte Dubrics finsteren Blick. »Sir Haconrys Kutsche. Ich sehe die Livree dieses Mistkerls jedes Mal, wenn wir hierherkommen. Glaubt Ihr, er hat etwas mit der Sache zu tun?«

»Ja«, antwortete Dubric und führte sein Pferd zur Kutsche. »Und er hat Otlee in meiner Gegenwart angefasst.«

»Wo ist dieser Drecksack, für den du arbeitest?«, rief Dien.

Haconrys Fahrer, ein schlanker, zierlicher Mann mit ergrauendem Haar, fingerte unruhig an den Zügeln, als Dubric und Dien abstiegen. »Er ist nicht hier, Herr, sondern drinnen.«

»Gebete in Malannas Kirche erfolgen des nachts«, sagte Dubric und schritt auf die Kutsche zu. »Es ist schwierig, tagsüber den verfluchten Mond anzubeten.«

Der Fahrer nickte. »Das weiß ich, Herr, aber der Meister ist wegen Geschäften hier, nicht zum Beten.«

»Unser Junge ist verschwunden, und wir durchsuchen jetzt diese vermaledeite Kutsche«, kündigte Dien an. Seine Hand senkte sich dabei vielsagend auf sein mächtiges Schwert. »Du kannst entweder beiseitetreten und es uns tun lassen, oder du stirbst hier und jetzt.«

Der Fahrer kletterte hastig vom Kutschbock und eilte davon. Dubric riss den Verschlag des Wagens auf.

Die Kutsche erwies sich als üppig mit Samt und Satin ausgekleidet, alles schwarz schimmernd mit roten Paspeln und feinen Einzelheiten. Es stank nach Muskat, Nelken und Tabak. Ein kleiner Junge, vielleicht acht Sommer alt, lag schlafend auf einem der Sitze. Erschrocken erwachte er jäh, als Dubric die Kutsche betrat.

»Wer seid Ihr?«, wollte der Junge wissen und wich verängstigt vor ihm zurück.

»Kastellan Dubric«, antwortete er. »Du musst raus aus dieser Kutsche.«

Der Knabe schaute an Dubric vorbei zu Dien und schüttelte den Kopf. Seine Augen weiteten sich.

»Komm schon, Junge«, sagte Dien und streckte die Hände aus. »Holen wir dich da raus.«

»Ich kann nicht«, entgegnete der Kleine. »Ich soll hierbleiben.«

Dubric hob den Jungen hoch. »Wir tun dir nichts.«

Er reichte das strampelnde Kind seinem Knappen, dann widmete er seine Aufmerksamkeit wieder dem Inneren der Kutsche. Mit einem Ruck riss er die Rückenlehne der vorderen Sitzbank nach unten. Zum Vorschein kam ein Fach voller Karaffen mit geistigen Getränken. Auch die Sitzfläche ließ sich abnehmen und verdeckte eine tiefe, breite Truhe mit Decken und einer Feuerschale. Fluchend warf er beide Kissen durch die Tür hinaus in den Schlamm, dann entfernte er den Inhalt des Fachs und der Truhe. Beide erwiesen sich als aus solidem Holz gefertigt und mit Seide ausgekleidet. Weitere Geheimfächer fand er nicht.

Die Rückenlehne der hinteren Bank ließ sich ebenfalls mühelos abnehmen, allerdings enthielt das flache Fach dahinter lediglich ein Schwert und ein Fernglas. Dubric warf beides beiseite. Die Sitzbank rührte sich nicht. Der Kastellan suchte nach einem Riegel oder einem Hebel, fand jedoch nichts.

Ebenso wenig entdeckte er etwas zwischen den zugezogenen Vorhängen und den Fenstern aus facettiertem Glas. Keine augenscheinlichen Türen in dem mit Teppich ausgelegten Boden oder oben an der getufteten Decke. Kein erkennbarer Zugang unter dem hinteren Sitz.

Er stieg aus, trat dabei zerbrochene Karaffen und feine Decken in den Schlamm und ging zum Heck des Gefährts. Der Gepäckraum war von außen versperrt und groß genug, um einen Jungen zu beherbergen, erst recht einen so zierlichen wie Otlee. »Aufbrechen«, befahl er Dien. »Ich will das sofort geöffnet haben.«

»Dann solltet Ihr Euch vielleicht die Zeit nehmen, um höflich darum zu ersuchen, mein lieber Herr Kastellan«, ergriff Haconry im gleichen Augenblick das Wort. Er kam gerade die Tempelstufen herab. Seine Seidengewänder schimmerten im morgendlichen Sonnenlicht. »Ts, ts, ts. Ich hätte nie gedacht, dass sich ein Mann Eures Standes solch derber, ungehobelter Vorgehensweisen bedienen würde. Von vornehmer Lebensart zu rüder Zerstörungswut. Wie ausgesprochen tragisch. Es ist regelrecht zum Weinen.«

Dubric drehte sich um und ballte die Hände zu Fäusten. »Was habt Ihr mit ihm gemacht?«

Haconry blinzelte. »Schon wieder bringt Ihr mich in Verlegenheit, mein lieber Herr Kastellan, denn ich weiß nicht, wovon Ihr redet.« Er musterte Dien, bevor er sein Grinsen wieder auf Dubric richtete. »Seid Ihr des bezaubernden goldenen Jungens überdrüssig geworden? Selbst ich hätte nicht vermutet, dass Ihr einem solchen Bären von einem Mann den Vorzug gegenüber einem so zierlichen Augenschmaus geben würdet. Oder wart Ihr am Ende zu streng im Umgang mit ihm? Ist er gar unter Eurer ach so sanften Hand verschieden?«

Dubric starrte in Haconrys Augen und zog langsam sein Schwert. »Wo ist er? Sagt es mir, oder ich verteile Eure Eingeweide über den Schlamm.«

Haconry lachte. »Ach, mein lieber Kastellan, Ihr beliebt, mit mir zu scherzen. Falls Euer Junge tatsächlich verschwunden ist und ich Kenntnis seines Aufenthaltsorts besäße, wäre es der Sache wohl kaum dienlich, mich hinzumetzeln. Tatsächlich wäre es ausgesprochen unvorteilhaft. Ein Mann Eurer Erfahrung muss zweifellos wissen, dass Tote keine Geheimnisse preisgeben können.« Zwinkernd fügte er hinzu: »Ich gebe meine auch lebendig nicht preis, zumindest nicht Erwachsenen gegenüber.«

Lächelnd musterte er Dubric von oben bis unten und meinte: »Es überrascht mich, dass Ihr den Jungen verloren habt. Er hat Euch und Eure Zuwendung unübersehbar vergöttert.«

Ohne Dubrics schäumender Wut Beachtung zu schenken, richtete Haconry die Aufmerksamkeit auf den Knaben, der geduckt hinter Dien stand. »Dieses liebe Kind ist mir anvertraut worden. Gebt es zurück.«

»Tu es«, presste Dubric zwischen zusammengebissenen Zähnen hervor. »In diesem Fall hat er das Gesetz hinter sich, ob es uns gefällt oder nicht.«

Während in Dien sichtlich der Zorn brodelte, gab Haconry seinem Fahrer ein Zeichen, der die Polsterungen wieder anbrachte. Haconry zog den Jungen zu sich und fragte: »Ich kann doch mit voller Erstattung der entstandenen Schäden rechnen, oder?«

»Öffnet den Gepäckraum.«

»Bedauerlicherweise kann ich das nicht, denn der Schlüssel ging vor geraumer Zeit verloren. Bei einem Jagdausflug, wenn ich recht erinnere.« Grinsend half er dem Knaben in die Kutsche. »In jener Nacht gingen mehrere Dinge verloren. Ach, welch wonnige Erinnerungen.«

Er streckte die Hand nach dem Türrahmen aus, aber Dubric packte ihn an der Schulter und zog ihn mit einem Ruck zurück auf den Boden. »Stellt mich nicht auf die Probe und reizt mich nicht noch mehr. Es gibt kaum etwas, das ich mehr genießen würde, als Euch abzuschlachten wie das Schwein, das Ihr seid. Öffnet den Gepäckraum, oder ich öffne Euren Wanst. Dieser Tanz ist beendet.«

Lächelnd starrte Haconry in Dubrics Augen. »Der Tanz hat

noch kaum begonnen, mein lieber Herr Kastellan. Ihr habt keinerlei Beweise gegen mich. Nichts außer Eurer Missachtung für meine Spielereien, die Euch, das kann ich Euch versichern, nicht das Geringste angehen. Die Weiten gehören mir, und ich habe noch nie einen Jungen in meiner Obhut verloren. Im Gegensatz zu Euch neige ich dazu, meine Schoßtierchen sanft zu behandeln und sie vor Schaden zu bewahren.«

»Öffnet den vermaledeiten Gepäckraum«, presste Dubric langsam und knurrend hervor. Gleichzeitig setzte er sein Schwert an Haconrys Kehle.

Eine Augenbraue hob sich. »Ich habe keinen Schlüssel, wie ich Euch bereits gesagt habe. Euer Handlanger kann ihn aufbrechen, wenn Ihr wollt, allerdings werdet Ihr darin lediglich alte Ausrüstung vorfinden.«

»Tu es«, forderte Dubric seinen Knappen auf.

Dien trat an ihnen vorbei und zog sein Schwert. Nach wenigen harten Schlägen mit dem Griff der Klinge in der Faust brach das Schloss. Er zog den Gepäckverschlag auf und sah Dubric an. »Er hat die Wahrheit gesagt, Herr«, verkündete Dien, als er ein mottenzerfressenes Zelt aus dem Stauraum hervorholte. »Ein Zelt, Kochbedarf, alte Decken.«

Haconrys Blick blieb ruhig und kalt. »Soll ich die Aufstellung der von Euch verursachten Schäden an Euch oder Euren Arbeitgeber senden? Außerdem lässt mich Euer Tun ohne geeignetes Beförderungsmittel zurück. Auch für diese Unannehmlichkeit will ich entschädigt werden.«

»Fordert die Bezahlung, von wem Ihr wollt«, gab Dubric zurück. Wutentbrannt steckte er das Schwert zurück in die Scheide, bevor er die Stufen des Tempels erklomm. Die Verantwortung für die Geister pulsierte hinter seinen Augen, als hämmerten die verlorenen Seelen mit ihren toten, verwesten Fäusten auf seinen Schädel ein.

Der Tempel ragte über ihm auf. Eine Malanna geweihte Stätte

vermittelte ihm immer das Gefühl, dass sie über ihn urteilte, aber Dubric straffte die Schultern und holte zur Beruhigung tief Luft. »Bringen wir diese Tortur hinter uns.«

Er zögerte, bevor er die Klinke ergriff, weil er mit einem Schlag, einem Brennen oder dergleichen rechnete, doch er fühlte nichts als kaltes Metall. Beim König, wie er die Göttin verabscheute, wie er den Gestank ihrer Tempel hasste, die blinde Gefolgstreue ihrer Anhänger. Am meisten jedoch widerstrebte ihm die Angst, die er abscheulich im Mund schmeckte.

»Ich werde mich nicht vor dir verbeugen, ganz gleich, mit welchen Plagen du mich verwünschst.« Mit zusammengebissenen Zähnen drückte er die Klinke und zog die Tür mit einem Ruck auf. Seine Geister und deren Last verschwanden mit einem Aufblitzen weißen Lichts.

Sonnenlicht schien durch die Fenster rings um das untere Ende der Kuppeldecke. Die schräg einfallenden Strahlen erhellten weiße Granitsäulen und Bankreihen. Der Boden war mit weißen und grauen Granitplatten ausgelegt, die Beschläge bestanden aus poliertem Nickel. Die Luft hier drinnen roch leicht nach immergrünen Pflanzen. Weit vorn befand sich ein mit einem bestickten Tuch verhüllter Altar, auf dem eine weiße Kerze stand, die darauf harrte, dass sie für die abendliche Andacht entzündet wurde.

Der metallische Geschmack von Angst in seinem Mund schlug in gallige Abscheu um. Nach fast fünfzig Sommern hatte sich so wenig geändert. Malannas Boten verlangten Überfluss zulasten der Ahnungslosen und leicht zu Verführenden. Dubric wurde davon regelrecht übel.

Gefolgt von Dien schritt der Kastellan den Hauptgang entlang, ohne darauf zu achten, dass seine Stiefel eine Schlammspur über den Boden zogen. Kindischerweise wünschte er, mit dem Pferd durch das Hauptportal geritten zu sein, auf dass das Tier nach Lust und Laune Dung verbreiten könnte.

Sie näherten sich dem Altar, wo Dien kurz niederkniete, um

das Zeichen der Göttin vor der Brust zu schlagen. Dubric wandte den Kopf ab, um das bedeutungslose, Ritual nicht mit ansehen zu müssen, das Übelkeit in ihm erregte. Er fand es schlimm genug, Malannas Gestank einatmen zu müssen. »Steh auf, bevor ich die Geduld verliere.«

»Ja, Herr.« Sie erklommen die Stufen zum Altar, gingen daran vorbei und hielten auf das Podium des Geistlichen zu.

»Verdammte saumselige Narren«, murrte Dubric, als er sich umsah. Drei Türen standen offen; zwei führten in Gänge, die dritte in ein überfülltes Arbeitszimmer. »Jeder bei rechtem Verstand hätte inzwischen mitbekommen, dass wir hier sind. Ich habe keine Zeit, müßig zu warten, während sich die Priester und Ordensbrüder faul am Hinterteil kratzen.«

Er holte tief Luft und rief: »Ist hier jemand?«

Ein Vogel stob von einem Balken über ihm auf, brachte mit seinem Flügelschlag das hereinströmende Sonnenlicht zum Flackern, aber er sah weder jemanden, noch hörte er irgendwo Bewegungen von Menschen. Vor sich hinbrummend stapfte er auf die nächstbeste Tür zu und beugte sich in den Gang hinaus. »Verdammt noch mal, ist hier jemand? Ich habe nicht den ganzen Tag Zeit!«

»Herr«, meldete sich ein verschreckt wirkender Dien zu Wort, »seid Ihr sicher, dass es klug ist, im Tempel zu fluchen?«

»Die können von Glück reden, dass ich ihn nicht gleich niederbrenne«, gab Dubric mürrisch zurück und überquerte das Podium zum anderen Gang.

»Ja, Herr.«

»Hallo!«, brüllte Dubric.

Von hinten nahm er eine Bewegung wahr, und als sich Dubric umdrehte, erblickte er einen betagten Ordensbruder, der den ersten Gang herabgeeilt kam. »Verzeiht, Herr«, keuchte der Mann außer Atem. »Ich war unpässlich. Wie kann ich Euch dienen?«

Von wegen unpässlich. Wahrscheinlich wollte Haconry einen

Knaben aus dem vom Tempel geförderten Waisenheim kaufen. Dubric holte tief Luft und blies den Atem langsam wieder aus. »Ich bin hier, um mit einem jungen Mann namens Paol zu sprechen. Man hat mir gesagt, ich könnte ihn hier finden.«

Der alte Mann tapste näher und spähte mit zusammengekniffenen Augen durch eine mit Fingerabdrücken verschmierte Brille. »Ja, Paol ist hier. Darf ich fragen, wer ihn zu sprechen wünscht?«

»Dubric Byerly, Kastellan von Faldorrah.«

Er rechnete mit überraschtem Gehorsam oder vielleicht demütiger Achtung, doch stattdessen setzte der Ordensbruder ein zahnlückiges Grinsen auf und ergriff seine Hand. »Fürst Dubric! Bei der Göttin, Herr, es ist ja ein ganzes Leben her, seit ich Euch zuletzt gesehen habe. Ich hätte nie gedacht, dass Ihr einmal mein Heim beehren würdet. Oh Jubel, oh Freud'!«

Verdutzt blinzelte Dubric. »Sind wir uns schon mal begegnet?«

Der Ordensbruder verneigte sich leicht, dann nahm er die Habtachthaltung eines Fußsoldaten ein. »Treacy Mannix, Herr. Ich habe im Krieg unter Euch gedient«

Dubric wich einen Schritt zurück. Sein Mund klappte auf. »Mannix? Beim König, du warst noch ein junger Bursche, als ich dich zuletzt gesehen habe.«

Nickend lachte der Greis. »Aye, Herr, das war ich. Vierzehn Sommer alt und mächtig stolz, Euer Banner zu tragen.« Er lächelte Dien an. »Habt Ihr beschlossen, Eurem Sohn ein wenig von seiner Geschichte zu zeigen, Herr?«

»Nicht ganz.«

Mannix lachte erneut und zwinkerte Dien an. »Du wirst es vielleicht nicht glauben, junger Mann, aber Fürst Dubric war einer der wildesten Ritter, die ich je erlebt habe. Oh, was könnte ich für Geschichten erzählen. Einst hat er im Schutz der Dunkelheit sechs Soldaten gerettet, die vom Feind gefangen genommen worden waren. Man hatte geplant, sie hinzurichten, doch davon wollte Fürst Dubric nichts wissen. Ganz allein hat er einen Sumpf durchquert, sie befreit und dann durch den Morast zurückgeführt, obwohl er selbst ein gebrochenes Bein hatte. Der Feind dachte, sie wären von Geistern geholt worden.«

»Es war ein gebrochener Arm«, murmelte Dubric. »Und es waren vier Männer, nicht sechs.«

Mannix schien ihn nicht zu hören. »Und dann haben wir mal eine Festung in Casclia belagert. Die trockenste Gegend, die du je gesehen hast, nichts als Sand und Fels. Und heiß! Sohn, du hast noch nie so geschwitzt wie wir damals in Casclia. Nachdem wir den Gegner eine Phase oder etwas länger belagert hatten, beschloss dein Vater, dass es genug sei. Er ließ uns eine Ablenkung schaffen. Die meisten unserer Männer johlten und brüllten also vor dem Tor, während er und einige Bogenschützen wie Spinnen über die hintere Mauer krabbelten. Ein paar flink abgefeuerte Pfeile, eine aufgeschlitzte Kehle, und zur Essenszeit ließen wir es uns in den kühlen Badebecken der Feste gut gehen.«

Dien kicherte und warf einen Blick zu Dubric. »Und mir habt Ihr über den Krieg immer nur Geschichten von Euren wunden Füßen und von beschwerlichen Märschen durch den Schnee erzählt. Das ist viel interessanter.«

»Krieg ist nicht interessant«, widersprach Dubric brummend. »Er besteht bloß aus langen Monden, in denen man marschiert, durchbrochen von wenigen Glocken des Todes und des Schreckens.«

Er sah Mannix an und runzelte die Stirn. »Wir haben eine Turmtür aufgehebelt, Mannix. Wir nahmen einen Wächter gefangen und bestachen einen anderen, dass er uns die Tore öffnete. Um des Königs willen, die Belagerung hatte zu dem Zeitpunkt fast einen halben Mond gedauert. Die Menschen waren halb verhungert und ohnehin bereit aufzugeben.«

»Er ist zu bescheiden«, meinte Mannix und beugte sich näher zu Dien. »Aber die beste Geschichte, die ich auch meinen

Enkelkindern immer erzähle, handelt davon, wie wir in den Höhlen von Morant gekämpft haben. Der feuchteste, dunkelste Ort, den du dir vorstellen kannst. Voll von garstigen Bestien, die einen lieber fressen als in Ruhe lassen wollten. Tief in den Eingeweiden der Erde stießen wir auf eine von Laoch dem Schwarzen angeführte Armee. Zahlenmäßig waren wir drei zu eins unterlegen …«

»Zwei zu eins. Verdreh bitte wenigstens nicht die Tatsachen.«

»Zwei zu eins, ja, Herr, aber was noch schlimmer war …« Er senkte die Stimme zu einem Flüstern. »Sie hatten Magie. Dunkle, böse Magie.«

Dubric blieb stumm, verschränkte aber die Arme vor der Brust.

»Wir lachten nur über die schlechten Aussichten und kämpften trotzdem gegen sie. Mann gegen Kreatur, Schwert gegen Klaue. Wir hatten das Recht auf unserer Seite, und die Schlacht gehörte von Anfang an uns, aber Laochs Magier hatte andere Pläne.

Er brachte die Steine zum Beben und hat versucht, die Höhle über unseren Köpfen zum Einsturz zu bringen, doch Fürst Dubric ist geradewegs vor den Magier hingetreten und hat es ihm gezeigt. Überall stoben Funken umher, der Boden selbst zitterte und bebte vor lauter Angst, aber Lord Dubric lachte dem dreckigen Magier mitten ins Gesicht und starrte ihm in die Augen. Hat ihn im Handumdrehen getötet, ohne auf die eigene Sicherheit Rücksicht zu nehmen.

Niemand, dem ich davor begegnet war oder den ich seither kennengelernt habe, hätte gewagt, sich Nase an Nase mit einem dunklen Magier anzulegen. Aber dein Vater hat es getan, oh ja. Und mehr als einmal, um bei der Wahrheit zu bleiben.«

Dubric seufzte und bemühte sich, seine Ungeduld zu unterdrücken. »Er ist nicht mein Sohn, sondern mein Mitarbeiter, und es war meine Pflicht.«

Mannix verneigte sich steif. »Mag sein, Herr, aber jeder andere

General auf den Schlachtfeldern hat seine Leute gegen die Magier ins Feld geschickt. Doch Ihr seid ihnen immer persönlich gegenübergetreten. Nicht ein einziges Mal in dem Sommer, in dem ich unter Eurem Banner gedient habe, habt Ihr einen gemeinen Soldaten in Gefahr geschickt und seid selbst in Sicherheit geblieben. Nicht ein einziges Mal.«

Dubric seufzte und rieb sich die müden Augen. Er hatte nicht vorgehabt, alte Erinnerungen zu besuchen. Wenigstens ließen ihn die Geister vorübergehend zufrieden.

Mannix verneigte sich erneut. »Und nicht ein einziges Mal habt Ihr einen Mann zurückgelassen. Ob Bürgerlicher oder von edler Geburt, unter dem Banner der Keule waren wir alle gleich.«

Dien ergriff das Wort. »Ihr habt mir nie erzählt, dass Euer Banner eine Keule und kein Blatt war.«

Dubric ballte die Finger. »Meine Männer haben mich ›die Keule‹ genannt, weil ich Schikanen nicht duldete. In der Hinsicht war ich … schonungslos.«

Dien lächelte unschuldig. »Ihr, Herr? Schonungslos?«

Mannix kicherte. »Aye, Herr, das wart Ihr. Aber Ihr wart gerecht. Immer. Ein Mann von unzweifelhaftem Wesen und Glauben.«

Dien ließ den Blick zwischen den beiden alten Männern hin und her wandern. »Wie viele Magier habt Ihr getötet?«

»Siebzehn.«

»Pah!«, stieß Mannix hervor und schüttelte den Kopf. »Dabei zählt Ihr aber die nicht mit, die beim Kampf gegen Euer Banner gestorben sind. Mehr als die Hälfte der Magier in den nördlichen Gebieten sind gegen uns gefallen. Bestimmt ging ihre Zahl eher auf die fünfzig zu. Ihr habt Eure Armee weit besser angeführt, als die meisten Männer ihr Schwert schwingen, und Ihr solltet die Siege entsprechend zählen, Herr.«

Verblüfft starrte Dien den Kastellan an. »Ihr habt siebzehn Magier getötet? Höchstpersönlich? Das habt Ihr mir nie erzählt.«

Dubric zog sein Notizbuch aus der Tasche. »Ich bin nicht hergekommen, um in Erinnerungen zu schwelgen. Kann ich bitte mit Paol sprechen?«

Mannix zwinkerte. »Was hab ich dir gesagt? Immer schnurstracks auf den Punkt. Genau, wie ich es in Erinnerung habe, und er beansprucht nie auch nur das kleinste bisschen Ruhm für sich.«

Lächelnd verbeugte er sich vor Dubric. »Hier entlang, Herr, aber bei der Göttin, es ist wundervoll, Euch wiederzusehen.«

Dubric spürte, wie seine Wange mit einem verhaltenen Lächeln zuckte. »Danke. Ich freue mich auch, dich wiederzusehen.«

Mannix führte sie den ersten Gang hinab. »Mir ist zu Ohren gekommen, dass Ihr vor all den Sommern Kastellan für Fürst Brushgar geworden seid, aber ich habe nie verstanden, weshalb. Ihr und er waren sich nie bei etwas einig, und ich hatte immer angenommen, Ihr würdet über eine Provinz herrschen oder sogar gekrönter König werden.«

Dubric bemühte sich, nicht zu den religiösen Wandbehängen zu schauen. Er wusste, was auf ihnen zu sehen war. Visionen und Lügen von Hoffnung. »Die Dinge ändern sich.«

»Ich möchte wetten, diese Narben habt Ihr von einem Kampf gegen einen dunklen Magier nach dem Ende des Krieges. Ich habe gehört, dass sich hier und dort ein paar verschanzt hatten, die wie Ungeziefer ausgerottet werden mussten. Viele davon sollen sich ja mit gefährlichen Fallen geschützt haben.«

»Die Wette würdest du verlieren. Ein gewöhnliches Feuer hat meine Haut zernarbt.«

Mannix hielt inne und schaute über die Schulter zu Dubric zurück. »Tatsächlich, Herr? Kein Magier in den nördlichen Gebieten konnte Euch etwas anhaben, aber ein gewöhnliches Feuer hat Eure Haut auf ewig gebrandmarkt? Wie kann das sein?«

Dubric holte tief Luft. »Weil meine Haut gebrannt hat.«

Mannix wich einen Schritt zurück, dann wandte er sich ab.

»Ich hoffe, mein Enkel steckt nicht in Schwierigkeiten, Herr. Er ist ein guter Junge.«

Dubric rieb sich die Augen und versuchte, nicht zu grummeln. »Ich muss lediglich wegen der verschwundenen Jungen mit ihm reden. Er ist ein möglicher Zeuge, kein Verdächtiger.«

Mannix seufzte und nickte. »Ich bin ewig dankbar, dass ich jeden Morgen aufwache und ihn hier vorfinde. So viele sind verschwunden.«

Er klopfte an eine der Türen, öffnete sie sodann. Musik drang auf den Gang heraus. »Fürst Dubric ist hier und möchte mit dir reden. Sag ihm die Wahrheit, wie sie auch aussehen mag.«

Dubric vernahm ein zustimmendes Grunzen zwischen den Takten, als Mannix beiseitetrat und die Tür offen ließ.

In der Kammer befand sich ein junger Mann, dessen geistliche Gewänder offen hingen und den Blick auf einen Kittel und eine Hose darunter freigaben. Er lag auf einem ungemachten Bett und tappte mit den nackten Füßen an die Wand. Er hielt eine abgewetzte, mit Kerben übersäte Dulcimer an den Bauch gedrückt und zupfte mit den Saiten eine sich wiederholende Weise. »Nur einen Augenblick, ja?«, sagte er, ohne zur Tür zu schauen. »Ich hab mir diese Takte fast eingeprägt.«

Dubric erwiderte: »Ich wusste gar nicht, dass du Musiker bist.«

Paol nickte. Sein Fuß klopfte weiter im Rhythmus der Töne, dann legte er das Instrument beiseite. »Ich hoffe, einer zu werden. Allerdings muss ich als Aufnahmeprüfung vorspielen, um von der Universität angenommen zu werden.« Er rollte sich herum und setzte sich auf. Seine Füße landeten auf dem Boden. »So«, sagte er, erhob sich schwungvoll vom Bett und band seine Kutte zu. »Was kann ich für Euch tun?«

Dubric blickte zu Dien, der die Tür schloss. »Wie dein Großvater erwähnt hat, bin ich Dubric Byerly, Kastellan von Faldorrah, und soweit ich weiß, bist du ein Bekannter von Calum Floret und Braoin Duncannon.«

Paol hörte auf, an den Schnüren zu ziehen. Der Blick seiner dunklen Augen heftete sich auf jene Dubrics. »Was haben die beiden jetzt wieder angestellt? Hat mein Großvater Euch rufen lassen?«

»Sag du es mir.«

Paol seufzte und ließ sich wieder aufs Bett plumpsen, wo er nach der Dulcimer griff. »Ich weiß nicht, was für Mist euch die beiden erzählt haben, aber es war alles deren Idee, in Ordnung? Ich wollte es nicht tun. Das schwöre ich.«

»Was für eine Idee meinst du?«

Er lehnte sich zurück und stöhnte. »Das Geburtsregister der Kirche. Ich weiß, ich weiß, die sollen vertraulich behandelt werden, aber Bray und Calum können sehr überzeugend sein, müsst Ihr wissen.«

Dubric seufzte und rieb sich die Augen. »Darf ich mich setzen?«

»Selbstverständlich.« Paol schubste einen Stapel Schmutzwäsche von dem einzigen Stuhl im Raum auf den Boden.

Dubric öffnete sein Notizbuch. »Es gibt einige Tatsachen, die du wissen solltest.«

Paol zuckte zusammen. »Dass Stehlen aus dem Tempel meines Großvaters ein Verbrechen ist? Das weiß ich bereits. Ich habe es getan, aber ich schwöre Euch, es war deren Idee.«

»Eigentlich solltest du vielmehr wissen, dass sowohl Calum als auch Braoin tot sind.«

Paol ließ den Blick zwischen Dubric und Dien hin und her wandern. Seine Lippen bewegten sich mehrere Atemzüge lang wortlos, seine Haut wurde kreidebleich. »Tot? Alle beide? Wie? Und warum?«

»Ich hatte gehofft, du könntest uns das sagen.«

Paol fuhr sich mit den Fingern durchs Haar und schauderte. »Was wollt Ihr wissen?«

»Alles. Fang am Anfang an.«

Kapitel 15

Paol starrte auf den Boden und wiegte sich vor und zurück. »Ich habe sie seit einigen Phasen nicht mehr gesehen, klar, aber wir hatten auch nicht geplant gehabt, uns vor dem Pflanzfest wiederzusehen. Oh, bei der Göttin, sie können doch nicht tot sein.«

»Bitte, du musst mir alles erzählen, was du weißt. Lass uns mit Calum beginnen, in Ordnung?«

»Nein, Ihr irrt Euch«, beteuerte Paol und rollte sich zurück, um sich an die Wand zu lehnen. Er zog die Knie an die Brust. »Es beginnt mit Braoin. Er ist derjenige, der die Verbindungen zwischen den Fällen der Verschwundenen bemerkt hat.«

Dubric hätte um ein Haar seinen Stift zerbrochen. »Verbindungen?«

»Jeder scheint zu denken, dass Kinder verschwunden sind, aber das stimmt nicht. Es sind nur *Jungen*, die spurlos verschwinden. Die vermissten Mädchen, zumindest einige von ihnen, sind nach Hause zurückgekehrt.« Er hob den Blick zu Dubric. »Bei all den Flüssen hier in der Gegend werden einige von Schiffern und Matrosen entführt. Sie haben ihren Spaß mit ihnen, und danach kommen die Mädchen, jedenfalls manche, wieder nach Hause. Die Jungen hingegen nie.«

»Red weiter.«

»Wir – also Bray, Calum und ich – dachten, dass die Gerüchte falsch sein könnten, deshalb haben wir herumgefragt. Die Mädchen – sechs in den vergangenen zwei Sommern – verschwanden allesamt entlang der Flüsse in einer Ortschaft und größtenteils während des Tags. Das traf nur auf einen einzigen Jungen zu, und dessen Eltern sagten, er habe schon lange davon geredet, sich einer Bootsmannschaft anschließen zu wollen.«

Paol knallte den Kopf gegen die Wand. »Der Rest der Jungen verschwand nach Sonnenuntergang. Niemand wusste, wohin sie verschwanden oder wie sie entführt worden waren. Und keiner ist je zurückgekommen.« Er holte tief Luft und sah Dubric eindringlich an. »Und jetzt erzählt Ihr mir, dass Bray und Calum dasselbe Schicksal erlitten? Unmöglich. Sie haben die Muster und die Orte gekannt. So dumm waren sie nicht.«

»Braoin ist vor mehreren Tagen verschwunden, und Calums Leichnam habe ich vorgestern aus dem Fluss gefischt. Sag mir, was du über Muster und Orte weißt und wie der Mörder seine Opfer auswählt.«

»Calum war nicht die Leiche in Barrorise. Ich hatte gehört, dass dort eine gefunden worden war, und ging hin, um dabei zu helfen, sie in den Ort zu schleifen. Es war Brays Freund Eagon. Glaube ich zumindest. Der Körper war zu verwest, um sicher zu sein.«

Dubric seufzte. *Ein weiterer Geist mit einem Namen.* »Calum wurde später weiter flussabwärts gefunden. Weißt du irgendetwas über Eagon? Darüber, wie er verschwunden ist?«

»Er ist wie viele der anderen verschwunden. Auf dem Heimweg.«

»Und was weißt du über ihn?«

»Seine Familie lebt auf einem Schäferhof irgendwo in der Nähe von Myrthe, glaube ich. Hab sie nie kennengelernt. Sein Liebster – Loman – hingegen hat früher in Wittrup gewohnt, und Eagon hat oft dessen Mutter besucht, um ihr einen Großteil seines Lohns zu geben. Sie ist verkrüppelt, und nach Lomans Verschwinden hatte sie keine Möglichkeit mehr, Geld zu verdienen.« Er zuckte mit den Schultern. »Eagon hatte ein gutes Herz und tat für sie, was er konnte. Eines Nachts brach er von Donia auf, ist aber nie zu Hause angekommen.«

»Und Loman? Wann ist er verschwunden?«

»Mitte des Herbstes, glaube ich. Bray hat über zwei Sommer

lang alle Vermisstenfälle verzeichnet. Genau kann ich mich nicht mehr erinnern.«

Dubric ergänzte seine Notizen. »Und dieser Eagon und Loman waren also Geliebte?«

»Ja. Wittrup ist nicht der beste Ort, um einen Sohn großzuziehen.«

»Wie meinst du das?«

Paol zuckte zusammen. »In Wittrup gibt es für einen Jungen nur zwei Möglichkeiten, Geld zu verdienen: Man kann seinen Rücken verkaufen und ihn sich krumm schuften, oder man kann seinen Hintern verkaufen. Seeleuten ein paar Minuten Fleischesfreuden zu bieten, wird besser bezahlt. Loman hat das Geld für die Arzneien seiner Mutter gebraucht.« Er runzelte die Stirn und starrte an die Decke. »Eagon wurde schon am anderen Ufer geboren, Loman hingegen hat durch das Leben dorthin übergesetzt. Die zwei kamen gut miteinander aus und haben nie jemandem wehgetan. Warum sollte es mich also stören?«

»Schon gut. Loman hat sich also mit Seeleuten getroffen, um Geld zu verdienen und seine Mutter zu versorgen, und nach seinem Verschwinden übernahm Eagon diese Aufgabe. Hat Eagon auch seinen Körper verkauft?«

»Nein. Er hatte eine normale Arbeit. Bei Jak, dem Zimmermann.«

Dien trat von einem Bein aufs andere und brummte.

»Braoin auch, wie ich gehört habe«, sagte Dubric und schaute zu seinem Knappen.

»Manchmal, aber nicht so richtig. Bray hat Jak nie gemocht und immer gemeint, er bezahle ihm nicht genug. Auch, als sich Eagon freiwillig gemeldet hat, um mit Bray zu arbeiten und ihm zu zeigen, wie es geht, sind Bray nach Abzug aller Ausgaben kaum ein paar Kreuzer geblieben.«

»Warum hat sich Braoin keine andere Arbeit gesucht?«

»Hier in den Weiten ist nicht viel Arbeit zu haben, schon gar nicht, wenn man ungelernt ist. Niemand hat Geld übrig, um Löhne zu zahlen. Alle sind arm. Die meisten nehmen an Arbeit, was immer sie kriegen können.«

Dubric notierte sich die Auskunft. »Wie haben sich Braoin und Eagon kennengelernt?«

»Eagons Mama und sein Stiefpapa züchten Schafe. Brays Mama webt ihren Stoff. Eagon und Bray waren schon seit der Kindheit befreundet. Bray hat Eagon sogar das Lesen beigebracht. Als Eagon dann verschwand, geriet Bray ins Schwitzen, und das nicht nur, weil sie Freunde waren.«

»Wieso noch?«

»Weil sich Eagon ein Buch von Bray geliehen hatte, und seine Mutter hatte ein Heidengeld dafür bezahlt. Er musste es zurückbekommen, nur war Eagon eben verschwunden und mit ihm das Buch. Frau Maeve war außer sich vor Wut.«

»Was war das für ein Buch?«

»Ich bin nicht sicher, aber ich glaube, es ging darin um Garn. Hatte jedenfalls irgendwas mit Stoffen zu tun. Könnte auch ein Buch übers Weben gewesen sein. Eagon war regelrecht besessen von Mustern, Wiederholungen, miteinander verbundenen Reihen. Ich schätze, Weben hat wohl eine Menge mit Mathematik zu tun. Eagon und Bray haben sich oft darüber unterhalten.«

Faythe hat erwähnt, dass Eagon Zahlenmuster mochte. »Du hast zuvor angesprochen, dass es Verbindungen zwischen den Entführungen gibt.«

»Ja.« Paol stand auf und zog eine Kommodenschublade auf. »Wir haben alle versucht, besonders vorsichtig zu sein, wenn es eine gefährliche Nacht war.« Er zog einen abgegriffenen, zerknitterten Bogen Papier heraus und reichte ihn Dubric. »Das ist die Anzahl der Phasen zwischen den Entführungen, soweit wir es beurteilen konnten.«

Dubric faltete das Papier auseinander und las eine Abfolge von Zahlen.

1 2 3 4 |
1 2 1 2 3 2 3 4 3 4 3 4 3 2 3 2 1 2 1 4 3 2 1 |
2 3 4

Paol deutete auf die zehnte Stelle. »Bis hierhin haben wir es nicht mitverfolgt. Bray hat das Muster nach dem fünften Verschwinden erwähnt, das wir verzeichnet hatten, und als wir anfingen, uns nach den Fällen davor zu erkundigen, passten auch sie dazu. Bray gab uns diese Liste von Zahlen, und sie hat nie mit einem Verschwinden danebengelegen, nicht ein einziges Mal in all den Monden. Er nannte die Liste ›das Teufelsauge‹. Ein eigenartiger Bursche, unser Bray.«

»Er hat nie erklärt, warum er sie so genannt hat?«

»Es hat irgendetwas mit Mathematik zu tun. Es ging dabei um ein Diamantmuster, auf das Eagon gekommen ist. Ganz habe ich es nie verstanden. Ich meine, es ist bloß eine Liste, nicht wahr? Phasen, keine Diamanten. Und was hat das alles überhaupt mit Augen zu tun? Er hatte wirklich Eigenheiten, unser Bray.«

Dubric notierte sich die Bezeichnung *Teufelsauge*. Irgendwie stieß der Begriff etwas in seinem Gedächtnis an, allerdings konnte er ihm keine richtige Erinnerung zuordnen, nur die Ähnlichkeit zum Teufel der Weiten. »Hast du je von Foiche gehört?«

»Ja«, antwortete Paol und legte die Stirn in Falten. »Großvater hat gesagt, er sei im Krieg gestorben.«

Ebenfalls stirnrunzelnd starrte Dubric auf die Liste. »Egal. Die Zahlen auf diesem Teufelsauge stehen also für Phasen?«

Paol setzte sich auf die Bettkante. »Ja. Na ja, in gewisser Weise. Eigentlich sind es Zeitpunkte mitten in der Phase. Niemand verschwindet zum Phasenwechsel, es passiert immer dazwischen. In der vierten oder fünften Nacht, jeweils zu Viertelmonden. Wir alle wussten, dass wir in solchen Nächten nicht nach Einbruch der Dunkelheit draußen sein dürfen. Ich kann mir nicht vorstellen, dass Calum oder Bray ein solcher Fehler unterlaufen sein soll.«

Das Gegenteil der heiligen Tage. Die Nächte der Schatten, dachte Dubric, als er die Notizen ergänzte. »Wo befinden wir uns derzeit in der Liste?«

Paol beugte sich vor und zeigte auf dem Papier zur letzten 4 des mittleren Abschnitts und zur 1 davor. »Hier.« Mit gezücktem Zeigefinger zählte er rückwärts zur 1, zur 2 und wieder zur 1. »Bray, Calum, Eagon.« Paol zog die Hand zurück. »Verdammt sollen sie sein. Sie wussten es doch! Wie konnten sie das tun?«

Dubric dachte an Lars. »Weil sich junge Männer für unsterblich halten.«

»Ich habe das nie geglaubt«, entgegnete Paol und lehnte sich wieder zurück.

»Du hast etwas von Orten erwähnt. Weisen die auch ein Muster auf? Hat das Muster irgendetwas mit einer Karte zu tun?«

»Alle sind verschwunden, nachdem sie ein Dorf verlassen hatten. Niemand ist in einer Ortschaft oder auf dem Weg von einem Gehöft zu einem Nachbarhof verschwunden. Calum hat die meisten Aufzeichnungen geführt, aber es sind überall in den Weiten Jungen verschwunden. Bis hinüber nach Harvath. Jeder von uns hatte eine Karte. Darauf war eingezeichnet, wo wir roten und schwarzen Stoff gefunden und ob wir ihn vernichtet hatten. Für gewöhnlich befindet er sich oben an einem Baum oder irgendwo in der Höhe festgebunden. Nicht immer einfach zu erreichen.«

»Wer fertigt den Stoff an? Wer bringt ihn zu den Bäumen?«

»Das weiß ich nicht. Calum war der Meinung, es müsste derselbe sein, der die Jungen raubt. Bray dachte, es könnte auch jemand anders sein. Wir haben nie jemanden mit dem Stoff entdeckt, und auch nicht herausgefunden, wer ihn anfertigt. Wer immer es tut, ist verdammt gut darin, auf Bäume zu klettern.«

»Weißt du auch, wie viele Jungen aus jedem Dorf verschwunden sind?«

»Nein, nicht genau. Die meisten Dörfer haben mindestens

einen Jungen verloren, und auch einige Gehöfte in der Umgebung haben vermisste Söhne gemeldet. Tormod hat die meisten Verluste. Sechs, glaube ich. Calum hat die Aufzeichnungen geführt, nicht ich.«

Verblüfft stieß Dubric hervor: »Sechs junge Männer in zwei Sommern? Kein Wunder, dass die Weiten so verarmt sind.«

Paol starrte an die Decke. Seine Brust erzitterte beim Atmen. »Ja. Und hier sitze ich nun. Ich bin gezeichnet, nicht wahr? Der letzte der drei Bastarde.«

»Der was?«

Er lächelte traurig, und seine Hände gruben sich in Decken, die sich unter seinen Hüften bauschten. »Wir haben uns selbst die drei Bastarde genannt. Die gebildetsten Tunichtgute in den Weiten. Wir alle hatten Träume. Bray und ich wollten die Universität besuchen und später mit unserem Wissen zurückkehren. Calum hatte vor, Haconry zu entmachten. Zusammen wollten wir die Weiten in einen Ort verwandeln, auf den man stolz sein kann, statt der Jauchengrube, zu der sie verkommen sind.«

»Was ist mit Haconry? Welche Rolle spielt er bei all dem?«

»Das weiß ich nicht, aber es hat bestimmt etwas mit Geld zu tun. Das ist alles, woran ihm etwas liegt. Geld und Macht.«

»Er war vorher hier. Weißt du, warum?«

»Ja. Er kommt ungefähr einmal jeden Mond her. Haconry will die Kirche weghaben, aber Großvater weigert sich zu gehen. Er sagt, irgendjemand muss sich gegen Haconrys Sünden aussprechen.«

Dubric hielt inne und musterte Paol eingehend. »Was ist mit jungen Knaben?«

Paol bedachte ihn mit einem unbehaglichen, eindringlichen Blick. »Ihr wisst davon?«

»Wie können die Menschen ihn mit solchen Gräueltaten davonkommen lassen?«

»Weil sie schwach sind.«

»Also ist es wahr? Die Menschen geben ihm tatsächlich ihre Kinder?«

»Ja. Manche. Nicht so viele, wie er es gerne hätte. Aber es gibt immer ein paar Narren, die mit dem, was sie haben, nicht zurechtkommen. Haconry ist ein Feigling, ein gesinnungsloser Schuft. Kaum sieht er eine Schwäche, beutet er sie schamlos aus.«

»Wie das?«

»Stellt euch ein armes Gehöft vor, nichts Besonderes, kaum wert, bemerkt zu werden. Die Mutter ist eine Säuferin, und der Vater verspielt, was er an Geld in die Finger bekommt. Sie erwirtschaften genug zu essen für sich und ihre Familie, manchmal sogar ein wenig mehr. Aber im Frühling und im Herbst, wenn die Abgaben fällig sind, haben sie kein Geld, um zu bezahlen. Es geht ja alles für Fusel und Würfelspiele drauf. Wenn ihnen dann das Schuldnerverlies oder der Verlust ihres Hofes drohen, sie auf der anderen Seite aber auch mit einem Sohn bezahlen können, was glaubt Ihr wohl, wie sie sich entscheiden?«

»Ich würde das Verlies wählen, bevor ich meinen Sohn hergäbe«, murmelte Dien.

Paol nickte. »Wie es die meisten Eltern tun würden. Oder sie würden zusammenpacken und verschwinden. Aber die Weiten sind voller Narren. Haconry hat sich eine eigene Saat von Kindern geschaffen. Er nährt und erntet sie nach Lust und Laune.« Mit einem Seufzen stand Paol auf. »Zumindest sehe ich das so.«

»Ist es wahr, dass Calum an Haconry verliehen wurde?«

»Ja. Er hat ihn dafür gehasst. Und seine Mutter hat er auch gehasst.«

»Was ist mit Braoin? Mit dir?«

»Nein, wir beide nicht. Brays Mutter ist eine unnachgiebige Frau. Gutmütig, aber unbeugsam, falls Ihr versteht, was ich meine. Haconry ist es nie gelungen, sie in einer Notlage zu überrumpeln. Ich weiß nicht, ob er es je versucht hat. Wäre meine Mutter nicht gestorben, hätte ich durchaus einer seiner Jungen werden können. Aber sie ist gestorben, und Opa hat mich großgezogen. Haconry ist nicht so dumm, die Kirche oder meinen Großvater offen herauszufordern.« Er zuckte mit den Schultern. »Wie ich schon sagte, tief in seinem Innern ist er ein Feigling.«

»Hat Haconry versucht, den Entführer zu fassen?«

»Er hat einmal eine öffentliche Bekanntmachung herausgegeben und eine Belohnung ausgesetzt, aber das war auch schon alles.« Paol runzelte die Stirn und fuhr sich mit den Händen durch die Haare, sodass sie wie Borsten abstanden. »Es tut mir leid, dass ich keine größere Hilfe bin.«

»Zerbrich dir darüber nicht den Kopf«, erwiderte Dubric und erhob sich. »Du bist hilfreicher gewesen, als dir bewusst ist. Falls dir noch etwas einfällt, verständige mich bitte so rasch wie möglich. Mein Page weilt bei den Paerths auf deren Gehöft nördlich von Tormod. Er kann deine Auskünfte gegebenenfalls entgegennehmen.«

Paol nickte. »Der verrückte alte Dev. Ja. Wisst Ihr, ob Bray je mit ihm über seinen Sohn gesprochen hat? Über den Vorfall vor vielen Sommern? Bray schien es für wichtig zu halten.«

»Stuarts Mörder wurden vor langer Zeit gefasst«, meldete sich Dien zu Wort.

Paol schaute zu ihm auf und runzelte die Stirn. »Bray glaubte, dass einer entkommen sei, der nun zurückgekehrt ist. Er hat geglaubt, Devyn könnte wissen, was dahintersteckt, auch wenn der alte Mann oft ziemlich wirr daherredet. Aber seinen verkrüppelten Sohn aufgeschlitzt und vergewaltigt sehen zu müssen … Ich kann mir auch nicht vorstellen, wie man danach noch bei klarem Verstand sein könnte. Der arme Tropf.«

Dubrics Gedanken kreisten um Stuarts trügerischen Mörder, als er sein Notizbuch verstaute und Paol für seine Auskünfte dankte. »Bleib in der Zwischenzeit hier im Tempel oder in der Nähe. Lauf nicht nach Einbruch der Dunkelheit draußen herum, auch nicht in den vermeintlich sicheren Nächten.«

»Sobald die Sonne untergeht, verlasse ich diese Kammer nicht mehr. Das verspreche ich Euch.« Paol ließ sich aufs Bett zurückfallen und ergriff seine Dulcimer. Stirnrunzelnd spielte er eine traurige, einsame Weise.

»Lars! Warte!«, rief Aly von irgendwo hinter ihm.

Beunruhigt hielt Lars an der offenen Tür inne, bemühte sich, Otlees Sachen nicht anzuschauen, die sich neben der Sitzbank stapelten, und drehte sich um. Aly kam mit einem zerbrochenen Spielzeugwagen in den Händen auf ihn zugerannt.

»Kannst du das richten?«, fragte sie zappelig. »Ich hab es zerbrochen gefunden.«

»Sicher. Lass mal sehen, was wir da haben.« Er kniete sich hin und nahm das Spielzeug entgegen, drehte es herum und warf einen Blick auf die Unterseite. »Die Achse ist gebrochen, aber ich kann dir eine neue machen. In der Scheune liegen eine Menge Holzabfälle; ich bin sicher, dass irgendetwas davon passen wird.« Er schaute auf und warf einen Blick auf Sarea. »Wenn deine Mama nichts dagegen hat.«

Sarea stand auf und stieß sich vom Tisch ab, der von Hüten und Bordüren übersät war. »Natürlich habe ich nichts dagegen.« Sie kramte in einer Kiste. »Hast du meine Schere gesehen?«

»Zuletzt bei den Bändern«, antwortete Lars.

»Das dachte ich auch.« Sarea wühlte durch die Reste und murmelte mürrisch etwas darüber, dass Dev ständig Dinge woandershin legte. Fyn half ihr bei der Suche.

»Hast du meinen Wagen vergessen?«, fragte Aly mit den Händen an den Hüften. Sie grinste Lars an und hopste zur Tür hinaus. Er folgte ihr.

In der Scheune hob er sie hoch und setzte sie auf die Werkbank, während er Schubladen voll alter, rostiger Werkzeuge durchstöberte.

Aly sagte: »Darf ich dir eine Frage stellen? Sonst gibt mir niemand eine Antwort.«

»Klar. Schieß los.« Lars fand einen kleinen Holzhammer und legte ihn auf die Werkbank, bevor er die Suche fortsetzte.

Aly seufzte und klopfte mit den Füßen gegen die Werkbank. »Was bedeutet ›vom anderen Ufer‹?«

Kopfschüttelnd kicherte Lars. »Warum willst du das wissen?«

Poch, poch. Eine lange Pause.

Er stand da und musterte sie besorgt. »Ist etwas geschehen?«

»Nein. Ja. Irgendwie.« Ein Schulterzucken. *Poch, poch.*

»Sagst du es mir?«

Sie legte die Stirn in Falten und biss sich auf die Unterlippe. »Lieber nicht.«

Er sah ihr eindringlich in die Augen. »Wenn etwas geschehen ist, etwas Schlimmes, dann musst du es erzählen. Ich werde dir helfen, so gut ich kann, das verspreche ich. Du bekommst auch keinen Ärger.«

Hoffnungsvoll schaute sie zu ihm auf. »Versprochen?«

»Versprochen.«

Poch, poch, und ihre Aufmerksamkeit verlagerte sich wieder auf das zerbrochene Spielzeug. »Na ja, neulich hat Kia gemeint, du wärst ›vom anderen Ufer‹, und es hat geklungen, als wäre das etwas Schlechtes, aber ich weiß ja nicht, was …«

Lars hatte das Gefühl, in Ohnmacht fallen zu müssen. »Kia hat *was* gesagt?«

Aly schaute erneut zu ihm auf, wirkte plötzlich scheu. »Dass du vom anderen Ufer bist. Aber niemand will mir sagen, was das bedeutet! Du bist doch nicht schlecht, oder? Obwohl du und Papa gestritten habt, richtig?«

»Dein Papa und ich hatten nur eine Meinungsverschiedenheit über die Arbeit. Es war gar kein richtiger Streit.«

Er holte erst einmal Luft, dann noch einmal, bevor er Aly wieder ansah. »Aber du hast mir eine Frage gestellt. Ich will versuchen, sie zu beantworten. Erstens: ›Vom anderen Ufer‹ bedeutet, dass ein Junge einen anderen Jungen mag. Mit küssen und solchem Kram.«

»Iiiih!«

Er blies die Luft aus und begegnete ihrem beunruhigten Blick. »Und zweitens: Das bin ich nicht. Ehrlich.«

»Oh, gut«, meinte sie grinsend.

»Und drittens: Ich weiß nicht, ob das schlecht ist oder nicht. Manche Menschen halten es für schlecht, andere nicht. Ich bin mir noch nicht sicher. Aber mach dir um mich keine Gedanken, ja? Ich bin nicht vom anderen Ufer. Ich mag Mädchen. Falls Kia das noch mal erwähnt, sagst du ihr einfach, dass sie sich irrt. Und dein Papa und ich sind auch immer noch Freunde, versprochen.«

»Na gut.« *Poch, poch.*

Er fand eine Greifzange und streckte die Hand nach Alys Spielzeug aus. »Sonst noch große, finstere Geheimnisse, die heraus müssen?«

Das Pochen hörte auf. »Na ja, äh …«

Lars schüttelte den Kopf und versuchte, die Achse von einem Rad zu lösen. »Lass mich raten. Kia behauptet, ich habe Angst vor Seife oder dass ich der Grund für Fyns Krankheit bin. Nein, warte, jetzt weiß ich's! Es ist meine Schuld, dass es vergangene Nacht geregnet hat.« Der erste Teil löste sich, und er legte das Rad beiseite.

Aly lachte. »Nein, Dummerchen.« Nach einem Kichern senkte sie die Stimme zu einem Flüstern. Ihre Füße fingen wieder zu klopfen an. »Eine meiner Schwestern mag dich, aber ich soll eigentlich nicht darüber reden.«

»Ach ja?«, erwiderte er und hoffte, es hörte sich nicht so besorgt an, wie er sich fühlte. Er dachte daran, wie Kia ihn ins Badezimmer gelockt hatte, und plötzlich war ihm die Kehle so zugeschnürt, dass er kaum noch Luft bekam. Lars unterdrückte ein Schaudern und griff nach dem anderen Rad. Dann dachte er an Jess und daran, wie sie gelacht hatte, als sie durch die Ortschaft geschlendert waren, und er musste unwillkürlich lächeln.

»Ja.«

Kia auf keinen Fall, aber Jess, das wäre … toll. Nur ist es nicht Jess. Kann gar nicht sein. Oder doch? »Ich mag alle deine Schwestern, und ich mag dich. Das weißt du doch, oder?«

»Aber ja.« Aufgrund ihres Tonfalls wusste er, dass sie gerade die Augen verdrehte, auch wenn seine Aufmerksamkeit auf das Rad gerichtet blieb. »Aber ich meine, sie *mag* dich.«

Lars wusste nicht recht, ob er sich beunruhigt, verängstigt oder außer sich vor Freude fühlen sollte. *Lass es Jess sein. Lass es Jess sein.* »Und du sollst es niemandem erzählen?«

Poch, poch. »Nein. Sie würde mich glatt umbringen, wenn ich es täte.«

Er seufzte, und seine Hoffnung sank. *Verdammt, es ist Kia. Jess würde Aly nicht drohen. Oder doch? Nein, es ist Kia. Muss so sein. Sie behauptet, ich sei vom anderen Ufer, nachdem ich sie im Badezimmer zurückgewiesen habe, weil sie hofft, dass ich ihr das Gegenteil beweisen werde. Was für ein Gewirr.* Besorgt darüber, dass die Begegnung im Bad erst der Anfang gewesen sein könnte, erwiderte er nichts, auch nicht, als Alys Fuß zu klopfen aufhörte.

»Aber das hab ich grad gemacht, oder?«

Lars nickte und zwinkerte ihr zu, verdrängte seine Besorgnis. Sollte Kia erneut etwas versuchen, würde er ihr einfach rundheraus mitteilen, dass er in keiner Weise interessiert sei. »Das ist schon in Ordnung. Es bleibt unser kleines Geheimnis. Versprochen.« Die Achse löste sich, und er griff nach einem gesplitterten Holzstück.

»Also bist du nicht wütend?«

»Natürlich nicht.« Er zog seine Pagenfeile aus der Tasche und zwängte den angespitzten Haken in eine Ritze. Auf diese Weise schälte er einen langen Streifen von dem Holz ab und warf den restlichen Brocken zurück in den Abfalleimer.

»Und du wirst nicht verraten, dass ich's ausgeplaudert hab?«

Lars lächelte sie an und kniff den Mund zusammen. »Meine Lippen sind versiegelt.«

Poch, poch. »Hast du irgendwelche Geheimnisse?«

Er lachte und schnitzte den frischgewonnenen Holzspan zurecht. »Natürlich. Die hat jeder.« Er probierte, den Span in das Rad einzusetzen – zu groß – und schabte mehr davon ab.

Poch, poch. »Was zum Beispiel?«

»Würde ich sie verraten, wären es ja keine Geheimnisse.« Die Achse passte beinah, also legte er das erste Rad auf die Werkbank und klopfte die Achse behutsam hinein.

»Aber Laaaars!«

Er fädelte die Achse durch die Unterseite des Spielzeugwagens und ritzte ein Zeichen an die Stelle, wo er sie abschneiden wollte, bevor er sie wieder herauszog. »Aber nichts.«

»Bitte. Nur eines. Ich hab dir zwei verraten!«

Kichernd schnitt er die überschüssige Länge der neuen Achse ab. »Ich wusste gar nicht, dass wir hier ein Tauschgeschäft machen. Ich dachte, ich richte dir bloß deinen Wagen.«

Poch, poch, und ein tiefes Seufzen.

Lars schnitzte das Ende der Achse zu, überprüfte den Sitz am Wagen und korrigierte noch eine Kleinigkeit. Er hasste es, Aly zu enttäuschen. »Na schön. Du gewinnst. Ein Geheimnis.«

»Na gut.« Sie drehte sich und setzte sich mit untergeschlagenen Beinen auf die Werkbank, stützte den Kopf auf die Hände und beobachtete ihn erwartungsvoll.

Er fädelte die Achse wieder ein und hämmerte sie auf das zweite Rad. »Ich bin gern Teil deiner Familie.« Lächelnd drehte er die Räder und reichte ihr das Spielzeug.

Sie stellte es beiseite und legte den Kopf schief. »Und was ist das Geheimnis?«

Lars hob sie von der Werkbank zu Boden. »Das war das Geheimnis, Dummerchen.«

»Oh.« Unbeeindruckt ergriff sie den Wagen, dann bedachte sie ihn mit einem Lächeln und einer höflichen Umarmung. »Danke, dass du meinen Wagen gerichtet hast. Ich bin auch froh, dich in der Familie zu haben.«

Kapitel 16

Dubric und Dien eilten aus dem Tempel und stiegen auf ihre Pferde. »Braoin hat unter Umständen recht gehabt. Einer von Stuarts Mördern könnte immer noch auf freiem Fuß sein«, meinte Dubric. »Es gibt zu viele Zufälle, um sie zu verleugnen.« *Und ich habe seinen Geist gesehen. Wir haben ihm noch keine Gerechtigkeit beschert.*

»Ja, mir geht gerade dasselbe durch den Kopf«, erwiderte Dien. »Dev hat nie etwas Sinnvolles von sich gegeben, nur wirres Gerede darüber, dass es ein Waldfüllen getan hätte. Ich habe nie einen Namen, eine Beschreibung oder sonst etwas anderes als diesen Wahnsinn zu hören bekommen. Stuart ist vor achtzehn Sommern gestorben. Wenn es derselbe Mörder ist, dann ist er kein junger Mann mehr. Er muss mindestens Mitte dreißig sein. In meinem Alter.«

»Vielleicht auch älter«, meinte Dubric, der sein Dienstross vom Tempelgelände lenkte. »Wie viele Männer zwischen dreißig und sechzig Sommern leben in den Weiten?«

»Sicher Hunderte«, antwortete Dien, »aber es haben nie Hinweise zu irgendjemandem geführt. Allerdings tauchen bestimmte Namen immer wieder auf.«

»Das ist wohl wahr. Du bist zusammengezuckt, als ich Paol nach Jak, dem Zimmermann, gefragt habe«, stellte Dubric fest. »Wieso?«

Dien schaute nach Norden. »Er und eine Mannschaft junger Männer richten gerade das Scheunendach. Mindestens zwei seiner früheren Mitarbeiter sind tot.«

»Und Lars ist dort«, murmelte Dubric. *Ich verliere kostbare Zeit, wenn ich ständig zwischen dem Gehöft und dem Dorf hin und her reite. Soll ich Jak befragen? Oder soll ich lieber Calums und Eagons Überreste genauer untersuchen? Womit wäre Otlee am meisten gedient?* »Wir müssen mit Jak reden«, fällte er eine Entscheidung.

»Ja, Herr«, sagte Dien. »Ich habe ihn auf dem Weg hierher zwar nicht gesehen, aber wir sind ein ganzes Weilchen im Tempel gewesen. Inzwischen könnte er wieder bei der Scheune sein. Soll ich vorausreiten und ihn holen?«

»Nein. Wir bleiben zusammen.«

Sie bogen nach Norden, und schon bald erblickten sie einen mit Bauholz beladenen Wagen, der vor ihnen die Straße entlangrumpelte. »Das ist er, Herr«, verkündete Dien und trieb seinen Wallach in einen Kanter. Dubric folgte ihm.

Ein Arbeiter mittleren Alters mit breiten Schultern erschrak, als sie sich näherten, und brachte sein Maultier zum Stehen.

Dubric ließ sein Pferd neben den Karren schreiten. Das Gefährt besaß eine flache, offene, von Seitenwänden gesäumte Ladefläche, auf der sich ordentlich gestapeltes Bauholz türmte. Dubric entdeckte keinen Bereich, in dem Otlee versteckt sein könnte. »Bist du Jak?«

»Ja, Herr«, antwortete der Mann und nickte verhalten.

»Kennst du zufällig einen jungen Mann namens Braoin?«

Jak starrte geradeaus, bevor er Dubric wieder ansah. »Braoin, Herr? Wird er vermisst? Steckt er in irgendwelchen Schwierigkeiten?«

»Was weißt du über ihn?«

»Er hat von Zeit zu Zeit für mich gearbeitet. Hauptsächlich hat er verputzt. Und gemalt. In letzter Zeit ist er mir nicht mehr über den Weg gelaufen.« Jak zuckte mit den Schultern. »Er schien mir ein recht netter Bursche zu sein. War ziemlich begabt im Umgang mit dem Pinsel.«

»Wann hast du ihn zuletzt gesehen?«

»Vor fast einer Phase, Herr. Da ist Braoin zu mir gekommen

und hat mich um den Rest seines Lohns ersucht, weil er hinter Eagon herwollte. Seither hab ich ihn nicht mehr gesehen.«

Dubrics Stift hielt kurz inne, bevor er weiterschrieb. »Eagon, sagst du? Was kannst du mir über ihn erzählen?«

»Ein dürrer, rothaariger Bursche. Ein Zappelphilipp. Konnte nie stillhalten, selbst wenn sein Leben davon abgehangen hätte. Er und Braoin waren für die Malerarbeiten zuständig – Eagon hat für den Grundanstrich gesorgt, Braoin für den Feinschliff.«

»Und dieser Eagon ist weg, sagst du?«

»Ja, Herr.«

»Seit wann?«

»Seit ein paar … seit drei Phasen, würde ich sagen.« Jak schaute zum Himmel, dann nickte er. »Er ist mitten beim Verputzen von Herrn Haconrys Bibliothek verschwunden. Das muss vor fast einem Mond gewesen sein, ein paar Tage auf oder ab.«

»Unter welchen Umständen ist er verschwunden?«

Jak lachte. »Wie die meisten Jungen, die ihrer Arbeit überdrüssig werden, ist er einfach eines Morgens nicht mehr aufgekreuzt, Herr. Es gab keine besonderen Umstände.«

»War Braoin darüber aufgebracht?«

»Ja, Herr. Danach war er in ziemlich mieser Stimmung. Hat Trübsal geblasen, war nicht sein übliches Selbst.«

Dubric notierte sich die Auskunft. »War sonst jemand aus deiner Mannschaft mit Braoin oder Eagon befreundet?«

»Ich denke schon. Sie haben alle zusammengearbeitet.« Er sah Dubric an und verengte die Augen zu Schlitzen. »Gibt es ein Problem mit meinen Jungen? Glaubt Ihr, sie führen etwas im Schilde?«

Dubric schrieb weiter, als er fragte: »Die vier, die Devyn Paerths Dach richten – wie heißen sie?«

»Struthers, Nally, Flann und Rao.« Jak runzelte die Stirn und fügte hinzu: »Flann ist beinah schwachsinnig, und Rao kann ziemlich fies sein, aber die beiden anderen sind recht anständig.

Alle wissen, wie man einen Hammer schwingt. Mehr kann ich nicht verlangen. Soll ich sie für Euch holen?«

»Nein, danke. Ich lasse sie bei Bedarf rufen. Was ist mit einem eher kleinen, rothaarigen Jungen? Fremd in den Weiten. Hast du ihn heute Morgen gesehen?«

Jak antwortete: »Ja, Herr, habe ich. Auf der Straße, ungefähr bei Sonnenaufgang. Er hat mich sehr freundlich gegrüßt. Der Junge kam gerade in den Ort, als ich meine Mannschaft zum Gehöft der Paerths fuhr. Hat so gewirkt, als suchte er nach irgendetwas.«

»Aber hast du auch mit ihm gesprochen? Oder ihn seither noch einmal gesehen? Vielleicht im Ort? Oder mit jemandem zusammen?«

»Nein, Herr. Hab ich nicht. Jedenfalls nicht, seit wir uns auf der Straße begegnet sind.«

Dubric ergänzte seine Notizen um Jaks Aussage. »Möchtest du sonst noch etwas hinzufügen?«

Jak schluckte und schaute zu Dien. »Nur ein gutes Wort für den neuen Jungen vom Paerth-Gehöft. Das ist ein anständiger Bursche, ein harter Arbeiter. Ich weiß, dass er in die Tochter des Hausherrn vernarrt ist, jeder Trottel kann das sehen, und mir ist klar, dass sich ein Mann um seine Töchter sorgt. Aber er ist ein prima Junge, ein verdammt prima Junge, obwohl er mein Angebot, für mich zu arbeiten, ausgeschlagen hat. Ich wollte Euch nur wissen lassen, dass ich ihn gerne aufnehme, falls ihn der Hausherr hinauswirft. Ohne ein anständiges Dach über dem Kopf ist es in diesen Gefilden für Burschen wie ihn nicht sicher.«

Jak fingerte an den Zügeln. »So. Ich bin alles losgeworden. Falls Ihr noch etwas braucht, bin ich gern zu Diensten.« Er schnalzte seinem Maultier mit der Zunge zu, schaute über die Schulter und fuhr nach Norden los.

Dubric drehte sich wieder Dien zu. »Wie lange kennst du den Mann schon?«

»Seit drei Tagen. Er hat Sarea am Morgen, bevor wir angekommen sind, dazu überredet, ihn das Scheunendach richten zu lassen. Scheint sein Handwerk zu verstehen und größtenteils recht umgänglich zu sein. Allerdings war er gestern fast den ganzen Tag weg. Er meinte, er müsste sich einen Schuppen und eine bröcklige Wand ansehen, die er instand setzen soll. Ich hatte keine Ahnung, dass er mit Lars geredet hat.«

Dubric beobachtete, wie Jak mit seinem Karren die Straße entlang davonrumpelte. »Er arbeitet ausschließlich mit jungen Männern, und das bereitet mir Kopfzerbrechen.«

»Soweit mir bekannt ist, Herr, sind Lehrlinge in aller Regel immer Knaben und junge Männer. Wir haben selbst zwei.«

Dubric steckte sein Notizbuch weg. »Womöglich bin ich übervorsichtig. Jeder Handwerker in den Weiten könnte genauso gut in die Sache verstrickt sein wie jemand, der mit derlei Dingen nicht das Geringste zu tun hat. Ich muss mir das vor Augen halten.« Er lenkte sein Pferd auf die Hauptstraße zu. »Wir haben zwei Leichen, denen sich vielleicht Hinweise abluchsen lassen. Wenn noch Hoffnung bestehen soll, Otlee vor Einbruch der Nacht zu finden, müssen wir uns beeilen.«

Jess' Mutter befand sich im hinteren Raum und fütterte den Säugling, während die Oma zu ihrem Nachmittagsspaziergang aufgebrochen war. Die Mädchen fertigten Hüte an. Jess flocht Filzstreifen in ein Band. Fyn saß neben ihr, suchte nach dem Leim und sah aus, als wäre ihr mulmig zumute.

»Geht's dir überhaupt schon besser?«, fragte Jess. »Du bist praktisch krank gewesen, seit wir hier eingetroffen sind.«

Fyn stand auf. »Mir geht's gut. Ich will bloß nach Hause.«

Obwohl bereits später Nachmittag herrschte, hatte Kia das Mittagsgeschirr noch nicht fertig abgewaschen. Sie verdrehte die Augen, wandte sich zu den anderen um und wischte sich die seifigen Hände an einem Tuch ab. »Gib's zu, Fyn. Du willst nur diesen schmierigen Gilby sehen. Du spielst nur die Kranke, damit wir alle Mitleid mit dir haben.«

»Wenn ich mich das nächste Mal übergeben muss, achte ich darauf, es auf deinen Schoß zu tun, damit du aus nächster Nähe siehst, wie gut ich darin bin, die Kranke zu spielen.«

»Das würdest du nicht wagen. Hast du eine Ahnung, wie viel dieses Kleid gekostet hat?«

»Zu viel«, murmelte Fyn und durchsuchte den Schrank. »Aber darüber machst du dir ja nie Gedanken, nicht wahr?«

Kia warf den Kopf zurück und tauchte die Hände wieder ins Spülwasser. »Ich glaube immer noch, dass du dich nach Gilby verzehrst, genau wie Jess wegen Lars schmachtet. Verstehen kann ich euch alle beide nicht. Der eine ist ein fauler Taugenichts, der andere ein Adeliger, der hoffnungslos auf dem anderen Ufer festsitzt.«

Aly streckte Kia die Zunge heraus. »Lars küsst keine Jungen.«

Kia spülte einen Teller ab, begutachtete ihn mit zusammengekniffenen Augen und tunkte ihn zum x-ten Mal zurück ins Seifenwasser. »Ja, sicher.«

»Das ist wahr«, beharrte Aly.

Jess griff nach der Schere, allerdings war sie verschwunden. Schon wieder. Wie konnte Großvater erwarten, dass Hüte fertig wurden, wenn er ständig das Werkzeug versteckte? »Gib jetzt endlich Ruhe, Kia«, forderte sie ihre Schwester scharf auf. »Lass uns mit Gilby und Lars zufrieden.«

»Warum? Der eine ist die Spucke nicht wert, mit der er seine Schuhe poliert, der andere ein aussichtsloses Unterfangen.«

Fyn fand Schere und Leim hinter dem Sitzbankkissen und kehrte zum Tisch zurück. »Und du bist bloß eifersüchtig und gemein.«

»Eifersüchtig? Es gibt nichts, worauf man eifersüchtig sein könnte.«

Fyn rülpste erneut, dann sagte sie: »Gibt es dir nicht zu denken, dass deine jüngeren Schwestern Jungen haben, die sie mögen? Du bist die Älteste, und dich mag keiner. Alle Jungen in der Burg wissen, was für eine Hexe du bist. Deshalb liebäugelst du auch mit der Arbeitsmannschaft. Zu Hause besteht ja keine Hoffnung mehr für dich.«

»Fyn«, flüsterte Jess und warf einen Blick zu ihr.

Kia drehte sich um und verengte die Augen zu Schlitzen. »Das ist gar nicht wahr. Viele Jungen mögen mich. Ich hatte schon Abendessen mit Deorsa, Serian, Moergan …«

Fyn trug einen Streifen Leim auf ihrem Hut auf. »Und wie viele hatten schon zweimal Abendessen mit dir? Hat dich schon jemals einer geküsst? Hat dich je einer zu Fürst Brushgars Frühlingsjahrmarkt eingeladen? Gilby hat mich schon vor Monden gefragt, und ich wette mein bestes Kleid, dass Lars unsere Jess fragen wird.« Fyn zwinkerte Jess zu, die sie mit offenem Mund verdutzt anstarrte, und fügte hinzu: »Vielleicht küsst er sie dabei sogar.«

Kia trat einen Schritt auf ihre Schwestern zu, die Lippen gehässig zurückgezogen. »Ich bin die Älteste. Du bist weniger als einen Mond über dreizehn, und Jess wird erst in einigen Phasen vierzehn. Ihr seid beide zu jung dafür, dass man euch den Hof macht oder euch küsst.«

Fyn zuckte mit den Schultern und drückte Federn in den Leim. »Na und? Ich bin eingeladen worden und werde hingehen. Was ist mit dir, Jess? Hat Lars dich schon gefragt?«

Jess schüttelte den Kopf und ließ den Blick zwischen ihren beiden Schwestern hin und her wandern. »Nein, natürlich nicht. Und das wird er auch nicht. Der Einladungstag ist in weniger als einer Phase, und außerdem ist er nicht auf diese Weise an mir interessiert. Ich bin wie seine Schwester.«

Fyn lächelte. »Bist du sicher?«

»Er ist vom anderen Ufer«, warf Kia ein. »Und ein Hochadliger. Dass er auf dem Hof arbeitet, beweist nicht das Geringste. Und selbst wenn er Mädchen mag – was er nicht tut –, laden Hochadelige keine Bürgerlichen zum Jahrmarkt oder zu sonst etwas ein, ganz gleich, wie sehr sie so tun, als wären sie selbst Bürgerliche. Wir können schon von Glück reden, wenn uns gewöhnliche Adelige bemerken.«

»Was hast du denn, Kia? Etwa Angst, dass du nicht mehr als einen niedrigen Stallburschen oder Küchenlakaien als Herzchen abbekommst?« Fyn gab Kussgeräusche von sich, dann lachte sie.

Kia senkte die Stimme zu einem tiefen Knurren. »Du kannst froh sein, dass du krank bist.«

»Und du kannst dich schon mal darauf vorbereiten, zur Jahrmarktszeit auf den eigenen Worten rumzukauen, wenn du allein zu Hause sitzt, während Jess und ich beim Tanzen sind.«

»Ich … ich glaube nicht, dass ich hingehen werde«, meldete sich Jess zu Wort. »Niemand wird mich einladen.« Sie zuckte mit den Schultern und schnitt Filzstreifen. »Ich bin nicht besonders beliebt oder so. Ich bin zu groß, zu unscheinbar.«

»Und zu eigen«, fügte Kia grinsend hinzu. »Von allen Mädchen in der Burg bist du die Einzige, die sich mit Gedanken an die Universität trägt. Wenn's nach dir ginge, würdest du dein ganzes Leben in einem Buch verbringen, und jeder weiß das. Niemand wird dich zum Jahrmarkt einladen, am allerwenigsten Lars, und ganz bestimmt wirst du nicht zum Tanzen aufgefordert werden. Herrje, bis zum Einladungstag sind's nur noch wenige Tage, und es dauert mindestens einen Mond, sich ein Kleid für Festlichkeiten anfertigen zu lassen, ganz zu schweigen von dem sonstigen Drum und Dran.«

Fyn stellte den Leim beiseite und wischte sich die Hände ab. »Was willst du wetten?«

»Wie bitte?«

»Du hast mich schon verstanden. Ich glaube, du irrst dich. Ich wette, dass Jess lange vor dir zum Jahrmarkt eingeladen wird, und ich wette sogar, dass Lars derjenige sein wird, der es tut. Und zwar früh genug, um zum Tanzen und *allem* anderen zu gehen.«

»Niemals. Das wird nicht geschehen.«

Jess holte zittrig Luft und sagte: »Würdet ihr zwei mir das bitte nicht antun?«

Fyn grinste. »Wenn du so sicher bist, dann schlag ein. Was ist dein Einsatz, liebste Kialyn? Geld? Kleider? Gefälligkeiten?«

»Niemand wird mich zum Jahrmarkt einladen oder zum Tanzen auffordern«, beharrte Jess.

Fyn klopfte ihr auf den Rücken. »Oh doch, und ob. Sei zuversichtlich. Es ist noch über einen Mond bis zum Fest. Du wirst eingeladen, davon bin ich überzeugt. Aber Kia, die patzige Wichtigtuerin, wird kein Mensch fragen.«

Kia verschränkte die Arme vor der Brust und zuckte zusammen, als ihr einfiel, dass ihre Hände ja nass und voller Seife waren. »Ich sollte dir das Fell über die Ohren ziehen.«

Fyn grinste nach wie vor. »Damit wirst du warten müssen. Ich bin immer noch krank. Aber du bist ja doch zu feige, um dich auf die Wette einzulassen. Über alle anderen kannst du meckern und klatschen, aber tief in deinem Innersten weißt du, dass es alles Lügen sind und du bloß feige bist.«

»Ich bin nicht feige.«

Fyns Grinsen wurde noch breiter. »Dann beweis es.«

»Nicht, Fyn«, sagte Jess und starrte auf das Gewirr der Filzstreifen. »Bitte. Zieht mich da nicht hinein.«

»Wo hinein ziehen?«, fragte Lars, als er die Tür öffnete. Dreckig und erschöpft schloss er die Eingangstür hinter sich und zog vor der Küche die schlammverschmierten Stiefel aus. »Ich hab das gesamte Tal abgekämmt. Keine Spur von Otlee.«

Die Unterhaltung der Mädchen verstummte, und alle drei wandten sich wieder den ihnen aufgetragenen Pflichten zu.

Jess betrachtete ihren Hut und wählte fünf Filzstreifen aus. Als sie hörte, wie Schritte die Küche betraten, bemühte sie sich, die Hände ruhig zu halten und eine ausdruckslose Miene aufzusetzen.

»Was ist denn los?«, wollte Lars wissen. »Störe ich bei irgendetwas?«

Jess starrte auf den Filz. »Nein, nein.«

Kia meldete sich zu Wort. »Nein.«

»Natürlich nicht«, beteuerte Fyn und berührte Jess am Arm.

Aly jedoch sagte: »Fyn wollte Kia zu einer Wette überreden, aber Kia ist zu feige dafür.«

»Ah«, brummte Lars und entfernte sich. »Muss ja eine heftige Wette sein.«

»Ist es auch!«, bestätigte Aly. »Es geht darum, wer Jess zum Frühlingsjahrmarkt einladen wird.«

Jess schloss die Augen und fluchte.

Stille. Dann kam von Lars: »Oh?«

Bevor Aly etwas erwidern konnte, warnte Jess: »Aly, so wahr ich hier sitze, wenn du noch ein einziges Wort von dir gibst, hau ich dich windelweich.« Sie öffnete die Augen, starrte auf den Filz und versuchte, ihre Verlegenheit zu überspielen.

Sie spürte Lars' Blick im Rücken, Kias Grinsen wie ein Pochen zwischen den Ohren und Fyns Finger, wie sie ihre Hand ergriffen.

Dann ließ Fyn sie wieder los und drehte sich um. »Wir kochen Lammeintopf zum Abendessen. Ist dir zufällig aufgefallen, ob wir schon frühes Gemüse im Garten haben?«

»Ehrlich gesagt hab ich nicht nachgesehen. Kann ich aber machen, wenn du willst. Und ich wollte euch wirklich nicht stören. Euer Großvater braucht die Ölbüchse, und er hat gesagt, sie sei im Haus.« Er verstummte, als Jess mit dem Flechten fortfuhr. »Zumindest glaube ich, dass er das gesagt hat. Abgesehen davon, dass er mich Stuart nennt, ist er manchmal ganz schön schwer zu verstehen.«

»Ja, wissen wir«, bestätigte Fyn seufzend. »Ich glaube, sie ist im Keller. Ich zeig sie dir.«

Jess flocht weiter. Sie hörte, wie sich die Kellertür knarrend öffnete und wie Schritte hinabstiegen, dann wagte sie gerade rechtzeitig einen Blick, um zu sehen, wie sein Kopf unter den Boden verschwand.

Kia verzog das Gesicht, schleuderte kalte Seifenlauge und bespritzte Jess' Kleid damit. »Echte Männer ziehen schlammige Stiefel nicht aus«, flüsterte sie. »Sie überlassen es uns, den Dreck wegzumachen. Er ist vom anderen Ufer, Jess. Sieh den Tatsachen ins Auge.«

Grinsend wandte sich Kia wieder dem Geschirr zu und ließ Jess vergleichsweise still und friedlich weiterarbeiten.

Lars duckte sich unter einer fleckigen Seilrolle und uralten staubigen Büscheln getrockneter Blumen hindurch, als er die Treppe hinabstieg. Die Luft roch feucht und würzig wie Kürbis und Äpfel, die darauf warteten, gebacken zu werden. An den Wänden aus Erdreich und Balken hingen Ablagen, alle beladen mit Kisten und Gläsern, und die nähere Wand säumte eine Reihe von Eimern. Er spähte in einen davon – Rüben – und lächelte. Lars mochte Rüben, doch das Lächeln in seinem Gesicht galt einem anderen Gedanken: Jess hatte Aly gedroht. Wenn sie statt Kia die kleine Aly dazu aufgefordert hatte, das Geheimnis zu bewahren, dann bestand vielleicht doch noch Hoffnung.

Fyn murmelte etwas, das er nicht richtig hören konnte, und kniete sich hin, um eine niedrige Kiste zu öffnen. Kopfschüttelnd sah sie ihn mit einem verhaltenen Lächeln an. »Ich kann nicht glauben, dass wir die Karotten für den Eintopf vergessen haben.«

Er lächelte zurück und linste in andere Eimer, die Äpfel, Zwiebeln, Pökelfleisch und Kartoffeln enthielten. Mengen waren zwar nicht übrig, aber immerhin so viel, dass es reichen sollte, bis die ersten Beeren und das Frühlingsgemüse reif wären.

Fyn schob sich die Haare hinter die Ohren und durchwühlte das Stroh, bis sie schließlich drei Karotten fand. Sie war von jeher das dünnste der drei älteren Mädchen gewesen und wirkte ungewöhnlich blass und zerbrechlich. Lars verspürte einen Anflug von Beschützergefühlen, als sie sich auf die Beine mühte, und er eilte hin, um sie zu stützen.

Sie lächelte, als sie seine Hilfe ablehnte. »Mir geht's gut. Schau nicht so besorgt drein.«

»Wir machen uns alle Sorgen um dich.«

Da lachte sie wie die Fyn, die er seit sechs Sommern kannte, nicht wie der Geist ihrer selbst, als den er sie in den vergangenen Tagen erlebt hatte, und in ihre Wangen kroch etwas Farbe. »Es geht mir gut. Wirklich. Es ist alles in Ordnung. Versprochen.«

Sie bedachte ihn mit einem herzlichen Lächeln, das sie friedlich und glücklich wirken ließ. Ihre Augen leuchteten dabei, und er wich unwillkürlich einen Schritt zurück, als sie mit einer bewussten Geste die Hand auf ihren Bauch legte.

Er starrte auf ihre Leibesmitte und blinzelte vor Fassungslosigkeit. »Oh, Fyn, nein. Das kann nicht sein.«

Sie lachte und schloss die Tür zur Karottenkiste. »Warum nicht? Das ist etwas vollkommen Natürliches.«

Lars schluckte und musste sich zwingen, zu reden. »Gilby?«

»Wer sonst? Weißt du, wir sehen uns seit über einem Sommer regelmäßig.«

»Ja, aber … Du bist noch so jung!«

Lächelnd reichte sie ihm die Karotten. »Offensichtlich bin ich alt genug.« Fyn wandte sich von ihm ab, ging zur gegenüberliegenden Wand und kramte durch Ablagen mit verschiedenen Behältern und Gerümpel. »Sag es niemandem, in Ordnung? Gilby muss erst alles mit seinem Vater klären, und ich will nicht, dass sich Papa und Mama aufregen. Hier, halt das mal.«

Sie reichte ihm eine Kiste mit Deckeln für Gläser und Zinnbecher. Der Inhalt klapperte, als er die Kiste auf einen Arm verlagerte und sich die Karotten in die Tasche steckte. »Niemand weiß davon?«

»Nein«, bestätigte sie. »Na ja, niemand außer Gilby und mir. Und dir.« Sie rülpste und bedeckte den Mund mit dem Handrücken. »Herrje, davon hab ich allmählich genug.« Lachend schob sie eine andere Kiste aus dem Weg.

»Wie weit bist du schon?«

»Fast im dritten Mond. Ah, da haben wir's.«

Ihm blieb kaum Zeit, sich zu fragen, wie sie so sachlich und unbekümmert sein konnte, bevor sie sich mit der Ölbüchse in der Hand zu ihm zurückdrehte. »Du wirst doch nichts verraten, oder?«

Sein Magen krampfte sich zusammen. Am liebsten hätte er die Blödheit aus Gilby herausgeprügelt. Um der Göttin willen, Fyn war kaum dreizehn.

Ich bring ihn um.

Sie berührte ihn am Arm, und er blinzelte. »Lars! Nicht. Bitte.«

»Was er getan hat, war falsch. Dich zu zwingen …«

Sie schüttelte nachsichtig den Kopf. »Wie kommst du darauf, dass er mich zu etwas gezwungen hat? Ich liebe ihn, und er liebt mich. Ich habe mich dazu entschieden, es zu tun. Ich wollte es.« Sie musterte ihn mit ruhiger Zuversicht. Ein glückliches Lächeln umspielte ihre Lippen, und Lars wusste nicht, was er denken sollte.

Sie streckte die Hand aus, hob sein Kinn an und schloss ihm den Mund. »Es geht mir gut. Wirklich. Alles ist in Ordnung, glaub mir. Nur bitte behalt es für dich, bis wir wieder zu Hause sind. In Ordnung?«

»Deine Eltern müssen davon erfahren.«

»Das werden sie auch. Wir sagen es ihnen gemeinsam, sobald Gilby die Dinge mit seinem Vater geklärt hat.«

Lars schob die Kiste mit den Deckeln und Bechern zurück auf eine Ablage. Gilbys Vater war Herr Newen Talmil, ein Burgadeliger. Außerdem galt er als Lustmolch, als Kriecher und durch und durch als Mistkerl. Aber für Fyn bemühte sich Lars, nett zu sein. »Ich weiß nicht, ob ihm das gelingen wird. Herr Talmil ist nicht gerade der verständnisvollste Mensch, der mir je begegnet ist.«

Fyn seufzte und ließ die Hand erneut auf den Bauch sinken. »Ich weiß, aber zusammen schaffen wir das, was immer geschieht.«

Lars holte tief Luft und straffte den Rücken, als er sie ansah. »Fyn, du bist für mich wie eine Schwester. Falls du etwas brauchst, und damit meine ich, ganz egal, was, dann gibst du mir Bescheid, ja?«

Mit strahlender Miene nickte sie. »Mach ich. Wahrscheinlich hätte ich es nicht erwähnen sollen, aber ich möchte so sehr nach Hause, und ich musste es jemandem erzählen, sonst wäre ich noch geplatzt. Danke fürs Zuhören.«

Vorsichtig ergriff er die Ölbüchse und gab ihr die Karotten. »Gern geschehen. Und ich mein das sehr ernst. Wenn du irgendetwas brauchst – für dich, für das Kind, ganz egal –, dann sagst du es mir.«

Sie umarmte ihn ansatzlos und rülpste, als sie sich von ihm löste. »Das mache ich, versprochen, aber heute hab ich nur jemanden zum Reden gebraucht.« Mit einem Seufzen schaute sie in das Licht, das durch die offene Tür einfiel. »Wir sollten uns wohl besser wieder an die Arbeit machen.«

Sie wischte sich die Hände an der Schürze ab und betrat die Treppe. »Vergiss nicht, nach dem Gemüse zu sehen. Wäre schön, etwas Frisches im Eintopf zu haben.«

»Für das Kind«, flüsterte er.

Sie schenkte ihm ein Lächeln und nickte leicht. »Oh! Noch etwas.«

»Nur zu«, forderte er sie auf. »Was immer du willst.«

Fyn schaute hoch zur Küche, dann beugte sie sich über das

Treppengeländer und wisperte: »Lad Jess zum Tanzen ein.« Sie zwinkerte ihm zu, bevor sie zum Licht hinaufeilte.

Dubric fand die Räumlichkeiten von Piras, dem Bestatter, versteckt hinter dem Laden des Gerbers und trat ein. Ein etwas kleiner Mann mit buschigen Augenbrauen, der gerade seine Instrumente reinigte, schaute auf. »Womit kann ich dienen, Herr?«

»Ich bin Kastellan Dubric, und das ist mein Knappe, Dien Saworth. Wir sind hier, um die Leichen eingehender zu untersuchen, die in der Nähe von Barrorise aus dem Fluss geholt worden sind. Befinden sie sich in deinem Besitz?«

»Eine davon, Herr. Die andere ist bereits weg.«

Frau Floret muss hier gewesen sein, um ihren Mann zu holen. »Dann will ich mir die Verbliebene ansehen.«

»Hier entlang, Herr«, sagte Piras und humpelte auf einen Gang zu.

Sie folgten ihm. Dubric fielen die heilkundlichen Vorrichtungen, die Betäubungsmittel und der Untersuchungstisch im makellosen Eingangsbereich auf. »Ich dachte, Mulconry sei der hiesige Medicus.«

»Ich bin kein Medicus, Herr«, erwiderte Piras und schaute über die Schulter zurück. »Neben dem Bestatten rasiere ich und schneide Haare, ziehe Zähne, und vernähe hin und wieder eine Wunde. Allerdings weiß ich so gar nichts über Kräuter, Wickel und Arzneien, und ich bin ganz bestimmt kein Wundheiler. Jedenfalls noch nicht.« Er errötete und wandte sich ab.

Sie erreichten eine Tür, und Dubric beobachtete, wie sein Gastgeber einen Schlüsselbund hervorholte. »Noch nicht?«

»Nein, Herr«, murmelte Piras. Sein Gesicht lief noch röter an, als er die Schlüssel durchging. »Ich hätte nichts sagen sollen.« Schließlich entschied er sich für einen Schlüssel und steckte ihn ins Schloss. »Dieser Leichnam ist ein wenig, äh, nun ja flüssig, Herr.«

Dubric zog das Minzfläschchen aus seiner Tasche. »Ich habe ihn bereits gesehen. Was hättest du nicht sagen sollen?« Er schmierte sich einen Batzen der Minzsalbe unter die Nase und bot Piras das Fläschchen an.

Piras seufzte und nickte dankbar, als er die Mischung aus Minze und Myrte entgegennahm. »Ich bin nicht von edlem Geblüt, Herr, nur ein Bürgerlicher, der versucht, notwendige Dienste zu erweisen. Herr Mulconry lässt im Umgang mit den Toten nie Sorgfalt oder Anteilnahme erkennen, und er reißt gesunde Zähne genauso flott wie faule. Irgendjemand musste einspringen und sich darum kümmern. Ich werde zwar nie ein vollwertiger Medicus sein, aber ich hoffe, eine Wahlmöglichkeit bieten zu können, zumindest für manche Menschen.«

Seufzend reichte er Dien das Fläschchen. »Einige der Hochwohlgeborenen in den Weiten sehen es nicht gern, wenn sich ein Bürgerlicher der Lebenden annimmt. Sie sagen, das sei die Aufgabe eines Edelmannes. Ich entschuldige mich, Herr, falls ich Euch zu nahe getreten bin, aber ich habe eine Familie zu ernähren, und mit Haareschneiden und Rasieren verdient man nicht viel. Außerdem habe ich damit nicht genug zu tun.« Er lächelte. »Und meine Frau kann es nicht ausstehen, wenn sie mich untätig sieht.«

»Ist bei mir genauso«, murmelte Dien.

»Schon gut«, sagte Dubric. »Ich arbeite viel lieber mit einem Mann von anständiger Moral als mit jemandem wie Mulconry zusammen. Hast du schon viele Leichenuntersuchungen durchgeführt?«

»Einige, Herr, wenngleich mehr aus eigenen Gründen denn für offizielle Zwecke. Und immer nur, nachdem ich bereits aufgefordert worden war, die Nägel in den Sarg zu hämmern.« Er zuckte mit den Schultern und schien zu schrumpfen, sich in sich selbst zurückzuziehen. »Ich war vorwiegend neugierig. Was hängt womit zusammen? Wie sieht dieses oder jenes Organ aus?

Der menschliche Körper ist eine erstaunliche Schöpfung, Herr. Ungemein spannend.«

Dubric steckte die Minze wieder ein. »Ja, das ist er.« Der Kastellan musterte den Bestatter von den Lederstiefeln bis zum schütteren Haupt. »Kannst du lesen?«

Verdutzt lehnte sich Piras zurück. »Ich? Du meine Güte, Herr, nicht viele Bürgerliche in den Weiten können lesen.«

»Ich habe mich nicht nach anderen erkundigt, sondern nach dir.«

Piras errötete abermals und trat verlegen von einem Bein aufs andere. »Aye, Herr, ein wenig. Ich übe, so oft ich kann.«

Dubric wandte sich an Dien. »Bitte erinnere mich daran, Medicus Rolle einige Einführungstexte über Heilkunde hierherschicken zu lassen. Körperlehre, allgemeine Gebrechen und Verletzungen, grundlegende Arzneien. Vielleicht eine Schautafel des menschlichen Körpers und eine Auswahl unentbehrlicher Ausrüstung.«

»Ja, Herr.«

Piras Augen weiteten sich, und sein Mund klappte auf. »Aber Herr, das ist doch nicht nötig. Ich habe nie darum ersucht …«

»Das weiß ich«, fiel Dubric dem Mann ins Wort und klopfte ihm auf die Schulter. »Ich biete es auch von mir aus an. Die Kosten sind unerheblich im Vergleich zum Wert eines Mannes mit Wissensdurst und mehreren Gemeinden, die dringend seine Dienste benötigen. Mir wäre wesentlich lieber, dass du die grundlegende heilkundliche Versorgung der Weiten übernimmst, als dass sie bei Schweinedreck-Mul verbleibt.«

»Also habt Ihr ihn schon kennengelernt?«, fragte Piras.

»Der Mann ist widerlich. Ich würde mir eine Wunde eher von meinem Pferd nähen, als sie ihn auch nur ansehen lassen.«

»Aber Bücher sind doch so teuer, Herr. Ich würde etliche Sommer brauchen, um sie Euch vergelten zu können.«

Dubric nickte in Richtung der Tür. »Kümmern wir uns um

die Untersuchung, ja? Solange die Minze noch frisch ist. Und du brauchst nichts zurückzuzahlen. Es wäre mir eine Ehre, dich zu unterstützen.«

»Ja, Herr, wie Ihr meint, Herr.« Piras holte tief Luft und öffnete die Tür.

Stufen führten nach unten in die Dunkelheit. Piras entzündete eine Laterne und ging in den Keller voraus. »Er war sehr warm, als er eingetroffen ist, Herr, und ich habe getan, was ich konnte, um ihn zu kühlen, aber die Schäden durch äußere Einflüsse und die Maden sind trotzdem beträchtlich. Ich hoffe, Ihr findet, wonach Ihr sucht.«

Dubric stolperte beinah. »Maden?«

Piras kam unten an und wandte sich nach links. »Ja, Herr, Maden. Obwohl wir seit Monden keine Fliegen mehr hatten.« Sie gingen an einer verhüllten Leiche vorbei zu einer geschlossenen Tür.

»Wer ist das?«, wollte Dien wissen.

»Frau Glafisher aus Wittrup. Sie ist vorvorige Nacht im Schlaf verschieden. Morgen oder übermorgen soll sie jemand holen kommen.«

»Warum wartet man so lange damit?«, hakte Dubric nach. »Ich dachte, die meisten Menschen würden nach nur einem Tag oder höchstens zweien beerdigt.«

Piras nickte. Seine Hand hielt auf dem Türknauf inne. »So ist es im Sommer auch, aber in den Weiten dauert es seine Zeit, ein Grab auszuheben. Der Boden ist felsig und hart, vor allem in der Nähe von Wittrup. Es gibt auf der Halbinsel zwar durchaus anbaufähige Erde, allerdings nicht viel. Ich kümmere mich um die Leichname und halte sie kühl, bis ihre Gräber bereit sind. Wahrscheinlich bin ich der beste Kunde des Eismannes. Bereit, meine Herren?«

Mit einem Blick auf Dubric und Dien öffnete er die Tür.

Dubric ließ der Gestank beinahe zurücktaumeln. Dien verzog

neben ihm das Gesicht, aber Piras schritt scheinbar unbekümmert durch die Tür. Er öffnete die Laterne und zündete an der Flamme eine Holzkerze an. Nachdem er die Laterne am Haken neben der Tür aufgehängt hatte, trug er das leuchtende Holzstück zur angrenzenden Wand und zündete erst eine weitere Lampe an, dann noch eine.

Auf Blöcken aus Eis und Stroh lag ein Leichnam, bedeckt mit einem fleckigen Tuch. Dubric näherte sich langsam und bemerkte die Lage der Flecken sowie die gräulich-rosa Flüssigkeit, die bis zum Abfluss reichte.

Ungeachtet des ersten Anscheins erwies sich die Flüssigkeit nicht als verklumpt von Blut und verwestem Fleisch, sondern wimmelte von roten Würmern, die sich wanden und in der Strömung schwammen, bis sie sich an einem Metallrost stauten.

»Herr? Sind das dieselben Würmer wie der, den ihr an Lars' Nacken gefunden habt?«

Dubric rieb sich die Augen. »Das sind sie. War er schon in diesem Zustand, als er hier eingetroffen ist?«

»Nein«, antwortete Piras, der gerade die letzte Lampe entzündete. Er blies die Holzkerze aus und stellte sie zurück in ihren Halter. »Ich dachte, er und der andere Leichnam wären ertrunken – bei all den Flüssen in der Umgebung bekomme ich schon hin und wieder Wasserleichen zu sehen –, aber als ich gerade dabei war, einen Tisch für Frau Glafisher vorzubereiten, fingen sie an zu stinken. Bevor ich aufgebrochen bin, um sie zu holen, hab ich die zwei hier drin auf Eis gepackt, bis ich entschieden hätte, was ich mit ihnen tun soll.«

Dubric trat noch näher an die Leiche, und ihm drehte sich der Magen um. »Wann war das?«

»Gestern am Vormittag, Herr. Vielleicht um zehn Glocken.« Piras kramte in einer Schublade und holte etwas Weiches und Bleiches daraus hervor. »Ich hätte sie ja sofort ausgeblutet, nur war in keinem der beiden Leichname noch Blut.«

Dubric drehte sich um und starrte den Bestatter an. »Wie bitte?«

»Kein Blut, Herr. Ich habe versucht, eine tief gelegene Ader zu öffnen, um es abfließen zu lassen, aber es hat sich nichts getan. Keinerlei Flüssigkeiten außer Flusswasser.« Er reichte Dubric und Dien weiche, dünne Handschuhe. »Ihre Blutgefäße waren in sich zusammengefallen. Fast so, als hätte etwas sie ausgesaugt. Sogar geronnenes Blut bildet schließlich normalerweise eine goldene Flüssigkeit aus.«

»Was ist das?«, fragte Dubric und betrachtete das lose, durchscheinende Material.

Piras streifte ebenfalls ein Paar der weißlichen Handschuhe über die Finger. »Schafsdarm, Herr. Ich lasse sie vom Handschuhmacher für mich anfertigen. Sie dehnen sich hervorragend, und wenn ich sie trage, brauche ich mir nicht den Kopf darüber zu zerbrechen, dass ich ranzige Leichen anfasse. Wenn Ihr die Nähte oben an den Fingern ausrichtet, sind sie bequemer, und Ihr könnt trotzdem alles fühlen.«

Dubric verzog erst angespannt das Gesicht, als er die engen, staubtrockenen Handschuhe anzog, dann jedoch lächelte er, als er die Finger beugte und mit den Fingerspitzen über die Knöpfe seines Wamses fuhr. Seine Finger überraschten ihn mit voller Bewegungsfreiheit und einem Großteil ihrer Empfindungsfähigkeit. Erstaunlich. Sogar sein Rheumatismus erhob keine Einwände gegen den kaum spürbaren Druck auf den Gelenken. Besser noch, er würde keine Leichenrückstände an die Hände bekommen. *Ich muss daran denken, vom Handschuhmacher in der Burg so etwas für mich anfertigen zu lassen.*

Piras griff nach dem Saum des Tuchs und zog es zurück.

Unwillkürlich sog Dubric scharf die Luft ein. Er hatte sich damit abgefunden, dass der Leichnam mit Clothos-Würmern bedeckt sein würde, dass diese zusätzlichen Schaden an einem bereits verwesten Körper verursacht haben würden und dass die menschlichen Überreste deswegen ein neues Ausmaß an fauliger Abscheulichkeit und Schmiere darstellen würden.

Allerdings hatte er nicht damit gerechnet, dass es sich bei der Leiche um Calum handelte.

Das dunkle Haar hatte sich vom Schädel gelöst und unter dem Kopf zu einer triefnassen Masse gesammelt. Die Arme und Beine lagen ausgetrocknet und knochig da. Sie gingen in einem Meer sich krümmender Würmer unter. Die Geschlechtsteile und der Bauch fehlten ebenso wie die Wangen, die Nase und ein Großteil des Gesichts. Die inneren Organe lagen vom Becken bis zur Kehle frei. Würmer nagten und krochen überall. Sie verursachten ein leises Rumoren, das Dubrics Gehör kaum wahrnahm, das aber dennoch unterschwellig an seinen Nerven zehrte. Aus der Haut brachen ständig neue Würmer hervor, rote Kreaturen in der Größe von Salzkörnern, die sich unter ihren größeren Brüdern wanden.

»Was seht Ihr, Herr?«, fragte Dien.

»Das ist nicht Eagons Leiche.« Dubric umschritt den Kadaver, ließ die Aufmerksamkeit frei umherwandern. »Eagon hatte rotes Haar und war deutlich kleiner. Das ist Calum, aber er ist in einem noch schlimmeren Zustand als Eagon vor zwei Tagen. Die Würmer scheinen die Verwesung erheblich beschleunigt zu haben.«

»Ich habe erst heute Morgen seine Temperatur überprüft, Herr, und da hab ich Würmer nur in seinem Bauch und an einer Stelle oben an der Brust gesehen. Der Befall war nicht annähernd so ausgeprägt.«

Dubric berührte Calums Oberschenkel; das wurmzerfressene Fleisch fiel davon ab und ließ darunter den blanken, weißen Knochen zum Vorschein kommen. »Wer hat die andere Leiche abgeholt?«

»Das weiß ich nicht, Herr. Ich war gestern Nachmittag unterwegs, um Frau Glafisher herzubringen. Als ich zurückkam, war der Leichnam weg.«

Dubric seufzte und ging zu Calums Kopf. »War er so befallen wie dieser hier?«

»Nein, Herr. Nur vom Wasser angegriffen, soweit ich es beurteilen konnte.«

»Und du hast keine Ahnung, wer ihn mitgenommen hat?«

»Nein, Herr. Für gewöhnlich schließe ich die Einbalsamierungsräume und das Kühllager nicht ab. Eigentlich neigen die Leute ja eher dazu, sich vor Leichen zu fürchten, nicht dazu, welche stehlen zu wollen. Ich nahm an, die Familie des jungen Burschen hätte gehört, dass er hier ist, und wäre gekommen, um ihn nach Hause zu bringen. Es sind schon öfter Angehörige hier gewesen, während ich unterwegs war, und ich habe mir nie viel dabei gedacht. Die Bewohner der Umgebung sind ein ehrlicher Menschenschlag. Ich hatte noch nie jemanden, der nicht bezahlen wollte.«

Dubric zog Calums Kiefer auf, um in den Mund zu blicken, und zuckte zusammen, als der sich vom Rest des Kopfes löste. »Seine Kehle ist voll von den widerwärtigen Viechern.«

Die abgestreiften Häute der Clothos-Würmer bildeten rings um den Leichnam und darauf ein bröckliges, fahl-rosa Gewirr. Unzählige wuselnde, grausige Kreaturen beschichteten das Herz und die Lungenflügel des jungen Mannes. Noch während Dubric hinsah, brach das Herz auf, und ein frischer Schwall Würmer ergoss sich in Calums Brustraum.

Dubric schaute Piras an. »Und doch hast du gestern die Tür zur Treppe abgesperrt. Warum?«

»Ich wusste nicht, wer er war, und ich habe mich nicht getraut, besorgte Familien hereinzulassen.« Der Bestatter blickte auf den Leichnam hinab und runzelte die Stirn. »Ein toter Sohn ist schon tragisch genug, aber mit ansehen zu müssen, wie er vor den eigenen Augen zerfällt … Ich konnte es mit meinem Gewissen nicht vereinbaren, ihn seine Familie so sehen zu lassen, nicht, ohne sie vorher zu warnen.«

Die Würmer nagten das Fleisch entlang Calums Nacken weg, und sein Schädel rollte zur Seite, bis er sie sie unterkieferlos anglotzte. Dubric fiel auf, dass die Haut rings um ein winziges Loch in der Schläfe unversehrt geblieben war.

Die Male an den Köpfen der Geister! »Hast du eine Knochensäge?«

»Nein, Herr, aber ich habe eine kleine Handsäge. Ich hole sie.«

Nachdem Piras gegangen war, legte Dien die Stirn in Falten, betrachtete das von Würmern verseuchte Fleisch und fragte: »Was ist mit ihm passiert?«

Dubric runzelte ebenfalls die Stirn und hob behutsam einen von Calums Armen an. Unverhofft löste er sich, da die Sehnen und Bänder das Gelenk nicht mehr zusammenhielten, und der Unterarm trennte sich vom Handgelenk. »Ich weiß es nicht mit Sicherheit, aber ich vermute, dass durch das kalte Wasser das Wachstum und die Entwicklung der Würmer gebremst wurden. Sobald sich der Körper erwärmte, fingen die Kreaturen an, aus den Eiern zu schlüpfen.«

»Obwohl ihn Piras auf Eis gelegt hat?«

»Das kam einfach zu spät.« Dubric legte die Armknochen neben den Leichnam und kniete sich hin, um die Hand aufzuheben. »Wenn wir heute hier fertig sind, müssen wir die Überreste verbrennen. Wir müssen sicher sein, dass wir dieses Ungeziefer ausgelöscht haben.«

»Eines der Mistviecher kriecht gerade Euer Bein hoch.«

Dubric schnappte die rote Larve von seiner Wade und ließ sie auf den Boden fallen. Der fette Wurm, fast so dick wie sein Zeigefinger, kroch auf ihn zu, aber der Kastellan zerstampfte ihn unter einem Absatz.

Dubric und Dien gingen um den Leichnam herum und zertraten jeden Wurm, der sich auf dem Boden krümmte. »Warum liegt Calum hier, rottet vor sich hin und wird aufgefressen, während Eagon verschwunden ist?«

Dien betrachtete den grausigen Anblick im Raum mit verzogenem Gesicht. »Entweder waren tatsächlich seine Angehörigen hier, um ihn nach Hause zu holen, oder der Mörder hat ihn gestohlen. Einen anderen Grund vermag ich nicht zu erkennen.«

Zwei Würmer wanden sich zusammen am Rand des Strohs. Sie zankten sich im hässlichen Abklatsch einer Paarungsumarmung um ein Stück schimmelndes Fleisch. Dubric tötete beide. »Glaubst du, seine Familie hat ihn gefunden?«

»Scheint mir zweifelhaft zu sein«, meinte Dien, während er auf den verheerten Körper starrte. »Wir müssen sie fragen, um sicher zu sein, aber ich würde auf keinen Fall so etwas wie das mit nach Hause nehmen.«

Calums linker Fuß sackte zur Seite und rollte aufs Stroh, da das obere Knöchelgelenk unter den sich windenden Würmern nachgegeben hatte. Dubric hob es an und legte es an seinen Platz zurück. »Warum sollte ihn der Mörder zurückhaben wollen? Warum ihn und nicht Calum?«

»Vielleicht ist an dem Leichnam etwas, das Euch noch nicht aufgefallen ist. Vielleicht hat es sich der Mörder anders überlegt und entschieden, dass er noch ein wenig mit ihm spielen will. Vielleicht trieb ihn ein völlig anderer Grund, der uns noch nicht in den Sinn gekommen ist.«

Dubric runzelte abermals die Stirn, während sein Blick über den Toten wanderte. »Vielleicht war er gar nicht befallen.«

»Herr?«

»Was, wenn derjenige, der Eagon geholt hat, wusste, dass Calum befallen war – dass ihm das hier widerfahren würde –, Eagon hingegen nicht?«

Dien nickte und schob loses, wurmzerfressenes Fleisch zum Skelett. »Irgendetwas an der Leiche könnte uns zu dem Mistkerl führen. Ja, das ergibt so viel oder wenig Sinn wie alles andere.«

»Wie jeder Dieb hat er sich das genommen, was nützlich ist, und den Unrat für andere zum Entsorgen zurückgelassen.« Dubric schaute auf, als Piras mit einer abgegriffenen Metallsäge in den Händen durch die Tür gehumpelt kam.

Dubric nahm die Säge entgegen. »Dieser Körper und alles, was unter Umständen von Würmern besudelt ist, muss vernichtet werden. Nach Möglichkeit durch Feuer.«

»Wie Ihr wünscht, Herr. Ich habe einen Verbrennungsofen.«

Dubric holte tief Luft und wischte einen Klumpen Würmer von Calums Stirn. »Damit sollte es gehen, besten Dank.« Dubric setzte das Sägeblatt an Calums Stirn an und begann zu sägen. Das raspelnde Geräusch des Stahls auf Calums glattem Schädelknochen ließ ihn zusammenzucken. Allerdings trennte er ihn nicht ganz durch; stattdessen drehte er den Kopf und arbeitete sich mit dem Sägeblatt den Rand entlang vor, um das Gehirn zu schützen und was immer sich sonst noch im Schädel befinden mochte.

Die nässende Masse, die einst Calums Kopf gewesen war, löste sich mit einem Ruck von den Wirbeln. Sie hing jetzt nur noch am Rückenmark und an trockenen, verkrusteten Blutgefäßen. Dubric verzog das Gesicht zu einer Grimasse, als er auch diese Verbindung durchtrennte, um leichter an die Rückseite des Schädels zu gelangen.

Calums Kopf wies links und rechts an den Nähten zwischen Schläfenbein und Keilbein Einstiche auf. Dubric schnitt geradewegs durch ein Loch, aber knapp über dem anderen hinweg, und die Schädeldecke klappte mit einem knirschenden Laut auf. Dubric starrte auf das, was sich im Inneren befand. Sein Mund wurde staubtrocken.

Neben ihm stieß Piras zwischen den Zähnen hindurch einen Pfiff aus, während Dien verdutzt und stumm verharrte.

Das Innere schimmerte weiß. Es wies weder Blut noch Würmer auf. Ein schwarzer Faden hing von der Schläfe mit dem unversehrten Loch zur Schädelbasis hinab. Darauf aufgefädelt wie eine Perle prangte ein völlig ausgedörrter grauer Klumpen. Der pflaumengroße Brocken lag in der Schale des Schädels. Brüchige

Reste von Blutgefäßen standen davon ab wie abgestorbene Wurzeln entlang eines Flussufers.

»Herr, in meinem ganzen Leben habe ich noch nie etwas so Mickriges wie diesen Klumpen gesehen. Wie konnte sein Gehirn dermaßen in sich zusammenfallen?«

Dien deutete mit seinem Stift auf zwei ausgetrocknete Pusteln, die an der Vorderseite des verschrumpelten Gehirns baumelten. »Sind das seine Augen?«

Dubric unterdrückte ein Schaudern. »Ich glaube schon, ja.« Behutsam fasste er hinein und schob den Klumpen getrockneten Gewebes beiseite. Er löste sich von dem brüchigen Bündel der Nervenstränge, die durch die Schädelbasis eintraten, und der Kastellan entdeckte keine Würmer in der Hirnschale. »Fühlt sich wie trockener Lehm an. Steif und unnachgiebig, und es ist sehr leicht.« Er drehte es herum und bemerkte, dass die Fäden in die Unterseite des Klumpens verliefen. Der Kastellan schaute zu Piras. »Hast du eine Tüte? Oder eine Kassette? Irgendetwas Sauberes, worin ich das hier verstauen kann?«

Piras nickte und hinkte los, während Dubric die Überreste von Calums Gehirn untersuchte. Auf einer Seite präsentierte sich der Fadenstrang glänzend schwarz, auf der anderen hingegen wies er ein sattes, wenngleich mattes Rot auf. Der rote Strang war steifer und ein wenig dicker als der schwarze, er neigte dazu, sich zu kräuseln, als er zwischen Dubrics Fingern hing, und er fühlte sich merkwürdig warm an.

»Sind das zwei getrennte Stränge, Herr?«, fragte Dien.

»Ich weiß es nicht. Wir werden es aufschneiden müssen, um das zu klären. Ich traue mich nicht, eines der Enden herauszuziehen.«

Piras hielt ihm eine Keramikschale hin, und Dubric legte das Gehirn hinein.

Während Piras die Schale zu einem nahen Tisch trug, umrundete Dubric den Leichnam erneut, entdeckte aber wieder nur Würmer und verwesendes Fleisch. »Lasst uns fertig werden, bevor diesen Würmern Flügel wachsen«, sagte er und hob das fleckige Tuch vom Stroh. »Kratzt den Rost ab. Es darf uns kein Einziger entkommen.«

Zusammen trugen die drei Calum und jedes Fitzelchen Stroh zum Verbrennungsofen. Sie zündeten ihn an und beobachteten, wie roter und schwarzer Rauch zum Kamin aufstieg, bevor Piras die Tür zuwarf.

Kapitel 17

Als Dubric und Dien den Fährhafen erreichten, der sich Wittrup gegenüber befand, stand der Einbruch der Dunkelheit kurz bevor. Sie hatten bei jedem Ladenbesitzer und Heim in Tormod nachgefragt, aber keinen Hinweis darauf gefunden, was Otlee zugestoßen sein mochte. An jenem Abend sprachen sie wenig, als sie nach Westen ritten. Alle bisherigen Beweise mündeten in Sackgassen. Somit blieben nur Calums verschrumpeltes Gehirn und Eagons verschwundener Leichnam als mögliche Spuren.

Dubric stieg ab und läutete die Fährglocke. Angst und Scham belasteten ihn in einem Ausmaß, wie er es seit Jahrzehnten nicht mehr erlebt hatte. *Braoin ist gestorben, und Otlee ist verschwunden. Wie konnte ich die beiden Jungen so im Stich lassen?*

Er hörte, wie sich ein Karren näherte, und sowohl er als auch Dien lockerten die Schwerter in den Sattelscheiden, als das Gefährt rumpelnd herankam. Dubric stieg wieder auf und drehte sein Pferd in die Richtung, aus der die Geräusche stammten. Die Geister schienen fest entschlossen, sich ihm dabei in den Weg zu stellen.

Atro, der Höker, geriet in Sicht und gähnte hinter seinem altersschwachen Maultier. »Friede sei mit Euch, Fürst Dubric«, rief er und winkte. »Danke, dass Ihr die Fähre gerufen habt.«

»Gern geschehen«, erwiderte Dubric. »Bist du immer so spät auf der Straße unterwegs?«

»Aye«, bejahte Atro, als er von seinem Karren stieg. »Manchmal sogar noch später, fürchte ich. Ob ich Euch wohl für das eine oder andere Schmuckstück begeistern kann? Oder vielleicht ein wenig Tabak oder ein Mitbringsel für Eure Herzensdame?«

Dubric seufzte und rieb sich die Augen. Seine ›Herzensdame‹

war vor sechsundvierzig Sommern gestorben. »Danke, aber nein.«

Der Höker öffnete den hinteren Teil seines Karrens und hievte sich hinein. Er tauchte mit einem zusammengerollten Päckchen in der Hand und einem Buch unter dem Arm wieder auf. »Was ist mit dir, Meister Saworth? Ein bezauberndes Geschenk für deine wunderschöne Frau oder deine Töchter?« Er rollte das Stoffpäckchen auseinander, um eine Auswahl an Armbändern zu präsentieren.

»Nein«, brummte Dien. »Heute nicht.«

Atros Züge fielen in sich zusammen, und er rollte den Stoff wieder zusammen. »Ich habe aber genau das Richtige für euch, davon bin ich überzeugt.« Er klemmte sich die Stoffrolle unter den einen Arm und holte unter dem anderen das Buch hervor. Er hielt es Dubric hin und sagte: »All die Dinge, die ein Dorfjunge wissen sollte, aber vielleicht nicht weiß. Knotenbinden und Kaninchenfallen. Wie man einen Haken mit Ködern versieht und ein Zelt aufstellt. Ledergerben. Welche Beeren man gefahrlos essen kann. Es sind wunderschöne Zeichnungen drin, lebensechte Bilder. Auf dem Einband steht: *Anleitung für Stadtjungen für das Leben auf dem Land.*«

»Das sehe ich«, sagte Dubric und blätterte das Buch trotz des Brennens in seinen Augen durch.

Atro strahlte. »Ich dachte, das könnte dem Jungen gefallen, der bei Euch war.«

»Er ist verschwunden«, gab Dubric zurück und schloss das Buch. Der Kastellan gab sich alle Mühe, nicht auf das Stechen in seinem Herzen und den Kloß in seinem Hals zu achten.

»Hast du ihn heute gesehen?«, fragte Dien.

»Ja, habe ich«, antwortete Atro und nahm das Buch von Dubric entgegen. »Er kann nicht verschwunden sein, Herr. Hier in der Gegend verschwinden Jungen nur des Nachts. Euer Bursche hat aber erst heute Vormittag ein Tonikum und eine Tüte mit

Süßigkeiten bei mir gekauft. In Tormod. Es ging ihm gut, Herr, richtig gut. Vielleicht hat er sich verirrt oder andere Kinder zum Spielen gefunden.«

»Du hast ihn gesehen?«, hakte Dubric nach.

»Ja, Herr, ganz bestimmt, heute Vormittag in Tormod. Aber seither nicht mehr. Ich nahm an, er würde bei Euch sein. Wie ich schon sagte, Jungen verschwinden nur nachts, und ich hätte nicht gedacht …«

»Er ist aber verschwunden!«, schnitt Dien ihm barsch das Wort ab. »Am helllichten Tag entführt.«

Atro erbleichte und legte das Buch zurück in den Karren. »Dann bedaure ich euren Verlust. Kann ich in irgendeiner Weise helfen?«

Die letzten Spuren von Rosa und Gold verschwanden vom Himmel, vertrieben von einem frostigen Wind, und Dubric zog seinen Mantel enger um die Schultern.

»Nicht mehr, als du es bereits getan hast. Ich versichere dir, wer immer der Schuldige ist, ich werde ihn finden und ihn der Gerechtigkeit übergeben.«

»Aye, und seid gesegnet, Herr, für alles, was Ihr tut.« Atro schloss und verriegelte die Tür des Karrens, bevor er sich wieder Dubric zudrehte. »Hattet Ihr schon Glück bei Eurer Suche?«

»Ein wenig.« Dubric spähte mit zusammengekniffenen Augen in die Nacht und zu dem Licht, das sich über den Fluss näherte. Sein Pferd rührte sich und stampfte mit einem Huf.

Atro lehnte sich an seinen Karren. »Habt Ihr schon mögliche Schuldige, Herr?«

»Einige«, erwiderte Dubric und bedeckte mit der Hand ein Gähnen. Er hatte vor, die Nacht bei Maeve zu verbringen und dann nach Myrthe zu reiten, um Eagons Familie einen Besuch abzustatten. Ein Teil von ihm fürchtete sich davor, Maeve mit solch schlechten Neuigkeiten zu besuchen, ein anderer Teil hingegen konnte es kaum erwarten, sie wiederzusehen. Das Nebeneinander der beiden Empfindungen beunruhigte ihn und verursachte ein Kribbeln in seinem Bauch. Da er so mit den eigenen Gedanken und Sorgen beschäftigt war, fühlte er sich nicht in der Stimmung, mit dem Höker zu plaudern, schon gar nicht über Einzelheiten seiner Ermittlungen.

Dubric wollte den Tag nur noch beenden. Er wollte Otlee finden. Und er wünschte sich, ein wenig zu schlafen.

Atro schien Dubrics Erschöpfung und Unbehagen nicht zu bemerken. »Man munkelt in den Weiten, dass Ihr zwei Leichen gefunden habt, Herr, und dass sie gar widerlich zugerichtet waren. Warum sollte jemand so etwas tun?«

»Das kann ich dir nicht sagen«, erwiderte Dubric. Seufzend schaute er zu den Geistern und betrachtete stirnrunzelnd Braoins verstümmelten Körper.

»Ja, Herr, aber die Vorstellung, dass es jemand ist, der hier in den Weiten lebt … Die Leute haben Angst, und das mit gutem Grund. Viele misstrauen ihren Nachbarn, weil sie glauben, dass die all diese Dinge tun. Es ist betrüblich, über solchen Wahnsinn überhaupt nachdenken zu müssen.«

Die Fähre trieb ans Dock, und der Fährmann räusperte einen Schleimpfropfen hoch, den er in den Fluss spuckte. »Ach, halt doch die verdammte Klappe, Atro. Fürst Dubric is' zu beschäftigt dafür, dass du ihm in den Ohren liegst und ihm Geld abzuluchsen versuchst. Verzieh dich nach Haus und preis dein' Kram morgen wieder an.«

»Du nimmst nicht die Fähre?«, fragte Dubric und legte die Stirn in Falten.

Atro lachte. »Oh nein, Herr. Ich hatte gehofft, Orlek hier würde Reisende übersetzen, die ich für das eine oder andere Schnäppchen begeistern könnte, aber da er sie alle verscheucht hat, enttäuscht er mich mal wieder.«

Orlek, der Fährmann, spuckte erneut ins Wasser. »Besinn dich lieber auf deine Manieren, Atro. Ich hab niemanden nich' verscheucht, außer vielleicht dein' Sohn. Der rastet jedes Mal aus, wenn ich ihn übern Casclian bring'. Führt sich auf wie 'n Tier und bringt mir fast die Fähre zum Kentern.«

Dubric blinzelte und starrte Atro an. »Du hast einen Sohn?«

Der Höker kletterte auf seinen Kutschbock und ergriff die Zügel. »Aye, Herr, so ist es. Ich selbst hab meinen Papa nie kennengelernt und weiß daher, wie schwer das sein kann. Ich hab vor mehreren Sommern eine Waise aufgenommen, um einem armen Kind einen Vater zu geben. Er ist ein braver Bursche. Zimmermannslehrling. Eines Tages wird er einen anständigen Lohn verdienen und nicht um jeden Heller Gewinn feilschen müssen.«

»Arbeitet er für Jak?«

»Ja, Herr, das tut er.«

»Ein unflätiger Rabauke is' er, sonst nichts. Kann's nich' ertragen, ein' verfluchten Fluss zu überqueren!«

Atro seufzte, und sein Maultier schüttelte den Kopf. »Flann wäre als Knabe einmal beinah ertrunken, deshalb fürchtet er sich vor Wasser. Das macht ihn aber nicht zu einem schlechteren Menschen.«

Dubric wünschte, es würde noch genug Licht herrschen, um etwas zu sehen. Er hörte, wie Dien neben ihm ein Notizbuch öffnete. »Wie lange arbeitet dein Sohn schon für Jak?«

»Seit fast drei Sommern«, antwortete Atro. »Er ist nur noch wenige Monde davon entfernt, Geselle zu werden. Stellt sich beim Zimmern sehr geschickt an. Macht einen Vater schon stolz, zu sehen, wie sein Junge ein redliches Handwerk erlernt.«

»Hat er von den verschwundenen Jungen welche gekannt?«

Atro schnalzte mit den Zügeln, und das Maultier setzte sich in Bewegung. »Ja, Herr. Als ich zuletzt mit ihm gesprochen habe, war er zutiefst bestürzt. Er hatte mit einigen der Burschen zusammengearbeitet.«

»Wann hast du deinen Sohn zuletzt gesehen?«

Das Maultier blieb stehen. »Vorgestern. Auf dem Gehöft des alten Devyn. Ich hab ihn auf dem Dach der Scheune gesehen, klar und deutlich. Also, das ist mal ein Ort, wo sich was verkaufen lässt. All die Enkeltöchter, die Schmuck haben wollen. Ich hätte den ganzen Vormittag dort verbringen und die Hälfte meiner Waren verkaufen können, wenn Euer Herr Saworth nicht dort gewesen wäre. Er ist beinah so knausrig wie Ihr, Herr – nichts für ungut.«

Dien grunzte.

»Hast du auch mit deinem Sohn gesprochen?«

Atro setzte sich aufrechter hin und legte den Kopf schief. »Nein, Herr. Es schickt sich nicht, einen Mann bei der Arbeit zu stören.«

»Da wir grad davon reden«, warf der Fährmann ein, »stehen wir jetzt etwa die ganze Nacht hier rum und labern?«

»Einen Augenblick noch«, sagte Dubric, der Atro nicht aus den Augen ließ. »Dein Sohn …«

»Er ist ein verdammt guter Junge.«

»Eine schwachsinnige Heulsuse, meinst du wohl.«

»Ich möchte mal sehen, wie du deinen fetten Hintern auf ein Scheunendach hievst.«

Dien meldete sich knurrend zu Wort. »Bringt mich nicht dazu, eure Schädel aneinanderzuschlagen.«

Der Streit endete, und Dubric stieg ab. »Eine letzte Frage noch bitte. Hast du auf deinen Reisen durch die Weiten irgendwelche verdächtigen Männer bemerkt? Die vielleicht Jungen belästigt haben? Oder hat dein Sohn schon mal jemanden erwähnt, der ihm zu nahe getreten ist?«

Atro tippte sich ans borstige Kinn. »Also, Herr, das könnte ich nicht behaupten, jedenfalls von niemand Bestimmtem. Wir haben hier Händler, die ihre Waren auf der Straße und auf dem Fluss befördern, Leute, die in die Ortschaften reisen, um Samen zu kaufen, etliche Menschen, die ihren gewöhnlichen Geschäften nachgehen. Ich habe nicht eigens auf verdächtige Leute geachtet, aber ich werde künftig die Augen offen halten.«

»Danke«, erwiderte Dubric und führte sein Pferd auf die Fähre.

»Mit Vergnügen, Herr.« Der Höker winkte zum Abschied und rumpelte mit seinem Karren davon.

Orlek sah ihm nach. »Das is' ganz der alte Atro. Zu sehr drauf versessen, Kronen zu verdienen und mit seinen Puppen zu spiel'n, um mitzukriegen, was um ihn rum passiert. Bei den Höllen, Herr, er hätt' dem Übeltäter sein Messer verkaufen könn' und hätt's wahrscheinlich gar nicht gemerkt. Er is' nich' viel heller als sein Junge.«

»Hast du denn irgendetwas Verdächtiges bemerkt?«, wollte Dien wissen, der sein Pferd neben dem von Dubric anband.

Der Fährmann stieß den Kahn vom Ufer ab. »Aye, hab ich. Ich seh' fast jeden verdammten Tag verdächtige Kerle, da ich ja in Wittrup arbeit'. Der Ort is' voll davon. Seeleut' und Händler, Huren und Spieler, arme Seelen, die versuchen, den ein' oder andern Heller aus jemandes Tasche zu stibitzen. Aber hab ich wen gesehen, der Jungvolk belästigt? Abgesehen von Leut', die Kinder verscheuchen, könnt' ich das nich' behaupten.«

Die Strömung erfasste die Fähre und drehte sie seitwärts, doch Orlek schien es nicht zu bemerken. Er schob den Kahn lediglich wieder vorwärts, weiter über den Fluss. »Kinder, hauptsächlich Jungen, verschwinden jetzt fast schon seit drei Sommern. Wittrup hat auch sein' Teil an Jungs verloren, einer davon mein Neffe. Dieser Tage passen wir auf sie auf, hört Ihr? Keiner fasst ein' von uns an, ohne dass es wer merkt.«

Er verstummte und schaute über die Schulter zu Dubric. »Erinnert Ihr Euch an gestern, als Ihr mit meiner Fähre übergesetzt habt? Wie Ihr Euern Jungen losgeschickt habt, um den Kindern, ein, zwei Münzen zu geben?«

Dubric nickte. »Ja, ich erinnere mich.«

»Den ganzen Tag und bis in die Nacht hinein haben mich die

Leut' nach Euch und dem Jungen gefragt. Wo Ihr hin seid. Was Ihr gesagt habt. Wer Ihr seid.«

»Was hast du ihnen gesagt?«

Orlek lachte und arbeitete die Fähre näher ans Ufer. »Ich hab gesagt, dass Ihr Fürst Dubric höchstpersönlich seid und dass Ihr die finst're Bestie fangen und töten werdet, genau wie Ihr's im Krieg gemacht habt. Mein Papa hat uns Jungvolk alles von Euch erzählt, Herr, als ich noch 'n Bürschlein war. Ein paar der Alten erinnern sich noch dran, dass Ihr die Arbeit gemacht habt, während der König die Lorbeeren einsackte. Dann hab ich allen gesagt, dass Ihr den Jungen vor mir beschützt habt, dass der Junge das Jungvolk bezahlt hat, nicht Ihr, und dass Ihr den Jungen liebt, als wär' er Euer eigenes Fleisch und Blut. Das hab ich gemerkt.«

»Das sind ja alles sehr nette Dinge. Danke.«

»Is' nich' nötig, mir zu danken, Herr, überhaupt nich'. Fangt einfach die Bestie und erledigt sie. Das is' alles, was wir armen Seelen wollen.« Kurz verstummte er, während die Fähre in der Strömung erzitterte, dann holte er tief Luft. »Is' es wahr, Herr, was sich die Leut' erzählen? Über die Jungen, die gefunden worden sind?«

»Was erzählen sich denn die Leute?«

»Dass er sich an ihnen vergangen hat. Dass er's mit ihnen getan hat wie 'n Mann mit 'ner Frau. Bloß schlimmer.«

Dubric verschloss die Augen vor den Geistern der drei ihm folgenden jungen Männer, und vor ihren auf dem Wasser flackernden Spiegelbildern. Er dachte an den erst zwölf Sommer alten Otlee und hätte sich am liebsten übergeben. »Ja, es ist wahr.«

Orlek nickte, schniefte und wischte sich mit dem Ärmel über das Gesicht. »Dacht' ich mir. Eine verfluchte Schande is' das. Die einzigen Gründe, sich 'n Jungen zu nehmen, sin', ihn rackern zu lassen oder ihn fertigzumachen.« Er schob die Fähre weiter über den Fluss. Nach einer langen Weile, als sich die Fähre nur noch ein bis zwei Stöße vom Dock entfernt befand, fragte Orlek: »Könnt Ihr was für uns tun, Herr? Für die armen Leut' von Wittrup?«

»Kommt darauf an, was.«

Orlek nickte und schob die Fähre ans Ziel. »Wenn Ihr den Mistkerl fangt, könnt Ihr ihn leiden lassen? Könnt Ihr ihn bezahlen lassen?«

Die Fähre erschauderte, als sie zum Stillstand kam, und Dubric band sein Pferd los. »Ich werde Euren Jungen Gerechtigkeit bescheren, das schwöre ich bei meinem Leben.«

Orlek öffnete das Tor. »Dann seid Ihr der Heilige, als der Euch mein Papa beschrieben hat, Herr. Danke.«

Dubric seufzte und kramte in seiner Geldbörse nach zwei Kronen. »Ich bin zwar kein Heiliger, aber ich werde meine Pflicht deinem Volk gegenüber erfüllen. Darauf hast du mein Wort.« Er legte die zwei Münzen in die Tasse des Fährmannes. »Du hast erwähnt, dass dein Neffe zu den Vermissten gehört. Was kannst du mir über ihn erzählen?«

Orleks Augen funkelten im Mondlicht. Er straffte den Rücken und begegnete Dubrics Blick. »Sein Name ist Loman, Herr. Der Junge meiner Schwester, möge die Göttin ihrer Seele gnädig sein. Was wollt Ihr wissen?«

Dubric hörte, wie Dien das Notizbuch aufschlug, als er begann, Fragen zu stellen.

Der Wind hatte kräftig zugelegt, bis Dubric und Dien in Falliet einritten, und schwarze Wolkenschwaden tänzelten zwischen den Sternen. Das Dorf hatte sich für die Nacht zur Ruhe begeben. Weit und breit war niemand zu sehen, und sämtliche Behausungen hatten sich gegen den Wind und die Kälte abgeschottet. Wie bei den anderen Häusern im Dorf schimmerte auch bei Maeve ein einladender goldener Schein durch die Fenster, und Rauch stieg aus dem Kamin auf. Ihre Eselin iahte einen leisen Gruß, als Dubric auf Maeves Schuppen zuritt, und er kraulte das Tier traurig zwischen den langen Ohren, bevor er seine Ausrüstung zum Haus schleppte.

»Ich kenne sie schon seit fast zwanzig Sommern, Herr. Sie gehört zur Familie. Ich weiß nicht, ob ich fähig bin, ihr das von Bray zu sagen.«

»Ich auch nicht, trotzdem müssen wir es tun. Besser, sie erfährt es jetzt von uns als durch Klatsch in einigen Tagen, wenn er aus dem Fluss gefischt wird.«

»Falls ihn überhaupt jemand findet«, brummte Dien. »Von all den verschwundenen Jungen sind bisher gerade mal zwei aufgetaucht. Und Otlee, Herr. Was bei den verdammten sieben Höllen sollen wir nur tun?«

»Wir werden ihn finden, und wenn wir dabei draufgehen.« Dubric holte tief Luft, straffte die Schultern und näherte sich der Tür.

Seine Knöchel hatten noch kaum das Holz berührt, als er von drinnen auch schon Bewegung hörte und Maeve hinter der sich öffnenden Tür erschien.

»Dubric! Dien! Was macht ihr denn hier? Habt ihr ihn gefunden? Was ist passiert?« Sie lächelte erst hoffnungsvoll, dann wich sie zurück und bedeckte mit den Händen den Mund. »Nein!«, heulte sie auf und sank auf die Knie. »Braoin!«

Dubric eilte hinein und warf seine Last von sich. Papier und Bücher landeten auf dem Boden verstreut. »Ruhig, ganz ruhig«, sagte er und kniete sich neben sie.

Maeve drehte sich in seine Arme und klammerte sich an seiner Brust fest. »Mein Junge, mein kleiner Schatz!«

Der Kastellan hielt sie fest, während Dien die Tür schloss. »Sein Geist ist vergangene Nacht zu mir gekommen. Es tut mir leid, so leid, dass ich nicht schnell genug war.«

Er streichelte ihr Haar, ihren Rücken und schaute zu Dien, der sie beide verwirrt beobachtete. »Hol ihr Tee. Bitte. Und eine Decke.«

Der große Mann nickte und eilte durch den Laden, verschwand im Haus.

»Was soll ich jetzt tun, da alle Hoffnung verschwunden ist?« Sie zitterte am ganzen Leib, wurde von einem regelrechten Beben erschüttert.

»Ich weiß es nicht, aber du wirst es überleben. Das verspreche ich. Wir beide werden es überleben. Otlee ist auch verschwunden.« Er hielt sie fest, so gut er konnte, bis Dien mit einer Decke zurückkam. Zusammen halfen sie ihr ins Haus und auf einen weich gepolsterten Stuhl in der Nähe des Feuers.

Sie starrte eine lange Weile in die Flammen, ohne ein Wort zu sprechen. Tränen kullerten ihr über die Wangen, während der Tee unangetastet neben ihr abkühlte. Die Katze – Lachesis – sprang auf ihren Schoß, und Maeve streichelte sie, ohne den Blick vom Feuer abzuwenden.

Dubric und Dien ließen sich mit ihren spärlichen Beweisen in der Küche nieder, während Maeve trauerte. Niemand sprach.

»Wo sind nur meine Manieren?«, sagte sie schließlich, schob Lachesis weg und streifte die Decke ab. Ihre Stimme klang hohl und weit entfernt; ein Ruf aus einem tiefen, vergessenen Brunnen. Sie wankte in die Küche und zupfte mit zittriger Hand an ihren Haaren. »Ihr müsst hungrig sein.«

»Wir kommen schon zurecht«, erwiderte Dubric. Er legte die letzte Ladung Papier und Notizen auf den Küchentisch. »Bitte kümmere dich um dich selbst. Sollen wir uns für diesen Abend lieber woandershin zurückziehen? Wir können auch im Schuppen übernachten oder bei einem Nachbarn klopfen.«

»Nein.« Sie stützte sich auf den Türknauf und putzte sich die Nase. »Ich möchte lieber nicht allein sein. Ich bin froh, dass ihr hier seid.« Sie ließ den Kopf hängen, dann drehte sie sich um und ging unstet davon. »Bedient euch. Nehmt, was immer ihr findet. Ich glaube, ich muss mich hinlegen.«

Nachdem sie gegangen war, öffnete Dubric ihre Schränke und

entdeckte eine Dose Obst sowie Gläser mit getrocknetem Gemüse. Dien erkundete die Veranda und den Keller, ehe er mit zwei Kartoffeln und einem geräucherten Fisch zurückkehrte. Während Dubric Wasser zum Kochen aufsetzte, ging Dien das Gewirr der Bücher, Notizen und sonstigen Beweise durch.

»Ihr seid also sicher, dass Braoin tot ist?«, fragte Dien. »Das habt Ihr schon Paol gegenüber erwähnt, und zu Maeve habt Ihr soeben gesagt, Ihr hättet seinen Geist gesehen.«

»Ja. Ja, er ist tot … und ja, das habe ich.«

Dien verengte die Augen. »Wie?«

Dubric schluckte, als ihm die letzten Reste seines Geheimnisses entrissen wurden. »Es ist mein Fluch, die Toten zu sehen, bis ich sie gerächt habe. Damit lebe ich bereits, seit Oriana gestorben ist. Ich wünschte, ich könnte dem entkommen, aber das kann ich nicht. Ich hätte dir schon früher davon erzählen sollen.«

Dien ließ vor Erleichterung die Schultern herabsacken. »Ich wusste, dass irgendetwas hinter Euren ständigen Kopfschmerzen stecken muss. Und dahinter, wie unausstehlich Ihr sein könnt, wenn wir es mit einem Mord zu tun haben. Daher also wisst Ihr, dass Otlees noch lebt. Und dass so viele andere Jungen tot sind.«

»Zu viele«, sagte Dubric. »Aber nicht Otlee. Noch nicht. Wir müssen ihn finden. Irgendwie.«

»Wir haben so wenig, dem wir nachgehen können.« Dien seufzte. »Er könnte überall stecken.«

Dubric erblickte ein Messer und begann damit, die Kartoffeln klein zu hacken. »Es gibt irgendeine Verbindung zwischen den Vermissten. Wie sehen der Altersbereich und die Daten des Verschwindens der Jungen aus, die wir bestätigt haben?«

»Ich kümmere mich gleich darum, Herr. Die Angaben sind alle hier, ich habe sie nur noch nicht geordnet und verzeichnet.«

Dubric brummte zustimmend und arbeitete weiter an der Zubereitung der Suppe, während Dien Ordnung aus dem Informationschaos erschuf, das sie in Maeves Küche gebracht hatten.

Sobald die Suppe zu köcheln begonnen hatte, entschuldigte sich Dubric und ging los, um nach Maeve zu sehen. Sie lag auf dem Bett und weinte leise, den Rücken der offenen Tür zugewandt.

»Ich bin es«, kündigte sich Dubric an, bevor er eintrat. Er ergriff eine Decke von der Rückenlehne eines Stuhls und breitete sie über Maeve aus. »Ich habe einen Kessel Suppe aufgestellt, falls du Hunger bekommst. Falls du irgendetwas brauchst, sind sowohl Dien als auch ich in der Nähe.«

Sie rollte sich auf den Rücken und sah ihn an. »Hat er gelitten? Wisst Ihr, ob mein Sohn …« Hilflos zuckte sie zusammen und wischte sich über die Augen.

»Das vermag ich nicht zu sagen«, erwiderte er und dachte an die Schmerzen zurück, die durch seinen Kopf geschossen waren, als Braoins Geist erschien. »Aber ich glaube, das Ende kam schnell für ihn.«

Sie nickte, drückte sich ein Kissen an die Brust und rollte sich wieder von ihm weg. Dubric wollte zu ihr ins Bett klettern, sie festhalten, sie weinen lassen und ihren Schmerz lindern, so gut er konnte, aber er liebte immer noch seine Gemahlin. Sich neben eine andere Frau zu legen, und sei es nur, um ihr unschuldigen Trost zu spenden, empfand er als verwerflich.

Zudem war er alt genug, um ihr Vater zu sein. Beinah alt genug für ihren Großvater. Solche Gedanken konnten sogar in völlig reiner Absicht schnell auf einen gefährlichen Pfad führen.

Seufzend überließ er sie ihrer Pein und begab sich in den Abortraum. Er schloss die Tür, setzte sich auf den Rand der Wanne und gestattete sich, seinen eigenen Kummer zu fühlen. Oriana, drei kurze Monde lang seine Braut, war vor so langer Zeit unerwartet gestorben. Dennoch spürte er ihren Verlust nach wie vor wie einen körperlichen Schmerz, wie eine Nadel, die tief in seinem Herzen steckte. Er hatte durch jenes Feuer damals alles verloren, alles außer dem eigenen erbärmlichen Leben, und er hoffte – nein, er betete –, dass Maeve nicht für den Rest ihrer Tage dieselben Qualen heimsuchen würden.

Dubric holte tief Luft und schaute zur Decke auf, ganz so, wie er es als junger Mann getan hatte, wenn er Antworten von der Göttin suchte. Die Erinnerung an jene Tage widerte ihn an und tröstete ihn zugleich, und als sich die Worte ihren Weg bahnten, drangen sie leise wie das Gurgeln eines Baches im Sommer von seinen Lippen.

»Über vierzig Sommer lang habe ich dich um nichts gebeten. Ich habe deinen Fluch auf dem Herzen getragen wie ein Packtier seine Lasten auf dem Rücken. Auf deinen Befehl habe ich meine Pflicht gegenüber den Seelen erfüllt, denen Unrecht widerfahren ist, und habe dich doch in meinem Innersten geschmäht. Ich habe die Tode von so Vielen gesehen und durchlitten; so viel mehr als den einen Tod, den jeder Sterbliche irgendwann erfährt. Meine Sünden sind allein mir zuzuschreiben, das gebe ich zu. aber ich habe auch nie verleugnet, was ich getan habe – nein, ich stehe jeden Tag meines elenden, verachtenswerten Lebens dazu. Du hasst mich, und ich bringe dir dieselben Gefühle entgegen. Du schuldest mir nichts, und ich schulde dir noch weniger.«

Für einen Moment verstummte er, als ihm Tränen in den Augen brannten. »Ich verdiene die Geißel, die du mir auferlegt hast, wir beide kennen diese schlichte Wahrheit. Doch die Frau, die im Nebenzimmer weint, hat nichts getan, das solches Leid verdient. Dasselbe gilt für die Familien, deren Söhne ich suche, und für Otlee, dessen Unschuld zweifellos verloren ist. Kannst du ihnen nicht helfen? Kannst du ihr Leid nicht lindern? Kannst du ihnen nicht Hoffnung geben? Martere mich, so viel du willst. Ich werde dich nie um Gnade oder Vergebung anflehen, aber foltere diese anständigen Seelen nicht so, wie du mich folterst. Ich habe einst an deine Herrlichkeit, deine Gnade und deine Güte geglaubt. Nimm diesen Menschen ihren Irrglauben nicht weg. Sie haben so wenig anderes, wofür es sich zu leben lohnt. So wenig, woran sie glauben können.«

Er stand auf und räusperte sich, hustete ein Hindernis hinweg, das sich in seinem Hals eingenistet hatte. »Dein Wille geschehe. So ist es und so wird es immer sein.«

Aufgewühlt wusch er sich die Hände und spritzte sich Wasser ins Gesicht. Anschließend trocknete er sich ab und blickte in den Spiegel, der ihm einen alten, zernarbten Mann mit gequälten Augen zeigte, und er schüttelte den Kopf. Nicht alle Narben waren sichtbar, das wusste er so gut, wie er die eigene Seele kannte, und viele davon würden nie verheilen.

Er nahm sich einen Augenblick Zeit, um das Waschbecken sauber zu wischen und den Waschtisch aufzuräumen – er wollte seiner Gastgeberin keine zusätzliche Arbeit bereiten. Als er damit fertig wurde, holte er tief Luft und blickte erneut in den Spiegel, um Hemd und Kragen zu richten, dann hielt er inne. Seine brandnarbigen Finger zitterten.

Braoins Gemälde hing an der Wand hinter ihm, eine Darstellung des Wasserfalls, den er erst vor zwei Tagen gesehen hatte. Dasselbe Gemälde und doch völlig anders.

Im Spiegel glich der Nebel tödlichen, funkelnden Eissplittern. Die Vögel schienen eine düstere Absicht auszustrahlen, die Blätter muteten an, als wollten sie die Haut des Betrachters aufschneiden, und der Himmel wirkte Unheil verkündend.

Er drehte sich um und starrte das Gemälde unmittelbar an. Ein wundervolles Beispiel von Kunst voll erlesener Einzelheiten, von den Flügeln der Insekten bis hin zu den taunassen Blüten. Ein Meisterwerk.

Er wandte den Blick zurück zum Spiegel. Eindeutig dasselbe Gemälde, doch mit der gegenteiligen Wirkung. Lag es an der Beleuchtung, an den Pinselstrichen? Oder an etwas anderem?

Maeve hatte gesagt, der Titel ›Leben und Tod am Fluss‹ treffe durchaus zu, das Bild enthielte sehr wohl den Tod. *Hat sie das damit gemeint? Dass sich der Tod im Spiegelbild verbirgt? Das Gegenteil von Leben?*

Er nahm das Gemälde von der Wand und hielt es vor den Spiegel. Der Fluss zeigte sich dunkler und todbringender, die Weiden dahinter waren nicht mehr grün und blühend, sondern gräulich und verdorrt. Die Arbeiter auf den Feldern ähnelten verkohlten Stöcken, und die beinah von den Äckern verdeckte Mühle im Hintergrund war gar keine Mühle, sondern verheerte Ruinen aus dunklem Stein.

Und sie hatten gebrannt.

Er drehte das Gemälde wieder um und begutachtete die Einzelheiten. Ein bezaubernder, unbeschwerter Frühlingsmorgen, aber … Er kniff die Augen zusammen und beugte sich näher zur Leinwand, dann taumelte er um ein Haar zurück, als sein Blick die Täuschung erkannte. Zwei Pinselstriche für jede winzige Einzelheit, unmittelbar nebeneinander, manche so verschwindend, dass man sie kaum sehen konnte. Ein Schatten und ein Glanzpunkt. Ein feuchter Stein und ein Brandmal. Eine Feder und ein Fang.

Dubric runzelte die Stirn und richtete sich wieder auf, hielt das Gemälde immer noch vor sich, als er zufällig zum Spiegel schaute.

Etwas stand hinten auf die Leinwand geschrieben.

Verdutzt drehte er das Bild um, betrachtete die Rückseite und murmelte einen leisen Fluch.

Eine Zahlenreihe, ein Teil derjenigen Folge, die er bereits gesehen hatte.

1 2 3 4 1 2 1 2 3 2 3 4 3 4 3 4

»Verdammt, was für ein Junge«, entfuhr es ihm. Er klemmte sich das Gemälde unter den Arm, verließ den Abortraum und eilte in die Küche.

Kapitel 18

Während des Abendessens fing Kias Fuß mitten in einer ausgedehnten Klageleier über den trostlosen Zustand ihres Lebens plötzlich an, Lars' Bein zu reiben. Er trat ihren Fuß weg und zog die eigenen zurück. Kia seufzte, kitzelte mit den Zehen sein Schienbein und setzte oberhalb der Tischplatte ihr unablässiges Zetern fort. Lars bemühte sich, Kias Füßen auszuweichen und die Aufmerksamkeit auf sein Essen zu richten, dann jedoch zuckte er zusammen, als Sarea die Hand auf den Tisch niedersausen ließ.

»Kialyn Rebeka, ich finde, das reicht jetzt.«

»Was reicht, Mutter? Ist doch nicht meine Schuld, wenn sich Fyn das gesamte Gemüse unter den Nagel reißt«, klagte Kia entrüstet und verschränkte die Arme vor der Brust. »Und alles andere«, fügte sie hinzu und schaute dabei zu Lars.

Fyn saß rechts von Lars und würdigte Kia kaum eines Blickes, während sie aß. »Ich reiße mir gar nicht alles unter den Nagel. Ich habe einen Löffelvoll davon genommen, genau wie du.«

Unwirsch gab Kia zurück: »Ich hab gesehen, wie Lars das Gemüse hereingebracht hat. Er hat es *dir* gegeben. Er hat *dich* gefragt, ob es in Ordnung ist. Hat für mich ganz so ausgesehen, als hätte er es nur für *dich* geholt, und seither streichst *du* es heimlich ein.«

Lars starrte Kia an. Sein Löffel verharrte auf halbem Weg zwischen dem Eintopf und seinem Mund. »Sie wollte kochen.«

»Eigentlich hab ich das gemacht«, warf Jess mit einem Seufzen ein. Sie saß neben Kia, Lars und Fyn gegenüber. Lustlos stocherte sie in ihrem Eintopf und schien bei jedem Schlag in dem hitzigen Wortgefecht ein wenig mehr zu schrumpfen.

Verdammt, sie hat recht. Stirnrunzelnd schaute Lars Jess an, bevor er seine Aufmerksamkeit wieder auf Kia richtete. »Ich hab es nicht eigens für Fyn geholt, ich hab bloß ein Grüppchen frischen Löwenzahn gesehen und dachte, er würde vielleicht gut schmecken.« Mit einem Schulterzucken tauchte er den Löffel in den Eintopf.

Kia beugte sich vor. »Ihr seid auch ziemlich lange zusammen im Keller gewesen. Wie lange kann es schon dauern, ein paar Karotten und eine Ölbüchse zu holen?«

Lars spürte, wie Hitze in seine Wangen kroch, erwiderte aber nichts.

Jess wischte sich den Mund ab und stand auf. Sie stieß sich vom Tisch ab. »Darf ich mich entschuldigen?«

Sie wartete keine Antwort ab, sondern drehte sich einfach um und ging in ihr Zimmer. Lars sah ihr hilflos nach.

»Gut' Nacht«, rief ihr Devyn kichernd hinterher. Dabei fiel ihm eine Karottenscheibe aus dem Mund und landete auf dem Boden. Er beugte sich zur Seite, hob sie auf und legte sie auf den Tisch, wobei er sie aufrecht auf die Kante stellte. Sie kippte um, und er versuchte es erneut. Grinsend fischte er ein Kartoffelstück aus seinem Eintopf und fing an, die Karotte und die Kartoffel den Tischrand entlangmarschieren zu lassen. Aly, die neben ihm, saß, beobachtete sein Tun mit freudiger Neugier.

Sarea rieb sich die Stirn und stöhnte. »Würdet ihr Kinder wohl *bitte* damit aufhören?«

»Warum musst du immer so schmutzige Gedanken haben?«, wollte Fyn von Kia wissen. »Ist dir je in den Sinn gekommen, dass vielleicht, nur vielleicht, nichts gewesen sein könnte?«

Devyns Kartoffel näherte sich Kias Arm, und sie wischte sie weg. »Irgendetwas ist aber passiert. Ich weiß zwar nicht, was, aber irgendwas war eindeutig, und ich werde es herausfinden.«

»Da gibt's nichts herauszufinden.« Fyn ergriff ein Löwenzahnblatt von ihrem Teller und steckte es sich in den Mund. »Lecker!«

Kia beugte sich vor und senkte die Stimme. »Sieh dich nur an, du Flittchen. Wie eine Katze, die gerade eine fette Taube verspeist hat. Du hast ihn vorsätzlich in den Keller hinuntergelockt. Und nicht nur, um ihn aufzufordern, Gemüse für dich zu holen. Was hast du ihm versprochen, Fyn? Dieselben Dinge, die du mit Gilby machst?«

Fyns Mund klappte auf, und sie ließ die Gabel fallen. »Was?«

Sarea ließ erneut heftig die Hand auf den Tisch niedersausen. »Kialyn!«

»Wisst ihr, ich bin hier«, ließ Lars sich vernehmen. Er holte tief Luft und starrte Kia an. »Gar nichts ist gewesen. Fyn hat Karotten geholt, ich eine Ölbüchse, mehr nicht. Wieso um alles in der Welt denkst du, ich würde etwas auch nur ansatzweise Ungehöriges tun? Sie ist für mich wie meine kleine Schwester!«

»Schwester? Von wegen. Großvater hat recht. Du jagst wie ein Straßenköter jedem Rock hinterher. Papa nennt dich nicht umsonst immer ›Kleiner‹. Weil du nicht mehr als ein verdammter Welpe bist.«

Jäh stand Sarea auf. »Jetzt habe ich aber endgültig genug von diesem Unfug. Kia, pack dich hinaus auf die Veranda. Sofort. Bis du wieder weißt, wie man sich benimmt. So redest du mit niemandem, schon gar nicht mit Lars.«

»Aber Mutter! Siehst du denn nicht, was hier vor sich geht? Dieser Quatsch von einem schwarzen Geist ist doch nichts als eine Lüge, die sich er und Jess ausgedacht haben, damit sie die ganze Nacht zusammen da draußen bleiben konnten. Jetzt ist er mit ihr fertig und macht sich an Fyn ran.«

Sarea zeigte zur Tür. »Sofort, Kia.«

»Fein.« Sie wischte sich den Mund ab, stand auf und stapfte vom Tisch weg. Alle schauten ihr nach.

»Da war wohl ein Geist«, rief Aly ihr hinterher. »Er war gruselig. Richtig gruselig, als wollte er uns auffressen. Und ich war auch die ganze Nacht mit Lars draußen!«

Verwirrt wandte sich Lars an Sarea. »Habe ich ihr irgendetwas getan, von dem ich nichts weiß?«

Sarea seufzte und schob ihren Teller von sich. »Nicht, dass ich wüsste.«

»Sie ist bloß ein neidisches Miststück«, murmelte Fyn.

Sarea rieb sich abermals die Stirn. »Für den Kommentar darfst du in dein Zimmer gehen, junges Fräulein.«

Fyn zuckte mit den Schultern, aß noch ein Löwenzahnblatt und verließ dann ohne ein weiteres Wort den Tisch.

Fast sofort, nachdem Fyn die Tür geschlossen hatte, brach im Zimmer der Mädchen ein Streit aus. Lars starrte auf sein Essen hinab. Seine Ohren brannten, als er inmitten des hitzigen Wortgefechts seinen Namen hörte. »Vielleicht solltest du mit Fyn reden«, schlug er mit einem Blick zu Sarea vor.

»Ist sie immer noch krank?«, fragte Aly.

Lars hob den Kopf und sah Sarea in die Augen. »Bitte.«

»Fischli!« Grinsend griff Devyn nach Kias zurückgelassenem Teller. Er wühlte mit dem Finger darauf herum und holte eine Karottenscheibe aus dem Eintopf, die er mit seinem Kartoffelstück tanzen ließ.

Lars blickte Sarea noch einen Atemzug lang in die Augen, flehte sie stumm an, dann seufzte er und aß weiter.

Dubric stellte den Tee beiseite und blätterte in seinem Notizbuch eine neue Seite auf. Er versuchte, nicht zum Fenster zu blicken, versuchte krampfhaft, nicht an Otlee zu denken, doch Besorgnis und Scham weigerten sich, ihn in Ruhe zu lassen. Irgendwo dort draußen folterte ein kranker, wahnsinniger Mann seinen Pagen, stellte unaussprechliche Dinge mit ihm an. Und Otlee war ein so zierlicher Junge. Wie viel würde er ertragen können?

»Wir finden ihn, Herr«, sagte Dien, der mit einer dünnen Ahle an Calums verschrumpeltem Gehirn herumstocherte. »Und wenn ich jeden Schädel in den Weiten einschlagen muss.«

»Ich hoffe, wir können ihn retten«, murmelte Dubric.

»Das werden wir, Herr. Wir müssen.«

Dubric runzelte die Stirn und starrte auf das Gehirn. »Schneid es auf. Ich will diese Fäden sehen.«

Dien legte die Ahle beiseite und setzte ein scharfes Filetiermesser an. Behutsam schnitt er durch das vertrocknete Gewebe. Seine großen Hände führten das Messer mit geduldiger Genauigkeit. Er summte leise vor sich hin, als er das Vorderhirn vom hinteren Teil trennte und den Weg des Fadens durch die Mitte des Gehirns freilegte.

»Er verläuft durch die Sehnerven«, stellte Dubric fest, als er sich über die Schale beugte. »Glaube ich jedenfalls. Mit dem Aufbau des Gehirns habe ich mich seit Jahrzehnten nicht mehr befasst, seit der Universität nicht mehr. Aber diese Stränge kommen von den Augen, und ich glaube, diese Masse hier gehört zur Nase.«

Dien stocherte in den Klumpen entlang des unteren Bereichs des Hirns. »Der untere Teil hier hat sich gekräuselt wie ein verdorrtes Blatt. Was immer es gewesen sein mag, es hatte eine verdammt starke Wirkung.«

»Könnte die Schnur die Sinne beeinträchtigt haben?«

Dien legte das Messer beiseite. »Zumindest die Sicht.«

»Vielleicht auch die Wahrnehmung«, meinte Dubric. Die Färbung des Fadens verlief von rot nach schwarz. Vorsichtig hob er ihn an und ließ zu, dass sich der rote Teil um seine Finger wickelte. Der Faden kribbelte und pulsierte, als wäre er lebendig. »Fühl das mal.«

»Aber warum, Herr?«, fragte Dien, als er den Faden entgegennahm. Er runzelte die Stirn, als dieser sich um seinen Finger schlang. »Welche Art der Wahrnehmung?«

Dubric griff nach der Karte, die zu suchen Otlee losgezogen war, und rollte sie auf dem Tisch aus. »Calums Frau hat gesagt, er hätte diese Diamantsymbole als ›Augen‹ bezeichnet. Vielleicht besteht eine Verbindung zum Sehvermögen. Vielleicht zeigt er den Jungen etwas, wenn er sie tötet.«

»Oder wenn er sie foltert.« Dien legte den Faden in die Schale. »Devyn murmelt ständig etwas vom Teufelsauge und dass es sieht, zugleich aber nicht sieht. Klingt wie blanker Unsinn.«

Dubric betrachtete den Kanal, den der Faden in Calums Sehnerven hinterlassen hatte. »Ich glaube nicht, dass es Unsinn ist. Wenn wirklich ein Dritter an dem beteiligt war, was Stuart widerfuhr, dann ist dein Schwiegervater vielleicht auch nicht so verrückt, wie er zu sein scheint. Lars hat erwähnt, dass Devyn ständig von Sicht und Sehen faselt.«

»Na gut, Herr, dann will der Mistkerl also, dass sie etwas *sehen.* Aber was nur? Was zeigt er ihnen?«

»Was, wenn er ihnen gar nichts zeigt?«, erwiderte Dubric, während er auf das Gehirn starrte. »Was, wenn er ihnen Bilder nimmt? Immerhin ist dies Gehirn völlig verschrumpelt, wie ausgesaugt.«

»Er nimmt sich ihre Sicht?«

Dubric dachte an Braoins Gemälde. Leben und Tod, zwei Ansichten, zwei Seiten. »Vielleicht. Oder die Dinge, die sie *gesehen haben.* Der Faden verläuft auch durch andere Teile des Gehirns. Es lässt sich unmöglich sagen, welche Erinnerungen darin gespeichert sind, was für Wahrnehmungen noch.«

Dien beugte sich näher und betrachtete den Klumpen eingehend. »Aber warum, Herr?«

Dubric schaute zu den drei Geistern. Otlee lebte noch, gepriesen sei der König. »Das müssen wir herausfinden.«

Dien war gegangen, um zu baden, während Dubric die Küche aufräumte. Nachdem das Geschirr abgewaschen und das übrig gebliebene Essen verstaut war, schenkte sich Dubric eine frische Tasse Tee ein und begab sich ins Wohnzimmer. Mehrere von Braoins Arbeiten lehnten an der Sitzbank. Ihre meisterhafte Ausführung schien ihn regelrecht zu rufen. *Was für ein Verlust*, ging ihm durch den Kopf. Er wandte den Blick von den Gemälden ab und richtete ihn auf drei von Calums Büchern, die zusammen mit verschiedenen Dokumenten, die er einer eingehenderen Untersuchung für würdig erachtet hatte, auf einem kleinen Tisch lagen. Viele von Calums Büchern befanden sich noch auf dem Gehöft der Paerths. Er hoffte, dass er keinen entscheidenden Hinweis dort zurückgelassen hatte. Seufzend setzte er sich und griff nach dem ersten Buch des Stapels.

Er begann, in Calums Tagebuch zu lesen, wobei ihm auf Anhieb auffiel, wie langweilig und penibel der Amtsschreiber seine Gedanken festgehalten hatte. Jede Seite nannte das jeweilige Datum sowie eine Beschreibung der Wetterverhältnisse, bevor eine gegliederte Aufstellung der Ereignisse des Tages samt dazugehörigen Überlegungen folgte. Die unglaublich geordneten, aber auch vollkommen trocken vorgetragenen, alltäglichen und belanglosen Einzelheiten entlockten Dubrics Kehle unwillkürlich ein Gähnen. In all den Sommern, seit er Notizen anfertigte, hatte er noch nie festgehalten, welche Farbe der Schlamm an seinen Strümpfen aufwies oder wie lange er brauchte, um sie wieder sauber zu schrubben.

Dubric bemerkte, dass Maeve irgendwann aufstand und sich an ihre Webarbeiten machte, und er bemühte sich bestmöglich, seinen Geistern keine Beachtung zu schenken. Aber in seinen gesamten achtundsechzig Sommern hatte er noch nie etwas Öderes gelesen als Calums Beobachtungen darüber, wie Milch in eine Schüssel mit Haferbrei gerührt wurde.

Dankbar für die Ablenkung schaute Dubric auf, als Maeve mit einem Zettel in der Hand ins Wohnzimmer kam. »Das hab ich auf dem Boden meines Ladens gefunden. Es gehört mir nicht.«

Dubric warf einen Blick auf das Papier. Es handelte sich um jene eigenartige Liste von Zahlen, die sie von Paol erhalten hatten; dieselbe Liste, die der Zahlenfolge auf der Rückseite des Gemäldes entsprach, das an der Sitzbank lehnte. Paols Zettel musste auf den Boden von Maeves Laden gefallen sein, als sie ins Haus gekommen waren. »Das ist bloß ein Beweisstück, das wir von einem Zeugen haben. Dein Sohn hat diese Zahlenfolge auch gemalt. Er war nicht nur ein hervorragender Maler, sondern auch vorsichtig und klug.« Dubric ergriff die Leinwand und zeigte ihr die auf die Rückseite gemalten Zahlen.

Maeve lief auf und ab und raufte sich dabei die Haare. Die Luft rings um sie schien dabei zu vibrieren wie eine gespannte Schnur, an der jemand gezupft hatte. »Warum sollte Braoin ein Kettmuster malen? Das ergibt keinen Sinn. Nichts ergibt einen Sinn.«

Dubric ließ beinah die Leinwand fallen, als er sie anstarrte. »Ein was?«

Sie drehte sich ihm zu und schüttelte den Zettel, während ihr Tränen über die Wangen liefen. »Diese Zahlen. Das ist ein Kettmuster für eine doppelseitige Diamantbindung. Warum? Warum sollte er sich damit befasst haben? Warum sollte sich überhaupt irgendjemand damit befassen?«

Eine Diamantbindung! Konnte das eine Verbindung zu den Diamantsymbolen auf der Karte sein? Dubric stellte das Gemälde beiseite und griff nach seinem Notizbuch. »Braoin hat diese Zahlen seinen Freunden gegeben. Sie stehen irgendwie in Verbindung mit dem Verschwinden der Jungen, aber keiner seiner Freunde wusste, was sie zu bedeuten haben oder wie er darauf gekommen ist, nur, dass sie Daten entsprechen. Bist du sicher, dass sie ein Webmuster sind?« Er blätterte durch die Notizen über Paols Aussage. *Das Teufelsauge.* Devyn hatte es namentlich erwähnt. Der Faden durch Calums Gehirn … ›Diamantaugen‹ auf der Karte. Sicht. *Was sind wir da auf der Spur?*

Maeve lief wieder auf und ab. »Natürlich bin ich sicher. Ich habe schon unzählige doppelseitige Muster gefertigt. Hunderte, vielleicht sogar Tausende. Beim Schären kommen ziemlich eindeutige Muster zum Einsatz.« Sie sah Dubric eindringlich in die

Augen. »Glaubt Ihr, dass diese Zahlen etwas zu bedeuten haben? Dass Braoin sie aus einem bestimmten Grund hinterlassen hat?«

»Auf jeden Fall«, bestätigte er und ergänzte seine Notizen. »Er hat das Gemälde hiergelassen, wo du es finden konntest, weil du die Bedeutung der Zahlen erkennen konntest. Das allein könnte einen eigenen Hinweis darstellen. Was für ein Stoff würde aus diesem Muster entstehen?«

Maeve nahm Platz und ließ die Liste auf ihren Schoß fallen. Sie starrte darauf, und er bemerkte ein Zucken neben ihrem linken Auge. »Ihr müsst wissen, dass es unter Umständen auch kein doppelseitiges Muster ist – es kommt ganz darauf an, in welcher Reihenfolge und Kombination die Litzen angehoben werden. Es könnte auch ein Jacquard sein, ja, es könnte sich genauso gut um ein Stramin handeln. Doch müsste ich das weben, würde daraus ein doppelseitiges Diamantmuster.«

Sie schaute zu Dubric auf, während ihr Tränen in die Mundwinkel liefen. »Ich verkaufe eine Menge Stoff. So verdiene ich mir den Lebensunterhalt. Braoin wusste …«

Kurz verstummte sie und schüttelte den Kopf. Ihre Augen weiteten sich. »Er wusste, dass ich das Muster erkennen würde! Warum hat er mir nicht einfach davon erzählt? Warum hat er überhaupt danach gesucht?«

»Weil er ein neugieriger Junge war, der bestimmte Grundsätze hatte«, antwortete Dubric in sanftem Tonfall. »Er hat versucht zu helfen. Er wollte dieses Treiben beenden.«

Sie ließ den Kopf hängen. »Dann ist alles meine Schuld, nicht wahr? Ich habe ihm beigebracht, nachzudenken und Fragen zu stellen, eigenständig Erklärungen für die Dinge zu finden. Ich habe darauf bestanden, dass er sich um sein Leben und um das der anderen kümmert, dass er Menschen hilft. Wegen meiner dummen Grundsätze ist er losgezogen, um nach diesem verfluchten Muster zu suchen, und er hat es so sehr gefürchtet, dass er es als Botschaft an mich hinterlassen hat. Und Otlee, der einen anderen Hinweis nicht verlieren wollte, ist auch verschwunden.«

Ihr Kinn bebte, und das letzte Quäntchen innerer Stärke verließ sie. »Ich habe ihn umgebracht. Ich habe meinen Sohn und auch jenen süßen kleinen Jungen getötet.« Sie zerriss den Zettel in winzige Fetzen. »Meine Arbeit, meine von der Göttin verdammte Arbeit und meine Hoffnungen für meinen Sohn haben ihn letztlich umgebracht. Wäre ich zufrieden damit gewesen, arm zu sein, wäre ich an meinem Platz im Leben geblieben, hätte ich Braoin arglos gelassen und so großgezogen, dass er nicht mehr vom Leben erwartet hätte – dann wäre er jetzt nicht tot. Und Otlee wäre vielleicht nicht verschwunden.«

Dubric kniete sich vor sie und berührte ihre Hand, beruhigte ihr Zittern. »Sieh mich an, Maeve. Bitte.«

»Ihr solltet nicht hier sein«, stieß sie aufgebracht hervor und schlug mit der freien Faust auf die Armlehne ihres Stuhls. »Ich sollte alleine trauern. Mein ganzes Leben lang bin ich abgesehen von Braoin alleine gewesen. Und jetzt, da er weg ist, bin ich nicht mehr alleine? Warum?«

»Ich gehe nicht weg«, sagte Dubric und ergriff ihre Finger. »Das verspreche ich. Und ich werde denjenigen finden, der deiner Familie das angetan hat.«

»Wie kann eine Mutter den eigenen Sohn umbringen?«

»Du hast deinen Sohn nicht umgebracht. Du warst ihm eine gute Mutter. Eine wunderbare Mutter. Und du hast ihn geliebt.«

»Nur spielt das jetzt keine Rolle mehr, oder? Er ist trotzdem tot. Wie all die anderen ist er tot.« Sie zog die Hand unter der Dubrics hervor und krümmte sich weinend zusammen, drehte sich von ihm weg.

Dubric ließ den Kopf hängen. Seine Gedanken überschlugen sich förmlich. Die Liste der Zahlen hatte einen Namen. Er holte tief Luft und sah sie wieder an. »Sagt dir der Ausdruck ›Teufelsauge‹ irgendetwas?«

Unvermittelt drehte sie den Kopf und starrte ihn an. »Wo habt Ihr das gehört?«

Er bemerkte ein Aufflackern von Angst und Unsicherheit in ihren Augen, das sich hinter ihrem Kummer verbarg. »Im Rahmen meiner Ermittlungen.«

Sie schluckte und schüttelte den Kopf. »Das ist ein Stoff, ein doppelseitiges Webmuster. Und es ist verboten. Niemand fertigt es an, schon lange nicht mehr.«

Beim König, Dubric wollte unbedingt seine Notizen ergänzen, doch das Notizbuch lag auf dem Boden, und er wagte nicht, den Blick von ihren Augen zu lösen. »Warum nicht?«

»Foiche, der Teufel, trug nur Kleider, die aus einem bestimmten Stoff geschneidert worden waren. Ein roter und schwarzer Stoff, so gewoben, dass er aussah, als wäre er mit Augen übersät. Er hat aus dem Stoff auch Flaggen gefertigt und sie an Bäumen und Pfählen und Gebäuden aufgehängt. Es hieß, überall, wo ein Stück dieses Stoffes war, konnte er sehen. Er konnte sein Volk beobachten, Einblick in Aller Leben nehmen. Nachdem er getötet worden war, schworen sämtliche Weber, den Stoff nie wieder herzustellen.«

Bei der Erwähnung von Foiches Namen kroch Dubric ein eiskalter Schauder über den Rücken. »Könnte auf Basis dieser Zahlen jener Stoff gewoben werden?«

»Vielleicht. Ja, ich denke schon. Das Muster für seinen Stoff wurde angeblich an nur einer Stelle niedergeschrieben. Ich selbst habe es nie gesehen, aber mein Webmeister hat behauptet, er hätte es gesehen, eingeritzt in einen Stein.«

»Wo?«

Maeve schüttelte den Kopf und wich von ihm zurück. »An einem verbotenen, dunklen Ort.«

Er griff nach ihr, fasste sie an den Schultern. »Wo, Maeve? Bitte, ich muss es wissen.«

Sie nickte und schluckte, begegnete seinem Blick. »Nördlich

von Wittrup. Wisst Ihr, wo die Straße nach Oreth über einen schmalen Bach verläuft?«

Dubric hatte jenen Bach bereits zweimal überquert. »Ja.«

»Folgt diesem Bach nach Norden. Es heißt, es gäbe einen Turm in der Nähe der Quelle des Baches. Einen schwarzen, verbrannten, verfallenen Turm.«

Dubric neigte sich zurück und ließ sie los. *Der verbrannte Ort auf Braoins Gemälde.* »Ich bin dort schon gewesen. Foiches Wachturm.«

Mit zittrigen Händen zog sie ein Taschentuch hervor und putzte sich die Nase. »Jetzt, wo ich darüber nachdenke, fällt mir ein, dass einige der älteren Leute den Ort als Teufelsauge bezeichnet haben. Angeblich konnte er von dort jeden beobachten, vermochte alles zu sehen. Aber das war vor langer Zeit, als ich noch ein Kind war. ›Halt dich von dem Bach fern, denn er führt zum Teufelsauge.‹ ›Steig nicht ins Wasser, sonst sieht er dich und holt dich.‹ Solche Dinge. Geschichten, um Kinder zu ängstigen.«

»Das waren nicht bloß Geschichten. Foiche, der Teufel, hat die Menschen der Weiten wie Tiere behandelt. In jenem Turm habe ich Grauen erlebt, das die Vorstellungskraft eines geistig Gesunden übersteigt. Menschen, die zum bloßen Vergnügen gefoltert und abgeschlachtet wurden. Verstümmelte Kinder. Es kam einer Erlösung gleich, das Bauwerk niederzubrennen und die Erde in seinem Schatten zu salzen. Nur wusste ich nie, dass man den Turm das Teufelsauge nannte.«

Er stand auf und wandte sich ab.

»Wo wollt Ihr hin?«, fragte Maeve.

Dubric seufzte, hielt an der Tür inne und schaute zu ihr zurück. »Ich koche weiteren Tee und hole Dien. Wenn wir diesen verkohlten Ort des Schreckens in der Hoffnung aufsuchen wollen, Otlee zu retten, steht uns einiges an Planung bevor. Ich wage nicht, mich dort hinzubegeben, ohne mich auf jede mögliche Weise vorzubereiten.«

Damit ging er in die Küche und versuchte, nicht auf das Zittern seiner Hand zu achten, als er den Teekessel füllte.

Nachdem das letzte Geschirr abgewaschen war, verstaute Lars die Teller, während Jess damit kämpfte, den Eintopfkessel in einen Schrank zu bekommen. Fyn trocknete ab und schichtete Besteck in eine Schublade. Kia hatte einen Wutanfall bekommen, die Arbeit verweigert und sie mit der Unordnung alleine gelassen.

»Danke fürs Helfen«, sagte Fyn und schenkte ihm ein Lächeln. »Aber das hättest du nicht tun müssen. Das ist unsere Verantwortung.«

Lars zuckte mit den Schultern und stapelte die Schüsseln ineinander. »Ich helfe gern.« Jess kniete neben seinem rechten Bein, und er betrachtete ihren Rücken, bevor er tief Luft holte und die Aufmerksamkeit mühsam von ihr löste.

Fyn zwinkerte ihm zu und warf das Geschirrtuch auf den Haufen der Gabeln und Löffel. »Dann überlasse ich euch beiden den Rest. Nacht, Lars, Nacht, Jess.«

»Gute Nacht«, rief er hinter ihr her. Er trocknete die letzte Schüssel ab und fügte sie dem Stapel hinzu, bevor er sie alle in den Schrank stellte.

Jess murmelte einen leisen Fluch und begann, Pfannen herauszuziehen. »Ich kann dir sagen, Kia hat das Ordnungsgeschick einer Steckrübe. Was glaubt sie denn, wie hier noch irgendjemand etwas reinbekommen soll?«

»Gar nicht«, meinte er und kniete sich neben sie. »Ich glaube, darum ging es ihr.« Er fasste hinein und holte einen fettigen Tiegel und ein Backblech mit angetrockneten und mittlerweile völlig verkrusteten Rückständen in den Ecken heraus. »Die müssen noch mal gewaschen werden.«

Seufzend stand Jess auf. »Die hier auch.« Zu ihren Füßen türmten sich mehrere Pfannen und Besteckteile. »So viel dazu, dass wir heute Nacht Schlaf bekommen.«

»Ich hole frisches Wasser und stelle es zum Warmmachen auf den Ofen«, bot Lars an und griff nach dem Eimer, der an der Wand hing. »Bin gleich zurück.«

»Papa und Dubric haben gesagt, du darfst nach Einbruch der Dunkelheit nicht alleine raus.«

Lars hielt inne und ließ seufzend den Kopf hängen. »Ich bin durchaus in der Lage, zum Brunnen zu gehen und einen Eimer Wasser zu holen. Er ist nur fünf Schritte von der Hintertür entfernt.«

»Ich weiß«, erwiderte Jess mit leiser, verhaltener Stimme. »Aber ich kann ja mitgehen. Wenn du willst. Damit du keinen Ärger bekommst.«

Er wusste nicht recht, ob er sich verlegen fühlen oder freuen sollte, aber er konnte nicht anders, als zu lächeln, als sie ihm den Gang hinab und hinaus zur Hintertür folgte.

Die Nacht erstreckte sich allgegenwärtig und dunkel über ihnen, die Sterne funkelten wie schillernde Stecknadelköpfe am Himmel.

Während er die Pumpe bediente, ging sie an ihm vorbei und richtete den Blick ans Firmament. »In Nächten wie diesen fühle ich mich so klein«, verriet sie. »Der Himmel scheint nachts so riesig zu sein, findest du nicht?«

»Früher dachte ich auch so, bis ich mehr darüber erfahren habe. Jetzt betrachte ich ihn eher wie ein gewaltiges Märchenbuch.«

»Wie meinst du das?«

Er füllte den Eimer und stellte ihn auf den Boden. »Wir müssen weiter von der Tür weg, damit ich es dir zeigen kann.«

Sie sah ihn an. Ihre Augen funkelten im Widerschein des Lampenlichts. Nach einem kaum merklichen Zögern nickte sie. »Na schön.«

Er trat neben sie, und sie gingen seitlich um das Haus herum, vorbei an Devyns und Lisseas Schlafzimmerfenster. Völlige Schwärze umfing sie, da die Sichel des Mondes hinter dem Haus verborgen lag, und Lars schaute zum Himmel, als er Jess um einen Baum herum zu einer freien Fläche führte. »Hier ist eine gute Stelle.«

Er setzte sich hin, lehnte sich auf die Ellbogen zurück, und sie nahm neben ihm Platz. Beide blickten zu den Sternen. Er deutete gerade nach oben. »Siehst du den rötlichen Stern, der so deutlich funkelt?«

»Gleich links neben dem grünen? Ja.«

Er grinste. »Gut, dann stell dir jetzt vor, der rote Stern ist die Schnauze eines Drachen, sein Nasenloch. Nun schau nach rechts zum grünen Stern und mal dir aus, das ist das Auge des Drachen. Siehst du die dahinterliegende gekrümmte Linie der weißen Sterne?«

Er drehte den Kopf, um sie zu betrachten, und lächelte, als ihr Mund aufklappte. »Sie ranken sich ineinander, fast wie eine Schlange.«

»Genau. Und siehst du jenseits der Krümmung des Drachen diese gerade Linie von Sternen? Fünf Stück?« Er beobachtete, wie sie nickte und lächelte. »Und wenn du höher schaust, siehst du fast einen Kreis, ja?«

»Es ist eher ein Ei«, berichtigte sie mit einem Blick zu ihm.

Er grinste. »Das ist Harim, der Jäger. Die Linie der Sterne ist sein Schwert …«

Sie schaute wieder in den Sternenhimmel, lachte und zeigte hinauf. »Und die gekräuselte Form ist Blathshel, der Drache. Genau wie in den uralten Mythen.«

»Richtig. Angeblich wurden die alten Helden für ihre Großtaten in den Himmel geschickt, aber Dubric sagt, die Altvorderen haben sich Geschichten ausgedacht, die zu den Sternen passen.«

»Wie viele Geschichten gibt es denn? In den Sternen, meine ich.«

Lars blickte erneut zum Himmel und hielt Ausschau nach einer weiteren einfach zu erkennenden Konstellation. »Viele. Wie dort drüben im Westen. Siehst du dieses Grüppchen besonders heller Sterne?« Als sie nickte, geleitete er sie mit Beschreibungen von der großen Spinne zum Bauern, der ein Dorf vor dem Hunger rettete. Dann lenkte er ihre Aufmerksamkeit nach Norden zur Kriegskatze und zu den rennenden Pferden. Anschließend zurück nach Westen zum König der Vögel.

Der Wind legte zu, und Wolken bewegten sich über den Himmel, verhüllten die Sterne und brachten eine feuchte Kälte mit. Lars schauderte und hielt entlang der Büsche Ausschau nach leuchtenden roten Augen, entdeckte jedoch keine. Ihm wurde bewusst, dass er den Atem anhielt. »Wir sollten uns wohl besser wieder an die Arbeit machen.« Er half Jess auf die Beine und klopfte seine Hose ab. Zusammen gingen sie zurück zum Brunnen, doch er hielt inne, bevor er den Eimer ergriff. Er wollte nicht einfach so ins Haus gehen, wollte nicht dazu zurückkehren, wieder nur ihr Bruder zu sein.

»Jess?«

Sie hatte die Tür bereits geöffnet, aber sie hielt inne und schaute zu ihm. Der Wind spielte mit ihrem Haar, das Licht von drinnen ließ ihre Haut warm und golden schimmern. »Ja?«

Er sah ihr eindringlich in die Augen. »Ich habe Fyn nicht angerührt. Ich wollte Fyn nie anrühren. Im Keller ist nichts dergleichen passiert. Ehrlich nicht.«

Sie nickte und kaute auf der Unterlippe. »Gut.«

»Und …« Er holte erst einmal, dann noch einmal tief Luft und trat zappelig von einem Bein auf das andere. *Was soll ich sagen? Was soll ich tun?*

Sie schloss die Tür und beobachtete ihn abwartend. »Und?«

»Und, äh … äh … Das war lustig.«

»Ja, war es«, bestätigte sie und wirkte dabei genauso unsicher, wie er sich fühlte.

Lars trat einen Schritt näher zu ihr und setzte dazu an, ihre

Hand zu ergreifen, hielt sich jedoch zurück, als sie scheu lächelte und den Blick senkte.

Tausend Gedanken wirbelten in seinem Kopf durcheinander und flehten darum, ausgesprochen oder in die Tat umgesetzt zu werden. Aber ihm fehlten noch fünf Tage auf das Alter zum Freien, ihr zwei Phasen, und er hatte versprochen, damit zu warten, bis sie alt genug wäre. Bis sie beide alt genug wären.

Lars zog die Hand zurück und holte tief Luft, als die ersten kalten Regentropfen auf seiner Stirn landeten. Er hatte sein Wort gegeben. Hoffnungen und Wünsche waren im Vergleich zum Wort eines Mannes unerheblich. Das wusste er so gut, wie er den eigenen Namen kannte.

Er rang sich ein Lächeln ab und ergriff den Eimer. Kaltes Wasser schwappte auf sein Bein. »Wir sollten besser mit dem Geschirr fertig werden. Es wird allmählich spät.«

»Sicher«, erwiderte sie und öffnete die Tür für ihn.

Als er an ihr vorbeiging, blickte er in die hellgrünen Tiefen ihrer Augen und wäre um ein Haar gestolpert. Verlegen trug er den Eimer zum Herd und stellte das Wasser zum Wärmen auf. Dabei fragte er sich unablässig, ob er noch weitere zwei Phasen lediglich ihr Bruder bleiben konnte oder ob er in ihren Augen überhaupt je etwas anderes werden würde.

Als er letztlich zu seinem Kissen auf der Sitzbank kroch, hatten sich seine Gedanken in Besorgnis verwandelt. Lars schlief zum Geräusch des Regens ein und träumte von der Erscheinung, die sie in der vergangenen Nacht gejagt hatte. Diesmal erwischte die Kreatur sie an der Tür. Sie brach Aly das Genick und warf das Mädchen achtlos beiseite, dann griff sie nach Jess. Das Wesen zupfte ihr die bezaubernden grünen Augen aus dem Kopf und riss ihr grinsend mit den Zähnen die Kehle heraus.

»Du hast sie umgebracht. Es ist allein deine Schuld«, warf ihm die schwarze Kreatur lachend vor, als Jess tot zu ihren Füßen landete.

Dann hielt sie plötzlich Otlee vor sich, nackt und blutend und blind. »Willst du zusehen?«, fragte die Erscheinung grinsend und schob Otlee auf ihren prall pulsierenden Penis zu, wie sie es zuvor bei Aly angedroht hatte.

Jäh erwachte Lars. *Ich habe dafür gesorgt, dass den Mädchen nichts zustößt. Ich habe sie wohlbehalten nach Hause gebracht. Und du hast Otlee nicht. Das kann gar nicht sein! Es war nur ein schlimmer Traum. Ein schlimmer, ein grausiger Traum.*

Zitternd starrte er lange an die Decke, bis ihn der Schlaf letztlich wieder übermannte. Als er später erneut die Augen aufschlug, grinste Aly auf ihn herab. Von ihrem Wagen war ein Rad abgebrochen. Er roch Pfannkuchen und Würstchen, hörte Kia und Fyn zanken und die hungrigen Schreie des Säuglings. Ein weiterer Tag der Familie Paerth war angebrochen, der Göttin sei Dank.

Kapitel 19

Dubric erwachte deutlich vor dem Sonnenaufgang und braute eine Kanne Tee. Dien und er hatten die halbe Nacht damit verbracht, ihre Suche nach Foiches Turm zu planen. Der Knappe war noch nicht aufgestanden, doch Dubric konnte nicht mehr schlafen. Zu viele Erinnerungen und Ängste wirbelten durch seinen Geist.

Während sich das Wasser erwärmte, schärfte er sein Schwert. Lachesis miaute dabei zu seinen Füßen und bettelte darum, gestreichelt zu werden. Mit dem heißen Tee in der Hand setzte sich Dubric schließlich an den Küchentisch, ging seine Notizen durch und wünschte, die verfluchte Katze würde von seinem Schoß verschwinden oder zumindest aufhören ihn vollzuhaaren.

Warum habe ich nicht daran gedacht, meine Anmerkungen aus dem Krieg mitzunehmen? Seufzend blätterte er eine Seite um. *Als ich die Burg verließ, warum habe ich da nicht in Erwägung gezogen, dass Foiches Macht auf irgendeine Weise weiterbestehen könnte? So viele Ähnlichkeiten, so viele Tote, und alles am gleichen Ort wie das letzte Mal.* Er rieb sich die Augen und schloss das Notizbuch. *Beim König, warum habe ich es nur nicht erkannt?*

Maeve betrat die Küche. Sie sah aus, als hätte sie überhaupt nicht geschlafen. »Ich dachte, ich hätte jemanden gehört, der schon auf ist. Guten Morgen.«

»Guten Morgen«, gab Dubric zurück und stand auf, um die Unordnung auf dem Tisch zu beseitigen. »Ich entschuldige mich für das Gewirr. Ich entferne es sofort.«

»Oh, macht Euch deshalb keine Gedanken. Was für Schaden richten ein wenig Papier und Tinte schon an?« Sie füllte seine

Tasse voll, dann goss sie sich selbst Tee ein. »Habt Ihr schon immer Geister gesehen?«

»Nein.« Der Tee wärmte seine Kehle, und er nickte dankbar.

Maeve nahm ihm gegenüber Platz und bot ihm einen süßen Keks an. »Was ist passiert? Ihr scheint mir ein zu anständiger Mann zu sein, um eine solche Bürde zu tragen.«

Der Kastellan blickte in seine Teetasse, starrte in die beruhigende braune Flüssigkeit. Es war so lange her, beinahe eine ganze Lebensspanne, und doch hatte sich der Schmerz, den Orianas Tod ausgelöst hatte, nie gelegt. »Meine Frau, sie … sie war eine Dienerin Malannas. Es gab ein Feuer. Ich habe versucht, sie zu retten, aber ich habe versagt. Sie ist gestorben.«

Maeve streckte den Arm aus und berührte seinen zernarbten Handrücken. »Oh, Dubric! Das tut mir ja so leid!«

»Schon gut«, gab er zurück und zwang sich zu einem Lächeln. »Das war vor langer, langer Zeit.« Er nippte an seinem Tee. »Die Göttin hat mich für mein Versagen verflucht, deshalb muss ich nun dafür sorgen, dass diejenigen Gerechtigkeit erfahren, die noch nicht zum Sterben bestimmt waren.«

»Was für eine Last das sein muss.«

Er zuckte mit den Schultern und stellte die Teetasse mit einem leisen Klirren auf den Tisch. »Wir alle haben unsere Bürden der Vergangenheit zu tragen.«

»Ihr müsst Sie sehr geliebt haben.«

»Ja. Das tue ich immer noch.« Seufzend aß er einen Keks.

»Wie lange seid Ihr schon allein?«

»Seit sechsundvierzig Sommern.«

Ihre Augen weiteten sich vor Staunen.

»Es spielt keine Rolle, mittlerweile nicht mehr. Was vergangen ist, bleibt in der Vergangenheit, ganz gleich, wie sehr wir uns wünschen, dass wir etwas daran zu ändern vermöchten.«

Sie schüttelte den Kopf und lächelte traurig. »Ich dachte, Ihr wärt erst seit Kurzem verwitwet.«

Dubric lachte. »Du meine Güte, nein. Ich war zweiundzwanzig Sommer alt, als Oriana gestorben ist. Sie war neunzehn. Wir waren erst seit drei Monden verheiratet.«

»Also keine Kinder?«

Wie lange ist es her?, fragte er sich. *Wie lange, seit ich einfach mit jemandem über das Leben, über Reue geredet habe, oder einfach über die sonstigen Dinge, die einem so in den Sinn kommen? Wie lange, seit ich mit einer Frau geredet habe? Wie lange, seit ich jemanden an mich herangelassen habe?* Er seufzte und ergriff wieder seine Tasse. »Wir wollten eine Familie und haben uns redlich bemüht, eine zu gründen. In unserem zweiten gemeinsamen Mond blieb ihre Regel aus, im dritten wieder. Die Göttin hat sich alle beide geholt. Meine Frau und mein Kind.«

Wieder berührte sie seine Hand. »Tut mir leid.«

»Danke, aber das ist nicht nötig. Es war nicht deine Schuld, und nichts kann etwas daran ändern.« Er nippte an seinem Tee und fragte: »Wie lange bist du schon verwitwet?«

»Ich habe nie geheiratet.«

Dubric musterte sie und zog eine Augenbraue hoch. »Das hätte ich nie gedacht. Es muss schwierig gewesen sein, allein ein Kind aufzuziehen. Hat sein Vater dich wenigstens unterstützt?«

Maeve lachte rau. »Ich weiß, das klingt jetzt schrecklich, aber ich habe keine Ahnung, wer sein Vater war.«

»Oh«, sagte Dubric und richtete die Aufmerksamkeit wieder auf seinen Tee. »Das geht mich auch gar nichts an.«

»Nein, ist schon gut. Das war ebenfalls vor langer Zeit. So schmerzlich es sein mag, es kann mir heute nicht mehr wehtun.« Sie lehnte sich auf dem Stuhl zurück und hielt die Teetasse in beiden Händen. »Als ich noch ein Mädchen war, bestand meine Arbeit darin, in einem Laden Garn zu färben. Eine Freundin von mir war auch dort beschäftigt, und wir gingen immer zusammen zur Arbeit und nach Hause. Eines Abends belästigte uns ein Mann auf der Straße. Sie konnte entkommen, ich nicht. Es gelang mir nicht, mich ihm zu entwinden, und er nahm sich, was er wollte.«

»Oh Maeve«, sagte Dubric.

»Mein Vater fühlte sich beschämt und entehrt, und mein Verlobter verließ mich, weil es ihn anwiderte, dass ich nicht mehr jungfräulich war.« Kurz verstummte sie und schaute zur Decke. »Das war schon schlimm, aber als ich herausfand, dass Braoin in mir heranwuchs, hat sich mein Va-, mein Vater von mir losgesagt. Er dachte, ich hätte es absichtlich getan, um ihm Schande zu bereiten. Abgesehen von Lissea und ihrer Familie war ich auf mich allein gestellt. Damals kannte ich sie kaum, trotzdem hat sie mich aufgenommen.

Ich konnte es nicht ertragen, Braoin von der Wehmutter töten zu lassen, und kaum hatte ich ihn zum ersten Mal gesehen, da konnte ich ihn auch nicht weggeben. Schließlich war ja nicht seine Schuld, was geschehen war. Also zog ich ihn als anständigen Menschen groß. Ganz anders als den Mistkerl, der ihn gezeugt hatte, und die zwei Männer, die mir den Rücken zugekehrt hatten, als ich ihre Hilfe am dringendsten benötigt hätte.«

Da lächelte sie und sah Dubric in die Augen. »Und er war ein anständiger Mensch, ein verdammt anständiger Mensch. Er hat Faythe geliebt, er hat hart gearbeitet, er ist anderen mit Achtung und Freundlichkeit begegnet. Durch ihn habe ich gelernt, dass selbst aus dem schlimmsten Fluch ein Segen hervorgehen kann.«

Dubric stand auf und trat neben sie. »Ich werde denjenigen finden, der ihn getötet hat, das schwöre ich dir. Ich werde den Verantwortlichen finden und dafür sorgen, dass er hängt.«

Maeve griff nach seiner Hand und drückte sie. »Ich weiß.«

Eine lange Weile sahen sich die beiden an, bis Maeve letztlich errötete und die Hand zurückzog. »Ich kümmere mich jetzt besser ums Frühstück. Ihr wolltet ja gleich bei Tagesanbruch aufbrechen.« Mit einem kurzen Lächeln stand sie auf und eilte zur Speisekammer.

Dubric beobachtete, wie sie den Gang hinab verschwand, und sein hämmerndes Herz forderte ihn auf, ihr zu folgen. Er setzte dazu an, machte einen Schritt, hielt jedoch kopfschüttelnd inne. »Besinn dich deiner Manieren, du alter Zausel«, murmelte er bei sich. So griff er stattdessen nach seinem Tee und fragte sich, was er tun sollte.

Lars hockte auf der Sitzbank und starrte Otlees Ausrüstung an, während die Familie Hüte fertigte. *Es muss doch etwas geben, das ich tun kann.*

Schließlich ergriff er Otlees Bündel und öffnete es. Die Mädchen hatten alles wieder hineingestopft, allerdings wirr und ungeordnet, ganz anders, als Otlee es getan hätte. Die Gegenstände waren ohne Rücksicht auf ihren Zweck oder auf Otlees Vorlieben hineingeworfen worden.

Er kommt wieder nach Hause. Er muss.

Lars leerte den Inhalt des Bündels auf den Boden zwischen seinen Füßen und packte planvoll alles zurück an seinen angestammten Platz. Trockene Socken und saubere Hosen. Ein abgegriffenes Buch aus zweiter Hand – *Verständnis von Optik und Licht.* Zwei Federn. Ein Mathematikbuch und eine halbfertige literarische Abhandlung über ein unbekanntes Gedicht. Einen zerbrochenen und einen brandneuen Stift. Ein Fläschchen mit duftender Minze. Schlüssel. Stiefelfett. Ein Bibliotheksabzeichen. Eine Dose mit Kopfschmerzpulver.

Lars begutachtete jeden Gegenstand, bevor er ihn verstaute, und bemühte sich, nicht zu weinen. Den Übersichtsplan sowie einige offiziell wirkende Dokumente und Bücher legte er in der Hoffnung beiseite, irgendwelche Erkenntnisse aus ihnen zu erlangen. Langsam packte er alles ein. Er ließ sich Zeit dabei, bis nur noch ein Gegenstand verblieb.

Er ergriff Otlees Tagebuch und rieb mit den Fingern über die Schlammflecken, löste und entfernte den Dreck, bevor er den abgewetzten Einband schließlich öffnete. »Du hast immer hervorragende Notizen geführt«, murmelte Lars bei sich und lächelte über die ersten Absätze, die Otlees ersten Tag als Dubrics Page schilderten.

»Hilf mir, dich zu finden«, flüsterte er und begann zu lesen.

Als Dubric und Dien in Wittrup eintrafen, schimmerte ein sattes Rosa am östlichen Himmel, und die ersten Strahlen der Sonne funkelten auf dem Fluss. Möwen schwebten auf der Suche nach Fisch über dem Wasser, und Hafenarbeiter schufteten unter Bündeln, Paketen und Kisten voller Waren.

Trotz des Gestanks von fauligem Fisch und schwärendem Abwasser atmete Dubric tief durch. Es würde ein herrlicher Tag werden, strahlend und klar. Ein guter Tag, um Magier zu jagen.

Sie ritten zur Fähre. Dien warf unterwegs den Kindern Münzen zu, und Dubric bemühte sich, seinen Magen davon abzuhalten, sich zusammenzukrampfen. Er hatte schon immer die Ansicht vertreten, dass manche Geheimnisse am besten tot und begraben blieben. Und er hatte keine Schaufel dabei, um seine Vergangenheit auszubuddeln. Ebenso wenig wie er über besondere Ausrüstung oder Panzerung verfügte. Er hatte nichts als seine Erinnerungen, sein Schwert und seine Entschlossenheit, einen klugen, wissbegierigen Jungen zu finden.

Während sie den Casclian überquerten, gab er kaum mehr als die notwendigsten Höflichkeiten von sich, und danach ritt er schweigend den Bach entlang und konnte sich nur wünschen, er könnte das Gefühl der Morgensonne im Nacken genießen.

Der Regen der vergangenen Nacht hatte den Bach zu einem kräftig strömenden schlammigen Graben anschwellen lassen, kreuz und quer durchzogen von Wagenspuren und Hufabdrücken. Als sie ihn überquerten, spritzten die Füße der Pferde Schlamm und Wasser gegen die eigenen Flanken und auf die Schienbeine ihrer Reiter. Nachdem sie den Bach hinter sich hatten, zügelte Dubric sein Dienstross am nördlichen Straßenrand und hielt Ausschau nach verkehrsbedingten Öffnungen in Unkraut und Gestrüpp.

Vielleicht fünfzig Längen jenseits des Baches zügelte er sein Ross erneut, stieg ab und zog sein Schwert. »Ein Wagen oder Karren«, sagte er und kauerte sich vor das platt gewalzte Unkraut, als er die Spur untersuchte. »Gezogen von einem einzelnen Pferd oder Maultier.« Er trat einen Schritt vor, hinein ins Gestrüpp, und fuhr mit der Hand über die Spitzen der abgestorbenen Blätter und Stiele. Seine Aufmerksamkeiten brachten sie in der morgendlichen Brise zum Wogen. »Dieser Pfad wird nicht oft bereist. Entlang der Spuren wächst noch reichlich Gras, und die Erde ist kaum aufgewühlt.«

Mit zusammengekniffenen Augen starrte er ins Gebüsch und die von einem Gefährt geschlagene, nach Norden verlaufende Schneise entlang. Seufzend drehte er sich zurück zu Dien. »Es lässt sich unmöglich sagen, was wir vorfinden werden oder womit wir uns auseinandersetzen müssen.«

»Ja, Herr«, brummte Dien. Auch er zog sein Schwert.

Dubric stieg wieder auf sein Pferd, schwenkte es herum und ritt durch das Gestrüpp voraus, doch schon bald schwand seine Hoffnung. Diese Strecke war seit Tagen niemand entlanggekommen; die vereinzelten Hufabdrücke hatte der Regen beinah völlig verwaschen, sie bildeten kaum mehr als rundliche Vertiefungen im Gras. Er sah keine menschlichen Fußabdrücke, keinen weggeworfenen Abfall, einzig welkes Unkraut und die verblassende Spur eines vorbeigefahrenen Wagens.

Der Pfad führte durch eine Gruppe von Bäumen und die kaum erkennbaren Rückstände eines längst vergessenen Straßenabschnitts entlang. Vögel zwitscherten, als sie vorbeiritten, und ein Eichhörnchen huschte vor ihnen davon. Unbeeindruckt vom natürlichen Frieden in dem Waldstück ritt Dubric mit zusammengebissenen Zähnen vor sich hin, dicht gefolgt von Dien.

Vor ihnen erhob sich ein grasbewachsener Hügel, dann blieb dieser hinter ihnen zurück, und ein weiterer geriet in Sicht. Trotz des offenen Graslands ringsum konnte Dubric keine Anzeichen dafür erkennen, dass hier jemals Schafe geweidet hatten; das Gelände erschien wild und unberührt, ein Eindruck, den nur die leichten Wagenspuren und die Ruinen weit vor ihnen trübten. Bald erblickte Dubric die ersten Überreste des alten Turms, einen schwarzen, verkohlten Pfosten, der aus den Feldern ragte. Drei Hügel später konnte er einen Großteil der verfallenen, bröckligen Form des Bauwerks erkennen. Die uralten Metallstreben und die Ziegelsteine bildeten einen ungeordneten Haufen auf dem Boden. Skelettartige Reste von Häusern scharten sich um die Hauptruine, deren Holzbalken und Lehmwände ebenfalls geschwärzt und verrottet waren. Die Jahreszeiten etlicher Jahrzehnte hatten einen Großteil des Rußes und der Asche weggefegt, trotzdem wirkten die gequälten Trümmer von Foiches Hort ausgebrannt und leblos.

Wie Byreleah Grennere, bevor der Turm einzustürzen begonnen hatte.

»Das ist es, Herr?«, fragte Dien und lenkte sein Pferd neben Dubric. »Das ist nicht mehr als ein Haufen Ruinen.«

Der greise Kastellan schluckte den beißenden Geschmack im Mund hinunter. »Das ist von Foiches Schreckensherrschaft übrig geblieben. Ich hatte gehofft, ich würde diesen Ort nie wiedersehen.«

Unkraut wucherte zwischen herabgefallenen Streben und rostigen Maschinen, verkohlten Ziegelsteinen und Stahl. Vier versengte Betonpfeiler standen noch aufrecht, erhoben sich vom Boden wie schwarze, anklagende Finger, die gen Himmel zeigten. Drei waren so hoch wie fünf Männer, die auf den Schultern übereinanderstanden, der vierte jedoch überragte sie deutlich und warf seinen Schatten weit über das Feld. Abgebrochene Querbalken hingen noch an der verkrusteten, bröckligen Oberfläche oder standen davon ab wie die Beine einer auf den Rücken gekippten Ameise. Weitere Balken lagen wie Wimpern auf den zerstörten Maschinen, die wie Bittsteller darunter verharrten.

Aus alten Büchern in den Bibliotheken von Wasserfurt ging hervor, dass die Menschen vor den Magiern große Stücke auf Technik und Wissenschaft gehalten hatten. Sie hatten mächtige Maschinen aus Stahl und Dampf erschaffen. Manche bewegten sich schneller vorwärts als ein Mensch auf einem Pferd, andere sägten Holz oder woben riesige Mengen Stoff. Kleinere antike Vorrichtungen brannten Bilder auf beschichtetes Metall oder maßen die Zeit. Doch trotz all ihres Wissens waren die Altvorderen angesichts des Aufstiegs der dunklen Magie in die Knie gegangen, genau wie die Magier später durch die Macht der Armeen des Lichts fielen.

Dubric stieg ab und führte sein Pferd um die verfallenen Zeugnisse einer vergessenen Zeit herum. »Achte auf Gruben und Erdfälle.«

Dien sah sich um. »Gruben und Erdfälle? Das ist ein wenig untertrieben.«

Dubric seufzte und rieb sich die Augen. Sie gingen am Rand einer fast kreisrunden Grube entlang, so groß wie Maeves Heim. Es war ein scheußliches Loch, das eine gewaltige Explosion von Feuer und Metallsplittern in die Erde gesprengt haben musste. Das Umfeld des Kraters war mit der Zeit abgetragen und unter Hilfe von Unkraut geglättet worden, während das Loch selbst sich teilweise mit funkelndem Wasser gefüllt hatte. Doch die Narbe im Antlitz des Geländes war geblieben.

Fünfzehn Männer seiner Armee waren damals bei der Explosion schlagartig verbrannt. Im einen Augenblick waren sie noch lebende, atmende Geschöpfe gewesen, im nächsten hatten sie nur noch aus Asche und Flammen bestanden. Ihnen war nicht einmal die Zeit geblieben, zu schreien oder zu blinzeln. Dubric konnte sich nicht an ihre Namen erinnern, und er schämte sich dafür.

Zähneknirschend lief er weiter den Rand entlang und suchte nach einer Stelle, wo die Spuren des Wagens sich fortsetzten. »Das ist nur ein Krater von vielen. Manche sind eher klein, das sind die Einschlagspunkte von Stahlkugeln, die die Größe eines menschlichen Schädels hatten. Andere sind wesentlich größer.« Dubric blieb stehen und zeigte an dem zerstörten Turm vorbei. »Wenn ich mich recht entsinne, hat eine Sprengung jenseits der Nordmauer ein Loch geschaffen, groß genug, um dreihundert Mann und ihre gesamte Ausrüstung aufzunehmen. Zweiundsiebzig verschwanden bei der Explosion. Mein bester Leutnant befand sich unter ihnen. Wie viele Menschen damals verletzt wurden, weiß ich nicht mehr.« Kopfschüttelnd ging er weiter. »Wahrscheinlich ist mittlerweile ein Teich daraus geworden, und Fische haben diejenigen Teile gefressen, die wir nicht bergen konnten.«

Dien schob einen Zementblock beiseite. »Wie viele Menschen haben sich diesem Wahnsinn entgegengestellt?«

Der breiteste Weg verlief zwischen Ziegelsteinhaufen hindurch, und Dubric folgte ihm, hielt Ausschau nach zerdrücktem Gras. »Auf unserer Seite siebentausend. Nur zweitausend marschierten nach Hause zurück, als die Schlacht geendet hatte. Achthundert weitere wurden getragen. Fast fünfzehnhundert wurden nie gefunden oder identifiziert. Wir hatten es auch schon mit schlimmeren Schlachten zu tun gehabt, allerdings nicht mit vielen.« Dubric entdeckte die Wagenspuren und folgte ihnen zwischen bröckelndem Mauerwerk und rostigem Stahl hindurch. Der Pfad führte an den Grundfesten des mächtigen Turms vorbei, an dessen Westrand er entlang verlief.

Dien sah sich um und schüttelte den Kopf. »Ich weiß, dass Ihr nicht gerne über den Krieg redet, aber wie habt Ihr es geschafft? Wie seid Ihr an ihn herangelangt? Er hatte Magie, den Vorteil des hohen Geländes …«

»Entschlossenheit und jede Menge Glück«, antwortete Dubric. »Etliche gaben ihr Leben dafür, dass eine Handvoll die Ostmauer erklimmen und in den ersten Stock des Hauptgebäudes eindringen konnte. Drinnen setzten die Männer in Brand, was immer sie finden konnten. Das Feuer verschlang das Grundgebäude und griff auf den Turm über.«

Dien hob eine dreckige Glasscherbe auf, so lang wie sein Unterarm, und warf sie ins Unkraut. »Tapfere Teufelskerle.«

»Ja. Sie wussten, dass sie sterben würden.« Die beiden hielten in der Nähe des höchsten Pfeilers an, eines quadratischen Schafts aus Beton und Stahl. Er war so breit, dass Dubric ihn mit beiden Armen nicht umfassen konnte. Ein langer Abschnitt der ursprünglichen Mauer stand noch und erstreckte sich von dem Pfeiler weg. Aus deren Steinwerk ragten kleinere Pfeiler und verbogene, rostige Stangen. Mehrere Zahlen aus Metall im Stil des uralten Volkes waren an die Ziegel geschraubt worden. Die langjährige Einwirkung der Witterung hatte ihnen zugesetzt. Es handelte sich um dieselben Zahlen, die Braoin gemalt hatte, allerdings fehlten die beiden letzten Stellen.

Eine mit einem Korken verschlossene Flasche lag im Schlamm und in den Trümmerteilen unmittelbar neben dem Pfad. Dien hob sie auf und fluchte, als er sie öffnete und daran schnupperte. »Süßes Vitriol, Herr«, verkündete er und reichte Dubric die Flasche. »Ist wesentlich einfacher, einen Jungen im Griff zu behalten, wenn er sich nicht zur Wehr setzen kann.«

Dubric holte einen Beweismittelbeutel aus seinem Bündel hervor. Süßes Vitriol – oder Ether, wie es die Medici der Burg manchmal nannten – war eine stark riechende Flüssigkeit mit betäubender Wirkung. Sie wurde seit Langem eingesetzt, um Schmerzen zu stillen oder Menschen einschlafen zu lassen, die sich Operationen unterziehen mussten. Die meisten Medici, aber wenige andere Leute hatten Zugang zu ähnlichen Betäubungsmitteln.

Nachdem Dubric das Beweismittel verstaut hatte, ergänzte er

seine Notizen. »Was meinst du, wie einfach oder schwierig es ist, an süßes Vitriol zu gelangen?«

Dien rieb sich den Kopf. »Hier? Keine Ahnung, Herr. Ich bin mir ziemlich sicher, dass Dev eine Flasche davon als Lösungsmittel in seiner Werkstatt hat, und ich weiß, dass ich es schon mehrmals an verschiedenen Orten in den Weiten gesehen habe.«

»Jede Region kann ihre eigenen Bestimmungen über Rausch- und Arzneimittel erlassen, verdammt«, brummte Dubric und setzte sich wieder in Bewegung.

»Und man bräuchte nicht viel von diesem Zeug, um Otlee auszuschalten.«

Die Spuren verliefen hinter die Mauer; er führte sein Pferd um die Ecke. Vor ihnen erstreckte sich eine weitere Linie brüchigen Steinwerks. Zwischen diesem und der anderen Mauer verlief eine breite Schneise mit Radspuren. Nur vereinzelt lagen Ziegelsteine über den kahlen Boden verstreut. Auf der von Moos überwucherten, nach Norden gerichteten Seite der Mauer wuchs entlang des Pfades durch den ewigen Schatten nur wenig Gras und Unkraut. Dubric vermutete, dass sich hier auch wenig Schnee ansammelte und dass nicht viel Regen durchdrang. Der Ziegelsteinhaufen auf der einen Seite und die Mauer auf der anderen boten dauerhaften Schutz. Zwei Finken hatten ihr Nest im Schutt errichtet und flatterten aufgeregt zeternd umher, als Dubric und Dien an ihnen vorbeigingen.

Zwar hatten Wind und Regen die Radspuren auf dem Pfad verblassen lassen, doch noch wirkten sie einigermaßen frisch. Dasselbe galt für die Hufabdrücke des Pferdes. Abgesehen von den aufgebrachten Finken und den vereinzelten, welken Überresten dürren Unkrauts sah Dubric weder Anzeichen von Leben noch Sonnenlicht, bloß das tiefe Blau des Himmels hoch über ihm.

Hinter ihm brummte Dien: »Ich hab noch eine Flasche gefunden, Herr, aber sie ist zerbrochen. Und da sind auch ein verrottendes Stück Stoff – ein Taschentuch vielleicht – und eine Whiskeyflasche.« Dien blieb stehen und klang, als ob er sich schämte. »Lars und ich haben in der Nähe des Flusses auch eine Whiskeyflasche gefunden, aber ich dachte mir nichts dabei.«

»Nimm beides mit. Und Whiskey ist hier weit verbreitet. Mir sind schon mehrere Flaschen entlang der Straßen aufgefallen, die ich auch auch nicht als wichtige Hinweise gewertet habe.« Dubric folgte dem schlammigen Pfad, dann jedoch hielt er inne, um die graue, moosbewachsene Mauer anzustarren.

In Augenhöhe hingen Schellen von den Ziegelsteinen, etwa eine Armbreite voneinander entfernt angeordnet. Das Moos an der Mauer dazwischen war an Stellen weggescheuert, die annähernd der Form eines Menschen ähnelten. Der kahle Fleck, den Dubric dem Kopf zuordnete, war verschmiert von getrocknetem Blut, während das Mauerwerk in Hüfthöhe weitere dunkle Verfärbungen aufwies.

»Oh, Mist«, stieß Dien hervor.

»Was ist?«, fragte Dubric und drehte sich um. Gleich darauf fluchte er unwillkürlich selbst.

Zwei Schädel ohne jegliches Fleisch, denen zudem die Unterkiefer fehlten, starrten ihn an und bewegten sich leicht im Wind. Sie baumelten von einer glänzenden schwarzen Schnur zu beiden Seiten eines Lochs in der Mauer aus losen Ziegelsteinen. Dazwischen und darunter hingen Bein- und Armknochen über die Öffnung, außerdem rot und schwarz gemusterte Stoffstreifen und zottige Federn. Rötlicher Lehm überzog den Boden von der Innenseite des Lochs bis nach außen auf den Pfad und verlieh der Öffnung den Anschein eines aufgerissenen Schlunds mit schartigen Zähnen, aus dem eine Zunge ragte.

»Anscheinend haben wir es gefunden, Herr.«

»Das haben wir.« Dubric kauerte sich vor das Loch und spähte hinein. Der Tunnel erstreckte sich in völlige Schwärze. »Entzünde die Laterne.«

Während Dien das Licht vorbereitete, riss Dubric einen Stoffstreifen von dem Schlund. Das rote und schwarze Diamantmuster kehrte sich auf den beiden Seiten um – auf einer Seite schwarz mit roten Karos, auf der anderen Seite rot mit schwarzen Karos. Und obwohl der Stoff vom Wind angegriffen und ausgebleicht war, war er noch weich und hatte sich seine Zugfestigkeit bewahrt. Stirnrunzelnd faltete er den Streifen zusammen und steckte ihn in die Tasche, dann spähte er mit zusammengekniffenen Augen in die Finsternis.

Nicht noch einmal. Nicht hier.

»Herr? Stimmt etwas nicht? Ihr seht schlecht aus.«

Dubric wippte zurück, bis sein Hinterteil auf den Fersen ruhte. »Nachdem der Turm eingestürzt war, haben wir Foiche und seine Wächter durch einen sehr ähnlichen Tunnel gejagt. Hunderte Soldaten krochen hinter ihm her. Ich war einer von ihnen. Wir waren nicht weit hinter ihm, als sich der Tunnel mit Rauch und Flammen füllte und einstürzte. Ich hatte Glück. Der Mann vor mir hatte sich seinen Schild an die Hüfte geschnallt. Durch ihn entstand eine Lufttasche, die mir das Atmen ermöglichte, und ich befand mich nah genug an einer Öffnung, um ausgegraben und entdeckt zu werden. Alle Männer in meiner Nähe wurden entweder zermalmt oder sind erstickt.«

Dubric seufzte und wischte sich Schweiß von der Stirn. »Nichts ist so finster und grauenhaft, wie lebendig begraben zu sein. Festzustecken und sich nicht rühren, kaum atmen zu können. Seither fühle ich mich in beengten Räumen nicht wohl. Um die Wahrheit zu sagen, habe ich seit dem Kriegsende keine Höhle mehr betreten, obwohl ich früher Spaß daran hatte, sie zu erforschen.«

»Ich kann auch allein gehen«, bot Dien an.

»Unsinn.« Dubric strich sein Gewand glatt und holte tief Luft. »Ich habe es schon einmal geschafft, und ich schaffe es wieder.« Damit ergriff er die Laterne, kroch unter den herabhängenden Knochen hindurch und drang in die Dunkelheit vor.

Er hatte noch kaum das Licht von der Öffnung hinter sich gelassen, als er innehielt. Dubric sah nicht nur die Abdrücke von Händen und Knien, sondern stellte zudem fest, dass mehrfach etwas in beiden Richtungen durch den Tunnel geschleift worden war. Furchen und Rillen verliefen kreuz und quer über den festen Lehm, begannen und endeten in verwinkelten Narben aufgewühlter Erde. Der Luft und dem Lehm unter seinen Händen haftete der Gestank einer Jauchegrube an, gasartig und widerlich, aber er sah keine Anzeichen für Ausscheidungen, auch kein verwesendes Fleisch.

Dubric studierte den Zustand des Tunnelbodens genau, dann setzte er seinen Weg fort und folgte dem Verlauf durch eine Krümmung nach rechts.

Dann verschwand die Decke über ihm, und er stand auf. Eine Grube öffnete sich vor seinen Füßen und er stieg vorsichtig hinab. Rostige Metallbalken verliefen hoch über ihm hin und her. Sie bildeten ein schartiges, spitzes Gewölbe, während ringsum schwarze Schnüre herabhingen, an deren Ende jemand Insekten und kleine Vögel angebunden hatte, als verharrten sie mitten im Flug. Die Ziegelsteine und das Metall der Wände waren schwarz bemalt, der Boden bestand aus rötlichem Lehm. Nicht weit vor ihm auf der rechten Seite ragte ein Pfahl mit einem Laternenhaken auf. Teilweise von den baumelnden Insekten verdeckt und knapp außer Reichweite seines Lichts sah er Schatten in der Dunkelheit, konnte jedoch nicht erkennen, was sie darstellten. Ein deutlicher Pfad verlief gewunden durch den Vorhang aus toten Insekten und winzigen Vögeln. Dubric folgte ihm, hielt die Laterne vor sich und schritt auf die Schatten zu. Er blieb stehen und streckte einen Arm aus, um Dien aufzuhalten.

Unterhalb eines Throns aus roten Ziegelsteinen stand ein geschwärzter Altar. Ein uralter, verwester Leichnam, gewandet in roten und schwarzen Stoff mit Diamantmuster, saß auf dem Thron. Von den in Pantoffeln steckenden Füßen wallte ein Vorhang aus schwarzen Schnüren über eine Reihe von Ziegelsteinstufen nach unten. Mit einem breiten Grinsen starrte der Kadaver auf den Altar hinunter. Mit einer Hand umklammerte der Leichnam eine glänzende schwarze Peitsche, auf der Handfläche des anderen Arms ruhte eine große Wespe. Neben dem Toten bewegte sich etwas in der Zugluft, und Dubric drehte sich, hob die Laterne höher.

Große tote Vögel hingen an Schnüren in den Schatten, sieben auf jeder Seite des Kadavers wie Messdiener, die ihren Priester unterstützten. Über ihren ausgebreiteten Flügeln lag zerrissener schwarzer Stoff und baumelte in Fetzen bis zum Boden hinab. Die Augenhöhlen glichen dunklen Löchern, einige der schimmernden Schnäbel standen offen, andere hatte man mit roter Schnur zugebunden. Bei einigen wanden sich Clothos-Würmer durch das verwesende Fleisch, und schwarze Stränge verliefen zwischen ihren Krallen.

»Von der Göttin verdammter Sohn einer dreckigen Hure«, stieß Dien atemlos hervor und fegte einige der herabhängenden Insekten weg, die sich in seiner Kleidung verheddert hatten. »Was für ein Tempel ist das?«

»Foiches«, antwortete Dubric. Langsam bewegte er sich auf den Altar zu und bemühte sich, sein Frühstück im Magen zu behalten. Der Altar ragte brusthoch auf und präsentierte sich annähernd quadratisch. Etwa zwei Drittel des Weges nach unten prangten auf der vorderen Seite Eisenringe. Ein Brett so lang wie seine ausgebreiteten Arme lag auf der anderen Seite dem Kadaver zugewandt, festgebunden mit schwarzer Schnur. An beiden Enden des Bretts hatten sich Rillen in die Kanten gegraben. Aus den Rillen sprossen winzige, glitzernde Teile schwarzer Fäden, und von den Eisenringen hingen abgeschnittene Zwirnstränge. Die Messdienervögel schienen den Altar zu beobachten, während sie in den Schatten schaukelten, und ein eiskalter Schauder kroch Dubric über den Rücken.

»Hier also bindet der Mistkerl sie fest?«, fragte Dien. Voll Grauen sah er Dubric an.

»Scheint so«, erwiderte der Kastellan. »Es ist kein nennenswertes Blut zu erkennen. Keine Anzeichen dafür, dass jemand aufgeschlitzt wurde. Sie werden zwar hierhergebracht, aber sie müssen an einem anderen Ort getötet werden. Otlee ist nicht tot, und hier ist er auch nicht. Wo also könnte er sein?«

Rechts neben dem Altar lag unter dem weit geöffneten Schnabel eines großen Raben ein Haufen Kleidung. Dubric kniete sich daneben hin. Hosen, Hemden, Stiefel, Unterwäsche und Mäntel in verschiedenen Größen und von unterschiedlicher Güte mischten sich mit Geldbörsen und Büchern, Brillen und Schmuck, Werkzeug und sogar einer Angelausrüstung. Nichts davon gehörte Otlee.

Dubric reichte Dien das Licht und hob eine schlammfleckige Hose hoch. »In den Taschen und Beuteln sind noch Münzen.« Mit einem Zucken löste Dubric sein Bündel von den Schultern und holte daraus eine Tüte hervor. Gewissenhaft sah er die Kleidung durch, faltete und stapelte sie aufeinander. Als er unten in dem Haufen ankam, hielt er inne. »Was haben wir denn da?«

Er hielt einen Goldring mit einem funkelnden grünen Edelstein hoch. Das Schmuckstück, das auf dem freien Markt bestimmt mehrere Hundert Kronen einbringen würde, lag einfach unbeachtet und vergessen im Lehm, als besäße es keinerlei Wert.

Er verstaute den Ring und lose Münzen in der Seitentasche seines Bündels und stand wieder auf, wischte sich die schmerzenden Knie ab. »Mach eine Aufstellung der Kleidung und sonstigen Gegenstände und pack alles ein. Ich untersuche in der Zwischenzeit den Altar.«

Dien nickte und machte sich an die Arbeit. Sein Schwert legte er neben das Knie, während er sein Notizbuch hervorholte.

Ohne auf die schwankenden Schatten zu achten, ging Dubric um den Altar herum und zupfte einige kurze Fadenstücke von dem Brett. »Sie wurden festgebunden, dabei haben sie sich gewehrt«, sagte er und rieb die Schnüre zwischen den Fingern. Der Leichnam grinste auf ihn herab, der Anblick brachte ihn zum Schaudern.

»Er will, dass Foiche dabei zusieht, aber warum? Was versucht er, zu beweisen? Warum tötet er sie nicht hier? Warum bringt er sie überhaupt her?«

Der Kastellan betrachtete die nächsten Vögel. Da es ihm zutiefst widerstrebte, sie mit bloßen Händen anzufassen, zog er eine weitere Tüte aus seinem Bündel und hätte um ein Haar aufgeschrien, als Dien neben ihn trat.

»Würdest du bitte Proben von den verschiedenen Fäden nehmen und vermerken, woher du sie genommen hast, während ich die hier einsammle?«

Dien stellte den Sack mit Kleidung ab und ging um den Altar herum zu dem Kadaver. »Den Dreckskerl schlage ich zu Brei, wenn ich ihn in die Hände bekomme. So wahr mir die Göttin helfe, er wird sich wünschen, er wäre nie …«

Dubric hatte erst drei Vögel in seine Tüte gesteckt, als er hörte, wie Dien jäh verstummte. »Was ist?«, fragte er und drehte sich um.

Dien fasste zwischen die Füße des Leichnams, vorbei an dem Vorhang aus Schnüren. »Da drin ist etwas.«

Dubric vergaß seine Aufgabe und ging hinüber.

Dien holte ein braunes Bündel hervor, drehte sich um und reichte es Dubric. »Ein Segeltuchsack.«

»Das sehe ich.« Dubric nahm den Sack entgegen und schaute hinein, während Dien erneut zwischen die Füße des Leichnams griff. Drei sorgsam gefaltete Briefe lagen in dem Sack, alle an ihn gerichtet. Er öffnete einen und las die ergreifende Bitte einer Frau, die seine Hilfe bei der Suche nach ihrem Sohn erflehte. In einem weiteren Schreiben von einem Bauern wurde Dubric ersucht, herzukommen und einen vermissten Nachbarjungen aufzuspüren.

»Noch zwei Säcke und ein Pergamentpäckchen. Es ist versiegelt.«

Dubric klemmte sich das erste Bündel unter den Arm, nahm das versiegelte Päckchen entgegen und runzelte die Stirn, als er es im Licht drehte. Das Siegel, ein gesprenkelter grauer Wachsklecks, der Haconrys Zeichen aufwies, brach unter seinen Fingern.

Weitere Briefe, alle an Kastellan Dubric, Burg Faldorrah gerichtet. Es erwies sich, dass drei in Calums eintöniger, vertrauter Handschrift verfasst waren.

»Verdammt«, murmelte der Kastellan und schaute mit finsterer Miene zu Foiches grinsendem Kadaver hoch. Dubric stopfte die Briefe in seinen Ranzen und warf Dien das andere Bündel zu. »Bring die Beweise zum Eingang dieser Kammer und gibt Laut, falls sich jemand nähert.«

»Ja, Herr.«

Dubric streckte die Hand nach Foiches Bein aus. Als er den Leichnam von dessen Thron zerrte, sagte er: »Ich habe dich schon einmal getötet, du miese Ausgeburt der sieben Höllen. Ich will verdammt sein, wenn du mir je wieder unter die Augen kommst.«

Foiche fiel klappernd zu Boden. Die Gelenke brachen auf, und die Knochen fielen auseinander, und Dubric kletterte auf den Thron, um die letzten Reste von Stoff und Knochen zu entfernen. Als er damit fertig war, warf er die verbliebenen Vögel auf den modrigen Haufen, ließ den Tritt darauf fallen und schob den Altar gegen die Gebeine. Dann hob er die Laterne vom Boden auf und holte tief Luft.

Er spuckte aus und verschmierte seinen Speichel unter der Sohle des Stiefels. »Mögest du in alle Ewigkeit brennen und deine bösen Pläne scheitern.« Nachdem er die Laterne auf den Haufen aus Knochen und Holz geworfen hatte, wandte er sich ab und ging zu Dien. Flackernde Schatten begleiteten ihn.

Sie krochen durch den Tunnel in die frische Luft. Beide drehten sich um und beobachteten, wie Rauch in den Himmel stieg.

Der späte Vormittag hing drückend und träg über dem Gehöft, als Jess das Haus verließ. Sie hatte genug davon, Hüte zu basteln, und bemühte sich, nicht darüber nachzugrübeln, was Otlee zugestoßen sein mochte. Sie konzentrierte sich ganz darauf, dass sie jetzt backen wollte. Ein Zimmermann auf dem Dach winkte ihr zum Gruß, und sie erwiderte die Geste, dann ging sie zum Hühnerstall und betrat ihn.

Drinnen war es düster und stickig. In der Luft hing durchdringend der Geruch von Hühnern, die in der Hitze des Tages brüteten. Ein paar scharrten draußen in der Erde und im Unkraut, die meisten jedoch hockten in ihren Nestern und gackerten leise, als sie nach Eiern suchte.

Bei den ersten drei Hennen entdeckte sie zwei Eier. Sechs Hennen später fand sie ein Drittes. Es folgten drei leere Nester. Allmählich wurde sie besorgt, als sie unter ein weiteres Huhn fasste. »Komm schon, Mädchen. Ich weiß, es ist noch früh, aber ich brauche sechs Eier für mein Nussbrot.« Ja! Sie tätschelte die Henne, legte das vierte Ei in ihren Korb und bewegte sich weiter die Reihe entlang.

Jess fand zwei weitere Eier, bevor sie die letzte Henne erreichte, zählte noch einmal nach, um sich zu vergewissern, und verließ danach den Hühnerstall mit einem Lächeln im Gesicht und einem Rezept im Kopf.

Auf der Rampe drehte sie sich um und verriegelte die Tür, dann sog sie scharf die Luft ein, als jemand sie packte. Der Korb mit den Eiern flog davon und rollte durch den Matsch, als kalte, raue Hände sie gegen die Wand stießen.

Einer der Zimmerer starrte sie lüstern an und leckte sich über die Zähne, während sie ein anderer festhielt und gegen den Hühnerstall drückte. »Verflixt, Rao. Sieht aus, als hätt'n wir die Stille erwischt.«

Rao, der ihren rechten Arm umklammerte, erwiderte: »Ich hatte auf ihre Schwester gehofft. Sie schaut immer zu uns rüber, nicht dieses kleine Nichts hier.«

Der Erste griff sich eine Handvoll ihrer Haare und schnupperte daran. »Lieber 'n Spatz in der Hand als die Taub' aufm Dach, sagt mein Papa immer. Sie riecht gut. Un' hübsche Tittchen hat sie auch.«

Jess' Blick zuckte zwischen ihnen hin und her, als sie sah, dass sich zwei weitere Männer näherten und sie umringten. Mit einem wäre sie vielleicht fertig geworden, aber mit vier … »Lasst mich gehen!« verlangte Jess.

Rao, dessen nackte Schultern und Oberarme vom Wind gegerbte Muskeln erkennen ließen, grinste und kniff sie in die Brust. Ein schmutziger Fleck erschien auf ihrem Kleid. »Dein Opa ist grad auf den Abort gegangen, Mädel, und außerdem ist er eh zu verrückt, um was mitzukriegen. Und diesem dämlichen Bauernlümmel haben wir schon einmal den Arsch versohlt. Der wird dich auch nich' retten. Und dein Papa ist nich' da.«

Jess spuckte ihm ins Auge und versuchte, zu flüchten, aber ihre Angreifer drückten sie gegen die Wand, lachten und brachten ihr Kreischen mit dreckigen Händen auf ihrem Mund zum Verstummen, während sie abwechselnd ihren Körper betatschten.

Lars konnte es kaum erwarten, sich wieder Otlees Tagebuch zuzuwenden, als er eine Kiste mit Filzhüten zu Devyns Werkstatt schleppte. Plötzlich hielt er inne und lauschte. *War das ein Schrei? Von einem der Mädchen?* Er ließ die Kiste fallen und horchte aufmerksam. Rings um ihn herrschte abgesehen vom Wind und dem Gesang der Vögel Stille. Irgendetwas stimmte nicht, aber was? Es wirkte *zu* still für die Tageszeit, weil …

Sein Mund wurde schlagartig trocken. Da war kein Hämmern der Zimmerleute mehr zu hören.

Dann hörte er etwas anderes – ein empörtes Kreischen, das jäh abgeschnitten wurde. Knurrend sprang er über den Zaun des Schweinestalls. Kaum landeten seine Füße auf dem Boden, rannte er auch schon. Schweine quiekten und preschten aus dem Weg. Lars hechtete über den Zaun auf der gegenüberliegenden Seite und hielt in vollem Lauf auf die Nebengebäude zu.

»Bitte nicht …«, trug ihm der Wind zu. *Jess!*

Er hielt gerade lange genug inne, um seinen Dolch aus dem Stiefel zu ziehen, dann raste er weiter und um den Hühnerstall herum.

Alle vier Arbeiter standen dicht beisammen, lachten und schubsten ihr Opfer zwischen sich hin und her, küssten es dabei abwechselnd und begrapschten es. Jess' Kleid war zerrissen, und der am weitesten entfernte Bursche zog an ihrem Haar, um ihren Kopf nach hinten zu neigen und sie in einem hässlichen Abklatsch von Verlangen zu küssen.

Knurrend ließ Lars den Griff des Dolchs auf den nächstbesten Schädel niedersausen, zerrte den Jungen weg und schleuderte ihn zu Boden. Der Nächste japste und wollte ihn schlagen, aber Lars tauchte unter dem Schwinger hindurch und wirbelte herum, schlitzte über den Oberschenkel des Kerls. Der fiel schreiend und bespritzte Lars mit einem Schwall Blut.

Noch zwei übrig – die zwei, die erst vor wenigen Tagen versucht hatten, ihn zu erwürgen. Sie stießen Jess von sich und kamen gemeinsam auf ihn zu. Beide zogen Hämmer aus den Gürteln, und der Größere raunte höhnisch: »Schätze, letztes Mal haben wir's dir nich' ordentlich genug gezeigt, was, Kleiner?«

Lars griff an. Ein Knacken, eine Drehung, ein Hammer fiel in den Schlamm, und das Handgelenk des Besitzers war gebrochen. Ein Ellbogen ins Gesicht ließ den Arbeiter ausgestreckt im Dreck landen. Lars duckte sich unter einem Schlag des anderen hindurch und setzte mit einem Beinfeger nach, als er sich wieder aufrichtete. Der vierte lag auf dem Boden, doch noch unverletzt. Lars hechtete hinterher und nagelte den Jungen fest, indem er ihm die Klinge seines Dolchs durch die Schulter trieb.

Er rappelte sich wieder auf die Beine und atmete tief durch, bevor er zu Jess lief, während sich die Zimmerer hinter ihm heulend krümmten. Sie kauerte neben der Tür des Hühnerstalls, versteckte sich hinter ihren Knien und hatte die Arme angehoben, um damit das Gesicht zu bedecken.

Lars kniete sich vor sie. Er fürchtete sich geradezu davor, sie zu berühren, doch er musste sich Gewissheit verschaffen. »Jess. Jess! Geht es dir gut?«

Sie stieß einen schrillen Schrei aus und wehrte ihn fuchtelnd ab, aber er griff zwischen ihren rudernden Armen hindurch und fasste sie an den Achselhöhlen. Lars ließ sich von ihren Händen treffen, ließ Jess schreien und treten. Dann schüttelte er sie behutsam. »Jesscea!«

Ihre Augen zuckten wild, ihr Kopf rollte hin und her, und ein Schauder nach dem anderen durchlief ihren Körper. Lars zog sie hoch. »Jess«, sagte er abermals, diesmal sanfter. Dabei versuchte er, in ihre wirren, fremdartig anmutenden Augen zu blicken. »Haben sie dich verletzt? Haben sie …«

Jäh kehrte die Vernunft zurück; er sah sie im grünen Meer ihrer Augen aufblitzen. Ein Wimmern stieg aus ihrer Kehle auf und sie sprang vor, warf sich ihm in die Arme.

Unsicher, wie er sie halten sollte, da er fürchtete, noch mehr Schaden anzurichten, umarmte er sie behutsam und fragte erneut, ob sie verletzt sei.

»Zu viert!«, stieß sie an seiner Wange und seinem Hals hervor. »Was hätte ich gegen vier ausrichten können?«

»Nichts«, flüsterte er und streichelte ihr Haar. »Jetzt ist alles gut. Ganz ruhig, es ist alles gut.«

Lars schaute zurück zu den verletzten Zimmerern. So schnell würden die sich nicht wieder rühren. »Kannst du gehen?«

Jess nickte. Ihr Kopf stieß dabei gegen seine Kehle. Ihr Schaudern legte sich zu einem schwachen Zittern, und sie löste die Hand von seinem Rücken und starrte auf ihre Finger. »Bei der Göttin, du blutest ja.«

»Nicht ich. Nur die. Komm, bringen wir dich hinein. Zu deiner Mama.« Jess zitterte nach wie vor in seinen Armen, als er ihr zum Haus half.

Sarea kam durch die Tür herausgestürmt und hätte sie um ein Haar über den Haufen gerannt. »Oh Göttin, was ist passiert?«

»Die Zimmerer …«, setzte Lars an, aber Sarea zog Jess von ihm weg, und die Worte blieben ihm im Hals stecken.

»Hinein, alle beide.« Sarea half Jess, und Lars folgte ihnen. »Bei der Göttin, Lars. Wie schlimm bist du verletzt? Wo haben sie dich geschnitten? An dir ist überall Blut.«

»Ich bin nicht verletzt.« Seine Knie fühlten sich schwach an, aber er holte tief Luft und blieb in Bewegung. »Haben sie Jess etwas getan? Haben sie …«

Lissea tauchte auf und schälte ihm das Hemd vom Leib. »Halt still«, forderte sie ihn auf. »Du hast einen tiefen Schnitt am Rücken.«

»Wirklich?« Erschrocken blieb er wie benommen mitten im Wohnzimmer stehen, während Jess und Sarea den Gang hinunter verschwanden.

»Kia! Hol mir eine Schüssel Wasser und ein sauberes Handtuch.«

»Ja, Großmama«, gab Kia zurück und rannte los.

»Geht es Jess gut?«, fragte er. »Wo ist Jess?«

»Es geht ihr gut«, beruhigte ihn Lissea. »Halt still.«

Feuer flammte auf Lars' Rücken zwischen Schulter und Rückgrat auf, und er zuckte zusammen. Etwas Hartes und Schweres landete auf dem Boden. Es klang wie Metall.

Kia kam zurück und hielt ihrer Großmutter eine Schüssel mit dampfendem Wasser hin. Sie verzog das Gesicht und erbleichte. »Ich hole Faden.«

»Aua!«, stieß Lars hervor und wand sich weg.

»Halt still, Junge«, zischte Lissea. »Du hast Dreck und Rost da drin, und das muss ich herausholen.«

»Was? Aber wie? Sie haben mich gar nicht berührt.«

Lissea drückte ihm etwas in die Handfläche. »Und ob sie dich berührt haben. Du kannst von Glück reden, noch hier zu stehen. Und jetzt halt still.«

Wie vor den Kopf geschlagen starrte er auf die abgebrochene Nagelklaue in seiner Hand. Sie hatte sich von einem Hammer gelöst. Ein Ende war scharf und metallisch, das andere rostig, verdreckt und blutig. Während Lissea die Wunde reinigte, umklammerte Lars den Metallbrocken und ließ seine Schmerzen hineinfließen. Dabei starrte er ununterbrochen zum Gang. Er fragte sich, ob Jess verletzt war und ob er die Mistkerle hätte töten sollen, statt sie nur außer Gefecht zu setzen.

Lars ertrug die Stiche, ohne einen Mucks von sich zu geben, dann zog er hastig sein Hemd an und eilte in den Gang. »Jess? Sarea?«, rief er. Vor sich hörte er ein Weinen, dann sah er, wie Fyn aus dem Baderaum stürmte und zu ihrem Zimmer rannte. Sie kehrte mit einer Decke zurück, und Lars folgte ihr. An der Tür zum Baderaum hielt er inne.

»Ist sie …«, setzte er an und scheute sich, hineinzublicken.

»Es geht ihr gut«, beruhigte ihn Sarea. »Komm ruhig herein.«

Er spähte um die Tür herum und blies stoßartig den Atem aus. Jess saß am Rand der Wanne und hatte den schlammbesudelten Rock zu den Knien hochgezogen. Sie zupfte an der Decke um ihre Schultern, während ihre Mutter ihr Bein verband. »Danke«, sagte Jess und lächelte Lars an. »Und es tut mir leid, falls ich dich geschlagen habe.«

Er zuckte mit den Schultern. »Macht nichts. Geht es dir gut?«

Sie nickte, wischte sich mit dem Handrücken über die Augen und hinterließ dabei eine Schlammschliere. »Ja, dank dir. Ich hab mir das Knie aufgeschlagen, und konnte vor Angst gar nicht mehr atmen. Aber es geht mir gut. Glaube ich.«

»Fein.« Er lächelte, nickte und wandte sich zum Gehen.

»Lars, warte.« Jess schob sich an ihrer Mutter vorbei, trat zu ihm und schlang die Arme um seinen Hals. »Danke.« Ein heißer, kribbelnder Ruck durchlief ihn, als er die warme Feuchtigkeit ihrer Lippen auf der Wange spürte und sie ihre Umarmung verstärkte.

Lars hielt sie ebenfalls fest, während sein Herz wild in der Brust hämmerte. »Gern geschehen«, flüsterte er ihr ins Ohr.

Kapitel 20

Dubric und Dien ritten nach Myrthe, dann auf der Suche nach Eagons Familie zu den dahinterliegenden Heimstätten. Sie stießen auf ein Gehöft, das hinter einem Gewirr aus Weißdorn und Gebüsch verborgen lag, ein baufälliges Haus auf einem felsigen Landstreifen. Hinter einem Steinzaun grasten ein paar Schafe, und aus dem Schornstein kräuselte sich eine dünne Rauchranke. Der Ort wirkte staubig und müde. Verwahrlost.

Dien verstaute seine Notizen. »Das scheint es zu sein.«

Dubric schaute die drei Geister an, aber keiner ließ ungewöhnliche Aufmerksamkeit erkennen. Calum und Braoin schrien, während Eagon flackernd und selbstvergessen auf und ab lief. »Hoffen wir, dass sie nützliche Auskünfte für uns haben.«

Sie ritten über den Hof, vorbei an zwei großen, an ihren Ketten geifernden und knurrenden Hunden. Ein unrasierter, ungepflegter Mann in einem dreckigen Kittel warf die Tür auf und stapfte mit nackten Füßen heraus. »Was wollt ihr? Die Steuern sind erst in einem knappen verfluchten Mond fällig!«

»Wir sind nicht hier, um Steuern einzutreiben«, beschwichtigte Dubric und verlagerte im Sattel das Gewicht. »Wir sind hier, um über deinen Sohn zu reden.«

»Verkommene kleine Nichtsnutze.« Der Mann drehte sich der offenen Tür zu und brüllte: »Stoc! Hawley! Schwingt eure Ärsche hierher!«

Zwei junge Knaben, beide spindeldürr, barfuß und dreckig, kamen erschrocken heraus. »Wir haben nichts gemacht, Pa!«, beteuerte der Größere der beiden.

Der Mann schlug ihm so heftig ins Gesicht, dass er im Dreck landete. »Der feine Herr hier sagt aber was anderes, mistiger

Scheißer. Was hast du gemacht? Einen Kürbis gestohlen? Schmutzige Bilder an seine Wände gemalt? In seinen Garten gepinkelt?«

»Nein, Pa!«, widersprach der Junge weinend und bedeckte mit den Armen den Kopf.

»Was zum Henker soll das werden?«, mischte Dien sich ein.

Der Mann zog den Jungen am Kragen vom Boden hoch und schüttelte ihn. »Ich hab mein Bestes versucht, Herr, das schwör' ich. Aber er ist widerspenstig, genau wie seine Mutter.«

»Von wegen widerspenstig«, gab Dien zurück und glitt aus dem Sattel. »Völlig verängstigt ist der Bursche.«

»Lass das Kind los«, verlangte Dubric und hob die Hände in dem Versuch, die beiden Männer zu beruhigen. »Ich bin Kastellan Dubric von Fürst Brushgars Burg, und ich bin hier, um über Eagon zu reden, nicht über einen dieser Jungen.«

Der Mann ließ seinen Sohn fallen, trat ihm aber noch eben in den Hintern, als der Knabe auf allen vieren auf die Tür zu robbte. »Eagon ist weg, schon fast einen ganzen Mond. Ich hab ihn seither nicht gesehen, und der kommt auch nicht zurück.« Er sah Dubric in die Augen und fügte hinzu: »Schade ist es nicht um ihn. Seinesgleichen hätte ich ohnehin nicht in der Nähe der Kleinen haben wollen.«

Dubric spürte, wie Dien neben ihm vor Wut schäumte. *»Seinesgleichen?«*, ergriff der Knappe das Wort.

Der Blick des Mannes schwenkte zu Dien, und er spuckte aus. »Er war andersrum. Ein Bursche vom anderen Ufer. Hat's mit anderen Jungen getan, vielleicht auch mit Tieren. Ist nicht gut, solchen Dreck im Heim eines anständigen Mannes zu haben.«

Dubric holte langsam Luft und musste an sich halten, um ruhig zu bleiben. »Können wir uns drinnen unterhalten?«

»Wie Ihr wollt«, erwiderte der Mann schulterzuckend. »Nur erwartet nicht, dass Euch die Schlampe, die ich geheiratet hab, was zu essen anbietet. Sie versorgt ja kaum uns.« Damit wandte er sich ab und verschwand durch die Tür.

Dubric und Dien sahen einander an, bevor sie ihm folgten.

Lars holte sein Schwert samt Scheide aus seiner Ausrüstung hervor und nahm sich einen Augenblick Zeit, um es anzuschnallen. Er hob und senkte die Schulter seines Schwertarms und versuchte, seinen Arm zu lockern, dann verließ er das Haus und stieg die Verandastufen zum Hof hinunter. Schmerzensschreie hallten durch die Luft, vermengt mit kehligem Geheul, und Lars brummte wohlwollend. Andererseits fand er ein paar Schnitte und blaue Flecken viel zu harmlos für sie.

In der Absicht, die Fassung zu bewahren, atmete Lars tief durch, bevor er um den Hühnerstall herumging und stehen blieb. Die vier verkommenen Wilden waren körperlich noch in einem Stück, aber alle bluteten, litten und schraken vor ihm zurück.

Ohne auf die eigenen Schmerzen zu achten, zerrte er einen dürren, sommersprossigen Burschen aus dem Schlamm hoch. Ein Schlag ins Gesicht ließ frisches Blut auf Sommersprosses Hemd spritzen, und er krümmte sich, wimmernd wie ein verängstigtes Kleinkind. »Wer von euch hatte diesen glorreichen Einfall, hm?«, fragte Lars und schleuderte Sommersprosse beiseite. »Wer hat entschieden, dass es unterhaltsam wäre, mein Mädchen anzugreifen?«

Er griff nach Flann und hievte ihn auf die Beine, zog unsanft den Dolch aus seiner Schulter. »Warst du es, Dunghaufen?«

Flann schleuderte Lars einen Schimpfnamen an den Kopf und spuckte ihm ins Gesicht.

Lars spielte mit dem Gedanken, Flann noch einmal zu durchbohren, entschied jedoch, ihm stattdessen den Ellbogen in die Nase zu rammen.

»Halt, da drüben!«, rief ein Mann hinter ihm. Lars drehte sich um und ließ Flann fallen.

Jak kam schlitternd zum Stehen und hob die Hände in die Höhe, als er auf die blutige Klinge starrte. »Ich habe keinen Streit mit dir, Bursche. Steck den Saufänger weg, bevor du dich damit verletzt, und lass mich nach meinen Jungs sehen. Was immer sie getan haben, du hast den Bogen überspannt.«

Lars knurrte tief in der Kehle. »Bleib zurück. Ich warne dich.«

»Er ist verrückt!«, heulte einer der Jungen. »Sieh nur, was er mit Nallys Bein gemacht hat!«

»Der Bauernjunge hat damit angefangen!«

»Schaff uns hier weg!«

Lars trat den Nächstbesten. »Haltet die verdammten Mäuler.«

Jak kam einen Schritt näher und streckte den Hals, um an Lars vorbeizublicken. »Verdammt, Bürschchen. Warum?«

Lars wischte den Dolch an seinem Hemdzipfel ab. »Sie haben Jess angegriffen und wollten sich über sie hermachen. Ich habe meine Pflicht getan, ihr und Faldorrah gegenüber.«

Jak näherte sich einen weiteren Schritt und erbleichte bei dem Anblick, der sich ihm bot. »Deine Pflicht?«

Lars steckte den Dolch weg. »Ich bin kein Bauernjunge. Ich bin Page aus der Burg, und ich hätte sie für das, was sie getan haben, töten sollen.«

Jak blieb stehen und fuhr sich mit den Fingern durchs Haar. »Du bist wirklich ein vermaledeiter Page? Ich dachte, damit wolltest du mich bloß veräppeln und dazu bringen, dich in Ruhe zu lassen.« Kurz schrak er zurück, dann schaute er abermals an Lars vorbei und legte die Stirn in Falten. »Das erklärt es dann wohl. Dein Mädchen, Jess – geht es ihr gut?«

»Wir haben nix gemacht! Er hat uns einfach grundlos angegriffen! Aua! Scheiße!«

»Haltet die dämlichen Klappen!«, brüllte Jak über den Lärm. »Wie schlimm haben sie Jess verletzt, Junge? Braucht sie einen Medicus?«

»Sie hat blaue Flecken und ist zu Tode geängstigt. Sie haben ihr schlimm zugesetzt. Aber hätten sie Jess vergewaltigt, wären sie bereits tot. Dafür hätte ich gesorgt.« Lars holte tief Luft und beugte die Finger der blutfleckigen Hand neben dem Griff seines Schwertes. »Schaff sie sofort von diesem Anwesen, oder ich verwandle sie allesamt in Kadaver.« Er schleuderte Jak einen finsteren Blick zu. »Ist mir egal, ob das Dach erst halb fertig ist. Du bist entlassen. Und komm nie wieder her.«

Jak nickte und sah die vier Arbeiter an. »In Ordnung, Junge.«

Lars trat beiseite, während Jak seine Arbeitsmannschaft halb zum Wagen schleifte, halb trug.

»Stuart?«, fragte Devyn, der schlurfend in Sicht geriet. Er hielt eine Schaufel in den Händen. Um seine Mundwinkel hatte sich Sabber angesammelt. »Hast du es getan? Hast du sie in den Arsch gedübelt?«

»Ich töte sie, wenn sie noch einmal herkommen«, erwiderte Lars mit leiser, ruhiger Stimme. »Oder wenn sie Jess noch einmal anfassen.«

»Sie haben meine Enkeltochter verletzt«, flüsterte Dev und drehte die Schaufel so, dass der Stiel in die Richtung der entschwindenden Arbeitsmannschaft zeigte. »Aber du bist ein guter Junge, Stuart. Du musst nicht für mich im Kerker verschimmeln.«

Dev setzte dazu an, die Arbeiter zu verfolgen, aber Lars hielt ihn am Arm zurück. »Es geht ihr gut. Ich bin rechtzeitig da gewesen.«

»Also haben sie nicht … nicht …«

Lars schüttelte den Kopf und begegnete Devs Blick. »Nein, sie haben sie nicht vergewaltigt. Es geht ihr gut, und ich habe diese Mistkerle weggeschickt. Sie werden nicht zurückkehren, und Jess kommt wieder in Ordnung.«

Devyns Hände zitterten, als er hinter den blutenden Jungen herstarrte. »Aber der Dritte! Er wird entkommen! Wir müssen ihn finden!«

»Wir werden ihn finden«, beteuerte Lars mit leiser Stimme. »Das verspreche ich. Für Otlee und für Stuart. Ich werde ihn nicht noch einmal entwischen lassen.«

Dev nickte verhalten. »Du wirst das Waldfüllen finden und töten, nicht wahr, Stuart? Dafür, dass es meiner Enkeltochter wehgetan hat, dafür, dass es meinen Jungen gedübelt hat.«

Lars schlang einen Arm um Devs Schultern und drückte den alten Mann. »Ja. Und dafür, dass es Euch Euer Leben und Eure geistige Gesundheit geraubt hat. Ich sorge für seinen Tod und für Gerechtigkeit für Euch. Darauf habt Ihr mein Wort, Herr.«

Devyn rief Stuarts Namen, sank auf die Knie und weinte, während Lars beobachtete, wie Jak davonfuhr.

Eine alte Vettel namens Baerta und eine scheue Frau namens Glinni standen in einer geradezu schmerzhaft ordentlichen Küche und beobachteten Dubric. Der Mann – Horace – hämmerte mit der Faust auf einen zerkratzten Tisch mit reichlich Sprüngen und brachte ihn auf seinen ungleichmäßigen Beinen zum Wackeln. »Holt Tee für die Herrschaften!«

Glinni zuckte zusammen, Baerta hingegen starrte Horace nur an und bleckte die wenigen verbliebenen Zähne. Die Jungen konnte Dubric nirgendwo sehen. Eine fadenscheinige Decke hing vor einem Durchgang und versperrte die Sicht auf die inneren Bereiche des Hauses. Die Böden bestanden aus sauber gefegter, festgestampfter Erde. Der Verputz der Wände wies Risse auf. In die Löcher hatte man Stroh gestopft. Dubric hörte den Wind hindurchpfeifen. Obwohl alles unerhört sauber wirkte, stank es wie in einem Sumpf; faulig und schimmlig und leicht nach Mäusen.

»Tee ist nicht nötig«, ergriff Dubric das Wort. »Ich habe lediglich ein paar Fragen.«

»Dann stellt sie«, sagte Horace und ließ sich auf einen von Zwirn zusammengehaltenen Stuhl plumpsen.

»Zunächst bedauere ich, euch mitteilen zu müssen, dass Eagon vor fünf Tagen aus dem Fluss gezogen wurde.«

Glinni drehte sich entsetzt um und ließ beinahe eine Tasse fallen. »Erst vor fünf Tagen?«, fragte sie. »Er ist vor fast einem Mond verschwunden.«

»Er war ein guter Junge«, warf Baerta ein. Tränen glänzten in ihren Augen, und ihr Kinn bebte.

Eagons Mutter zitterte; ihre Hände zuckten wie sterbende Fische. »Eltern sollten ihre Kinder nicht begraben müssen.« Ihre Stimme entrang sich brüchig und belegt der Kehle.

»Nein, gute Frau, das sollten sie nicht müssen.« Dubric holte tief Luft. »Bitte erzählt mir von ihm und seinen Freunden, vor allem von Braoin Duncannon und einem Jungen namens Loman.«

Horace verengte die Augen. »Der Duncannon-Junge war harmlos, aber Loman? Pah. Um den ist's nicht schade, kann ich nur sagen.«

Baerta bedachte ihn mit einem vernichtenden Blick, bevor sie sich abwandte. Glinni ballte nur die Hände zu Fäusten, bis sich die Knöchel weiß verfärbten.

Dubric fragte: »Ihr seid Loman begegnet?«

Glinni nickte, doch es war ihr Ehemann, der antwortete. »Ihm begegnet? Bei den Höllen, ich weiß gar nicht mehr, wie oft ich ihn zur Tür hinausgeworfen hab.« Grollend starrte er auf den Tisch. »Nur hat Eagon diesen nichtsnutzigen Bastard immer wieder mitgebracht, ganz gleich, wie oft ich ihm in den Arsch getreten hab. Ständig hat er den verkommenen Lustknaben reingeschmuggelt und zu verstecken versucht.«

Baerta sah Horace kurz an, dann löste sie den Blick ruckartig von ihm und starrte über Dubrics rechte Schulter.

Dubric schrieb einige Anmerkungen auf, während er sich sorgsam die Worte für seine nächste Frage zurechtlegte. »Warum hast du Eagons Freundschaft mit Loman nicht gebilligt?«

Horace beugte sich vor. »Wegen der ekelhaften Dinge, die sie getan haben. Verfluchter Dreck, alles miteinander.«

»Er war ein guter Junge«, beharrte Baerta, die immer noch über Dubrics Schulter starrte. »Und er hat sich solche Mühe gegeben, es dir recht zu machen. Nichts, was er getan hat, war dir je gut genug. Du hast ihm nie Anerkennung geschenkt.«

Horace lehnte sich wieder zurück und verschränkte die Arme vor der Brust. »Er hätte ein Mädchen statt dieses abartigen Hurenjungen pimpern können.«

»Hör auf damit!«, rief Glinni und raufte sich die Haare. »Er ist tot! Es spielt keine Rolle mehr!«

»Unter Umständen doch, gute Frau«, widersprach Dubric, der die drei aufmerksam beobachtete. Er hoffte, dass die beiden Knaben nicht lauschten. »Euer Sohn ist missbraucht worden, bevor er starb, genau wie der andere junge Mann, den wir gefunden haben. Wenn euer Eagon noch andere Bekanntschaften hatte, die der Gesellschaft junger Männer den Vorzug gegenüber Frauen geben, dann muss ich es wissen. Es stehen weitere Leben auf dem Spiel.«

»Er ist nicht ›missbraucht‹ worden«, widersprach Horace grinsend. »Seine weibischen Freunde haben sich gegenseitig zu Tode gepimpert.«

»Du bist ein Unmensch«, murmelte Baerta.

»Lass das, Mutter!«, heulte Glinni auf und vergrub das Gesicht in den Händen.

Baerta holte tief Luft und sah Dubric eindringlich an. »Eagon ist von jeher anders gewesen, schon als er klein war. Aber er war eine herzensgute Seele. Er hat anderen geholfen, war höflich und hat hart gearbeitet. Und er hat sich immer einsam gefühlt, weil ihn nie jemand verstanden hat. Nicht, bis er Loman kennengelernt hat.« Sie lächelte. »Sie waren glücklich miteinander – und das ist mehr, als ich von meinem Mädchen und diesem wertlosen Lurch da drüben behaupten kann.«

»Pass bloß auf, was du sagst, du alte Hexe.«

Sie drehte den Kopf, starrte Horace finster an und hob das Kinn. »Meine Tochter kannst du einschüchtern, aber mir machst du keine Angst. Du bist ein dreckiges Wiesel, eine verkommene Schlange, und ich hätte nie zulassen dürfen, dass sie dich heiratet.«

»Ich hab euch und diesen Balg an ihrem Rockzipfel in meinem Heim aufgenommen, und du besitzt die Frechheit, mich einen Unmenschen zu schimpfen?«

Glinni schlug mit den Fäusten an die Wand, und Dubric bemerkte Haarbüschel zwischen ihren verkrampften Fingern. »Aufhören! Aufhören!«

Baerta und Horace wandten sich voneinander ab und starrten in entgegengesetzte Richtungen.

»Mistkerl.«

»Hexe.«

Dubric seufzte und rieb sich die Augen. »Vielleicht drücke ich mich nicht deutlich genug aus. Ein junger Mann ist tot – mehr als einer, um genau zu sein –, und ich muss denjenigen aufspüren, der dafür verantwortlich ist. Eure Familienstreitigkeiten sind mir herzlich egal. Mich kümmert weder, ob Eagon romantische Beziehungen zu anderen jungen Männern, verheirateten Frauen oder Milchziegen bevorzugt hat, noch, was ihr von derlei Dingen haltet. Ich will nur an sachlichen Hinweisen zusammentragen, so viel ich kann, und mit meinen Ermittlungen fortfahren. Wir können also die Tatsache festhalten, dass er andere Männer mochte. Fein. Was für andere Männer? Kennt irgendwer von euch Namen?«

Horace verzog das Gesicht. »Ich wusste immer nur von diesem Lustknaben. Das war schlimm genug.«

Dubric sah Eagons Mutter an. »Und du, werte Frau? Hat er sich noch mit anderen getroffen?«

Sie starrte eine Weile auf ihre Hände hinab, bevor sie nickte.

Dubric fügte die Auskunft seinem Notizbuch hinzu. »Weißt du auch, mit wem?«

Eine ausgedehnte, betretene Pause, dann nickte sie erneut. »Wisst Ihr, es ist meine Schuld. Alles ist meine Schuld.«

»Das wissen wir, Glin«, warf Horace ein und verdrehte die Augen.

»Unsinn!«, widersprach ihre Mutter und rieb den Rücken ihrer Tochter. »Du hast getan, was du tun musstest. Eagon hat dir nie einen Vorwurf daraus gemacht, was geschehen ist.«

»Doch, hat er«, flüsterte Glinni. Tränen fielen auf ihre Hände und Arme. Sie starrte auf Dubrics Kehle. »Als er etwa sechs Sommer alt war, hatte ich eine so schlimme Pechsträhne, dass ich mich an Seeleute und Reisende verkaufen musste. Aber das hat nicht gereicht. Deshalb habe ich ihn Herrn Haconry überlassen, und er hat meine Schulden bezahlt. Das habe ich mir nie verziehen.« Heulend vergrub sie das Gesicht hinter den Armen. »Ihr müsst das verstehen. Ich war verzweifelt. Wir wären verhungert.«

Dubric versuchte, eine unbewegte Miene zu bewahren, doch beim Gedanken an Haconry breitete sich ein Kribbeln über seine Haut aus. »Hat Eagon es dir übel genommen?«

Sie schüttelte den Kopf und befreite sich mit einem Schulterzucken von der Berührung ihrer Mutter. »Ich glaube nicht. Er hat mir erzählt, dass er eine schöne Zeit hatte. Er meinte, Haconry sei lustig und nett, und sie hätten zusammen Spiele gespielt.«

Sie hob den Kopf von den Armen und blickte Dubric eindringlich an. »Er wollte zurück dorthin. Haconry hat mit ihm geschlafen, hat sich meinen Sohn in sein Bett geholt, und mein Junge wollte zu ihm zurück!«

Horace grinste. »Er war immer ein dreckiger Warmer, schon als er ganz klein war.«

»Er war mein Enkelsohn und ein guter Junge«, warf Baerta ein.

Dubric schenkte den beiden Streithähnen keine Beachtung

und ließ die Aufmerksamkeit auf Glinni gerichtet. »Gab es noch andere? Abgesehen von Haconry und Loman?«

Sie zupfte an ihren Fingernägeln. »Nein. Und er hatte auch nie Freunde, keine richtigen. Außer Loman und Braoin.« Schniefend schaute sie auf. »Er hatte nur seine Rätsel. Manchmal hat Bray ihm dabei geholfen, wie bei dem, das sie an der Wand gemacht hatten.«

Der Wand? »Was für Rätsel? Zahlenrätsel?«

Horace ließ die Handfläche auf den Tisch niedersausen, und Glinni zuckte zusammen. »Ich dachte, ich hätte dir gesagt, du sollst aufhören, von seinem Zahlenunfug zu faseln!«

Wütend schüttelte sie den Kopf und wandte sich ab.

Dubric holte zur Beruhigung tief Luft und sagte: »Guter Mann, ich sage das jetzt nur ein einziges Mal. Wenn du noch mal störst, während sie oder sonst jemand vergangene Ereignisse schildert oder mir irgendwelche Hinweise mitteilt, verhafte ich dich, werfe deinen Kadaver in den hiesigen Kerker und schleife dich höchstpersönlich zum Schafott. Schließ den Mund, oder ich schließe ihn dir.«

Horace fiel die Kinnlade runter, und er starrte Dubric an, aber der Kastellan widmete seine Aufmerksamkeit bereits Baerta.

»Für dich gelten dieselben Regeln, werte Frau. Ich bin hier, um Auskünfte zu erlangen, nicht, um Gezänk zu bezeugen. Wenn ihr keine nützlichen Einzelheiten oder Hinweise beitragen könnt, die für die Ermittlungen hilfreich sind, dann behaltet eure Gedanken gefälligst für euch.«

Er atmete tief ein, blies die Luft durch die Nase aus und zwang seine Wut damit, aus ihm abzufließen. »Was wolltest du sagen, gute Frau? Etwas über Rätsel?«

Sie schaute zu ihrem Gemahl, schüttelte den Kopf und erbleichte, als er ihren Blick mit einem eindringlichen Starren erwiderte. »Ich … ich habe mich geirrt.«

Verdammt! Dubric drehte sich Horace mit zorniger Miene zu.

»Hast du noch handfeste Auskünfte über Eagons Freunde und Gewohnheiten zu bieten oder nicht?«

»Er war ein Sonderling. Mir ist schon schlecht davon geworden, ihn nur anzusehen. Ich hab ihn sogar auf Mädchen hingewiesen, aber er ist nur weiter diesem Lustknaben hinterhergejagt.«

Dubric wandte sich an Baerta. »Und du, Frau? Hast du noch etwas anderes auf Lager außer der Tatsache, dass er ein ›guter Junge‹ war?«

»Beim Salz der Erde, das war er. Immer hilfsbereit.«

Dubric nickte. »Dann muss ich darum ersuchen, nein, darauf bestehen, dass ihr zwei draußen wartet. Ab sofort ist der Rest von Glinnis Aussage eine vertrauliche Angelegenheit, geschützt von den Gesetzen Faldorrahs.« Er verstummte, um beide nacheinander anzustarren. »Das ist nicht verhandelbar, und ich verhafte euch, wenn ihr euch nicht fügt. Und zwar sofort.«

Beide erbosten sich darüber, aber Dien öffnete die Tür, und sie stapften davon, ließen Dubric und Eagons Mutter allein zurück, während Dien die Tür bewachte.

»Er war *wirklich* ein guter Junge«, beteuerte Glinni. Sie putzte sich die Nase, schaute auf und sah Dubric in die Augen. »Ein bisschen ungehobelt, aber er hat mir nie Kummer oder Schwierigkeiten bereitet.«

Dubric nahm ihr gegenüber Platz. »Ich bin sicher, das war er. Wie ich höre, hat er Verputzarbeiten für Jak, den Zimmermann verrichtet.«

Sie lächelte. »Ja. Und er war gut darin.«

»Wie lange hat er für Jak gearbeitet?«

»Fast drei Sommer. Eagon war einer der Ersten, die der Zimmermann angeworben hat, als er in die Weiten kam.«

»Und hat Jak ihn ordentlich bezahlt?«

Glinni hob das Kinn, und der Kastellan erkannte den Stolz einer Mutter in ihren Augen. »Ja, Herr, das hat er, wenn es genug

Arbeit gab. Manchmal hat er eine Krone oder mehr für ein einziges Tageswerk bezahlt.«

»Eine hübsche Summe.«

»Ja, Herr, so ist es. Und Eagon hat es uns gegeben, Horace und mir, um uns zu helfen.«

»Geht dein Mann einer geregelten Arbeit nach?«

Sie schüttelte den Kopf und starrte auf ihre Hände. »Nein, Herr, tut er nicht. Er ist zu sehr mit unserem Hof beschäftigt.«

Dubric ließ den Blick durch das heruntergekommene Heim mit den rissigen Wänden und der brüchigen Einrichtung wandern. »Und wirft der Hof ein Einkommen ab?«

Glinni fuhr sich mit den Händen durch die Haare. »Nein, Herr. Die Landwirtschaft ernährt uns kaum. Ohne Eagon weiß ich nicht, wie wir im Frühjahr die Steuern bezahlen sollen.«

»Eagon ist vor einem Mond verschwunden. Hat dein Mann kein Glück dabei gehabt, sich eine Arbeit zu suchen? Wie werdet ihr über die Runden kommen?«

»Irgendwie schaffen wir es immer, Herr. Auch wenn Eagon weg ist. Aber um ehrlich zu sein, war der Junge nach Lomans Verschwinden ohnehin nicht mehr viel hier. Er hat sich ganz in sich zurückgezogen. Hat kaum noch mit jemandem geredet, und angefangen, uns nur noch die Hälfte seines Verdienstes statt alles zu geben.«

»Weißt du, warum?«

»Wegen Lomans Mama. Sie ist krank und verkrüppelt. Ohne das Geld wäre sie gestorben.«

»Wie heißt sie? Wo kann ich sie finden?«

»Donia, glaube ich. Donia Glafisher. Ich habe sie nie kennengelernt, aber ich glaube, sie lebt in Wittrup. In einer der Armenwohnungen.«

Dien räusperte sich. »Herr?«

Dubric bedachte Glinni mit einem entschuldigenden Blick und drehte sich Dien zu.

»Die Frau in Piras' Keller hieß Glafisher«, erinnerte Dien ihn in grimmigem Tonfall.

Dubric nickte. Eine weitere Leiche, aber kein Geist. War sie verhungert, nachdem Eagon gestorben war und sich nicht mehr um sie kümmern konnte? Dubric rieb sich die schmerzenden Augen und wandte sich wieder Glinni zu. »Erzähl mir von Loman. Was hast du von ihm gehalten?«

»War wohl ein recht anständiger Junge, denke ich. In Anbetracht der Umstände.« Ihre Finger zuckten unwillkürlich. »Er … er hat sich an den Docks verkauft.«

»Hat er versucht, Eagon auch dafür zu begeistern?«

»Nein. Niemals.« Sie schaute wieder auf. »Ich habe mehrmals gehört, wie er Eagon aufgefordert hat, ja nie in die Nähe der Docks zu gehen. Ich glaube, er hat sich geschämt.«

»Worüber haben sie so geredet?«

»Hauptsächlich davon wegzuziehen. Irgendwohin, wo sie niemand kennt. Und sich einen eigenen Hof zuzulegen.« Ihre Fingerspitzen klopften einen ungleichmäßigen Takt auf den Tisch. »Loman war wie ein Schwiegersohn für mich. Ist das nicht merkwürdig?«

Sie schluckte und schüttelte den Kopf. »Ich hätte ihnen dabei geholfen wegzuziehen, wenn ich gekonnt hätte. Horace hat sie beide gehasst, das weiß ich, und er hat Eagon immer nur des Geldes wegen geduldet. Loman war ein anständiger Junge. So ein Stiller, Fremden gegenüber eher misstrauisch, aber er war immer höflich, und ich weiß, dass er seine Mama geliebt hat. Die beiden wollten wegen seiner Mutter nicht weggehen.«

»Welche anderen Jungen waren noch wie Eagon und Loman?«

Glinni schüttelte erneut den Kopf, lehnte sich auf dem Stuhl zurück und putzte sich wieder die Nase. »Das weiß ich nicht mit Sicherheit. Da war noch ein anderer Junge, der an den Docks gearbeitet hat. Über den haben sie manchmal geredet. Ich glaube, sein Name war Jasper. Er ist vor ein paar Sommern weg, um sich nach grüneren Weiden umzusehen. Hier bei uns ist er nie gewesen.«

»Hatte Eagon irgendwelche Feinde? Jemanden, der den Wunsch gehabt haben könnte, ihn zu verletzen?«

»Nein. Natürlich nicht. Er war ein guter Junge.«

»Wie gut hat er Braoin Duncannon gekannt?«

»Glaubt Ihr, Bray hatte etwas damit zu tun?«

»Standen die zwei sich nahe?«

Sie starrte Dubric eine lange Weile an, bevor sie antwortete. »Als Kinder haben sie manchmal miteinander gespielt, aber Bray fing erst vor etwa einem oder zwei Sommern an regelmäßig herzukommen. Er hatte auch begonnen, für Jak zu arbeiten, und hin und wieder haben wir ihn zu Gesicht bekommen, wenn er Eagon bei seinen Rätseln geholfen hat.«

»Hast du Braoin vertraut?«

»Manchmal. Ich wollte ja, ehrlich, und er schien mir auch ein anständiger Junge zu sein. Aber er war … zerstreut, würde ich sagen. Oft hat er gedankenverloren ins Leere gestarrt und rundherum nichts mitbekommen. Das war unheimlich, aber danach hat er gelächelt und etwas auf ein Stück Papier geschrieben. Ein seltsamer Bursche. Sehr höflich zwar, trotzdem seltsam.«

»Hast du je gesehen, was er geschrieben hat?«

»Ja, Herr, aber ich kann nicht lesen. Nicht mal meinen Namen.«

Dubric holte ein Stück Papier aus der Tasche hervor und zeigte es ihr. »Kannst du denn Zahlen lesen?«

»Nein, Herr. Ich kann zählen, nur Zahlen lesen, das kann ich nicht. Aber Eagon hatte eine echte Gabe für Zahlen. Er meinte, sie passten zusammen wie Teile eines Rätsels. Hat ständig welche aufgeschrieben. Wollt Ihr es sehen?«

»Selbstverständlich«, erwiderte Dubric.

Glinni ging zu einem winzigen, schrankgroßen Raum voraus, der an die Küche grenzte. Sie trat beiseite, während Dubric Eagons spärliche Habseligkeiten durchsah. Ein mit einer Landschaft bemaltes Brett hing neben der Tür. Dubric erkannte auf Anhieb Braoins feinen Stil auf dem lackierten Holz. Zwischen Eagons dreckiger Kleidung und abgewetzter Einrichtung befanden sich Papier- und Pergamentstücke mit Linien und Kreisen in sich wiederholenden Mustern darauf. Sie erinnerten an die Mosaike und Steinplatten, die man auf Tempelböden finden konnte. Ganz ähnliche Muster verliefen in weitläufigen Gruppen über die geflickten, verputzten Wände und waren in losen Formen eingeritzt worden. »Das sind die Rätsel, die dein Sohn sich ausgedacht hat?«, fragte er mit einem Blick zurück zu Glinni.

»Ja, Herr. Manchmal hat er tagelang daran gearbeitet und versucht, sie zusammenzufügen.« Sie lächelte. »Für mich hat das nie einen Sinn ergeben, aber ihn hat es glücklich gemacht. Er hat mir erzählt, dass er sie beim Verputzen benutzt, um eine hübsche Maserung an die Wände zu bekommen.«

»Und die Zahlenrätsel, an denen er und Braoin arbeiteten?«, hakte Dubric nach und hoffte, dass er sich nicht so ungeduldig anhörte, wie er sich fühlte.

Glinni kaute kurz auf der Unterlippe, dann nickte sie. »Ich zeige sie Euch«, sagte sie. Ihre Stimme glich dabei kaum mehr als einem Flüstern.

Sie streckte sich an Dubric vorbei und zog das bemalte Brett von der Wand. »Sie haben fast einen ganzen Tag lang daran gearbeitet«, erklärte sie und hielt das Brett ihrem Körper zugewandt. »Hat mich echt überrascht, als er es verdeckt hat.«

Die Rückseite des Gemäldes wies dieselbe Abfolge von Zahlen auf, die Dubric bereits gesehen hatte. Sein Mut sank. Er hatte gehofft, neue Erkenntnisse über das Muster zu erlangen oder einen weiteren Hinweis zu finden. Irgendetwas, das ihn zu Otlee führen konnte. Dubric wollte schon dazu ansetzen, ihr zu danken, dann jedoch sagte Dien: »Herr, seht Euch die Wand an.«

Dubric kam der Aufforderung nach und hätte beinah gejapst. Er starrte auf sich wiederholende Magierzeichen, auf Spitze an Spitze angeordnete Diamantsymbole, die in die verputzte Wand gemasert waren. Magier benutzten gerade Linien für ihre Zeichen, niemals die Kurven der Göttin. Dubric schluckte, als er die zarten, verwinkelten Linien betrachtete, aus denen sich das Muster zusammensetzte. In jedem Diamantsymbol befand sich ein kleineres Diamantsymbol, was den Eindruck von Augen hervorrief.

Dien ergriff das Wort. »Das hier sieht wie der Stoff aus.«

»Ja«, bestätigte Dubric und beugte sich näher zur Wand. Es handelte sich um drei Diamantaugenmuster, jedes geringfügig anders. Zwei waren mit Kratzern übersät, nur das dritte präsentierte sich unversehrt. Bei allen dreien standen winzige Zahlen über der obersten Reihe der Zeichen und entlang der Seiten eingeritzt, aber nur die des dritten Musters entsprachen Braoins Zahlenabfolge. Daneben war ein Wurm gezeichnet und mit rotem Stift umrandet.

»Braoin hat Eagon herausfinden lassen, wie der Stoff angefertigt wird«, flüsterte Dubric und kritzelte in sein Notizbuch. »So haben sie das Verschwinden der Jungen mitverfolgt.« Dubric zeigte auf die Zeichnung des Wurms. »Hat Eagon je erwähnt, einen roten Wurm oder eine schwarze Motte gesehen zu haben?«

Glinnis Augen weiteten sich, als aus dem hinteren Bereich des Hauses ein Krachen ertönte, und sie umklammerte das Gemälde mit krampfhaftem Griff.

Die zwei dreckigen Knaben kamen durch den von der Decke verhangenen Eingang und rannten zu ihrer Mutter. Beide hatten rote Male auf den Wangen, und ihre schmutzigen Zehen krallten sich in den Erdboden.

»Mama!«, stieß einer hervor, während sich der andere mit dem Handrücken die laufende Nase abwischte. »Papa kommt gerade durchs Fenster. Er hat die Axt geholt.« Schritte und ein Poltern donnerten hinter ihnen heran, und die Knaben duckten sich wimmernd.

Glinni erbleichte, als erst ein Krachen das Haus erschütterte, dann ein weiteres. »Ihr müsst gehen. Bitte.«

Dubric schaute zu den Jungen. »Die Motte und der Wurm, Frau. Es könnte wichtig sein.«

Sie schüttelte den Kopf und zerrte die Knaben von ihm weg.

Horace kam mit einer Axt in den Händen durch den Eingang gestürmt. »Ihr habt genug mit meiner Frau geredet. Schert Euch raus«, sagte er, schwang die Axt in eine nahe Wand und hinterließ darin ein schartiges Loch, das an die anderen, mit Stroh gestopften erinnerte. Er zog die Axt heraus und schlug damit auf den Tisch, der dadurch weitere Sprünge bekam.

Dubric schluckte. Er konzentrierte sich auf das Blatt der Axt. Der Mann führte die Schwünge mit der stumpfen Seite, nicht mit der scharfen. Horace stand der Sinn nach Zerstörung, nicht nach Mord.

Dien ragte groß und gefährlich neben Dubric auf. »Sie kann diese letzte Frage noch beantworten.«

Horace starrte die beiden an und knurrte, als er einen Stuhl mit dem schweren Blatt der Axt zerschmetterte. »Ihr habt in den Weiten oder in meinem Heim keine Befehlsgewalt.«

»Deiner Bruchbude, meinst du wohl«, gab Dien scharf zurück.

»Schert euch raus.« Horace schwang die Axt an die Küchenwand neben Dien. Das Blatt durchschlug sie und ließ Verputz auf Dien und über Eagons ungemachtes Bett spritzen. Horace riss die Axt heraus und setzte zu einem weiteren Hieb damit an. »Ich bin froh, dass der abartige Hundesohn tot ist, hört ihr? Und jetzt raus, bevor ich euch die Schädel einschlage.«

Mit Staub auf der Schulter begann Dien, sein Schwert zu ziehen, aber Dubrics Hand auf seinem Arm ließ ihn innehalten. »Nicht vor den Kindern.«

Knurrend zuckte Dien mit den Schultern, um Dubrics Berührung abzuschütteln, und trat einen Schritt auf Horace zu. »Wir kommen zurück«, kündigte er gedehnt an und senkte die Stimme dabei zu einem Flüstern. »Wenn ich erfahre, dass du auch nur die kleinste Kleinigkeit über unseren verschwundenen Jungen weißt, breche ich dir erst beide Beine und schlitze dir dann den Wanst auf. Während du schreist wie am Spieß, verfüttere ich deine Eingeweide an die Säue, und dein kleines Hackebeilchen wird dich nicht davor retten.«

Horace blinzelte. Sein Grinsen fiel in sich zusammen, als Dien über ihm aufragte und ihm seine Axt mühelos entriss.

»Sie werden deinen armseligen Kadaver bei lebendigem Leib fressen und sich um deine Innereien zanken«, fuhr Dien flüsternd fort und warf die Axt beiseite. Horace schluckte. »Zerbrochen und lebendig von Säuen gefressen. Sag das demjenigen, der unseren Jungen hat. Und bete, dass nicht du es bist, du Misthaufen, denn ich würde nichts lieber sehen als zwei Säue, die sich um deine erbärmliche Leber streiten.«

»Du hast deinen Standpunkt klargemacht«, ergriff Dubric das Wort. Er nickte der Frau in der Ecke zum Abschied zu, dann wandte er sich ab und ging davon.

Draußen sagte er zu Dien: »Durchsuch die Nebengebäude.«

»Ja, Herr«, gab Dien zurück und stapfte zum nächstbesten Schuppen.

Dubric band indes die Pferde los und beobachtete das Haus. Horace kam nicht heraus, um die Durchsuchung anzufechten. Dien verbrachte nur wenige Atemzüge im Schuppen, bevor er wieder daraus auftauchte und zu einer schief stehenden Scheune ging.

Einer der Knaben wagte sich auf die Veranda. »Papa sagt, dass hier keine Jungen sind, keine Jungen außer uns.«

»Ist das die Wahrheit?«, fragte Dubric und beobachtete das Kind aufmerksam.

Der Knabe zuckte weder zusammen, noch wandte er den Blick ab. »Ja, Herr.«

»Hast du schon mal einen roten Wurm oder eine schwarze Motte gesehen?«

Er schüttelte den Kopf. »Nein, Herr.«

»Habt ihr einen Keller?«

»Nein, Herr. So was haben nur reiche Leute.«

Dien verließ die Scheune und schritt auf Dubric zu. »Er hat in der Scheune eine Brennerei eingerichtet, Herr. Whiskey aus Getreidemaische. Und ein gekennzeichnetes Reh. Keine Spur von Otlee, keine Anzeichen für einen Kampf.«

Dubric entspannte seine Haltung. »Wilderei und Schwarzbrennerei sind mir gleichgültig.«

»Mir auch, Herr. Otlee ist nicht hier.«

Dubric nickte dem Jungen zu, wünschte ihm alles Gute und stieg auf sein Pferd. Mit Dien an der Seite galoppierte er vom Hof und in den Abend hinein.

Rao humpelte die Straße zwischen Tormod und Wittrup entlang, während Flann hinterdrein wankte wie der hirnrissige Trottel, der er war. »Von wegen Page«, brummte Rao. »Er ist bloß n' rotznäsiger Bengel, sonst nichts. Und dann sagt uns auch noch Jak, dieser dreckige Mistkerl, dass wir keine Arbeit mehr haben.« Er bemühte sich, die schwache Hand nicht zu bewegen. Das gebrochene Handgelenk schmerzte grauenhaft, und die blauen Flecken von den Schlägen und Tritten fühlten sich kaum besser an. Mit dem Wissen, dass er am nächsten Morgen völlig steif sein und sich kaum rühren können würde, schleppte er sich ungeachtet der Qualen weiter.

»Ja«, sagte Flann, der hinter ihm stolperte.

»Der verdammte Hurensohn hat mich übel zugerichtet.« Rao blieb stehen und schaute in die Richtung zurück, aus der sie kamen, sah jedoch im zunehmenden Zwielicht nur die Schatten von Bäumen. »Wir hätten das Schwein erledigen sollen, als wir die Gelegenheit dazu hatten, statt ihn vollgepisst im Schlamm liegen zu lassen.«

»Ja«, gab Flann ihm recht.

Brummend stapfte Rao weiter die Straße entlang. »Und dann das verflixte Mädchen. Scheiße, es hätte ihre Schwester sein sollen. Die hätte nicht geschrien, oh nein. Die hat ja förmlich drum gebettelt.«

»Gebettelt, ja. Gebettelt, dass wer ihre Tittchen anfasst.«

Rao spuckte einen blutigen, rotzigen Pfropfen aus. »Du hast immer nur Titten im Sinn, mein Freund.«

Flann lachte. »Ja.«

Rao grummelte und ging weiter, während Flann ›Das Lied von den Tittchen‹ sang, ein missratenes, derbes Machwerk schmutziger Wörter und lüsterner Anspielungen.

Als das Lied endete, verließ Flann die Straße und ging auf die Bäume zu. Unterwegs öffnete er seine Hose.

»Wo willst du hin?«, fragte Rao. »Du willst doch nicht schon wieder aufs Narrenbäumchen klettern, oder?«

»Ich hab heut' Tittchen angefasst«, rief Flann grinsend zurück. Rao konnte ihn in der zunehmenden Dunkelheit kaum noch erkennen.

»Mach den Mist später. Wir müssen nach Hause.«

»Ich will's aber nich' später machen. Ich will's jetzt machen.« Tänzelnd und lachend wie ein verfluchter Narr ergriff Flann seinen Pimmel, rubbelte ihn und deutete damit auf seinen Freund. »Willst mitkommen?«

»Pisse, nein. Meine Rubbelhand ist im Eimer.« Rao rieb sich das Handgelenk, verfluchte knurrend sowohl den Bauerntölpel als auch seinen ständig scharfen Freund und lief am Straßenrand auf und ab, während sich Flann kichernd weiter davonschlich.

Dunkelheit hüllte die Straße ein. Flanns hechelnde Laute wurden erst schneller, dann verklangen sie im zunehmenden Wind.

Rao blieb in Bewegung, lief auf demselben Straßenabschnitt hin und her. Er hörte Schotter knirschen, und eine Gänsehaut überzog seine Arme.

»Was bei den sieben Höllen …«, murmelte er und lauschte. Etwas bewegte sich die Straße entlang auf sie zu. *Ist das ein Karren?*

»Es kommt jemand«, rief er in die Finsternis, aber Flann erwiderte nichts. *Pisse, das säh meinem Glück ähnlich, dass der Trottel eingedöst ist, nachdem er den Lümmel zum Spucken gebracht hat.*

Der Karren kam mit den Geräuschen von klappernden Hufen und dem Ächzen alten Holzes näher. »Wer ist da?«, rief Rao.

»Ich bin's«, antwortete Jaks sich nähernde Stimme. »Bin froh, dass ich euch gefunden hab.«

Rao stieß den angehaltenen Atem aus. »Ja fein, denn ich bin nicht froh.« Einen Augenblick lang hatte er gedacht, der Tod käme auf sie zu, doch es handelte sich nur um Jak, und Jak schlug nicht einmal sein widerspenstiges Maultier. Angewidert von der eigenen Feigheit drehte sich Rao um und setzte den Weg nach Hause fort. Sollte Flann ruhig weiterschlafen und sich allein durchschlagen.

»Warte.« Jak sprang vom Karren und kam auf ihn zu. »Ich bringe euch nach Hause. Allein ist es auf der Straße nicht sicher.«

»Dann schaff lieber deinen eigenen Hosenscheißerarsch nach Hause«, gab Rao zurück und entfernte sich von ihm.

»Wo ist Flann?« In der Dunkelheit klirrte das Zaumzeug des Maultiers.

»Woher soll ich das wissen?« Murrend ging Rao weiter.

Jak erwiderte nichts. Stille erfüllte die Finsternis.

Pisser, dachte Rao. *Fürchtet sich wahrscheinlich allein im Dunkeln. Ich hab's sowieso gehasst, für dich zu schuften, du Mistkerl.*

Gedankenverloren stieß er vor Überraschung einen spitzen Schrei aus, als ihm plötzlich etwas die Kehle zuschnürte und zurück zum Maultierkarren zerrte.

Kurz, nachdem die letzten goldenen Strahlen der Sonne den Himmel verlassen hatten, erreichten Dubric und sein Knappe Maeves Haus. Laternenlicht erfasste sie, und als Dubric sich umdrehte, sah er, wie der Wind an Maeves Rock und Halstuch zerrte.

»Allmählich habe ich angefangen, mir Sorgen zu machen«, sagte sie. »Ihr habt Otlee nicht gefunden?«

Dubric zuckte zusammen. Seit zwei Nächten verschwunden. »Noch nicht.«

Maeve ließ die Schultern hängen. »Das Abendessen ist bereit, wann immer ihr wollt.«

»Wie sollen wir ihn finden, Herr?«, fragte Dien.

»Ich bin nicht sicher, aber uns fällt eine Möglichkeit ein.« Dubric beobachtete, wie Maeve ins Haus zurückkehrte. »Wir müssen Otlee finden, und sie muss ihren Sohn beerdigen.«

»Uns läuft die Zeit davon, Herr.«

»Dann lass uns hoffen, dass uns das Glück hold ist.« Sie ließen die schlammigen Stiefel auf der hinteren Veranda zurück und betraten die Küche. Die Säcke mit der Kleidung und den sonstigen Habseligkeiten, die sie in der Nähe von Foiches Turm gefunden hatten, trugen sie mit hinein.

Maeve holte eine tiefe Pfanne aus dem Ofen. »Ich hoffe, ihr mögt gewürztes Schweinefleisch.« Sie stellte die Pfanne auf den Herd und fischte Fleischscheiben aus der roten Soße.

»Es duftet herrlich. Danke.« Dubric trat hinter sie und ertappte sich dabei, die Wölbung ihrer Taille zu betrachten, als sie sich bewegte. Er schüttelte den Kopf und setzte den Weg in den Waschraum fort.

Mit geschrubbten Händen und sauberem Gesicht nahmen Dien und Dubric zusammen mit Maeve am Tisch Platz. Angespannte Stille herrschte. Dubric hatte sich gerade die erste Scheibe Fleisch mit Soße genommen, als sich jäh ein allzu vertrauter Schmerz hinter seinen Augen einnistete.

Rao versuchte verzweifelt, zu atmen und die Schnur von seinem Hals zu bekommen, aber er wurde unerbittlich festgehalten, aus dem Gleichgewicht gezogen und weggezerrt. Sein Angreifer stieß ihn mit dem Gesicht nach unten auf die Ladefläche des Karrens; die rauen Bretter kratzten über Raos Bauch. Er hörte, wie der Karren knarzte, als sein Gewicht darauf landete, dann lockerte sich die Schnur einen Augenblick lang, während sein Angreifer den Griff verlagerte.

Abrupt atmete Rao ein, und Luft rauschte durch seine Kehle, bevor sie ihm wieder zugeschnürt wurde. Er spürte, wie ihm die Hose runtergerissen wurde. Sein Gehänge schaukelte hin und her, als er gegen die Rückseite des Karrens gepresst wurde. Etwas Heißes und Hartes stieß zweimal gegen seine Pobacken, dann wurde es dazwischen in seinen Leib gerammt, so heftig, dass es ihm die Füße vom Boden abhob.

Rao wollte schreien, doch dazu fehlten ihm die Luft und die Kraft. Seine Sicht verfärbte sich rot, flackerte und wurde trüb. Alles entfernte sich wirbelnd, und sein Bewusstsein schwand, als er in das Rot fiel. Dann löste sich die Schnur um seinen Hals wieder, gerade genug, um einen Hauch von Luft durchzulassen. Gerade genug, um nicht ohnmächtig zu werden, gerade genug, um bei Bewusstsein zu bleiben, aber nicht genug, als dass seine Muskeln ihre Angststarre abzuschütteln vermochten.

Sengende Schmerzen breiteten sich in ihm aus, pulsierten und brannten bei jedem Stoß – Schmerzen, denen er nicht entfliehen konnte. Die Dunkelheit rammte Raos Gesicht gegen die Bretter des Karrens, wetzte es über das Holz, als sich die Schnur um den Hals wieder enger zusammenzog.

Dann wurde die Dunkelheit fertig, zog sich zurück und gewährte Rao eine Lunge voll Luft, bevor sie ihn auf den Rücken herumhievte, als wäre er bloß ein schimmelnder Getreidesack. Rao landete auf etwas Hartem und Klobigem, das in die ihn würgende Schnur eingearbeitet zu sein schien.

»Du gehörst mir«, sagte die Dunkelheit, deren Zähne matt schimmerten. Dann beugte sich die Gestalt vor, zerrte mit den Zähnen an seinen Geschlechtsteilen, biss zischend zu, während Rao erneut zu schreien versuchte.

Ebenso versuchte er zurückzuweichen, aber die beschwerte Schnur um seinem Hals saß fest. Der klobige Gegenstand unter ihm verkeilte sich im Boden des Karrens, als sich Rao verzweifelt wehrte. Die Schnur spannte sich dadurch, und Rao kämpfte röchelnd dagegen an, während sein eigenes Gewicht und die Angst das Leben in ihm erstickten.

Die dunkle Gestalt grinste. Sie bewegte sich, ein Schatten in der Nacht, der Raos Oberschenkel packte und festhielt, während heißes Blut seinen Bauch und seinen Schritt wärmte.

Wieder versuchte Rao zu schreien, doch auch dieses Mal fehlte ihm dafür die Luft. Die Gestalt hievte Raos Beine hoch und presste ihn abermals gegen den Karren.

Dubric keuchte angesichts der Schmerzen und presste die Handflächen krampfhaft auf den Tisch. Braoins Tod hatte ihm Qualen beschert, ein grelles, heißes Stechen durch den Schädel, aber der neueste Geist, ein halb nackter Bursche mit einer Reihe frischer Blutergüsse und einem Würgemal um den Hals, traf mit geringerem Aufheben ein. Schmerzen, ja, aber keine Folter. Und der Kopf des Geistes wies keine Schnur auf.

Ein gewöhnlicher Mord, dachte Dubric. *Es ist überhaupt nicht dasselbe.* Er schob seinen Teller von sich und beugte sich vor, stützte den pochenden Schädel auf den Tisch, während sich seine Atmung allmählich beruhigte und der Geist seine Ankunft abschloss.

»Dubric?«, fragte Maeve und eilte zu ihm. »Was ist passiert?«

»Ein Mord«, antwortete er und setzte sich wieder auf. Maeve wich mit den Händen vor dem Mund zurück.

»Otlee?«, wollte Dien wissen und wurde dabei kreidebleich.

Dubric schüttelte den Kopf, immer noch leicht japsend ob der Schmerzen. »Nein. Otlee lebt. Dieser Geist ist ein junger Mann. Er ist geschlagen worden. Seine Hose fehlt, und die Geschlechtsteile sind zerschunden. Ich vermute, er wurde entweder zum Opfer eines Streits zwischen Geliebten, oder er ist mit der Frau eines anderen Mannes erwischt worden.«

Maeve ließ sich ihm gegenüber auf einen Stuhl plumpsen. »Ein junger Mann ist tot. Wie könnt Ihr so nüchtern darüber sprechen?«

»Weil es meine Aufgabe ist«, erwiderte er. »Die meisten Morde sind einfach gestrickt. Wut. Lust. Gier. Ich habe auch schon viele Opfer gesehen, die durch bloßen Zufall ermordet wurden. Weil sie zur falschen Zeit am falschen Ort waren oder den falschen Menschen auf die falsche Weise beleidigt haben. Eine Frau hat ihren Ehemann ermordet, weil er es einmal zu oft verabsäumt hatte, seinen Teller vom Abendessen ins Waschbecken zu legen. Ein Mann hat den eigenen Sohn ermordet, weil er ihn für einen Einbrecher hielt. Und mehr als einmal hat ein Mann einen anderen ermordet, weil der eine Beziehung mit seinem Eheweib hatte.«

Kurz verstummte er, während Maeve ihn mit entsetztem Gesichtsausdruck anstarrte. »Das ist es, was ich tue. Ich finde jeden, der für jenen einen grässlichen Augenblick die Herrschaft über seine Wut verliert, und bringe denjenigen vor den Rat, auf dass ihm die Gerechtigkeit widerfährt, die er verdient. Und gelegentlich spüre ich eine tollwütige Bestie auf, die keinerlei Herrschaft über ihre Raserei und ihre Gelüste hat. Solche Bestien töte ich in der Regel, wie alle tollwütigen Bestien getötet werden müssen.«

»Verdammt richtig, Herr.«

»Und werdet Ihr den Mann töten, der meinen Sohn ermordet hat?«

Dubric nickte. »Ja, gute Frau, das werde ich. Solche Tiere weigern sich erfahrungsgemäß, sich fangen zu lassen. Mir wäre lieber, ich könnte ein Urteil über sie fällen und sie hängen lassen, bisher jedoch habe ich das noch nicht erlebt.«

»Aber nicht den Mann, der heute Nacht getötet hat?«

»Den Mann oder die Frau, die heute Nacht *gemordet* haben. Nimmt jemand ein Leben, um seine Familie oder sich selbst zu retten, oder stirbt jemand durch Unfall, Krieg oder Krankheit, sehe ich keinen Geist. Wenn ich einen Geist sehe, wurde das Opfer ermordet, und der Geist bleibt so lange, bis der Gerechtigkeit Genüge getan wird, vorzugsweise durch den Rat. Mörder nur zu fassen, reicht nicht; sie müssen auch verurteilt und das Urteil muss vollstreckt werden.«

Maeve stand auf. Tränen kullerten ihr über die Wangen. »Aber ein junger Mann ist tot! Irgendjemandes Sohn! Berührt Euch sein Tod denn gar nicht?«

»Natürlich berührt er mich«, entgegnete Dubric leise. »Aber wenn ich zulasse, dass Gefühle mein Handeln beeinträchtigen, wenn ich meine Unbefangenheit verliere, dann bin ich für niemanden nütze. Jeder Tod zerreißt mich innerlich, trotzdem muss ich die Verantwortlichen finden und für ihre Taten bezahlen lassen. Denn wenn ich es nicht tue, dann tut es wahrscheinlich niemand. Ich beschere den Toten Gerechtigkeit, und damit, gute Frau, ist ihren Angehörigen weit mehr geholfen, als wenn ich mich dem Kummer hingäbe.«

Maeve starrte ihn an und blinzelte unter Tränen.

Dien ergriff das Wort. »Willst du, dass wir händeringend zetern oder dass wir entschlossen bleiben und diese Missgeburt fangen?«

»Ich will, dass ihr den Mistkerl, der meinen Braoin getötet hat, in Stücke reißt und die Reste an die Schweine verfüttert.«

»Dann werden wir genau das tun.« Dubric griff nach seinem Tee. »Oder etwas Gleichwertiges.«

Maeve setzte sich und sah die beiden an. Mit einem Nicken begann sie zu essen.

Besorgnis hatte sich nagend in Lars' Bauch eingenistet.

Jess hatte seit dem Angriff auf sie kaum ein Wort von sich gegeben. Nach dem Abendessen, während Sarea und Kia aufgeräumt hatten, war Fyn an ihn herangetreten, hatte ihn beiseitegenommen und ihm erzählt, dass Jess überall blaue Flecken hatte. Auf dem Rücken, am Bauch. Auf den Brüsten. Jess hätte Glück gehabt, meinte sie; nicht auszudenken, was hätte geschehen können, wenn er nicht gekommen wäre.

Da Lars nicht gewusst hatte, was er sonst tun sollte, hatte er Fyn dafür gedankt, dass sie ihn auf dem Laufenden hielt, danach war er hinaus auf die Veranda gewankt. Er starrte in die Nacht und beobachtete, wie sich Regenwolken näherten.

Seine Augen schmerzten. Es war ihm unmöglich gewesen, in Otlees Tagebuch weiterzulesen, solange er sich um Jess sorgte, und er fühlte sich machtlos, außerstande, Otlee oder Jess zu helfen. Die Naht auf seinem Rücken juckte, die Blasen an seinen Händen brannten, und er war hundemüde.

Hinter ihm öffnete sich knarrend die Tür, doch er drehte sich nicht um. An anderen Abenden war Jess herausgekommen, um sich mit ihm zu unterhalten, an diesem Tag jedoch war sie bereits weinend zu Bett gegangen. Sie konnte es demnach nicht sein, und sonst zählte niemand.

»Ich möchte mit dir reden«, kündigte Sarea an und setzte sich neben ihn. »Wenn das in Ordnung ist.«

»Sicher«, erwiderte er schulterzuckend. »Nur zu.«

Sarea holte tief Luft und rang eine Weile unruhig die Hände. »Ich weiß nicht, wie ich anfangen soll.«

»Du könntest ja anfangen, indem du mich anbrüllst. Das macht Dubric immer. Scheint zu wirken.«

Sie erstarrte, drehte den Kopf und sah ihn eindringlich an. »Wieso bei der Göttin Gnaden sollte ich dich anbrüllen wollen?«

»Weil ich nicht schnell genug war. Weil ich sie nicht umgebracht habe, als ich die Gelegenheit dazu hatte. Meinetwegen ist Jess verletzt worden.«

»Nichts davon ist wahr«, widersprach Sarea und zögerte, bevor sie ihm einen Arm um die Schultern legte. »Ich bin vielmehr herausgekommen, um dir zu sagen, dass du aufhören sollst, dir die Schuld zu geben.«

»Ja, sicher«, gab er zurück.

»Na schön. Lars Hargrove, du nimmst jetzt den wirrsinnigen Kopf aus dem Hintern und hörst mir zu. Wenn du nicht gewesen wärst, hätte Jess schwer verletzt werden können, statt nur verängstigt zu sein und blaue Flecken davonzutragen. Sie hätte vergewaltigt werden können, Lars. *Vergewaltigt!* Oder sogar getötet. Aber weil du da warst, weil du kühlen Kopf bewahrt hast, statt einfach alles zu töten, was sich bewegt hat, wird sie wieder ganz gesund, und diese verkommenen Jungen müssen mit dem leben, was sie getan haben.

Ich habe nicht das Geringste mitbekommen, bis sie vor Schmerzen geschrien haben, und meine Eltern auch nicht. Du hast Jess gehört, und du bist ihr sofort zu Hilfe geeilt. Ja, sie ist verängstigt, ja, sie hat blaue Flecken, aber sie lebt und sie ist nicht vergewaltigt worden. Das ist eine Menge. Niemand erwartet von dir, vollkommen zu sein – niemand außer dir selbst. Du hast getan, was du konntest. Mehr, als jeder andere hätte tun können, und wir sind nicht nur sehr stolz auf dich, wir sind dir auch sehr dankbar. Vergiss den Rest.«

Er starrte weiter in die Nacht. »Das kann ich nicht. Das ist nicht gut genug.«

»Es ist gut genug für mich. Und es ist gut genug für Jess.«

»Nein, ist es nicht. Beim Abendessen wollte sie mich nicht mal ansehen.«

Sarea drückte seine Schultern. »Sie macht sich Sorgen, dass du sie jetzt nicht mehr mögen könntest.«

Verdutzt drehte er den Kopf und sah Sarea an. »Was? Warum?«

»Weil sie nicht stark genug war, um ihre Angreifer abzuwehren.« Kurz verstummte Sarea. »Sie hat Angst, nicht gut genug für *dich* zu sein. Du hast ihr inzwischen schon zweimal das Leben gerettet.«

»Das spielt doch keine Rolle.«

»Für dich vielleicht nicht. Ich weiß, dass du dein Leben damit verbracht hast, zu lernen, wie man schlagkräftig kämpft, wie man aus dem Stegreif denkt und Situationen wie diese bewältigt, ohne Zeit damit zu verlieren, sich über die Auswirkungen den Kopf zu zerbrechen. Du tust es einfach. Mittlerweile ist es ein Teil von dir, durch das lange Üben so tief in dir verankert, dass du es kaum noch bewusst wahrnimmst. Das weiß ich. Aber für Jess fühlt es sich so an, als wäre sie schwach und müsste ständig gerettet werden. Meine Töchter halten sich nicht gern für schwache kleine Mädchen.«

»Das sind sie nicht«, sagte er. »Schon gar nicht Jess. Vier Männer haben sie im Rudel angegriffen. Dem hätte niemand unbeschadet entrinnen können. Sie war unbewaffnet, um der Göttin willen, und sie wurde überrumpelt. Ich war bewaffnet und ich wusste, auf was ich zurannte. Trotzdem ist es ihnen gelungen, mich zu verletzen.«

»Das weiß ich, und sie weiß es auch. Gib ihr nur ein wenig Zeit, sich damit abzufinden. Immerhin vergöttert sie dich.«

»Was?«

Sarea lächelte erst, dann lachte sie leise. »Sie ist schon verliebt in dich, seit sie in den Windeln gesteckt hat. Ich dachte, das wüsstest du.«

Verblüfft und übers ganze Gesicht strahlend wie ein Hohlkopf wusste er nicht, was er sagen sollte.

Sarea ersparte ihm eine Erwiderung. »Das bleibt unser kleines Geheimnis.«

Er nickte und spürte, wie ihm Hitze in die Wangen schoss. Bevor er sich zurückhalten konnte, platzte er hervor: »Ich glaube, ich liebe sie.«

Nach wie vor lächelnd zerzauste ihm Sarea das Haar. »Ich weiß. Wir haben dir die Erlaubnis erteilt, um sie zu werben, schon vergessen?« Sie lehnte sich näher, grinste und stupste ihn. »Hast du vor, sie zum Burgjahrmarkt einzuladen? Der ist in wenigen Phasen.«

Er zuckte mit den Schultern.

Sie klopfte ihm auf die Schulter und stand auf. »Ich habe gehört, dass mehrere Jungen davon reden, sie zu fragen, ob Jess mit ihnen hingehen will. Vielleicht solltest du darüber nachdenken, statt über Dingen du brüten, die du nicht ändern kannst.« Sarea ging auf die Tür zu und hielt inne, drehte sich noch einmal um und sah ihn an. »Du hast hier eine einmalige Gelegenheit. Trödle nicht zu lang. Sobald wir zurück in der Burg sind, ist sie für immer verflogen.«

Lars nickte und lächelte sie an. »Danke, Sarea.«

»Gern geschehen.« Damit betrat Sarea das Haus und schloss hinter sich die Tür.

Mir läuft die Zeit davon. Dubric saß am Küchentisch. Er brütete über seinen Notizen und den Dingen, die sie am Teufelsauge gefunden hatten, und lauschte dem Regen. Dien grummelte auf der gegenüberliegenden Seite des Tisches. Vor ihm lag aufgeschlagen Calums Wirtschaftsbuch. Maeve hatte sich wieder dem Weben zugewandt, und Dubric verspürte Erleichterung darüber, dass sie gegangen war. Er wollte nicht, dass sie die toten Vögel oder die zusammengefaltete Kleidung sah.

Die vier Geister – Braoin, Calum, Eagon und der namenlose Neuankömmling – trieben sich ihren entsprechenden Vorlieben entsprechend in der Küche herum. Dubric schenkte ihnen keine Beachtung und wünschte, sie würden verschwinden, um an anderen Stätten zu spuken, wie es der Rest der Geister getan hatte. Nicht ein einziges Mal in all den Sommern, die er schon von solchen vermaledeiten verlorenen Seelen heimgesucht wurde, hatten sie auch nur das Geringste getan, um ihn bei seinen Ermittlungen zu unterstützen. Sie heulten, sie zeterten, sie troffen vor sich hin, sie waren lästig. Doch sonst nichts. Der Neuankömmling wirkte fester, griffiger und weniger durchscheinend, und der Unterschied bereitete ihm Kopfzerbrechen. Ihm fiel kein Grund ein, warum infolge der meisten Morde eher fahl wirkende Gespenster entstanden waren.

Er nippte am Tee und ergänzte seine Notizen, bis Dien sagte: »Ich glaube, ich habe etwas gefunden.« Er reichte Dubric beide Bücher. »Horace Mulconry aus Myrthe. Herr Haconry hat ihn mehrfach für ›Leistungen‹ bezahlt.«

»Hol's der König. Gute Arbeit.« Dubric begutachtete die Einträge des Wirtschaftsbuches, die Dien gekennzeichnet hatte, und stellte fest, dass Horace drei Zahlungen zu je fünfzig Kronen erhalten hatte. »Was für ›Leistungen‹ könnte ein schwarzbrennender, wildernder Schafbauer anbieten? Noch dazu Leistungen, die so fürstlich entlohnt werden.«

Dien gähnte und streckte sich. »Lässt sich unmöglich sagen, Herr. Aber jede Zahlung ist zwei Tage nach Phasenmitte erfolgt, was Braoins Muster des Verschwindens der Jungen entspricht.«

»Mulconry, Mulconry«, murmelte Dubric und tippte sich ans Kinn. »Ist das nicht der Nachname von Schweinedreck-Mul?«

»Verdammt, ich weiß es nicht. Steht das in Euren Notizen?« Dien ergriff Dubrics Notizbuch und blätterte es von hinten durch. Überrascht schaute er auf. »Da brat mir einer 'nen Storch. Er ist es.«

Dubric nahm sein Notizbuch wieder an sich und hielt die Erkenntnis fest. »Ein merkwürdiger Zufall, dass zwei Mulconrys zu Herrn Haconry führen und in die Vermisstenfälle verwickelt sind, findest du nicht? Selbst, wenn sie keine Brüder sind, verwandt sind sie bestimmt. Jeder, der eine Verbindung zu Haconry aufweist, könnte Devyns ›Waldfüllenbastard‹ sein.« Er legte sein Notizbuch beiseite und trank einen Schluck Tee. »Durchsuch weiter das Wirtschaftsbuch und achte besonders auf andere, die mit Haconry verwandt sein könnten. Vetternwirtschaft in den Weiten würde eine Menge erklären. Halte außerdem nach Leuten Ausschau, die ähnliche dem Muster entsprechende Zahlungen erhalten haben.«

»Ja, Herr«, sagte Dien und wandte sich wieder Calums Büchern zu.

Dubric stand auf und streckte sich. »Bleib nicht allzu lange wach. Wir brechen erneut im Morgengrauen auf.« Gähnend ging er los, um sich aufs Bett vorzubereiten.

»Ah, endlich Regen«, sagte die Kreatur in der Dunkelheit und entblößte grinsend ihre gelben Zähne.

Otlee wimmerte und schüttelte den Kopf, als Ranken aus dem Mund der Kreatur hervorwucherten und über Otlees nackte, blutende Haut tänzelten, weiteres Blut sprudeln ließen und ihn zum Schreien brachten. Er war an den Händen, an den Füßen und am Hals gefesselt, außerstande, sich zu wehren oder zu fliehen, während die Dunkelheit ihn erkundete und zerschnitt und verheerte. Aus nächster Nähe stank die Kreatur nach Verwesung, Muskat und Nelken; ein süßlicher, ein tödlicher Geruch. Otlee hätte sich bestimmt übergeben, aber er hatte nichts gegessen. Ebenso wenig hatte er geschlafen. Trocken würgte er und schmeckte Galle.

»Er gefällt dir?«, hörte Otlee jemanden flüstern. Allerdings sah er bloß Dunkelheit und rote Augen und gelbe Zähne, nur die Erscheinung, die ihn quälte.

»Er wird reichen. Vorerst.« Die Dunkelheit lachte, dann beugte sie sich für eine Kostprobe näher heran.

Kapitel 21

Als der Morgen nahte, saß Dubric in der Küche, während Maeve das Frühstücksgeschirr abwusch. Er ging seine Notizen durch und nippte Tee, während er versuchte, den Vormittag und Haconrys Befragung zu planen. Sechs Namen wiederholten sich in Calums Wirtschaftsbuch. Mit jedem waren Zahlungen zu fünfzig Kronen verbunden, alle entsprechend den von Braoin berechneten Daten. Bezahlte Haconry andere dafür, die Jungen zu entführen? Die Leichen zu entsorgen? Wegzusehen? Wofür auch immer – Dubric hatte den festen Vorsatz, das Herrenhaus bis auf die Grundmauern niederzureißen, falls es sein musste. Und der König mochte Haconry helfen, falls sich Otlee dort befände.

Vier Geister starrten ihn an. Der Neuankömmling hatte sein verängstigtes Geheul eingestellt und starrte stattdessen finster wie ein übellauniger Hund vor sich hin. Sein Erscheinungsbild schwankte, bald verblasste er zu Nebel, bald wurde er wieder fester, während die anderen ihre grün schimmernde Durchsichtigkeit stetig beibehielten. Braoins Farbton wirkte besonders kräftig und erinnerte an das Grün frischen Löwenzahns, während Calum eher gräulich wie Roggen aussah, der zu Samen verarbeitet wird.

Dubric dachte über Braoins kräftige Tönung nach und gelangte zu dem Schluss, sie hinge entweder davon ab, dass er sich zu Hause befand, oder verdanke sie dem Umstand, dass er Künstler gewesen war. Nur der Neuankömmling vermittelte einen festen, dreidimensionalen Eindruck wie Stuart, den Dubric aber nicht mehr gesehen hatte, seit sie Lars am Vortag auf dem Gehöft zurückgelassen hatten. Braoin, Calum und Eagon erinnerten eher an Spiegelbilder von Rauch.

Maeve wurde mit dem Geschirr fertig und trocknete sich die Hände ab, bevor sie den Teekessel vom Herd holte.

»Erzählt mir von Eurer Gemahlin«, forderte sie Dubric auf, als sie einschenkte.

Dubric schlang die Finger um die Tasse, um sie zu wärmen. »Da gibt es nicht viel zu erzählen. Sie ist vor langer Zeit gestorben.«

Maeve setzte sich. »Woran erinnert Ihr Euch am besten?«

Zum ersten Mal, solange Dubric zurückdenken konnte, spürte er, wie ihm Röte in die Wangen stieg. »Es ist so lange her, Maeve – da gibt es wirklich kaum noch etwas zum Erinnern.«

Maeve nippte an ihrem Tee und musterte ihn traurig über den Rand ihrer Tasse hinweg. »Und doch haltet Ihr an ihrem Andenken fest, als wäre es ein Geschenk. Das ist erstaunlich. Und wundervoll.«

Er senkte den Kopf und starrte in seinen Tee. Über die erste Erinnerung, die ihm in den Sinn kam, musste er lächeln. »Sie hat es geliebt, im Freien zu essen. So haben wir uns kennengelernt.« Seine Hände schlossen sich fester um die Tasse. »Sie war Tunkek Romlins Armee als Magierjägerin zugeteilt. Es war für jede Armee schwierig, diesen Posten zu besetzen, aber besonders für die von Tunkek. Seine Truppen stellten das größte Bataillon, und das wurde oft entsandt, um sich den mächtigsten Magiern zu stellen. Oriana verstand ihr Handwerk. Sie wusste um die Gefahren, die damit einhergingen, nahm sie aber trotzdem auf sich.«

Maeve berührte seinen Handrücken, und er schaute auf, blickte ihr in die Augen.

»Oriana war eine Meuchelmörderin für Malannas Kirche«, erklärte er. »Darin bestand ihre Aufgabe. Eindringen, anschleichen und Magier töten. Als ich sie kennenlernte, hatte sie bereits vier erledigt, wenn ich mich recht entsinne. Aber das wusste ich zu dem Zeitpunkt noch nicht. Nachdem wir unsere Beute fast einen Mond verfolgt hatten, trafen sich meine Armee und die von Tunkek in Lattalok. Die jeweils von uns gejagten Magier hatten Zuflucht in den Höhlen gesucht. Dort saßen sie in der Falle, und es ging nur noch darum, hineinzugehen und sie zu holen. Während sich meine Männer einige Glocken Zeit nahmen, um sich vorzubereiten, zog ich alleine los, um etwas zu essen. Dabei bemerkte ich eine Frau, die – ebenfalls alleine – über ein Gerstenfeld lief. Sie sang vor sich hin, und ich befand mich in Windrichtung. Ich hörte sie lange, bevor ich sie zu sehen bekam.«

»Sie hat gesungen?«, fragte Maeve überrascht.

»Ja. Vor dem Krieg war sie Bardin gewesen, aber sie besaß eine Widerstandskraft gegen Magie und wurde zu diesem Dienst genötigt.«

Maeve trank einen Schluck Tee. »Erzählt weiter.«

»Mir fiel auf, dass sie Tunkeks Farben trug, und ich fragte sie, weshalb sie sich so weit von ihrem Posten entfernt befände. Sie hob ihren Rationsbeutel an und meinte, sie suche nach einem stillen Plätzchen zum Essen.« Lächelnd trank er von seinem Tee. »Dann sah sie mich an, schien geradewegs durch mich hindurchzuschauen, und wollte wissen, was *ich* denn so weit entfernt von *meinem* Posten wollte.«

Maeve lächelte und beobachtete ihn.

»Wie es der Zufall wollte, war ich mit derselben Absicht unterwegs. Wir aßen unsere Rationen zusammen auf jenem Gerstenfeld. Nachdem die Magier erledigt waren, trennten sich unsere Armeen wieder, aber Oriana und ich blieben in Verbindung. Da ja ein Offizier dem anderen schrieb, wurden unsere Botschaften zusammen mit den offiziellen Befehlen zugestellt, aber schon bald wurden unsere Briefe persönlicher.

Mehrere Monde später verfolgten Tunkek und ich Magier nach Velder. Verschiedene Regionen, aber dieselbe Provinz. Ich überließ meinem Leutnant den Befehl und zog los, um sie zu sehen. Allerdings war sie nicht bei der Armee. Wieder war sie davongewandert, um sich ein beschauliches Plätzchen zum Essen zu suchen. Ich fand sie auf einem felsigen Hang … ohne Uniform.« Wieder spürte er, wie sich seine Wangen röteten. »Sie hatte auf mich gewartet.«

»Wie kommt Ihr darauf?«

»Weil sie Essen für zwei dabeihatte.«

»Ah«, sagte Maeve. »Und dann?«

»Nichts«, erwiderte er. »Weder sie noch ich wollten uns vor unserer Pflicht drücken, und ich wollte nicht, dass sie unter meinen Befehl versetzt würde. Das wäre nicht nur in höchstem Maße ungehörig gewesen, ich hätte es wohl auch nicht fertiggebracht, sie zu entsenden, um es allein mit einem Magier aufzunehmen. Danach kam unser Schriftverkehr zum Erliegen. Sie fing an, sich mit jemand anderem zu treffen, und ich … Ich lernte bald hier, bald da ein Mädchen kennen. Nichts Ernstes, aber genug, um mir beim Versuch zu helfen, sie zu vergessen.« Er nippte an seinem Tee. »Wir waren beide sehr jung.«

»Aber das ist nicht das Ende der Geschichte«, warf Maeve ein.

Dubric kaute auf seiner Unterlippe und starrte wieder in den Tee. »Ich konnte sie nicht vergessen, ganz gleich, was ich auch versuchte. Mehrere Sommer vergingen, und der Krieg endete. Ich fand sie ausgerechnet in Wasserfurt. Sie war einige Phasen vor mir in die Stadt zurückgekehrt, um nach mir zu suchen. Wir vereinbarten, uns in den Gärten der Burg zum Abendessen zu treffen.«

Er schaute auf. »Sie brachte für uns zwei einen Korb voll Essen mit, genug, um sechs hungrige Soldaten satt zu machen. Wir saßen unter den Apfelbäumen, während wir aßen und redeten. Es fühlte sich an, als seien wir bloß Tage voneinander getrennt gewesen, nicht mehrere Jahreszeiten.«

Er schloss die Augen und erinnerte sich. »Ich kann immer noch die Bäume und die reifenden Früchte riechen, die Vögel hören. Wir saßen auf einer Decke im Gras. Sie meinte, ihre Großmutter hätte sie angefertigt. Es war ein bewölkter Tag, etwas windig und kühl. Scherzhaft sagte sie, dass sie sich für diese bestimmte Decke entschieden habe, weil sie warm sei. Nur für alle Fälle.

Danach wurden wir ruhig. Wir redeten kaum noch, sahen einander nur an. Da spürte ich etwas auf meiner Hand. Es war eine Spinne, schwarz und pelzig. Eine Jägerin. Ich wollte sie gerade wegschnippen oder zerdrücken, ich erinnere mich nicht mehr genau. Aber ich weiß noch, dass sie meine Hand ergriff. ›Ich habe genug Tod gesehen‹, sagte sie, hob die Spinne auf, legte sie auf ihre Handfläche, flüsterte ihr etwas zu und trug sie weg. Sie setzte sie ein gutes Stück von uns entfernt ins Gras, dann kam sie zu mir zurück und lachte darüber, wie albern sie sei. Da küsste ich sie zum ersten Mal. Als ich sie an jenem Abend nach Hause begleitet habe, bat ich sie, mich zu heiraten, und sie sagte ja.«

»Oh Dubric, das ist eine bezaubernde Geschichte.«

»Ich wünschte nur, sie hätte ein glücklicheres Ende gefunden«, gab er zurück. »Vor der Hochzeit machte ich ihr drei Monde lang den Hof, drei Monde danach starb sie. Mein Leben lang habe ich auf die über zwei Sommer zurückgeblickt, die wir verpasst hatten. Auf all die vergeudete Zeit, in der wir wussten, dass wir zusammen sein wollten, es aber nicht waren. All die Zeit, die wir verloren hatten. Wir hätten fast drei volle Sommer miteinander haben können. Stattdessen blieben uns nur sechs Monde. Das war nicht genug.«

Tränen brannten in seinen Augen und rollten ihm über die Wangen. »Verzeih«, sagte er und stand auf, »auch alte Erinnerungen können schmerzen.« Zittrig holte er Luft und verließ die Küche, eilte über die Veranda in die Dunkelheit und zu seinem wartenden Pferd.

Dubric und Dien brachen vor Sonnenaufgang auf und ritten nordwärts nach Wittrup. Sie überquerten mit der Fähre den Casclian. Dubric seufzte, rieb sich die Augen und wünschte, die Geister würden ihn in Frieden lassen. Dien lehnte an der Reling der Fähre und schaute finster drein. Keiner der beiden gab mehr als Höflichkeitsfloskeln von sich, wenngleich der Fährmann reichlich plapperte.

Dubrics Gedanken überschlugen sich. In den wenigen Tagen, die er Maeve kannte, hatte er ihr nur Tod und Blut und Kummer beschert. Keinerlei glückliche Erinnerungen. Kein Essen im Freien, keinen Sonnenschein, keine Hoffnung, nur einen toten Sohn und die Besorgnis wegen seines eigenen verschwundenen Pagen. Er holte tief Luft und ließ den Blick übers Wasser wandern. *Wenigstens lebt Otlee, und wir befinden uns nicht im Krieg. Vielleicht müssen die Dinge ja nicht vollkommen sein. Vielleicht habe ich doch noch Hoffnung.*

Kaum hatten sie die Fähre verlassen, schlugen sie den Weg nach Osten in Richtung Tormod ein und hielten auf die aufgehende Sonne zu. »Wir brauchen einen Durchbruch, Herr. Irgendwie«, sagte Dien.

»Der dritte Tag«, murmelte Dubric. »Ich bin überzeugt davon, dass wir den Verantwortlichen finden. Aber wie lange kann Otlee noch überleben?«

Dien holte schwermütig Luft, dann erstarrte er und legte den Kopf schief. »Hört ihr das?«

Dubric beugte sich im Sattel vor und lauschte. Vor ihnen war ein Tumult zu hören. Er trat seinem Ross in die Flanken, um es zu einem Trab anzuspornen, und ritt mit der Hand am Schwert um die Biegung in der Straße.

Glis Sherrod, der Schutzmann von Tormod und ein wiederholt in Haconrys Wirtschaftsbuch auftauchender Name, kletterte bei Dubrics Ankunft gerade über einen Maultierkarren, während mehrere Männer aus dem Dorf umherliefen und vor Aufregung laut durcheinanderredeten. »Herr Kastellan!«, rief Sherrod und sprang vom Karren. »Was für eine angenehme Überraschung. Ihr werdet erfreut sein, zu hören, dass wir den Verbrecher heute Morgen gefasst haben. Eure Arbeit hier ist erledigt.«

Dubric zügelte das Pferd. Es tänzelte zur Seite und drehte sich dem Karren zu. »Tatsächlich? Wie?« Der Maultierkarren bestand aus schlichtem, unlackiertem Holz – ein Arbeiterkarren –, und auf der Ladefläche befand sich der Leichnam von Dubrics neuestem Geist. Halb nackt und mit fehlenden Geschlechtsteilen lag der Junge mit einer schwarzen Schnur um den Hals da. Seine Beine baumelten über die hintere Kante, die Hose hing gebauscht um die Knöchel über den dreckigen Stiefeln.

Sherrod nickte in Richtung der Leiche auf dem Wagen. »Irgendein Bursche hat gesehen, wie der da vergangene Nacht übel zugerichtet worden ist, und hat dem Mistkerl eins über den Kopf gezogen. Der Täter ist in diesem Augenblick unterwegs in eine Zelle.«

Dubric stieg ab, Dien tat es ihm gleich. »Das war kein Streit zwischen Geliebten«, merkte Dien an.

»Nein, das war es nicht«, pflichtete Dubric ihm bei. Er ging zur Rückseite des Wagens und stellte fest, dass der Regen die Wunden ebenso sauber gewaschen hatte wie teilweise den Boden unter den Füßen. Nur dort, wo der Regen nicht hinfallen konnte, ließ sich noch Blut erkennen. Dem jungen Mann war der Penis abgerissen worden, die Hoden jedoch besaß er noch. Seine offenen Augen quollen hervor und starrten aus einem geschwollenen, bläulich verfärbten Gesicht in den Himmel. Die Unterseiten seiner Arme und sein Rücken hatten eine violett-grüne Tönung angenommen. *Der abgetrennte Penis hat nicht genug geblutet, als dass er daran verstorben wäre. Seine unteren Körperteile sind zu sehr von geronnenem Blut verfärbt. Die Todesursache ist wahrscheinlich Erdrosseln.* Dubric beugte sich vor, um die Augen des Jungen zu schließen.

»Das ist also gestern Abend passiert, sagst du? Wieso ist bis heute früh niemand gekommen?« Dubric fertigte eine Zeichnung der Lage des Leichnams an, der um die Fußgelenke gebauschten Hose, des durchgebogenen Rückens und der Teilabdrücke von nackten Füßen sowie des Blutes unter dem Karren.

»Mich überrascht, dass Ihr gar nicht fragt, wer es getan hat«, sagte Sherrod.

»Es ist nicht derselbe Täter.« Dubric kletterte auf den Karren und stellte sich über die Leiche. »Ist das Opfer seit seiner Entdeckung bewegt worden?«

Sherrod umfasste den Rand des Wagens und strich mit behandschuhten Händen einen Grat glatt. »Nicht, dass ich wüsste. Was meint Ihr damit, er ist es nicht? Ich habe den Burschen gesehen, der vergangene Phase aus dem Fluss gezogen worden ist. Sein Pimmel hat gefehlt, und er war erdrosselt. Es *ist* derselbe Täter.«

Dubric warf Dien sein Notizbuch zu und kniete sich neben die Leiche. »Wie ist der Name des Opfers?«

»Rao. Einen Nachnamen hat er nicht, zumindest kenne ich ihn nicht. Bloß ein Gossenstrolch aus Wittrup.«

Der Name klang vertraut. Dubric schaute auf und Dien nickte, während er durch die Notizen blätterte.

»Ich sehe hier nur, dass er für Jak gearbeitet hat«, sagte Dien. Er holte tief Luft und schaute nach Nordosten in Richtung des Gehöfts.

»Was kannst du mir über ihn erzählen?«, fragte Dubric, als er Raos Kopf anhob. *Keine Einstichwunde, keine Schnur.* Er schaute zu Dien hinüber und schüttelte den Kopf.

Sherrod beugte sich vor, stützte sich mit einem Arm am Rand des Karrens ab und starrte Dubric an. »Wie ich schon sagte, der hier war eine Straßenratte aus Wittrup. Ist immer wieder mal in Schwierigkeiten geraten. Wir haben Jak ohne Schwierigkeiten gefasst, und er ist unterwegs in den Kerker, Herr. Es ist vorbei.«

»Nein, es ist nicht vorbei«, widersprach Dubric und rollte Raos Leichnam auf die Seite. »Das ist eine Nachahmungstat, keineswegs derselbe Täter. Und obendrein war's eine ungenaue Nachahmung.« Ein Hammer hing zwischen Raos Schulterblättern. Die schwarze, mehrfach um den Griff und um den abgebrochenen Stahlkopf gewickelte Schnur hatte dazu gedient, den Druck auf seine Kehle zu verstärken. Dubric wickelte den Hammer aus und löste die Schnur davon. Sie bestand aus geflochtener schwarzer Seide und war so dünn wie die Male an Calums und Eagons Hand- und Fußgelenken. »Kann ich das behalten?«

»Behaltet, was immer Ihr wollt. Ihr verschwendet bloß Eure Zeit. Jak hat es getan, und er ist gefasst worden.«

Dubric steckte die Schnur ein, drehte Rao wieder auf den Rücken und untersuchte die ihm nähere Hand. Die Fingernägel waren zwar dreckig und ungepflegt, wiesen aber keine Risse und keine Rückstände abgekratzter Haut auf, die auf Gegenwehr hätten schließen lassen. Außer an der Kehle ließen sich am Körper keine Fesselungsmale erkennen. »Jak mag diesen Jungen hier getötet haben – allein die Zeit wird es beweisen oder widerlegen. Aber er ist nicht der Mann, der die Kinder der Weiten heimsucht.« Er öffnete Raos Mund und runzelte die Stirn. Jeder Zahn befand sich an seinem Platz.

»Wie könnt Ihr da so sicher sein?«, fragte Sherrod und verengte die Augen.

Dubric stieg vom Karren. »Aus mehreren Gründen. Dieser Junge wurde nicht ausgiebig gefoltert, ebenso wenig wurde er gefesselt. Ja, er wurde vergewaltigt, und seine Geschlechtsteile wurden verstümmelt, aber er ist durch Erwürgen gestorben, nicht durch einen Stich in den Kopf oder an den Auswirkungen einer Folterung. Außerdem hat er noch alle Zähne. Soll ich weiter aufzählen?«

»Es *war* derselbe Täter.«

Dubric nahm das Notizbuch von Dien entgegen und ergänzte seine eigenen Anmerkungen, bevor er es seinem Knappen zurückgab. »Nein, es war nicht derselbe. Ich habe keine Zeit, mich mit dir darüber zu streiten. Wo ist Jak? Ich muss mit ihm und mit dem Jungen sprechen, der den Angriff bezeugt hat.«

Sherrod richtete sich ein wenig höher auf und riss sich die

Handschuhe von den Fingern. »Jak liegt gerade gefesselt und bewusstlos in einem vergitterten Karren. Der verschwindet nirgendwohin. Der Junge ist zu seinem Vater gebracht worden.«

Dubric nickte und ging um den Maultierkarren herum. Er hielt Ausschau nach möglichen Hinweisen, aber frische Fußabdrücke und eine große Vertiefung verunstalteten den schlammigen Boden. »Wann ist Jaks Anhörung vor Gericht?«

»Morgen. Höchstwahrscheinlich hängen wir ihn am Tag danach.«

Dubric richtete sich auf und starrte Sherrod an. Mit welch grausamer Geschwindigkeit Bestrafungen in den Weiten vollzogen wurden, verschlug ihm regelrecht die Sprache. »Willst du in dieser Sache keine weiteren Untersuchungen anstellen? Es gibt keinen Grund, ihn so überstürzt zu hängen. Wenn du so sicher bist, dass er der Mörder all dieser Jungs ist, sollte er doch auch wenigstens mit den anderen Vermissten in Verbindung gebracht werden können. Wir müssen dafür sorgen, dass kein Raum für Zweifel bleibt.«

Sherrod verdrehte die Augen und begann davonzuschlendern. »Der Bursche hat gesehen, was passiert ist, und hat ihm auf den Kopf geschlagen.«

»Wer ist der Zeuge? Ich muss mit ihm sprechen.«

»Der Zeuge ist halb wahnsinnig vor Angst und erholt sich auf dem Gehöft seiner Familie. Ich werde nicht zulassen, dass Ihr diese Sache in einen Zirkus verwandelt. Es bestehen keine Zweifel, und es gibt kein ›Wir‹. Jak ist *mein* Gefangener, und *mein* Hauptzeuge ist in Sicherheit. Ihr seid hier fertig, Herr Kastellan. Kehrt in Eure Burg zurück.«

Sherrod kletterte auf den Fahrersitz und hob die Zügel, aber Dubric packte das Zaumzeug des Maultiers, um zu verhindern, dass sich das Tier in Bewegung setzte. »Du begehst einen schweren Fehler. Das war eine abgekupferte Tat. Ein Nachahmer. Jak ist nicht der wahre Mörder. Du musst Geduld haben.«

»Ich habe reichlich Geduld gehabt, Herr«, entgegnete Sherrod. »Fast drei Sommer lang. Es ist an der Zeit, dass jemand für diese Verbrechen bezahlt.«

Sherrod riss an den Zügeln, und das Maultier setzte jäh einen Schritt zurück, wodurch sich Dubrics Griff vom Zaumzeug löste.

Der Kastellan trat beiseite und ließ das Gespann ziehen. »Nimm Aussagen von jedem hier auf«, befahl er Dien und ging zu der Stelle, an der sich der Karren befunden hatte. Während Dien mit den Männern aus dem Dorf sprach, kniete sich Dubric neben die Fußabdrücke, die er unter dem Rand des Karrens bemerkt hatte. Er holte seine Messschnur aus der Tasche und machte sich an die Arbeit, achtete auf jede erdenkliche Einzelheit, bevor die Spuren von Zeit und Witterung ausgelöscht werden konnten.

Jess zog einen Rock aus dem Waschzuber und begann zu schrubben. Fyn daneben tat es ihr gleich. Sie saßen auf einem grasbewachsenen Fleckchen hinter dem Haus in der Sonne. Zwischen ihnen befand sich ein großer Korb, der sich rasch mit seifiger, geschrubbter Kleidung füllte. In der Nähe wartete noch ein riesiger Haufen Schmutzwäsche.

»Ich kann kaum glauben, dass sie die ganze Phase kein Stück Schmutzwäsche erledigt hat«, meinte Fyn, während sie mit einer Hose ihres Großvaters über das Waschbrett scheuerte. »Hat Mama ihr nicht schon vor Tagen gesagt, dass sie es machen soll? Ich trage jetzt bereits zwei Tage hintereinander dieselbe dreckige Bluse. Ich hab's satt, nach Erbrochenem zu riechen.«

Jess seufzte, nickte und zog den Rock ihrer Mutter aus dem Waschwasser. Sie ließ ihn in den Korb fallen und griff in den Schmutzwäschestapel, entnahm ihm eine von Lars' Hosen. Als sie sah, wo sich ihre Hände befanden, errötete sie. *Es ist bloß schmutzige Wäsche*, hielt sie sich vor Augen, *aber Göttin, trotzdem werde ich vor Scham sterben, wenn ich seine Unterhosen schrubben muss.*

Sie hatte gerade ein Knie sauber gescheuert und mit dem anderen begonnen, als Kia hinter ihnen angetrabt kam. Wortlos ließ sie einen leeren Korb neben ihnen fallen, ergriff den vollen und schleppte die schwere, seifige Masse den Hang hinunter zum Bach.

Fyn schaute auf und beobachtete, wie sich ihre ältere Schwester entfernte. »Sie ist heute sehr still.«

Jess zuckte mit den Schultern und schrubbte weiter Lars' Hose. »Sie war auch gestern Abend sehr still.«

»Gut«, befand Fyn und ließ die Hose ihres Großvaters in den leeren Korb fallen. »Ist längst überfällig.« Sie zog eines der Hemden ihres Vaters aus dem Wasser und begann, daran zu arbeiten, während Jess den Griff an Lars' Hose verlagerte.

In den Taschen befand sich etwas, und Jess hielt inne, um sie zu leeren. Sie hatte bereits einen kleinen Haufen aus Münzen, Fingerhüten und sonstigen Dingen neben ihrer Hüfte. Das Kleinzeug, das die Leute mit sich herumtrugen. Fyn nannte es ›Hosentaschenallerlei‹. Jess war neugierig, was für Hosentaschenallerlei Lars haben mochte.

Ein Stück Papier mit irgendeiner Skizze darauf. Zwei Kronen, drei Kreuzer und ein paar Heller. Eine zerbrochene Schnalle. Ein Nagel. Und ein Zahn.

Sie hielt den Zahn zwischen den Fingern.

»Was ist das?«, fragte Fyn.

Jess zeigte ihr den Zahn. »Eigenartig. Sieht aus, als stamme er von einem Hund oder so. Warum trägt er den mit sich herum?«

Fyn zuckte mit den Schultern. »Ach, keine Ahnung. Vielleicht würde er insgeheim gern Zähne behandeln. Warum fragst du ihn nicht einfach beim nächsten Mal, wenn er uns Wasser bringt?«

Jess errötete und legte den Zahn neben sich zu dem anderen Hosentaschenallerlei. »Das kann ich nicht.«

Fyn kicherte und schüttelte den Kopf. »Früher oder später

musst du mit ihm reden. Immerhin lebt ihr unter dem selben Dach.«

»Nur noch für ein paar Tage. Bald reisen wir nach Hause.«

»Ich wünschte, es wäre schon so weit«, meinte Fyn seufzend und schrubbte das Hemd. »Wir reisen nie vor dem Pflanzfest ab. Warum müssen wir jedes verdammte Frühjahr herkommen?«

»Weil wir dabei helfen müssen, Hüte zu verkaufen«, erwiderte Jess. »Außerdem ist das Fest ja schon morgen. Eh du dich versiehst, sind wir zurück zu Hause.« Sie schaute auf, betrachtete den strahlenden Morgen und fragte sich, ob ihr Vater schon Glück dabei gehabt hatte, Otlee zu finden.

»So viele. Dubric hat gesagt, vierundzwanzig sind tot«, murmelte Lars, während er Otlees Notizen durchsah und sich bemühte, nicht vor Wut aus der Haut zu fahren. Jemand hatte seine Habseligkeiten während der Nacht umhergeworfen, seine Kleidung, seine Unterlagen und seine Bücher über das gesamte Haus verstreut. Fyn war früh aufgestanden und hatte versucht, die Unordnung zu beseitigen, allerdings hatte sie Otlees Kleidung mit seiner vermischt, Papier war zerknittert und zerrissen, und seine Stiefel hatte Jess im Ofen gefunden.

Sarea stellte einen Teller mit süßen Keksen vor Lars und klopfte ihm auf den Rücken, und er dankte ihr, bevor er sich wieder Otlees Notizen zuwandte.

Mehrere Kleinigkeiten waren schiefgegangen, seit er zum Gehöft zurückgekehrt war, und das musste mehr als ein Zufall sein. Seine Habseligkeiten wurden oft umgelagert, gingen verloren oder wurden beschädigt. Er war mehrmals ohne vernünftigen Grund gestolpert. Einmal hatte er sogar geglaubt, jemand hätte ihn geschubst, als er zur Scheune ging, um mit Dev zu reden. Als er sich umdrehte, war niemand da, aber die Scheune war ein dunkler Ort, voller Verstecke. Jemand – vermutlich jemand, der neidisch und wütend war – versuchte, ihm das Leben schwierig zu gestalten.

Ich wette, es ist Kia mit ihren Eifersuchtsspielchen. Verdammt.

Lars holte tief Luft und widmete die Aufmerksamkeit wieder dem Fall. Er griff sich einen Keks, als er die Notizen zur Leichenbeschau von Calum las. *Also gefällt es ihm. Er tut es nicht, um etwas zu beweisen, jedenfalls nicht mehr. Es ist ein Zwang.* Vergewaltigt, gefesselt, aufgeschlitzt, erstochen. *Göttin, was für ein Monster würde solche Dinge tun?* Lars aß den Keks und las. Als Fyn und Jess vom Wäschewaschen hereinkamen, schaute er auf. Er lächelte, überzeugt davon, dass nicht sie die Unordnung in seine Dinge gebracht hatten. Vielmehr hatten sie beim Aufräumen geholfen, während Kia in ihrem Zimmer geblieben war. *Verdammt.*

»Was sind das für Kennzeichnungen auf deiner Karte?«, fragte Fyn, als sie eine Handvoll Kinkerlitzchen auf den Tisch legte.

Jess zögerte kurz, dann trat sie an seine andere Seite und warf ebenfalls einen Blick auf die Karte. »Etwas über Dubric?«

Aus Otlees Notizen ging hervor, dass Dubric zweimal gefallen war und sich den Kopf gehalten hatte, was zu den wenigen Dingen gehörte, die Lars als bemerkenswerte Hinweise betrachtete, doch es widerstrebte ihm, den Mädchen von Dubrics Geheimnis zu erzählen. »Es gibt da eine Eigenartigkeit, die, äh, an jenen Orten auftritt, und ich dachte, das könnte wichtig sein.«

Fyn wich besorgt einen Schritt zurück. »Wie auf dieser Seite des Friedhofs? War es nicht dort, wo ihr zwei dieses Monster gesehen habt?«

»Nein«, entgegnete Lars und stand auf. »Wir waren auf der Dorfseite des Friedhofs, als wir es erblickten.«

»Aber der schwarze Mann nicht«, berichtigte Jess, als Lars um den Tisch herumging. »Er war auf der anderen Seite.«

»He«, sagte Fyn und zeigte auf die Karte. »Hat Papa nicht gesagt, dass Dubric hier aus dem Sattel gekippt ist? Zweimal?«

»Ja«, stimmte Jess ihr zu. »Er hat sich Sorgen darüber gemacht, dass die Belastung der Ermittlungen zu viel für Dubric sein könnte.« Sie sah Lars an. »Ist es das? Stehen die anderen Male für dieselbe Art von Vorfällen?«

»Ja. Dubric bekommt manchmal schlimme Kopfschmerzen«, erklärte Lars und senkte dabei die Stimme.

»Oh, darüber haben wir alles gehört«, meldete sich Fyn zu Wort und zeigte unmittelbar nördlich des Friedhofs auf die Karte. »Immer, wenn es einen Mord gegeben hat, klagt Papa darüber, dass Dubrics Kopfschmerzen ihn unausstehlich machen.«

»Fyn!«, schimpfte Jess, musste aber mit der Hand ein Lachen übertünchen. »Du bringst Papa noch in Schwierigkeiten.«

Lars lächelte erleichtert. »Euer Papa hat schon recht. Dubric wird wirklich launisch, wenn Kopfschmerzen und Mordfälle zusammenkommen.«

All drei schauten erneut auf die Karte. Jess ergriff das Wort. »Seht nur, sie folgen einer Kurve.«

Lars fuhr die Male mit dem Finger nach. »Bist du sicher?«

Fyn ging zu den Küchenschränken und kehrte mit einer Schüssel und einem kleinen Teller zurück. »Lasst uns mal sehen«, meinte sie.

Lars strich die Karte glatt, und Fyn stellte die Schüssel darauf. Sie berührte zwei Punkte, wölbte sich aber vom dritten weg. »Etwas größer«, murmelte sie und versuchte es mit dem Teller. Zu groß. Fyn probierte es abermals mit der Schüssel und runzelte die Stirn. Sie wollte einfach nicht passen.

»Kannst du sie weiter reinschieben, sodass sie den gleichen Abstand von allen drei Punkten hat?«, fragte Jess und eilte davon. »Ich habe eine Idee.«

Fyn schob die Schüssel nach links, und tatsächlich, ihre Krümmung folgte auf der Innenseite allen drei Kennzeichnungen.

Jess kehrte mit einer Garnspule zum Tisch zurück. »Stift?«, fragte sie Lars mit funkelnden Augen. Er reichte ihr einen – der in der vergangenen Nacht zerbrochen war. Sie band das Ende des Garns daran fest, dann hob sie die Schüssel hoch.

»Viel hängt davon ab, wie genau deine Karte ist«, erklärte sie, setzte die Stiftspitze auf einen Punkt und spulte gleichzeitig das Garn in Richtung des Dorfes Wittrup. »Und wie genau die Punkte eingezeichnet sind.«

»Es ist ein Kreis, ich bin ganz sicher«, warf Fyn grinsend ein. »Wir haben vor nicht einmal zwei Monden im Unterricht eine Übung gemacht, die war ganz ähnlich.« Jess drückte das Garn nieder, hob den Stift an und bewegte ihn zum nächsten Punkt. Das Garn reichte nicht ganz, und Fyn sagte: »Versuch, die Mitte ein Stück nach Norden zu verschieben, vielleicht auch nach Westen.«

Jess tat es, und der Punkt fügte sich ins Bild. Sie kehrte zum Ersten zurück und nahm eine weitere Anpassung vor, dann wandte sie sich dem zweiten und schließlich dem dritten Punkt zu. »Willst du, dass ich den ganzen Kreis zeichne?«, fragte sie und schaute zu Lars auf.

»Gern«, antwortete er und nickte. »Und kannst du auch die Mitte kennzeichnen?« *Das ist mein Mädchen*, dachte er und strahlte vor Stolz. *Und ich will verflucht sein, wenn es nicht eine ganz klare Reichweite für Dubrics Geister gibt.*

Nachdem der Kreis fertig gezeichnet war, traten beide Mädchen zurück und lächelten, während Lars die Karte betrachtete.

»Ist bloß Geometrie«, meinte Jess schulterzuckend, als Fyn sie in die Rippen stupste.

Sarea kam herüber und warf ebenfalls einen Blick auf die Karte. Sie sah Lars mit gerunzelter Stirn an und sagte: »Mädchen, geht und seht nach euren Schwestern. Sorgt dafür, dass sie mit dem Aufhängen der Wäsche fertig werden.«

»Was bedeutet das?«, fragte Sarea, nachdem die Mädchen gegangen waren, und deutete auf die Kennzeichnung in der Mitte, die der Halbinsel westlich von Wittrup entsprach. »Und weich mir nicht aus, indem du mir damit kommst, dass es sich um eine ›Eigenartigkeit‹ handelt, die ›wichtig sein könnte‹. Ich bin eine Mutter; du kannst mich nicht belügen. Ich merke es, wenn du es versuchst.«

»Dubric bekommt bei Mordfällen immer Kopfschmerzen«, sagte Lars.

Sarea nickte. »Das weiß ich.«

»Die Male zeigen an, wo seine Kopfschmerzen plötzlich angefangen oder aufgehört haben. Ich dachte, es könnte etwas zu bedeuten haben.«

Sarea hob die Hand vom Papier, um die gesamte Karte zu betrachten, und berührte danach wieder die Halbinsel. »Dien dachte immer, Dubric wüsste es einfach, wenn Menschen sterben. Du glaubst also, was immer geschieht, spielt sich in diesem Kreis ab? Vielleicht in der Mitte?«

»Oder in der Nähe davon«, erwiderte Lars. »Vielleicht. Es lässt sich unmöglich sagen, außer wir suchen das Gebiet ab.« Lars sah ihr mit flehentlichem Blick in die Augen. »Vielleicht hat es gar nichts zu bedeuten, das ist mir bewusst, aber ich versuche dabei zu helfen, Otlee zu finden. Uns läuft die Zeit davon!«

Sarea wich einen Schritt zurück. Ihre Augen weiteten sich. »Nein, du kannst nicht gehen.«

»Ich muss. Bitte. Ich muss es versuchen. Mir passiert nichts. Vielleicht haben die Mädchen recht, und er ist irgendwo hier in der Nähe.«

Sarea erbleichte. »Nein. Nicht du. Das Wagnis kann ich nicht eingehen.«

Lars begegnete ihrem besorgten Blick, bevor er wieder auf die Karte schaute. »Ich muss. Es ist meine Aufgabe. Vielleicht kann ich ihn retten.«

Sarea sagte mit zittriger Stimme: »Beide Leichen wurden in der Nähe von Barrorise im Fluss gefunden. Das ist ziemlich weit von Wittrup entfernt.«

Lars seufzte und setzte sich, betrachtete prüfend die Karte. »Aber beide wurden flussabwärts von Wittrup gefunden. Auch wenn Eagon etwas nördlich in den unteren Abschnitten des Tormod entdeckt wurde – es hat zu der Zeit viel geregnet. Vielleicht wurde er ja ein Stück flussaufwärts geschwemmt. Durch die Überflutungen«, meinte Lars. »Das ist nur fünfzig bis siebzig Längen vom Ort entfernt, wo der Fluss in den Casclian mündet.«

»Und wir haben immer noch Schmelzwasser vom Frühlingstauwetter im Norden«, räumte Sarea seufzend ein. »In den Tagen, bevor ihr hergekommen seid, waren alle Flüsse und Bäche davon angeschwollen.« Mit gerunzelter Stirn blickte sie auf die Karte. »Oh verdammt.«

»Ich muss gehen, Sarea. Bitte.«

»Lars, nein.«

»Ich könnte ja am Flussufer bleiben. Und mein Pferd nehmen.« Lars fuhr den Abschnitt des Flusses zwischen Wittrup und der anderen Seite der Halbinsel nach. »Das sind bestimmt nur ein bis zwei Meilen Uferstrecke.«

»Ich weiß nicht, Lars«, erwiderte Sarea und wich zurück. »Ich vermag solche Entscheidungen nicht zu treffen.«

»Dubric und Dien könnten überall sein und gehen ihren eigenen Hinweisen nach. Jeder Tag, jede Glocke, die wir vergeuden, könnte Otlees Tod bedeuten. Ich verstecke mich schon die ganze Zeit hier auf dem Hof. Lass mich das tun – lass mich helfen. Bitte.«

Sarea starrte auf die Karte und kaute dabei auf der Unterlippe. »Du glaubst wirklich, er könnte dort sein? Am Flussufer?«

Lars schaute auf die Karte, bevor er wieder die Augen hob und Sareas besorgtem Blick begegnete. »Ehrlich, es ist eine weit hergeholte Vermutung. Er könnte in der Nähe des Flusses oder irgendwo auf der Halbinsel sein. Oder auch ganz woanders. Es lässt sich unmöglich sagen, ehe ich nicht nachgesehen habe.

Ich könnte Glück haben. Genauso gut könnte ich nur nass und schlammig werden.«

Sarea zögerte.

»Bitte«, setzte Lars eindringlich nach. »Es ist der beste Hinweis, den wir auf Otlees Aufenthaltsort haben, und uns läuft wirklich die Zeit davon. Ich muss es versuchen. Auch wenn ich ihn nur tot finde. Bitte. Vielleicht entdecke ich einen Pfad oder *irgendetwas*, worauf ich Dien und Dubric hinweisen kann.«

Sarea seufzte heiser und nickte. »Na schön. Aber du bist vor Einbruch der Dunkelheit zurück. Ist mir egal, was für ein Monster du siehst oder wie viele Unwetter aufziehen oder ob du dir ein Bein brichst. Du kommst nach Hause, hörst du? Du bleibst die ganze Zeit auf deinem Pferd sitzen, und falls du auch nur auf die geringsten Schwierigkeiten stößt, kehrst du sofort hierher zurück. Keine Heldentaten, kein verdammter Unfug von wegen ›Pflicht gegenüber Faldorrah‹. Du ziehst los, um nach Otlee zu suchen. Das ist alles. Du ermittelst nicht, und du suchst auch nicht nach weiteren verdammten Hinweisen. Und falls ich herausfinde, dass du irgendein Wagnis eingegangen bist, ziehe ich dir höchstpersönlich das Fell über die Ohren. Sind wir uns da einig?«

»Ja, das sind wir«, erwiderte Lars und verbeugte sich. Grinsend rannte er aus dem Haus, bevor sie es sich anders überlegen konnte.

Dubric stürmte in die Amtsräume des Schutzmannes von Tormod, ohne sich die Mühe zu machen, vorher den Schlamm von seinen Stiefeln abzustreifen. Sherrod lehnte hinter seinem Schreibtisch und unterhielt sich mit Dwyer, dem Schuhmacher von Barrorise.

»Habt Ihr es schon gehört, Herr?«, fragte Dwyer und drehte sich um, die Züge strahlend vor Aufregung. »Jedermann redet davon. Man hat ihn gefasst!«

»Ja, habe ich gehört«, erwiderte Dubric, während Dien hinter ihm den Türrahmen ausfüllte. Ungus Dwyers Name hatte zweimal im Wirtschaftsbuch gestanden; beide Male im Zusammenhang mit ›Leistungen‹, nicht wegen eines Erwerbs von Schuhen. Dubric konnte es kaum ertragen, einen der Männer ihm gegenüber anzusehen. »Schutzmann, ich muss mit dem Angeklagten reden«, sagte er und hoffte, dabei nicht angewidert das Gesicht zu verziehen.

Sherrod beugte sich vor und starrte Dubric an. »Er ist *mein* Gefangener, und die Weiten werden ihn für seine Verbrechen bezahlen lassen. Ich habe Euch bereits gesagt, dass Euch das nichts angeht, Herr Kastellan.«

Dubric trat einen Schritt auf den Schreibtisch zu und warnte ihn mit leiser Stimme: »Ich werde nicht noch einmal darum ersuchen.« Hinter ihm rührte sich Dien, und Dubric hörte das vielsagende Geräusch von Stahl, der gerade weit genug gezogen wurde, um eine Botschaft zu vermitteln.

Dwyer flüchtete aus dem Gebäude, und Sherrod stand sichtlich wütend auf. »Ihr wagt es, mir zu drohen? Wisst Ihr eigentlich, wer ich bin?«

»Ein Mann, dem gleich der rechte Arm fehlt, wenn er uns nicht vorbeilässt«, vermeldete Dien. »Alles andere ist mir pissegal. Dubric will mit Jak reden, und das wird er auch, ob es dir passt oder nicht.«

Sherrod starrte Dien an. »Dafür sollte ich euch beide entmannen lassen.«

Dubric stapfte an ihm vorbei und öffnete die Tür, die tiefer ins Gebäude führte.

Dien gab zu bedenken: »Ist schwierig, das mit einem Arm zu tun, aber du kannst es gern versuchen. Wo sind die Zellen?«

Sherrod setzte sich hin, ohne den stechenden Blick von Dien abzuwenden. »Durch die linke Tür.«

Dubric nickte und bog nach links. Dien folgte ihm.

Die Tür öffnete sich leise und gab den Blick auf einen Raum voller Stroh und Gestank frei. Alte Foltervorrichtungen standen herum, und verrostete Schellen hingen von der Wand. Fünf davon hielten schlaffe Gestalten aufrecht. Vier der fünf Männer hatten sich vollgesaut; zwei waren von der Hüfte abwärts nackt, und angetrocknete Ausscheidungen verkrusteten ihre Beine. Sogar das schräg durch die hohen, vergitterten Fenster einfallende Sonnenlicht schien von Pisse und Kacke besudelt zu sein.

»Barbarisch«, murmelte Dubric, als er eintrat. Jak fand er mühelos, da dieser als einziger Gefangener nicht vor eigenem Dreck strotzte. Der Zimmermann hing von den Handgelenken an einer feuchten, rissigen Wand aus grob behauenem Stein. Er war bewusstlos, blutete hinter dem rechten Ohr und trug noch seine gesamte Kleidung, sogar die Arbeitsstiefel.

»Weck ihn auf«, sagte Dubric. »Ich habe das Gefühl, dass er unschuldig sein könnte.«

»Wie das, Herr?«, fragte Dien.

»Der Mann, der den Jungen vergewaltigt und getötet hat, war zu dem Zeitpunkt barfuß. Jak trägt seine Stiefel, und die Vorderseite seiner Hose ist genauso dreckig, wie es sein Hemd und sein Gesicht sind. Ich würde mein bestes Pferd darauf wetten, dass er die Hose hochgezogen und zugegürtet hatte, als er zu Boden fiel.«

Dien klatschte Jak leicht mit den Handflächen auf die Wangen, erzielte jedoch keine Wirkung. Auch Gebrüll entlockte Jak keine Reaktion, dafür stöhnten zwei der anderen Gefangenen und forderten Dien auf, die verflixte Klappe zu halten.

»Wasser«, bat Dubric, während er die Wunde an Jaks Kopf untersuchte. »Falls du welches finden kannst.« Jaks Hinterkopf fühlte sich weich und schwammig an. Geschwollen. Dubric seufzte und ließ das Haupt des massigen Mannes wieder auf die Brust baumeln. *Werden wir ihn überhaupt wecken können?*

Dien fand zwischen den Winden und Spießen einen Eimer.

Er legte die Stirn in Falten, als er ihn zu Dubric trug. »Ich will verdammt sein, wenn ich tatenlos dabei zusehe, wie ein Unschuldiger gefoltert und gehängt wird.« Er seufzte und schüttelte den Kopf, dann starrte er Jak an, als er den Eimer mit beiden Händen in Anschlag brachte. »Es ist Wasser, Herr, und noch nicht allzu abgestanden. Habt Ihr alles gesehen, was Ihr sehen müsst, bevor es weggewaschen wird?«

Dubric nickte und trat einen Schritt zurück. »Er muss aufwachen, sonst tut er es vielleicht nie mehr.«

Dien holte tief Luft und schüttete das gesamte Wasser aus dem Eimer mitten in Jaks Gesicht. Nass und triefend prustete der Zimmermann. Er stöhnte, wand sich in seinen Fesseln, aber er wachte nicht auf.

»Hol mehr Wasser«, forderte Dubric seinen Knappen auf. Er trat erneut an Jak heran und schlug ihm auf die Wange. »Wach auf, verdammt noch mal.«

Die Lider flatterten, aus der Kehle drang ein leises Stöhnen, und Jak drehte das Gesicht weg. Dubric schlug ihn erneut, diesmal härter. »Wach auf!«

Dien kehrte mit einem weiteren Eimer voll Wasser zurück. »Da waren ein Frosch und ein paar tote Käfer drin, Herr, aber es sollte damit trotzdem gehen.«

Dubric nickte und trat wieder zurück, als Dien das Wasser zum Einsatz brachte.

Diesmal erwachte Jak jäh und stieß einen tiefen, gellenden Schrei aus. »Was ist mit meinem Kopf passiert? Wo bin … du!«, stieß er hervor, als sich seine Aufmerksamkeit auf Dien heftete. »Wo sind meine Jungs? Was mache ich hier?«

Dubric trat auf ihn zu und zog sein Notizbuch aus der Tasche. »Sieh mich an«, forderte er Jak auf und beobachtete den Zimmermann eingehend. »Was ist das Letzte, woran du dich erinnerst?«

Jaks Kopf rollte wie auf knirschenden Angeln nach links, und er spuckte aus. »Der Bauernjunge oder Page oder was auch immer hatte meine Arbeitsmannschaft gerade grün und blau geschlagen, weil die Burschen die Tochter von Meister Dien belästigt hatten.«

»Was bei den sieben Höllen ist meiner Tochter widerfahren?«, herrschte Dien ihn knurrend an.

Jak schrak zurück und antwortete hastig: »Meine Jungen haben zugegeben, sie gepackt und ihr Angst eingejagt zu haben. Aber deiner Tochter geht es gut, das schwöre ich bei meinem Leben. Dafür hat dein Bauernjunge gesorgt.«

»Natürlich hat er das«, erwiderte Dien und wich einen Schritt zurück. Fluchend lief er hinter Dubric auf und ab.

»Was ist auf der Straße passiert?«, wollte Dubric wissen.

»Ich hab die Burschen nach Hause geschickt«, schilderte Jak. »Zwei waren ziemlich aufgebracht darüber, dass ich sie entlassen hatte, und sind allein die Straße entlang aufgebrochen.« Er holte tief Luft und kämpfte gegen die Ketten an. »Aber ganz gleich, was sie getan hatten, ich konnte nicht zulassen, dass sie sich allein der Dunkelheit stellen. Also bin ich hinter ihnen hergefahren.«

»Red weiter«, sagte Dubric und wünschte, Otlee stünde neben ihm. Dem Jungen entging nie auch nur ein Wort, wenn er Mitschriften anfertigte.

Jak schluckte, zuckte zusammen und sagte: »Die Dunkelheit hatte eben erst vollständig eingesetzt, als ich Rao allein auf der Straße antraf. Aber als ich gerade dabei war, dem Jungen Vernunft einzureden, hat mich etwas am Hinterkopf getroffen. Ich fiel zu Boden.«

Wieder zuckte er zusammen. »Ich bin in einem vergitterten Karren aufgewacht und sah durch die Gitterstäbe den Himmel, aber ich konnte mich nicht rühren. Als Nächstes seid schon Ihr vor mir gestanden.« Er verstummte kurz und starrte Dubric an. »Was ist denn nur passiert? Weiß Elle, was mir zugestoßen ist? Wo sind meine Jungen?«

Dubric sah Jak in die Augen. »Du bist des Mordes angeklagt,

weil einer deiner ›Jungen‹ tot ist. Er wurde auf der Pritsche deines Arbeitskarrens ermordet.«

Jak ließ die Schultern hängen. »Nein. Nicht schon wieder einer von meinen Jungen. Ich bringe sie doch immer nach Hause, um der Göttin willen! Ich lasse sie nach Einbruch der Dunkelheit nirgendwo allein hingehen!«

»Hast du gesehen, wer dich geschlagen hat?«

»Nein, Herr.«

»Erinnerst du dich noch daran, wo du warst, bevor du getroffen worden bist?«

»Neben meinem Karren. Bei meinem Maultier, glaube ich.«

Dubric rieb sich die Augen und seufzte, bevor er die Auskunft in sein Notizbuch schrieb. Die körperförmige Vertiefung im Schlamm passte zu Jaks Erklärung.

Dubric schaute zu Dien. »Überprüf seine Füße.«

Dien kniete sich vor Jak, um dem Mann die Stiefel auszuziehen. Gepflegte Socken mit dem Schweiß und Stiefeldreck von nicht mehr als einem Tag bedeckten ein Paar unauffälliger, schwieliger, sauberer Füße.

»Welcher andere Junge ist außer Rao noch wütend davongegangen?«

»Flann«, antwortete Jak. Er drehte den Kopf und sah Dien an. »Es tut mir leid, aber die zwei waren für das verantwortlich, was mit deiner Tochter passiert ist. Die beiden anderen sind bloß irgendwie hineingeraten. Aber Flann und Rao … Es war ihre Idee, ihr Werk. Ich hab sie entlassen. Ich kann zwar nicht viel tun, um Wiedergutmachung zu leisten, aber ich schwöre, es wird nie wieder vorkommen. Nicht durch meine Mannschaft.«

Dubric unterbach ihn: »Hast du Flann nicht zusammen mit Rao auf der Straße gesehen?«

»Nein, Herr.« Er schaute zu den Eisenschellen hoch und sagte: »Könnt ihr mich aus diesen Dingern rauslassen? Ich mache auch keinen Ärger.«

»Ich habe darüber nicht zu bestimmen«, entgegnete Dubric. »Du bist im Kerker des Schutzmannes. Bis ich mit meinen Ermittlungen in dieser Angelegenheit weiter vorankomme, musst du hierbleiben.«

»Ich habe niemanden getötet, Herr, ich schwör's. Ich hab mein Lebtag lang noch keiner Menschenseele etwas zuleide getan.« Mit einem Blick zu Dien fügte er hinzu: »Ich weiß, dass Euer Gefährte Bedenken hatte, weil ich mit seinem Bauernjungen oder Pagen oder was auch immer geredet habe. Aber wisst Ihr, Herr, der Junge schien niemanden zu haben, und das ist für einen Burschen seines Alters hier in den Weiten verdammt gefährlich. Ich habe so viele aufgenommen, wie ich konnte, und dafür gesorgt, dass sie geschützt sind und etwas zu essen bekommen. Für einen Jungen ist es in diesen Gefilden nicht sicher. Überhaupt nicht sicher.«

Er starrte Dubric eindringlich an. »Er holt sich Jungen, Herr. Und sie kommen nie zurück. Vor allem die Gutaussehenden, die jungen Männer mit einem Leuchten und mit Feuer in den Augen.«

»Wer ist es?«, wollte Dubric wissen und trat einen Schritt auf den Zimmermann zu. »Wer entführt sie?«

»Ich wünschte, ich wüsste das, Herr«, gab Jak zurück. Mittlerweile strömten ihm Tränen über die Wangen, als er abermals zu seinen Ketten aufschaute. »Ich habe dafür gebetet, ihn schmollend auf der Straße zu finden, nachdem ich meine anderen Jungen nach Hause gebracht hatte. Ich habe dafür gebetet, dass ich ihn selbst umbringen würde. Ist es nicht schlimm, wenn ein friedliebender Mann für so etwas beten muss?«

Teil 3

SCHNEIDEN

Kapitel 22

Schäumend vor Wut ritt Dubric von der Amtsstube des Schutzmanns die Straße entlang nach Barrorise. Die Geister verließen ihn ohne Vorwarnung, und er klammerte sich am Sattelknauf fest, um nicht zu fallen.

Als Dien ihn besorgt ansah, fragte Dubric: »Besteht irgendeine Hoffnung, dass Haconry einwilligt, Jak freizulassen?«

»Nicht viel, Herr«, antwortete Dien. »Das bisschen, das ich über diesen Schuft weiß, ist nicht gerade ermutigend.«

»Sehe ich auch so.« Dubric erblickte Haconrys Anwesen auf einer Hügelkuppe vor ihnen. »Er ist ein überaus widerlicher und unangenehmer Mensch.«

»Er ist kein Mensch, Herr«, widersprach Dien, den Blick nach vorn auf das geschindelte Dach gerichtet. »Menschen tun so etwas nicht mit Kindern. Mich erstaunt maßlos, dass die Leute ihn hier überhaupt Statthalter bleiben lassen, und erst recht, dass sie ihm erlauben, ihre Kinder ...« Knurrend schüttelte er den Kopf und starrte auf die Straße. »Ach, es steht mir nicht zu, Herr. Ich habe den Eid geleistet, die Gesetze Faldorrahs zu verfechten, sogar die verachtenswerten, und außerdem lebe ich hier nicht. Aber bei den verfluchten Höllen, das ist einfach falsch. Gesetz hin, Gesetz her.«

Dubric meinte: »Auf irgend eine Weise ist er in die Sache verwickelt. Ich mag mitten in einer Ermittlung stecken und dadurch gezwungen sein, gewisse unangenehme Umstände zu erdulden, um bei den Einzelheiten des Falls voranzukommen, aber meine Pagen werden darunter nicht leiden. Beim König, das werden sie nicht. Haconry hat Otlee mehr als einmal mit seinen verkommenen Absichten bedroht. Dafür wird er bezahlen, und zwar teuer, ob er nun bei der Entführung des Jungen die Hand im Spiel hat oder nicht.«

Dien schaute zu Dubric. »Was für ein dreckiges Stück Scheiße würde Otlee bedrohen?« Er holte tief Luft, und Dubric sah, wie sich die Hände des hünenhaften Mannes um die Zügel verkrampften. »Ein totes, mieses Wiesel, so sieht's aus. Ich werde ihm den verdammten Schädel zerquetschen.«

Dubric runzelte die Stirn und erinnerte sich an das frostige Gewicht seiner Geister. Beim Gedanken, vielleicht bis in alle Ewigkeit von Haconry verfolgt zu werden, drehte sich ihm der Magen genauso sehr um wie bei der Vorstellung, dass Haconry den jungen Otlee anfassen könnte. »Hoffen wir, dass es nicht dazu kommt«, sagte er. »Manchmal gibt es schlimmere Strafen als den Tod.«

»Entmannung beispielsweise«, schlug Dien vor, trat seinem Pferd in die Flanken und spornte es zu einem Galopp an.

»Ngh.« Flann lag auf einer schäbigen Matratze. Rings um ihn hing eine Decke nach unten. Stöhnend bedeckte er Mund und Nase, um sie gegen den Gestank zu schützen.

Mürrisch und fluchend setzte er sich auf und sah sich verschlafen um. Rote Würmer krochen auf dem fleckigen Boden umher. Einige woben in Winkeln oder Löchern Kokons, und überall war alles völlig verschmutzt. Faulendes Essen, verspritzter Schlamm. Altes Blut. An dem Ort stank es nach Harn und Scheiße und seit Langem toten Kreaturen. Seine Aufgabe bestand darin, sauber zu machen.

Flann ließ sich zurück auf die Matratze plumpsen und bedeckte mit einem blutverschmierten Arm die Augen. Sherrod hatte ihn aufgefordert, sich einige Tage lang auf dem Gehöft zu verstecken und die Sauerei zu beseitigen, weil ihnen irgendein alter Furz namens Byr allmählich zu nahe kam. Der alte Mistkerl ließ alle nach seiner Pfeife tanzen, aber nicht Flann. Er machte sich keine Sorgen. Bei den Höllen, nein. Sobald er Foiche wäre, würde er tun, was immer er wollte – unter anderem würde er diesen hochnäsigen Rotzlöffel auf Devs Gehöft töten. Aber im Augenblick wollte er nur dösen, nicht Würmer und Knochen aufkehren.

Er versuchte, zu atmen und sich zu entspannen, doch seine Augen blieben offen. Er war wach. Verschwendete Tageslicht. Und die Leiche wurde auch nicht frischer.

Er stand auf, strampelte die Decke beiseite und stapfte fluchend aus dem Zimmer.

Dubric streckte eine Hand aus, um Dien zu bremsen, als sie um eine Biegung der Straße kamen. »Siehst du, was ich sehe?«, fragte er und ließ sein Pferd anhalten. Ungus Dwyer eilte vor ihnen davon und öffnete Haconrys Außentor. Er nahm sich Zeit, über die Stirn zu wischen, bevor er den Weg hinauf davonhastete.

»Das ist dasselbe Schwein, das in der Amtsstube des Schutzmannes war, als wir dort eingetroffen sind. Was will der hier?«

»Ich würde wetten, dass er eine Botschaft überbringt«, erwiderte Dubric und ließ sein Pferd zurückweichen. Er stieg ab und führte das Tier zum Graben, dann schlich er wieder vorwärts, um sich in den Büschen zu verstecken. »Ich glaube nicht, dass er uns gehört hat.«

»Nein, Herr«, pflichtete Dien ihm bei und kniete sich neben ihn, als Dwyer über Haconrys Treppe hinauflief. »Er hat nie zurückgeschaut. Wer ist das eigentlich?«

»Ein gewöhnlicher Schuster aus Barrorise. Er steht auf der Liste der Zahlungen für ›Leistungen‹.«

»Bestechung und ein schneller Plausch mit dem, der das Sagen hat. Es kann nie einfach sein, oder, Herr?«

»Nein. Bei sechsundzwanzig Ermordeten ist das schlichtweg nicht drin.« Dubric rieb sich die schmerzenden Augen. »Wir warten, bis Dwyer wieder geht, und unterhalten uns dann ungestört mit ihm. Ich will so viel wie möglich in Erfahrung bringen, bevor wir uns Haconry stellen.«

»Anscheinend brauchen wir nicht lange zu warten, Herr.«

Dwyer stand nur wenige Augenblicke vor der Tür, bevor sie sich öffnete. Kurz sprach er mit demjenigen, der aufgemacht hatte, dann stieg er die Stufen runter, während sich hinter ihm die Tür wieder schloss. Er holte tief Luft und schaute zum Himmel, schien sich zu entspannen, als wäre er eine gedankliche Last losgeworden.

»Die Botschaft ist überbracht worden«, sagte Dubric und löste das Schutzband an seinem Schwert. »Vielleicht sollten wir selbst eine Botschaft überbringen.«

»Verdammt richtig, Herr.«

Sie schlichen weiter und versteckten sich im Gebüsch, während Dwyer den Weg entlang auf das Tor zuhielt. Verstohlen schaute er nach links und rechts, und dann, anscheinend überzeugt, allein zu sein, trat er auf die Straße.

Er hatte noch keine zehn Schritte in Richtung Süden zurückgelegt, als Dien hinter ihm auftauchte. Er wirbelte Dwyer herum und packte ihn am Kragen.

Dwyer geriet in Panik, aber Dubric sagte: »Ich schlage vor, du verhältst dich vorläufig ruhig.«

Dwyer nickte, setzte dazu an, etwas zu sagen, und wandte den Blick Dubric zu.

»Pst«, machte Dubric und führte sie in den Schutz des Unterholzes.

»Werdet Ihr mich töten?«, fragte Dwyer, als Dien ihn auf die Knie drückte. Er schaute zu den beiden auf. Seine Unterlippe bebte, während sein Blick zwischen ihnen hin und her zuckte.

»Kommt ganz drauf an«, gab Dubric zurück. »Je mehr du mir erzählst, desto größer ist die Wahrscheinlichkeit, dass du den morgigen Tag erlebst.«

Dwyer nickte und schaute Dien an, bevor er die Aufmerksamkeit wieder auf Dubric richtete. »Ich habe niemanden umgebracht, Herr, das schwöre ich. Mit dem Teil hatte ich nie was zu tun. Aber ich habe zwei Jungen entführt.«

»Du hast *was*?«, hakte Dien nach.

»Ich musste, ich schwör's. Hätte ich es nicht getan, wollten sie meinen Sohn auf die Liste setzen, und … Ich musste es tun! Aber ich hab ihnen nichts getan, kein einziges Mal. Ich hab vielmehr versucht, ihre Schmerzen und ihre Angst zu lindern.«

»Du hast die Söhne anderer Männer geraubt?«, fragte Dien.

»Nein«, widersprach Dwyer und schien dabei zu schrumpfen. »Die zwei, die ich entführt hab, hatten keine Väter.«

»Welche zwei?« Dubric öffnete sein Notizbuch und leckte über seinen Stift.

Dwyer schluckte zitternd. »Ich kann nicht. Sie würden mich töten.«

Dien knurrte, zog Dwyers Kopf nach hinten und setzte ein Messer an der Kehle des Schusters an. »Ich bin die unmittelbarere Bedrohung. Das solltest du dir vielleicht vor Augen halten.«

Dwyer keuchte. Tränen strömten über seine Wangen. »Ich hab ihnen nicht wehgetan, ich schwör's. Hab nur das Tuch über ihr Gesicht gestülpt, bis sie still waren. Dann hab ich sie zum Turm gebracht. Ich hab ihnen aber nie wehgetan!«

»Wem?«, fragte Dubric erneut. »Welche Jungen hast du entführt?«

Dwyer zuckte zusammen, als Diens Klinge die Haut durchbrach. »Eine namenlose Straßenratte aus Tormod und Braoin Duncannon! Bitte!«

Dien wankte zurück, als wäre er geschlagen worden, und ließ das Messer fallen. »Du ziegenschändender Drecksack! Du hast Bray entführt?«

Dwyer schluckte und senkte das Kinn. »Er stand schon so lange ganz oben auf der Liste. Wir haben alle nach ihm gesucht, er galt als der höchste Preis. Ich hatte einfach Glück.«

»Wieso?«, wollte Dubric wissen. »Wieso Braoin?«

Dwyer schüttelte den Kopf und starrte auf seine Knie. »Ich kann nicht. Bitte.«

»Oh doch, und wie du kannst, verflucht noch mal«, stieß Dien knurrend hervor und versetzte dem wesentlich kleineren Mann einen Schlag mit dem Handrücken, der ihn beiseiteschleuderte. »Der Junge war mein Vetter und ein verdammt feiner Bursche. Deinetwegen ist er jetzt tot.«

Dwyer kroch wimmernd weg, aber Dien zerrte ihn an den Haaren hoch und schlug ihn erneut, brach ihm den Wangenknochen und ließ Zähne aus seinem Mund spritzen. »Rede mit uns, du Eiterbeule am Arsch eines Schweins, bevor ich dir mit bloßen Händen die Kehle herausreiße.«

Dwyer gurgelte Blut und versuchte, die Hände zu heben, aber Dien warf ihn wie einen nassen Lappen ins Gestrüpp.

»Halt«, presste Dubric zwischen zusammengebissenen Zähnen hervor. »Lass den Mann reden.«

Mit gebleckten Zähnen zog Dien den Schuhmacher auf die Beine, bevor er ihn wuchtig zurück auf die Knie rammte.

Dwyer sprudelte hervor: »Braoin war zu neugierig, er hat zu viele Fragen gestellt. Und er war listig, gerissen, schlau. Niemand hat ihn je allein auf der Straße angetroffen. Nirgendwo. Dann stand ich eines Nachmittags neben meinem Karren und hab gepinkelt, und er kam aus dem Gebüsch. Er hat mich kaum angesehen, bevor er über die Straße geeilt ist, und schon war er wieder weg. Ich dachte, wenn ich Braoin fange, brauche ich vielleicht nie wieder einen anderen zu entführen. Also bin ich ihm gefolgt. Es tut mir so leid.« Dwyer kippte nach vorn, landete auf den Unterarmen und spuckte Blut aus. »Herr, bitte. Ich wollte nie jemandem etwas zuleide tun. Ich wollte nicht, dass sie sterben.«

Dubric ragte über ihm auf. »Du hast gewusst, was geschehen würde, trotzdem hast du es getan. Warum hast du nicht deine

Familie zusammengepackt und die Weiten verlassen, statt diese Jungen zu verkaufen?«

»Ich wusste es nicht!«, beteuerte Dwyer heulend. »Nicht, bis ich die zwei aus dem Fluss gesehen hab. Ich schwör's, Herr, ich wusste nicht, was er mit ihnen macht. Als ich weg bin, waren sie noch lebendig, das schwöre ich bei meinem Leben!«

»Wer?«, verlangte Dubric zu erfahren, und zog Dwyers Gesicht hoch, damit er dem Mann in die Augen starren konnte. »Wer tötet sie?«

»Ich … ich weiß es nicht! Ich hab ihn nie gesehen. Nicht richtig. Ich hab ihm nur die zwei Jungen gebracht, und beim ersten … Ich weiß nicht, wann er gekommen ist. Ich hab den Burschen allein an dem dunklen Ort zurückgelassen. Er war noch nicht da.«

»Und bei Braoin?«

Dwyer schluckte und schüttelte den Kopf. »Bitte, Ihr müsst mich verstehen.«

»Wir verstehen einen Scheißdreck!«, zischte Dien und trat dem Schuster in die Rippen.

Dubric nickte langsam, als Dwyers gequälter Blick dem seinen begegnete. »Beim nächsten Mal brichst du ihm etwas und entfernst es dann.«

»Mit Vergnügen, Herr«, erwiderte Dien grimmig.

»Braoin ist aufgewacht!«, brüllte Dwyer und wand sich auf dem Boden. »Und er hat sich gewehrt. Ich bin nicht schnell genug fertig geworden, und er ist gekommen, ja. Aber ich bin sofort von dort weg. Ihn anzusehen, ist verboten. Er hätte mich umgebracht.«

»Also hast du stattdessen zugelassen, dass er einen unschuldigen Jungen umbringt. Mehrere Jungen. Wer ist es? Wer?«

»Ich weiß es nicht!« Keuchend wagte Dwyer einen Blick auf seine Peiniger. »Ehrlich, Herr, ich weiß es nicht. Ich hab die Jungen nur zur Grube gebracht, sie ausgezogen und gefesselt, dann bin ich verschwunden. Das schwöre ich.«

»Bist du dafür bezahlt worden?«

Wimmernd nickte Dwyer. »Ja.«

»Wie? Von wem?«

»Beide Male bin ich von Glis Sherrod bezahlt worden, dem Schutzmann in …«

»Ich weiß, wer das ist«, herrschte Dubric den Schuster an. »Hast du ihm oder sonst jemandem gesagt, wen du ›beschafft‹ hast, bevor man dir die Bezahlung gab?«

»Ich bin in seine Amtsstube, hab ihm gesagt, wen und wann. Dann hat er mich bezahlt. Das Geld hatte er in seinem Schreibtisch.«

Dubric notierte sich die Auskunft. »Du hast eine Liste erwähnt. Was für eine Liste? Von wem stammt sie?«

»Der Schutzmann hat sie mir gegeben. Ich hab heute eine Neue bekommen, als er mir aufgetragen hat, Herrn Haconry über Jaks Verhaftung Bescheid zu geben. Hier. Nehmt sie.« Dwyer fasste in seine Tasche und zog mit blutiger Hand ein Stück Pergament daraus hervor, das er Dubric reichte. »Als Ihr in die Weiten gekommen seid und ich dann erfuhr, dass Jak gefasst worden ist, Herr, war das so eine Erleichterung für mich. Ich dachte, der Wahnsinn sei vorbei. Aber … aber wenn Sherrod mir eine neue Liste gegeben hat … ist es noch nicht zu Ende. Oder?«

Dubric blickte auf die Liste, und kalte, stechende Wut trat in sein Herz. »Fessle und kneble ihn. Bei den Höllen, Geist hin, Geist her, töte ihn, wenn es sein muss. Aber versuch, dir vor Augen zu halten, dass er nicht die Bestie ist, nur eine ihrer Krallen.«

»Herr?«, fragte Dien, als er Dwyer mit einer Hand auf die Beine hievte und mit der anderen ein Seil von der Hüfte zog.

»Lars steht ganz oben auf der Liste«, sagte Dubric. »Und er ist mit fünfhundert Kronen gekennzeichnet. Das Dreckschwein hat ein Kopfgeld auf ihn ausgesetzt.«

Kapitel 23

Lars drängte seine Stute zu einem schnellen Kanter. Es fühlte sich gut an, wieder zu ermitteln, auch wenn es nur in begrenztem Umfang war. Jeder Anblick bot ein neues Erlebnis, jeder Mensch, dem er begegnete, ein neues Gesicht. Sogar die schlammige Straße war für ihn neu.

Er ritt in der Absicht, die Halbinsel vor Mitte des Vormittags zu erreichen, nach Westen; vor Einbruch der Dunkelheit galt es, eine Menge Ufergebiet abzusuchen. Nachdem er die Fähre passiert hatte, wurde er langsamer und lenkte sein Ross aufs Unterholz zu.

Bald wurde es unmöglich, zu reiten, also stieg er ab und führte das Pferd durch Gestrüpp und schlammiges Dickicht das Ufer des Casclian entlang. Dabei bekam er wenig mehr als Steine und Matsch zu sehen.

Während er ging, ließ er alle paar Schritte den Blick die Böschung hinauf und zurück hinunter zum Wasser wandern. Ein spitzer Aufschrei entfuhr ihm, als einige Steine unter seinen Füßen nachgaben und in den Fluss kullerten. *Ich begebe mich besser ein Stück landeinwärts, bevor ich triefnass werde.*

Lars erklomm den Hang, umging ein Brombeergestrüpp und setzte anschließend den Weg in südlicher Richtung fort, musste jedoch feststellen, dass er den Rand des Wassers so nicht mehr sehen konnte. Als er zum Ufer zurückkehren wollte, huschte eine Schar junger Kaninchen aus ihrem Versteck im Boden hervor und erschreckte sowohl Lars als auch sein Pferd.

Mit zusammengekniffenen Augen spähte er durch das knospende Geäst, um die Sonne zu sehen. Nach einigen weiteren Schritten hielt er inne und schnupperte.

Lars drehte den Kopf und versuchte, einem unangenehmen Geruch zu folgen, indem er eine Schneise hangaufwärts schlug und sich tiefer ins Gebüsch vorkämpfte. »Bei der Göttin, was für ein Gestank«, murmelte er und verzog das Gesicht. Er schaute hangaufwärts, wo sich Büsche, Steine und Sträucher zu einer undurchdringlichen dunklen Masse verdichteten. Dann hörte er, wie irgendwo in der Ferne eine Tür zufiel, gefolgt von einem Fluch.

Lars drehte sich um und blickte zum Fluss hinab. Er hatte den Hang gute vierzig, vielleicht fünfzig Längen erklommen. Während er über seine Möglichkeiten nachdachte, schaute er wieder hinauf in die Richtung, aus welcher der Gestank wehte. Schließlich seufzte er und führte sein Pferd bergab. Er hatte Sarea sein Wort gegeben, dass er am Ufer und in Sicherheit bleiben würde. Außerdem handelte es sich wahrscheinlich bloß um ein Stück Vieh, das über den Winter verendet war. Vermutlich eine Ziege.

Eine seit dem Winter verfaulende Ziege. Also, das ist wirklich widerlich. Er bahnte sich den Weg zurück zum Ufer und setzte den Weg in Richtung Süden fort, hielt Ausschau nach Anzeichen von Otlee oder Leichen im Fluss.

Dubric lief entlang der Straße auf und ab, während er auf Dien wartete. Er öffnete die Hand, starrte auf das zerknüllte Stück Pergament und einen einzigen, vertrauten Namen.

Lars Hargrove – Burgpage/Bauernjunge, eher groß, blondes Haar, Gegend Tormod, Vorsicht geboten – 500 KR

Darunter standen andere Namen – Namen von Jungen, von denen Dubric noch nie gehört hatte, aber sein Blick verharrte auf dem Eintrag seines Pagen. *Wie haben die seinen Namen in Erfahrung gebracht?*, überlegte er und lief weiter auf und ab, während Dwyers Schreie in der Brise verhallten. *Hatte Lars etwa kundgetan, wer er ist? Woher bei den sieben Höllen konnten die es sonst wissen? Und warum gilt Lars als gefährlich? Liegt es daran, dass sie Otlee bereits gefangen haben? Oder an etwas anderem?*

»Herr?«, meldete sich Dien zu Wort und unterbrach damit Dubrics wirbelnde Gedanken. »Er ist an einen Baum gefesselt und geknebelt, und ich habe ihm beide Hände gebrochen. Selbst, wenn er an die Knoten herankäme, könnte er sie unmöglich lösen.«

»Das ist gut«, befand Dubric und reichte Dien das Pergament. »Woher kennen die Lars' Namen?«

Dien überflog die Liste, und ein harter Ausdruck trat in seine Augen. »Der Höker war auf dem Hof, und ich glaube, eines meiner Mädchen hat Lars' vollständigen Namen vor ihm erwähnt. Ihr habt ihn ja kennengelernt, er ist ein fürchterliches Klatschmaul. Und Lissea ist mehrmals nach Tormod spaziert, es ist also auch möglich, dass sie etwas gesagt hat. Jak schließlich könnte seinen Namen auf dem Hof gehört haben. Ihr wisst ja, wie schnell sich Klatsch verbreiten kann. Es tut mir leid, Herr, aber vermutlich ist meine Familie daran schuld.«

Dubric ließ sich die Liste zurückgeben und warf einen letzten Blick darauf, bevor er sie zurück in die Tasche steckte. »Haconry hat eindeutig alles andere getan, als die Ermittlungen zu unterstützen, und er hat ein unziemliches Interesse an Otlee bekundet. Ich finde, es ist an der Zeit, dem Statthalter der Weiten ein wenig Angst einzujagen – oder ihn gar ordentlich zu brechen. Aber ich will ihn lebend haben.«

Dien nickte und holte tief Luft. »Lebend lässt sich einrichten. Aber in einem Stück kann ich nicht garantieren.«

Seite an Seite marschierten sie zum Tor und öffneten es, bevor sie den Weg zu den Eingangsstufen des Herrenhauses fortsetzten.

Lars stand am Rand eines langen, von Sprüngen durchzogenen Abschnitts aus Steinen und Schlamm, der in den Fluss zu stürzen drohte. Große Brocken waren bereits hinuntergefallen und hatten zerklüftete Lücken hinterlassen. Risse im Abhang zogen sich wie Klauenmale die nackte Erde hinauf. Der gesamte Pflanzenwuchs war weggespült worden, sodass nichts als ein trostloser, bröckliger Morast zurückgeblieben war. *Vielleicht ist das eine gute Stelle zum Umkehren*, dachte er, als er mit zusammengekniffenen Augen zur Sonne schaute. *Das will ich nicht überqueren.*

Er wendete sein Pferd und trat den langen Weg zurück zur Straße an, ließ dabei die Schultern hängen. Gefunden hatte er außer Dornbüschen und steinigen Graten nicht das Geringste, und er hatte keine Anzeichen für irgendwelche Menschen außer ihm gesehen.

Ein Stück voraus erhoben sich mehrere Stare von den Bäumen. Er hielt inne, um zu bewundern, wie der Schwarm über den Fluss flog, durch die Luft wirbelte, die Richtung wechselte und sich zusammenzufalten schien wie ein Stück im Wind treibenden Stoffes.

Er ging ein Dutzend Schritte weiter, ehe er jäh stehen blieb. »Das kann nicht sein.« Lars band sein Pferd an und schlich zum Rand der Böschung.

Etwa fünfzehn Längen unter ihm lag ein schlammverschmierter Leichnam halb im Wasser, halb am Ufer. Frische Vertiefungen führten über den bröckligen Hang nach oben. *Da brat mir einer 'nen Storch. Ich war doch erst vor einer Viertelglocke hier, falls es überhaupt so lange her ist.*

Der Page richtete sich auf und betrachtete prüfend die Umgebung, hielt Ausschau nach Verstecken, Bewegung, irgendetwas Ungewöhnlichem. Vorsichtig bewegte er sich die Böschung entlang auf die Leiche zu und spähte hangaufwärts.

Dann blickte er wieder hinunter zum Fluss und zu dem nackten Toten am Ufer. *Das ist unmöglich. Ich war gerade erst hier.*

Mit zusammengekniffenen Augen starrte er zwischen die Bäume, konnte jedoch nichts ausmachen. Keinerlei Bewegung, nicht einmal Vögel. Die Luft stank nach fauligem Fleisch und Muskat. Der Geruch brachte seine Haut zum Kribbeln.

Weiter oben am Hang raschelte etwas. Er hörte, wie sich nasse, verrottete Blätter bewegten, dann trat völlige Stille ein.

Langsam, mit Augen und Ohren auf Bewegungen achtend, zog Lars sein Schwert.

Lauschend blickte er zu der Leiche hinunter. Männlich, älter und größer als Otlee. Der Körper lag im Schlamm, ein Arm war unter der Brust eingeklemmt, der andere trieb im Wasser. Blaue Flecken überzogen den purpur-grünlichen Rücken, Fleischwunden verunstalteten den Anus und die Pobacken, und Lars erkannte Fesselungsmale an den Hand- und Fußgelenken. Zwei Finger fehlten an der im Fluss treibenden Hand, und die Haare des Toten waren von Blut durchtränkt. An einem Ohr prangte eine Wäscheklammer aus Holz.

Lars vernahm ein weiteres Geräusch von Laub oder Steinen. Mit dem Schwert in der Hand drehte er sich um und starrte mit stetem, hartem Blick den Hang hinauf. *Was soll ich nur tun? Ich habe mein Wort gegeben, dass ich am Ufer bleiben werde, aber verdammt, ich bin so nah dran! Wie viele sind da oben? Und bei den Höllen, sie haben den Vorteil des höheren Geländes.*

Er atmete durch und achtete weiter auf Bewegung. *Es spielt keine Rolle, ob nur einer von euch oder ein Dutzend hier ist. Wenn ihr gerade eine Leiche abgeladen habt, dann habt ihr Otlee, und ihr könnt ihn nicht länger haben.*

Lars' auf das Gelände über ihm gerichtete Aufmerksamkeit ließ keinen Augenblick nach, und er drehte leicht den Kopf, als erneut ein Ast gegen einen anderen stieß.

Komm schon, du Mistkerl, mach noch ein Geräusch. Gib mir einen Anlass, da raufzugehen und deine Eingeweide über den Schlamm zu verteilen.

Ein weiteres Rascheln ertönte. Lars verlagerte den Blick und krümmte sich nach rechts. *Näher, näher. Wo steckst du? Ah!*

Eine Fußspur führte den Hang hinauf, tiefe Abdrücke, da sich die nackten Zehen in den Matsch hatten bohren müssen, um Halt zu finden. Sein Blick folgte dem Weg, und er bemerkte einen Schritt entfernt weitere Abdrücke von nackten Füßen. Etwas weiter ein wenig aufgewühltes Laub, ein zerdrückter Busch und ein schlammiger Pfad, der eine Schneise durch das Unterholz zog. Die Spuren endeten, und sein Blick heftete sich auf einen Brombeerstrauch, dessen Zweige sich rötlich vom gräulichen Grün des umliegenden Pflanzenwuchses abhoben. Während er hinstarrte, bewegte sich der Strauch, erzitterte in der Luft.

Da bist du. Er trat einen Schritt den aufgebrochenen Pfad hinauf, dann noch einen. Sein Blick löste sich dabei nicht einen Moment von dem Brombeerstrauch.

Abermals bemerkte Lars eine Bewegung – ein Aufflackern von Blau hinter roten Zweigen und winzigen Blättern –, und er leckte sich lächelnd über die Lippen. *Setzen wir dem Treiben ein Ende.*

Mit einem lauten Rascheln und Knacken des Strauchs preschte ein Mann in blauem Hemd und dreckiger, brauner Hose dahinter hervor und flüchtete, verschwand ins Dickicht hoch darüber. Lars nahm die Verfolgung auf.

Dubric stand mit Dien an der Seite in Haconrys Eingangshalle. Haconrys Haushälterin Vidulyn schlurfte hastig den Gang hinab zur entfernten Tür, als hinge ihr Leben davon ab.

»Sie scheint mir ein wenig durcheinander zu sein, Herr«, stellte Dien fest.

Dubric überprüfte sein Schwert und wiegte sich auf die Fersen zurück. »Du bist auch voller Blut.«

Dien hüstelte grinsend. »Gut. Dann brauche ich mir keine Gedanken mehr darüber zu machen, dass er mich vollsauen könnte.«

Vidulyn öffnete die hintere Tür und trat beiseite.

Haconry stürmte an ihr vorbei und gürtete einen Leibrock um

die Mitte zu. »Herr Kastellan!«, rief er. »Wie ich höre, sind Glückwünsche angebracht.«

Dubric zwang sich zu einem Lächeln. »Ihr irrt Euch.«

»Ts, ts, ts. Seid nicht so argwöhnisch. Jak, der Zimmermann, wurde gefasst. Sozusagen mit runtergelassener Hose, nicht wahr? Das gibt doch gewiss Anlass zum Feiern.« Haconry musterte Dien mit einem wissenden Grinsen. »Ihr erstaunt mich wahrlich, mein lieber Herr Kastellan. Ich hätte gedacht, ihr würdet den lieblichen, feurigen Burschen durch einen weiteren erlesenen Knaben ersetzen, nicht mit diesem alternden Fleischklops.«

Dubric streckte eine Hand aus, um Dien zurückzuhalten, bevor er den Statthalter in Stücke reißen konnte. »Ich bin nicht hier, um Höflichkeiten auszutauschen.«

»Nein?«, gab Haconry zurück und legte den Kopf schief. »Also ist das kein Freundschaftsbesuch, bevor Ihr die Rückreise nach Hause antretet?«

»Nein. Ich bin gekommen, um Euch eine Gelegenheit zu bieten.«

Haconrys Grinsen verharrte in seinem Gesicht. »Und was für eine ›Gelegenheit‹ könnte das sein?«

»Eine Gelegenheit, der Schlinge des Henkers zu entgehen. Und ich biete sie Euch nur ein einziges Mal.«

»Herr Kastellan! Das könnt Ihr nicht ernst meinen.«

Dubric zog Calums Wirtschaftsbuch aus der Manteltasche. »Ich meine es todernst.« Er schlug eine gekennzeichnete Seite auf. »Würdet Ihr mir wohl erklären, für welche ›Leistungen‹ Ihr Ungus Dwyer fünfzig Kronen bezahlt habt?«

Haconry verdrehte belustigt die Augen. »Ich habe Schuhe gekauft. Das ist kein Verbrechen.«

Dubric seufzte und rieb sich die schmerzenden Augen. »Wir haben mit Dwyer gesprochen, und Ihr habt Euch gerade für den Galgen entschieden. Mein Gnadenangebot ist hiermit zurückgezogen.«

»Glückwunsch, du Scheißhaufen«, meldete sich Dien zu Wort und streckte sich nach dem Statthalter. »Ich warte schon lange darauf, zu sehen, wie du im Wind am Strick baumelst.«

Haconry stolperte rücklings, als Dien ihn am Leibrock packte. Als er sich zur Wehr setzte, gab die feine Seide nach, und der Leibrock zerriss. Nackt ergriff Haconry die Flucht und rannte weg, verfolgt von Dien. Beide verschwanden durch eine Tür.

»Warum müssen sie immer weglaufen?«, murmelte Dubric bei sich. Er hob den zerrissenen Leibrock vom Boden auf und durchsuchte die Taschen, fand sie jedoch leer vor.

Als er eine Bewegung wahrnahm, schaute er auf und sah, dass sich ihm Vidulyn näherte, die ein dunkles Taschentuch in den Händen zerdrückte. »Was weißt du über die Entführungen?«, fragte Dubric, der Mühe hatte, die schlüpfrige Seide von Haconrys Leibrock zusammenzufalten. »Hast du eine Ahnung, wie viele Männer darin verwickelt sind oder wer sie sein könnten?«

»Nein, Herr«, erwiderte Vidulyn und trat beiseite. »Es ist am besten, wenn ich nicht sehe, was er tut. Darf ich das für Euch zusammenlegen?«

Er versuchte, ihrem Blick zu begegnen, aber sie starrte zu Boden, als sie den Leibrock entgegennahm. Dubric fragte sich, ob Haconry auch sie missbrauchte. »Mein Page, der Junge, der vor einigen Tagen mit mir hier war – hast du ihn gesehen?«

Sie schüttelte den Kopf und strich die Seide glatt. »Natürlich nicht. Hier nicht.«

Ein Krachen hallte durch die Luft, gefolgt vom Klirren zerspringenden Glases. Dubric ging an ihr vorbei auf die offene Tür zu.

Haconry kam herausgeflogen und landete mit dem Gesicht zuerst auf dem Boden. Dien stapfte mit dem Schwert in einer Hand und einem zerbrochenen Stuhl in der anderen hinterher. »Jetzt hab ich aber endgültig die Schnauze voll«, verkündete der

Hüne knurrend und zerschlug die Reste des Stuhls auf Haconrys Rücken. »Du bist erledigt, also hör auf, herumzuzetern.«

Dubric trat beiseite und veranlasste Dien mit einem Wink, die Hände des Mannes zu fesseln. Der Statthalter lag geschunden, blutend und übersät von blauen Flecken auf dem polierten Boden. Auf seinem Rücken prangte eine tiefe, nässende Wunde. »Wie ich sehe, lebt er noch.«

»Ja, und das ist eine verfluchte Schande. Glaubt Ihr, er könnte diese Niere verlieren, Herr?«, fragte Dien und hievte den Statthalter auf die Beine.

»Spielt keine Rolle«, erwiderte Dubric. »Er hat sich ohnehin für ein Treffen mit dem Henker entschieden.«

Lars fühlte sich erstaunlich ruhig, entschlossen und wachsam. Während der Flüchtende planlos über Stock und Stein durch den Wald gerannt war, hatte er ihn mit stetiger Geschwindigkeit verfolgt. *Zeig mir, wo du Otlee versteckt hast, du Wiesel*, dachte er.

Der Unbekannte erreichte stolpernd offenes Gelände und wankte auf einen Scheunenhof. Seine Füße verhedderten sich unter ihm, und er fiel ausgestreckt in den Schlamm. Hastig rappelte er sich wieder auf und preschte auf die Scheune zu.

Lars erkannte Flann und knurrte, bleckte dabei die Zähne. »Ich hab dir schon einmal gehörig in den Arsch getreten«, brüllte er und folgte ihm. »Du rückgratloser Feigling! Wo ist Otlee?«

Flann verschwand in der Scheune und warf die Tür hinter sich zu.

Lars hustete. Tod und Verwesung hingen durchdringend und faulig in der Luft. Die Scheune maß vielleicht acht Längen an der Längsseite und wirkte solide gebaut, wenngleich sie frisch geweißt werden musste. Drinnen krachte etwas. Lars holte tief Luft und nahm sich Zeit, den Unterschlupf seiner Beute zu betrachten.

Nur eine Tür mit Angeln. Wahrscheinlich Erdboden …

Die Tür schwang auf, und Flann kam herausgestürmt. Er schwang eine Axt. Getrocknetes Blut bedeckte seine linke Schulter, ein Überbleibsel des Kampfes gegen Lars vom Vortag, und er hielt das Gewicht der Axt vorwiegend mit der rechten Hand. »Hallo, Pisswelpe«, sagte er und grinste, als Lars zurücksprang. »Diesmal schlag ich dir den verdammten Schädel ein.«

»Versuch's doch«, gab Lars knurrend zurück, duckte sich unter einem ungezielten Hieb hinweg und zog mit der freien Hand seinen Dolch. *Sei vorsichtig – du bist verwundet, und er verfügt über die längere Reichweite, wenngleich er auch keine Herrschaft über seine Waffe hat. Beobachte ihn, beobachte ihn …*

Lars rückte näher, aber Flann scheuchte ihn mit einem Rückwärtshieb zurück und schnalzte mit der Zunge. »Wenn ich mit dir fertig bin, schnapp ich mir wieder dein Mädel. Sie war richtig lecker.«

»Wo ist Otlee?«

»Ist das der Nam' von deim' Mädel, Pisswelpe?« Flann schwang die Axt und verfehlte Lars' Bauch nur knapp. »Wie fühlt sich's an, zu wissen, dass ich sie zuerst gehabt ha'm tu, hm?« Er blies Lars einen Kuss zu und schwang die Waffe erneut.

Rechtes Bein. Rechtes Bein. Lars duckte sich, sprang vor und erzielte einen blutigen Treffer mit dem Dolch, bevor er sich wegrollte. Er hoffte, dass seine Naht dabei nicht aufgebrochen war.

Flann heulte auf. Seine rechte Hand senkte sich auf den blutenden Oberschenkel, während er das Gewicht der Axt in die Linke verlagerte. »Bei Foiche! Du hast mich g'schnitten!«

Und ich habe dich geschwächt, aber das hast du nicht mal bemerkt, oder? »Das war für Jess«, erklärte Lars und blieb knapp außer Reichweite der wilden, ungezielten Schwünge. Die Wunde an Flanns Schulter blutete ebenfalls wieder und durchnässte ihm das Hemd. Der rote Lebenssaft lief schon seinen Arm hinab zum Griff der Axt.

Flann umfasste die Axt mit beiden Händen und holte seitwärts damit aus. Lars sprang vor, presste sich gegen Flanns zurückgebogenen Arm. Sein Gegner kippte rückwärts, fiel über sein blutendes Bein und zog Lars in einer blutigen Umarmung mit sich.

Eine Gewichtsverlagerung, eine schnelle Drehung, und Lars' Dolch traf auf Fleisch – eine Bauchwunde. Er rollte sich weg und außer Reichweite. »Du bist hiermit des Mordes angeklagt, also lass die Waffe fallen. Es ist vorbei. Wo ist Otlee?«

Flann knurrte, mühte sich auf die Beine und hob mühsam die Axt hoch. »Rutsch mir 'n Buckel runter, Pisswelpe. Noch bin ich nich' tot.«

»Ich will dich nicht töten«, erwiderte Lars und näherte sich ihm langsam. Drei handfeste Wunden, keine davon lebensbedrohend, bluteten heftig, durchtränkten Flanns Haut und Kleidung. Er wirkte benommen und sah aus, als könnte er jeden Augenblick umkippen. »Wo ist Otlee?«

Keuchend wich Flann zurück. »Wer bei 'n sieben Höllen is' Otlee?«

»Mein Freund«, sagte Lars und beobachtete Flanns Augen, als er seinen Gegner gegen den Uhrzeigersinn umkreiste. »Er ist seit drei Tagen verschwunden, und ich will ihn zurückhaben.«

»Wenn er seit drei Tagen weg is', dann is' er inzwischen aufgeschlitzt, vergewaltigt und halb tot. Hat's in den *Arsch* bekommen, Pisswelpe. Selbst, wenn er überleben tut, kann er nie wieder richtig scheißen. Wär besser, du lässt's ihn beenden.«

Oh Mist, er verliert gleich das Bewusstsein. »Ihn? Wen meinst du?«

Flann wankte rücklings, hielt sich dabei mit der Rechten den Bauch, und Lars stürmte vor, um ihn zu packen. Flann grinste und schwang die Axt mit der Linken tief, aber kraftlos gegen Lars' Beine.

Lars sprang hoch und vorwärts, versuchte, dem Hieb zu entgehen. Doch die Axt verhakte sich an seinem Knöchel und brachte ihn aus dem Gleichgewicht. Der Sturz ließ ihn mit dem Rücken voraus so heftig auf dem Boden landen, dass ihm die Luft wegblieb.

Während Lars um Luft rang, lachte Flann und ließ die Axt abwärts sausen. Die Klinge verfehlte Lars's Kopf nur um wenige Fingerbreiten. Lars wollte sich zur Seite rollen, aber Flann stemmte den Fuß auf seine Brust und holte zu einem weiteren Schlag aus.

Während Lars versuchte, Luft in die Lunge zu bekommen – *Nicht schon wieder! Göttin, tut das weh!* –, bäumte er sich wie ein zappelnder Fisch auf, zog an Flanns geschwächtem Bein und brachte seinen Gegner zu Fall. Mit einem erschrockenen Aufschrei stürzte Flann nach hinten und landete auf Lars' Füßen.

Lars trat ihn von sich und rollte sich zur Seite. Er sog röchelnd Luft in die zugeschnürte Brust ein und rappelte sich auf die Beine. »Genug jetzt!«, stieß er hustend hervor und wankte beiseite. »Du bist des Mordes angeklagt und mein Gefangener, und wenn ich dir dafür die Kniesehnen durchschneiden muss!«

Flann erwiderte nichts.

»Nein!«, rief Lars und eilte zu ihm. Flann lag auf dem Rücken und warf sich hin und her. Seine Brust wirkte merkwürdig angeschwollen, und Blut sickerte ihm aus dem Mund. Der Griff der Axt lag in schrägem Winkel unter seinem Körper, und weiteres Blut vermengte sich mit dem Schlamm.

»Stirb bloß nicht!«, brüllte Lars und packte Flann am Hemd. »Nicht, solange du mir nicht gesagt hast, wo Otlee ist!«

»Verpiss dich«, presste Flann hervor und spuckte aus.

Blutiger Speichel lief das Gesicht des Jungen hinab, als Lars ihn schüttelte. »Wo ist er? Wer hat ihn entführt? Was habt ihr mit Otlee gemacht?«

Flann grinste nur. Seine Atmung wurde ungleichmäßig und träge. Dann starb er.

Lars stieß die Leiche von sich. Er taumelte zurück und drehte sich auf dem widerhallenden Hof, während ihn der Geruch des

Todes umsäuselte und er des frischen Bluts an den Händen gewahr wurde.

Nachdem Haconry sicher im Hauptsaal festgebunden war, versammelten Dubric und Dien sämtliche Mitglieder der Dienerschaft und nahmen deren Aussagen auf, bevor sie die Leute für den Tag entließen. Dien und er fanden keine weiteren Seelen im gesamten Gebäude; keine Jungen, keine im Keller angeketteten Gefangenen, keinen Otlee.

Mit dem Wissen, dass sie das Herrenhaus und dessen Inhalt jederzeit nach Lust und Laune erneut untersuchen konnten, schleiften sie Haconry hinaus, hievten ihn hinten über Dubrics Pferd und holten anschließend Dwyer, den sie über Diens Wallach legten.

»Wir brauchen ein weiteres Pferd«, knurrte Dien, als sie nach Süden ritten. »Sonst muss Schweinedreck-Mul laufen.«

»Die Ertüchtigung dürfte ihm ganz guttun«, meinte Dubric dazu. Sie überquerten die Brücke nach Barrorise und achteten nicht auf die neugierigen Blicke der Dorfbewohner. Vor Muls Haus der Folter stiegen sie ab, und Dien trat die Tür ein.

Sie hörten einen erschrockenen Aufschrei und eilten den Gang hinab, wo sie ein halb nacktes Mädchen erblickten, das auf sie zugerannt kam. Mit einer Hand drückte sie ihr Kleid an die entblößte Brust, mit der anderen bedeckte sie den Mund.

»Was bei den sieben Höllen soll das?«, brüllte Mul aus dem Raum dahinter. »Schwing deinen Arsch wieder hierher! Ich hab ihn gewaschen! Wir haben einen gerechten Handel geschlossen!«

Dubric und Dien traten beiseite, um das Mädchen flüchten zu lassen, dann zogen beide die Schwerter. »Wir können's auf die einfache oder auf die harte Art erledigen«, verkündete Dien, als Dubric und er zu beiden Seiten der Tür Stellung bezogen.

Mul riss sie auf, nackt und miefend. »Wer bist du? Hast du eine Ahnung, was ich tun musste, um von dieser …« Da erblickte er

Dubric, und seine Züge fielen in sich zusammen. Er wich zurück und hob die Hände vor sich. »Beim Geist Foiches, ich kann alles erklären.«

»Wo ist mein Page?«, verlangte Dubric knurrend zu erfahren.

»Page? Was für ein Page?«, fragte Mul. Erschrocken entfuhr ihm ein spitzer Schrei, als er mit dem nackten Hinterteil gegen seinen Schreibtisch stieß.

»Der Junge, den ich dabeihatte, als wir uns zum ersten Mal begegnet sind«, erklärte Dubric und versuchte, den roten Schleier der Wut zu ignorieren, der die Ränder seiner Sicht verhüllte.

»Ich … ich weiß nicht, wovon Ihr redet.«

»Wo ist er?« Dien stach mit der Spitze seines Schwertes in das wabbelige Fett an Muls Bauch, bevor er die Waffe wieder herausriss. »Als Nächstes sind deine Nüsse dran.«

»Ich hab nichts damit zu tun!«, kreischte Mul, krümmte sich und presste die Hände auf die Geschlechtsteile. »Ich hab nur die eine Leiche entsorgt, nur die eine! Ich gehöre nicht dazu!«

Dubric ragte zähneknirschend über ihm auf. »Welche Leiche?«

Mul brabbelte. Tränen liefen ihm über die Wangen. »Die Erste, die Ihr Euch hier angesehen habt. Ich sollte sie einfach verwesen lassen und dann wegwerfen, aber dann seid Ihr gekommen. Sie haben mich gezwungen, sie zurückzuholen und sie dann verschwinden zu lassen.«

»Wer?«, fragten Dien und Dubric wie aus einem Mund.

»Ich weiß es nicht! Martaen hat gesagt, ich muss es für Foiche tun, sonst würde er mir meine Arbeit wegnehmen! Die ist alles, was ich habe! Bitte!«

Dubric setzte die Schwertspitze an Muls Kehle an. »Foiche? Den habe ich vor fünfzig Sommern getötet.«

Mul heulte auf. »Er ist nicht tot, jedenfalls nicht mehr. Er hat Angehörige. Ich weiß nicht, wer sie sind, das schwöre ich, aber sie wollen ihn zurückholen. Sie haben mich einen Bluteid leisten lassen, ihnen zu dienen. Das haben sie mit uns allen gemacht!« Er sah Dubric an und fügte hinzu: »Ich hab nie erfahren, wer sie sind, aber wir Conrys haben alle den Eid geleistet. Damals, als wir noch Kinder waren – damals, bevor sie versucht haben, das verkrüppelte Kind in Foiche zu verwandeln.«

Dubric verengte die Augen zu Schlitzen. Tucker Conry war Foiches engster Berater und seine rechte Hand gewesen. Auch er war im Krieg umgekommen, aber konnten seine Kinder überlebt haben? Seine beiden Söhne wurden getötet, doch was war mit seinen Töchtern geschehen? Dubric konnte sich beim besten Willen nicht daran erinnern, was aus den drei Töchtern geworden war. »Stuart«, setzte er zu einer Frage an, vor deren Antwort er sich fürchtete, »was weißt du über Stuart?«

Mul zitterte und wimmerte. »Sie haben ihn mehrere Phasen lang gepiesackt. Haben die roten Würmer über ihn kriechen und ihn beißen lassen. Er ist danach jedes Mal weinend nach Hause gelaufen, aber wenige Tage später haben sie sich ihn wieder geschnappt. Dann haben sie den Stoff genommen und versucht … Foiche in seinem Körper leben zu lassen.«

»Wer?«, verlangte Dubric knurrend zu erfahren und beugte sich näher.

Mul schluckte und presste die Augen zu. »Didge und Bilton Haconry und Tropos.«

Dien blinzelte und schüttelte den Kopf. »Es waren *tatsächlich* drei? Verdammt! Wer ist dieser Tropos?«

»Ich kann es nicht sagen«, erwiderte Mul. »Es heißt, er sei zurück. Er würde mich umbringen.«

Dubric knurrte abermals und drehte das Handgelenk, ohne auf Muls Schreie zu achten. Langsam schob er das Schwert durch Muls Schulter, bis die Spitze gegen das Holz des Schreibtischs stieß. »*Ich* bringe dich um, wenn du nicht redest. Wer ist Tropos, und wo ist mein Page, verdammt noch mal?«

»Ich weiß es nicht!«, kreischte Mul schrill. Er warf den Kopf zurück und heulte auf. »Ich war noch ein Kind. Bin ihm nie begegnet! Sie erzählen mir nichts! Ich schwör's! Wenn ich es wüsste, würde ich es Euch sagen! Mir erzählt niemand etwas!«

»›Sie‹?«, hakte Dien nach. »Wer sind ›sie‹?«

»Tropos, glaube ich, und noch jemand. Ich vermute, sie sind zu zweit, vielleicht zu dritt. Aber es könnten auch siebzehn oder sechs oder nur einer sein. Ich schwöre, ich schwöre bei der Göttin! Ich weiß weder wer noch wo oder sonst etwas. Haconry hat mir aufgetragen, die Leiche zu vernichten. Als sie mir abhandenkam, hat er mir befohlen, sie vom Bestatter zurückzuholen, und das ist bei der Göttin die Wahrheit! Das ist das Einzige, was sie mir anvertraut haben, und ich habe dabei versagt!«

»Ist ein Bauer namens Horace in die Sache verwickelt?«, wollte Dien wissen.

Mul zögerte kurz, dann nickte er. »Wahrscheinlich. Er ist auch ein Conry. Mein Bruder.«

»Schutzmann Sherrod?«, frage Dubric.

»Halbbruder«, flüsterte Mul. »Bürgermeister Liconry aus Wittrup auch, und ich habe Vettern in Oreth und Tormod und Reyburn. Naps Folly gehört ebenfalls dazu, aber er ist noch ein Kind. Vierzehn, vielleicht fünfzehn Sommer alt.«

»Beim Krückstock meiner Mutter«, murmelte Dien. »Eine ganze verfluchte Familie, die Entführung, Mord und Hochverrat begeht.«

»Es ist kein Hochverrat«, widersprach Mul und streckte trotzig das Kinn vor. »Wir Conrys haben für Foiche über dieses Land geherrscht, bevor es uns durch den Krieg gestohlen wurde. Wir holen es uns zurück. Foiche wird wieder herrschen.«

Dubric zog sein Schwert heraus. »Nur über meine modernde Leiche«, sagte er und zerrte den Medicus auf die Beine. »Zieh dir eine Hose an. Ich will nicht, dass mir mein Frühstück hochkommt.«

Mit nackter Brust, aber bedeckten Geschlechtsteilen, wankte

Mul unter vorgehaltenem Schwert aus seinen Amtsräumlichkeiten und wurde auf Diens Pferd festgebunden.

Lars hatte auf dem Gehöft nur Käfer, Knochen und Dreck gefunden. Alles stank und war abscheulich. *Wie viele Tote?*, fragte er sich, als er sich zurück hinunter zum Flussufer schleppte. *Und wie war Flann darin verwickelt?*

Auf halbem Weg nach unten hielt er inne, drehte sich um und schaute in die Richtung zurück, aus der er gekommen war. *Bewegung? Wind? Ein Tier?* Ohne sich zu rühren, lauschte er. Seine Hand ruhte auf dem Heft seines Schwertes, sein Herz pochte ruhig und langsam. Stille. Nur die Brise, die durch knospende Bäume säuselte, und vereinzeltes Vogelgezwitscher. Lächelnd entspannte er sich, als es im Unterholz raschelte und ein dürrer Waschbär einen knorrigen alten Baum hinaufhuschte.

Er setzte den Weg hinunter zu seinem Pferd fort und ergriff eine Rolle Seil vom Sattel. Ein Ende wickelte er dreimal um einen Baum, den Rest ließ er zu Boden fallen.

Danach kehrte er zu seinem Pferd zurück und zog zwei zusammengerollte Decken unter den Sattelriemen hervor. Lars blickte auf den Leichnam hinab und ließ die Decken in den von Steinen übersäten Schlamm daneben fallen.

Er ergriff das Seil, überprüfte den Knoten am Baum, bewegte sich rücklings davon fort, maß die Schritte und hielt das Seil straff gespannt. Zufrieden warf er das lose Ende zum Fluss hinunter und stellte sich so an den Rand der Böschung, dass seine Fersen über die Kante ragten.

Nach einem raschen Stoßgebet sprang Lars in die Tiefe zur Leiche.

»Kaninchendreck!«, fluchte die Vettel und stapfte durch ihr Haus zu einem abgewetzten Schrank. »Haconry ist ein größerer Feigling, als ich dachte, und Mul auch!« Sie riss die Schranktür auf und stieß kleine Glasflaschen beiseite, bis sie die fand, die sie suchte. Sie drückte sie in der Faust und spuckte darauf, bevor sie das Fläschchen an die Wand schleuderte. Es zerbarst unter einem Schauer aus Scherben und hinterließ einen schwarzen Fleck.

Zornig vor sich hin murmelnd wandte sie sich wieder dem Schrank zu und setzte ihre ungestüme Suche fort. Ihre Finger schlossen sich um das gewünschte Fläschchen, und sie schüttelte es in der Faust, als sie durch den Raum stampfte. »Dummkopf! Feigling!« Finster starrte sie in das Fläschchen. »Fühlst du das? Verdammt noch mal, du widerliche Wespe, fühlst du es? Ein verfluchtes Wort zum Byr, und du bist tot.«

Das Fläschchen zerbrach in ihrer Hand, und schwarze Flüssigkeit sickerte zwischen ihren Fingern hindurch. Ein Tropfen fiel zu Boden und brannte sich zischend durch ihn hindurch. Aus dem Keller schrie ein Junge.

Haconry zappelte und winselte während der gesamten Reise nach Tormod, Dwyer hingegen blieb nahezu ruhig, und nur vereinzeltes Grunzen sorgte dafür, dass seine Anwesenheit bemerkbar blieb. Mul weinte lediglich vor sich hin. Dubric zuckte zusammen, als ihn die volle Wucht der Geister auf der Straße erwartete, aber er hatte ihre Ankunft und ihr Verschwinden schon zuvor ertragen, und so der König wollte, würde er es nicht mehr allzu lange über sich ergehen lassen müssen. Der neueste Geist, der Junge, den er an jenem Morgen auf dem Karren gefunden hatte, war fort.

Sie erreichten die Amtsstube des Schutzmanns ohne Zwischenfall oder eine lärmende Menschenmenge herbeizurufen und schleiften ihre Gefangenen hinein.

Sherrod mühte sich auf die Beine, als sie eintraten, und erbleichte beim Anblick von Haconry und Mul. »Was habt Ihr getan?«, stieß er hervor und plumpste zurück auf seinen Stuhl. Er starrte Haconry an, der wie ein blutiger Haufen Schmutzwäsche auf den Boden sackte.

»Wir haben mit der letzten Phase meiner Ermittlungen begonnen«, erklärte Dubric, während Dien ging, um Dwyer zu holen. »Und ich biete dir dieselbe Wahl, wie ich sie Haconry geboten habe.« Er starrte Sherrod in die Augen. »Das ist ein einmaliges Angebot. Leben oder der Strick, und es ist nicht verhandelbar. Eine Lüge, und du hast dich für den Galgen entschieden. Ein zweites Mal biete ich dir das Leben nicht.«

Sherrod blinzelte und erbleichte noch mehr, als er Haconry anstarrte.

Dubric zog sein Notizbuch aus der Tasche. »Wie viele Leute hast du für Entführungen bezahlt?«

»Sechs«, antwortete Sherrod mit zitternden Händen. Hinter Dubric quiekte Haconry und warf sich hin und her.

»Wen?«

Sherrod benannte Dwyer, Horace, Flann und drei dem Kastellan unbekannte Männer.

Dubrics Stift verharrte über dem Notizbuch. »Von wem kam das Geld?«

Haconry quiekte erneut, aber Sherrod hob eine bebende Hand und zeigte auf ihn.

Dien kam durch die Tür herein und schleifte Dwyer hinter sich her, den er auf einen Stuhl hievte. Sherrods Zittern wurde heftiger, breitete sich von den Händen auf die Arme und schließlich auf die Schultern und den Hals aus. Panisch schüttelte er den Kopf, schaute von einem Gefangenen zum anderen. »Bitte, Herr, habt Gnade. Ich will nicht sterben.«

»Du hast an der rituellen Misshandlung und Hinrichtung von mehr als zwanzig jungen Männern mitgewirkt.«

Haconry heulte auf und krümmte sich auf dem Boden, aber Sherrod nickte. Sein unsteter Blick begegnete ungefähr dem Dubrics. »Ja, das habe ich.«

»Wer hat entschieden, Jak, dem Zimmermann, die Verbrechen in die Schuhe zu schieben?«

»Das … das weiß ich nicht. Ich habe die Nachricht erhalten, dass ich zur Straße gehen soll, und dort fand ich ihn. Er lag bereits gefesselt neben dem toten Jungen auf dem Karren.«

»Wer hat die Nachricht überbracht?«

»Das weiß ich auch nicht. Sie lag hier auf meinem Schreibtisch, als ich eintraf.«

»Wer hat den Jungen auf dem Karren getötet?«

Sherrod zögerte und presste die Lider zusammen, während Haconrys Toben immer wilder wurde. »Sie werden mich umbringen, Herr.« Er öffnete die Augen wieder und starrte Dubric an. »Nur ein Wort, und ich falle tot um. Bitte, ich flehe Euch an.«

»Herr, ich denke, dass solltet Ihr Euch ansehen«, meldete sich Dien zu Wort.

Dubric drehte sich um. Haconry lag auf dem Boden und wurde von Krämpfen geschüttelt. Himbeerfarbiger Glibber sickerte aus seinen Ohren und Nasenlöchern, ergoss sich in grellen Rinnsalen auf den schwarzen Schieferboden. Mul warf den Kopf zurück und heulte auf. Auch aus seinen Ohren und seiner Nase trat diese Flüssigkeit aus. Sämtliche Geister starrten mit entsetzten Mienen auf die Brühe. Eagon riss voll Grauen an seinem Gesicht, und Braoin versuchte brüllend, Calum wegzuziehen.

»Seht Ihr?«, flüsterte Sherrod. »Sie beobachten uns, und ich bin bereits tot.«

Dubric schluckte den säuerlichen Geschmack im Mund hinunter. Auch nach fünfzig Sommern hatte er nicht vergessen, auf welch grässliche Weise ein Schattenjünger starb oder wie der widerliche Muskatgestank seines Todes roch. »Du hast dich mit einem dunklen Magier eingelassen?«, fragte er und drehte sich um.

Sherrod nickte und wischte sich mit zittriger Hand über die Nase. Eine schmale, schillernd rote Linie zog sich über seinen

Finger. Entsetzt starrte er sie an. Während Dubric hinsah, brach auf Sherrods Stirn ein weiterer Schlitz auf, aus dem rote Flüssigkeit auf seine Augen zurann.

»Schnell!«, stieß Dubric hervor und ließ die Faust auf Sherrods Schreibtisch niedersausen. »Wer ist der Magier? Wer ist verantwortlich für all das?«

Sherrod schüttelte den Kopf, als sich die Linie auf seiner Stirn zu den Ohren hin ausweitete. »Ich kann es nicht sagen.«

Dubric schaute zu Dien. »Hol Jak und jegliche anderen Gefangenen. Schaff sie hier raus.« Jäh schnellte seine Aufmerksamkeit zu Dwyer. An ihm war keine rote Flüssigkeit zu sehen. »Bring ihn auch weg.«

»Ja, Herr«, gab Dien zurück und setzte sich in Richtung des hinteren Ganges in Bewegung.

Sherrods Stirn rutschte nach unten, bis sie über die Augenbrauen hing. Das verflüssigte Gewebe zuckte, dann löste es sich und fiel auf Sherrods Schoß.

»Hör mir zu«, sagte Dubric und beugte sich über den Schreibtisch. »Ich kann nichts tun, um dir zu helfen, aber es müssen keine weiteren unschuldigen Jungen sterben. Ich brauche deine Hilfe, um sie zu retten. Wer tötet sie?«

Sherrod wiegte sich vor und zurück, schlug dabei mit dem Kopf gegen die Wand und hinterließ eine rote, schleimige Schliere. Seine Hände ballten sich zu Fäusten und hämmerten auf die Oberschenkel. »Ich kann nicht. Ich werde sterben.«

»Du bist bereits tot«, hielt ihm Dubric vor Augen. »Der Magier hat sein Recht von dir eingefordert. Bitte hilf mir, bevor weitere Jungen sterben.«

In Sherrods Kehle setzte ein rollendes, flüssiges Gurgeln ein, und der Fleck an der Wand wuchs. »Das haben sie mir nicht gesagt, sie haben es niemandem gesagt. Aber er entfärbt sie.«

»Wie meinst du das?«, fragte Dubric und zuckte zusammen, als Sherrods linkes Auge zerplatzte.

»Er entfärbt sie«, wiederholte Sherrod stöhnend. »Er entfärbt sie, um den Faden zu färben.«

Damit kippte Sherrods Gesicht nach vorn. Flüssigkeit spritzte von seinem Kopf, als er auf den Schreibtisch knallte, und die Hände hörten zu hämmern auf.

Kapitel 24

Die Abenddämmerung war angebrochen, als Dubric und Dien den Pfad zu Devyns Gehöft erreichten. Sie waren erschöpft, dreckig, mit rot schillerndem Glibber befleckt und stanken nach ranzigem Muskat. Dubric wollte nur noch ein kaltes Bier und ein heißes Bad – vorzugsweise gleichzeitig –, aber er hatte noch einen Ritt von zwei Glocken zu Maeve vor sich. Außerdem bezweifelte er, dass Maeve Bier zu Hause haben würde, ob kalt oder warm. Oder dass er Schlaf würde finden können. *Wo ist Otlee? Wie soll ich ihn finden, wenn all meine Zeugen tot sind?*

Er streckte sich und folgte Dien in der Absicht zur Veranda, draußen zu bleiben.

Sarea schaute auf, als sich die Tür öffnete, und wankte weinend auf Dien zu. Die Mädchen saßen schniefend am Tisch, und Stuarts Geist erhob sich von einem Stuhl in der Ecke. Irgendwo im Haus hörte Dubric den Säugling schreien.

»Wo ist Lars?«, fragte Dien und schob Sarea von sich, um ihr ins Gesicht zu blicken. »Welches der Mädchen ist verletzt? Was bei den sieben Höllen ist passiert?«

»Jess geht es gut, und Lars ist in der Scheune«, sagte Sarea und tupfte sich die Augen ab. »Mit Braoin.«

»Braoin? Wie bei den sieben Höllen …«, setzte Dien an, aber Dubric wartete nicht auf den Rest. Stattdessen machte er kehrt, sprang von der Veranda und rannte zur Scheune.

Mit wild hämmerndem Herz öffnete Dubric die Tür. Lars kauerte auf der Seitenwand eines Abteils neben einer Laterne. Schlamm verschmierte seine Kleidung, und er starrte auf das hinab, was sich in dem Abteil befand. Er schaute nicht auf, als sich Dubric näherte.

»Geht es dir gut?«, frage der Kastellan.

»Ja, Herr«, antwortete Lars, den Blick immer noch starr nach unten gerichtet. »Aber ich habe Otlee nicht gefunden. Ich habe versagt. Seht Ihr immer noch Geister? Habe ich wenigstens den Mörder getötet?«

»Bis auf einen sind meine Geister noch da. Was ist passiert?«

Lars holte zittrig Luft. »Eure Geister haben eine bestimmte Reichweite, Herr. Laut der Karte ungefähr fünf Meilen. Jess und Fyn haben die Kennzeichnungen gesehen, die Otlee dort gemacht hat, wo Ihr den Geistern begegnet seid und wo Ihr sie verloren habt. Danach war es recht einfach, herauszufinden, woher sie kamen, woher sie stammten oder wo sie getötet wurden. Wie auch immer man es beschreiben will.«

Er schluckte und holte tief Luft. »Also habe ich mich in der Hoffnung aufgemacht, Otlee entlang des Flusses zu finden. Stattdessen habe ich Braoin gefunden, aber ich vermute, das wisst Ihr bereits.«

Dubric hörte hinter sich eine Bewegung und hob die Hand, um Dien zu bremsen. Der hünenhafte Mann sah aus, als wäre er bereit, Schädel einzuschlagen.

Lars kaute auf der Unterlippe. Sein Blick löste sich nicht einen Augenblick von dem Abteil. »Dort habe ich Flann erwischt. Er war einer der Burschen, die das Scheunendach erneuert haben, und er hatte Jess angegriffen und einen Streit mit mir angezettelt. Flann hatte Braoins Leiche gerade dort abgelegt, und ich wollte ihn verhören. Wir haben gekämpft, und er ist dabei gestorben. Es war ein Versehen, das schwöre ich.«

Ihm stockte der Atem. »Ich hoffe, Ihr könnt mir verzeihen, Herr, und ich hoffe, Otlee kann mir auch verzeihen.«

»Es gibt nichts zu verzeihen«, erwiderte Dubric.

»Doch, gibt es. Wenn Otlee stirbt, ist es meine Schuld.« Einen Herzschlag lang verstummte Lars, dann fügte er hinzu: »Ich habe gehört, dass Braoin ein Künstler war. Dass er sich verlobt hatte und ein anständiger Bursche gewesen sein muss. Seit ich hier angekommen bin, haben die Mädchen und Sarea nichts als nette Worte über ihn gesagt. Und dennoch … ist das da passiert.« Seine Schultern sackten herab. »Was kann jemand denn getan haben, um so etwas zu verdienen? Und warum habe ich Otlee nicht gefunden, als ich die Möglichkeit hatte? Warum? Flann hat es gewusst, verdammt noch mal, aber er wollte es mir nicht sagen.«

»Manchmal passieren schlimme Dinge, und wir können nichts dagegen tun«, beruhigte Dubric den Pagen. »In diese Angelegenheit sind so viele Leute verstrickt. Das ist kein einfacher Mord. Sei du dankbar, dass du noch am Leben bist.«

»Ich habe Otlees Aufzeichnungen gelesen, und sie werden dem nicht gerecht. Ich habe schon früher Morde gesehen, Herr, aber das … Das hier sind völlig neue Ausmaße von Abartigkeit. Ich habe alle im Haus bleiben lassen, während ich die Bestandsaufnahme der Verletzungen und Beweise vorgenommen habe. Bei der Göttin, ich hoffe, Otlee …« Mit Tränen in den Augen schaute Lars letztlich zu Dubric hinüber und sprang von der Seitenwand ins Abteil hinab.

Dubric trat vor den Eingang, Dien folgte ihm. Lars wischte sich mit dem Handrücken über die Augen, dann schlug er sein Notizbuch auf. »Ich habe ihn am Flussufer westlich von Wittrup um ungefähr zwei Glocken am Nachmittag gefunden. Ich schätze, dass er dem Wasser weniger als eine Viertelglocke ausgesetzt war. Der Mörder war noch in der Gegend, als ich ihn fand, und ich bin danach unverzüglich an den Fundort zurückgekehrt. Sarea hat bestätigt, dass es sich beim Leichnam um Braoin Duncannon handelt. Den Mädchen habe ich nicht erlaubt, ihn sich anzusehen.«

»Ich wünschte, du hättest es meiner Frau auch nicht erlaubt«, murmelte Dien.

»Ich auch«, sagte Lars und nickte, als er Dien anschaute. »Aber ich wollte sicher sein, dass ich denjenigen entdeckt hatte, nachdem wir suchten.«

Braoins nackter Körper war übersät mit blauen Flecken, Blut und verschiedenen Schnitten. Aus seiner geschundenen Seite ragte ein scharfkantiger Teil einer Rippe. Seine linke Brusthälfte, die Oberschenkel, der Hodensack und der Penis waren völlig zerfetzt, von geronnenem Blut und Fliegen bedeckt. In die Haut am Bauch hatte jemand blutlose, gekräuselte Linien geritzt, und einige seiner Finger fehlten. Die Wangen waren auseinandergeschnitten und anschließend grob wieder zusammengenäht worden, wodurch sich der Mund grotesk runzelte. Fesselungsmale zogen sich über seinen Hals, die Lider hingen schlaff über leeren Augenhöhlen. Ein weißer Film verkrustete seinen Mund, seine Wangen und seine Brust und war bis in die Augenhöhlen gedrungen. An einem Ohrläppchen hing eine alte Wäscheklammer; das andere Ohr war halb abgerissen, verworren in einem Knäuel schwarzen Fadens, der aus seiner Schläfe hing. Die Nase war abgeschnitten worden und lag neben dem Kopf. Der tote Körper stank nach Fäulnis und altem Sperma.

Als Dubric das Abteil betrat und sich neben den Leichnam kniete, räusperte sich Lars. »Ich habe den Verstorbenen so gelassen, wie er war, als ich ihn ausgewickelt habe. Die Nase hat ursprünglich im Mund gesteckt, ist aber während des Transports herausgefallen. Das Messer steckt noch.«

»Messer? Welches Messer?«, fragte Dien der sich neben Dubric auf die Decke kniete. Beide Männer schluckten und schauten zu Lars auf.

»Das in seinem Anus«, erwiderte Lars. Seine Hand zitterte, als er eine Seite in seinem Notizbuch umblätterte. »Zumindest glaube ich, dass es ein Messer ist. Der Griff ragt etwa eine Fingerbreite heraus.«

Dien fuhr sich mit den Fingern durch die Haare und murmelte einen Fluch.

Dubric fasste in seine Tasche und zog das zusätzliche Paar Handschuhe hervor, das er von Piras bekommen hatte. Behutsam öffnete er Braoins Mund und stellte fest, dass die Vorderzähne gewaltsam entfernt worden waren. Zurückgeblieben waren bloß klaffende, verkrustete Sockel. Der Mund enthielt noch eine üppige Menge eines dicken, übel riechenden Schleims.

Lars hustete und begann vorzulesen. »Der Verstorbene wurde mit dem Gesicht nach unten in feuchtem Flusslehm gefunden. Er lag auf dem linken Arm, der rechte hingegen trieb im Wasser. Ich vermute, das Wasser hat Blut und Sperma von der Vorderseite jenes Arms und von der rechten Brusthälfte geschwemmt, weil sie sauberer als der Rest des Körpers sind. Größe: fünf Längen, neun Finger. Braune Haare, Augenfarbe nicht bestimmbar, eine alte Narbe links des Rückgrats über der zehnten Rippe. Gebrochenes Handgelenk. Farbflecken an beiden Händen, am linken Schlüsselbein und unter den Fingernägeln. Keine sonstigen augenscheinlichen Erkennungsmerkmale, keine Kampf- oder Selbstverteidigungswunden. Fleischwunden an den Geschlechtsteilen, an den Oberschenkeln, an der Brust und im Analbereich haben stark geblutet. Vermutlich sind sie vor dem Eintritt des Todes entstanden, was auch für das Entfernen und teilweise Abtrennen von mehreren Fingern gilt. Etliche Verletzungen weisen ausgeprägte Schorfbildung auf. Etwas schwarze Schnur vom Würgen und von den Fesseln ist noch übrig. Sie ist ausgefranst, wahrscheinlich, weil sie mit einem stumpfen Messer durchgeschnitten wurde. Ähnliche Schnüre fand ich auf dem Gehöft in der Nähe des Fundorts, wo sie von Balken hingen.«

Lars verstummte und starrte Dubric an. »Wie lange war er verschwunden, bevor er gestorben ist?«

Dubric lehnte sich zurück. »Vier Tage, soweit ich weiß.«

»Er hat das vier Tage lang ertragen?«, flüsterte Dien.

Dubric nickte und schluckte den säuerlichen Geschmack von Abscheu hinunter. *Ich hätte mehr tun müssen, um das aufzuhal-*

ten. Irgendwie. Ich hätte nicht zulassen dürfen, dass es geschieht. Und Otlee ist immer noch verschwunden.

»Er war zäh«, meinte Lars und sank auf die Knie. »Und er hat nicht verdient, so zu sterben. Otlee auch nicht.« Er verstummte, dann sah er die beiden Männer an. »Bestraft mich, wenn Ihr müsst. Verdammt, entlasst mich meinetwegen. Ist mir egal. Ich bin froh, dass ich ihn gefunden habe. Jemand musste es tun, bevor all die Einzelheiten an die Fische verloren gegangen oder verwest wären. Jemand muss ihn rächen – ihn und die anderen, die vor ihm starben. Jemand muss Otlee finden. Dieser Wahnsinn wird enden, und wenn ich den Mistkerl höchstpersönlich bis ans Ende der bekannten Lande und in die Tiefen des Untergrunds jagen muss. Ich werde ihm mein gesamtes verfluchtes Schwert in den Arsch rammen, wenn er Otlee nur die Hälfte von dem hier angetan hat.«

Sein Blick fiel auf Dien, dem er mit einer Entschlossenheit in die Augen starrte, die Dubric mit Stolz erfüllte. »Bei Tagesanbruch mache ich mich auf die Suche nach ihm, ob es dir passt oder nicht, und ich werde ihn fassen und töten. Du kannst mir entweder dabei helfen, oder du kannst mir aus dem Weg gehen.«

»Du musst hierbleiben, Kleiner, wo es sicher ist. Dubric und ich können ihn finden.«

Lars blinzelte weder, noch erhob er die Stimme. »Nein. Ich bin kein Kind mehr, und du kannst nichts tun, um mich auf diesem Gehöft versteckt zu halten. Ich gehe. Mit deiner Zustimmung oder ohne sie.«

Dien setzte dazu an, etwas zu entgegnen, dann jedoch schloss er den Mund wieder. Schließlich nickte er und blies den Atem zittrig aus. »Na schön. Du kannst mitkommen. Sofern du bereit bist, wenn es Zeit zum Aufbrechen ist.« Abermals nickte er, diesmal mit mehr Überzeugung, und er klopfte Lars auf den Rücken. »Schön, einen weiteren Mann im Gespann zu haben.«

Dubric blätterte im Notizbuch zu seinen persönlichen Anmerkungen auf den hinteren Seiten. Ganz oben fügte er eine Erinnerung hinzu, Lars zum Knappen zu befördern, sobald sie wieder zu Hause wären. Danach kehrte er zur Mitte des Notizbuches zurück, schlug die erste freie Seite auf und begann, seine Beobachtungen bei Braoins Leichenbeschau aufzuschreiben.

Zuerst untersuchten sie die Wäscheklammer und lösten sie vorsichtig von Braoins Ohr. Eine kleine, rostige Feder in der Nähe der Mitte sorgte dafür, dass sie in geschlossenem Zustand fest zusammengedrückt blieb. Dubric entdeckte auf der Oberfläche des Holzes nirgendwo Blut, aber sie war fleckig und mit dunklem Dreck bespritzt. Neugierig öffnete und schloss er sie mehrmals. Dabei fragte er sich, wer in den Weiten eine solch neuartige Wäscheklammer erst kaufen und dann wegwerfen würde. Bei den meisten Wäscheklammern handelte es sich lediglich um U-förmig geschnitzte Holzstücke. Solche mit einem Scharnier hatte er erst ein- oder zweimal in seinem gesamten Leben zu Gesicht bekommen.

Er hielt die Klammer ins Licht, um sie eingehender zu betrachten, und öffnete sie erneut, um ins Innere zu spähen. Etwas hatte sich in der Feder verfangen. »Lars, ich habe eine Pinzette in meinen Satteltaschen. Hol sie und ein sauberes weißes Tuch.«

»Ja, Herr«, erwiderte der Page und verließ das Abteil im Laufschritt.

Jess saß mit dem Kopf in den Händen auf den Verandastufen und starrte zur Scheune. Alles hatte sich als wahr erwiesen. Braoin war tot, ermordet von einem kranken, wahnsinnigen Mann. Einem Mann, der immer noch Otlee in seiner Gewalt hatte. Aber sie setzte Vertrauen in ihren Vater, in Dubric und in Lars. Sie würden ihn fassen und bezahlen lassen.

Das Scheunentor flog auf. Neugierig richtete sich Jess auf, dann lächelte sie, als sie Lars erblickte. Sie stand auf und strich ihren Rock glatt, als er zu den Pferden hinüberrannte. »Kommt ihr voran?«

»Ein wenig. Hoffe ich.« Er erreichte Dubrics Pferd und kramte in den Satteltaschen.

Jess zögerte, bevor sie zu ihm hinging. »Wie übel ist er zugerichtet?«

»Grauenhaft.« Lars unterbrach seine Suche, um ihr den Kopf zuzudrehen und sie anzusehen. »Gebrochene Knochen, Stichwunden, fehlende Zähne. Er gleicht einem Wrack, Jess. Tut mir leid.«

Sie nickte und schaute auf ihre Hände. »Mir tut's auch leid.«

Lars setzte seine Suche fort. Jess blieb in seiner Nähe. Unruhig und widerwillig, zurück zum Haus zu gehen, sagte sie: »Da wir gerade von Zähnen reden, ich habe heute einen in deiner Hosentasche gefunden. Eigenartig, was?«

Er drehte sich erneut um. Diesmal starrte er sie mit einem besorgten Ausdruck im Gesicht an. »Bei der Göttin, den hatte ich völlig vergessen. Hast du ihn noch?«

»Ja, er ist in der Schale bei all dem anderen Hosentaschenallerlei. Stimmt etwas nicht? Es ist doch nur ein Hundezahn.«

»Es ist ein menschlicher Zahn«, berichtigte er sie mit leiser Stimme. »Ich habe ihn vor einigen Tagen in der Scheune deines Großvaters gefunden.«

Sie wollte ihn gerade fragen, wie ein menschlicher Zahn in die Scheune ihres Großvaters gekommen sein könnte, aber er fasste sie an den Schultern, bevor sie das Wort ergreifen konnte. »Kannst du ihn holen? Bitte. Er könnte wichtig sein!«

Jess wich zurück und fürchtete, sich vielleicht übergeben zu müssen. »Sicher. Ich bin gleich zurück.«

»Jess? Was ist denn?«, fragte ihre Mutter, als sie ins Haus rannte.

»Der Zahn«, erwiderte Jess und schaute zu Fyn. »Lars braucht ihn.«

»Ein Zahn?«, meldete sich Lissea zu Wort. Sie hielt dabei inne, die kleine Cailin zu wiegen, als Jess die Schranktür öffnete.

Kia kam aus ihrem Zimmer stolziert. »Irgendjemand hat schon wieder mein Duftwasser stibitzt, und was für ein Zahn?«

»Bloß einer aus Lars' Tasche«, sagte Fyn. »Nichts weiter.«

Jess fand die Schale und kramte darin herum. Dabei weigerte sie sich, daran zu denken, dass sie womöglich nach einem Teil eines Menschen suchte. *Es ist bestimmt bloß ein Hundezahn.*

»Warum braucht er ihn jetzt sofort?«, wollte Lissea wissen. Sie stand auf und tätschelte den Rücken des Säuglings.

Da ist er! Fast am Boden der Schale sah sie unter Zwirn, Münzen und einem kleinen Holzfigürchen etwas Weißes aufblitzen. Sie ergriff es, verbarg es in der Faust und wandte sich der Tür zu. Der Zahn fühlte sich heiß und sonderbar lebendig an. Jess drehte sich der Magen um. *Denk nicht daran, von wo das Ding stammen oder wem es gehört haben könnte. Bring es einfach zu Lars.*

»Das gefällt mir nicht«, tat Lissea kund und bedachte sowohl Jess als auch Sarea mit einem entsetzten Blick. »Der Junge trägt *Zähne* mit sich herum? In der Hosentasche?«

»Es ist in Ordnung, Mutter«, sagte Sarea in einem Tonfall, als hätte sie dasselbe schon Tausende Male beteuert. »Hör auf, dir Sorgen zu machen.«

Den Rest des Wortwechsels bekam Jess nicht mehr mit. Lars wartete am Fuß der Verandatreppe auf sie, und sie ließ den Zahn auf seine Handfläche fallen. Er lächelte sie an und nickte zum Dank, dann drehte er sich um und rannte zur Scheune. Als Jess den Atem ausstieß und zum Haus zurückkehrte, zankten Mutter und ihre Großmutter immer noch.

»Was hat so lange gedauert?«, fragte Dien, als Lars durch die Tür des Abteils kam.

»Das hier hatte ich völlig vergessen«, antwortete der Page und öffnete die Hand. »Jess hat es mir gerade geholt.«

Dubric nahm erst die Pinzette von Lars' Handfläche, dann den Zahn. »Wo hast du den gefunden?«

»Hier in der Scheune. Er hat vor ein paar Tagen in Sopheys Hufeisen gesteckt.«

Dubric betrachtete den Zahn, rollte ihn zwischen den Fingern hin und her. »Und vorher bist du mit ihr nirgendwo gewesen?«

»Nein, Herr. Ich glaube, Soph hat an dem Morgen gelahmt, nachdem wir diesem Mann … Foiche … auf der Straße begegnet waren. Seit ihrer Ankunft hatte ich sie nirgendwo geritten, nicht einmal über den Scheunenhof.«

»Einer der Arbeiter könnte ihn verloren haben«, schlug Dien vor.

»Vielleicht«, meinte Dubric, »aber wer würde einen vollkommen gesunden Zahn wegwerfen, geschweige denn ziehen?«

Alle drei schauten die Leiche vor ihren Füßen an. »Das wird ja immer besser und besser«, brummte Dien und fuhr sich mit den Fingern über den Kopf.

»Das kann man wohl sagen«, pflichtete Dubric ihm bei. Mit zusammengekniffenen Augen öffnete er die Wäscheklammer, fasste mit der Pinzette in den Sitz der Feder und entfernte behutsam das Hindernis darin. »Und was haben wir hier?«, sagte er und hielt einen geknickten, gekräuselten Faden ins Licht.

Lars streckte Dubric ein weißes Taschentuch entgegen, und Dubric legte den Faden darauf ab. Er war etwa so lang wie zwei Glieder von Dubrics Zeigefinger, wies mehrere willkürliche Knicke in verschiedene Richtungen auf und drohte, vom Tuch geweht zu werden.

»Das ist nicht derselbe Faden«, stellte Dien fest. »Er ist zu steif. Und er ist grau, nicht schwarz.«

Lars spürte, wie ihm Hitze in die Wangen stieg. Er räusperte sich, dann sagte er: »Das ist ein Schamhaar.«

Dubric lächelte. »Ich glaube, der Junge hat recht.«

Dien beugte sich näher, kniff die Augen zusammen und nickte.

»Da brat mir einer 'nen Storch. Wie kommt das denn an Braoins Ohr?«

»Oder in eine Wäscheklammer?«, ergänzte Lars. »Bei der Menge an Sperma, die wir an ihm gefunden haben, leuchtet mir ein, dass unser Mörder ein paar Haare hinterlassen hat. Aber *in* einer Wäscheklammer? Was hat er gemacht? Sie an seinen Penis oder seine Nüsse geklemmt?«

Dien und Dubric sahen einander an und zuckten mit den Schultern. »Scheint mir genauso wahrscheinlich zu sein wie jede andere Erklärung«, sagte Dien schließlich.

Lars verzog das Gesicht und hielt Dubric das Tuch entgegen. »Das ist durch und durch eklig.«

Dien schauderte. »Und mit Sicherheit ziemlich schmerzhaft.«

»Hoffen wir, dass wir nie selbst die Erfahrung machen.« Dubric hob das Haar erneut an und drehte es im Licht. »Du hast recht, was die Farbe angeht. Das ist eindeutig Grau. Das hier ist kein junger Mann.«

Dien spuckte in eine Ecke. »Ich hab Euch das schon mal gesagt, Herr. Er ist kein Mann. Er ist eine wahnsinnige Ausgeburt der sieben Höllen.«

»Stuart?«, ertönte ein Flüstern, und Lars spürte heißen Atem im Genick.

Lars drehte sich um und erblickte Devyn, der sich streckte, um über die Wand des Abteils zu spähen. »Ihr dürft nicht hier sein«, teilte er dem alten Mann mit. »Das ist eine offizielle Untersuchung. Und geheim.«

Devyn hob einen knorrigen Finger an die Lippen. »Pst, Stuart. Unser Geheimnis.« Grinsend tätschelte er Lars die Wange. »Kaninchendreck und Wespenstich, du bist ein guter Junge, Stuart. Braoin hat das Waldfüllen gesehen, aber nicht du.«

»›Wahnsinnig‹ muss wohl sein Stichwort gewesen sein«, murmelte Dien bei sich und stapfte aus dem Abteil. »Nicht jetzt, Dev. Nicht heute Nacht.«

»Nein!«, rief Dev, krallte sich an der Wand fest und streckte sich nach Lars. »Kaninchendreck und Wespenstich! Geheimnisse! Die werden sehen! Stuart!«

»Niemand sieht irgendetwas«, entgegnete Dien und schleifte seinen Schwiegervater aus der Scheune.

Lars holte tief Luft, bevor er sich wieder Dubric zudrehte, und er zuckte zusammen, als das Scheunentor geräuschvoll hinter Dien zufiel. »Tut mir leid, Herr«, sagte er. »Devyn scheint mich für seinen toten Sohn zu halten.«

Dubric runzelte die Stirn. Sein Blick schwenkte an Lars vorbei zur Ecke des Abteils. »Ein verständlicher Irrtum. Eine gewisse Ähnlichkeit ist schon vorhanden.«

»Ihr seht seinen Geist? Immer noch? Nach all der Zeit?«

Dubric nickte und steckte das Schamhaar in sein Notizbuch. »Ich fürchte, ja, und er steht mit diesem Schlamassel irgendwie in Verbindung.« Damit packte er das Notizbuch weg und widmete sich wieder dem Zahn. »Und jetzt lass mich mal deine Zähne sehen. Ich verstehe so gut wie nichts von Zahnkunde, aber ich muss feststellen, wo dieser hier hingehört hat.«

Lars ließ Dubric seinen Kopf ins Licht neigen. »Oben, der zweite von links«, murmelte der alte Kastellan, bevor er den Pagen losließ.

Dubric kniete sich neben Braoins Leichnam und zog den Dolch aus der Scheide an seiner Hüfte. Ein schneller Schnitt durchtrennte die groben Nähte an den Wangen des Toten, dann legte Dubric Braoins Kopf in den Nacken und öffnete den Mund.

Dien kehrte zurück, betrat mit finsterer Miene das Abteil und hielt inne, um zu beobachten, wie Dubric an Braoins Oberkiefer entlangtastete. »Und?«

Dubric lehnte sich zurück. »Nachdem das Zahnfleisch erst etwas Widerstand geleistet hat, ließ er sich mühelos reinschieben. Ich kann es nicht mit Sicherheit sagen, aber ich glaube, wir haben eine Übereinstimmung.«

Lars trat einen Schritt zurück, während Dien brummte und sich den Kopf rieb. »Wie ist das möglich?«

Dubric schüttelte den Kopf. »Keine Ahnung.«

»Vielleicht hat Flann ihn auf dem Hof fallengelassen«, schlug Lars vor. »Oder er ist ihm beim Zimmern durch ein Loch im Dach geplumpst.«

Dien schaute hoch. »Ja, könnte ich mir vorstellen. Verdammt, es ist ein langer Tag gewesen.«

Dubric stimmte ihm zu. »Und wir haben immer noch so viel zu tun.«

Sie arbeiteten bis tief in die Nacht hinein, zählten und verzeichneten jeden blauen Fleck, jede Stich- und Fleischwunde, notierten die gebrochenen Rippen, das verletzte Handgelenk und die ausgerenkte Hüfte, fertigten eine Skizze der Lage jedes Fleckchens von Spermarückständen, Erbrochenem oder Blut an und sprachen über die vermutliche Dauer von Braoins Folterung. Zuletzt untersuchten sie das Messer.

Es erwies sich als überaus scharf und war fast so lang wie Lars' Unterarm. An dem alten, abgewetzten Holzgriff legten vielfältige Kerben und Kratzer Zeugnis von vielen Sommern der Verwendung ab, und die Klinge war zu einer papierdünnen Schneide ausgeschliffen. Lars vermutete, dass es in fast jeder Küche im Land ein ähnliches Werkzeug zum Ausweiden von Wild oder Vieh gab. Er wickelte das Messer sorgsam in ein Stück einer Decke, bevor er es beiseitelegte.

Lars gähnte und blinzelte, um wach zu bleiben. Als sie die Untersuchung endlich beendeten, schleppte er sich erschöpft ins Bett.

Die Vettel öffnete die Augen. Jemand befand sich im Haus. »Der vermaledeite Byr«, flüsterte sie. Ihre Hand wanderte unter das dünne Kissen, die Finger legten sich um ein Messer. Nur mit ihrem blutfleckigen Nachthemd bekleidet glitt sie aus dem Bett.

Schaudernd machte sie erst einen langsamen Schritt, dann noch einen. Sie sah zwar niemanden, aber sie hörte jemanden atmen. Einen Mann.

Ein Grunzen und ein Winseln, dann schwang die Kellertür auf. Ihr närrischer Sohn kam splitternackt herauf. »Hübscher Färber.«

»Der ist nicht für dich«, sagte sie und warf das Messer beiseite. »Zieh los und such dir einen eigenen.«

»Kann ich nicht«, gab er zurück. »Flann ist tot, umgebracht vom Schoßtierchen des Byrs, drüben bei meinem Haus, und er hat den letzten Färber gefunden und mitgenommen.«

»Du hast eines der Schoßtierchen des Byrs den auserwählten Foiche töten lassen? Und hast zugelassen, dass er einen Färber zu sehen bekommt? Hast du jetzt endgültig den Verstand verloren?«

»Er war zu wachsam und blieb auf offenem Gelände. Es bestand keine Möglichkeit, sich an ihn anzuschleichen.«

Verärgert lief sie auf und ab. »Der Byr sieht alles, und jetzt hat er auch noch einen frischen Färber? Er hat sich schon Haconry und Mul geholt. Er wird uns finden, und wofür? Foiche ist frei, aber wir können ihn nirgends unterbringen! Du hättest das Schoßtierchen des Byrs fangen und zum Färben hernehmen sollen.«

»Er war bewaffnet, ein Mörder. Und er ist Hargroves Sohn.«

Unvermittelt blieb sie stehen. »Hargrove? Bist du sicher?«

»Ja, Mama, ich bin ganz sicher.«

Sie grinste und trat einen Schritt zurück. »Darüber muss ich nachdenken. Um zu entscheiden, was wir tun. Denk nur, welche Macht es für Foiche verhieße, wenn wir einen jungen Adeligen in die Finger bekämen.«

»Mama?«

»Geh schon, geh«, sagte sie und schnippte mit den Fingern in die Richtung der offenen Kellertür. »Spiel mit ihm, so viel du willst. Aber bring ihn nicht um. Er wird nicht zum Färben verwendet.«

Der Mann eilte zur offenen Tür. »Ja, Mama. Ganz wie du meinst.«

Sie kletterte zurück ins Bett und starrte an die Decke. *Der Junge könnte sich als Gefäß eignen. Ich könnte den Byr schlagen. Meine Rache bekommen. Sein adeliges Schoßtierchen Foiche überlassen.*

Schreie erschütterten den Boden, und sie schlief lächelnd ein.

Kapitel 25

Lars erwachte früh, deutlich vor Sonnenaufgang, geweckt von dem vertrauten Grollen von Diens Schnarchen. Sie würden ihn nicht zurücklassen, nicht dieses Mal, Nicht, solange sie ihn nicht an den Grundmauern des Hauses festbanden.

Er wusch sich und zog sich an, polierte im Licht einer einzelnen Kerze sogar sein Schwert und ließ sich anschließend nieder, um zu warten.

Die Zeit zog sich träge hin.

Gähnend griff er in der Absicht nach Otlees Bündel, weiter in dessen Tagebuch zu lesen, doch der Ranzen erwies sich als gefüllt mit Scheren, Leim, Hutresten und dem Holzbrett mit dem Gemälde von Devyns Sohn.

»Was soll das denn?«, murmelte er und durchsuchte das unordentliche Durcheinander ohne Erfolg. »Wie kommt all das Zeug da rein? Ich hab Otlees Tagebuch doch noch gestern Nacht darin verstaut, bevor ich zu Bett gegangen bin.«

Jemand betrat den Gang – nicht Dien, denn dessen Schnarchen hatte nicht aufgehört –, und Lars schaute auf. Er hörte ein Knarzen, ein Kichern, dann rollte Alys Wagen auf drei Rädern in die Küche und krachte gegen ein Tischbein.

»Aly?«, fragte er und stand auf. Niemand antwortete. Eine Bewegung zu seiner Linken. Ein kleiner Spiegel stand auf dem Kaminsims, und sein Spiegelbild starrte ihn verängstigt blinzelnd an. Lars wandte den Blick davon ab.

Er schluckte und trat mit der Kerze in der Hand einen Schritt auf den Gang zu. Der Wagen setzte vom Tisch zurück und krachte erneut dagegen. Und noch einmal. Dann verharrte er reglos.

Eine schwere Hand landete auf seiner Schulter, und Lars hätte um ein Haar laut aufgeschrien. »Stuart ist hier, um beim Verkaufen der Hüte zu helfen«, sagte Devyn. Er streckte Lars Otlees Notizbuch entgegen. Es war schlammig und feucht. Dev grinste. Mit jedem Atemzug entwich eine widerliche Wolke metallischen Geruchs aus seinem Mund.

»Das gehört Otlee, nicht mir«, sagte Lars und nahm es von ihm entgegen. »Und ich helfe heute nicht beim Hüteverkaufen.«

Devs Lächeln wurde breiter. »Nicht *du*«, erwiderte er und zeigte auf den beschädigten Wagen. »Stuart.« Er kniete sich hin und breitete die Arme aus. »Stuart!«

Der Wagen schlitterte über den Boden, und eine tiefe, harsche Kälte strich durch Lars, stieß ihn beinah beiseite. Kopfschüttelnd wich er zurück. *Stuarts Geist ist tatsächlich hier? Göttin, wie verrückt ist Dev eigentlich wirklich? Versucht er vielleicht bloß, einem Geist ein Vater zu sein?*

Dev umarmte die Luft, dann richtete er sich wieder auf. »Bald, Stuart«, sagte er und ging zur Vordertür. »Ich hole die Hüte. Du bleibst hier.«

Devyn öffnete die Tür und trat hinaus. Sie fiel hinter ihm zu, obwohl Dev keinen Finger gerührt hatte, um sie zu schließen.

Ein leises Kichern durchbrach die eisige Stille, und Lars spürte, wie kalte Finger an seiner Kleidung zerrten.

»Kannst du reden?«, fragte er. Soweit er wusste, hatte kein einziger von Dubrics Geistern je einen Laut von sich gegeben.

Er hörte das Flüstern eines Lachens und konnte fühlen, wie ihn eine kalte Hand vorwärtszog, bis er sich vor dem Spiegel auf dem Kaminsims befand. Ein frostiges Stupsen in seinem Rücken, dann ein weiteres.

»Du willst den Spiegel?«

Eine Bewegung entfernte sich von ihm, und das Gemälde rutschte aus Otlees Ranzen. Wirbelnd drehte es sich, bis es Lars ein Gesicht zeigte, das so sehr an sein eigenes erinnerte. »Ja. Ich weiß. Wir sehen gleich aus.«

Stuart war neun gewesen, als er starb, noch ein kleines Kind. *Er sieht aus wie ich. Vielleicht will er spielen. Vielleicht kann ich irgendwie Verbindung mit ihm aufnehmen und etwas von ihm erfahren.* »Na schön«, sagte Lars und nahm den Spiegel vom Sims. »Wir können in den Spiegel schauen. Vielleicht finden wir ja dein Spiegelbild.« Er nahm auf der Sitzbank Platz, hielt den Spiegel vor sich und blickte hinein. Sein eigenes Gesicht fragte: »Kannst du dich sehen? Kannst du dich mir zeigen?«

Eine Bewegung auf der Sitzbank neben ihm, und er spürte Kälte, das Gewicht eines Kindes, das auf seinen Rücken kletterte. Er lächelte über das frostige, aber vertraute Gefühl und neigte den Spiegel. »Kannst du dich sehen?«, fragte er abermals, dann jedoch stockte ihm der Atem.

Neben seinem rechten Ohr tauchte im Spiegel ein grüner Schimmer auf, der blasse Hauch des Bildes eines kleinen Jungen mit einem Gesicht, das so sehr seinem eigenen ähnelte. Aufgeschlitzt, verheert und blutend verzog es die Miene, verfestigte sich, und das Gewicht auf seinem Rücken wurde schwerer. »Bei der Göttin, du siehst ja wirklich aus wie ich. Wir könnten Brüder sein.«

Stuart blutete aus dem Hals, und seine Wangen waren aufgeschnitten, wie bei Braoin. Ein Ohr fehlte, und auf seiner Stirn prangte ein in die Haut geritztes Diamantsymbol, von dem ihm Blut in die Augen lief.

»Was ist nur mit dir passiert?«, murmelte Lars und hob die Hand, um das Gesicht des armen Geistes zu berühren. Stuart schrie auf – ein hohes, schrilles Geheul, das Lars' Gehör gerade noch wahrnahm –, und der Geist verschwand.

Die Sitzbank verlagerte sich, als Stuart die Flucht ergriff. »Warte!«, rief Lars und legte den Spiegel beiseite. »Es tut mir leid, ich wollte dir keine Angst einjagen.« Doch jetzt fehlte jede Spur von dem Geist. Alys Wagen verharrte regungslos. *Was soll ich nun tun?*

Seine Schultern sackten herab, und er stand auf. »Stuart, es tut mir leid. Können wir es noch mal versuchen? Ich will dir helfen, will deinem Papa helfen.«

Otlees Ranzen drehte sich um und ergoss seinen gesamten Inhalt auf den Boden. Lars wirbelte herum und erblickte Jess' Buch, das auf einem kleinen Tisch in der Nähe des Schaukelstuhls lag. Erst wurde es aufgeschlagen, dann flog es an die Wand. Stuarts Gemälde schlitterte an Lars' Füßen vorbei. Der Tisch fiel um und landete auf Otlees Bündel. Lars nahm wieder auf der Sitzbank Platz und beobachtete, wie die Scheren über den Boden holperten und Otlees Tagebuch davonschlitterte. Filzstreifen flatterten durch die Luft. Weitere Dinge fielen um.

»Stuart?« Lars ließ den Blick umherwandern, doch es rührte sich nichts mehr, und er hörte nur noch Diens Schnarchen. Die Sitzbank bewegte sich. Jemand kletterte neben ihn, und als er sich drehte, bekam er ein Holzbrett mit voller Wucht mitten ins Gesicht. Er kippte rücklings von der Sitzbank, und alles wurde schwarz.

Dubric klopfte leise an, bevor er das Haus betrat, und Dien öffnete die Tür. »Pst, Herr«, sagte Dien und bedeutete Dubric, einzutreten. »Er schläft noch.«

»Wir waren ja auch ziemlich lange auf«, erwiderte Dubric und betrachtete Lars mit einem innigen Lächeln im Gesicht. Der Junge lag vollständig angekleidet da, das Gesicht der Rückenlehne der Sitzbank zugewandt. Sein Arm ruhte über den Augen. Er schlief tief und fest, während der Rest der Familie frühstückte. »Es wird ihm nicht gefallen, hiergelassen zu werden.«

»Soll ich noch mal versuchen, ihn zu wecken, Herr? Bisher hatte ich kein Glück.«

»Lass ihn schlafen.« Dubric schaute zu Sarea. »Sag ihm, wir konnten nicht länger warten. Er hat den Befehl, hier bei euch zu bleiben.«

Damit wandte sich Dubric ab und folgte Dien aus dem Haus in den Sonnenaufgang.

Sarea zuckte zusammen, als sie das Schlafzimmer ihrer Eltern betrat, um die Bettwäsche zu wechseln. In dem Raum roch es nach altem Metall, und sie hatte diesen Gestank schon immer gehasst. Aufkeimende Kopfschmerzen verstärkten ihr Unbehagen zusätzlich.

»Geht's dir gut?«, fragte Aly und sprang aufs Bett.

»Ja, Liebes«, antwortete Sarea. »Natürlich.«

Aly schien der Mief überhaupt nicht zu stören. Immerhin gab es ein Bett, auf dem sie herumhopsen konnte. »Ich hoffe, dass Lars bald aufwachen tut.«

»Du hoffst, dass Lars bald aufwachen wird«, berichtigte Sarea ihre kleine Tochter.

»Ja. Dann können wir rangeln!« Aly ließ sich auf den Hintern plumpsen, dann sprang sie wieder auf die Beine, und das Kopfteil des Bettes schlug gegen die Wand. »Ich rangle gern mit Lars. Ich gewinne immer, und es ist lustig.«

Sarea legte die Bettwäsche auf einen Stuhl. »Ich weiß, mein Schatz. Bitte hör auf damit, auf dem Bett zu hopsen, ja? Davon bekommt Mama Kopfschmerzen.«

»Na gut.« Noch einmal plumpste sie auf den Hintern, noch einmal knallte das Kopfteil gegen die Wand, dann ertönte vom Boden ein gedämpftes Klatschen. Aly hörte auf und erstarrte. Ihre Augen weiteten sich. »Ich hab nichts kaputt machen wollen!«

Sarea zuckte zusammen. Allein der Gedanke daran, sich hinzuknien, um unters Bett zu spähen und nachzuschauen, was zerbrochen war, ließ ihre Kopfschmerzen anschwellen, bis sie glaubte, ihr Schädel würde gleich platzen. Beinah hätte sie nach den Mädchen gerufen, um sie das machen zu lassen, doch stattdessen seufzte sie und sagte: »Los, komm jetzt da runter.« Dann sank sie auf die Knie.

Keine Staubklumpen, nur die Pantoffeln ihrer Mutter, ein uralter Apfelkern in der Ecke und ein Buch unter dem Kopfteil. Ein Teil des Deckels und ein paar Seiten lagen auf dem Boden, der Großteil jedoch klemmte zwischen dem Kopfteil und der Wand. Sarea versuchte, es zu erreichen. Ein jäher, stechender Krampf in der Schulter ließ sie aufschreien.

»Mama?«, fragte Aly und kniete sich neben sie.

»Alles bestens.« Sarea wich zurück, um sich neben dem Bett auf den Knien aufzurichten. Sie rieb sich die Schulter und rollte ihren schmerzenden Kopf, um die Muskeln zu lockern. »Da drunter ist ein Buch. Ich glaube, das war es, was gefallen ist.«

»Ich hol's«, bot Aly an. Sie schlängelte sich unters Bettgestell und zappelte mit den Beinen, als sie an dem Buch zog, wobei sie das Bett zum Zittern brachte. Sie kam mit einem abgewetzten alten Buch in den Händen wieder herausgekrochen. »Es ist schwer!«

»Glaub ich gern«, sagte Sarea. Das Buch war so dick, wie ihre Handfläche breit war. Es besaß einen Ledereinband und Pergamentseiten.

Aly reichte ihr das Buch verkehrt herum, und Sarea drehte es, um die Vorderseite zu betrachten. *Offizielle Aufzeichnungen* war in das Leder eingearbeitet und mit Silber verziert.

»Warum hat Dubric das hier drin gelassen?«, wollte Aly wissen.

»Dubric?«,

Aly nickte und kletterte auf den Schoß ihrer Mutter. »Ja. Es war in seinen Satteltaschen. Auf seinem Pferd. Ich hab's gesehen.«

Sarea schlug das Buch auf und erblickte Geburts- und Todeseinträge von vor dreihundert Sommern. »Bist du sicher, Schatz?«

Aly nickte. »Er hat gesagt, es sei ein ›Weißmittel‹. Was ist ein Weißmittel?«

»Beweismittel«, berichtigte Sarea ihre Tochter. »Das bedeutet, das hier ist ein Hinweis, den sie gefunden haben.« Sie blätterte weiter, beobachtete, wie Jahrhunderte verschwommen vor ihr vorüberzogen. Unzählige Menschen, die geboren worden und gestorben waren. *Was hat das denn mit den vermissten Jungen zu tun?*

»Um den bösen Mann zu finden?«

Sarea nickte abwesend, gefesselt von dem Buch. Sie erkannte einige Nachnamen, Vorfahren von Leuten, die sie gekannt hatte, als sie jung gewesen war. Eine ganze Reihe der Familien lebten immer noch in der Gegend. Die Zeit glitt unter ihren Fingern dahin, schritt unablässig weiter voran, und schließlich erblickte sie den Namen ihres Vaters:

42396: Devyn lgnatial Paerth (leb. männlich)
geb. 5-26-2210; M. Kialyrre (Janner) Paerth
*(41972); V. Hidde G. Paerth (41914); gest.*______

»Was steht denn da?«

Sarea berührte den Namen ihres Vaters. »Das ist Großpapa. Hier stehen sein Name, sein Geburtstag und die Namen seiner Eltern.«

»Bin ich da auch drin?«, wollte Aly wissen. »Ich bin ja hier gebort worden, oder?«

»Ja, bist du, also lass uns mal nachsehen.« Sarea blätterte weiter, achtete auf die Daten, und tatsächlich – Alys Name.

44226: Alyson Mira Saworth (leb. weiblich)
geb. 8-12-2258; M. Sarea (Paerth) Saworth (42871);
*V. Dien Saworth (n/a); gest.*______

Sarea las ihr die Angaben vor und deutete auf die einzelnen Teile, als sie las. »Was ist mit Kia und Fyn und Jess? Und der kleinen Cailin?«

»Fyn sollte drinstehen«, erwiderte Sarea und blätterte zurück. »Sie kam zu früh.«

»Bin ich auch zu früh gekommen?«

Sarea lächelte. »Nein, Krümelchen. Du bist genau richtig gekommen. Großpapa war damals krank, und ich musste aushelfen. Ich war länger als beabsichtigt hier, und du bist auf die Welt gekommen, bevor ich nach Hause reisen konnte.«

Sie fand Fyns Namen und las Aly den Eintrag vor.

»Was ist mit dir? Wo ist dein Name?«

Weiter zurück zu Eintragsnummer 42871. Sarea hielt inne. Ihre Sicht verschwamm.

42871: Sarea Lyrre Paerth (leb. weiblich)
geb. 2–31–2229; M. Celeste (Newbush) Paerth
*(42389); V. Devyn I. Paerth (42316); gest.*_____

»Mama? Was ist?«

Sarea starrte auf den ihr unbekannten Namen. Celeste Newbush Paerth. *Was bei den sieben Höllen hat das zu bedeuten? Das kann nicht stimmen.* Sie sprang einige Seiten zurück zu Eintrag 42389 und las die Namen von Menschen, von denen sie noch nie zuvor gehört hatte. Celeste war im Winter 2231 gestorben, als Sarea zwei und Celeste siebzehn Sommer alt waren. Der Name ihres Vaters war unbekannt, und ihre Mutter, Tyne Newbush, war am Tag von Celestes Geburt verstorben. Tyne war zu der Zeit vierzehn Sommer alt gewesen, und ihr Eintrag enthielt keine Angaben zu den Eltern, nur das Datum der Geburt und des Todes.

»Waisen«, flüsterte Sarea und berührte ihren Namen unter dem Eintrag einer fremden Frau. »Alle beide.«

»Was sind Waisen?«, wollte Aly wissen.

»Kinder ohne Eltern. Manchmal sterben die Eltern, manchmal gehen sie fort.«

»Oh.« Kurze Stille, dann: »Ich werde keine Waise, oder?«

Sarea umarmte ihre Tochter und schloss das Buch. »Nein, mein Schatz, nicht, wenn es nach mir geht. Lass uns das Bett zu Ende machen, ja?«

Aly kletterte von Sareas Schoß und half dabei, die alte Bettwäsche von der Matratze zu ziehen.

Lars rollte sich von der Sitzbank und hielt sich den pochenden Schädel. »Was ist passiert?«

Kia stolzierte an ihm vorbei. »Dein Gesicht ist ganz rot. Sieht so aus, als hättest du eine wilde Nacht hinter dir. Hast uns eine ziemliche Unordnung zum Aufräumen hinterlassen. Hast du vielleicht etwas von Opas Schnaps stibitzt?«

»Nein«, antwortete Lars und mühte sich unstet hoch. »Ich hatte nicht einmal ein Bier.« Er fuhr sich mit den Händen über die Wangen; sämtliche Gesichtszüge fühlten sich zwar wund an, schienen aber noch vorhanden und einsatzfähig zu sein. Stuarts Unordnung war aufgeräumt worden, alle Dinge befanden sich wieder dort, wo sie hingehörten. »Wo ist dein Papa?«

Sie schnaubte verächtlich. »Der ist vor fast einer Glocke weg. Du hast verschlafen.«

Sie sind aufgebrochen? Ohne mich?

»Lars!« Mit strahlender Miene kam Aly auf ihn zugerannt. »Du bist wach!« Ihr kaputter Wagen schlitterte über den Boden und brachte sie zum Stolpern. Kreischend fiel sie hin und hielt sich das Knie.

Lars beobachtete, wie sich der Wagen wie von selbst bewegte und auf Aly zuraste. *Stuart, nicht.*

Jess eilte in ihrem Unterkleid den Gang herab. »Jemand hat meine Lieblingsbluse zerrissen. Gib's besser gleich zu, Kia.«

Bevor Kia etwas erwidern konnte, fiel Jess' Blick auf Lars. Mit einem spitzen Aufschrei flüchtete sie zurück in ihr Zimmer. Kia stürmte hinter ihr her, und Lars hörte die erhobenen Stimmen der drei älteren Mädchen, als sie in ihrem Zimmer zankten. Ihre Tür fiel geräuschvoll zu, öffnete sich, fiel wieder zu.

Jess! Lars schluckte und beobachtete die Tür eingehend, aber diesmal blieb sie geschlossen. *Oh Mist, morgen reisen sie zurück nach Hause. Das hätte ich fast vergessen.* Dieser Tag bot die letzte Gelegenheit, Jess zum Jahrmarkt in der Burg einzuladen. Er hob Aly hoch, trug sie zu einem Stuhl und schaute zu Sarea, die mit einem großen Buch in den Armen in den Raum geschlurft kam. Sie sah aus, als hätte sie am liebsten geweint.

»Aly hat sich das Knie angeschlagen«, sagte er, aber Sarea schien ihn kaum wahrzunehmen. Sie ließ sich auf einen Stuhl plumpsen und starrte auf das Buch.

Kalte Finger zupften an Lars' Haaren. Fuchtelnd verscheuchte er den Geist, schaute auf und stellte fest, dass Dev ihn stirnrunzelnd beobachtete. »Stuart kommt mit!«, verkündete Dev kichernd. »Stuart wird Hüte verkaufen!«

Sarea seufzte mit dem Kopf in den Händen. »Papa, bitte hör auf, ihn Stuart zu nennen.« Sie sah Lars an und sagte: »Da du verschlafen hast, sollst du heute hier bei uns bleiben.«

Alys Wagen knallte heftig gegen sein Bein, und er stellte schnell den Fuß darauf, damit er stehenblieb. Dubric und Dien würden Flanns Gehöft nach Otlee durchsuchen, und es bestand kaum noch Hoffnung, sie einzuholen. Außerdem musste er an Jess' zerrissene Bluse, Alys Knie und seinen eigenen schmerzenden Kopf denken. Stuart war in der Lage, Dinge zu zerbrechen und Menschen zu verletzen. Aber warum? Was hatte er dem armen toten kleinen Jungen getan, dass der sich so bösartig gab?

Gegenüber von Lars saß Dev am Tisch und murmelte leise. Er führte ein abgehacktes Selbstgespräch mit sich selbst. Lars starrte ihn an. Devyn, Stuarts Vater, der so leicht verwirrt wurde und dachte, Lars sei sein Sohn. *Vielleicht hat mich gar nicht Kia gepiesackt, sondern Stuart, weil ich ihm die Aufmerksamkeit seines Vaters gestohlen habe und er eifersüchtig ist.*

Keine Ahnung, wie ich Stuart davon abhalten kann, Ärger zu verursachen, aber ich muss es versuchen. Göttin, Stuart könnte so gut wie alles tun, und niemand wäre in der Lage etwas dagegen zu unternehmen. Was würde den Mädchen wohl passieren, wenn ich jetzt einfach wegginge? Kalte Finger krochen sein Hosenbein hinauf und zogen an den Härchen. »Sicher. Verkaufen wir Hüte«, sagte er und krümmte sich innerlich.

Wie soll ich einen Geist bändigen?

»Verdammt noch mal, Kia, beeil dich!«, brüllte Sarea. »Alle sind schon zum Aufbruch bereit!«

Fyn lehnte an der Wand und rülpste. »Sie kann sich zurechtmachen, so viel sie will, sie wird trotzdem nicht besser aussehen.«

Jess bedachte ihre Schwester mit einem Seitenblick. »Du bringst uns noch in Schwierigkeiten.«

Fyn verdrehte die Augen, schwieg aber, als ihre Mutter zur Veranda eilte.

Jess blickte zappelig aus dem Fenster. Lars belud gerade den Handwagen, während Devyn großes Aufhebens um die Hüte machte. »Ich würde lieber zu Hause bleiben«, sagte Jess. »Ich bin fast mit dem Schrubben der Böden fertig. Es fehlt nur noch das Wohnzimmer, und wenn alle weg sind, wäre das auch schnell erledigt.«

Kichernd stupste Fyn sie. »Was denn? Du willst den Spaß und die Aufregung bei dem Verkauf von Hüten verpassen?«

»Worüber tuschelt ihr zwei?«, verlangte Kia zu erfahren, als sie eingehüllt in eine Duftwolke durch die Tür herausstolziert kam. »Was es auch ist, hört auf damit. Sonst kommen wir euretwegen noch zu spät.«

»Unsretwegen kommt niemand zu spät«, widersprach Fyn und folgte ihrer Schwester aus dem Haus. »Diese zweifelhafte Ehre fällt dir zu.«

Jess schloss die Tür und stieg hinter ihren Schwestern die Stufen hinab. Während Fyn und Kia weiter zankten, ergriff sie den Essenskorb von der Veranda. Sarea bedachte alle drei Mädchen mit einem vernichtenden Blick, dann hob Devyn die Griffe des Handwagens an. Mit Lissea als Schlusslicht und Fyn als Hirtin dreier junger Ziegen wanderte die Familie den Weg entlang in Richtung der Ortschaft.

»Es wird ein schöner Tag«, meinte Lars, der sich neben Jess eingereiht hatte. Er trug einen Jutesack, der fünf Hennen und einen jungen Hahn enthielt; Überschuss aus dem Hühnerstall.

Jess schaute zum Himmel auf, betrachtete die dünnen, hohen Wolkenfetzen, die sich vor strahlendem Blau abzeichneten. »Das hoffe ich. Und ich hoffe, wir bekommen einen guten Platz. Vor ein paar Sommern war ein Fleckchen in der Nähe der Bierschenke das Beste, was wir finden konnten. Dort war's laut, und es hat übel gerochen.«

Lars lächelte und beobachtete, wie Aly neben ihnen einhertänzelte. »Ich bin sicher, wir finden etwas.«

Eine Weile marschierten sie gesellig schweigend vor sich hin. Dann: »Ich habe gar nicht damit gerechnet, dass du heute mitkommst. Ich dachte, du würdest nach Otlee suchen.«

Lars verlagerte das Gewicht des Sacks auf der Schulter. »Ja, das dachte ich auch.« Wieder eine kurze Stille, gefolgt von: »Dubric und dein Papa kommen auch ohne mich zurecht.«

Jess errötete und wagte einen Blick zu ihm. Er lächelte sie an; sie lächelte zurück. *Vielleicht ist's doch nicht so übel, Hüte zu verkaufen.*

Dubric kniete sich nieder, um Wagenspuren auf dem zweiten Pfad zu berühren, der auf die Halbinsel führte. Regen hatte den Boden glatt geprasselt und die Ränder der Rillen aufgeweicht. Fußspuren, die kamen und gingen, prangten zwischen den Furchen, die meisten schienen frisch zu sein, irgendwann während der den vergangenen zwei Glocken entstanden. »Die Wagenspuren sind mindestens einen Tag alt«, stellte Dubric fest und wischte sich die Hände ab, bevor er wieder in den Sattel stieg.

Sie ritten weiter und hielten nach anderen Fußwegen und Pfaden Ausschau, die von der Hauptstrecke abzweigten. Indem sie den Wegen folgten, gelangten sie zu Gehöften und Angelplätzen, Obstgärten und Torfgruben, fanden aber keine Leichen, keine möglichen Verdächtigen und keine weiteren Hinweise. Die Geister blieben bei ihnen, wenngleich sie kaum vorhanden schienen. Dennoch lasteten sie schwer auf Dubric.

Die Hauptstrecke verkam zu lediglich zwei Radfurchen im Gras und einem gelegentlichen Abdruck nackter Füße. Sie folgten dem Pfad über eine Weide und durch ein Dickicht. Sie sprachen selten, da unterbrach Dien die Stille: »Riecht Ihr das? Ich glaube, wir kommen näher.«

Sie hielten inne und schnupperten.

»Ich rieche nichts Ungewöhnliches«, meinte Dubric. Die Wagenspuren verliefen über den Hang eines grasbewachsenen Hügels. Der Kastellan setzte sein Pferd wieder in Bewegung, doch kaum hatte er die Kuppe erreicht und auf der anderen Seite mit dem Abstieg begonnen, zügelte er das Tier. »Da sieh einer an«, murmelte er. Nach Sommern des Krieges und Jahrzehnten, in denen er Mörder aufgespürt hatte, war Dubric der gasartige Geruch von verwesendem menschlichen Fleisch nur allzu vertraut.

»Schätze, der Kleine hatte recht mit dem Gestank.« Dien trotzte dem Mief ohne offensichtliche Abscheu.

»Mal sehen, was wir finden.«

Mit zu schmalen Linien zusammengekniffenen Lippen lenkten sie die Pferde den Hügel hinab.

Die Vettel ließ sich von ihrem wertlosen Sohn in den Karren helfen. »Fass mich nicht an«, fauchte sie und riss die Hand zurück, kaum dass sie eingestiegen war. »Und komm mir bloß nicht frech. Wir fahren zu dem verfluchten Fest, hörst du? Die Leute würden es merken, wenn wir uns dort nicht zeigen. Dem Byr würde auffallen, dass etwas nicht stimmt, wenn die Menschen über unsere Abwesenheit munkeln.«

»Ja, Mama«, erwiderte er und starrte zu Boden. »Aber müssen wir das Gefäß mitnehmen? Können wir nicht zurückkommen, um es zu holen?«

Sie schlug ihm ins Gesicht. »Dieser hinterlistige Bengel ist schon *zweimal* beinahe entkommen, und du willst ihn allein im Keller lassen? Wir sind so nah dran, du Narr. Wir können das Wagnis nicht eingehen, dass er uns entwischt, nicht, wenn der Byr umherschnüffelt. Nicht jetzt, da Foiche sich vorbereitet hat.«

»Ja, Mama.«

Der nutzlose Fleischsack, den sie vor langer Zeit zwischen ihren Lenden hervorgepresst hatte, kletterte auf den Sitz neben ihr. Sie wandte den Blick ab. Er hob die Zügel an und schnalzte in Richtung seines dürren Maultiers mit der Zunge.

»Ich werde noch erleben, dass der vermaledeite Byr stirbt«, sagte sie knurrend vorher, als sich das Gefährt in Bewegung setzte. »Er wird für seine Verbrechen bezahlen, und wenn es den Rest meines Lebens dauert, dafür zu sorgen.«

Sobald ihre Hütte außer Sicht geriet, holte sie tief Luft und lächelte. Es war der Tag des Pflanzfestes, und sie hatte vor, ihn zu genießen. Selbst wenn sie dabei ihren wertlosen Sohn ertragen musste.

»Stuart! Den Roten!«, rief Devyn über die Schulter zurück.

»Verstanden«, erwiderte Lars und zuckte zusammen, als Stuart ihm auf den Fuß stapfte. Er holte einen roten Filzhut von der Ablage und reichte ihn Devyn, bevor er sich mit dem Unterarm über die Stirn wischte. Sie hatten eine gute Stelle zum Ausstellen ihrer Waren gefunden, unmittelbar an der Hauptstraße auf der Südseite des Dorfbrunnens. Allerdings gab es dort keinen Schatten, keine Brise, keinerlei Schutz vor der Hitze.

Stuarts eiskalte Finger, die ihn immer wieder anstupsten, halfen auch nicht gerade, seine Laune zu bessern.

Sarea und Lissea verwalteten das Geld. Die Mädchen verdingten sich als Marktschreierinnen und gestalteten Hüte. Die meisten Verkäufe jedoch erzielte Devyn. Ungeachtet seines Wahnsinns kannte er sich mit Hüten und seiner Kundschaft aus.

Der rote Hut kam mit der Anweisung zurück, den braunen mit den Fasanenfedern auszuprobieren, also zog Lars den neuen Hut von der Schauablage und legte den roten dorthin zurück.

Hinter ihm sagte Sarea, sie bräuchte ein Herrenlederband mit eingravierten Vögeln, und Lars kramte durch die Kiste mit den Bändern, um ein solches hervorzuholen.

Schließlich entdeckte er Sareas Band, reichte es ihr und nahm zwei vergeblich ausprobierte Hüte zurück, während Lissea drei weitere an Devyn weitergab. In der Schlange warteten noch sechs Kunden; einige mit alten Hüten, einige mit nackten Häuptern, aber alle verlangten lautstark, bedient zu werden. *Kein Wunder, dass beim Fest immer alle mitkommen. Dev und Lissea könnten diesen Wahnsinn nie und nimmer allein überstehen.*

Jess legte inmitten der Menge lachend den Kopf schief. Sie hatte sich einen Hut in kessem Winkel aufgesetzt. Dann drehte sie sich im Kreis, wechselte zu einem anderen Hut, nahm eine neue Pose ein. *Bei der Göttin, sie ist wunderschön.*

»Stuart! Nimm den Kopf aus den Wolken und gib mir den Hut da!«

»Ja, Herr.« Lars ließ den Blick über die Ablagen wandern und suchte nach dem Hut, den Devyn angefordert hatte, aber bevor er ihn ausfindig machen konnte, griff der alte Mann über die Schulter zurück, nahm ihn selbst von der Ablage und versetzte Lars einen Klaps damit, als er sich abwandte. Auch Stuart briet ihm mit einem anderen Hut eins über, doch Lars entriss ihn dem Geist und legte ihn zurück. Niemand schien es bemerkt zu haben, dennoch gelobte Lars sich selbst, dass er sich seiner

Aufgabe besser widmen und nicht noch einmal ablenken lassen würde.

In der ersten Glocke verkauften sie sechsundzwanzig Hüte sowie zwei Hühner, eine Ziege und mindestens zwanzig Hutbänder und Federn. Dann lichtete sich die Menschenmenge, bis die Kundschaft völlig verschwand, was allen eine Atempause verschaffte.

Sarea sagte: »Mädchen, kommt her und helft Lars, die Ablagen aufzufüllen.«

Lars trat für Fyn beiseite und nickte Jess flüchtig zu – er scheute sich davor, sie länger anzusehen, weil er fürchtete, er könnte sie unbewusst anstarren –, dann kniete er sich hin, um eine neue Kiste zu öffnen. Stuart zupfte schmerzhaft an seinem Ohr, aber Lars stieß ihn weg und flüsterte: »Lass das. Wir arbeiten!«

»Hast du was gesagt?«, fragte Jess.

Lars schüttelte zur Antwort den Kopf und schaute nicht auf. *Ich muss mich einfach beschäftigen*, dachte er und reichte den Mädchen Hüte. *Denk an etwas anderes, an irgendetwas anderes als daran, Jess zum Jahrmarkt einzuladen. Andererseits ist heute meine letzte Gelegenheit. Gleich morgen früh kehren sie nach Hause zurück, und ich muss hierbleiben.*

Ich muss sie fragen. Noch heute.

Stuart zwickte ihn in den Unterarm, und Lars bemühte sich, nicht zusammenzuzucken.

Dubric kniete sich neben den Leichnam auf dem Hof. Vögel hatten dem Opfer die Augen ausgepickt. Geister trieben sich in der Nähe herum, schenkten jedoch der Umgebung keine Beachtung und widmeten sich ganz den eigenen Qualen. Während sich Dubric mit einer Hand die schmerzenden Augen rieb, zog er mit der anderen sein Notizbuch aus der Tasche und holte tief Luft, bevor er seine Notizen ergänzte.

»Genau, wie Lars es beschrieben hat, Herr. Abgesehen vom

Haus selbst gibt es hier drei Nebengebäude und eine Scheune«, sagte Dien, als er von seinem Erkundungsgang zurückkehrte. »Der Gestank kommt aus der Scheune, und an der Tür kleben Clothos-Würmer.«

Dubric stand auf und kramte sein Fläschchen mit Minze und Myrte hervor. »Lass uns hier anfangen. Und hol Fackeln, ich will die Würmer vernichten.«

Dien nickte und ging zu den Pferden.

Dubric wappnete sich, bevor er das Scheunentor öffnete. Trotz der unter die Nase geschmierten Minze erwies sich der Gestank auf dem Scheunenhof als wahrhaft grauenvoll, doch im Vergleich zu der heimtückischen, abscheulichen, dichten Wolke, die aus der Scheune selbst strömte, erinnerte Dubric die Luft draußen an einen von Blütenduft erfüllten Frühlingsmorgen. Die Verwesungsdämpfe erreichten einen nahezu greifbaren Zustand. Dick und schwer und heiß waberten sie, durchsetzt von den Geräuschen raschelnder Flügel und nagender Mundwerkzeuge.

Gleich hinter der Tür lag ein Schädel. Er wies keinerlei Fleisch mehr auf, und der Unterkiefer sowie der linke Wangenknochen fehlten. So starrte der Kopf zu Dubric empor und wirkte beinah überrascht. Daneben befanden sich drei Wirbel, verbunden durch trockene, rissige Nervenstränge, und eine einsame Rippe, die unter einem Brett hervorlugte. Eine fette Motte flatterte über der Rippe, landete kurz darauf und setzte den Weg dann zum Schädel fort. Dort kroch sie in eine Augenhöhle, um ihre Eier abzulegen.

Mit der Fackel in der Hand stieg Dubric auf das Brett und hörte, wie Knochen darunter knirschten. Ein Weg aus weiteren alten Brettern führte an einem schlichten, armseligen Stuhl vorbei zu einer niedrigen Kiste. Zwischen dem Stuhl und der Kiste hingen vier lange Stränge schwarzer Schnur herab. Ihm fielen die unsauber abgeschnittenen unteren Enden auf, und als er nach oben schaute, stellte er fest, dass die oberen Teile an den Hauptbalken der Scheune befestigt waren. Blut verschmierte den vordersten Balken in der Nähe einer Schnur. Die scharfen Kanten von Metall- und Glasscherben entlang der Oberkante funkelten im Licht der Fackel.

»Hier wurden sie festgehalten und gefoltert«, murmelte er und ging einen knirschenden Schritt weiter. »Gefesselt an Händen und Füßen.«

Würmer und Motten wuselten zu beiden Seiten des Bretterweges, aber nur wenige versuchten, sich ihm zu nähern. Von den Wänden, von den Pfosten und vom Stuhl hingen schwarze Kokons, und Klumpen gräulicher Eier bevölkerten klaffende Augenhöhlen und Hüftgelenkspfannen. Er schwenkte die Fackel in Richtung der Insekten, die vor der Hitze davonkrabbelten. Nachzügler knackten, als sie verbrannt wurden. *Gut*, dachte er. *Sie sind nicht gefeit gegen Feuer.*

Verschiedene phallusförmige Werkzeuge des Grauens lagen auf dem Boden verstreut, manche aus Holz, andere aus Metall, eines aus eng gewickeltem Seil. Alle strotzten vor Blut und Fäkalien. Eine zerbrochene Flasche, die einst süßes Vitriol enthalten hatte, wies ähnliche Flecken auf. Dasselbe galt für eine Whiskeyflasche.

Dien sah aus, als würde er mit Freuden jemanden in Stücke reißen. »Hat dieser von der Göttin verfluchte Dreckskerl ihnen diese Gegenstände …« Knurrend bleckte er die Zähne und war nicht einmal in der Lage den Satz zu beenden.

»Ich glaube schon, ja«, antwortete Dubric. Er zog ein Tuch aus der Tasche und kniete sich neben den nächstbesten Phallus, ein Ungetüm aus Holz, fast so dick wie sein Handgelenk und so lang wie sein Unterarm. Der Kastellan drehte den Gegenstand herum und betrachtete mit verzogenem Gesicht das Blut, das die gesamte Länge bedeckte, dann warf er ihn zurück auf den Boden.

Wo er auch hinsah, überall besudelten Knochen die aufgerissene Erde, die meisten blank und bar jeglicher Reste von Muskeln, Sehnen oder Haut. Nur wenige wiesen noch Teile von Fleisch oder Knorpel auf, und über diese wuselten Schwärme von Insekten. Von seinem Aussichtspunkt in der Nähe des Eingangs zählte Dubric fünfzehn Schädel, sah jedoch auch mehrere abgetrennte Körperteile. Die Insekten hatten die Knochennähte und Gelenke zerstört, die Leichen zerlegt wie einen Baukasten für Kinder.

»Verbrenn alles«, sagte er und wandte sich wieder der Tür zu. »Jegliche möglichen Hinweise sind ohnehin längst aufgefressen, und die versengten Gebeine können wir auch morgen durchsehen. Wir dürfen das Wagnis nicht eingehen, dass Würmer oder Motten von hier entkommen.«

»Was ist mit dem Rest?«, wollte Dien wissen. »Es könnte noch etwas Nützliches hier sein, etwas, das uns vielleicht zu Otlee führt.«

Dubric lief auf und ab. Sein Herz pochte heftig in der Brust, ein metallischer Geschmack besudelte seinen Mund. »Die Würmer müssen vernichtet werden, und Feuer stellt die einzige Möglichkeit dar. Es ist zu gefährlich, sie noch länger am Leben zu lassen.«

»Aye, Herr«, fügte sich Dien. Kaum hatte Dubric die Scheune verlassen, warf Dien eine Fackel mitten hinein. Während die Flammen sich ausbreiteten, ging Dubric auf das Haus zu, dicht gefolgt von Dien.

Kapitel 26

Dubric schaute durch das offene Fenster zur lodernden Scheune und zum daraus aufsteigenden Rauch. »Hast du alles eingesammelt?«

»Ja, Herr«, sagte Dien. »Drei schwarze Schnüre, zwei rote, eine tote Motte und einige blutige Kleidungsstücke. Keine Spur von Otlee.«

Dubric ließ den dreckigen Vorhang zurückfallen. »Und die Nadel?«

Im Schlafzimmer hatten sie auf dem Boden eine schäbige Stahlnadel gefunden, so lang wie ein Unterarm. Dubrics Geister hatten das Ding voll Hass und Grauen angestarrt. Es war die einzige Aufmerksamkeit, die sie bislang irgendetwas außerhalb der Welt ihrer eigenen Qualen geschenkt hatten. Er hatte noch nie erlebt, dass ein Geist eine Regung beim Anblick seines Mörders gezeigt hatte, andererseits reagierten Geister immer auf die Werkzeuge ihres Todes. Eine höchst eigenartige Gegensätzlichkeit.

»Ja, Herr. Sie ist eingewickelt und steckt in einem eigenen Sack. Ich habe sie bereits in meinen Satteltaschen verstaut.«

Dubric wandte sich vom Fenster ab und bedachte Dien mit einem traurigen Lächeln. »Wenn wir die Knochen einsammeln, vergleichen wir sie mit den Kopfwunden. Ich vermute, sie werden übereinstimmen.«

»Ja, Herr«, sagte Dien und musterte den Kastellan erwartungsvoll. »Und wir fragen die Nachbarn, wer hier wohnt. Wir finden ihn.«

Dubric schaute weg, richtete den Blick auf das grausige, urinfleckige Bett, auf die zerlumpten Kleider, die leeren Whiskeyflaschen. Während er den Dreck anstarrte, stieg ihm beißender

Rauch in die Nase. Irgendetwas stimmte nicht; er spürte es als Nagen im Hinterkopf wie das Knabbern einer Ratte an einem Seil. Irgendein Bröckchen Information entging ihm, vielleicht sogar in eben diesem Raum. »Sieh meine Notizen noch mal durch«, forderte er Dien auf, während sein müder Blick auf den Urinflecken verharrte. »Wir übersehen etwas.«

Er hörte, wie Dien das Notizbuch aufschlug. »Heim des Verdächtigen durchsucht. Drei Räume. Zwei Schlafzimmer. Eine Küche. Draußen Hütten als Lager und für Vieh. Alles sehr wirr und verkommen. Viele leere Kisten. In der Küche verschiedenste Messer, anscheinend zum Kochen. Keines davon beschlagnahmt. Verfaulte Lebensmittel, verkrustetes Geschirr, löchrige Töpfe. Zerbrochene Einrichtung, möglicherweise aufgrund wiederholter Gegenwehr entführter Jungen.«

Dien räusperte sich und las weiter. Sein Tonfall verkam zu einem tiefen, steten Dröhnen.

Es ist hier in diesem Raum. Seiner Zuflucht. Diens Stimme beruhigte Dubrics Geist, als er sich vorbeugte, um unter das Bett zu spähen. Weit hinten, teilweise von Dreck verborgen, erblickte er auf dem Boden einen Metallring. *Ein Kellerzugang?* Grunzend schob Dubric den Unrat beiseite und versuchte, den Ring zu erreichen. Er befand sich zu weit entfernt in der Nähe der Wand.

Der Kastellan rollte sich zurück und untersuchte das Bett. Ein schlichter Holzrahmen, ein Lattenrost und eine nackte Strohmatratze. Bestimmt leicht genug, um es beiseitezuschieben. »Wir verschieben das Bett«, verkündete er und stand auf.

Dien hörte auf zu lesen. »Ja, Herr.«

Dubric ergriff die Matratze und hob sie an. Er zuckte zusammen, als Flöhe auf seine Hände sprangen.

Neben ihm sagte Dien: »Herr, es ist mit einer Angel befestigt.«

»Das sehe ich«, gab Dubric zurück. Der nähere Rand hob sich mit einem angenehmen Knarren; er drückte das Bett nach oben und lehnte es an die Wand.

»Da ist ein Nest lebendiger Würmer«, sagte Dien und zeigte hin.

»Ich sehe sie.« Zwanzig oder mehr Würmer krochen über den verdorrten Kadaver einer Ratte hinter einer Kiste. Er zog die Kiste zu sich, sodass dahinter genug Platz für seine Füße entstand, dann zertrat er die Würmer und den Körper der toten Ratte.

Die Kiste war so lang wie sein Arm und fast eine Länge hoch und breit. Beim Holz schien es sich um feines Ahorn zu handeln, in das aufwendige Diamantsymbolmustern eingeschnitzt waren. Doch es war Feuchtigkeit ausgesetzt gewesen, wodurch es vor grauem Schimmel und Wasserrückständen fleckig geworden war. Es zeigte sich, dass Angeln und Schloss verrostet waren. Sie mochten einst aus glänzendem Messing bestanden haben, während Eisenwinkel die Ecken schützten. Die Kiste entpuppte sich als sehr schwer.

Dubric wollte den Deckel anheben, aber die Kiste war versperrt. Hoffnungsvoll schaute er Dien an. »Haben wir irgendwelche Schlüssel gefunden?«

Dien sah in seinen Notizen nach. »Nein, Herr.«

Mit einem Brummen zog Dubric seinen Dolch. Nach einigen harten Schlägen gab das Schloss nach und sprang mit einem Klicken auf.

Dien stieß neben ihm einen leisen Pfiff aus. »Gestohlene Beute?«

»Das ist eine sehr naheliegende Möglichkeit«, meinte Dubric.

Die Kiste erwies sich als bis zum Rand mit Goldsternen gefüllt, Münzen aus einer Zeit vor den Schattenkriegen. Er hob eine heraus und betrachtete sie im Licht. Sie funkelte in seinen Fingern und jagte ihm Schauder über den Rücken. Einen Goldstern hatte er seit fast fünfzig Sommern nicht mehr gesehen, und er hatte gehofft, dass ihm nie wieder Magiergeld unterkommen würde.

»Nimm eine davon als Beweismittel mit«, forderte er seinen Knappen auf und erhob sich. »Ich will keine ganze Kiste mit dem dreckigen Zeug mit uns herumtragen. Für jede Münze ist eine Seele gestorben; ich schleppe auch so schon genug Geister mit mir herum.« Er kramte in der Tasche nach einem kleinen Beweismittelbeutel, steckte den einen Stern hinein und reichte Dien den Beutel.

»Dann lass uns mal sehen, was uns im Keller erwartet.« Er zog am Ring. Eine Leiter führte in die Dunkelheit hinab, wo es nach feuchter Erde, Fäulnis und Regenwürmern roch.

»Ich habe eine Laterne angezündet, Herr«, sagte Dien und reichte sie Dubric. »Soll ich vorausgehen?«

Dubric schüttelte den Kopf und ließ die Leiter für sich hinab. Mit Diens Laterne in der Hand stieg er hinunter.

Jess hielt die Hand über die Augen, um sie vor der Sonne abzuschirmen, und bemühte sich, nicht so gelangweilt und müde auszusehen, wie sie sich fühlte. Nach dem ersten Ansturm und dem Auffüllen der Hutbestände gab es nichts anderes zu tun, als sich um den jüngsten Spross der Familie zu kümmern. Der kleinen Cailin war heiß, sie schien müde zu sein und gab sich entsprechend grantig. Sie musste herumgetragen oder für ein Nickerchen hingelegt werden, aber es gab kein gutes schattiges Plätzchen dafür außer unter den Tischen. Jess fragte sich, ob ihre unregelmäßigen Schreianfälle einige Kunden verscheucht hatten. Sie unterdrückte ein Gähnen.

»Warum geht ihr Jungvolk nicht und habt ein wenig Spaß?«, schlug Sarea vor und schaute zu Jess zurück. »Aber passt auf deine kleine Schwester auf und seid in etwa einer Glocke wieder hier, in Ordnung? Wir haben Mittagessen dabei.«

Aly jubelte und begann, im Kreis zu hopsen. Kia verdrehte die Augen und schlenderte zur Straße. Sie schnippte im Gehen die Haare zurück. Fyn schüttelte den Kopf. »Ich fühl mich nicht so besonders«, sagte sie. »Mir ist schwindlig. Ich glaube, ich lege mich irgendwo in den Schatten.«

Lars schaute auf und blickte besorgt zu Fyn, und Jess bot an: »Ich nehme Cailin mit, Mama. Wenn du willst, meine ich. Du brauchst auch eine Pause.«

Sarea ließ den Blick zwischen Jess und Fyn hin und her wandern. »Es ist nicht gerecht, dir beide Kleinen aufzubürden, außerdem hast du schon die vergangene halbe Glocke auf Cailin aufgepasst.«

»Das macht mir nichts aus«, erwiderte Jess mit einem Schulterzucken. »Ist besser, als wenn sie hier weint.« Als ihre Mutter ihr recht gab, ergriff sie den Windelbeutel und trug Cailin hinaus in das Fest.

»Warte, ich nehme sie«, sagte Lars. »Glaubst du, Fyn kommt zurecht?«

Er streckte die Arme aus, und Jess nahm sein Angebot an. Nach längerer Zeit wurde Cailin ziemlich schwer, und Jess freute sich über die Verschnaufpause. »Ja, ich denke schon. Ich wünschte nur, sie würde Mama sagen, was wirklich mit ihr los ist.«

Eine lange Weile schwieg Lars, und als er schließlich das Wort ergriff, flüsterte er. »Du weißt es?«

Jess beobachtete, wie Aly anhielt, um einen Korb voller Puppen in Augenschein zu nehmen. »Ich habe eine ziemlich gute Ahnung.«

Fyn hatte – schon wieder – ihre Regel nicht bekommen und verzehrte sich ohne Unterlass danach, Gilby wiederzusehen. Fügte man diesen Anzeichen noch Übelkeit und ständige Erschöpfung hinzu, blieben nicht viele Möglichkeiten übrig. Nach Cailins noch nicht lange zurückliegender Geburt wusste Jess auch, wie sich eine Schwangerschaft in den frühen Phasen äußerte. »Du weißt es auch?«

»Ich will einen kandierten Apfel!«, rief Aly und umtänzelte die beiden. »Bitte, bitte, biiiiiiitte!«

Lars begegnete Jess' Blick, als sie sich den Weg zum Apfelstand bahnten. »Ja, ich weiß es auch. Sie hat es mir erzählt, als wir zusammen im Keller waren. Darüber haben wir dort unten so lange geredet.«

»Warum hast du nichts gesagt?«

Er zuckte mit den Schultern, als sie sich am Ende der Schlange anstellten. »Weil sie es mir im Vertrauen erzählt hat, und als ihr großer Bruder ...« Wieder zuckte er unruhig mit den Schultern. »Sie hat versprochen, es euch anderen zu sagen, sobald sie Gelegenheit hatte, mit Gilby alles zu klären. Ich hab versucht, es deiner Mama zu erzählen, aber irgendwie konnte ich nicht. Wahrscheinlich dachte ich, ein paar Tage auf oder ab machen keinen Unterschied.« Die Schlange bewegte sich vorwärts, und er drehte den Kopf, um Jess in die Augen zu blicken. »Manchmal müssen Geheimnisse gewahrt werden, zumindest eine Zeit lang.«

»Da hast du wohl recht«, erwiderte sie und schaute zu Boden.

Wieder rückte die Schlange ein Stück vor. »Da wir gerade von Geheimnissen reden«, sagte er und schaute weg, »kann ich mich später mit dir über etwas unterhalten?«

»Klar.« Jess setzte dazu an, Münzen aus ihrer Geldbörse hervorzukramen.

»Ich mache das«, sagte Lars. Er streckte sich, um über den Bauern vor ihnen hinwegzuspähen. »Möchtet ihr Mädchen Karamelläpfel, Birnen oder nur Karamell?«

»Karamell!«, rief Aly und hopste rings um ihn.

Der Bauer erhielt seinen Apfel und ging davon. Sie standen einer müde wirkenden Magd gegenüber. »Was wollt ihr?«, erkundigte sie sich.

»Jess?«, fragte Lars und sah sie an, während er Cailin an seine Schulter drückte und Münzen zählte.

»Einen Apfel«, sagte Jess.

»Zwei Äpfel und eine kleine Tüte Karamell«, bestellte Lars.

Jess beobachtete, wie die Magd die Äpfel in ihren süßen Überzug rollte. Lars bezahlte, und die junge Frau reichte Jess die Äpfel und die Süßigkeiten. Jess gab Aly die Tüte mit dem Karamell, als sie davonspazierten.

Ein Junge mit einem Ziegenkarren rumpelte auf sie zu, und Lars scheuchte Aly von der Fahrbahn. Cailin war eingedöst; er lächelte sie an, als sie weiterschlenderten.

»Irgendeine Ahnung, wer Bray getötet hat?«, fragte Jess.

»Nicht wirklich.« Lars seufzte.

»Ich auch nicht«, warf Aly ein und fasste in die Tüte, um sich ein weiteres Karamellbonbon zu nehmen.

Jess zauste ihr die Haare. »Du weißt ja gar nicht, was vor sich geht.«

Mit Cailin in der Armbeuge ließ sich Lars von Jess einen Apfel reichen, als sie auf ein Wiesenstück in der Nähe der Spielleute zuhielten.

Kia ging am Arm eines jungen Händlers an ihnen vorbei; sie warf den Kopf zurück und grinste. Jess schenkte ihr keine Beachtung.

»Lars, Jess!«, rief Aly und deutete über den Platz auf die den Spielleuten gegenüberliegende Seite. »Meister Atros Puppen! Darf ich? Bitte?«

Lars schluckte seinen Apfelbissen hinunter, während sie alle zur Marionettenbühne und der Menschenmenge schauten, die sich auf den Bänken niederließ. »Ich weiß nicht recht. Es ist schrecklich voll.«

»Aber Laaaars«, quengelte sie. »Bitte. Es sind doch nur Puppen.«

Lars blickte Jess an. »Möchtest du die Marionettenaufführung sehen?«

Jess seufzte, während Aly aufgeregt umhersprang. »Nicht besonders, aber ich glaube, wir haben keine große Wahl.«

Lars nickte, und Aly quiekte freudig, rannte auf die Menschenmenge zu. »Bleib bei den anderen Kindern!«, rief Jess hinter ihr her.

Lars wurde zappelig. »Also sind wir jetzt allein?«

Sie nickte und wagte einen Blick zu ihm. »Ja, sieht ganz so aus.«

Ohne zu reden, gingen sie zu den Bänken, wo sie eine freie Stelle hinter einer wuselnden Schar von Kindern fanden. Jess breitete Cailins Decke auf dem Boden aus und strich sie glatt, dann legte Lars den Säugling darauf. Die Beine zu beiden Seiten der Kleinen ausgestreckt, setzte er sich hin, während Jess die Schuhe von den Füßen streifte. Dulcimermusik drang von den nahen Spielleuten herüber, und Jess lächelte. Sie sah, wie Aly mit anderen Mädchen ihres Alters umhertollte. Abermals wagte sie einen Blick zu Lars. *Vielleicht wird es ja gar nicht so schlimm.*

Lars nahm einen weiteren Bissen von seinem Apfel. »Aly scheint Spaß zu haben.«

»Oh ja«, bestätigte Jess. »Ich hoffe, Fyn geht es gut. Ich glaube, Mama schöpft allmählich Verdacht.«

»Wenigstens reist ihr morgen nach Hause. Ich bin sicher, dein Papa wird mit Gilby reden wollen.«

Sie schauderte. »Er wird ihn wohl eher umbringen wollen.«

Langes Schweigen, dann: »Jess, weil wir gerade von der Rückkehr zur Burg reden ...«

Sie schaute zu Lars und sah, wie er errötete. »Was ist damit?«

»Ich reise nicht zurück. Nicht, bevor diese Sache abgeschlossen ist.«

Sie nickte. Ihre Finger krallten sich an der Bank fest. »Ich weiß. Du hast eine Aufgabe zu erledigen. Du musst Papa und Dubric helfen, Otlee zu finden und die Ermittlungen zu einem Ende zu bringen.«

Die Aufführung begann, und die Zuschauer klatschten und jubelten. »Ja.« Er schaute erst zu den Leuten, dann auf Cailin hinab. »Ich muss dich etwas fragen, bevor ihr nach Hause fahrt, wenn das in Ordnung für dich ist.«

»Klar.«

Ihr war noch nie zuvor aufgefallen, wie lang seine Finger waren, oder dass sich eine Narbe schräg vom Ringfinger zum Handgelenk erstreckte. Lars arbeitete seit sechs Sommern als Dubrics Page. Wie viele Male war er in der Zeit schon verletzt worden?

Er ergriff wieder das Wort. »Ich weiß, dass in etwa einem Mond der Burgjahrmarkt bevorsteht, und ich weiß auch, dass Moergan und Trumble wahrscheinlich vorhaben, dich dazu einzuladen.«

Erschrocken schaute sie auf. »Wirklich?«

»Ja«, bestätigte er und warf ihr einen flüchtigen Blick zu. »Vielleicht auch Serian und Deorsa. Viele Jungen.«

»Oh«, machte sie nur, da sie nicht recht wusste, was sie sonst sagen sollte. Er wurde neben ihr zappelig, und sie versuchte, sich die Marionettenvorführung anzusehen. Allerdings nahm Jess das Geschehen auf der kleinen Bühne kaum wahr.

Wieder eine lange Pause. »Aber weißt du, obwohl der Einladungstag erst bei Neumond ist, und ich weiß, dass dein Geburtstag erst ein paar Phasen danach ansteht und ich bis dahin warten sollte …« Er stockte, räusperte sich und fuhr fort. »Und obwohl du Zeit brauchst, um dir ein Kleid und so zu besorgen, ich allerdings ja wahrscheinlich eine Weile hier festsitzen werde, also, äh, da dachte ich … Ich dachte, dass du vielleicht …«

Jess sah ihn nur an. Ihr Mund öffnete sich zu einer Erwiderung, aber sie sich scheute zurück, weil sie ihrer Stimme nicht vertraute.

Er schluckte. »Ich wollte dich fragen, ob du mit mir zum Burgjahrmarkt gehen möchtest. Also, nur wenn du willst und falls ich rechtzeitig zurück bin, um mit dir hinzugehen …« Er lief hochrot an und fügte hinzu: »Also statt mit Moergan oder Trumble oder mit wem auch immer … Wenn du willst.«

Jess schloss den Mund.

Mit nach wie vor hochrotem Antlitz nickte er und ließ den Kopf hängen. »Schon gut. Wenn du angesichts allem, was passiert ist, nicht mit mir hingehen willst, dann verstehe ich das natürlich. Ist schon in Ordnung.«

Er setzte dazu an wegzurutschen, aber sie berührte seine Hand. »Ja.«

Er starrte sie an. »Ich darf dich zum Jahrmarkt ausführen?«

Sie nickte.

»Wirklich?«

Jess lächelte und hatte Mühe zu atmen. Die Marionettenaufführung und die Menschenmenge rings um sie verschwanden einfach. Genauso gut hätten sie auf einem Feld voll Gänseblümchen sitzen können.

»Wir können auch tanzen gehen, wenn du willst. Ich weiß, dass einige der Jungen nicht tanzen, aber mir macht das nichts aus.«

»Gern«, erwiderte sie und versuchte, dabei so zu klingen, als würde sie andauernd zu Jahrmärkten und förmlichen Tanzveranstaltungen eingeladen.

Nach und nach kehrten seine Züge zu ihrer üblichen Farbe zurück. »Und vielleicht können wir ja, falls wir beim Jahrmarkt Spaß haben und alles gut verläuft, manchmal zusammen zu Abend essen. Uns, äh, vielleicht die Spielleute im Ort ansehen oder Spaziergänge unternehmen. Meinst du, das könnten wir vielleicht?«

Jess bemerkte plötzlich, dass ihr Mund wieder aufgeklappt war. Hastig schloss sie ihn. »Fragst du gerade, ob du mir den Hof machen darfst?«

Sein kleiner Finger berührte den ihren. »Ja, ich glaube, das tue ich. Nur mit den ehrenwertesten Absichten, Jess, das schwöre ich. Wenn das für dich in Ordnung ist.«

Seine Berührung jagte ein wohliges Kribbeln durch ihren Körper, und verlegen nickte sie. »Ist es.«

»Prima«, sagte er, hakte seinen kleinen Finger in ihren ein und bescherte ihr damit einen weiteren wohligen Schauder.

Als sie ihm in die Augen blickte, überlegte sie, wie viele Male er ihre Hand wohl schon berührt haben mochte. Er hatte ihr geholfen, aufzustehen, hatte ihr Dinge gereicht … Aber noch kein einziges Mal zuvor hatte sie ein Kribbeln gespürt.

Lars räusperte sich, zog die Hand zurück und schüttelte den Kopf. »Ich kann nicht glauben, dass du ja gesagt hast.«

»Ich kann nicht glauben, dass du mich gefragt hast.«

Lächelnd wandte er den Blick ab. Seite an Seite aßen sie ihre Äpfel und warfen sich ab und an schmachtende Blicke zu, während sie der Marionettenaufführung lauschten. Jess konnte sich nicht erinnern, je zuvor so glücklich gewesen zu sein.

Dubric hielt die Laterne vor sich und blies langsam den Atem aus. Dunkle Schemen schwebten in der Luft, Schatten in Brusthöhe. Anfangs dachte er, es handle sich um angebundene Vögel oder sogar die vertrockneten Leichen von Kleinkindern, aber als er von der Leiter wegtrat und hörte, wie Dien hinter ihm herunterkam, sah er, dass er sich geirrt hatte.

Es waren Puppen.

Jene, die ihm am nächsten hing, war nackt und männlich, angefertigt aus Holz. An der Brust und an den Oberschenkeln prangten Schlitze. Der kleine Puppenpenis war ausgemeißelt, die Augen schienen geschnitzt zu sein. Lockiges braunes Haar klebte an einem stumm heulenden Kopf. Die Puppe hing mit dem Gesicht nach oben, die Hand- und Fußgelenke mit schwarzer Schnur gefesselt. Löcher, breit und tief genug, um einen Finger hineinzustecken, waren in die Hüften und in den Mund gebohrt worden. Ein verkrusteter Film überzog die Löcher, und dunkles Blut oder Lack troff aus den geschnitzten Wunden.

Dubric hätte sich am liebsten übergeben. *Er hat Trophäen angefertigt, um sich an die Jungen zu erinnern.* »Wie viele sind es?«, fragte er und würgte Gallenflüssigkeit zurück.

Dubric ging zur nächstbesten Puppe, einer blonden mit zerschnittenen Waden und Händen, während sich Dien zwischen den schwebenden Schreckgestalten aus Holz hindurchduckte.

»Ich zähle dreiundzwanzig, die hängen, Herr«, sagte Dien und drehte sich mit der Laterne in der Hand. »Auf dem Tisch ist noch eine. In Einzelteilen.«

Dubric holte tief Luft, senkte den Kopf und verzog das Gesicht. Statt gegen die Gegenwart und die Schmerzen seiner Geister anzukämpfen, ließ er sie kommen und sog angesichts der ihn umfangenden Kälte scharf die Luft ein. Durchscheinende grüne Gespenster scharten sich um ihn, und schon bald entdeckte er einen Jungen, der an die Puppe erinnerte, die ihm am nächsten in der Luft baumelte. Die Gesichtszüge und die Wunden waren ähnlich und ähnlich furchterregend. Eine weitere Puppe, ein anderer Geist – jedes Paar drehte Dubric den Magen um.

»Die auf dem Tisch«, sagte er, rieb sich die Augen und verscheuchte die meisten seiner grünen Schrecken, »ähnelt sie Otlee?«

Dien ging auf die ferne Ecke zu. »Nein, Herr«, antwortete der Hüne und schaute zurück. »Braoin.«

»Wo ist Otlee?« Dubric riss die nächstbeste Puppe von ihren Schnüren und schleuderte sie auf den Erdboden. »Wo ist er?«

Der Kastellan betrachtete die ausgestreckt zu seinen Füßen gelandete Puppe und legte den Kopf schief. *Das habe ich schon einmal gesehen. Eine Puppe auf dem Boden. Wer? Wem hatte sie gehört? Eine Kiste voll davon, in einem Maultierkarren. Ich erinnere mich an Kinder … Ein grauhaariger Mann hat ihnen gesagt, sie sollen die Finger von den Puppen lassen …*

Er richtete sich auf und holte tief Luft. Atro. Ein kräftig aussehender Mann, der die Weiten Tag und Nacht bereiste, was ihm reichlich Gelegenheiten und einfachen Zugriff auf Kindern bot.

Das graue Schamhaar. Der Name ›Tropos‹ konnte die Abkürzung eines Kindes für Atropos sein. Und ein Höker hatte Zugang zu Arzneien und Betäubungsmitteln, ungewöhnlichen sexuellen Vorrichtungen und fortschrittlichen Wäscheklammern. Ferner kannte er bestimmt die Abkürzungen, die verborgenen Plätze und alle Geheimnisse der Weiten. Die Jungen wurden wie Marionetten gefesselt, aufgehängt und gefoltert, bis sie starben. Und er hatte einen Sohn in Jaks Mannschaft. Lars hatte einen jungen Zimmermann vor eben diesem Haus getötet, und mit dem Tod des Jungen war Raos Geist verschwunden. »Es ist Atro, der Höker«, verkündete Dubric und wich von den schwebenden Puppen zurück. »Wir müssen ihn finden. Auf der Stelle. Bevor aus Otlee auch eine Puppe wird.«

»Er ist jeden Frühling beim Pflanzfest«, sagte Dien und eilte zur Leiter. »Aly ist verrückt nach seinen Puppen.«

Dubric kletterte hinauf. »Dann danken wir dem König, dass er keine Lust auf kleine Mädchen verspürt.«

Die Aufführung endete, und Aly klatschte.

Andere Kinder rannten umher, lachten oder schmollten oder bettelten um Leckereien, aber sie mampfte glücklich ihre Karamellbonbons und kletterte auf eine Bank, um nach Jess und Lars Ausschau zu halten.

Sie saßen einige Reihen weiter hinten und unterhielten sich. Wahrscheinlich hatten sie gar nicht bemerkt, dass die Aufführung zu Ende war.

Aly grinste. Dann würden sie auch nicht bemerken, wenn sie sich hinter die Bühne schlich, um einen Blick auf die Marionetten zu werfen. Sie sprang von der Bank und lief auf die Bühne zu. Hopsend folgte sie dem Weg zur Rückseite.

Atros Karren und Maultier warteten im Schatten, und er verstaute gerade die letzten Puppen in einer Kiste. Aly wollte ihm zurufen, doch da warf er die Kiste auf den Karren und entfernte sich in die andere Richtung, steuerte auf einen Abort zu. Eine alte Frau schaute ihm nach und sagte etwas, das Aly nicht hören konnte, aber er ging einfach weiter.

Die Karrentür stand offen. Aly schlich näher und kletterte leise hinein. »Nur kurz schauen«, flüsterte sie zu sich selbst und griff nach der Kiste, die sich unter einem schwarzen Gewand verbarg. Knarrend öffnete sich der Deckel, und sie grinste breit. Atro hatte für die Aufführung die guten Puppen mitgebracht, die mit dem echten Fell und funkelnden Glasjuwelen als Augen. Sie lagen mit den Gesichtern nach oben in der Kiste. Die Griffe, mit denen man ihre Bewegungen steuerte, waren am Deckel befestigt. Aly konnte nicht widerstehen, sie musste sie anfassen. Sie wirkten so lebendig.

Plötzlich hörte sie einen gedämpften Schrei und ein Klopfen, als sich etwas bei ihr im Karren bewegte. Sie schaute auf und spähte mit zusammengekniffenen Augen in die Dunkelheit, als es erneut klopfte und die oberen Bretter einer Sitztruhe knarzten.

Ein dunkel verschmiertes Schloss hing an einer zerkratzten Verschlusslasche und verband den Deckel mit der Vorderseite. Aly vergaß die Marionetten und kroch auf die Truhe zu; wieder ertönte ein Knarzen, und das Schloss klimperte, als versuche, was sich in der Truhe befand, irgendwie herauszugelangen.

Aly schaute aus dem Karren und stellte fest, dass sich niemand in der Nähe befand. Sie wandte sich wieder der Truhe zu und näherte sich ihr. »Hallo?«, flüsterte sie in den Spalt zwischen dem Deckel und der Vorderseite. »Ist da jemand drin?«

Sie hörte einen gedämpften, schrillen Ruf um Hilfe und weitere verzweifelte Bewegungen aus der Truhe.

Ich sollte Lars holen, dachte sie und wich zurück, aber dann fiel ihr Blick auf eine Schautafel mit kleinen Vorrichtungen und Werkzeugen, die im Sonnenlicht funkelten. Sie schaute zurück zur Sitztruhe und deren Schloss mit den dunklen Schlieren.

»Ich hab die Gruft von Lars' Großpapa aufgemacht. Ich kann das auch allein«, flüsterte sie bei sich.

Aly nahm eine feine Metallfeile und eine Ahle von der Schautafel, dann spähte sie ins Schloss. Es war neuer als das Schloss der Gruft, aber außerdem lockerer, und es war einfach zu knacken. Sie zog es flugs von der Lasche. Der Fleck erwies sich als feucht und rot und klebrig. Blut. Mit verzogenem Gesicht wischte sie sich die Finger an ihrem Rock ab.

Sie ließ das Schloss fallen und hob den Deckel an. Ein Junge, nackt, blutend und geknebelt, starrte sie an. Seine Augen schimmerten feucht. Er wirkte zerbrochen und verrenkt wie ein weggeworfenes Spielzeug. Mühsam versuchte er, sich aufzusetzen, aber Fesseln hielten ihn zurück.

»Otlee?«, stieß sie hervor und half ihm, sich aufzurichten. Er war schwer und schien schwach zu sein. Sie musste aufstehen, um besseren Halt zu finden, aber es gelang ihr, ihn hochzuhieven, bis er in der Truhe saß. »Alle suchen nach dir.«

Seine Augen weiteten sich, und er schrak kopfschüttelnd zurück. Aly erstarrte.

»Was haben wir denn da?«, sagte die Stimme einer Frau. »Eine blinde Passagierin? Eine Diebin?«

»Ich bin keine Diebin!«, widersprach Aly und drehte sich um. »Er ist mein Freund.«

Eine alte Frau an der Öffnung grinste sie an. »Nein, er ist mein neuer Foiche.« Sie streckte sich nach Aly. Über ihre Arme krochen rote Würmer mit winzigen, schnappenden Mäulern. »Ich denke, dich wird er lecker finden.«

Unvermittelt stand Jess auf. »Das war Aly.«

Lars rappelte sich neben ihr auf die Beine. Seine Hand senkte sich auf den Griff seines Schwertes. »Nimm Cailin.«

Trabend setzte er sich in Bewegung, dann beschleunigte er in vollen Lauf, als er Aly vor Schmerzen kreischen hörte. Allerdings entpuppte sich das Geräusch im Konzert der etlichen umherwuselnden Menschen als verzerrt, und er war nicht in der Lage, die Richtung auszumachen. Die Marionettenaufführung hatte geendet, und er blickte auf die leere Bühne, die leeren Sitzbänke. Nirgendwo eine Spur von Aly.

Verwirrt blieb er mitten auf dem Weg stehen und drehte sich

um, horchte auf einen weiteren Schrei. Doch durch das wilde, verängstigte Pochen seines Herzens konnte er kaum etwas hören.

Jess kam zu ihm gerannt und hielt Cailin an sich gedrückt. »Wo ist sie?«

»Ich weiß es nicht. Ich kann sie nirgendwo sehen.«

»Ich auch nicht. Aber sie war doch genau hier!«

»Wo könnte sie hingegangen sein? Zu weiteren Süßigkeiten? Spielsachen?«

»Ich weiß es nicht«, erwiderte Jess mit vor Furcht geweiteten Augen.

»Bei der Göttin, ich hoffe, ihr fehlt nichts.« Abermals schaute Lars ringsum. »Meinst du, dass sie sich die ganze Aufführung angesehen hat?«

Jess nickte. »Ja. Aly liebt Marionetten.«

»Dann schauen wir uns zuerst hier um. Die Vorführung hat erst vor wenigen Minuten geendet. Sie kann nicht weit gekommen sein.«

Hastig suchten sie den Bereich ab, fanden jedoch nur verwaiste Sitzbänke und weggeworfenes Essen. Lars ließ im Gehen den Blick auf den Boden gerichtet. Er hielt Ausschau nach Fußabdrücken, nach Hinweisen, doch was er sah, war ein einziges Durcheinander, das die unzähligen Leute hinterlassen hatten. Bis er näher zur Bühne gelangte.

»Ich glaube, der stammt von Aly«, sagte er und kniete sich hin. Ein deutlicher Abdruck überlagerte die anderen, und er zeugte vom Schuh eines kleinen Mädchens. Mit Jess an der Seite folgte er dem Weg um die Bühne herum und entdeckte weiter Abdrücke, die in die Schatten führten.

»Warum ist sie nach hier hinten gegangen?«, fragte Jess.

Mit geneigtem Haupt folgte Lars dem Weg. »Vielleicht wollte sich Aly die Marionetten aus der Nähe ansehen.« *Ich hätte besser aufpassen müssen. Ich hätte sie im Auge behalten müssen.*

»Oh nein«, stieß Jess hervor und verfiel in Laufschritt.

Lars hielt inne und schaute jäh auf. Seine Hoffnung fiel in sich zusammen, und er geriet ins Stolpern. »Was? Oh Göttin!«

Jess hob eine blutige Locke vom Boden auf. »Was geht hier vor?«

Voller Panik rannte Lars zu ihr. »Nicht bewegen.« Rasch untersuchte er den dichten, rissigen Schlamm und achtete auf die Spuren, bevor sie verloren gingen. »Sie war hier. Zwei Erwachsene. Und ein Karren.« Er kniete sich hin. Seine Finger berührten eine gekrümmte Scharte in der Erde, eine Karrenfurche, die sehr an jene erinnerte, die er in der Nacht seiner Ankunft in den Weiten auf der Straße gesehen hatte. Daneben lag ein Karamellbonbon. Lars stand auf und zog sein Schwert, folgte der Spur zu einer Gasse zwischen zwei Gebäuden und hob eine leere Whiskeyflasche auf. Er schnupperte daran, verzog angesichts des eindringlichen Alkoholgestanks das Gesicht und warf die Flasche zu Boden. »Hol deine Mama. Sofort. Erzähl ihr, was passiert ist.«

»Aber Lars! Du kannst nicht alleine gehen!«

Kurz hielt er inne, drehte sich um und sah sie an. »Wenn ich es nicht tue, verlieren wir sie unter Umständen. Lauf!«

Jess stolperte davon, nahm die Locke und Cailin mit. Lars wandte sich wieder den Karrenspuren zu, rannte mit dem Schwert in der Hand los und verschwand in die Schatten.

»Was ist dir denn über die Leber gelaufen?«, wollte Lissea wissen.

Sarea zuckte mit den Schultern und ordnete Hüte nach ihrer Größe. »Ist nicht wichtig.«

Lissea legte eine Auswahl von Hutbändern heraus und strich sie auf dem Schautisch glatt. »Muss es aber doch sein. Du hast den ganzen Tag kaum ein Wort von dir gegeben; außer, als du die Kinder weggeschickt hast.«

»Es ist nichts.«

»Schwindel deine Mutter nicht an.«

Sarea drehte sich um und ballte die Hände zu Fäusten. Ihr Vater war losgegangen, um sich ein Bier zu holen, und im Augenblick waren keine Kunden da, um ihre Waren zu begutachten. Sie versuchte, sich zurückzuhalten, aber es sprudelte trotzdem aus ihr hervor. »Du bist nicht meine Mutter. Du bist nie meine Mutter gewesen. Du siehst mir nicht einmal ähnlich.«

Lissea starrte sie fassungslos an. Ihr Mund bewegte sich, ohne dass Worte über ihre Lippen drangen. Schließlich wandte sie sich ab und strich weiter Hutbänder glatt.

»Wenigstens versuchst du nicht, es zu leugnen.« Zornig klatschte Sarea einen Hut auf die Ablage.

»Nein, du hast recht.«

Schweigend arbeiteten sie weiter, bis Sarea fragte: »Warum hast du es mir nie gesagt?«

»Schien mir einfach nie eine gute Möglichkeit dafür zu geben. Einmal hab ich's versucht, als du noch klein warst, aber du wolltest nichts davon hören. Du hast nur gesagt, ich sei deine Mama, und ich hab's danach nie wieder erwähnt.«

Sareas Schultern sackten herab, und sie drehte sich um. »Das muss schwierig gewesen sein, vermute ich.«

»War es. Alles daran war schwierig. Deine Mama ist gestorben, als du etwa zwei Sommer alt warst, und ich wurde losgeschickt, um deinem Papa dabei zu helfen, sich um die Dinge zu kümmern. Ich war damals bloß ein dürres kleines Mädchen, aber du hast dich an mir festgeklammert und wolltest mich nicht mehr loslassen.«

»Was heißt das, ›um die Dinge zu kümmern‹?«, hakte Sarea nach.

Lissea holte tief Luft. »Devyn brauchte jemanden, der sich um das Haus und um sein Kind kümmert. Ich wurde bei einem Tauschhandel an ihn verkauft. Für ein paar Hüte und Schafe, wenn ich mich recht erinnere.«

Sarea starrte sie entsetzt an. »Du bist *verkauft* worden? Bei der Göttin, warum? Und wie?«

Mit gesenktem Blick antwortete Lissea: »Meine Familie ist im Krieg gestorben. Ich war noch ein Säugling, erst wenige Monde alt, vielleicht auch erst ein paar Phasen. Manche Leute haben Kriegswaisen als Diener bei sich aufgenommen, andere haben sie behalten, um mit ihnen Geld zu machen. Meister Duncannon hat vor dem Krieg für meinen Papa gearbeitet. Er hat mich aufgenommen, aber er war habgierig und tauschte mich schon vor Devyn mehrfach ein. Gegen Geld, gegen Whiskey. Für ein paar Tage oder mehrere Monde. Als ich vierzehn war, hat er ein Mädchen geschwängert. Ich war bloß froh, dass nicht ich das war. Maeves Mama und ich kamen nicht gut miteinander aus, und sie hat mich für zwei Sommer an Devyn verkauft. Devyn war gut zu mir, deshalb bin ich nie mehr von ihm weggegangen, auch nicht, als meine Zeit bei ihm um gewesen wäre.« Sie schaute auf. »Niemand ist damals gekommen, um mich zu holen. Man hatte mich einfach vergessen.«

»Das tut mir leid«, sagte Sarea, der sich der Magen umdrehte.

»Was geschehen ist, ist geschehen.«

»Hattest du sonst keine Angehörigen? Niemanden?«

Lissea lachte rau. »Abgesehen von einem Kleinkind, einem Mädchen, das sich für meine Schwester hielt? Ich hatte eine Base. Und eine verrückte Tante. Verkauft war ich besser dran.«

»Aber … all die Dinge, die du ertragen haben musst …«

Lissea ergriff einige weitere Hutbänder. »Was einen nicht umbringt, macht einen nur stärker.« Sie holte tief Luft und wandte sich ab. »Ich hab getan, was ich konnte, um dafür zu sorgen, dass du nicht dasselbe Schicksal erleiden musstest. Dass du nicht für eine Flasche Whiskey mit einem Fremden schlafen oder dir auf den Feldern die Hände blutig schuften musstest. Dass du nie eine Peitsche auf dem Rücken oder ein Messer zwischen den Beinen spüren musstest. Dass du mit einer Zukunft heranwachsen konntest.«

Sarea schlang die Arme um die schmalen Schultern ihrer Mutter und drückte sie. »Es tut mir so leid. Das wusste ich nicht.«

»Ich habe ja versucht, es dir zu erzählen, ehrlich. Aber ich konnte nicht. Und als du erwachsen warst und geheiratet hast, weggezogen bist … Da dachte ich, dass ich meine Sache vielleicht nicht so schlecht gemacht hätte. Du warst glücklich und mit einem anständigen Mann verheiratet. Du warst keine Dienerin, kein Stück Fleisch, das nach Lust und Laune herumgereicht wurde. Du bist nicht geschlagen oder vergewaltigt worden. Nicht wie ich vor all den Sommern, bevor dein Vater mich gekauft hat.«

»Papa hätte nie zugelassen, dass sie dich zurückholen«, sagte Sarea und drückte ihre Mutter erneut. »Er liebt dich.«

Lissea sah Sarea an. »Er liebt mich nicht. Er hat nie aufgehört, deine Mama zu lieben.«

»Aber er hat dich geheiratet. Das …«

Lisseas Stimme wurde tonlos. »Er hat mich wegen Stuart geheiratet, nicht aus Liebe. Du hast ja keine Ahnung, was für Glück du hast. Mich hat nie jemand geliebt. Außer dir.«

Verwirrt löste sich Sarea von ihr. »Papa und du … Er hat dich gezwungen …«

»Er hat mich nie zu irgendetwas gezwungen. Nicht ein einziges Mal in all den Sommern, die ich ihn kenne.« Sie drehte sich um und sah Sarea eindringlich in die Augen. »Er hat mich auch nie angefasst, jedenfalls nicht bis nach Stuarts Geburt, und da war ich bereits seine Frau, also hat es keine Rolle gespielt.«

»Was? Nein!«

Lissea zuckte mit den Schultern und breitete weitere Hutbänder aus. »Du wolltest die Wahrheit haben. Jetzt kennst du sie. Ich war seine Dienerin. Eine Ersatzmama für seine Tochter. Mehr nicht.«

»Dann war Stuart gar nicht mein Bruder?«

»Nein. Ein Junge kam irgendwann vorbei und verbrachte die Nacht in der Scheune. Ich erinnere mich nicht mal an seinen Namen, falls ich ihn überhaupt je gewusst hab. Ich wollte das Kind wegmachen, aber es hat nicht geklappt. Dein Vater hat mich blutend gefunden, und er hat mich geheiratet, damit niemand dachte, er hätte ein uneheliches Kind mit einer Dienstmagd gezeugt. Immerhin war er ein Würdenträger im Tempel. Ein Geschäftsmann.«

Sarea hatte das Gefühl, in Ohnmacht fallen zu müssen. »Bei der Göttin, ich glaube, ich erinnere mich an eine Hochzeit. Ich hab mich so darüber gefreut, Blumen auszusuchen und ein neues Kleid zu bekommen … Aber es war alles nur zum Schein?«

»Du warst damals sechs«, murmelte Lissea. »Alle kleinen Mädchen mögen Hochzeiten. Und du hast dich über deinen kleinen Bruder gefreut, obwohl er beschädigt war.« Sie holte tief Luft und schüttelte den Kopf. »Ich habe mir nie verziehen, was ich Stuart antat. Was passiert ist, war meine Schuld. Alles. Und dein Vater hat ihn vom ersten Augenblick an geliebt. Es hat ihm nichts ausgemacht, dass er ein Kuckuckskind war.«

Sarea näherte sich ihr vorsichtig. »Du warst jung. Du hattest Angst. Es war ein Versehen. Du musst dir keine Vorwürfe machen.«

»Es war kein Versehen«, widersprach Lissea und wischte sich mit dem Handrücken die Nase ab. »Jedenfalls kann ich nach allem, was dein Vater für mich getan hat, nicht einfach so weggehen. Ich weiß, dass er verrückt ist, und manchmal ist es wirklich schwer, aber ich kann ihn nicht verlassen.« Sie schniefte, als Sarea sie in ihre Arme zog. »Ich wollte es dir schon so lange erzählen. Wie leid mir tut, was alles passiert ist. Wie leid es mir wegen Stuart tut.«

»Schon gut, Mama«, sagte Sarea und drückte sie fester. »Das ist jetzt alles Vergangenheit. Alles ist vergeben und vergessen.«

»Nicht alles«, entgegnete Lissea und erwiderte die Umarmung. »Aber ich habe mein Bestes gegeben. Jetzt hat es mich nicht mehr im Griff und ist mir von den Schultern genommen.«

»Gut«, meinte Sarea. Ein letztes Drücken, dann sah sie, wie Jess panisch auf sie zugerannt kam.

»Sie ist weg! Verschwunden!«

»Jesscea! Beruhig dich!«, forderte Sarea ihre Tochter auf, nahm ihr den Säugling ab und reichte ihn ihrer Mutter. Jess fuchtelte wild mit den Armen, und Sarea hatte Mühe, ihre Tochter auf dem Boden zu halten. »Was ist passiert? Wer ist weg?«

»Aly! Lars ist hinter ihr her. Wir müssen was unternehmen! Sofort!«

»Wohin ist sie gegangen?«

»Ich weiß es nicht!«, rief Jess und wedelte mit einer blutigen Locke vor Sareas Gesicht. »Sie ist weg! In irgendjemandes Karren verschwunden! Lars verfolgt sie!«

»Wer hat sie mitgenommen, Jess?«, fragte Lissea mit leiser und zittriger Stimme.

»Ich weiß es nicht!«, heulte Jess. Sie fiel auf die Knie und zerrte Sarea mit sich nach unten. »Wir waren bei der Marionettenaufführung, und Aly ist einfach verschwunden! Lars ist ihr nachgelaufen. Mehr weiß ich nicht.«

»Nein! Das ist unmöglich!«

»Mama? Großmama?«, sagte Fyn und kam herbeigeeilt. »Was ist denn passiert?«

Während Sarea Mühe hatte, etwas Zusammenhängendes hervorzubringen, packte Lissea ihre Enkeltochter am Kinn. »Hol deinen Großpapa, Fyn. Er ist im *Heißen Bein*. Lauf, Mädchen. Schnell.«

Fyn stolperte los, dann verfiel sie in Laufschritt und verschwand in der glotzenden Menge.

Sarea schrie: »Aly! Oh Göttin, nein!«

»Steh auf«, sagte ihre Mutter. »Reiß dich zusammen, Sarea. Das musst du.«

»Aber mein kleines Mädchen, mein kleines Mädchen … Jemand hat mein kleines Mädchen entführt!«

»Es tut mir leid, Mama«, rief Jess und streckte sich nach ihr, aber Sarea schlug ihre Hände weg. »Es tut mir leid! Es ist alles meine Schuld!«

»Jemand hat mein kleines Mädchen entführt!«, kreischte Sarea.

Lissea packte Sarea unter den Achselhöhlen und hievte sie hoch. »Hör auf. Verdammt noch mal! Hör auf!«

Sarea wehrte sich im festen Griff ihrer Mutter. »Du solltest doch auf deine kleine Schwester aufpassen!«

»Wir haben gleich hinter den Kindern gesessen«, platzte Jess hervor, »mit Cailin. Wir konnten sie sehen, und ich dachte …«

Sarea erschlaffte. »Wie konnte das nur passieren? Wo ist mein kleines Mädchen?«

»Lars wird sie finden, Mama«, beteuerte Jess weinend und streckte sich erneut nach ihr. »Ganz bestimmt. Er hat es versprochen.«

Sarea nickte. Sie hatte Mühe, zu atmen. Lars hielt seine Versprechen immer. Sie streckte die Arme nach ihrer Tochter aus und schluchzte. Hinter sich hörte sie ein Krachen, und sie wirbelte herum. Eine Kiste mit Hüten lag zerbrochen auf dem Boden, doch es befand sich niemand in der Nähe. Ein Schauder kroch Sarea kribbelnd über den Rücken, während sie Jess festhielt und weinte.

Lars war überzeugt davon, sein Herz würde jeden Augenblick aus seine Brust sprengen und die Straße entlang vorausspringen. Er wollte anhalten und verschnaufen. Bei den Höllen, er wollte tot umfallen. Aber Aly befand sich immer noch in jenem Karren – einem Karren, den er vor sich auf der Straße sehen konnte –, und er würde weiterrennen, bis ihm die Göttin selbst das Leben nahm.

Lars gelobte sich, Atros Eingeweide über den Schlamm zu verteilen. Er hätte das Versprechen laut ausgesprochen, es in den

Himmel gebrüllt, wenn er in der Lage gewesen wäre, ein Wort hervorzubringen. So schrie er es stattdessen in Gedanken und rannte weiter, hielt sich verbissen die Seite, als er langsam aufholte.

Dicke, tückische Schlammklumpen und halb getrocknete Furchen überzogen die Straße. Fluchend stolperte Lars, aber er kämpfte sich weiter vorwärts. Flüchtig fragte er sich, wie weit er schon gekommen sein mochte – eine Meile? Zwei? Fünf? Dann verdrängte er die Frage. Die Entfernung spielte nicht die geringste Rolle. Er war ein Page, kein Kurier, und wenngleich eine Viertelmeile im Trab zum Dorf südlich der Burg nie ein Problem dargestellt hatte, war ein endloser wilder Lauf über unebenes Gelände etwas völlig anderes. Er war bereits weiter gerannt als je zuvor, aber er würde noch zehnmal weiter rennen, wenn er Aly dadurch retten konnte.

Vorausgesetzt, sein Herz zersprang nicht in der Brust, bevor er sein Ziel erreichte.

Lars gelangte auf die Kuppe eines Hügels, sog krampfhaft Luft in die Lunge und stellte fest, dass der Karren bereits den nächsten schlammigen Hügel erreicht hatte. Als das Gefährt den Hang hinaufrumpelte, schwang die hintere Tür auf, und er sah einen blonden Kopf, der nach draußen strebte, bevor er zurück in die Dunkelheit gezogen wurde.

»Aly!«, brüllte er. Seine Stimme war kaum mehr als qualvoll ausgestoßene Luft.

Sie lebt, schoss ihm durch den Kopf, als er sich den Hügel hinunterstürzte. *Und ich werde zu ihr gelangen. Versagen kommt nicht infrage. Das kann ich nicht. Das werde ich nicht.*

Der Wagen erklomm den Hang, die offene Hintertür schwang hin und her. Lars folgte dem Gefährt, nah genug, um zu beobachten, wie Aly im Inneren mit einer alten Frau kämpfte.

»Lars!«, schrie Aly und wand sich frei. Sie hielt sich am Türrahmen fest und blickte erst auf die zerfurchte Straße hinab, dann zu Lars. »Otlee ist auch hier! Er ist verletzt!« Sie hatte eine blutige Nase und einen Bluterguss auf der Wange, außerdem wirkte sie zugleich verängstigt und wütend.

»Spring!«, brüllte Lars und raste so schnell er konnte weiter. Er streckte die Arme nach ihr aus, obwohl sie sich gut fünfzig Längen entfernt befand. »Um der Göttin willen! Spring!«

Aly nickte, aber die alte Frau bewegte sich hinter ihr und zog sie erneut zurück in die Schatten.

»Lass sie los!«, schrie Lars.

Er sah einen Kampf, hörte Aly kreischen. Dann tauchte die alte Frau an der offenen Tür auf. Sie hielt Aly an den Haaren. »Nimm die kleine Wildkatze, wenn du sie so sehr willst!«

Aly fasste sich an die Kehle, die Augen geweitet und verängstigt. Die alte Vettel riss sie hoch, dann wieder runter, und Lars erkannte, dass sie Aly gar nicht an den Haaren festhielt, sondern an einer schwarzen Schnur, die um die Kehle des Mädchens gewickelt war.

Aly trat um sich und setzte sich zur Wehr. Die alte Vettel grinste Lars entgegen, als sie Aly in den Schlamm hinabfallen ließ.

Hals über Kopf rollte sie über die Straße, und Lars preschte zu ihr, während der Karren weiter den Hügel hinaufrumpelte.

»Nein!«, brüllte Lars. Kaum hatte er Aly erreicht, ließ er sich auf die Knie fallen und versuchte, die Schnur von ihrem Hals zu reißen. Aly kämpfte. Ihr Gesicht verfärbte sich blau, die Augen quollen hervor, frisches Blut sickerte aus ihrer Nase.

Die Schnur war verknotet. Mehrmals um den Hals geschlungen schnitt sie tief in die Haut. Lars zückte seinen Dolch und schnitt sie durch, verletzte dabei die Muskeln seitlich an Alys Hals. Mit einem Ruck entfernte er die Schnur und warf sie beiseite. Dann versuchte er, zu Atem zu gelangen, und hoffte entgegen alle Wahrscheinlichkeiten, dass Aly in der Lage sein würde, zu laufen. Otlee befand sich noch im Karren, der sich mit jedem verstreichenden Augenblick weiter entfernte. *Oh Göttin, bitte hilf mir!*

Aly krümmte sich, krallte sich an ihm fest, als sie verzweifelt zu atmen versuchte. Ihr Gesicht schillerte immer noch blau, und ein leises Quieken entrang sich der zugeschnürten Kehle.

»Nein!«, schrie er wie von Sinnen und fuhr mit den Fingern die Vertiefung entlang, welche die Schnur hinterlassen hatte. »Oh nein, Göttin! Nein!«

Ungeachtet ihrer Gegenwehr neigte er ihren Kopf zurück und vernahm ein pfeifendes Rasseln. Ihr Strampeln wurde schwächer, die Brust hob und senkte sich langsamer.

»Bleib bei mir!«, brüllte er und versuchte, in sie zu atmen, ihr irgendwie Luft zu verschaffen. »Verdammt, Aly! Wag es nicht, zu sterben!«

Er beugte sich über sie, presste den Mund auf ihre Lippen und blies, heftiger und heftiger, immer *heftiger*. Aber es fühlte sich an, als puste er in einen Kelch. Sein Atem gelangte nirgendwohin.

»Oh Aly«, stieß er schluchzend hervor und versuchte es von Neuem. »Stirb nicht. Halt durch, Liebes, wir schaffen das. Ich bringe das in Ordnung. Ich schwöre es. Atme, nur ein bisschen, bitte. Bei der Liebe der Göttin, atme für mich!«

Aly zuckte, schaute zu ihm auf und zuckte noch einmal. Ihre Hand ließ sein Hemd los und landete schlaff auf ihrer Brust.

Er spürte, wie warme Nässe auf seinen Schoß sickerte, als sie in seinen Armen zusammensackte. Weinend versuchte er wieder und wieder, Luft in sie zu bekommen, wiegte sie hin und her und flehte die Göttin an. »Nimm mich. Tu das nicht, nicht mit ihr. Bitte nimm mir nicht meine kleine Schwester weg. Ich tue alles, nur bitte, bitte … Bitte, Aly, atme. Ich tue alles.«

Doch er wusste, dass er nichts mehr tun konnte.

Schluchzend strich er ihr Haar glatt und drückte sie an sich. »Warum?«, schrie er dem Himmel entgegen. »Was hat sie je getan, um den Tod zu verdienen?«

Er blickte auf ihr Gesichtchen hinab, auf seine süße kleine Aly, und er sah, wie seine Tränen auf ihre bläulich verfärbte Haut tropften. Heulend rappelte er sich unstet auf die Beine und stolperte über eine Furche in der Straße. Er hielt sie weiter an die Brust gedrückt, als er wankend versuchte, das Gleichgewicht zurückzuerlangen. Seine Beine zitterten vor Erschöpfung und drohten, ihn ausgestreckt im Schlamm landen zu lassen.

Er wollte weinen, wollte trauern, doch stattdessen schaute er den Hügel hinauf. *Atro und die alte Hexe haben immer noch Otlee.* Er konnte nicht mehr rennen, und er weigerte sich, Aly am Straßenrand zurückzulassen, also erklomm er langsam und verbissen den Hügel und betete, dass er nicht zu spät kommen würde.

Sie hatten die Hauptstraße beinahe erreicht, als Dubric die verhasste Last eines Geistes hinter die Augen fuhr. »Nein. Das kann nicht sein.« Der Kastellan schrie auf und klammerte sich am Sattelknauf fest.

Tränen strömten ihm über die Wangen. Ihm fiel keine mögliche Verbindung zwischen Alyson und den toten Jungen ein, aber er konnte sich auch nicht vorstellen, dass sie zum Opfer eines willkürlichen Mordes geworden war. Nicht, wenn er schon zwei Dutzend anderer Geister um sich hatte. Er streckte die Hand nach Dien aus.

»Es tut mir so leid«, sagte er, konnte kaum sprechen. »So verdammt leid.«

Dien wurde aschfahl. »Was ist, Herr? Was ist passiert? Ist es zu spät, um Otlee zu retten?«

»Nicht Otlee. Alyson.«

»Nein«, entfuhr es Dien, der die Straße entlangblickte und sein Pferd mit einem Tritt schneller laufen ließ. »Das ist eine Lüge.«

Dubric schaute ihren Geist an und sagte: »Es ist die Wahrheit. Ich weiß nicht, wie oder warum es passiert ist, aber sie ist tot.«

»Sie ist bei meiner Familie, verdammt noch mal! Bei Lars!«,

brüllte Dien. »Mir ist egal, was Ihr zu sehen glaubt, meine Tochter ist nicht tot!«

In betretener Stille galoppierten sie, was das Zeug hielt. Dubric schalt sich innerlich dafür, nicht schon eher auf Atro gekommen zu sein und nicht daran geglaubt zu haben, dass Magie in den Weiten überlebt haben könnte. Sie hatten Foiche und seine Schergen im Krieg getötet, sie ausgerottet wie das Ungeziefer, das sie waren. Konnte jemand entkommen sein?

Nein, entschied er mit einem Blick zum Horizont. *Wir haben jeden einzelnen Magier, alle Gefolgsmänner, die Lehrlinge und die Adepten gefasst und getötet … jeden Mann und jede Frau, sogar Landvolk. Wirklich jeden, der auch nur den leisesten Hauch von Magie erkennen ließ. Niemand ist entkommen, das war schlichtweg nicht möglich. Nicht bei Tausenden Soldaten und mehreren Armeen. Wir haben jede lebende Seele in den Weiten gefasst und verhört.*

Plötzlich erwachte eine uralte Erinnerung flackernd zum Leben.

Nachdem er aus jenem erstickenden Tunnel gekrochen und in einer Landschaft aus Flammen und Rauch hervorgekommen war, hatte er die Jagd auf Foiche fortgesetzt. Gefunden jedoch hatte er zunächst ein Mädchen – kein Kind mehr, aber auch noch keine Frau. In einem Arm hatte sie einen Säugling gehalten, an der anderen Hand einen Jungen, der kaum alt genug zu sein schien, um neben ihr einherzustolpern. Das Mädchen hatte er nicht verhaftet, sondern aufgefordert, wegzurennen. Sie sollte so weit wie möglich von diesem Ort fliehen, weil die Armeen kamen, und manche verhielten sich schutzlosen Mädchen gegenüber alles andere als freundlich. In den Gefangenenlagern hatte er sie später nicht gesehen, und er hatte Erleichterung darüber verspürt, weil er davon ausgegangen war, dass sie seinen Rat beherzigt hatte. Und er hatte gehofft, er würde wenigstens eine Seele vor Folterung und Schmerzen gerettet haben.

Ein Schauder lief ihm über den Rücken, als er versuchte, sich an ihr Gesicht zu erinnern, doch es war im Dunst der Zeit verloren gegangen. Fast fünfzig Sommer waren verstrichen, seit er im Rauch einem Mädchen begegnet war, das er aufgefordert hatte, sich und die Kinder zu retten.

Das Mädchen war vierzehn, vielleicht fünfzehn Sommer alt gewesen. Sie hatte ihn mit einer Mischung aus Hass und nackter Angst angestarrt. Damals war er knapp neunzehn Sommer alt gewesen, edelmütig und unglaublich ahnungslos, was Frauen anging; auch solche, die ihn verachteten.

Das bin ich immer noch, dachte er und rieb sich den kahlen Schädel. *Kann es sein, dass ich nur eine verängstigte junge Mutter gesehen habe und blind für ihre Magie gewesen bin? Kann eine alte Frau, fast so alt wie ich, in diese Sache verstrickt sein?*

Verblüfft blinzelte er und hätte vor Erstaunen beinah sein Pferd gezügelt. Ein Junge kam über den nächsten Hügel gestolpert und trug ein erschlafftes Kind in den Armen. *Lars?* Dubric trat seinem Pferd in die Rippen. Dien schrie neben ihm auf, und sie preschten die Straße hinab.

Kapitel 27

»Wir kommen!«, rief Dubric. Lars taumelte und fiel auf die Knie, dann stemmte er sich wieder hoch, alles mit Alyson in den Armen.

Dien stieß einen markerschütternden Schrei aus, in dem sich Kummer und Schmerz und rasende Wut vermischten.

Lars stolperte weiter, ließ seine Last aber nie fallen. Sie ritten näher, während er sich Schritt für Schritt vorwärtskämpfte. Dabei heulte er hemmungslos und drückte die arme Alyson an seine Brust, während ihre Arme und Beine schlaff in seinem Griff baumelten. »Ich hab die Göttin angefleht, mich zu nehmen, aber sie wollte nicht auf mich hören!«

»Das tut dieses Miststück nie«, erwiderte Dubric und stieg ab.

Dien sprang aus dem Sattel. »Gib mir meine Tochter.«

Lars nickte und streckte ihm mit zitternden Armen den Leichnam entgegen. »Ich hab versucht, sie zu retten, aber ihre Kehle ist zerdrückt. Ich hab versucht, sie zum Atmen zu bringen, aber sie konnte nicht, sie ist einfach …«

Dien fiel mit seinem Kind in den Armen auf die Knie. Er zitterte, presste die kleine Alyson an sich, brüllte dem Himmel entgegen.

Dubric drehte Lars' Gesicht von dem trauernden Vater weg. »Was ist passiert? Fang am Anfang an. Wir haben nicht viel Zeit.«

Lars schluckte und wischte sich mit dem Handrücken über die laufende Nase. »Jess und ich sind mit Aly zur Marionettenvorführung gegangen, und sie ist weggerannt. Wir haben Aly schreien gehört und haben uns auf die Suche nach ihr gemacht. Es ist Atro, der Höker, Herr, und irgendein verfluchtes altes Weib. Sie hat Aly getötet. Sie hat eine Schnur um ihren Hals gebunden.«

Abermals schluckte er und fügte hinzu: »Sie haben auch Otlee, das hat Aly noch sagen können, aber dann hat die alte Hexe sie erdrosselt und aus dem Karren geworfen. Ich war so nah dran, Herr, aber ich konnte nicht …« Sein Gesicht verzog sich zu einer Grimasse, seine Hände ballten sich an seinen Seiten zu Fäusten.

»Du hast getan, was du konntest«, beruhigte ihn Dubric und klopfte ihm auf die Schulter. »Aber du musst deinen Kummer vorerst verdrängen. Hast du Otlee gesehen?«

»Nein, Herr. Nur Aly. Sie hat versucht, zu entkommen, aber das Weib …«

»Vermaledeites Drecksstück«, stieß Dien knurrend hervor. »Ziegenschändende Hure.«

Nicht jetzt, dachte Dubric und drehte sich Dien zu. *All diese Gefühle helfen uns nicht, wenn wir uns einem Magier stellen.* »Wir müssen Otlee retten. Er darf nicht dasselbe Schicksal wie Braoin erleiden.«

»Wird er nicht«, erwiderte Dien und stand auf. »Eher töte ich den Jungen selbst, als dass ich ihm noch einmal von diesem Miststück und diesem Knaben vergewaltigenden Scheißhaufen etwas antun lasse.«

Lars trat zittrig einen Schritt auf ihn zu. »Es tut mir so leid. Ich habe versucht, sie zu retten, das schwöre ich.«

Mit Aly über der Schulter schob Dien den Pagen beiseite und stieg auf sein Pferd. Er schwenkte es herum und sagte: »Du hast meine Tochter sterben lassen.«

»Nein! Warte, bitte, nein!«, rief Lars und stolperte hinter ihm her, aber Dien ritt davon, ohne auf das Flehen des Jungen zu achten.

»Er leidet Schmerzen und weiß nicht, was er sagt«, beschwichtigte Dubric. »Lass es.«

Lars ließ den Kopf hängen. »Nein, er hat recht. Es ist meine Schuld. Alles.«

Mehr fügte er nicht hinzu, als er hinter Dubric auf das Pferd stieg, und sie folgten Dien schweigend die Straße entlang.

Der Karren war von der Straße auf den Pfad abgebogen, der zu den Turmruinen führte. Die Räder hinterließen deutliche Spuren, und Dubric führte seine Männer durch die Büsche und das Unkraut.

»Warum hier?«, fragte Lars, dessen Blick über die Löcher im Boden und die aufragenden Stahlträger wanderte.

Dubric lenkte sein Pferd um einen Haufen Beton und Glas herum. »Hier hat Foiche seine Gefangenen festgehalten und sich an ihnen genährt. Wahrscheinlich ist dies der Ort der größten Macht.«

Er hörte Lars' Frage kaum: »Wo er *sich genährt* hat?«

Sie erreichten die Ecke des Turms, und Dubric stieg ab. Er zog sein Schwert, während Dien die kleine Aly behutsam in den Schatten legte. »Magie hat einen hohen Preis. Die Schattenmagier bezogen Leben von anderen Lebewesen, um ihre bösen Zauber zu wirken, und haben sie dabei oft getötet. Foiche war besonders geschickt darin, sein Volk auszusaugen, bis nichts als Staub übrig blieb.«

Dubric folgte Dien den mauergesäumten Pfad entlang zum Eingang des Tempels. Ruß besudelte die Ziegelsteine, die zerfetzten Stoffe und den verdichteten Schlamm, aber am Boden zeichneten sich frische Abdrücke ab.

»Du solltest hier draußen warten«, meinte Dubric und streckte die Hand nach Dien aus. »Du trauerst. Das nährt sie, macht sie stärker. Deine Verzweiflung könnte unser aller Tod sein.«

Dien zuckte mit den Schultern, um Dubrics Berührung abzuschütteln, und stampfte den Gang hinab. »Ich komme mit. Dieses Dreckstück hat mein kleines Mädchen getötet. Die Hexe kann mich nicht schlimmer verletzen, als sie es bereits getan hat.«

Dubric eilte los, um zu ihm aufzuschließen. »Dien, bitte hör mir zu. Sie *will*, dass du aufgewühlt bist. Sie hat uns eine Falle gestellt, und wir dürfen nicht hineintappen. Du weißt, was wir da drin vorfinden könnten, was passieren könnte. Starke Gefühle sind uns keine Hilfe; dein Hass wird höchstens dafür sorgen, dass wir getötet werden.«

Abermals streckte Dubric die Hand nach seinem Knappen aus. »Bitte. Denk an deine Frau und die anderen Kinder. An Otlee. Wir können ihn nicht retten, wenn wir uns dem Zorn hingeben. Wir *müssen* ruhig bleiben.«

Dien knurrte tief und grollend, hielt aber in seinem wutentbrannten Marsch inne. »Na schön, Herr, wie Ihr meint. Aber sie sterben heute beide.« Er sah Dubric an und nickte langsam. »Ich warte nicht auf den Henker. Nicht nach allem, was Aly und all diesen Jungen angetan worden ist.«

Dubric blickte zu Lars und sah, wie der Junge grimmig nickte. Eine einstimmige Entscheidung. »Einverstanden. Lass mich vorausgehen.«

Dien wich beiseite, und Dubric betrat den Tunnel. Kalter Schweiß perlte über seine Haut, als ihn die Wände zu erdrücken schienen. Er bog um die Ecke und hielt inne, schmeckte Angst und spürte Diens Masse dicht hinter sich. *Wir müssen alle ruhig bleiben.*

»Ah, der dreckige Byr ist letztlich eingetroffen«, sagte eine Frauenstimme. Haconrys Haushälterin lehnte sich in den Tunnel und grinste ihn an. »Wird auch Zeit, dass du herkommst.«

Dubric starrte sie an und schäumte innerlich. »Wo ist mein Page?«

Vidulyn schaute hinter sich, dann zurück zu Dubric. »Ich fürchte, dein Junge ist gerade ein wenig angebunden – er spielt mit meinem Sohn.«

Dubric hörte ein leises Wimmern. Das Geräusch brachte seine Haut zum Kribbeln. »Gib mir meinen Pagen«, forderte er und setzte sich wieder in Bewegung.

»Oh, aber das kann ich nicht tun«, entgegnete sie und wich vom Loch zurück. »Dein anderes Schoßtierchen hat unser Gefäß umgebracht. Ich hätte ja lieber den Adeligen als Ersatz, aber der hier wird's auch tun. Du hast mir kaum eine andere Wahl gelassen.«

Dubric rückte näher und beobachtete ihre Augen. »Es gibt immer eine Wahl. Lass ihn frei. Sofort.«

»Ich hole mir lieber mein Leben zurück«, erwiderte sie höhnisch. »Gib mir dein Schwert.«

Er spürte ein Ziehen im Kopf, zunächst nur leicht, dann stärker. *Ich bin schlecht vorbereitet, verfüge weder über Schutz noch Stärke. Aber ohne Ablenkungen und Überraschungen könnte ich trotzdem die Oberhand behalten.* »Nein. Das tue ich nicht.«

»Oh doch, wirst du«, beharrte sie, streckte die Hand dem Schwert entgegen und krümmte die Finger. »Ich habe ordentlich Kraft aus dem verzogenen kleinen Mädchen gesogen, bevor ich es fallen ließ. Sie war so viel süßer als Schafe.«

Das Ziehen in Dubrics Kopf wurde nicht stärker; ihr Befehl drang bestenfalls schwach zu ihm durch, kaum mehr als ein unterschwelliger Vorschlag, ein Trick für eine Zaubervorführung. Der Kastellan blickte ihr in die Augen und verbarg sein Lächeln. Er war kein unausgebildeter Bauer, sondern ein Soldat, und er hatte schon weit stärkere Magier als sie getötet. Konzentration würde sie schwächen, er musste ihr nur weiter in die Augen starren, und sobald der Faden, der sie verband, gekappt wäre, würde er ihr die Kehle aufschlitzen.

»Du dreckiges Miststück!«, stieß Dien knurrend hinter ihm hervor. Dubric spürte, wie er vorwärtsgeschoben wurde und aus der Tunnelmündung fiel.

»Nein!«, entfuhr es ihm, und er versuchte, seinen Fall zu bremsen, um die Verbindung mit der Magierin aufrechtzuerhalten. »Nicht jetzt! Du musst ruhig bleiben!«

Vidulyn blinzelte und wich kopfschüttelnd zurück. Dubric

spürte, wie der Faden, der sie verband, jäh zerriss, als sie ihren Willen von dem seinen löste. »Du Mistkerl!«, fauchte sie und trat sein Schwert weg.

Dubric hechtete hinter der Waffe her und fühlte, wie sie versuchte, seinen Geist erneut zu umgarnen. Diesmal hatte er keinen Blickkontakt, keine Möglichkeit, gegen sie zu kämpfen, keine Verteidigung. Seine Sicht verfinsterte sich, füllte sich mit dunklen, verworrenen Ranken, als sich seine Finger um den Griff seines Schwertes schlossen.

Keuchend blieb ihm nichts anderes als zu erdulden, dass sich Schmerzen in seinem Schädel ausbreiteten, und er schmeckte Blut.

Hinter ihm schrie Dien auf, und Dubric hörte ein schweres Plumpsen, als der Knappe zu Boden ging.

Vidulyn lachte und verstärkte die Qualen in Dubrics Kopf. »So ein großer Kerl würde mich fürstlich nähren. Denk nur an all die Dinge, die ich mit dir anstellen könnte, Byr.« Er spürte ihre Berührung im Nacken, schlüpfrig und zugleich trocken wie eine Schlange. »Aber ich glaube, ich hebe ihn für Foiche auf. Ein neuer Foiche muss genährt werden.«

»Foiche ist tot«, presste Dubric hervor. Er versuchte, sein Schwert anzuheben, aber es war schwer, so verdammt schwer. »Ich habe ihn selbst getötet.«

Sie lachte. »Nein, du hast das Gefäß getötet. Gefäße sterben, aber der Geist verbleibt. Ich habe nur eine Möglichkeit gebraucht, ihn zu übertragen, und der Junge ist für meine Zwecke geeignet.«

Dubric schluckte einen Mundvoll Blut hinunter und spürte, wie ihm mehr davon aus der Nase rann. »Meinen Pagen wirst du nicht verderben«, sagte er. »Beim König, das wirst du nicht.«

»Das ist er bereits. Mein Sohn hat dafür gesorgt. Er ist bald bereit, als Gefäß zu dienen.« Der Kastellan spürte ihren Atem am Ohr. »Ich hatte schon Angst, ich könnte nicht genug Stoff angefertigt haben, aber er deckt ihn fein ab. Ich werde dafür Sorge tragen, dass dir Foiche persönlich für das Geschenk dankt.«

Außer einem leisen Stöhnen hatte Dien keinen Mucks von sich gegeben, seit er gefallen war, und Dubric konnte von Lars überhaupt nichts hören. Ging es dem Jungen gut, oder wand auch er sich auf dem Boden, während eine Schattenmagierin seinen Geist aussaugte? *Um des Königs willen, Junge, wenn du klug bist, renn weg.*

Vidulyns Atem entfernte sich, aber die Schmerzen in seinem Kopf blieben. »Schneid ihn jetzt, du wertloses Schwein«, rief sie, »so, wie ich es …«

Dann schrie sie auf.

Lars blieb zurück, als Dien den Kastellan aus dem Tunnel stieß, und er schmeckte Angst im Mund. Dieser Ort stank nach Asche und altem Blut. Er hörte Otlee stöhnen, vernahm Schnittgeräusche und Otlees schwächer werdende Schreie. *Nicht Otlee. Bitte, Göttin, nein.*

Langsam rückte er vor, hielt sich dabei in den Schatten. Er konnte sehen, wie sich Dien auf dem Boden wand, und hinter ihm breitete Atro Stoff über Otlees Rücken aus, dann durchschnitt er ihn und tupfte das Blut auf.

»Nein, nein, nein!«, flüsterte Lars immer und immer wieder. Dubric und Dien stöhnten indes unablässig auf dem Boden. Sie wirkten völlig hilflos und bluteten aus Ohren und Nasen. Die alte Vettel stand mit einem langen Messer über Dubric und sagte Dinge, die er nicht hören wollte – allein, ihrer Stimme zu lauschen, erzeugte Schmerzen in seinem Kopf. Also bündelte er seine Aufmerksamkeit stattdessen auf Atro und Otlee. *Ich kann Otlee retten. Ich muss. Bitte, Göttin, bitte.*

Lars schluckte seine Angst hinunter und huschte geräuschlos aus dem Tunnel. Den Dolch in der Hand hielt er seinen Blick auf Atros Hinterkopf und die leichte Vertiefung zwischen seinen

Schultern geheftet. Lars bewegte sich so schnell, wie er es wagte, trat leichtfüßig auf und verursachte dabei kaum ein Flüstern auf dem verdorbenen Boden.

Dann bleckte er die Zähne und schlitzte dem Drecksack die Kehle auf.

Atro fiel nach hinten, krallte gurgelnd nach der klaffenden Öffnung in seinem Hals, die Hände schon völlig verschmiert von Otlees Blut.

Lars stieß ihn beiseite und zog die widerliche Diamantmusterseide von Otlees nacktem Rücken und Kopf. Sein Freund war übersät von blauen Flecken und kleinen Stichwunden oder Bissen. Lars zuckte zusammen, als er das Blut sah, das aus seinem Anus und aus unzähligen Wunden am Rücken und an den Beinen floss. »Ich bin hier. Halte durch.« Lars riss sich das Hemd vom Leib, um Otlees Blöße zu bedecken. Schnell kniete er sich hin, um die Fesseln durchzuschneiden. Eine schwarze Kordel war so fest um Otlees Handgelenke gebunden, dass sich seine Finger grau verfärbt hatten. Lars schnitt alles durch und warf es beiseite.

Dann hörte er einen Schrei und nahm Bewegung wahr, wirbelte herum und wich zurück, fort von der kreischenden Frau und ihrem Messer.

Das Ziehen in Dubrics Kopf verpuffte mit einem grellen Aufflammen von Schmerzen, dann war es weg. Er blinzelte, stemmte sich vom kalten Boden auf die Hände und Knie und hörte, wie Lars erschrocken die Luft einsog.

»Such Blickkontakt mit ihr und halte ihn«, rief Dubric und versuchte, sich auf die Beine zu rollen. »Ganz gleich, was sie tut, halte den Blickkontakt aufrecht.«

»Das ist unmöglich!«, rief Lars zurück.

Vidulyn schrie vor Schmerz auf, dann knurrte sie: »Du hast mich gestochen, du lästige Zecke!«

»Tu es!«, befahl Dubric. »Sie ist nicht stark genug, um dich zu beherrschen, wenn du ihr fest in die Augen starrst.« Nach und nach klarte seine Sicht auf, und hinter einem grauen Schleier nahm er den grünlichen Schimmer seiner Geister wahr.

Ein spitzer Schrei von Lars und ein Krachen, dann schaffte es Dubric auf die Beine und richtete sich auf, immer noch halb blind. Sein Schädel fühlte sich an, als schwappe das Gehirn in der Kalotte hin und her. Er wischte sich die Nässe von der Nase und wankte auf den Lärm zu, fiel aber wieder zu Boden, weil er über Dien stolperte.

Ich bin zu alt für so etwas, dachte er, als er sich erneut auf die Beine rappelte. Der Schleier lichtete sich zu einem dünnen Nebel, und er sah, wie Lars mit Vidulyn rang, während Otlee schlaff mit dem Gesicht nach unten auf dem verkohlten Altar lag. Blut tropfte seine nackten Beine hinab. Atro war in der Nähe des Jungen mit ausgestreckten Gliedern auf den Rücken gesackt. In seiner Kehle prangte ein klaffender Schlitz. Unmittelbar hinter Atros Kopf schimmerte bösartig ein zerknülltes, rotes und schwarzes Tuch. Alle Geister starrten auf den Stoff, sogar Aly.

»Du wirst meinen Pagen nichts zuleide tun«, murmelte Dubric und schwankte vorwärts. »Beim König, das wirst du nicht.«

Lars' Blick löste sich für einen Moment von jenem Vidulyns und begegnete Dubrics Augen, bevor Schmerz in die seinen trat. Ein dünnes Rinnsal von Blut sickerte aus seiner Nase. Die Vettel lachte und stieß ihn gegen die Wand. Dann rammte sie das Messer in seine Brust, und Lars sackte schreiend zusammen.

»Du wirst meinem Pagen nichts zuleide tun!«, brüllte Dubric. Erschrocken drehte sich Vidulyn um, und Dubric schwang sein Schwert. Die Klinge traf sie am Schulteransatz und schlitzte nach unten.

Knurrend hob sie die Arme. Er flog nach hinten und prallte gegen einen rostigen Träger. Seine Rippen und sein Kopf knackten. Benommen sackte er auf die Knie und versuchte, etwas zu sehen, nachzudenken, doch die Schmerzen hielten wieder Einzug in seinem Kopf und drehten sein Gesicht nach oben, sodass er sie ansehen musste.

»Verfluchter Byr«, fauchte sie und zog sein Schwert aus ihrer Schulter. »So fromm und überlegen, und jetzt sieh dich an, wie du vor mir kniest.« Sie warf sein Schwert weg. Klirrend schlitterte es davon. Die Wunde an ihrer Schulter leuchtete rot auf, dann schloss sie sich langsam. »Du hast meinen Vater getötet, du Sohn eines Schweins! Und dann besitzt du noch die Unverfrorenheit, mich aufzufordern wegzurennen?«

Knurrend lief sie vor ihm auf und ab. Jeder Schritt ließ Qualen durch seinen Kopf pulsieren.

»Magier müssen sterben«, presste er zwischen zusammengebissenen Zähnen hervor. Wieder schmeckte er Blut, und rote Tropfen platschten auf seine Hände. Zu seiner Linken bewegte sich jemand. Eine große Gestalt, und er nahm das metallische Flüstern von Stahl wahr, der aus der Scheide gezogen wurde.

»Der Byr muss sterben!«, gab Vidulyn höhnisch zurück, deren Aufmerksamkeit ausschließlich auf Dubric gerichtet war. »Du hast mir alles genommen, was ich hatte, abgesehen von ein paar halb toten Würmern. Ich habe ein Leben mit dem Kampf verbracht, mir zurückzuholen, was du mir stahlst.«

»Du bist die Diebin, die Leben nimmt und Seelen stiehlt. Nicht ich. Ich habe die Weiten befreit«, entgegnete er und bemühte sich, ihrem Blick zu begegnen. »Ich stehle nur deine Dunkelheit, zerstöre nur den Schmerz, den du erschaffst. Du hast meine Pagen verletzt, und dafür wirst du sterben.« *Wenn es mir gelingt, ihre Aufmerksamkeit zu halten ... dann kann vielleicht ...*

Sie lachte, und frisches Blut schoss aus seiner Nase. »Erbärmlich deine Versuche, mich festzuhalten. Ich übersteige deine Fähigkeiten mittlerweile, Byr. Ich darf gar nicht daran denken, dass ich die ganze Zeit Angst vor dir hatte.« Sie bemerkte den Schatten nicht, der sich hinter ihr bewegte.

»Halt's Maul, Dreckstück!«, knurrte Dien. Blut floss aus seiner Nase und seinen Ohren, und er wankte auf den Beinen, aber er stand aus eigener Kraft und schwang sein Schwert.

Vidulyn drehte sich erschrocken um, und im gleichen Augenblick löste sich ihr Kopf von den Schultern, flog beiseite wie der Ball eines Kindes. Als sie fiel, floss der Großteil der Schmerzen der Geister aus Dubric ab. Auch Dien sackte würgend zusammen und hielt sich den Kopf.

Dubric rappelte sich auf, und eine ungewohnte Leichtigkeit umgab ihn – *Sie sind weg!* Er taumelte zu Lars. »Lieg still«, sagte er, als er den Jungen flach auf den Boden bettete.

»Rettet Otlee«, stieß Lars keuchend hervor, schüttelte den Kopf und schlug Dubric fuchtelnd weg. »Lasst mich einfach sterben.«

»Du wirst nicht sterben. Die Wunde liegt zu weit über dem Herzen. Ich bezweifle, dass ihr Messer mehr als Muskeln durchtrennt hat.« Dubric zog seinen Mantel von den Schultern und schnitt vom unteren Rand einige lange Streifen ab.

»Aber Otlee! Er ist wichtiger.«

»Otlee ist bewusstlos, und du bist genauso wichtig«, gab Dubric zurück. Er faltete einen der Streifen zu einem dicken Rechteck. »Und jetzt halt still. Das wird wehtun.«

»Herr, bitte«, brachte Lars noch hervor, dann schrie er auf, als Dubric die Klinge aus seiner Brust zog.

Der Kastellan presste das gefaltete Tuch auf die Wunde, um die Blutung zu stillen, danach half er Lars, sich aufzusetzen. »Du hast etwas sehr Tapferes getan«, sagte er, als er einen weiteren langen Streifen um Lars Brust wickelte. »Nur wenige Menschen würden sich allein einem Magier stellen, erst recht nicht in so erschöpftem Zustand wie du.«

Lars schaute an ihm vorbei zu Otlee auf den Altar. »Das war keine Tapferkeit, Herr. Nur Notwendigkeit.«

»Tapferkeit heißt nicht, keine Angst zu haben, Junge, sondern zu tun, was immer nötig ist, auch wenn man Angst hat«, erwiderte Dubric und zog den behelfsmäßigen Verband fest. »Du hättest auch im Tunnel bleiben oder fliehen können, und niemand hätte dir daraus einen Vorwurf gemacht.« Damit klopfte er Lars auf die unversehrte Schulter und stand auf, um nach Otlee zu sehen.

Behutsam hob Dubric den Jungen hoch, dann kniete er sich hin, um die Wunden zu untersuchen. Lars sah zu und zuckte zusammen, als Dubric den Schritt seines Freundes überprüfte.

»Wird er wieder gesund?«

Nachdem sich Dubric vergewissert hatte, dass keine der Verletzungen lebensbedrohlich war, wickelte er Otlee in seinen Mantel. »Körperlich? Ja, ich glaube schon. Was seinen Verstand angeht, so vermag ich es nicht zu sagen. Nur die Zeit kann es erweisen.«

»Es hätte mich treffen sollen«, klagte Lars und wandte sich ab. »Ich habe gehört, was sie sagte. Sie wollte mich benutzen. Sie hätte es tun sollen.«

»Sag so etwas nicht«, schalt ihn Dubric.

Hinter ihm setzte sich Dien auf, hielt sich den Kopf und wischte sich Blut aus dem Gesicht. Knurrend rappelte sich der große Mann auf die Beine und wankte auf sie zu. »Otlee?«

»Er wird genesen«, beruhigte Dubric. »Wie geht es deinem Kopf?«

»Besser als vorher, als dieses alte Miststück darin gelacht hat.« Er versetzte ihrer Leiche mit dem Stiefel einen Tritt. »Wenigstens ist sie tot.«

»Und wir haben überlebt«, fügte Dubric hinzu und stand auf. Er reichte Otlee an Dien weiter und sammelte ihre Waffen ein, während der Knappe Otlee durch den Tunnel hinaus ins Sonnenlicht trug.

Als Dubric zu seinem Pferd ging, sah er Stuart bei Alys Leichnam sitzen. Der Geist weinte.

Dubric schickte Lars und Dien zum Gehöft, während er selbst sich mit dem Jungen auf den Weg zu Maeve machte. Otlee erwachte, geriet in Panik und schrie, während sie sich auf der Fähre befanden. Weder beschwichtigende Worte noch gutes Zureden vermochten ihn zu beruhigen. Er schrie während der gesamten Überfahrt, bis er schließlich wieder das Bewusstsein verlor.

Als Dubric bei Maeves Laden eintraf, stieg er ab, ohne darauf zu achten, sein Pferd anzubinden. Auf dem Weg zur Tür wünschte der Kastellan, er könnte Otlees Unschuld wiederherstellen. »Ich habe sie bezahlen lassen«, sagte er sich, während er den Jungen auf den Armen trug. »Aber ich weiß nicht, ob das je genug sein kann.«

Er spürte Tränen auf seinen Wangen und ließ sie rollen.

Maeve öffnete die Tür und rannte ihm entgegen. Sie sprach kein Wort, als sie Otlee erblickte, trat nur beiseite und ließ sie hinein.

Wie in der ersten verregneten Nacht trug der Kastellan Otlee durch das ihm mittlerweile vertraute Haus, während Maeve in Braoins Zimmer vorausrannte. Diesmal folgten ihm keine Geister, wenngleich er verschwommen Stuarts Schmerzen hinter den Augen spürte. Dass dieser Geist nicht weichen wollte, verursachte ihm Kopfzerbrechen. Alle hätten sie mit Vidulyns Tod verschwinden sollen.

»Was braucht Ihr?«, fragte Maeve und ging aus dem Weg. »Wie übel ist er zugerichtet?«

»Auf beide Fragen: Ich weiß es nicht.« Dubric legte Otlee aufs Bett und verschmierte die Laken schon wieder mit Blut. »Ich bin einfach nur erleichtert, dass er noch lebt.«

»Und diejenigen, die meinen Sohn getötet haben?«

Dubric richtete behutsam Otlees Beine gerade aus und deckte den Jungen zu. »Sie sind tot. Aber sechsundzwanzig Jungen sind gestorben, mein anderer Page ist ebenfalls verletzt, und mein Knappe hat ein Kind verloren.«

Maeve blinzelte, wirkte zugleich verdutzt und entsetzt. »Eines der Mädchen? Göttin, nein.«

»Alyson«, bestätigte Dubric traurig und ließ die Schultern hängen. »Der Tod zweier widerwärtiger Magier kann den Schmerz nicht aufwiegen, den sie verursacht haben.«

»Trotzdem ist es besser, als wenn sie weitergelebt hätten«, meinte Maeve und drückte mit einer Hand seine Schulter. »Jetzt ist es vorbei. Es werden keine weiteren Jungen sterben. Es mag nicht gerecht oder gut sein, aber Otlee ist am Leben, und es werden keine weiteren Jungen in den Weiten mehr leiden.«

Maeve wischte sich die Augen ab und lächelte ihn an. »Danke. Ich wünschte zwar, Ihr hättet Braoin und meine Großnichte retten können, aber trotzdem danke.«

»Gern geschehen«, gab er zurück. »Ich wünschte auch, ich hätte sie retten können.« Er beobachtete, wie sie zu Otlee ging, und spürte, wie beim Gedanken an den einen verbliebenen Geist unterschwellige Besorgnis an ihm nagte.

Dubric schrubbte sich sämtliche Spuren von Blut und Asche von der Haut und griff nach sauberen Kleidern. Otlee schlief tief und fest, Vidulyns und Atros Pläne waren vereitelt worden, und ihm blieb ein letzter Abend in Maeves Heim.

Er hatte sie zum ersten Mal seit Braoins Tod lächeln gesehen. Vielleicht würde dieser Abend ein besserer werden. Vielleicht könnte er sie zum Lachen bringen. Vielleicht könnte er sie küssen.

Der Gedanke hallte in seinem Kopf wider, als er sich im Spiegel betrachtete. *Was glaubst du denn eigentlich, du alter Bock? Du bist viel zu alt, und sie ist zu jung. Du gibst dich Hirngespinsten hin, Wunschdenken. Denk lieber an Oriana, denk an deine Frau.*

Stirnrunzelnd verdrängte er die Vorstellung und verließ das Badezimmer.

Die Knochen zähle ich morgen, nahm er sich vor. *Verkohlte Gebeine ermordeter Jungs. Denk lieber daran, und nicht an einen vergnüglichen Abend. Ich bekomme keine vergnüglichen Abende, keine Tage der Ruhe, kein unbeschwertes Gelächter.*

All das verdiene ich nicht.

Er schritt durch die Küchentür, dann blieb er stehen und sah sich um. Keine Spur von Maeve.

Er rief ihren Namen. Keine Antwort.

Besorgt ging er zu ihrer Werkstatt, in ihren Laden, ihr Schlafzimmer, fand sie jedoch nirgendwo.

Mit hämmerndem Herzen und dem Geschmack von Angst im Mund rannte er durch die Hintertür hinaus und die Stufen hinunter, um nachzusehen, ob sie hinausgegangen war, um Erline zu füttern. Draußen, kaum erkennbar in der zunehmenden Dunkelheit, bemerkte er, dass die Kellertür offenstand. Ein trüber Schimmer drang heraus, und er blies den angehaltenen Atem in einem Schwall aus.

»Maeve?«, rief er abermals, als er sich der offenen Tür näherte. »Ist alles in Ordnung?«

»Ja, abgesehen davon, dass ich zu klein bin«, gab sie zurück.

Erleichtert stieg er die Stufen hinab und fand sie auf einem Hocker vor einem Regal. Darauf standen in geordneten Gruppen Dosen und Lebensmittel in Gläsern. Äpfel und grüne Bohnen in Glasgefäßen, Kekse und Salz und Zucker in Büchsen. Tonnen und Fässer lagerten neben den irdenen Wänden, jeweils gefüllt mit Rüben, Kürbis oder Kartoffeln, und von den Deckenbalken hing Pökelfleisch. Dutzende Kisten mit Stoffen stapelten sich, wo immer Platz zur Verfügung stand.

Sie drehte sich um, lächelte ihn schief an und wischte sich Spinnweben von den Augen. »Ich wollte eingelegte Kirschen auf den Schinken tun, nur kann ich sie nicht erreichen.«

»Ich hole sie gerne«, bot er an und half ihr vom Hocker. »Wo sind sie?«

»Hinter den Büchsen mit Fisch und der Dose mit Soda. Im obersten Fach.«

Dubric stieg auf den Hocker, fasste über den Fisch und streckte sich.

»Braoin hat im vergangenen Herbst den Großteil der Lebensmittel eingelagert. *Er* konnte anscheinend hingelangen.«

»Genau wie ich«, erwiderte Dubric und zog die Büchse aus ihrem Versteck hervor. Er kletterte vom Hocker und legte ihr die Kirschen in die Hände. »Gibt es sonst noch etwas, das …«

Sie hatte Spinnweben im Haar und einen leichten Schweißfilm auf der Stirn. Ihre Augen schlossen sich langsam und öffneten sich wieder, was ihm förmlich den Atem verschlug.

Er wollte ihren Namen flüstern, wollte ihr die Spinnweben aus den Haaren wischen, ihre zierliche Stirn berühren. Doch während er noch zu entscheiden versuchte, was er tun, was er sagen sollte, kam sie einen kleinen Schritt näher und stellte die Büchse auf ein anderes Regalfach, ohne den Blick von ihm zu lösen.

Maeve sah ihm tief in die Augen, dann küsste sie ihn. Ihr Busen fühlte sich dabei unvorstellbar weich und warm und einladend an seiner Brust an.

Dubric erstarrte. Er wusste nicht, was er tun sollte, verblüfft von seinem Glück und durch und durch verzaubert vom Duft ihrer Wange.

»Es tut mir leid«, murmelte sie und wich zurück. »Ich dachte …«

Sein Mund schloss sich, und er starrte sie an, kaum in der Lage, zu atmen. *Beim König, sie hat mich geküsst!* »Was? Warum?«

»Das hätte ich nicht tun sollen. Es tut mir leid, ich dachte nur …«

»Nein, das ist es nicht …« Er griff nach ihr, erfasste ihre Arme. »Warum hast du mich geküsst?«

»Ich dachte, das wolltest du. Es tut mir leid, falls ich das falsch gedeutet habe.«

Sie hat mich geküsst! Mich verdammten, alten, vernarbten Narren. »Ich bin alt genug, um dein Vater zu sein.«

»Nein. Du bist überhaupt nicht wie mein Vater. Du bist völlig anders als jeder Mann, den ich je gekannt habe. Ich dachte, dass ich vielleicht …«

Rau sog er den Atem in die Brust und fühlte sich gleichermaßen unfähig, sie an sich zu ziehen oder von sich zu schieben. »Ich kann nicht. Ich darf nicht. Meine Frau …«

»Sie ist tot, Dubric, aber ich bin lebendig.« Eine Träne kullerte ihre Wange hinab, und er löste den Griff um ihre Arme, wischte den Tropfen mit den Fingern weg. »Und ich will nicht mehr alleine sein. Nicht, solange ich noch ein Leben habe, das sich zu leben lohnt. Ich dachte, du würdest genauso empfinden.«

»Oh Maeve«, sagte Dubric. Irgendwie schlang er die Arme um sie, ließ sie an seiner Brust weinen. »Weine nicht, bitte weine nicht.«

»Ich wollte dich nicht durcheinanderbringen«, sagte sie und versuchte, sich von ihm zu lösen. »Ich gehe besser kochen …«

Die Berührung seiner vernarbten Finger an ihrem Kinn ließ sie jäh verstummen. »Bleib hier«, forderte er sie auf. »Bitte. Nur einen Augenblick, wenn du kannst.«

»Oh Göttin«, flüsterte sie.

Mit dem Handrücken streichelte er ihre Wange, und ein verhaltener, unwillkürlicher Laut entrang sich seiner Kehle. So leise, dass er die eigene Stimme kaum hören konnte, murmelte er: »Es ist schon so lange her, dass ich nicht weiß, was ich tun soll.«

Sie lächelte und rückte näher. Ihr Blick wurde tief und dunkel. »Ich auch nicht.«

Langsam zog er sie an sich und flüsterte ihren Namen, bevor er sie küsste. Er hatte vergessen, wie weich sich eine Frau anfühlen konnte; ihre reifen Kurven forderten seine Berührung geradezu. Dubric hielt sie fest, ließ geradezu ehrfürchtig die Hände über ihren Rücken wandern.

Warme Finger zupften an den Schnüren seines Kittels, und er drückte sie mit einer Hand an sich, während er mit der anderen in eine Kiste mit Stoffen griff. Als er etwas Dickes und Warmes zu fassen bekam, zog er es heraus und ließ es auf den Boden fallen. Sein Kittel verschwand über seinem Kopf, landete irgendwo, und er zog Maeve mit sich nach unten, als er auf die Knie sank.

Ungeschickt machte er sich an den Schnüren ihrer Bluse zu schaffen. Sie schob seine Hände weg und löste sie selbst, während er die Bluse aus ihrem Rock zog. »Bist du dir sicher?«, fragte er, bevor er sie erneut küsste. Ein so eindringliches Verlangen, dass er sich kaum daran erinnern konnte, brandete durch seinen Körper, und er drückte sie auf den am Boden ausgebreiteten Stoff.

»Ich bin mir sicher«, antwortete sie mit den Händen auf seinem nackten Rücken, an seinen Ohren, an seinen Hüften, als er sich zwischen ihre Schenkel schob. »Du wirst zärtlich sein.«

Er öffnete ihre aufgeschnürte Bluse. »Anders kann ich gar nicht sein.« Voll Verwunderung staunte er über seine Hände auf ihrer seidigen Haut und über die Geräusche, die ihr seine Berührungen entlockten. *Verzeih mir, Oriana*, dachte er, als er den Kopf senkte, um ihre Brüste zu küssen, *aber ich glaube, ich verliebe mich gerade wieder.*

Eine ruhige Freude trat in sein Herz, ein Augenblick süßer Erinnerungen berührte ihn, dann verflüchtigten sie sich, ließen ihn zum ersten Mal seit Jahrzehnten in Frieden.

»Was ist?«, fragte Maeve und wischte ihm eine Träne von der Wange.

Er lachte, schmiegte sich an sie und übersäte ihren Hals mit Küssen. »Nichts, überhaupt nichts.«

Er grinste, und sie kicherte, leise und herzlich und willkommen. Dubric schob ihre restlichen Kleider beiseite. »Lass uns herausfinden, ob ich mich noch daran erinnere, wie es geht.«

Er erinnerte sich, und später, nachdem sie aus dem Keller in ihr Bett gegangen waren, erinnerte er sich erneut.

Gepriesen sei der König.

Lars starrte auf Diens Rücken, als sie zu Devyns Gehöft ritten. Dien hielt Aly auf dem Schoß und hatte weder aufgehört zu weinen, noch hatte er ein Wort von sich gegeben, seit sie Dubric an der Fähre verlassen hatten.

Stille hing zwischen ihnen, während weit in ihren Rücken die Geräusche des Festes ertönten. Lars spürte, wie Scham sein Herz umklammerte.

»Du schläfst in der Scheune«, sagte Dien schließlich, als er sein Pferd zum Haus lenkte.

Lars nickte und kämpfte Tränen zurück. Dien drehte sich nicht zu ihm um und sprach kein weiteres Wort, stieg nur ab und stapfte davon.

Lars hörte, wie sich die Verandatür öffnete, wie Sarea erst den Namen ihres Kindes rief, dann aufheulte und schließlich kreischte. Mit hängendem Kopf stieg er ab. Als er das Scheunentor öffnete, schaute er zurück zu den Menschen, die er liebte, zu dem Licht und dem Herd. Und zu der Hoffnung, die er einst empfunden hatte. Der Schmerz des Verlustes zwang ihn beinah auf die Knie.

Er wusste nicht, wie lange er weinte, doch irgendwann rappelte er sich auf die Beine, zuckte angesichts der Schmerzen in seiner Brust zusammen und ergriff die Zügel des Pferdes. Kummer hin, Kummer her, Lars hatte Arbeit zu erledigen.

Sobald das Pferd gestriegelt und gefüttert war, wagte er sich auf den Hof hinaus. Lichter strahlten aus dem Haus. Er versuchte nicht hinzusehen, aber der goldene Schimmer schien ihn zu rufen, schnitt ihm tief ins Herz wie eine Schere in Kammwolle. Lars sah die Familie um den Tisch, wie sie weinte, redete, Tee trank. Wie sich alle gegenseitig trösteten. Sie waren in ihrem Schmerz vereint.

»Nicht getrennt«, flüsterte er und wandte sich ab. »Nicht wie ich.«

Lars versuchte, sich im Heu hinzulegen und zu schlafen, doch sein knurrender Magen verhinderte das. Seit dem Frühstück hatte er nur einen kandierten Apfel gegessen, und sein Bauch hatte sich an die regelmäßige Hausmannskost gewöhnt.

Lars rollte sich auf die Seite und schauderte. Er hatte keine Decke, nicht einmal ein Hemd, um sich zu wärmen, und er fragte sich, ob die Kälte in der Luft lag oder in seiner Seele saß. Den Großteil seines Lebens hatte er allein verbracht – seit dem Tag, an dem ihn sein Vater verbannt hatte, wenn nicht schon früher. Aber die Wärme von Zugehörigkeit einmal gespürt zu haben, gestaltete es nun wesentlich schwieriger, die Einsamkeit zu ertragen. Er rollte sich zusammen und weinte und weinte.

Maeve kam in die Küche und schenkte sich eine Tasse Tee ein. Sie küsste Dubric auf die Wange. »Er schläft wieder.«

»Gut«, befand Dubric. Da er auch etwas anderes als Maeve und ihr Bett brauchte, das seine Gedanken beschäftigte, sah er seine Notizen durch und berichtigte sie, um die Ermittlungen abzuschließen. »Hat er viel Suppe gegessen?«

»Fast eine ganze Schüssel«, antwortete Maeve und setzte sich. »Ich glaube, er wird darüber hinwegkommen. Mit genug Zeit.«

»Das hoffe ich.« Dubric schauderte und legte seinen Stift beiseite. Er wollte sich nicht vorstellen, wie Foiche Otlees Leben und Körper übernahm.

Maeve ergriff seine Hand. »Was ist mit *dir*? Wirst *du* darüber hinwegkommen?«

»Ich komme immer zurecht«, antwortete Dubric. Er lächelte und küsste ihre Finger.

»Das ist nicht, was ich gefragt habe.«

»Ich werde darüber hinwegkommen. Mit genug Zeit.«

»So wie ich.« Sie holte tief Luft und beobachtete ihn. »Was schreibst du gerade?«

»Erkenntnisse über Foiche«, sagte er und beendete einen Absatz über Vidulyns Magie.

Maeve legte den Kopf schief und runzelte die Stirn, dann schüttelte sie sich und trank weiter ihren Tee. »Das sind wirklich seltsame Tage.«

Er schaute von seinen Notizen auf. »Wie meinst du das?«

»Der Name hat eine alte Erinnerung wachgerüttelt.«

Dubrics Mund fühlte sich trocken an. »Was für eine alte Erinnerung?«

»Eigentlich gar nichts. Ich fand es nur immer schon merkwürdig, dass Lissea und Devyn ihren Sohn nach einem so abscheulichen Mann benannt haben. Ich musste deswegen bloß gerade an ihn denken. Habe ich schon lange nicht mehr getan.«

»Ich dachte, ihr Sohn hätte Stuart geheißen.«

»Hat er auch. Stuart Foiche Paerth.«

Dubric stand so jäh auf, dass sein Stuhl umkippte, was Lachesis Angst einjagte und Maeve erschreckte. »Bist du sicher?«

»Natürlich bin ich sicher. Ich erinnere mich sogar noch, Lissea mal gefragt zu haben, warum sie das taten. Sie meinte, es sei ein Familienname, der für die nächste Generation erhalten bleiben müsse.«

Dubric schloss die Augen und fluchte.

»Was ist?«, fragte Maeve und stellte ihre Teetasse ab. »Sag es mir.«

Dubric schluckte und hoffte, er würde das Undenkbare nicht tun müssen. »Ich dachte immer, Lissea ist deine Schwester.«

Maeves Antwort ertönte ohne Zögern und aufrichtig. »Ist sie auch. Mein Vater hat sie nach dem Krieg an Kindes statt aufgenommen.«

An Kindes statt aufgenommen. Also keine Blutsverwandte, gelobt sei der König. Ich muss Maeve nicht töten. »Was weißt du über ihre gebürtige Familie?«

»Nur, dass alle gestorben sind. Was ist denn? Stimmt etwas nicht?«

»Vor fünfzig Sommern habe ich Vidulyn entkommen lassen.

Sie hatte einen kleinen Jungen dabei – das war Atro. Aber sie trug auch einen Säugling. Sie und Atro haben all die Jungen getötet, um Foiche neues Leben zu schenken, aber was ist aus dem Säugling geworden? Zu wem ist das Kind herangewachsen? Was, wenn es Lissea ist? Ich habe schon gehört, dass Stuart darauf vorbereitet werden sollte, Foiche zu werden, und jetzt sagst du mir, dass dies sogar sein Name war. Wenn Lissea der Säugling ist, wenn sie über Schattenmagie verfügt oder ihren eigenen Sohn getötet hat, dann steht meine Pflicht fest.«

Maeve starrte ihn an und umklammerte mit den Händen die Tischkante. »Aber Lissea würde nie jemandem etwas zuleide tun, selbst wenn sie aus einer solchen Familie stammt. Sie ist ein guter Mensch. Um der Göttin willen, sie ist meine Schwester.«

»Sie stammt unter Umständen von einer Linie von Schattenmagiern ab. Dann ist ihr Sohn unter grausamen, ungeklärten Umständen gestorben. Ich habe einen verbleibenden Geist, ihren Sohn Stuart. Schließlich ist Lars bei ihr zu Hause. Das sind Verbindungen, über die ich nicht einfach hinwegsehen kann.« Er wandte sich ab und eilte zum Wohnzimmer, um seinen Mantel und sein Schwert zu holen.

»Nein, Dubric! Warte! Du begehst einen Fehler.« Sie rannte zu ihm, streckte die Hände nach ihm aus. »Das kannst du nicht tun! Sie ist meine Schwester!«

Er schnürte sich seinen Schwertgurt um die Hüften. »Pfeif auf Familienliebe, ich werde nicht das Wagnis eingehen, Lars einer Schattenmagierin zu überlassen. Tut mir leid.«

»Du kannst sie nicht einfach wegen der Familie töten, in die sie hineingeboren wurde, oder wegen etwas, das sie vielleicht vor fast zwanzig Sommern getan hat!«

Er blickte Maeve in die Augen und fragte sich, ob sie ihm je vergeben können würde. »Ich muss Gerechtigkeit walten lassen. Eine andere Wahl habe ich nicht. Aber wenn sie unschuldig ist, hat sie nichts zu befürchten. Das verspreche ich.«

Damit schlang er sich einen Mantel um die Schultern und wandte sich zum Gehen. »Pass auf Otlee auf. Bitte.«

Bevor Maeve etwas erwidern konnte, verschwand er.

Lars rieb sich die Arme in dem vergeblichen Versuch, sie zu wärmen. Die Wunde unter Dubrics behelfsmäßigem Verband pochte schmerzhaft. Jess und Fyn hatten ihn aufgesucht, nicht lange, nachdem er sich in der Scheune abgekapselt hatte. Sie hatten ihn aufgefordert, mit ihnen ins Haus zu kommen, aber er hatte sich geweigert. Wie konnte er das nach dem, was geschehen war? Wie sollte er je wieder in diesem Haus erwünscht sein? Danach war er eingedöst, doch ein leises Prasseln auf dem Dach und Geräusche aus Devyns Werkstatt hatten ihn bald wieder geweckt. Er hörte ein Rumoren, ein Krachen, dann Stille.

»Ich schätze, Dev hat gefunden, wonach er gesucht hat«, murmelte Lars. Er rollte sich herum und versuchte, wieder einzuschlafen, doch dann hörte er, wie sich die Tür zwischen der Werkstatt und der Scheune öffnete und Licht hereinfallen ließ.

»Lars?«, ertönte Lisseas Stimme. »Bist du hier?«

Auch Jess' Großmutter redete also noch mit ihm. »Ja.«

Erleichtert ausgestoßener Atem. »Kannst du mir helfen? Dev ist gestürzt, und ich bekomme ihn alleine nicht hoch.«

»Sicher«, gab Lars zurück. Mit zusammengebissenen Zähnen rappelte er sich aus dem Heu und wischte die Spreu ab.

Sie stand im offenen Durchgang, umrahmt von Licht, eine kleine, zierliche Frau. »Was ist mit deiner Brust passiert? Bist du verletzt?«

»Spielt keine Rolle«, wiegelte er ab. Ihm fiel auf, dass sie geweint hatte, und er sagte: »Es tut mir so leid.« Betreten senkte er den Blick. Was konnte er sonst sagen? Aly war tot, Otlee schwer verletzt – und alles wegen seiner Unzulänglichkeiten. Wenn er nur schneller gewesen wäre. Wenn er nur aufmerksamer gewesen wäre und verhindert hätte, dass es überhaupt geschehen konnte.

Lissea trat beiseite, um ihn vorbeizulassen, und ihre Stimme klang belegt. »Mir tut's auch leid. Manchmal geschehen Dinge, die wir nicht aufhalten können, ganz gleich, was wir tun. Ich hab versucht, ihn wegzuwerfen, aber er ist zurückgekommen. Es tut mir so leid.«

Er begegnete erneut ihrem Blick, sah darin Angst und Kummer und Erschöpfung, dann verstrich der Moment, und er betrat Devyns Werkstatt.

Devyn krümmte sich auf einem umgekippten Regal. Rings um ihn lagen Hüte, Leder und Filz verstreut. In der Werkstatt sah es aus wie auf einem Schlachtfeld – die Werkbänke waren umgekippt, Hüte übersäten den Boden. Der Bottich mit Lauge und Fellen blubberte über einem niedrigen Feuer, sein Inhalt war zu einem übel riechenden, sämigen Brei geronnen.

Lars kniete sich neben Devyn. »Seid Ihr verletzt? Könnt Ihr gehen?«, fragte er und versuchte, dem alten Mann zu helfen, sich aufzusetzen.

»Stuart! Renn weg!«, forderte Dev ihn auf. Seine Stimme glich einem Krächzen und einem Zischen von Luft, das durch eine metallisch stinkende Wolke drang. Er schob Lars weg, stieß ihn zur Seite, dann fiel er zurück und wölbte auf dem Regal den Rücken durch.

»Was ist mit ihm?«, fragte Lars und versuchte, Devyn zu ergreifen und den fuchtelnden Händen des alten Mannes auszuweichen. »Was ist passiert?«

»Es ist Foiche. Er hat dich auf dem Friedhof gekennzeichnet, aber besiegelt hat dein Schicksal der Zahn. Ich habe versucht, ihn wegzuwerfen, aber du hast ihn gefunden. Es tut mir so leid. Du wolltest einfach nicht gehen, und jetzt habe ich keine andere Wahl mehr. Dien hat den Sichtstoff mit nach Hause gebracht. Verstehst du denn nicht?« Lars hörte, wie Lissea schluchzte, aber darunter nahm er ein leises Kichern wahr, das sein Rückgrat emporwanderte und ihm die feinen Härchen an den Armen aufrichtete.

Langsam drehte Lars sich zu Lissea um. Seine Wahrnehmung wurde schärfer, ließ ihn jedes Geräusch vernehmen und alles scharf umrissen sehen. Sein Mund fühlte sich staubtrocken an.

Lissea zerknüllte ein glänzendes Diamantmustertuch in den knochigen Händen, aber Lars sah sie kaum an. Seine gesamte Aufmerksamkeit galt der Kreatur in der gegenüberliegenden Ecke.

Er sah nur rote Augen und gelbe Leichenzähne in einer schmalen Schwade tieferer Schatten.

Lars richtete sich auf, vergaß Devyn und griff nach seinem Schwert … das er nicht trug. Er knirschte mit den Zähnen, als ihm einfiel, dass er es im Heu gelassen hatte, dann straffte er die Schultern und starrte in die Augen des Schattens.

Der Schatten bewegte sich auf Lars' rechter Seite. »Du fragst dich, wie viele Male ich schon getötet worden bin. Das ist die falsche Frage. Stattdessen solltest du dich fragen, wie viele Male ich schon gelebt habe. Wie viele Male ich noch leben werde.«

Lars drehte sich hinterher, ohne den Blick von den Augen zu lösen. »Eigentlich frage ich mich eher, wie ich dich umbringen soll. Heute Nacht habe ich zwar keine zwei Mädchen, die ich beschützen muss, dafür bin ich unbewaffnet.«

Foiche lachte. Seine blutfarbene Zunge leckte über schwarze Lippen. »Du wirst nicht lange unbewaffnet bleiben, das kann ich dir versichern. Ich biete dir Macht, die noch deine kühnsten Träume übersteigt, dazu die Mittel, sie zu nutzen.«

Lars blinzelte. Seine Lider öffneten sich nur träge, aber er kämpfte sich durch die Schmerzen in seinem Kopf und starrte erneut in Foiches Augen. »Du weißt überhaupt nichts über meine Träume.«

»Ich weiß, dass du *dazugehören* willst«, sagte Foiche. »Du trägst den Zahn eines toten Jungen in der Tasche, ein Zeichen für Tod. Und du hast das Blut eines lebenden Jungen an den Händen, ein Zeichen für Verderbnis. Jetzt gehörst du dazu, Junge. Du *gehörst* zu mir.« Für einen Moment verstummte Foiche. Seine toten Leichenzähne grinsten, dann befahl er: »Zeig ihm seine Zukunft.«

»Bitte«, sagte Lissea. »Er ist ein guter Junge. Er hat …«

»ZEIG SIE IHM!«, wiederholte Foiche seinen Befehl. Seine Stimme prallte gegen Lars' Schädel wie ein Kriegshammer auf einen Apfel.

Lars hielt sich den Kopf. Seine Knie sanken auf wabernden Boden; er hatte Mühe, bei Bewusstsein zu bleiben, geschweige denn aufrecht zu stehen. Er sah nur Schwärze, hörte Foiche lachend abscheuliche Versprechen in seinem Kopf abgeben und spürte, wie warme Nässe aus seiner Nase lief.

Lars versuchte, das Blut wegzuwischen, Foiches leuchtenden Blick zu finden und die Häme des Wahnsinnigen abzuschütteln, die durch sein Gehirn hallte. Aber stattdessen fiel er hilflos in eine Dunkelheit, deren Schwärze vom Rot des Geschmacks seines eigenen Blutes durchzogen war. Wie Sirup strich glatte Seide über seine Haut, die Schultern und um seinen Hals, und mit ihr setzten flackernde Bilder von verlorenen Leben und Folter und Schmerzen ein.

Unzählige leer gesaugte Seelen, etliche andere entführt und zu Besessenheit versklavt. Alle trugen sie zu dem verworrenen Chaos bei, alle ergänzten sie die abgehackten Schreie der Opfer. Durch die Bilder gefädelt sah Lars einen einzelnen Faden. Es war ein Blitz von Macht und Hunger und unerbittlicher Grausamkeit, der sich zwischen ihnen hin und her schlängelte, dann wieder nur ein Flüstern, ein verborgenes Mal.

Foiches Zeichen.

Von einem Leben, einem Gefäß zum nächsten wob er den Faden. Benutzte einen Körper, bis er verfaulte, dann nahm er sich einen anderen und noch einen, labte sich dabei an Fleisch und Lust und Schmerz. Junge Mädchen, vergewaltigt und geblendet. Säuglinge, aufgeschlitzt und über Wände verschmiert. Alte Männer, gehäutet, ihr Fleisch gebraten und an sie selbst verfüttert.

Junge Männer, leer gesaugt, ihr Leben ausgetrunken wie süßer Branntwein. Aufgerissene Bäuche, die Eingeweide als Fressen für die Schweine verstreut, während die Menschen noch lebten. Ein Gelage aus Blut und genüsslich zugefügtem Schmerz.

Lars spürte den Schmerz, betrachtete die Folterungen, trank die Unschuld und die Angst, als wären sie berauschender Wein. Menschen, die vor den Altvorderen gelebt hatten, wichen einem verängstigten, verkrüppelten Jungen, der Lars zum Verwechseln ähnlich sah. *Stuart.*

»SCHNEID IHN!«, befahl Foiches Stimme.

Lars spürte einen Schnitt quer über den Rücken, tief angesetzt, unterhalb der Leibesmitte, und er krümmte sich, als Seide darüberglitt. Das Gewirr der Bilder veränderte sich mit dem Gefühl einer warmen menschlichen Berührung. Plötzlich sah er Lissea, viel jünger und wutentbrannt, wie sie eine Faust voll Zähne einer knurrenden Vidulyn in mittlerem Alter entgegenschleuderte. Er sah, wie sie um Vergebung flehte, als sie ihrem Sohn die Kehle aufschlitzte. Sah sie gequält, gepeinigt, vergewaltigt. Sah, wie sie von einem Feuer weggetragen wurde, sah ihre Geburt. Ihre Empfängnis durch die böswillige Lust eines verwesenden Leichnams.

Ihre Berührung verließ ihn, nahm all den Kummer mit sich und stürzte ihn zurück in das verstörende, rote und schwarze Grauen von Foiches Herrschaft.

Lars heulte auf und fiel zu Boden. Er krümmte und wand sich, verloren in den verschlungenen Strängen von Mord und Raserei und Tod.

Er spürte einen weiteren Schnitt auf dem Rücken, zwischen den Schulterblättern, und er schrie auf, als er die Vergewaltigung und das Verschlingen einer jungen Mutter und ihrer zwei Säuglingsknaben durchlitt. Er spürte, wie das Fleisch der Babys zwischen seinen Zähnen zerriss, schmeckte das salzig-süße Blut, während er sich gleichzeitig von der Mutter nahm, was er wollte. Er sah, wie Brocken aus ihren Brüsten gebissen wurden, hörte ihre gequälten Schreie, als er in sie stieß, sie zerfetzte, und er verspürte eine finstere Freude über den Schmerz, den er bescherte.

Ein weiterer Schnitt, ein weiteres Erlebnis blanken Grauens, das er nicht verhindern konnte, von dem er sich nicht abwenden konnte. Dann erneut. Und noch einmal.

»Hörst du das?«, fragte Sarea. Sie hob den Kopf und schaute mit verschwommenem Blick über ihre erkaltete Tasse Tee. Die Mädchen waren weinend zu Bett gegangen, hatten Dien und sie alleine gelassen. Sie wünschte, sie hätte Whiskey zur Hand, um den Tee damit anzureichern. Etwas, das ihr zu vergessen half oder den Schmerz wenigstens für ein paar Minuten betäubte. Aly war tot, oh Göttin, Aly war *tot*.

Dien stieß sich vom Tisch ab und putzte sich laut in sein Taschentuch die Nase. Jemand hämmerte an die Tür, und er brummte, als er sie aufriss.

Dubric stürmte herein und stieß Dien beiseite, als wäre er nicht größer als Otlee. »Wo ist Lars?«

»Er schläft in der Scheune. Warum?«, fragte Sarea und stand auf. Lars hatte Aly nicht gerettet. Der Gedanke fraß sich durch ihren Bauch, ließ die Übelkeit in ihr aufsteigen. Aly war gestorben, und das Leben, wie sie es kannte, war vorbei. *Sie ist tot, mein kleiner Wonneproppen ist tot.*

Dubric sagte kein Wort, machte nur kehrt und zog sein Schwert. Wieder drängte er sich an Dien vorbei, dann verschwand er in die Dunkelheit.

»Was bei den sieben Höllen soll das?«, stieß Dien grummelnd hervor. Er schnappte sich sein Schwert und folgte Dubric.

Sarea wankte zur Tür, wo sie jäh erstarrte, als ein Schrei die Stille der Nacht zerriss. Kraftlos und verängstigt wie der Laut eines in eine Falle geratenen Tieres, doch er war unverkennbar menschlich und krallte sich in ihr Herz, schob ihr eine alte, verschwommene Erinnerung vor die Augen.

Das Geräusch klang genau wie Stuarts Schreie, als ihr Vater ihn damals nach Hause gebracht hatte; zerbrochen, verheert, blutend. Sarea sah ein blutdurchtränktes Tuch vor sich, Stuarts hilfloses Grauen, die entschlossene Wut ihres Vaters.

Den Großteil ihres Lebens hatte sie all diese Erinnerungen tief in sich vergraben. Jetzt aber zuckte sie zusammen, als ihr wieder einfiel, wie Vater Stuarts blutüberströmten Leib auf die Sitzbank gelegt hatte. Er hatte das Diamantmustertuch weggefetzt und in Stücke gerissen, während ihre Mutter versucht hatte, ihn davon abzuhalten. Dann war Devyn aufgestanden und hatte Sarea angesehen, nicht ihre Mutter, nicht einmal Stuart. Er befahl ihr, zur Burg zu reiten und die Behörden herzuholen, weil ihre Mutter versucht habe, ihren Bruder umbringen zu lassen. Dann hatte er sich umgedreht und Lissea so heftig ins Gesicht geschlagen, dass sie zu Boden geschleudert wurde.

Sarea zitterte, umklammerte mit der Hand den Türrahmen. Sie war damals zur Scheune gerannt, zum Maultier, und sie war schreiend und weinend nach Süden galoppiert, hatte sich geweigert zu glauben, ihre Mutter könnte …

Ein weiterer Schrei zerschnitt die Dunkelheit, und Sarea spürte Hände an ihrem Rücken, ihren Armen, ihren Schultern.

»Mama!«, rief Jess und schüttelte sie. »Das ist Lars! Was ist denn los?« Fyn und Kia standen hinter ihr, hielten einander fest und weinten.

»Sie hat versucht, ihn umzubringen«, murmelte Sarea, erkannte kaum die eigene Stimme wieder. »Und als ich zurückkam, war mein Vater dem Wahnsinn anheimgefallen, meine Mutter war gebrochen, und mein Bruder war tot. Meine gesamte Familie war tot.«

»Aber Lars ist es nicht! Wir müssen ihm helfen! Ich hab dir gesagt, dass wir ihn nicht alleine in der Scheune lassen können!«

Ein weiterer Schrei, dann ließ Jess sie los. Sarea sackte in sich zusammen, fiel auf die Knie. Erst lange, nachdem Jess hinausgestürmt war, schwang die Verandatür zu.

Lars würgte, als er das Gefühl nacherlebte, gekühltes menschliches Gehirn mit einem Eisenlöffel zu essen. Nach diesem Erlebnis packte er ein Mädchen an den Haaren und drückte den Kopf zu seinem Schoß hinab.

»NOCH EINMAL!«, befahl Foiche, dessen Stimme rot schimmernd zwischen den grauenhaften Visionen in Lars' Kopf hervorstach. »VOLLENDE ES!«

Irgendwo jenseits des rot-schwarzen Wahnsinns hörte Lars, wie Devyn brüllte: »Stuart!« Dann öffnete sich knarrend eine Tür, aber er ging ganz in dem Vergnügen auf, das ihm die Gegenwehr der jungen Frau bereitete, als er sie zwang, ihn zu befriedigen. Auf diese Vision folgte eine Rammelei mit einem blökenden, panisch strampelnden Tier während eines Gewitters … dann wurde alles schwarz.

Dubric hörte, wie Devyn aufschrie. Er trat gegen das Schloss, zerbrach es, und die Tür schwang auf, knallte gegen die Wand. Lissea rang mit Devyn, ein Messer in der Hand der Frau. Beide zerrten an dem um Lars gewickelten Tuch, während sich der Junge heulend auf dem Boden wand. Er hatte die Knie an die Brust angezogen, raufte sich die Haare und krallte die Finger in die festgestampfte Erde. Blut durchtränkte seine Hände, überzog sein Gesicht und seinen Rücken.

Aus allen Richtungen gleichzeitig vernahm Dubric ein leises Kichern, das sich wie rostige Nadeln in sein Gehirn bohrte. Stuart erschien in Lars' Nähe, stand zwischen dem Pagen und einem dunklen, grinsenden Schatten.

»Ich muss!«, brüllte Lissea, zog mit einer Hand an dem Tuch und hieb mit der Messerhand nach Devyn. »Mein Geschlecht, mein Volk darf nicht aussterben!«

»Stuart!«, schrie Devyn. Eine rote Linie erschien quer über seinem Bauch, und er taumelte rücklings, nahm einen langen Streifen des Tuchs mit.

Die Stimme in Dubrics Kopf brüllte: »VOLLENDE ES! JETZT! ICH HABE DICH NICHT GEZEUGT UND AM LEBEN GELASSEN, DAMIT DU VERSAGST, DU NUTZLOSES MISTSTÜCK.«

Dubric versuchte, einen Schritt vorzutreten, aber die Nadeln in seinem Kopf drehten sich, bohrten sich tiefer hinein, unzählige Stiche greller Schmerzen, und er fiel.

Lissea wandte sich wieder Lars zu, setzte das Messer an einem Streifen Stoff um die Kehle des Jungen an, während sich hinter ihr Devyn auf Knie und Hände rappelte und nach dem Tuch griff. Er zog daran, schrie vor Schmerzen auf und zerrte Lars mit einem Ruck nach hinten über den Boden. Lisseas Klinge verfehlte ihr Ziel und tauchte stattdessen bis zum Heft in Lars' Arm.

Devyn brach keuchend zusammen und versuchte, erneut zu ziehen, doch er nährte damit die stetig wachsende Blutlache unter ihm nur umso schneller. Er rollte sich herum. Sein Arm, aber auch das Tuch, das er in der Hand hielt, zischten im Feuer auf.

Foiche kreischte, und das Stechen in Dubrics Kopf legte sich, wich dem Geruch versengter Seide. Feuer umspielte die Ränder von Foiches gespenstischer Erscheinung, seine Hände, seinen Ellbogen, seinen linken Fuß, das Haar.

Lars stöhnte und kämpfte darum, sich von dem Tuch zu befreien. Stuart kniete neben ihm und versuchte, ihm zu helfen, während die Flammen näher und näher kamen, sich den Stoff entlangfraßen.

Dubric stolperte mit dem Schwert in der Hand auf sie zu, während sich hinter ihm Dien mühsam auf die Beine rappelte.

»Es ist noch nicht zu spät! Du kannst wieder leben!«, brüllte Lissea. Sie holte mit dem Messer aus und wollte es auf Lars niedersausen lassen, hielt jedoch jäh inne und röchelte, als Dubric ihr sein Schwert tief in den Bauch trieb. »Papa?«, stieß sie hervor und ließ das Messer fallen. »Hilfst du mir?«

»TU ES!«, befahl Foiche, dessen Arme von den Flammen in Asche verwandelt wurden. »BEEIL DICH! ICH KANN NICHT STERBEN!«

»Doch, kannst du«, widersprach Dubric und sackte zusammen, als er sein Schwert aus Lisseas Körper zog. »Es ist vorbei. Dein Geschlecht gibt es nicht mehr.«

Lissea blinzelte, sank auf die Knie und fiel mit dem Gesicht voraus neben Lars. Stuart, der sich immer noch bemühte, Lars von dem schwelenden Tuch zu befreien, verschwand, als hätte er nie existiert.

Dubric ließ sein Schwert fallen. Er zog seinen Dolch und schnitt den brennenden Stoff von Lars' Hals, dann warf er die glimmenden Fetzen ins Feuer. Foiche heulte auf, als die Flammen ihn verzehrten, bis nur noch Rauch, Asche und einige gelbe Leichenzähne zurückblieben.

Dien taumelte an Dubric vorbei und zog Devyn aus dem Feuer. Nachdem sich Dubric vergewissert hatte, dass Lars in Sicherheit war, schleppte er sich zu der Stelle, an der Foiche gelauert hatte. Ein vollständiger Satz Zähne lag dort in einem Haufen feiner Asche. Dubric fasste hinein und schleuderte die Zähne in die Flammen. Sie knackten und zischten, verwandelten sich zu Kohlen.

Jesscea kam durch die offene Tür gerannt, dann blieb sie unvermittelt stehen und starrte mit weit aufgerissenen Augen auf die über den Boden verstreuten Körper. »Großmama?«, hauchte sie und setzte sich wieder in Bewegung. »Lars? Papa?«

Dien breitete die Arme für sie aus. »Jetzt ist es vorbei.«

»Stuart?«, presste Devyn mühsam hervor und streckte seine Hand nach Jesscea aus, sah dabei jedoch Dubric an.

»Er hat seinen Frieden gefunden«, sagte der Kastellan. Während Dien seine Tochter tröstete, untersuchte Dubric die Verletzungen, die Devyn erlitten hatte, und zuckte beim Anblick der freiliegenden, zerschnittenen Gedärme unwillkürlich zusammen.

Devyn schluckte gequält und fragte: »Und … und Lars?«

»Er ist ein starker Junge. Er wird genesen.«

Devyn krümmte sich vor Schmerzen. Doch er lächelte.

Dann starb er.

Zwei Tage später folgte Lars am Vormittag Diens Familie zum Friedhof. Zusammen mit einigen Menschen aus Tormod brachen sie von dem Haus auf, aber Lars hielt sich im Hintergrund, starrte zu Boden und bemühte sich, so gut er konnte, nicht zu weinen.

Die Verbrennungen in seinem Genick schmerzten sowieso noch heftig, aber das Sonnenlicht bewirkte, dass sich seine Haut anfühlte, als stünde sie erneut in Flammen. Es war ihm egal. Dubric hatte den Dorfbarbier kommen lassen, um die Schnitte an seinem Rücken und Arm zu nähen. Dreiundsiebzig Stiche insgesamt, doch auch das war Lars einerlei.

Aly war tot. Devyn. Lissea. Alle seinetwegen.

Und dann ist da noch Otlee, dachte er mit einem Gefühl der Übelkeit und Beklommenheit, das ihm den Magen umdrehte. *Auch das war meine Schuld.*

Sie erreichten den Platz, drei gewöhnliche Gräber und ein kleines. Die Familie scharte sich zusammen, während der Dorfpriester seine Predigt hielt. Lars stand mit geneigtem Haupt alleine weit hinter den anderen. Er bemerkte kaum, dass sich Dubric zu Maeve und Otlee gestellt hatte, hörte kaum die Worte des Geistlichen, konnte an fast nichts anderes denken als an die Bilder, die er in Devyns Werkstatt gesehen hatte. Die Schmerzen, die Scham, die damit einhergingen, zerrissen ihm förmlich das Herz.

Dubric hatte ihm angeboten, ihn bei Maeve wohnen zu lassen, aber er hatte abgelehnt. Was sollte er zu Otlee sagen? Wie konnte er sich je für sein Versagen entschuldigen? Wie sollte Otlee ihm je verzeihen, wenn er sich selbst nicht verzeihen konnte?

Aber auf Devs Gehöft zu bleiben, hatte eine eigene Form grausamer Folter dargestellt. Die vergangenen Tage hatte er schweigend und größtenteils damit verbracht, allein auf der Sitzbank zu hocken. Er hatte nicht gegessen, er hatte kaum geschlafen.

Der Schmerz verfolgt mich, wohin ich auch gehe, dachte er. *Ist dies mein Fluch, wie die Geister Dubrics Fluch sind?*

Vielleicht wäre es für alle besser, wenn ich tot wäre.

Zittrig holte er Luft und schaute auf, als der Priester über Aly sprach, und er blinzelte die Tränen weg, die ihm in die Augen traten. *Ich war da, ich hätte sie retten müssen. Irgendwie hätte ich sie retten müssen.*

Dubric hielt Maeves Hand, und beide hatten die freie Hand auf Otlees Schultern gelegt, trösteten ihn während der Grabrede für Braoin. Sarea und die Mädchen drängten sich unter Diens starken Armen. Der Priester leierte weiter vor sich hin; irgendein Unsinn über die Heimkehr an die Gestade des Lebens. Lars konnte nur daran denken, dass Aly gestorben war, erdrosselt auf einer schlammigen Straße. Und er hätte sie retten müssen.

Er ließ den Kopf wieder sinken und bemühte sich, den Vormittag irgendwie zu überstehen.

Etwas berührte seinen Arm, eine kaum spürbare Bewegung, wenig mehr als ein zarter Luftzug. Jess stand da und beobachtete ihn, während ihr Tränen über die Wangen strömten.

»Es wird alles wieder gut«, sagte sie und drückte seine Hand.

Er erwiderte die Geste und nickte, obwohl er nicht daran glaubte.

Sie ließ seine Hand los und stellte sich neben ihn, drehte sich leicht, um den Kopf auf seine Schulter zu legen.

»Es tut mir leid, Jess, so sehr leid«, murmelte er und scheute sich davor, sich zu bewegen, weil er fürchtete, sie damit zu vertreiben.

»Ich weiß«, erwiderte sie und hob den Kopf, um ihm ins Gesicht zu blicken. »Du hast getan, was du konntest.« Sie schniefte und forderte ihn auf: »Oh Lars, komm her. Du musst dich all dem nicht alleine stellen.«

Beruhigend murmelte sie ihm zu, schlang die Arme um ihn und hielt ihn fest, während er weinte.

Danach, als die Zeremonie endete und Jess und er sich gegenseitig getröstet hatten, so gut es ging, hob er den Kopf von ihrer Schulter. Er spürte, wie Dien ihm auf den Rücken klopfte, als er vorbeiging, und Sarea streckte den Arm aus und drückte seine Hand. Lars schniefte und nickte, dann bemerkte er, dass Dubric ihn beobachtete.

Der Kastellan lächelte traurig und entschuldigte sich bei Maeve und Otlee, bevor er zu Lars ging. »Kopf hoch, Junge«, sagte er. »Es kommen auch wieder bessere Tage.«

»Seid Ihr sicher, Herr?«

Dubric schaute zurück zu Maeve, dann drehte er sich wieder nach vorn und lächelte Jess an. »Ja, das bin ich. Auch wenn du es nicht glaubst, es fügt sich alles von selbst.«

Lars griff nach Jess' Hand. »Ja, Herr, da habt Ihr wohl recht.«

Er wartete, bis die anderen gegangen waren, bevor er sich neben Alys Grab stellte, um sich zu verabschieden. Danach folgte er mit Jess an der Hand ihrer Familie zurück nach Hause.